TASHA SURI

O TRONO DE JASMIM

Tradução
Laura Pohl

1ª edição

RIO DE JANEIRO
2023

PREPARAÇÃO
Agatha de Barros

REVISÃO
Neuza Costa
Renato Carvalho

DIAGRAMAÇÃO
Abreu's System

CAPA
Caroline Bogo

TÍTULO ORIGINAL
The Jasmine Throne

CIP-BRASIL. CATALOGAÇÃO NA PUBLICAÇÃO
SINDICATO NACIONAL DOS EDITORES DE LIVROS, RJ

S959t

Suri, Tasha
    O trono de Jasmim / Tasha Suri ; tradução Laura Pohl. – 1. ed. – Rio de Janeiro : Galera Record, 2023.   (Os reinos em chamas ; 1)

    Tradução de: The Jasmine throne
    ISBN 978-65-5981-278-3

    1. Ficção inglesa. I. Pohl, Laura. II. Título. II. Série.

23-83177

CDD: 823
CDU: 82-3(410)

Gabriela Faray Ferreira Lopes – Bibliotecária – CRB-7/6643

Copyright © 2021 by Natasha Suri

Publicado mediante acordo com Orbit, um selo do Hachette Book Group, Inc.,
New York, New York, USA.

Todos os direitos reservados. Proibida a reprodução, no todo ou em parte, através de quaisquer meios. Os direitos morais da autora foram assegurados.

Texto revisado segundo o novo Acordo Ortográfico da Língua Portuguesa.

Direitos exclusivos de publicação em língua portuguesa somente para o Brasil adquiridos pela
EDITORA GALERA RECORD LTDA.
Rua Argentina, 120 – Rio de Janeiro, RJ – 20921-380 – Tel.: (21) 2585-2000,
que se reserva a propriedade literária desta tradução.

Impresso no Brasil

ISBN 978-65-5981-278-3

Seja um leitor preferencial Record.
Cadastre-se e receba informações sobre nossos
lançamentos e nossas promoções.

Atendimento e venda direta ao leitor:
sac@record.com.br

Para Carly:
Você faz do mundo um lugar bom.

PRÓLOGO

No pátio do mahal imperial uma pira estava sendo construída.

O aroma dos jardins soprava através das janelas altas — o doce perfume de rosas misturado ao ainda mais doce perfume de jasmim-do-imperador, pálido e frágil, florescendo em uma profusão tão densa que adentrava as treliças, as pétalas brancas se desdobrando junto às paredes de arenito. Os sacerdotes jogavam pétalas na pira, murmurando preces conforme os criados levavam lenha e a arrumavam com cuidado, acrescentando cânfora e ghee, espalhando gotas de óleo perfumado.

No trono, o imperador Chandra murmurava junto dos sacerdotes. Nas mãos, segurava um cordão de contas para as preces, cada bolota gravada com o nome de uma das mães das chamas: Divyanshi, Ahamara, Nanvishi, Suhana, Meenakshi. Conforme rezava, os cortesãos — os reis das cidades-Estados de Parijatdvipa, seus filhos principescos, seus mais corajosos guerreiros — rezavam junto dele. Somente o rei de Alor e seus filhos anônimos estavam notável e propositalmente quietos.

A irmã do imperador Chandra foi levada até o pátio.

Suas damas de companhia a cercavam. À esquerda, uma princesa anônima de Alor, em geral chamada apenas de Alori; à direita, uma dama de sangue nobre, Narina, filha de um matemático notório de Srugna com uma nobre de Parijat. As damas de companhia usavam vermelho, um tom vivo, como o das noivas. Nos cabelos, equilibravam coroas de madeira adornadas com fios em forma de estrelas. Conforme entravam no pátio, os espectadores se curvavam, pressionando o rosto junto ao chão, espalmando as mãos no mármore. As mulheres haviam se vestido com reverência, marcadas por água benta, e rezado por um dia e uma noite, até o amanhecer tocar o céu. Eram tão santas quanto mulheres poderiam ser.

Chandra não inclinou a cabeça. O imperador ficou observando a irmã.

Ela não usava coroa. O cabelo estava solto — emaranhado, esparramado pelos ombros. Chandra enviara criadas para prepará-la, mas todas foram dispensadas com um ranger de dentes e uma expressão de choro. O imperador enviara um sári escarlate bordado com o melhor ouro Dwarali, perfumado com jasmim. A irmã recusara, escolhendo um traje branco de luto. Ele ordenara que os cozinheiros temperassem a comida com ópio, mas ela se recusara a comer. Não fora abençoada. Ela parou de pé no pátio, a cabeça sem adornos, o cabelo emaranhado como se fosse a personificação de uma maldição.

A irmã de Chandra era uma tola, uma criança petulante. O imperador se lembrou de que não estariam ali se ela não tivesse se provado totalmente indigna de sua feminilidade. Se ela não houvesse tentado arruinar tudo.

O sacerdote principal beijou a princesa de Alor na testa. Ele fez o mesmo com lady Narina. Quando se colocou diante da irmã de Chandra, ela estremeceu, virando o rosto.

O sacerdote deu um passo para trás. Tanto seu olhar quanto seu tom de voz estavam tranquilos.

— Subam — disse ele. — Subam e tornem-se mães da chama.

A irmã de Chandra agarrou as mãos das damas de companhia com força. As três ficaram de pé e, por um longo momento, apenas se seguraram. Então, ela as libertou.

As damas andaram até a pira e subiram ao seu topo. Elas se ajoelharam.

A irmã de Chandra permaneceu onde estava. Ficou parada, a cabeça erguida. Uma brisa soprou flores de jasmim-do-imperador em seu cabelo — branco contra o preto mais profundo.

— Princesa Malini — disse o sacerdote principal. — Pode subir.

Ela balançou a cabeça, calada.

Suba, pensou Chandra. *Fui mais misericordioso do que você merece, nós dois sabemos disso.*

Suba, irmã.

— A escolha é sua — assegurou o sacerdote. — Não iremos obrigá-la. Irá renunciar à imortalidade, ou subir?

O TRONO DE JASMIM

A oferta era direta, mas ela não se mexeu. Balançou a cabeça mais uma vez. Estava chorando silenciosamente, e, fora isso, seu rosto não mostrava sentimento algum.

O sacerdote assentiu.

— Então começaremos — disse ele.

Chandra ficou de pé. As pedras em sua mão tilintaram quando ele as soltou.

É claro que chegaria àquele ponto.

Ele desceu do trono. Atravessou o pátio, passou diante do mar de homens curvados. Segurou a irmã pelos ombros da forma mais gentil que pôde.

— Não tenha medo — falou. — Você está provando sua pureza. Está salvando seu nome. Sua honra. Agora, *suba*.

Um dos sacerdotes acendera uma tocha. O aroma da cânfora ardente tomou o pátio. Os sacerdotes começaram a cantar, uma canção baixa que preenchia o ar, crescia com ele. Não esperariam pela irmã do imperador.

Mas havia tempo. A pira ainda não fora acesa.

Quando a irmã de Chandra balançou a cabeça mais uma vez, ele a agarrou pela cabeça, erguendo o rosto dela.

Ele não a segurou com força. Não a machucou. Chandra não era um monstro.

— Lembre-se — pediu ele, a voz baixa, quase abafada pela canção — de que foi você mesma quem causou isso. Lembre-se de que traiu sua família e renegou seu nome. Se não subir... irmã, lembre-se de que você escolheu a própria ruína, e fiz tudo em meu poder para evitar isso. Lembre-se.

O sacerdote colocou a tocha sobre a pira. A lenha, lentamente, começou a queimar.

As chamas refletiam nos olhos da princesa Malini. Ela encarou o irmão com uma expressão apática: livre de sentimento, refletindo nada a não ser os olhos escuros que compartilhavam, as sobrancelhas severas. O sangue que compartilhavam.

— Meu irmão — disse ela. — Eu não me esquecerei.

PRIYA

Alguém importante deve ter sido assassinado durante a noite.

Priya teve certeza disso no minuto em que ouviu o retumbar de cascos na estrada às suas costas. Ela deu um passo em direção à beira da estrada quando um grupo de guardas vestindo o branco e dourado dos soldados parijati passou montado em cavalos, os sabres tilintando contra os cintos esmaltados. Ela puxou o pallu para cobrir o rosto — em parte porque os guardas esperariam um gesto respeitoso desses de uma mulher comum, mas também para evitar o risco de algum deles reconhecê-la — e continuou observando através do espaço entre os dedos e o tecido.

Quando saíram de seu campo de visão, Priya não correu, mas começou a andar muito, muito rápido. O céu já estava mudando de um cinza translúcido para o azul-perolado do amanhecer, e ela ainda tinha um longo caminho a percorrer.

O mercado antigo ficava às margens da cidade. Era longe o suficiente do mahal do regente para que Priya nutrisse apenas uma vaga esperança de que ainda estivesse aberto. E, naquele dia, ela estava com sorte. Quando chegou, ofegante e com o suor encharcando a parte de trás da blusa, ela descobriu que as ruas ainda estavam lotadas: pais puxando os filhos pequenos, mercadores carregando sacas grandes de farinha ou arroz sobre a cabeça, mendigos magros percorrendo os limites do mercado com suas tigelas redondas em mãos e pessoas como Priya — mulheres comuns em sáris ainda mais comuns — teimando em abrir caminho pela multidão em busca de barracas com vegetais frescos e preços razoáveis.

TASHA SURI

No caso, a feira parecia ainda mais movimentada do que de costume — e havia um quê evidente de pânico no ar. As notícias das patrulhas nitidamente haviam passado de casa em casa na velocidade habitual.

As pessoas estavam com medo.

Havia três meses, um mercador parijati importante fora assassinado na própria cama, sua garganta cortada, o cadáver descartado na frente do templo das mães das chamas pouco antes das preces matinais. Durante as duas semanas que sucederam ao ocorrido, os homens do regente patrulharam as ruas a pé e a cavalo, prendendo ou batendo em ahiranyi suspeitos de praticarem atividades rebeldes e destruindo qualquer barraca que ousasse continuar suas atividades e, portanto, desafiasse as ordens rígidas do regente.

Os mercadores parijatdvipanos haviam se recusado a fornecer arroz e grãos a Hiranaprastha nas semanas seguintes. Os ahiranyi passaram fome.

Agora parecia que tudo estava se repetindo. Era natural que as pessoas se lembrassem e ficassem com medo, se apressando para comprar quaisquer suprimentos que conseguissem antes que os mercados fossem fechados à força outra vez.

Priya se perguntava quem havia sido assassinado dessa vez, prestando atenção para distinguir nomes conforme entremeava a multidão na direção dos estandartes verdes, pendurados em um bastão, que indicavam a barraca do apotecário. Ela passou por mesas que rangiam sob o peso de pilhas de legumes e frutas doces, montanhas de tecidos sedosos e imagens de yaksha elegantemente esculpidas para santuários familiares, jarras de óleo dourado e ghee. Mesmo na luz suave da manhã, o mercado vibrava com cor e ruídos.

O aperto da multidão ficou mais desconfortável.

Priya estava quase chegando à barraca, presa em meio ao mar de corpos suados e sem fôlego, quando um homem atrás dela falou um palavrão e a empurrou para longe. Ele a empurrou com todo o corpo, a palma da mão pesada em seu braço, fazendo-a perder o equilíbrio. Três pessoas próximas de Priya cambalearam. Naquela liberação repentina de espaço, ela foi ao chão, os pés escorregando no solo molhado.

O mercado era a céu aberto, e a terra fora batida até virar lama por pés, carrinhos e pela chuva da monção daquela noite. Ela sentiu a umidade através do sári, da barra até a coxa, encharcando até o algodão drapeado das anáguas que usava por baixo. O homem que a empurrara tropeçou

O TRONO DE JASMIM

nela; se não tivesse puxado a perna rapidamente para trás, a pressão da bota do sujeito em sua perna teria sido agonizante. Ele olhou para ela — com a boca retorcida em desdém, uma expressão vazia e arrogante — e então desviou o olhar.

A mente de Priya ficou silenciosa.

Naquele silêncio, uma única voz sussurrou, *Você poderia fazê-lo se arrepender disso.*

Havia falhas nas memórias de infância de Priya, buracos grandes o suficiente para atravessar aquele homem com o punho. Porém, seja lá qual dor fora infligida sobre ela — a humilhação de um golpe, o empurrão descuidado de um homem, a risada cruel de um criado que era seu companheiro de serviço —, Priya sentia o conhecimento de como causar um sofrimento de mesmo nível se desdobrar em sua mente. Sussurros fantasmagóricos na voz paciente de seu irmão.

É assim que se aperta um nervo forte o bastante para fazer alguém abrir o punho. É assim que se quebra um osso. É assim que se arranca um olho. Observe bem, Priya. É bem assim.

É assim que se apunhala alguém no coração.

Ela carregava uma faca na cintura. Era uma faca muito boa, prática, com bainha e punhos simples, a lâmina afiada o bastante para o trabalho na cozinha. Com aquela faquinha e um deslizar cuidadoso entre o indicador e o dedão, Priya poderia deixar a parte interna de qualquer coisa exposta, fossem vegetais, carne não esfolada ou frutas recém-colhidas do pomar do regente, e as sobras seriam apenas uma casca lisa em espiral na palma de sua mão.

Ela olhou de volta para o homem e cuidadosamente afastou o pensamento referente à faca. Ela relaxou os dedos trêmulos.

Você tem sorte, pensou, *que eu não sou o que cresci para ser.*

A multidão atrás e na frente de Priya estava ficando mais apertada. Ela sequer conseguia ver a flâmula verde do apotecário. Então se apoiou na ponta dos pés e se ergueu rapidamente. Sem olhar outra vez para o homem, ela se virou e passou entre dois estranhos, aproveitando-se da baixa estatura e se espremendo até chegar na frente da multidão. O uso criterioso dos cotovelos e joelhos, assim como de algumas contorções, finalmente a levou perto o bastante para ver o rosto do apotecário, marcado por suor e irritação.

A barraca estava uma bagunça, com frascos revirados e tigelas de barro de ponta-cabeça. O apotecário estava guardando a mercadoria o mais rápido que conseguia. Atrás dela e a seu redor, Priya conseguia ouvir o ruído tumultuoso da multidão ficando mais tensa.

— Por favor — pediu, em voz alta. — Tio, *por favor*. Se tem alguma conta de madeira sagrada sobrando, compro de você.

Um estranho ao lado dela bufou.

— Você acha que sobrou alguma? Irmão, se tiver, pago o dobro do que ela oferece.

— Minha avó está doente — gritou uma menina, a alguns passos de distância. — Se puder me ajudar, tio...

Priya sentiu a madeira da barraca começar a descascar sob a pressão forte de suas unhas.

— Por favor — repetiu ela, a voz saindo rouca para atravessar a multidão.

Porém, a atenção do apotecário estava atrás da multidão. Priya não precisava virar a cabeça para saber que ele vira o uniforme branco e dourado dos homens do regente, finalmente chegando para fechar o mercado.

— Estou fechado para negócios — gritou o apotecário. — Não há nada aqui para mais ninguém. Sumam! — Ele bateu a mão na barraca, então limpou o restante da mercadoria enquanto balançava a cabeça.

A multidão começou a se dispersar lentamente. Algumas pessoas permaneceram, ainda implorando pela ajuda do apotecário, mas Priya não se juntou a elas. Ela sabia que não conseguiria nada ali.

Ela virou as costas e seguiu de volta para atrás da multidão, parando apenas para comprar um saquinho de kachoris de um mercador com olhar cansado. As anáguas molhadas, pesadas, grudavam nas pernas. Priya esticou o tecido, afastando-o das coxas, e seguiu na direção oposta aos soldados.

Na parte mais afastada do mercado, onde as últimas barracas e o chão batido levavam à estrada principal, que se esticava para as terras de cultivo e vilarejos além, ficava um aterro sanitário. Os moradores da região haviam construído um muro de tijolos ao redor da área, mas não bastava para afastar o fedor. Vendedores de comida descartavam óleo velho e vegetais apodrecidos ali, além das comidas cozidas que não conseguiam vender.

O TRONO DE JASMIM

Quando era bem mais jovem, Priya conhecera bem aquele lugar. Ela conhecia com exatidão a náusea e a euforia que dominavam um corpo faminto ao encontrar algo que estava quase podre, mas ainda *comível*. Mesmo agora, o estômago dela revirava de um jeito estranho ao ver aquele aterro, o fedor familiar e denso se erguendo ao redor.

Naquele dia, seis figuras se aglomeravam junto às paredes sob a sombra escassa. Cinco meninos pequenos e uma garota de uns quinze anos — mais velha que os outros.

O conhecimento era compartilhado entre as crianças que moravam sozinhas na cidade, aquelas que perambulavam de mercado em mercado, dormindo nas varandas de pessoas bondosas. Sussurravam umas para as outras quais eram os melhores lugares para pedir esmolas ou recolher restos. Murmuravam sobre quais mercadores dariam comida por pena e quais prefeririam bater neles com varas a oferecer qualquer tipo de caridade.

Também contavam histórias sobre Priya.

Se for ao mercado antigo na primeira manhã depois do dia de descanso, uma criada vai aparecer e dar madeira sagrada para quem precisar. Não vai pedir por moedas ou favores. Vai apenas ajudar. Ela não vai pedir nada em troca.

A garota ergueu o olhar para Priya. Sua pálpebra esquerda estava manchada com tons esverdeados, como alga boiando na água parada. Ela usava um colar com uma única conta de madeira ao redor do pescoço.

— Os soldados estão por aí — disse a menina como forma de cumprimento.

Alguns dos garotos se mexeram, inquietos, olhando por cima do ombro para o tumulto do mercado. Uns usavam xales para esconder a decomposição no pescoço e nos braços — as veias esverdeadas, o florescer de novas raízes sob a pele.

— Estão mesmo. Por toda a cidade — concordou Priya.

— Cortaram o pescoço de mais um mercador?

Priya balançou a cabeça.

— Sei tanto quanto você.

A garota olhou do rosto de Priya para o sári enlameado, então para as mãos vazias, com exceção do saco de kachoris. Havia uma pergunta no olhar.

— Não consegui nenhuma conta hoje — confirmou Priya. Ela observou a expressão da menina mudar para uma de derrota, apesar do esforço corajoso que fazia para controlá-la. Demonstrar solidariedade não ajudaria em nada, então Priya ofereceu os salgados fritos. — Vocês deveriam ir. Não querem ser pegos pelos guardas.

As crianças agarraram os kachoris, alguns murmurando agradecimentos, e se espalharam. A garota esfregou a conta no pescoço com o nó dos dedos enquanto se afastava. Priya sabia que estaria fria sob o toque — esvaziada de magia.

Se a garota não conseguisse mais um pouco de madeira sagrada, e logo, então o lado esquerdo de seu rosto provavelmente estaria tão polvilhado de verde quanto a pálpebra da próxima vez que Priya a encontrasse.

Você não pode salvar todos eles, ela disse a si mesma. *Você não é ninguém. Isso é tudo que pode fazer. Isso, e nada mais.*

Priya virou as costas para ir embora — e notou que um menino ficara para trás, esperando pacientemente que ela o notasse. Ele era tão pequeno que aparentava desnutrição: os ossos eram muito proeminentes, a cabeça grande demais para o corpo pouco desenvolvido. Ele usava um xale para cobrir o cabelo, mas ela conseguia ver os cachos escuros, as folhagens verdes crescendo entre eles. O garoto enrolara as mãos no tecido.

— Não tem mesmo nada, senhora? — perguntou ele, hesitante.

— Nada mesmo — confirmou Priya. — Se tivesse madeira sagrada, teria dado a você.

— Pensei que talvez estivesse mentido. Que talvez não tivesse mais do que para uma pessoa e não quisesse que ninguém se sentisse mal. Mas só tem eu aqui agora. Pode me ajudar.

— Eu sinto muito mesmo — respondeu Priya. Ela conseguia ouvir gritos e passos ecoando do mercado, o ruído de madeira batendo conforme barracas eram fechadas.

O garoto parecia estar reunindo coragem. E então, depois de um momento, ele endireitou os ombros e disse:

— Se não consegue arranjar madeira sagrada, pode me arranjar um emprego?

Priya piscou, surpresa.

— Eu sou apenas uma criada — afirmou ela. — Desculpe, irmãozinho, mas...

— Você deve trabalhar numa casa boa, se consegue ajudar crianças perdidas como a gente — acrescentou ele rapidamente. — Uma casa grande, com dinheiro sobrando. Talvez seu patrão precise de um menino que trabalhe duro e não arrume problemas? Poderia ser eu.

— A maioria das casas não aceita garotos que estão em decomposição, não importa o quanto trabalhem — disse Priya com gentileza, tentando suavizar o golpe duro das palavras.

— Eu sei — respondeu o garoto. Ele estava com a mandíbula cerrada, teimoso. — Ainda assim estou pedindo.

Era um garoto esperto. Ela não podia culpá-lo por aproveitar a oportunidade. Priya era claramente boazinha o suficiente para gastar o próprio dinheiro em madeira sagrada para ajudar os decompostos. Por que ele não pediria mais?

— Faço qualquer coisa que precisarem — insistiu. — Senhora, posso limpar as latrinas. Cortar madeira. Carpir a terra. Minha família é... era... de fazendeiros. Não tenho medo de trabalho duro.

— Você não tem mais ninguém? — quis saber ela. — Nenhum dos outros cuida de você?

Priya gesticulou para onde as outras crianças haviam corrido.

— Estou sozinho — o garoto se limitou a dizer, e então: — *Por favor.*

Algumas pessoas passaram por eles, evitando cuidadosamente o garoto. As mãos cobertas, o xale sobre a cabeça — o combo revelava sua condição de decomposto mais do que qualquer outra coisa que o tecido estivesse escondendo.

— Pode me chamar de Priya — ofereceu ela. — E não de senhora.

— Priya — repetiu, obediente.

— Você disse que consegue trabalhar — disse ela, olhando para as mãos dele. — Estão muito ruins?

— Não tanto.

— Me mostre — pediu ela. — Me dê seu pulso aqui.

— Você não se importa de me tocar? — perguntou ele. Havia certa hesitação em sua voz.

— A decomposição não é transmissível — respondeu ela. — A não ser que eu pegue uma das folhas do seu cabelo e coma, acho que vou ficar bem.

Aquilo fez o garoto sorrir. Apenas por um instante, como um raio de sol entre nuvens, e depois desapareceu. Ele rapidamente descobriu as mãos. Priya pegou o pulso do menino e o ergueu para a luz.

Havia um broto ali, crescendo sob a pele.

Estava pressionando a carne da ponta dos dedos do garoto, o dedo em si uma casca pequena demais para a coisa que tentava desabrochar. Priya observou os traços de verde visíveis através da pele fina das costas da mão do menino, como uma renda. O broto tinha raízes profundas.

Ela engoliu em seco. Ah. Raízes profundas, decomposição profunda. Se já estava com folhas no cabelo, o verde passando pelo sangue, ela não conseguia acreditar que o menino duraria muito mais tempo.

— Venha comigo — falou ela, e o puxou pelo pulso, fazendo-o segui-la. Ela avançou pela estrada, por fim se juntando ao fluxo da multidão que deixava o mercado para trás.

— Aonde vamos? — questionou ele, sem tentar se afastar.

— Vou arranjar madeira sagrada para você — disse Priya, determinada, afastando todo e qualquer pensamento sobre assassinatos, soldados e o trabalho que tinha para fazer. Ela o soltou e continuou em frente. O garoto correu para alcançá-la, passando o xale imundo ao redor dos ombros magros. — E, depois disso, vamos ver o que faremos com você.

As maiores casas de prazer da cidade ficavam às margens do rio. Era cedo o bastante para estarem em completo silêncio, as lanternas cor-de-rosa apagadas, mas ficariam agitadas mais tarde. Os bordéis eram sempre deixados em paz pelos homens do regente. Mesmo no auge do último verão tórrido, antes de as monções acabarem com o calor, quando os simpatizantes rebeldes cantavam hinos anti-imperialistas e a carruagem de um lorde nobre fora presa em uma armadilha e queimada na rua na frente de sua própria haveli, os bordéis continuaram com as lanternas acesas.

Muitas das casas de prazer pertenciam a nobres aristocratas, isso evitava que o regente as fechasse. Muitas eram patrocinadas por mercadores visitantes e pela nobreza das outras cidades-Estado de Parijatdvipa, uma fonte de renda que ninguém parecia querer desperdiçar.

Para o restante de Parijatdvipa, Ahiranya era um antro de vícios, boa para o prazer e nada mais. Carregava consigo uma história amarga, o status de perdedora de uma antiga guerra, como uma forquilha. Era chamada de retrógrada, repleta de violência política e, nos anos mais recentes, tomada pela decomposição: a estranha doença que distorcia a vegetação e infectava as pessoas que trabalhavam nos campos e que brotava através da pele e folhas que saíam pelos olhos. Conforme a decomposição se alastrava, as outras fontes de renda em Ahiranya também diminuíam. A instabilidade havia crescido até Priya sentir que a região poderia colapsar com toda a fúria de uma tempestade.

Enquanto Priya e o garoto seguiam caminho, as casas de prazer ficavam menos exuberantes. Logo, sequer havia casas de prazer. Ao redor deles surgiram casas apertadas e lojinhas. Em frente, a orla da floresta, que, mesmo sob a luz da manhã, estava coberta de sombras, e as árvores formavam uma barreira silenciosa verdejante.

Priya nunca conhecera ninguém que nascera e crescera fora de Ahiranya e que não ficava perturbado com o silêncio da floresta. Ela conhecera criadas que cresceram em Alor, ou mesmo na vizinha Srugna, que evitavam o lugar a todo custo. "Deveria haver barulho" era o que diziam. "Canto de pássaros, insetos. Não é natural."

Porém, aquele silêncio entorpecente era reconfortante para Priya. Ela era ahiranyi até o último fio de cabelo. Gostava do silêncio, interrompido apenas pelo raspar dos próprios pés no chão.

— Espere por mim aqui — disse ela ao garoto. — Não vou demorar muito.

Ele assentiu sem dizer nada. Estava encarando a floresta quando ela o deixou, uma brisa leve sacudiu as folhas no cabelo.

Priya passou por uma trilha estreita onde o chão era instável e coberto de raízes de árvores, a terra se erguendo e caindo em montes sob seus pés. Adiante havia uma única moradia. Sob a varanda, rodeada de pilares, estava um velho.

Ele ergueu a cabeça conforme Priya se aproximou. A princípio, pareceu ver através dela, como se estivesse esperando outra pessoa. Então, o olhar focou. Os olhos se estreitaram em reconhecimento.

— Você — disse ele.

— Gautam. — Ela inclinou a cabeça em um gesto de respeito. — Como está?

— Ocupado — respondeu, direto. — Por que está aqui?

— Preciso de madeira sagrada. Só uma conta.

— Então deveria ter ido ao mercado — comentou, tranquilo. — Dei suprimentos a muitos apotecários. Podem negociar com você.

— Tentei ir ao mercado antigo. Ninguém tem nada lá.

— Se eles não têm, por que acha que eu teria?

Ah, não comece, pensou ela, irritada, mas não disse nada. Esperou até as narinas do velho se abrirem com uma bufada e ele se levantar da varanda, virando-se na direção da cortina de contas no batente. Presa às costas de sua túnica estava uma foice pesada.

— Certo. Entre, então. Quanto mais rápido fizermos isso, mais rápido você poderá ir embora.

Ela tirou a bolsinha da blusa antes de subir as escadas e entrar atrás dele. O homem a levou até a oficina e pediu que ela ficasse na mesa ao centro. Sacos de tecido estavam empilhados nos cantos do cômodo. Pequenas garrafas com rolhas, contendo incontáveis pomadas, misturas e ervas retiradas da floresta, ficavam em fileiras organizadas nas prateleiras. O ar cheirava a terra e umidade.

Ele pegou a bolsinha, puxando o cordão, e avaliou o peso com a palma. Então soltou um muxoxo e a largou em cima da mesa.

— Não é o suficiente.

— Você... claro que é o suficiente — retrucou Priya. — É todo o dinheiro que eu tenho.

— Isso não faz com que magicamente seja o bastante.

— Foi isso que me custou no mercado da última vez...

— Mas você não conseguiu nada no mercado — devolveu Gautam. — E se tivesse conseguido, iriam ter cobrado mais. A oferta de suprimento é baixa, a demanda é alta. — Ele franziu o cenho, chateado. — Você acha que é fácil colher madeira sagrada?

— Claro que não — respondeu Priya. *Seja agradável*, ela lembrou a si mesma. *Você precisa da ajuda dele.*

— Mês passado mandei quatro lenhadores. Voltaram depois de dois dias pensando que haviam passado apenas *duas horas* naquele lugar. Entre... aquilo — argumentou, gesticulando na direção da floresta — e o regente mandando os delinquentes dele por toda a porra dessa cidade sei lá por que razão, você acha que é um trabalho fácil?

— Não — repetiu Priya. — Me desculpe.

Mas ele não tinha terminado.

— Ainda estou esperando os homens que mandei na semana passada voltarem — continuou. Os dedos tamborilavam na superfície da mesa em

O TRONO DE JASMIM

um ritmo rápido e irritado. — E quem sabe quando isso vai acontecer? Já tenho motivos suficientes para aumentar o preço dos suprimentos que tenho. Então vou receber um pagamento decente, menina, ou você vai ficar sem nada.

Antes que o homem pudesse continuar, ela ergueu a mão. Tinha algumas pulseiras no braço. Duas eram de metal de boa qualidade. Ela as tirou e as colocou na mesa diante dele, ao lado da bolsinha.

— O dinheiro mais essas — ofereceu. — São tudo que tenho.

Ela achou que ele recusaria só por birra, mas, em vez disso, o homem pegou as pulseiras e as moedas e colocou tudo no bolso.

— Isso basta. Agora observe — indicou ele. — Vou mostrar um truque a você.

O velho atirou um pacote de tecido na mesa. Estava amarrado com corda. Ele o abriu com um puxão rápido, deixando o tecido cair.

Priya se retraiu.

Dentro do pacote estavam diversos galhos de uma árvore jovem. A casca estava rachada, a madeira pálida revelando uma ferida vermelho--amarronzada. A seiva que escorria da superfície tinha a mesma cor e consistência de sangue.

— Isso veio do caminho que leva à clareira onde meus homens normalmente fazem a colheita — explicou ele. — Queriam me mostrar por que não conseguiram a cota de sempre. Decomposição por todos os lugares, foi o que me contaram. — Seu olhar estava indecifrável. — Pode olhar mais de perto se quiser.

— Não, obrigada — recusou Priya, sucinta.

— Sério?

— Você deveria queimar isso — disse ela. Estava fazendo seu melhor para não respirar o aroma muito profundamente. Tinha o fedor de carne.

O velho bufou.

— Tem lá sua utilidade.

Ele se afastou, vasculhando as prateleiras. Depois de um momento, retornou com outro item embrulhado em tecido, dessa vez tão pequeno quanto a pontinha de um dedo. Ele desdobrou o pacote, tomando cuidado para não tocar o conteúdo. Priya conseguia sentir o calor emanando de dentro da madeira: um calor pulsante e estranho que parecia ondular da superfície como um raio de sol.

Madeira sagrada.

Ela observou enquanto Gautam colocava o estilhaço perto do galho manchado de decomposição, que empalidecia até o vermelho se esvair. O fedor diminuiu um pouco, e Priya respirou, aliviada.

— Pronto — disse o homem. — Agora você sabe que está fresco. Vai conseguir usar bastante.

— Obrigada. Essa foi uma demonstração útil. — Ela tentou não externar sua impaciência. O que ele queria, admiração? Lágrimas de gratidão? Priya não tinha tempo para nada disso. — Ainda assim você deveria queimar o galho. Se o tocar por engano...

— Eu sei como lidar com a decomposição. Mando homens para a floresta todos os dias — comentou ele, desdenhoso. — E o que você faz? Varre o chão? Não preciso do seu conselho.

O velho entregou a lasca de madeira sagrada para ela.

— Pegue isso. E vá embora.

Priya mordeu a língua e esticou a mão, a parte solta comprida do sári esticada sobre a palma. Ela embrulhou a lasca da madeira cuidadosamente uma vez, duas, apertando o tecido e terminando com um nó bem-feito. Gautam a observou.

— Seja lá para quem você está comprando isso, a decomposição ainda assim vai acabar sendo fatal — acrescentou ele quando Priya terminou. — Esse galho vai morrer mesmo que eu o envolva por completo em uma casca de madeira sagrada. O processo só vai ser mais lento. Essa é minha opinião profissional, sem nenhum custo adicional. — Ele jogou o tecido novamente em cima do galho infectado com um gesto descuidado dos dedos. — Então não volte aqui e desperdice seu dinheiro de novo. Vou levá-la até a porta.

Ele a guiou até a saída. Priya passou pela cortina de contas, sorvendo o ar puro avidamente, sem o fedor da podridão.

Na beirada da varanda havia uma alcova com um altar entalhado na parede. Lá estavam três imagens esculpidas em madeira simples, com olhos pretos lustrosos e cabelos de vinhas. Diante delas, três lamparinas de argila iluminadas com pavios de tecido em poças de óleo. Números sagrados.

Priya se lembrava de como costumava conseguir encaixar o corpo inteiro perfeitamente naquela alcova. Ela dormira lá uma noite, enroscada. Outrora, fora tão pequena quanto aquele menino órfão.

O TRONO DE JASMIM

— Você ainda deixa os pedintes se abrigarem na varanda quando chove? — indagou Priya, virando-se para olhar para Gautam, parado no meio do batente.

— Pedintes são ruins para os negócios — justificou ele. — E não estou devendo favores para os irmãos dos que vejo hoje em dia. Está indo embora ou não?

Apenas a ameaça da dor pode quebrar alguém. Por um instante ela encontrou os olhos de Gautam. Algo impaciente e malvado espreitava ali. *Uma faca, quando bem usada, não precisa arrancar sangue.*

Mas Priya não queria ameaçar nem mesmo o velho valentão. Ela deu um passo para trás.

Que grande lacuna havia ali, entre o conhecimento que possuía e a pessoa que ela aparentava ser, curvando a cabeça em respeito a um homem mesquinho que ainda a via como uma pedinte que conseguira superar a situação e a odiava por isso.

— Obrigada, Gautam — disse Priya. — Vou tentar não incomodar de novo.

Ela precisaria entalhar a madeira com as próprias mãos. Não poderia dar a lasca como estava para o garoto. Uma lasca de madeira sagrada daquelas, quando em contato com a pele, queimaria, mas era melhor que a queimasse. Priya não tinha luvas, então precisaria trabalhar com cuidado com sua faquinha e um pedaço de tecido para tentar reduzir um pouco a dor. Mesmo agora, conseguia sentir o calor da lasca junto à pele, atravessando o tecido que a abrigava.

O garoto a esperava onde ela o deixara. Ele parecia menor sob a sombra da floresta, e ainda mais solitário. Ele se virou para observá-la enquanto se aproximava, o olhar cauteloso e um pouco incerto, como se não tivesse certeza do retorno de Priya.

O coração dela se apertou. Encontrar Gautam a levara mais perto do que restou do passado. Priya sentiu o puxão das memórias desgastadas como se fosse uma dor física.

O irmão. Dor. O cheiro da fumaça.

Não olhe, Pri. Não olhe. Só me mostre o caminho.

Me mostre...

Não. Não havia motivo para se lembrar disso.

Era apenas sensato ajudá-lo, ela disse a si mesma. Priya não queria a imagem do garoto parado diante dela assombrando-a. Ela não queria se lembrar de uma criança faminta, abandonada e sozinha, com raízes crescendo pelas mãos, e pensar: *Eu o deixei morrer. Ele me pediu ajuda e eu o abandonei.*

— Você está com sorte — anunciou ela, com leveza. — Trabalho no mahal do regente, e a esposa dele tem um coração bem mole quando se trata de órfãos. Eu deveria saber. Foi ela que me recebeu lá. Ela vai deixar você trabalhar na propriedade se eu pedir com jeito. Tenho certeza disso.

O garoto arregalou os olhos; havia tanta esperança em seu rosto que era quase doloroso olhar para ele. Então, Priya fez questão de desviar o olhar. O céu estava limpo, o ar, muito quente. Ela precisava voltar.

— Qual é o seu nome? — perguntou ela.

— Rukh — respondeu ele. — Meu nome é Rukh.

MALINI

Na noite anterior à chegada a Ahiranya, Malini não recebera os remédios de sempre. Não havia nada no vinho que Pramila entregara para ela beber antes de dormir — não havia o gosto enjoativo de açúcar que indicava que recebera uma dose de jasmim-do-imperador.

— Você precisa estar alerta quando conhecer o regente — informou Pramila. — Estará alerta e será educada, princesa.

As palavras eram um aviso.

Malini não sabia como lidar com aquela nova clareza em sua mente. A pele parecia esticada demais sobre os ossos. O coração, que finalmente recebeu a permissão de ficar de luto sem o manto de jasmim-do-imperador para abafá-lo, pulsava dolorido no peito. Ela sentia como se as costelas doessem ao carregar esse peso. Malini cruzou os braços ao redor de si, sentindo cada protuberância, cada cavidade. Ela as contou.

Depois de semanas que passou entorpecida pela planta, o mundo trazia um ricocheteio doloroso de sensações. Tudo era barulhento demais, forte demais, a luz do dia desconfortável demais. O chacoalhar da carruagem fazia as juntas doerem. Malini era como um saco de carne e sangue.

Pela primeira vez, ela não conseguia se desligar do som de Pramila lendo o Livro das Mães. A mulher estava sentada ao lado dela na carruagem, com a postura ereta, recitando com uma lentidão meticulosa. Primeiro, a infância de Divyanshi. Depois, os crimes dos yaksha e seus terríveis devotos, os ahiranyi. Em seguida, a antiga guerra. Por último, como tudo acabou.

Ao fim, o livro era fechado. Virado. E reaberto, tudo sendo repetido mais uma vez.

Aquilo a fazia querer gritar.

A princesa manteve as mãos imóveis e calmas sobre o colo. Manteve o compasso da própria respiração.

Ela era a Princesa Imperial de Parijatdvipa. Irmã do imperador. Recebera seu nome aos pés da estátua de Divyanshi, coroada em chamas e flores. Tecelã de coroas, foi o nome que concederam a ela. *Malini.*

A garota tecera sua primeira coroa com rosas sem espinhos, como a mãe a ensinara com as palavras do Livro das Mães, a voz muito mais doce e entusiasmada do que o tom seco de Pramila.

As mães encerraram suas vidas voluntariamente no fogo sagrado. Seu sacrifício foi uma magia antiga e profunda que acendeu em chamas as armas de seus séquitos, que incendiou os monstruosos yaksha.

Naquela altura da história, a mãe de Malini fingia tecer uma espada na frente dela, conferindo ao conto uma leveza necessária. Malini sempre ria.

Seu sacrifício salvou a todos nós. Se não fossem pelas mães, não haveria um império.

Se não fosse o sacrifício das mães, a Era das Flores jamais teria acabado.
Sacrifício.

Malini olhou pela janela da carruagem para as terras de Ahiranya. O ar tinha um cheiro intenso e úmido por causa das chuvas. A fina cortina que rodeava o veículo escondia quase tudo, mas, através da fresta que se abria com o movimento das rodas, a princesa conseguia ver sombras de construções aglomeradas. Ruas vazias. Árvores cortadas, rachadas por machados, tocos queimados em alguns pontos onde tudo estava queimado.

Aquela era uma nação que, durante a Era das Flores, por pouco não conquistara todo o subcontinente. Era aquilo que restava do que outrora fora uma grande potência: uma estrada de terra tão batida que a carruagem sacudia com força a cada poucos segundos, algumas lojas fechadas e terra queimada.

E Malini ainda não vira um único bordel. Ela ficou estranhamente decepcionada ao perceber que todos aqueles garotos nobres que se gabaram para seus irmãos de ser possível levar, pelo preço de uma única pérola parijati, uma dezena de mulheres para a cama no instante em que se colocava o pé em Ahiranya haviam exagerado tanto.

O TRONO DE JASMIM

— Princesa Malini — chamou Pramila, a boca apertada. — Você precisa escutar. É a vontade de seu irmão.

— Eu sempre escuto — disse Malini, em um tom tranquilo. — Conheço as histórias. Recebi a educação correta.

— Caso se lembrasse de suas lições, nenhuma de nós estaria aqui.

Não, pensou Malini. *Eu estaria morta.*

Ela se virou de volta para Pramila, que ainda segurava o livro aberto nos joelhos, as páginas lisas sob os dedos. Malini olhou para baixo, identificando a página, e começou a recitar:

— *E Divyanshi virou-se para os homens de Alor que serviam ao deus anônimo acima de todos os outros e para os homens de Saketa que idolatravam o fogo e disse a eles: "Ofereça a meu filho sua lealdade, seu voto irredutível, e ao filho dele em seguida. Unam-se a minha amada terra natal sob um único dvipa, sob um único império, e minha irmã e eu eliminaremos os yaksha dessa terra com nossas nobres mortes."*

Malini fez uma pausa, considerando, e então disse:

— Se virar a página, lady Pramila, verá uma ilustração muito bonita de Divyanshi acendendo a própria pira. Já me informaram que me pareço um pouco com ela.

Pramila fechou o livro com força.

— Você está zombando de mim — ralhou. — Princesa, não tem vergonha? Estou tentando *ajudar* você.

— Lady Pramila — uma voz chamou. Malini escutou o ruído de cascos de cavalo conforme uma figura se aproximava. — Há algo errado?

Malini abaixou o olhar. Ela viu as mãos de Pramila se fecharem ao redor do livro.

— Lorde Santosh — reconheceu Pramila, a voz doce como mel. — Não tem nada errado. Estou apenas instruindo a princesa.

Santosh permaneceu por perto, nitidamente querendo se envolver.

— Chegaremos logo ao mahal do regente — informou, quando Pramila continuou em silêncio. — Certifique-se de que a princesa esteja preparada.

— Claro, milorde — murmurou Pramila.

O cavalo se afastou.

— Está vendo o que acontece quando se comporta mal? — reclamou Pramila, baixinho. — Quer que ele relate sua infantilidade ao seu irmão? Quer mais alguma punição jogada sobre nós?

O que mais seu irmão poderia fazer além do que já fizera?

— Ainda tenho outros filhos — continuou Pramila. Os dedos tremiam de leve. — E gostaria que continuassem vivos. Se eu precisar *obrigar* você a se comportar... — Ela deixou a ameaça inacabada no ar.

Malini não respondeu. Às vezes os pedidos de desculpa só serviam para atiçar mais a ira de Pramila. Um pedido de desculpas, afinal, não servia para consertar erros. Não poderia trazer ninguém de volta dos mortos.

— Dobrarei sua dosagem hoje à noite, acho — anunciou a mulher, abrindo o livro mais uma vez.

Malini voltou seu ouvido para Pramila, captando o som do livro sendo aberto, o farfalhar de páginas sendo viradas. A monotonia da voz de Pramila.

É isso que uma mulher pura e sagrada de Parijat conquista quando abraça a imortalidade.

Malini contou as sombras dos soldados através das cortinas. A figura de Lorde Santosh estava encurvada sobre o cavalo, um guarda-sol erguido sobre a cabeça como um criado obediente.

Malini pensou em todas as maneiras como adoraria ver seu irmão morrer.

PRIYA

Rukh encarava tudo no mahal do regente: as paredes de treliças com cortes em formato de rosas e flores de lótus, os corredores arejados separados por cortinas de seda branca, os buquês de penas de pavão entalhados na base das colunas de arenito que sustentavam o teto alto revestido com azulejos prateados. O garoto tentou desacelerar o passo e olhar para tudo, mas Priya o arrastou, impiedosa. Ela não poderia arcar com as consequências de dar tempo para ele admirar a paisagem. Tinha se atrasado, e muito, e apesar de ter avisado ao cozinheiro, Billu, que se atrasaria — subornara-o com o haxixe que guardara especialmente para a ocasião —, havia um limite para o quanto ela poderia testar sua boa vontade.

Ela entregou Rukh aos cuidados de Khalida, uma criada mais velha, de expressão azeda, que concordou relutantemente em perguntar à senhora se o menino poderia fazer algum trabalho doméstico na casa.

— Volto para vê-lo mais tarde — Priya prometeu a Rukh.

— Se lady Bhumika permitir que ele fique aqui, pode buscá-lo antes do jantar — respondeu Khalida, e Rukh mordeu o lábio. Sua expressão era de preocupação.

Priya inclinou a cabeça.

— Obrigada, senhora. — A Rukh, ela disse: — Não se preocupe. A esposa do regente não vai falar não.

Khalida franziu o cenho, mas não discordou. Ela sabia tão bem quanto Priya como a mulher podia ser generosa.

Priya se afastou dos dois e foi para o dormitório dos criados, onde ela rapidamente tirou a parte mais grossa da lama e da sujeira do sári, que estava de fato encardido, e depois seguiu até a cozinha. Ela tentou compensar o atraso parando no poço de degraus e coletando dois baldes cheios de água. Afinal, não havia nenhum momento em que água não era útil na cozinha do palácio.

Para sua surpresa, ninguém pareceu ter notado sua ausência. Apesar dos fornos de barro grandes estarem quentes, e de alguns criados entrando e saindo apressados, a maior parte dos empregados da cozinha estava amontoada ao redor do forno de chá.

Mithunan, um dos guardas mais jovens, estava parado ao lado da chaleira fervente, bebendo de um copo feito de argila enquanto gesticulava animado com a mão livre. Todos os outros criados o escutavam, atentos.

— ... só um cavaleiro na dianteira — dizia. — Um cavalo. Dava para ver que ele veio direto de Parijat. O sotaque era pura elegância, e o capitão da guarda disse que ele estava carregando o símbolo imperial. — Mithunan bebeu um gole do chá. — Achei que o capitão ia desmaiar. Ele ficou tão chocado.

Priya depositou os baldes no chão e se aproximou.

Billu lançou um olhar para ela.

— Bom ver você, finalmente — disse ele, seco.

— O que está acontecendo? — perguntou ela.

— A princesa chega *hoje* — informou uma das criadas, com o tipo de voz sussurrada e empolgada, reservada apenas para as melhores fofocas.

— Era para ela chegar só daqui a uma semana — acrescentou Mithunan, balançando a cabeça. — Nem fomos informados de que era para ficar de olho nisso no nosso turno. Mas ela não está com um séquito, então a viagem deve ter sido rápida. Foi o que o mensageiro disse.

— Sem séquito — repetiu Priya. — Tem certeza?

Cada pessoa da realeza de cada cidade-Estado de Parijatdvipa viajava com um grupo grande e, na maior parte, inútil de seguidores: criados, guardas, artistas e nobres favorecidos. A irmã do imperador viajar com qualquer coisa menor do que um pequeno exército era uma ideia absurda.

Mithunan deu de ombros.

— Eu só sei o que o mensageiro contou — falou ele, sem jeito. — Mas talvez as regras sejam diferentes quando... bom, sabe. Nessas circunstâncias. — Ele pigarreou. — Enfim. Me enviaram até aqui para pegar um pouco de comida. Acabamos de completar dois turnos, e talvez precisemos emendar mais uma noite. Os homens estão com fome.

— Onde estão os guardas do turno diurno? — perguntou Billu, já empilhando uma cesta de comida.

— Na cidade — disse Mithunan. — O capitão falou que o regente quer tudo fechado antes da chegada da princesa. Irmão Billu, tem um pouco mais de chá? Ou caldo de cana? Qualquer coisa para manter todo mundo acordado...

Priya saiu de fininho conforme os outros continuaram conversando e aproveitou para roubar uma paratha da cesta perto dos fogões e enfiar tudo na boca. Sima a chamaria de fera mal-educada se visse a cena, mas ela não estava presente, então Priya era livre para ser grosseira, caso assim desejasse.

Ela estivera errada em presumir que alguém havia sido assassinado. Não havia gargantas cortadas ou corpos estirados do lado de fora de templos. Nenhuma morte rebelde.

Só uma princesa, chegando mais cedo em sua prisão.

Quando terminou o trabalho, Priya resgatou Rukh dos cuidados de Khalida e o guiou para o dormitório onde ficavam as crianças. Depois de encontrar uma esteira de dormir sobressalente, Priya levou o garoto para o dormitório que ela dividia com outras oito criadas. Sob o teto da varanda com dossel simples que a rodeava, cercada da chuva fresca que caía, ela se ajoelhou, embrulhou as mãos em seu pallu e começou a entalhar a madeira sagrada até virar uma conta.

A quentura da madeira através do tecido era intensa o suficiente para fazê-la praguejar. Priya mordeu a língua por um instante, causando uma dor para se distrair de outra, e continuou entalhando, as mãos firmes e habilidosas. Ela conseguia aguentar mais dor que isso.

— Venha se sentar ao meu lado — ela chamou Rukh, que ainda estava parado na chuva, visivelmente atônito pela virada em sua sorte.

O garoto deu um passo para entrar na varanda. Ajoelhou-se ao lado de Priya.

— Me dê um desses — pediu ela, apontando para uma pequena pilha de fitas e fios que estavam enrolados no chão ao seu lado.

Rukh escolheu uma. Ela abaixou a faca e tirou a fita da mão dele.

— Tem alguma outra coisa que eu posso fazer? — perguntou o menino, tímido, conforme Priya passava a conta pela fita.

— Você pode me contar o que está achando dessa sua nova vida até agora — sugeriu ela. — Que tipo de trabalho Khalida separou para você?

— Limpar as latrinas — contou ele. — Está tudo bem. Não, sério, é muito bom. E a cama e a comida são... são... — Ele parou de falar, balançando a cabeça sem jeito.

— Eu sei — disse Priya. E sabia mesmo. — O que mais?

— Eu falei que faria qualquer coisa, e vou fazer — garantiu Rukh às pressas. — Estou muito grato, senhora.

— Já falei para me chamar de Priya.

— Priya — repetiu, obediente. — Obrigado.

Ela não sabia o que mais fazer com a gratidão dele exceto ignorá-la, então simplesmente assentiu e pressionou a conta de madeira contra a própria pele. Era pequena o suficiente para, em vez de queimar, apenas aquecer seu pulso, a mágica passando da pele para os nervos e então para o sangue. Ela segurou a conta ali por um momento, certificando-se de que não estaria forte o bastante para machucar Rukh, mas que ainda seria o suficiente para ajudá-lo, e observou o rosto do menino. Ele abaixara o queixo, o olhar fixo nas gotas de chuva caindo sobre o solo. Ainda parecia aturdido.

Priya se lembrava de como se sentira quando chegou ao mahal do regente. Ela chorara todas as noites naquela primeira semana, dobrando a esteira sobre o rosto para abafar o som e não acordar as outras meninas.

— Vou lhe contar uma história — começou ela, com leveza. Rukh ergueu a cabeça e a encarou, curioso. — Já ouviu falar do yaksha astuto que tentou enganar um príncipe srugani para que se casasse com uma lavadeira ahiranyi?

Ele negou com a cabeça.

— Bom, me dê sua mão enquanto conto para você.

Ela passou a fita ao redor do pulso de Rukh e começou a história.

— Era perto do começo da Era das Flores, antes de os srugani e os outros como eles entenderem o quanto os yaksha eram fortes e espertos...

O TRONO DE JASMIM

Quando Priya finalmente terminou de tagarelar sobre o que ela se lembrava da história de máscaras e identidades trocadas, um duelo de honra e uma lavadeira coberta por um véu de lírios brancos e açafrão, Rukh começou a relaxar, encostado na varanda e sorrindo um pouco enquanto passava a mão na conta de madeira sagrada amarrada ao pulso.

— Tome cuidado com isso — alertou Priya. — Não vai ser fácil arrumar mais madeira sagrada. Sabe de onde vem?

— Da floresta?

— Das árvores que cresceram quando todos os yaksha morreram — contou Priya. — A madeira sagrada contém um pouco da magia deles. — Ela deu um tapinha na conta. — Sem yaksha, sem árvores novas, e é isso que faz a madeira sagrada ser tão cara. Então cuide bem dela, tá?

— *Aí* está você — disse uma mulher.

Priya e Rukh se viraram na direção dela. A chuva começava a diminuir, mas a mulher parada na entrada da varanda com o pallu cobrindo o cabelo havia recebido os últimos esforços do dilúvio, o tecido brilhando levemente com a água.

— Priya — chamou ela. — Venha comigo. Precisam de você.

— Sima — respondeu Priya em cumprimento. Ela pegou o emaranhado de fitas, a faca e os restos de madeira sagrada e guardou tudo. — Sima, esse aqui é o Rukh.

— Boa noite, senhora — cumprimentou ele, cuidadoso.

— Um prazer conhecer você, Rukh — disse Sima. — Você deveria ir à cozinha antes que perca o jantar.

— Pode ir — liberou Priya, quando Rukh olhou para ela buscando confirmação. — Você consegue encontrar o caminho para seu dormitório, certo? Os outros garotos podem guiar você de lá.

Ele assentiu. Com um último murmúrio de agradecimento e o mais leve sorriso direcionado a Priya, Rukh pulou da varanda e saiu correndo.

Assim que ele sumira, Sima agarrou o braço de Priya e a arrastou pela varanda, na direção do mahal. O aperto era forte, úmido pela chuva e um pouco perfumado com o sabão com o qual a mulher passava horas lavando roupas.

— Então você *de fato* trouxe um menino perdido para casa — constatou Sima. — Eu deveria saber que era verdade.

— Quem foi que contou?

— Um dos guardas que deixou você entrar. Tanto faz — respondeu Sima, desdenhando. — Você tem sorte de Billu tê-la encoberto. Você voltou tão tarde.

— Se eu soubesse que iam fechar as lojas, não teria me dado ao trabalho de ir. Eu fui... ajudar — argumentou Priya. — Você sabe o que eu faço. Mas não consegui fazer muito. Então encontrei o garoto. Ele estava sozinho, Sima.

Priya viu uma mistura familiar de exasperação e carinho aparecer no rosto de Sima antes de a amiga revirar os olhos e balançar a cabeça.

— Falando em lojas fechadas, você realmente precisa vir comigo. — Sima aliviou o aperto no braço de Priya e o entrelaçou com seu braço com um ar conspiratório. — E precisamos nos apressar.

— Por quê?

— A princesa está quase chegando — informou ela, como se Priya não estivesse acompanhando. — Vamos lá ver. — Ela a puxou. — *Vamos.* Precisei subornar um dos guardas com um frasco inteiro de vinho para conseguir um lugar bom.

— Eu estou com fome — protestou Priya.

— Pode comer depois — respondeu Sima.

Elas seguiram para o depósito, uma sala alta no mahal, onde uma janela estreita com barras dava visão para a entrada de mármore do pátio. A janela era grande o bastante para que uma delas olhasse por vez. Priya olhou primeiro, e viu o regente e seus conselheiros, acompanhantes com sombrinhas parados ao lado para manter longe a ameaça constante da chuva. Soldados em trajes brancos e dourados parijatdvipanos estavam enfileirados em um semicírculo ao redor deles.

Ela se afastou, deixando Sima tomar o lugar.

— Você deveria ter guardado um pouco de vinho pra gente — murmurou Priya, agachando-se no chão.

Sima balançou a cabeça.

— Não vou ter tempo para beber. Arrumei um emprego novo. Enquanto você estava por aí perambulando pela cidade, Gauri estava recrutando garotas para fazer as tarefas no quarto novo da princesa. Varrer, cozinhar, o de sempre. — Sima olhou de soslaio para Priya. — Você deveria se voluntariar. Nós poderíamos trabalhar juntas de novo.

O TRONO DE JASMIM

Elas não compartilhavam as mesmas tarefas desde o primeiro ano no mahal, quando ainda eram meninas. Sima deixara seu vilarejo e sua família para trás e fora até o mahal por escolha própria, mas ficara aturdida pelo tamanho e movimento da cidade. Priya era como Rukh, é evidente: um dos casos de caridade da esposa do regente, outra órfã abandonada, feroz, enraivecida e totalmente sozinha. As duas se apegaram uma à outra por necessidade, ao menos no princípio. Porém, logo construíram uma amizade baseada em uma afeição compartilhada por meninas bonitas, álcool e noites em claro fofocando no dormitório, rindo juntas enquanto as criadas que tentavam dormir jogavam sapatos para que se calassem.

— Paga bem? — questionou Priya.

— Paga *muito* bem.

— Eu diria que ela deve ter mais voluntários do que precisa, então.

— Ah, não. — Sima bisbilhotou por entre as barras. — Vem aqui. Consigo ver os cavalos.

Priya se levantou com um grunhido. Quando Sima não se mexeu, ela se apertou no espaço, e as duas ficaram com os rostos colados para que pudessem ver.

Os cavalos que puxavam a carruagem de prata e marfim eram lindos, de um branco puro, com arreios de ouro. Os ocupantes estavam escondidos, cobertos por um dossel escuro de tecido, rodeados por uma parede de cortinas. Cavaleiros rodeavam a carruagem, mas, de fato, não havia um séquito completo. Só um punhado de soldados, carregados de armas, e um nobre que desmontara do cavalo e fizera uma mesura sucinta para o regente.

— A princesa — sussurrou Sima no ouvido de Priya conforme a cortina da carruagem se abria e uma nobre mais velha aparecia — vai ser aprisionada no Hirana.

De súbito, a cabeça de Priya foi tomada por um vazio enevoado.

— Gauri está com dificuldade de achar voluntárias — Sima estava dizendo. — Tem eu, claro. Algumas garotas novas que não sabem de nada ainda. Só isso.

— Mas você *sabe* das coisas — Priya conseguiu dizer.

— Quero o dinheiro — respondeu Sima, baixinho. — Não quero ser uma criada pelo resto da vida. Não vim a Hiranaprastha para isso. E você... — Sima deu uma bufada, mas Priya estava tão entorpecida que não sentiu, mesmo que estivessem com as bochechas coladas. — Eu não acho que você queira ficar aqui para sempre também.

— Não é uma vida ruim — comentou Priya. — Tem coisa pior.

— Isso não quer dizer que você não pode querer um pouco mais do que tem — argumentou Sima. — E o que aconteceu lá... já faz muito tempo, Pri.

— Ahiranyi não esquecem. — Priya se afastou da janela e pressionou as costas na parede, encarando o teto.

— Deixe que os rebeldes se lembrem — insistiu Sima. — Deixe que eles escrevam poemas e canções e peguem em armas. Eu e você, nós deveríamos cuidar de nós primeiro.

Ela não acrescentou "porque ninguém mais vai". Aquela verdade já estava enraizada até os ossos.

Ainda assim.

O Hirana.

Se Gautam a levara perto dos resquícios do passado, o Hirana era o túmulo onde os pedaços quebrados da memória descansavam em um sono irrequieto.

Tudo recaiu sobre Priya naquele instante. A exaustão. O vazio dentro dela. A coragem e solidão de Rukh, como um espelho mostrando o próprio passado da garota. O pensamento de como uma lâmina rompia a pele com facilidade. A humilhação de ter sido empurrada, descartada, ignorada. *E o que você faz? Varre o chão?*

Outrora, ela deveria ter sido muito mais.

Priya não podia se tornar a pessoa que havia sido criada para ser. Mas talvez, talvez, ela pudesse se permitir querer um pouco mais do que tinha. Só um pouquinho.

De repente, a faísca acendeu em seu coração — um desejo tão pequeno e ao mesmo tempo tão poderoso que inflou dentro dela como o apetite em um corpo faminto. Priya não podia se permitir querer seus velhos dons e sua velha força, mas podia querer *isso*: dinheiro o bastante para comprar madeira sagrada sem precisar se humilhar diante de um homem que a odiava. Dinheiro o bastante para deixar a vida um pouco *melhor*: para as crianças no mercado, que não tinham mais ninguém; para Rukh, que agora era responsabilidade dela; para si mesma.

Dinheiro era poder. E Priya estava exausta de se sentir impotente.

O TRONO DE JASMIM

— Eu a vejo. — Sima arfou, de repente. — Ah! Não consigo ver o rosto, mas o sári é lindo.

— Ela é uma princesa. É claro que o sári é lindo.

— Mas é cinza. Achei que ela ia usar uma coisa mais alegre.

— Ela é uma prisioneira.

— E eu lá sei o que a realeza aprisionada veste? Pare de reclamar comigo, Pri. Venha ver.

Priya tomou o lugar de Sima dessa vez. Uma figura esbelta havia surgido da carruagem. Ela conseguia ver a ponta dos dedos da princesa ainda descansando encostados na parede da carruagem, o tecido perolado do sári flutuando suavemente com a brisa.

— Vou falar com Gauri — avisou ela, dando um passo para trás.

— Agora? — perguntou Sima, a testa enrugada, confusa.

Priya não queria esperar. Se ela pensasse demais na tolice que iria cometer, acabaria se convencendo a não fazer isso.

— Por que não? — falou Priya. — Preciso pedir um emprego. Vou para o Hirana com você. — Ela forçou um sorriso. — Você está certa, Sima. É hora de cuidar de mim mesma.

MALINI

Eles foram cumprimentados de forma cortês pelo regente, o general Vikram. Ele estava com a jovem esposa ao lado, que era uma mulher ahiranyi bonita, de olhos grandes, que ofereceu a Malini um sorriso tímido, mas educado, e então se retirou para o próprio palácio com um pedido de desculpas. Lady Bhumika já estava nos últimos meses de gravidez e não conseguia lidar com as exigências de entreter convidados.

Malini não era uma convidada, é evidente. Ela não estava ali por *escolha*. Porém, lorde Santosh — tão repugnantemente feliz por estar encarregado de seu aprisionamento quanto estivera no dia em que Chandra colocara em suas mãos a responsabilidade sobre a própria irmã — insistira em um banquete luxuoso. Os conselheiros do regente se juntaram a eles, mas, para alívio de Malini, ela recebera um lugar de honra em uma mesa distante dos outros.

Pratos deliciosos foram servidos. Talvez o general Vikram tivesse sido avisado com antecedência de que lorde Santosh, assim como o imperador Chandra, nutria uma aversão considerável a qualquer coisa que não fosse inerentemente parijati, porque a refeição parecia com a comida que Malini teria comido no mahal imperial em Harsinghar. Era repleta de ghee, passas e pistache, o perfume do açafrão exalando do dal. Ela brincou com a comida no prato, esforçando-se para comer conforme o regente fazia perguntas educadas sobre a viagem e Santosh respondia. Desde que Malini começara a ser medicada com jasmim-do-imperador, o apetite dela se esvaíra. Ela nunca sentia fome.

O TRONO DE JASMIM

A princesa deveria estar avaliando o regente: suas fraquezas e crenças, as chances de essas coisas serem usadas para virar sua lealdade contra Chandra. Ele não poderia *gostar* do irmão dela — nenhum homem sensato gostava do irmão dela, e o general Vikram não teria conseguido se manter na regência por tanto tempo se não fosse um homem inteligente —, mas a mente de Malini ainda estava um emaranhado de pensamentos desconexos e lentos, resultado de semanas recebendo doses de jasmim-do-imperador.

Tudo que conseguia fazer era ficar sentada encarando o prato e sentindo a própria mente cambalear feito bêbada sobre o que deveria ser feito. Malini precisava encontrar uma forma de ganhar a confiança das criadas da casa, agora que não possuía mais joias ou dinheiro para suborná-las. Ela precisaria ter olhos e ouvidos no mahal.

— A princesa ainda não sabe — dizia Santosh, parecendo mais exultante do que Malini gostaria, o que a fez erguer a cabeça — onde a sua prisão está localizada. Gostaria de fazer as honras, general Vikram?

O olhar do regente foi de Malini para Santosh.

— O imperador Chandra solicitou que ficasse alojada no Hirana, princesa — revelou ele.

Malini gostaria de ter ficado surpresa, mas não ficou. O pavor e a resignação passaram por ela, seguindo do estômago para as mãos e os pés, até que a ponta dos dedos estivesse entorpecida.

— O Hirana — repetiu ela. — O templo ahiranyi.

Pramila respirou ruidosamente. Então ela não sabia disso.

— O templo onde os sacerdotes de Ahiranya atearam fogo em si próprios sob as ordens de meu pai — recordou Malini lentamente, olhando do rosto contorcido de Pramila para a expressão impassível do regente. — O templo onde vinte e cinco crianças...

— Sim — cortou o general Vikram. Ele parecia um pouco pálido. Ela se lembrava de que ele fora o regente quando o pai dela ordenara aquelas mortes.

— Não há outro Hirana, princesa — disse Santosh com uma risadinha. Ah, como ele estava feliz. — Que outro lugar seria melhor para refletir sobre suas escolhas? Para pensar no que a aguarda?

O general não estava olhando para ela, o olhar fixo na janela de treliças. Como se, ao não reconhecer o que estava diante dele, pudesse ignorar o destino da princesa.

— Faço a vontade de meu irmão, o imperador — disse Malini.

O Hirana era diferente de tudo que já vira antes.

Era uma construção imensa, que se elevava até um nível bem alto, onde ficava o templo em si. Mas não havia escadas que levassem até o topo... Não era uma subida fácil. Em vez disso, era como se alguém tivesse pegado diversos corpos — animais, mortais, yakshas — e os empilhado para criar uma montanha de mortos. Mesmo distante, parecia grotesco aos olhos de Malini.

Não ficou muito melhor quando a levaram até uma corda e pediram que ela subisse.

— Deve tomar cuidado, princesa — alertou calmamente o comandante Jeevan, o guia providenciado pelo regente. — O Hirana é extremamente perigoso. Sua superfície foi danificada em muitos pontos e se abriu em fossas profundas. Não solte a corda. Siga meus passos.

Os entalhes nas pedras eram irregulares para encaixar os pés e pareciam ter vida própria, o que era perturbador. Malini olhou para eles conforme subia, segurando a corda com força, Pramila ofegante atrás deles. Cobras enroscadas, presas à mostra, com bocas grandes o bastante para serviram de armadilha para um tornozelo; corpos humanos entalhados em pedra, as mãos para o alto e dedos flexionados; yakshas, os antigos espíritos que eram meio mortais, meio natureza, com folhagens saindo dos olhos, uma vegetação densa saindo pelas bocas, as formas parecidas com as humanas, mas rachadas no estômago e no coração por explosões violentas e espessas de folhas.

Não era de admirar que o mundo temera Ahiranya no passado. Malini poderia imaginar como era a aparência do Hirana na Era das Flores, quando era pintado de ouro e os anciões do templo ainda tinham poder e os yakshas andavam pelo mundo. As figuras sob ela, com cabelos de vinhas e dentes pontiagudos, pele como troncos de árvore ou solo desmoronando despertou em Malini uma cautela instintiva e visceral.

Os soldados parijati que Santosh levara consigo para proteger Malini subiam nervosos. Santosh não parecia tão exultante quanto antes. Conforme subiram mais e a chuva começou a cair, a voz dele ganhou um tom de reclamação, perguntando quanto ainda faltava para chegarem ao topo.

— Só mais um pouco, milorde — informou o comandante Jeevan, ainda calmo. Se ele tinha alguma opinião sobre a covardia alheia, era sensato o bastante para não demonstrar. — As criadas já prepararam os quartos para a princesa. Acredito que ficarão satisfeitos.

A prisão de Malini ficava na parte mais ao norte do Hirana. Ela foi levada pelos corredores vazios que davam eco, através de um átrio estranho que se abria para o céu, até um salão grande com uma parede de treliça escondida atrás de uma cortina desbotada que nitidamente tinha a intenção de impedir o frio do átrio de entrar. Havia apenas uma porta. E também dava para perceber que outra fora fechada com tijolos para que houvesse apenas uma entrada e uma saída do cômodo. Havia uma única charpai de bambu trançado que servia de cama. Um baú para as roupas que levara.

As paredes ainda estavam manchadas de preto, os entalhes no cômodo demolidos e esmaecidos, desgastados pela negligência e pelo fogo. Malini olhou em volta. Ergueu a cabeça para o teto enquanto os guardas, Pramila e Santosh andavam ao seu redor e percebeu, horrorizada, que aquela devia ser a sala onde os sacerdotes de Ahiranya queimaram até a morte.

É óbvio que era. Maldito fosse o irmão e a natureza cruel e deturpada de sua mente. É óbvio que ele a trancaria longe de todo o apoio e alianças que possuía. É óbvio que a mandaria para um quarto em um templo decadente onde dezenas de crianças morreram aos gritos, consumidas pelas chamas, simplesmente pelo crime de serem poderosas demais, *monstruosas* demais...

— Sim — disse Santosh. Sua mão pesada repousou sobre o braço de Malini. Ela não estremeceu. Não o golpeou. Seu sentimento alternava entre orgulho e nojo. — Vai servir bem. O imperador Chandra ficará satisfeito.

Depois que os guardas foram postados nas entradas do Hirana — depois que o comandante Jeevan partira, guiando Santosh consigo —, Malini se deitou na charpai e Pramila abriu a pequena garrafa de remédio que usava pendurada no pescoço. Ela despejou duas doses, como prometido, em um jarro de vinho e o depositou ao lado da princesa.

— Beba — orientou.

Malini virou o rosto. Fechou os olhos.

— Não comece de novo. — Pramila suspirou. — Beba, princesa Malini, ou serei forçada a chamar os guardas.

Ela faria isso. Já fizera antes. Fizera os guardas segurarem os braços de Malini enquanto puxava sua cabeça para trás e abria sua boca para despejar o líquido, observando enquanto a princesa se engasgava e afogava, dizendo o tempo todo, *se você fosse boa... boa como o imperador exige... Ninguém quer machucar você, princesa, ninguém.*

Malini se apoiou sobre os cotovelos e levou o jarro à boca, bebendo o líquido.

Então ela se deitou mais uma vez e esperou que o estupor da droga fizesse efeito.

Não posso viver assim, pensou, o raciocínio já nebuloso. O teto marcado de cinzas a encarou de volta. *Não posso.*

— O regente providenciou para que criadas cuidem do templo — murmurou Pramila. Malini a ouviu abrir o Livro das Mães mais uma vez, para retomar a lição. — Mas você não as verá, princesa. Eu me certifiquei disso.

Pramila conhecia Malini bem demais.

Uma brisa soprou entrando pelo átrio estranho, o que ficava ao ar livre, cujo teto deixava o céu exposto através de um corte amplo na pedra. Malini estremeceu, se curvando em posição fetal para afastar o frio.

Use o que tem, Malini lembrou a si mesma. *Use tudo e qualquer coisa que tiver. O que pode fazer? O que tem aqui que pode salvá-la?*

Estavam roubando a mente dela. Negaram a ela a companhia de outras pessoas. Malini não tinha nada exceto ela mesma. Nada a não ser o ódio e o luto que pulsavam em seu coração.

A escuridão caiu sobre ela. Ela ouviu a voz de Pramila, abafada e distante. No mundo sem luz entre o sono e o acordar, a princesa tentou se lembrar de sua antiga força. Sua antiga astúcia. Ela se embrulhara na raiva que sentia de Chandra como uma nova pele; como se fosse uma cobra, descartando um corpo para formar outro.

Ela se forçaria a sobreviver. Esperaria. E quando a oportunidade de escapar do Hirana chegasse — qualquer que fosse —, ela a aproveitaria.

Malini prometeu isso a si mesma, e então se deixou levar, levar, levar para as profundezas. Para as memórias dos gritos de suas irmãs de coração enquanto ardiam nas chamas.

ASHOK

Quando Ashok tinha dez anos, ele entrara nas águas perpétuas pela primeira vez.

Era a idade certa para a primeira imersão. Ele vivia no templo desde que começara a engatinhar. Fora selecionado e treinara. Fora ensinado a não reclamar quando se sentava sob o calor insuportável do sol do meio-dia ou ao relento de uma noite gelada sem a luz de uma vela. Ele aprendera a lidar com a fome, com a dor das mãos dos irmãos mais velhos do templo retorcendo sua pele. Era assim que as crianças do templo Hirana eram ensinadas. Era assim que aprendiam sobre dor, força e a necessidade de exterminar a fraqueza.

Havia sido uma manhã normal até aquele momento. A Anciã Saroj o guiara com os outros pelas preces e tarefas e ficara observando enquanto preparavam presentes para os peregrinos levarem consigo para casa: frascos de águas perpétuas, retiradas de sua fonte, mas ainda com um azul bonito e radiante nas garrafas; madeira sagrada, entalhada em pequenos berloques; frutas maduras, sua polpa cravejada de especiarias cuidadosamente colocadas por mãos de crianças.

Porém, depois de tudo que fora feito, em vez de liberá-los como sempre acontecia, ela os levara até as águas.

— Três jornadas — dissera. — Depois de três jornadas através das águas, vocês se tornarão Anciões como nós. Essa é apenas a primeira jornada. Não se esqueçam: aqueles entre vocês fortes o bastante para sobreviver ainda vão precisar trabalhar duro e ficar ainda mais fortes. É nossa responsabilidade dar continuidade à fé e preservar a memória e tradição da grande história de Ahiranya. Mesmo se o império parijatdvipano se esquecer do que já fomos, nós não esqueceremos.

Aqueles entre vocês fortes o bastante para sobreviver.

Ashok não se preocupara. Ele soubera que era forte o bastante, porque olhara para os entalhes dos anciões no templo da Era das Flores, os homens e mulheres que haviam conquistado o subcontinente em nome dos yakshas. Que tiveram um poder terrível e incalculável. Ashok olhara para eles e pensara, *Eu não serei como os nossos anciões, que só têm uma sombra do poder, um eco distante do que já existiu. Não vou me sentar com o regente e não vou me curvar para o imperador em Parijat.*

Eu vou ser como vocês.

Ele sabia — do instante em que saíra das águas perpétuas pela primeira vez, ofegante, implorando para o ar encher os pulmões, de alguma forma vazios e cheios — que estivera certo. Porque, em sua cabeça, ele vira o sangam. Um lugar de mitos. Um mundo além do domínio mortal, onde os rios cósmicos se encontravam; onde, outrora, os anciões dos templos costumavam caminhar. Naquele dia, anos antes de as outras crianças começarem a mudar e ficar mais poderosas, antes de os anciões dos templos perceberem o que as crianças haviam se tornado — antes de tudo e todos queimarem —, Ashok já sabia. Os yakshas o ouviram. A glória de Ahiranya retornaria.

Agora.

Agora ele estava lá, na confluência dos rios.

Os rios se encontraram sob seus pés. O rio das almas; o rio das entranhas, vermelho e profundo; o rio da imortalidade, borbulhando no tom de verde da vida e no dourado da eternidade.

Rios dos vivos. Rios dos mortos.

Ashok foi mais ao fundo, a água subindo aos tornozelos, aos joelhos. Ele fechou os olhos e segurou a respiração, e então a soltou, lenta e uniforme. Ele já fizera isso antes. Sabia como funcionava: como uma respiração poderia levar a mente de um homem para longe da carne e mergulhá-la nas garras dos rios. Na floresta de Ahiranya, seu corpo estava sentado de pernas cruzadas, de postura ereta e olhos fechados, respirando com calma. Na confluência dos rios — no sangam, o lugar mais sagrado de todos —, sua alma fora ao lugar de encontro.

Ela esperava por ele, naquelas mesmas águas de redemoinhos, apenas uma sombra de mulher. Ela tremia. Sempre tremia agora. Ao seu redor, o rio era de um tom oleoso de violeta.

— Você não está bem — constatou ele.

— Ashok — murmurou ela, abaixando a cabeça. — Estou bem o bastante.

— Está mesmo?

— Quase encontrei o caminho. Quase. Tenho certeza.

— Me conte tudo.

Ela estremeceu. A sombra estava se rompendo, a tinta rodopiando em meio ao fluxo do rio. Não era forte o bastante para estar ali. Cada momento era de agonia.

— Não posso ficar muito tempo — disse ela. Havia um pedido de desculpas na voz, pequeno e fraco. — Mas prometo que vou… prometo que vou nos salvar. *Prometo.*

Ashok se aproximou mais. Ele a sentiu naquele momento: sua dor, sua fraqueza, seu amor e lealdade. Esticou a mão, um fiapo de alma diante dele, e tocou a bochecha dela.

Ele pensou em dizer para ela voltar para casa. Pensou em dizer que ela deveria voltar para sua família, onde estaria segura.

Mas se houvesse uma esperança… se houvesse uma *chance*…

— Eu sei o que significa ser forte — afirmou ela. — E sei que tudo tem um preço.

E assim era.

— Seja forte, então — murmurou Ashok. — E eu estarei aqui.

Ela desapareceu e ele continuou ali, o sangam circulando aos seus pés.

PRIYA

Era apenas a quarta semana delas subindo o Hirana quando o desastre aconteceu.

Priya estava no fim da fila de criadas, na metade da subida, quando ouviu um grito cortar a escuridão, seguido do som de uma lanterna caindo no chão. Ela congelou. Acima, a fileira serpenteante de lanternas estremeceu e ficou imóvel, aquelas que as seguravam também paralisadas.

Ela puxou o ar lentamente. Sentiu o gosto de chuva, sangue ou alguma outra coisa incisiva que lembrava os dois. Pressionou as solas dos pés na pedra úmida, segurando-se no lugar. Na mão esquerda, a corda-guia, que estava escorregadia por causa da água, fazia a palma, já dolorida, arder. A corda úmida era uma agonia roçando a pele ralada, mas Priya apenas segurou com mais força quando a chuva começara a cair no meio da subida, encharcando a corda, suas roupas, a pele e os suprimentos. A água já havia parado, mas só depois de deixar as pedras do Hirana lisas e perigosamente escorregadias. Não era de admirar que alguém caíra.

Atrás dela, Meena sussurrou:

— O que aconteceu?

Meena era a mais jovem das criadas que se voluntariara para o cargo, e ela já era uma coisinha ansiosa nos dias mais tranquilos. O grito a atordoara. Priya conseguia ouvir a respiração curta, um ritmo de pânico que fazia seus pulmões se contraírem por ela.

— Não sei — mentiu Priya. Ela tentou soar calma, pelo bem de Meena. — Ainda está se segurando firme?

— Sim.

— Está bem. Eu vou dar uma olhada.

— Mas…

— Segure a lanterna. — Ela entregou a lanterna compartilhada para Meena, que a segurou com dedos trêmulos. — Não vou demorar.

Assim como no passado Priya sabia separar pele de ossos, ela também sabia como subir o Hirana. Afinal, era isso que as crianças do templo faziam: levavam os peregrinos em busca da bênção dos espíritos yakshas para subir a superfície do Hirana; guiavam os peregrinos até os anciões do templo, que eram os escolhidos dos yakshas. Não havia corda naquela época. Afinal, a peregrinação era uma jornada tanto espiritual quanto física. Tinha um custo. Alguns se acovardavam ou fracassavam. Alguns caíam. Os yakshas exigiam força de seus adoradores, assim como a exigiam do conselho do templo.

Apenas os merecedores poderiam se elevar.

No passado, Priya tinha merecido.

Sem a lanterna em mãos, era mais fácil se mexer rapidamente. Ela segurava a corda um pouco frouxa, subindo o Hirana o mais rápido que conseguia. Ela e Meena haviam ficado no fim da fila — o nervosismo de Meena atrasara as duas —, mas Priya logo chegou ao ponto onde estavam as demais, tão perto umas das outras que seus pés quase se tocavam.

A criada mais próxima de Priya se inclinava sem muito cuidado, a mão retorcida na corda-guia, a outra segurando uma lanterna tão distante do corpo quanto podia para iluminar a escuridão.

Sob aquela luz, Priya conseguiu ver Sima.

Ela estava presa à esquerda da corda-guia, um pouco mais abaixo na superfície do Hirana: devia ter tropeçado e escorregado, o corpo descendo perigosamente pela pedra molhada. Os braços estavam esticados, os músculos definidos. Os dedos estavam enganchados em uma das fissuras na pedra, os nós brancos com o esforço de se segurar ali. Não se via o restante do corpo dela.

A criada caíra em um fosso esculpido na pedra, um buraco escondido de forma engenhosa entre várias estátuas entalhadas para seguir o caminho natural das sombras. Da maioria dos ângulos, era invisível, mas agora que Sima estava presa, era difícil não ver a armadilha. O buraco a segurava como uma enorme boca sem dentes, predatória.

Priya não tinha ideia da profundidade daquele fosso, mas pensar que Sima poderia perder seu ponto de apoio — e morrer com a queda que viria a seguir ou, pior, ficar encurralada lá embaixo na escuridão, viva, onde mais ninguém poderia alcançá-la — fez seu estômago embrulhar, nauseado.

A criada que se inclinava para a frente foi puxada para trás bruscamente.

— Não se incline — ordenou Gauri, a criada-chefe, enraivecida. — Eu não quero que caia também. Você! — gritou para uma mulher mais acima, gesticulando para ela com seu bastão. — Vá lá buscar um dos guardas da porta. Diga que uma das garotas escorregou. Depressa!

A mulher começou a subir, mas ela era lenta demais na pedra molhada, com a lanterna e a corda em mãos. Lenta demais.

Sima estava ofegante, o branco dos olhos visíveis mesmo sob a luz bruxuleante da lanterna.

— Não consigo segurar — arfou.

— Você consegue e você vai — respondeu Gauri. — Você é uma garota forte. Não solte agora.

Mas Sima estava com medo, e suas mãos, tão esfoladas quanto as de Priya, a pedra lisa sob os dedos. Ela não conseguiria se segurar até a ajuda chegar.

Priya olhou para o chão. Para a pedra entalhada para lembrar trepadeiras e folhas, misturando-se ao verde que surgia através da superfície rachada.

No passado, ela conhecia o Hirana e o Hirana a conhecia.

Ainda a conhecia.

Ela não tinha tanta certeza na primeira noite em que subiu, quando tudo em que conseguia pensar era chegar até o topo sem perder a coragem, mas agora sabia. Quando ficou de pé e forçou sua respiração, enquanto as lanternas tremeluziam e os dedos de Sima escorregavam um milímetro do aperto, Priya sentiu o pulsar da pedra molhada sob os pés, deslizando como se as trepadeiras na superfície se movessem para ampará-la. Tinha a sensação de que, se pressionasse o ouvido nas paredes do Hirana, ouviria a pedra arquejar, como as vértebras de uma grande fera dormente.

Ela poderia dar um passo para longe. Deixar que aquela coluna a guiasse. Tudo que precisava fazer era dar um salto de fé.

Eu não deveria fazer isso, Priya pensou, distante. *Espíritos, eu não deveria mesmo.*

Mas era Sima. Sua amiga.

O TRONO DE JASMIM

Ela se ajoelhou. Uma luz amarelada de lanterna lançou sombras sobre seus pés descalços. A pedra abaixo era preta, a superfície rachada como a de um ovo, vazando líquen e musgo da gema. Priya tocou a ponta dos dedos no verde; sentiu o calor sob a água da chuva.

— Que o chão me proteja — murmurou. Então ficou de pé mais uma vez e se afastou da corda-guia, mais para a esquerda e na direção da escuridão.

Ela ouviu gritos chocados mais acima, escutou Gauri gritar seu nome, mas Priya não ergueu a cabeça. Continuou andando. Passos lentos, cuidadosos, praguejando a si mesma em pensamento.

Ela não queria fazer aquilo. Ela iria se arrepender.

Ela queria fazer aquilo. Ela queria saber se *conseguiria*.

Ela ouviu a respiração aterrorizada de Sima.

Havia entalhes elevados naquele degrau: serpentes enroladas, uma naja com a boca aberta e as presas afiadas voltadas para cima. Ela sentiu a ponta perfurante junto à pele. Congelou.

Priya ouviu uma voz na cabeça. Dessa vez, não pertencia ao irmão. Era baixa, carregada de sabedoria. Como se estivesse achando graça.

Pertencente a um ancião.

Você e o Hirana têm um elo especial, não têm, pequena? A memória de mãos em seus ombros. Uma figura pairando acima dela, com um manto de algodão branco e contas de madeira sagrada penduradas como cascatas no cabelo. *Mas não se esqueça de que ele foi construído para enganar os olhos. Não confie nos seus olhos.*

Ela xingou mentalmente. Fechou os olhos, como se os anciões do templo ainda estivessem vivos e presentes para serem obedecidos e aprovarem o que fazia. Ela mexeu o pé mais para a esquerda, confiando na pele. A aspereza deu lugar a trepadeiras suaves, emaranhadas. Embaixo delas a pedra era sólida.

Um passo. Depois outro. Mais outro. Ela testou o chão. Ali estava quebrado. Ali, sólido. Conseguia ouvir Gauri gritando, a voz rouca. A pedra afundou, pontiaguda, de repente, e Priya parou mais uma vez, curvando os dedos dos pés junto ao chão. A respiração de Sima estava perto agora, muito perto, então Priya abriu os olhos.

A amiga estava no chão abaixo dela. O branco dos olhos brilhava na escuridão.

Priya afastou o pé e se ajoelhou em um ponto do chão áspero o bastante para segurá-la firme. Então, se deitou sobre a barriga e esticou a mão.

— Você vai conseguir subir — assegurou ela. — Se me usar. Mas precisa soltar a pedra e me segurar. Consegue fazer isso por mim, Sima?

— Eu... — Sima parou. Os dedos empalidecidos estremeciam. — Eu... não sei se consigo.

— Consegue, sim — disse Priya, firme.

— Eu vou puxá-la para baixo. Nós duas vamos morrer.

— Não vai — respondeu Priya, apesar de não ter tanta certeza. — Vamos logo, Sima.

— Os fantasmas vão me pegar — sussurrou Sima. — Eu sei que vão.

— Se tem alguma justiça no mundo, os espíritos dos anciões e das crianças do templo estão com os yakshas, em um lugar bem longe do Hirana — disse Priya, baixinho. — E se a justiça não existe... Bom, não acho que os fantasmas vão querer vidas ahiranyi quando tem vários parijati sobrando lá em cima.

— Priya — arfou Sima. — Não. Você vai...

— Arranjar problemas? Você pode me dar uma bronca decente quando estivermos as duas seguras. Prometo que vou escutar.

Sima deixou escapar um gemido baixinho que poderia ser uma tentativa de risada. Ela apertou bem os olhos.

— Priya. Estou com medo.

— Não precisa ter medo. Estou bem aqui. — Priya pressionou os braços na pedra, arrastando-se um pouco mais para perto. Só o suficiente para conseguir tocar a mão de Sima. Ela conseguia sentir os dedos da amiga tremendo. — Os merecedores sempre estão seguros no Hirana — afirmou Priya. — É isso que costumavam dizer aos peregrinos. E você é merecedora, Sima. Eu decidi. Então você vai ficar bem.

A mão de Sima escorregou. O corpo dela estremeceu e Priya se lançou na direção da amiga, o coração acelerado. Um instante depois, ela voltou a se segurar na pedra.

— Priya! — A voz dela estava carregada de pavor.

— Pegue a minha mão — ordenou Priya. — Vem.

Depois de um longo momento de tensão, Sima agarrou a mão de Priya com um aperto forte e doloroso. Ela soltou um soluço, então um grito, e se arrastou para cima, de volta para a superfície. Suas unhas fincavam na pele de Priya, que rangeu os dentes, enganchando o pé na pedra, e rezou para as duas sobreviverem.

Por fim, Sima estava livre do fosso. Ofegantes, as duas ficaram em pé. Acima delas, as outras criadas estavam em silêncio — com medo, talvez, de que um único ruído as fizesse cair.

Elas inspiraram profundamente. Soltaram o ar.

— Segure meus braços — pediu Priya por fim. Agora que estava com Sima, o pânico finalmente a alcançara. Ela conseguia senti-lo cantando no sangue, na ardência quente das marcas de unha nos braços. — Vou guiá-la de volta para a corda.

Demorou um tempo, mas, em certo momento, conseguiram voltar para as outras e seguraram a corda-guia. Sima caiu de joelhos, chorando, e outra criada murmurou para ela, colocando a mão em sua cabeça.

Priya sentiu um toque áspero no ombro. Ela se virou para ver Gauri. A face da mulher mais velha estava pálida, os olhos sem piscar.

— Sua tola — repreendeu ela. — Vocês duas. Pare de chorar, Sima. Já estamos atrasadas.

Sima soltou um soluço incompreensível como resposta, mas ficou de pé. As criadas começaram a se mexer outra vez. Gauri lançou a Priya um último olhar — aterrorizado, furioso e pensativo demais — e se virou.

— Posso continuar carregando a lanterna, se quiser — ofereceu Meena. Ela estava atrás de Priya, tremendo feito vara verde.

Priya fechou as mãos em punho e então as abriu. O corpo inteiro doía.

— Não precisa — respondeu. — Obrigada por segurar, Meena, mas estou bem agora. Aqui, pode me dar.

Dois guardas esperavam nos portões para apalpar todas as mulheres em buscas de armas. Examinaram o bastão de Gauri, como sempre faziam, antes de devolvê-lo a ela, assentindo em respeito. Os dois eram soldados que haviam viajado de Parijat com a princesa, e olhavam para o restante das criadas com olhares indiferentes e frios.

Priya os encarou de volta. Ela sentia saudades de sua faquinha.

— Ela está esperando — anunciou um deles, e então acrescentou: — Ouvi que uma garota caiu. Meus pêsames.

A mandíbula de Gauri se apertou levemente.

— Tivemos sorte de não a perder, graças aos espíritos — respondeu ela. — Mandei uma das minhas vir pedir ajuda. Ela não veio?

A expressão do guarda era distante. Ele deu de ombros.

— Fomos orientados a não nos mexer. Mas está tudo bem, acredito, já que a garota ainda está viva.

— Tudo bem — concordou Gauri, mas ela não parecia feliz.

Priya não conseguiu evitar pensar que caso fosse um dos seus guardando a princesa, como Mithunan — ou até a comitiva pessoal do regente, homens de olhares gélidos —, eles teriam corrido para ajudar Sima. Ou ao menos teriam tentado.

Os guardas abriram os portões. A criada que havia subido na frente estava esperando por elas, o rosto molhado de lágrimas. Quando avistou Sima, sua expressão se iluminou… mas o ressoar de passos rápidos a apagou novamente, e ela baixou a cabeça.

A acompanhante da princesa apareceu no saguão de entrada.

Lady Pramila era uma nobre parijati, alta e séria. Sempre vestia um sári bordado com flores de jasmim brancas, marca de sua linhagem nobre, um xale espesso envolvendo a cabeça e os ombros. Na cintura usava um cinto, no qual estavam pendurados um molho de chaves e a bainha de uma faca. Por mais que tivesse sangue nobre e um sári refinado, ela não era mais do que uma carcereira, e todas as criadas, incluindo Priya, já a odiavam e temiam.

— Restam apenas três horas para o amanhecer — disse Pramila, fria.

— A chuva nos atrasou, milady — justificou-se Gauri. — As monções são… Quer dizer, é difícil fazer a subida em um clima como este. Quase perdemos uma garota.

Pramila deu de ombros, como se dissesse, *Isso não é problema meu.*

— Ela está adormecida na sala ao norte, como sempre — informou. — Certifiquem-se de desaparecer ao amanhecer. Se o trabalho não estiver terminado até lá, paciência.

— Milady.

— Da próxima vez que se atrasarem — continuou Pramila —, precisarei informar minha insatisfação ao regente.

Gauri fez uma mesura respeitosa com a cabeça. Priya e as outras a imitaram. Assim que Pramila desapareceu em seu escritório, Gauri se virou para as criadas.

— Vamos começar pelas cozinhas — decidiu. — Vamos, depressa. E se demorarem, vou bater em cada uma de vocês até a pele ficar roxa.

Priya atiçou o fogo da cozinha, avivando para que brilhasse com chamas consistentes. Ela cortou cebolas e descascou legumes, colocando-os de lado para serem cozidos. Depois que terminou, foi para um dos corredores mais usados pelos guardas e começou a esfregar o chão para limpar as pegadas de lama das botas.

— Priya.

Ela ergueu a cabeça, sobressaltada. Sima estava olhando para baixo, os braços cruzados.

— Eu... eu queria agradecer.

— Não precisa.

Sima assentiu. O rosto estava sério. Havia uma pergunta na inclinação da cabeça, na curva da boca.

— Nunca vi você assim antes — falou.

— Assim como?

— Corajosa, acho.

— Olha só — disse Priya —, eu sou bem corajosa. Quem pegou aquele lagarto no nosso dormitório quando todas as outras garotas estavam gritando? Fui eu.

— O que você disse — continuou Sima. — Quando nós estávamos... Quando você me salvou. Eu... — Ela hesitou. — Você...?

Priya aguardou. Ela se perguntou o que Sima diria. *Você já foi uma peregrina?* Até aí tudo bem. Priya conseguiria mentir de maneira convincente se Sima perguntasse aquilo. Porém, se perguntasse *você era uma das crianças do templo?*, então como ela poderia mentir, quando até mesmo estar no Hirana fazia seu passado parecer recente demais, sua pele fina demais para contê-lo?

Ah, espíritos, Priya torcia para que Sima não fizesse a pergunta.

Finalmente, a criada disse:

— Gauri quer que você encontre Meena.

— Quê?

— Meena sumiu — explicou Sima. — Deve estar se escondendo. Acho que ela ficou muito assustada.

— Ficou mesmo — concordou Priya. Com um suspiro, ela largou o pano dentro do balde. — Vou tentar encontrá-la.

— Eu acabo o serviço — comentou Sima. — E, Pri, se você precisar de alguma coisa...

— Sim?

Sima se ajoelhou, pegando o pano úmido.

— Então fale comigo — disse ela. — Estou lhe devendo uma. Só isso.

Priya se esforçou para encontrar Meena. Se esforçou mesmo. Mas se a garota estava chorando em algum canto, provavelmente apareceria quando se sentisse pronta. Depois de verificar algumas salas pequenas dos claustros, geralmente usadas para alojar efígies de espíritos, agora vazias e empoeiradas, Priya descartou aquela tarefa e aproveitou a oportunidade para ir aonde queria esse tempo todo.

Além dos claustros, do escritório de lady Pramila, da cozinha, da latrina e da sala de banhos — não muito longe dos aposentos que outrora pertenceram aos anciões do templo —, ficava o triveni.

O triveni era um cômodo aberto, erguido em quatro enormes pilares que eram entalhados para se assemelharem aos yakshas. Seguravam o teto com braços imensos. Ele dava acesso a três setores do templo: a câmara proibida ao norte, onde a princesa dormia, e os setores a oeste e a sul. Entre eles era possível ver trechos do céu, o amanhecer entrando desimpedido a leste. Aos desavisados, era possível dar um passo e cair diretamente no lado externo do Hirana — e sucumbir a todos os seus perigos.

Priya não era uma desavisada. Ela atravessou a extensão do triveni, que estava coberta de sulcos profundos e ondulantes que lembravam água batendo em uma margem. Ela se aproximou de um pedestal no meio da câmara. Acima dele estava o telhado, um círculo entalhado no centro como uma janela aos céus. A superfície do pedestal estava molhada, a pedra pálida cintilando com a umidade da chuva.

Como fizera tantas vezes antes, Priya murmurou uma prece e pressionou as mãos na superfície do pedestal. Abaixou a cabeça.

O TRONO DE JASMIM

Ela se lembrava de que havia almofadas fofas no chão no passado, para que os anciões do templo pudessem se sentar confortavelmente. E havia candelabros pendurados no teto, abarrotados de velas. Ela se lembrava de correr entre as almofadas, a mão de alguém a puxando para longe da beirada e outra dando um tapa em sua orelha. *Tenha cuidado ou você vai cair, sua criança tonta.*

Ela se lembrava do farfalhar de seda no chão; uma máscara coroada de madeira envernizada brilhando sob a luz. A voz do irmão. As risadas das outras crianças, todas juntas. Isso e nada mais.

Um ruído interrompeu sua reflexão, um barulho alto e repentino, que rasgava o ar. Priya ergueu a cabeça de súbito.

— Meena?

O barulho viera do corredor na frente dela. A câmara ao norte. Se aquela garota tonta tinha seguido na direção do quarto da prisioneira...

Priya tirou as mãos do pedestal e avançou pelo corredor escuro, apenas uma tocha bruxuleando na arandela. Nas paredes ficavam relevos que representavam os yakshas durante a guerra, conquistando o mundo com espadas de espinho nas mãos de madeira retorcida. A pintura fora gasta e desbotara havia muito tempo, mas as imagens ainda eram nítidas. Os lendários anciões do templo da antiguidade estavam lado a lado com os yakshas, encarando Priya através de máscaras coroadas, sem nada que os destacasse fora os peitos abertos, esvaziados, e três fluxos de água saindo deles para o campo de batalha repleto de cadáveres.

Esforçando-se para não hesitar, para não demorar ou ficar encarando as imagens, devorando as histórias com os olhos, Priya passou por eles, os pés descalços silenciosos no chão.

Ela parou de súbito. O chão estava molhado, e não era da chuva. O teto e as paredes eram fechados ali. Ela se ajoelhou, tocando o líquido, e ergueu os dedos até a altura do rosto. Era vinho.

De perto — muito perto — veio o som de soluços abafados.

Priya virou a cabeça.

A parede à sua direita era de treliças, com perfurações esculpidas no formato de flores. Através dela, Priya viu tecido, cortinas de seda pesada tremulando como se estivessem ao vento, parcialmente arrancadas dos ganchos. Uma jarra de metal estava no chão, e era a fonte do vinho derramado. Ela se inclinou para mais perto...

E encontrou os olhos de uma mulher.

Por um instante, Priya não soube onde estava. Era o próprio passado. Estava encarando outra filha do templo, deitada no chão ao lado dela. Encarando o próprio fantasma, em carne e osso.

Olhos grandes e escuros. A parte branca estava cheia de veias vermelhas, inchadas por causa do choro. As sobrancelhas eram grossas e arqueadas, a pele, marrom. Os soluços se esvaíram, e Priya conseguia ouvir a respiração da outra mulher: um ritmo acelerado, chiada e dolorida.

Foi a respiração que trouxe Priya de volta a si. Trouxe-a de volta em seu lugar, os joelhos trêmulos.

A prisioneira. Ela estava encarando a prisioneira. A irmã do imperador. A *princesa*.

Isso não deveria ter acontecido. A prisioneira deveria estar dormindo.

Porém, a parede de treliça, exatamente aquela, ficava em um corredor que nenhuma das criadas deveria frequentar. Ninguém pensara em bloquear as treliças com mais do que uma simples cortina; ninguém pensara que aquilo ocorreria.

Desvie o olhar, pensou Priya. *Desvie o olhar*.

Ela deveria ter baixado a cabeça. Deveria ter se curvado. Em vez disso, encarou aqueles olhos sem piscar. Continuou encarando e, tensa, prendeu a respiração, que ameaçava explodir as próprias costelas. Era como um pássaro com as asas presas. Voar era impossível.

A prisioneira a encarou de volta. Ela estava deitada no chão, apoiada nos cotovelos, o cabelo como uma cortina emaranhada e escura ao seu redor. O vinho manchara o sári pálido com um vermelho cor de sangue. Ainda sustentando o olhar de Priya, ela se inclinou para a frente.

— Você é real? — A voz era baixa, cuidadosa, para evitar ser notada, e estava rouca pelo choro. — Fale. Eu preciso ter certeza.

A boca de Priya se abriu. Nenhum som escapou dos lábios. Ela queria perguntar a mesma coisa.

A prisioneira engoliu em seco. Priya ouviu o som da garganta, viu a inclinação da cabeça conforme a princesa considerava Priya com uma expressão que era impossível compreender.

— Então é real. — Os olhos estavam vermelhos. — Ótimo.

— Por favor — sussurrou Priya. — Me perdoe, princesa.

O TRONO DE JASMIM

Ela se apressou para ficar de pé. Fez uma mesura, a cabeça baixa, as mãos unidas diante do próprio corpo, então se virou e fugiu.

Priya não escutou nada atrás dela. Somente a ausência do choro. Somente a respiração rouca da princesa, sumindo dentro do vácuo silencioso da noite.

Ela correu de volta ao triveni.

No meio do cômodo, sentada no pedestal baixo, estava Meena. Ela estava de costas para Priya, mas se virou quando a ouviu se aproximar, piscando. Havia marcas de lágrimas nas bochechas.

— Priya?

— Você não deveria estar aqui.

— Estava só arrumando as coisas — respondeu Meena. Era uma mentira tão descarada que Priya só conseguiu continuar encarando-a por um instante, boquiaberta.

— Desça.

— Eu só estava...

— Desça daí — repetiu, e então, porque sua língua e seu coração eram traidores às vezes, ela soltou: — Isso não é para você.

Meena desceu. Cruzou os braços na frente do corpo, parecendo uma criança culpada.

— Você sabe quão perto está dos aposentos da princesa? — perguntou Priya, ainda aturdida, o coração acelerado fazendo a voz vacilar. — Você sabe como ficaríamos encrencadas se a princesa nos ouvisse? Ou, que os espíritos não permitam, se lady Pramila nos encontrasse aqui? Temos um único trabalho: chegar neste lugar no escuro, limpar e preparar a comida, então ir embora assim que despontar o amanhecer. Nós não incomodamos a prisioneira. Não permitimos que ela saiba que nós existimos. Essas são as ordens do regente, e nós apenas obedecemos, entendeu?

— Eu... eu sinto muito — gaguejou Meena, trêmula. — Por favor, não conte a Gauri.

— Não vou fazer isso. — Priya agarrou o braço de Meena. — Pense em todo o dinheiro que vai ganhar com esse trabalho e se comporte da próxima vez, tá? Pense no seu futuro. Agora vamos lá. Vamos voltar ao trabalho.

Elas deixaram o triveni para trás.

PRIYA

Já era manhã quando as criadas finalmente desceram do Hirana e voltaram ao mahal. Billu separara um prato de comida quente para elas, que dividiram o roti e os picles entre si. Gauri pediu licença rapidamente, dizendo que precisava descansar.

— Nós deveríamos descansar também — comentou Sima, molhando o roti no que sobrara do azeite perfumado com salmoura. Priya abriu a boca e a amiga ergueu um dedo para impedi-la. — *Não* fale nada até terminar de comer, Pri. Por favor.

Priya revirou os olhos, engoliu um bocado da comida e tomou um gole de água antes de anunciar:

— Eu ainda não estou cansada.

— O que vai fazer?

— Vou ao pomar — afirmou. — Billu — chamou, e o cozinheiro se virou da pilha gigantesca de cebolas que cortava. — Vou ao pomar, se você quiser que eu leve algo para os meninos...

— Você deveria dormir — ralhou Billu, mas entregou a ela algumas parathas e um jarro grande de chá, o vapor exalando o perfume quente de cardamomo. — Avise a eles que ainda tem um pouco de sabzi de cebola sobrando se vierem logo. Mas não vou mandar por você, faz bagunça demais.

As poucas pessoas que sofriam com a decomposição na residência haviam sido designadas à tarefa de limpar os acres afetados do pomar do regente, assim como os criados que normalmente cuidavam das árvores.

O TRONO DE JASMIM

Os decompostos, afinal, já estavam marcados, não poderiam ser reinfectados. Ou ao menos era a lógica utilizada.

Eles vinham trabalhando desde o amanhecer havia dias, cortando galhos e os empilhando em uma fogueira. Priya seguiu a fumaça e os encontrou limpando uma árvore muito antiga. Era vasta, com um tronco grosso e raízes fundas que se espalhavam visivelmente, agora que o solo ao redor da base tinha sido varrido. As raízes foram golpeadas para que o interior secasse e então pegasse fogo com mais facilidade.

Os homens que trabalhavam ali usavam tecidos sobre a boca para impedir que respirassem a pior parte da fumaça, mas Priya não estava tão preparada quanto eles. Ela cobriu a boca com o pallu enquanto equilibrava a comida e o jarro no quadril, inspirando com o fôlego curto e tentando não pensar em todas as coisas a que o cheiro de fumaça sempre remetia. Os braços do irmão ao seu redor. Sangue. O Hirana.

A princesa, encarando-a com olhos avermelhados, escuros como o breu. *Você é real?*

Priya afastou o pensamento à força e espreitou através da fumaça até ver uma pequena figura familiar cambaleando enquanto segurava uma pilha enorme de madeira.

— Rukh! — chamou.

Ele olhou por cima da pilha e seus olhos se estreitaram com um sorriso quando ele a reconheceu. Animado, jogou a madeira na fogueira.

— Trouxe comida para todo mundo — gritou Priya, e ouviu os ruídos aliviados dos outros homens conforme abaixavam seus facões.

Havia tonéis de água salgada ali perto, e todos os trabalhadores derramaram jarros dela sobre as mãos antes de comer, para desinfetar a pele. Alguns acreditavam que o sal prevenia a decomposição.

— Como está sua vida como criado? — Priya perguntou a Rukh, depois de distribuir a comida e passar o jarro de chá para o homem mais próximo, que agradeceu com um murmúrio.

— A comida é ótima — elogiou Rukh, secando as mãos molhadas na túnica. O olhar estava fixo nas parathas. Ele pegou uma com rapidez.

Priya queria fazer mais perguntas para o garoto. Ela o vira poucas vezes depois que o deixara sob os cuidados de Khalida, geralmente quando ele aparecia para comer na cozinha bem cedo, junto com os outros criados. Uma ou duas vezes, Rukh se sentara com ela depois do jantar, para que

Priya contasse histórias dos yaksha. Aquilo era tudo. Mas, naquele momento, ele comia com tanta vontade que ela odiaria interrompê-lo, então só suspirou e disse:

— Me dê sua mão. — E agarrou um dos pulsos dele. — Você pode comer com a outra.

— Já está bem melhor — Rukh disse, mastigando a comida. — Não dói tanto.

— Não fale de boca cheia.

Ele enfiou o restante da paratha na boca, as bochechas estufadas, e assentiu rapidamente. Priya virou o rosto para esconder o sorriso, inspecionando os dedos do menino. A conta no pulso ainda estava firme.

A criada sentiu uma onda de alívio. A decomposição não estava melhor, mas também não estava pior; a pele se enrugava ao redor do que crescia abaixo, mas não fora rompida. A conta de madeira sagrada estava exercendo sua magia.

— Quando a conta esfriar, venha falar comigo imediatamente — orientou Priya. — Antes que fique pior, Rukh. Não depois.

— Está bem — concordou ele, calmo. — Prometo — acrescentou, quando ela o encarou com um olhar severo.

— Você provavelmente deveria se juntar a eles. — Priya gesticulou para os outros. — Preciso ir dormir de qualquer forma.

Ela resistiu ao impulso de bagunçar o cabelo do menino. Ele não gostaria que ela fizesse isso na frente dos outros.

— Daqui a pouco — respondeu ele. Então se apoiou de leve nos calcanhares, o olhar baixo. — Priya. Você... — Ele hesitou. — Você pode me fazer outro favor?

— Outro favor? — perguntou ela, incrédula. — Além de arrumar um emprego para você? Você é bem ousado. — Fez uma pausa. — Bom, depende do que for.

— Por favor. Não suba no Hirana essa semana.

Aquilo... não era o que ela esperara.

— Nenhuma vez nessa semana?

— Durante toda a semana — confirmou Rukh, engolindo em seco. — Por favor.

Era um pedido tão absurdo que Priya só conseguiu rir. Quando ele ergueu a cabeça, ela levantou uma sobrancelha.

O TRONO DE JASMIM

— Como vou manter um emprego se eu não trabalhar, hein? Você acha que o regente aceita mulheres que não trabalham de verdade aqui?

— Diga que está doente. Não vão fazer você subir se estiver doente, e você disse que a mulher dele é boazinha, ela não deixaria o regente demitir alguém doente — continuou Rukh, determinado. — Por favor, Priya. Todo mundo diz que aquele lugar é assombrado. E depois do que aconteceu com você e Sima...

— Foi Sima quem caiu — corrigiu Priya. — Não eu. E você não está pedindo para ela fingir estar doente, está?

— Ela não é você — justificou Rukh. — Você é quem gasta seu dinheiro comprando madeira sagrada para crianças que têm a decomposição. Ninguém mais liga pra gente. Foi você quem me deu essa chance. Não ela, nem mais ninguém. — A expressão dele era solene, repleta de uma sinceridade infantil e ao mesmo tempo madura demais para aquele rostinho pontudo transparecer. — Priya, só... Por favor. Só uma semana. Até a chuva passar?

— Você vai ter um lugar aqui sempre, independentemente do que acontecer comigo — assegurou ela. Talvez Rukh precisasse ouvir isso, ter certeza. — Mas não planejo me machucar. Se eu tiver escolha, vou ficar por aqui e ajudar você, entendeu? Tem algumas coisas que não podemos controlar, Rukh. Nós dois sabemos como o mundo funciona. Enquanto eu puder ajudar, vou fazer isso. Mas não consigo ajudar se eu não trabalhar.

— Você ainda assim não deveria ir — insistiu Rukh, emburrado. E enquanto ele olhava para baixo, Priya reconheceu o que o garoto estava tentando esconder.

Culpa.

— Tem algum motivo para você não querer que eu suba? — perguntou, cuidadosa.

Rukh ficou em silêncio. Depois, constrangido, murmurou:

— Porque você é importante para mim.

— Muito fofo — disse ela. — O que mais?

— Eu já falei a verdade. — Ele parecia magoado, mas Priya não estava convencida.

— Não pense que eu ter um coração mole signifique que sou uma tonta — alertou Priya, o tom firme. — Você não é bom em esconder seus sentimentos.

— Não é seguro — repetiu Rukh.

— Vamos — insistiu Priya. — O que você ouviu? As criadas estão inventando histórias sobre espíritos perigosos e malvados? Você já é grandinho para saber que não deve acreditar nisso.

Rukh balançou a cabeça.

— Deixa pra lá. Vou comer agora.

— *Rukh.*

Priya tinha bastante certeza de que não eram histórias de fantasmas que o faziam morder o lábio e repuxar o fio preso no pulso, mas ela não sabia como convencer o garoto a falar a verdade.

— Você deveria me escutar — soltou ele, frustrado. Então deu um passo para trás. E mais um. — Você deveria confiar em mim. Eu confiei em você.

— Não é assim que a confiança funciona — respondeu Priya, aturdida.

Quando ela tentou segui-lo, Rukh começou a correr, passando entre as árvores. Um dos homens gritou por ele, avisando que era melhor voltar ou apanharia mais tarde, mas ele não reapareceu.

Algum tempo depois, Priya desistiu de esperar que o menino voltasse e foi ao dormitório, onde se jogou na esteira, exasperada e exausta, e encarou o teto até enfim adormecer, mesmo relutante.

Quando acordou, já era noite, e o ar estava carregado de um calor que esvanecia. Sima estava sentada de pernas cruzadas em uma esteira ao lado da de Priya, sem roupas, os ombros ainda molhados do banho. Ela costurava a blusa do sári, a manga rompida ao meio.

— Que bagunça — murmurou Priya.

— Rasgou quando caí — explicou Sima. — Por que você não descansou mais cedo?

— Estava procurando por Rukh.

Sima bufou.

— Claro que estava.

— O que *isso* significa?

— Nada. Ele estava procurando por você também — disse ela com leveza. — Você fez alguma coisa para deixá-lo bravo?

— Por que a pergunta?

O TRONO DE JASMIM

— Aparentemente ele não quer que você trabalhe. Pediu para entregar isso a você. — Sima puxou algo da parte ainda enrolada da própria esteira. — Falou que vai aceitá-la de volta se você entregar para ele depois do pôr do sol.

— Rukh estava *aqui*? Enquanto eu esperava por ele no pomar? — Priya soltou um grunhido. — Me dá isso.

Sima depositou a conta de madeira sagrada, ainda com o fio, na palma da amiga.

— Que menino *tonto* — praguejou Priya. — Ele sabe que precisa usar isso direto.

Ela apertou a conta com mais força, o calor irradiando pela pele.

— Ele deve ter ficado assustado com a minha queda — disse Sima.

— Ficou mesmo. — Priya exalou, frustrada. — Mas eu disse que posso cuidar de mim mesma. Afinal, eu salvei você.

Sima balançou a cabeça. Então vestiu a blusa do sári no corpo molhado, afastando o cabelo dos ombros.

— Isso não vai diminuir a preocupação de Rukh — comentou Sima. — Ele está tentando proteger você.

— Ele é uma criança — retrucou Priya. — Não deveria saber que é função dos mais velhos proteger ele, não o contrário?

— Por que ele saberia disso? — questionou Sima, direta.

Ela estava certa, é óbvio. Rukh não tinha ninguém antes de Priya levá-lo ao mahal. Se a família do garoto era de fazendeiros, provavelmente tinham morrido de fome quando a decomposição tomou as plantações, e ele ficara sozinho. Rukh provavelmente fora até Hiranaprastha sem ninguém para cuidar dele.

— Além do mais — continuou Sima —, a maioria das pessoas apenas desvia o olhar quando vê uma criança com decomposição tão ruim quanto a dele. Não dá para ficar chorando por algo que não tem conserto.

— Nem mesmo por uma criança doente?

— Principalmente nesse caso, talvez — murmurou Sima, alisando as mangas da blusa. — Tem tanta criança doente, não daria mais para parar se começasse. Priya, você é uma boa pessoa por cuidar dele. Boa por todas essas coisas que você faz na cidade, mas vai ficar de coração partido quando aquele menino morrer. E ele *vai* morrer.

— Meu coração está ótimo — disse Priya, ríspida. — Não precisa se preocupar comigo.

Depois de um silêncio desconfortável, Sima falou de novo, mais gentil desta vez:

— Espere alguns dias, e logo ele vai parar de se preocupar. Vou dizer a Gauri que você não está bem.

Priya abriu o punho e encarou a conta de madeira sagrada na palma. Alguns dias. Aquilo fazia sentido. Mas Rukh pedira a ela para não subir o Hirana durante uma semana inteira. Se estava preocupado com a segurança de Priya, por que delimitar um período de tempo? Por que não pedir que ela desistisse do trabalho e pronto?

Alguma coisa estava errada. Priya soube disso quando Rukh fizera o pedido, e a certeza só crescia.

Preciso falar com Bhumika, pensou. O temor se enroscava em sua barriga. *Preciso fazer isso agora.*

— Temos quanto tempo até o pôr do sol? — perguntou.

— Não muito.

Se ao menos ele tivesse sido honesto… Priya não sabia que o garoto poderia ser dissimulado daquela forma.

— Vou ter que ficar preocupada com ele, então — disse Priya. Ela ergueu o fio e o amarrou ao redor do próprio pulso. — Devolvo a pulseira amanhã cedo.

Ela se apressou para atravessar os corredores dos serviçais, as rotas labirínticas construídas para que pudessem andar pelo palácio sem cruzar o caminho da nobreza. Por fim, saiu no jardim central do mahal e começou a andar na direção do palácio das rosas.

Lady Bhumika era uma mulher que valorizava a privacidade e a beleza, e os seus aposentos refletiam isso. Em vez de viver na opulência grandiosa do mahal, ela mantinha sua residência no palácio das rosas: uma mansão dentro de um jardim no coração da construção. As portas eram rodeadas por frondes de flores, uma abundância de branco e roxo, cor-de-rosa e um vermelho glorioso.

Normalmente, as portas do palácio das rosas ficavam escancaradas, o tapete suntuoso da sala de estar lotado de mulheres nobres que visitavam o lugar, reunidas sob um teto incrustado de esmeraldas brilhantes esculpidas para parecerem folhas, escutando música e bebendo vinho, rindo e jogando o tipo de jogo político frívolo para o qual Priya não tinha paciência nenhuma.

Porém, naquele dia as portas estavam fechadas, o ar, dolorosamente silencioso, e havia apenas duas pessoas na entrada. A criada mais velha, de expressão amarga, Khalida, conversava com outra mulher, que carregava consigo uma maleta. Estava aberta na parte de cima e, mesmo à distância, Priya conseguia ver o conteúdo. Frascos. Compassos. A mulher era médica.

Priya parou onde estava quando percebeu que as duas a encaravam.

— Menina — disse Khalida. — O que está fazendo aqui?

— Vim limpar os aposentos de milady, senhora — respondeu Priya, inclinando a cabeça em demonstração de respeito e mantendo a voz baixa.

— Hoje não — retrucou Khalida. — Nossa senhora não está bem. Ela não tem tempo para você. Vá embora.

Em outro momento, Priya teria insistido, subornado ou implorado a Khalida para deixá-la entrar, mas o tempo até o anoitecer estava se esgotando, e a médica permanecia parada ali perto, olhando para elas. Priya sabia que regras não seriam quebradas diante de uma estranha. Em vez disso, ela inclinou a cabeça mais uma vez.

— Senhora.

Então se virou e foi embora. Enquanto saía, ela ouviu a voz da médica se elevar em uma pergunta e Khalida responder:

— ... é uma das meninas perdidas da nossa senhora. São todos uns pedintes. Ela não pode ver um órfão passar fome. Mas esses aí gostam mesmo de ficar chorando por migalhas.

Espero que um rato coma todo o seu cabelo, Khalida, pensou Priya, amarga.

Uma menina perdida. Não era mentira. Mas isso só fazia as palavras machucarem ainda mais.

Era uma noite de milagres. Priya chegou à base do Hirana com tempo de sobra, e Gauri não disse nada, o que significava que a princesa não mencionara o erro da criada para Lady Pramila. Por sorte, fazia horas que não chovia, então a superfície do Hirana secara durante a tarde. E apesar de toda a tremedeira insípida de Meena, ela também apareceu ao crepúsculo, caminhando atrás das outras com um maço de lenha preso às costas.

— Deixa eu carregar isso para você — ofereceu Priya, mas Meena balançou a cabeça.

— Ah, não, eu consigo. Só... você pode carregar a lanterna?

Priya concordou, e elas começaram a subir. A lua estava cheia, brilhante e enorme, a luz prateada quase tão forte quanto o brilho das lanternas. No pico do Hirana, os guardas verificaram se haviam levado armas e depois permitiram que entrassem; Pramila as cumprimentou com as ordens gélidas de sempre antes de seguirem ao trabalho.

Priya varria as cinzas do fogo da cozinha quando Gauri a agarrou pelo braço.

— Venha aqui — ralhou a mulher. — Meena sumiu de novo. Encontre-a e traga-a de volta. Eu consigo entender ficar com medo ontem, mas duas vezes seguidas é demais.

— Senhora — disse Priya, com deferência. Ela deixou a vassoura de lado e se afastou.

— Avise que, se acontecer de novo, ela fica sem emprego. Está me ouvindo, Priya?! Avise isso!

Priya foi direto ao triveni, mas não havia sinal de Meena no pedestal nem em qualquer outro lugar.

O ar estava limpo e gelado, e Priya ficou sozinha com suas próprias lembranças, as ranhuras no chão e a consciência de que a prisioneira estava do outro lado do triveni, a um corredor de distância.

Ela tentou não pensar na princesa, mas não conseguia evitar.

Aqueles olhos. Priya os imaginou novamente, e foi preenchida por um sentimento desconhecido. Por um instante, era como se encarasse um reflexo sombrio. O passado dela refletido, transformando-se em algo novo.

Priya sabia o que era de conhecimento geral sobre a princesa, e apenas isso. O imperador Chandra ordenara que a irmã se elevasse até a pira junto de suas criadas, para se sacrificarem como as mães das chamas fizeram antigamente. Mas a princesa recusara aquela honra, e agora estava ali.

Você também quase foi queimada, pensou Priya enquanto encarava o corredor. *Assim como eu.*

Aquela voz. Aquela rouquidão. Aquela boca, formando palavras na penumbra.

Você é real?

Pare de ser tola, Priya disse a si mesma.

O TRONO DE JASMIM

Ainda assim, ela se viu cruzando o triveni mais uma vez, mal reparando no céu noturno aveludado ao redor dela ou nas semelhanças dos yakshas entalhados nos grandes pilares que seguravam o teto acima. Priya andou pelo corredor escuro a sua frente e foi na direção da parede de treliças como se esta fosse uma luz e ela, uma mariposa muito estúpida.

— Priya. — Uma voz baixa. — Pare.

A voz veio de trás dela. Priya se virou.

Meena estava ali. Em um braço torto, segurava uma pilha pequena de lenha. O rosto estava estranhamente pálido.

— Preciso da sua ajuda — disse ela.

— O que aconteceu? — perguntou Priya, alarmada. — Você se machucou?

— Não.

— Mais alguém se machucou? — Quando Meena balançou a cabeça, Priya insistiu: — Então o que foi? — A garota ficou em silêncio por tempo demais, e Priya tornou a falar. — Vamos voltar para a cozinha. Vou pedir para Sima fazer um chá para você. Alguma coisa que acalme seus nervos...

— Eu sei o que você é — soltou Meena, a voz trêmula.

As palavras de Priya morreram no mesmo instante.

— Soube no instante em que a vi salvar Sima. Quando você se mexeu... você se mexeu como se já tivesse andado no Hirana antes, como se o chão *conhecesse* você. — Meena engoliu em seco visivelmente, e então falou: — Você é uma filha do templo. Ou já foi uma, no passado.

— Você está errada — negou Priya.

— Quantas vezes você passou pelas águas antes de o conselho morrer? Você é nascida-uma-vez? Nascida-duas-vezes?

— Meena — disse Priya gentilmente. — Você está confusa. Vá para a cozinha. Já.

— Não estou — retrucou Meena, firme. — Eu tenho bastante certeza. Sei que você é uma criança do templo. Cresceu aqui, neste lugar. Cresceu para gerir nossa fé. E então o regente queimou todo mundo, não queimou? Você e seus anciões. Mas você sobreviveu de alguma forma. Escondendo-se à vista de todos. Você não é a primeira que encontro. *Ele* me disse o que deveria procurar. Eu *sei*.

Meena atravessou o triveni. Segurou o braço de Priya, o punho como ferro.

— Olhe para isso — ordenou Meena, a voz firme e feroz.

Então Priya olhou.

Na mão esquerda de Meena, escondida atrás do drapeado do sári, estava uma forma que Priya pensara a princípio ser lenha.

Era uma máscara. Devia estar escondida entre o punhado de madeira que a criada carregara nas costas. Os guardas não teriam notado quando as apalparam à procura de armas. Não era uma arma, afinal. Não era mais do que lenha, profunda e escura, retorcida e entalhada em camadas que tinham origem em uma cavidade central. Era linda e familiar, cada centímetro entalhado a partir de galhos de árvores sagradas. Agora que estava perto, Priya conseguia sentir o calor que emanava, tão rico quanto o bater de um coração com sangue ainda correndo.

Uma máscara coroada.

A conta no pulso dela sequer chegava aos pés da sombra de tamanho poder.

Priya estremeceu, apesar de tudo.

— Você a reconhece — constatou Meena, com a voz trêmula repleta de triunfo.

— Não sei do que você está falando.

— Por favor, Priya, sabe sim. Sabe que sim. — Meena deu um passo para a frente. — Você pode me ajudar a encontrar as águas perpétuas. Precisa me ajudar. Necessitamos de força para nos libertar de um império que sempre nos odiou, de soberanos que querem que nos curvemos feito cachorros por sermos melhores do que eles. — A criada apertou a máscara com mais força. — Já roubaram tanto de nós. Nosso idioma. Nossos anciões. Eles declararam nossa cultura nojenta, e deixam que passemos *fome*. Precisamos das águas, Priya, todos nós precisamos, antes que seja tarde demais.

— Você está machucando meu braço — alertou Priya, firme. — Me solte. E vamos voltar ao trabalho e esquecer que isso aqui aconteceu.

— Você não está me ouvindo? — O rosto de Meena era puro desespero. — Esse imperador louco vai queimar a todos nós. Precisamos ser fortes. Precisamos ser o que já fomos um dia.

— Estou ouvindo — afirmou Priya, muito calma. — E acho que deveríamos voltar ao trabalho. Você quer algo de mim que eu não posso dar.

O TRONO DE JASMIM

Fez-se um som além do triveni, enquanto duas criadas passavam conversando. Priya enrijeceu, completamente muda. *Não venham aqui*, pensou ela. *Pelo solo e pelos céus, não venham aqui, por favor.*

Elas seguiram em frente. As vozes diminuíram.

Meena a observava, tão focada quanto um animal que analisa sua presa. Porém, ela estremecia mais e mais, como se os próprios instintos a aterrorizassem.

— Me mostre o caminho para as águas perpétuas — pediu Meena em um sussurro ameaçador. — Só me mostre como chegar até as águas, me diga como, e vou embora. Não vou causar nenhum problema.

— O que quer dizer com "problema"? — quis saber Priya.

Meena engoliu em seco. O olhar dela estava determinado.

— Ser forte significa ser implacável — disse Meena. — Eu sei disso. E eu... eu não tenho medo. De fazer o que precisa ser feito.

— Ser forte — Priya repetiu. Ah, ela se lembrava do que ser forte significara quando era uma menina. — Você está dizendo que vai me torturar? Que vai torturar as outras criadas? Está dizendo que vai matá-las para me obrigar a mostrar o caminho? — Quando Meena ficou em silêncio, Priya sorriu para ela. Era um sorriso feroz. — Não faria diferença. Eu não sei o caminho.

— Não minta para mim — retrucou Meena, a voz de repente estridente e fina, como se não pudesse controlá-la. Ela apertou o braço do Priya com mais força. Ah, aquilo doía. — Perguntei aos outros. Você mora no mahal do regente desde pequena. Se alguém sabe o caminho, é você.

— Meena — falou Priya, na voz mais calma que conseguia, mesmo enquanto o coração acelerava —, se eu tivesse o poder das águas perpétuas ao meu alcance, você acha mesmo que estaria na labuta, trabalhando para o regente? Eu não seria muito mais do que uma criada? Pense direito.

— Acho que você é uma covarde — respondeu Meena, venenosa. — Acho que está disposta a lamber as botas do regente. Você me enoja, não é como *ele*.

Priya não poderia perguntar quem era esse tal de *ele* — não conseguia nem articular uma palavra — porque Meena soltou seu braço e agarrou seu rosto. Ela fincou as unhas afiadas na mandíbula de Priya, apertando como se fosse uma prensa. Para uma mulher pequena, ela era forte. Havia uma luz febril em seu olhar.

— Me diga a verdade.

Priya sentiu o aperto de Meena aumentar mais e mais.

Ela forçou as palavras a saírem, dificultadas pela mão firme da colega.

— Meena. *Pare.*

As unhas se enterraram ainda mais.

Como Meena não parou, Priya fez a única coisa sensata viável e pisou com tudo no pé da outra mulher. Com o calcanhar, o peso do corpo inteiro intensificando o golpe. Meena soltou um grito, o aperto se desfazendo, e Priya agarrou a mão que ainda estava presa ao seu rosto. Ela fincou as próprias unhas no pulso de Meena e se desvencilhou.

Naquela hora, ela poderia ter gritado por ajuda. Porém, Meena estava ofegante diante dela, com a máscara coroada nas mãos, e ela chamara Priya de filha do templo. O medo impedia que o ar entrasse em seus pulmões. Ela pensou no irmão, os olhos arregalados pelo terror sob a luz amarelada do fogo. Pensou na escuridão, na água e na voz dele em seus ouvidos.

Não chore. Pri, não chore. Só me mostre o caminho.

Meena ergueu a máscara.

— Meena — repreendeu-a Priya, o tom agudo. — Meena, não faça isso. *Não faça isso.*

— Vou arriscar qualquer coisa. Vou fazer qualquer coisa — respondeu Meena, a voz tensa por medo, desespero e algo mais. Algo como veneno. — Não tenho escolha. Não posso voltar sem respostas. Então me diga agora. *Por favor.*

— Estou sendo sincera com você. *Eu não sei.*

No silêncio que se seguiu, Priya ouviu o retumbar distante de trovões.

— Isso foi escolha sua — decidiu Meena. O lábio inferior tremia. — Espero que saiba disso.

Então colocou a máscara sobre o rosto.

Priya ficou imóvel, completamente gelada exceto pelo ponto em seu pulso aquecido pela conta de madeira sagrada. Ela ficou observando enquanto a máscara coroada era pressionada junto à pele de Meena. Através dos buracos na madeira, viu o rosto da outra mulher corar no mesmo instante, tomado pelo calor. Meena arfou e ergueu a cabeça; sob a luz fraca, seu rosto era como uma lamparina, brilhando com uma forte luz interna conforme a força da madeira sagrada vertia através da criada.

O TRONO DE JASMIM

Meena deu um passo à frente, e então congelou. Um sibilo dolorido escapou dela, através dos dentes cerrados.

— Tire isso — orientou Priya com urgência. — Meena, tire agora, enquanto você ainda consegue.

Mas Meena não tirou a máscara. Ela inspirou o ar e soltou, inspirou e soltou, encurvada pela dor. Quando tentou erguer a cabeça, foi possível ver, através das cavidades na máscara, que a pele abaixo estava manchada, pressionada. A madeira se sobressaía, reluzindo perolada como ossos que haviam acabado de queimar toda a carne que os cobria.

Meena escolhera seu caminho; escolhera se jogar sobre os braços da morte. Priya não faria o mesmo.

Ela correu.

Mas não conseguiu ir muito longe. Mal conseguiu virar o corpo na direção da porta do triveni quando sentiu um golpe nas costas arrancar todo o ar dos seus pulmões e a lançar sobre o chão. As mãos bateram na pedra. A dor a atravessou. Ela se apoiou nos joelhos, se esforçando para ficar em pé.

Meena a empurrou de volta ao chão com um eficiente golpe do cotovelo na coluna. Priya se virou de lado, pensando em empurrar o peso de Meena para longe ou… *não*. Aquilo daria errado. Por menor que Meena fosse, ela estava com uma máscara de madeira sagrada, e Priya conseguia sentir a força renovada das mãos da outra mulher conforme ela a pressionava contra a pedra, ofegante por trás da máscara, o olhar determinado.

Em vez disso, Priya agarrou o pescoço de Meena, tentando sufocá-la por tempo o bastante para que conseguisse escapar. Ela colocou as mãos sobre a pele de Meena e fincou as unhas nos seus tendões, mesmo enquanto o punho da mulher atingia os ombros de Priya, o joelho golpeava seu estômago. Priya cerrou os dentes, apertando mais e…

Meena prendeu as mãos dela no chão.

— *Fique* — ordenou.

Priya tentou se desvencilhar, tentou se contorcer para o lado, mas Meena simplesmente intensificou o aperto até Priya sentir como se suas mãos estivessem em chamas, uma dor agonizante nos ossos do seu pulso.

— Você está sentindo, não está? — perguntou Meena. Ela pressionou as mãos com mais força e Priya arfou. — Eu já senti o gosto das águas perpétuas. Tenho seus dons.

— Então você não precisa de mim — Priya conseguiu dizer, virando o rosto para a pedra, deixando o corpo ficar inerte.

Ela tentou parecer que tinha desistido da luta, deixar Meena acreditar que tinha ganho. Afinal de contas, naquele instante, com as mãos da outra criada pressionando os ombros de Priya, machucando os ossos, o joelho forçando o estômago da colega, ela *de fato* era a vitoriosa.

Meena também percebeu, e aquilo pareceu amolecê-la. Ela se inclinou mais para perto, o bastante para Priya sentir o cheiro da sua pele: o cheiro da fumaça fumegante e apodrecida.

— Só tomei um golinho — confessou Meena. — E não veio da fonte. Só... um gole de um frasco. Nada mais. E não é... — As mãos dela estremeceram; sua pele ardia. — Não é o suficiente.

Priya tentou se desvencilhar mais uma vez e não conseguiu.

— Me mostre o caminho — pediu Meena, arfando. — Eu não tenho muito tempo.

— A máscara está matando você, Meena.

— Está me fazendo ser tão forte quanto preciso ser. — As palavras transmitiam confiança, mas os olhos de Meena estavam vermelhos e mal piscavam. Ela sabia o que estava se tornando. — As águas perpétuas estão me matando de sede. A máscara está me matando com o poder. E eu... não me importo. — A voz saía com dificuldade. — Mas preciso de respostas. Pelo bem de Ahiranya e dos outros que, como eu, querem salvá-la. Eu preciso saber o caminho.

— Eu não sei o caminho, sua estúpida. Sua... *criança birrenta*. Você me chamou de filha do templo. Você sabe o que eu sou. Nunca pensou em questionar meus motivos para vir aqui, como eu deveria ter questionado os seus? — Priya esticou o pescoço, erguendo, dolorosa e levemente, a cabeça. — Eu mal consigo me lembrar. Ah, eu passei pelas águas, eu *sou* nascida-uma-vez, mas quando vi meus irmãos e anciões morrerem, perdi tudo. Eu tenho vários traumas. Minha mente... — Priya se interrompeu, com medo de fazer algo ridículo como rir, enquanto a mulher que morria acima dela parecia inclinada a quebrar seus pulsos.

— Eu não posso ajudá-la. Eu mesma estava tentando me lembrar. Eu vim aqui e pensei: *vou tentar*. Mas agora talvez nunca consiga por causa da sua teimosia. As únicas pessoas que podem mostrar o caminho para você já morreram.

O TRONO DE JASMIM

— Não. — A voz de Meena tremia como uma chama, os olhos arregalados. — Não, não!

Ela afrouxou o aperto, só um pouco. Estava distraída. Priya aproveitou a chance.

Cabeceou Meena com tudo, com força o bastante para sentir o próprio crânio chacoalhar e a pele queimar com o calor da madeira sagrada. No instante que Meena precisou para se recuperar do choque, Priya conseguiu esticar a mão e arrancar a máscara de seu rosto.

Ela lutou com ferimentos profundos e doloridos, enfiando os dedos entre o calor estarrecedor da madeira e a pele retorcida e queimada de Meena. Sentiu algo liso sob os dedos, escorregadio e quente. Então percebeu, horrorizada, que a pele ao redor dos olhos de Meena havia sido queimada até sobrar apenas osso. Meena emitiu um grito terrível, que aumentou até virar um uivo, ecoando pelo triveni, entre as colunas e espaços vazios, rompendo o ruído da chuva que começara a cair.

Priya a empurrou para trás e ficou de pé. As pontas dos dedos estavam com bolhas. Meena ainda se debatia no chão, mas Priya conseguiu ouvir passos no corredor; conseguiu ver Gauri e Sima no batente, paralisadas e boquiabertas.

— Saiam daqui! — gritou. — Vão embora!

— Me diga — pediu Meena, a voz débil enquanto se levantava. — Uma de vocês. Por favor.

Quando Sima viu o rosto de Meena, ela gritou e colocou as mãos sobre a boca, dando um passo para trás.

— Meena — Priya falou em vez disso. — Pare. Elas não sabem de nada, Meena. Pare!

Mas a mulher não estava ouvindo. Ela se mexia com a energia frenética de alguém na corda bamba entre a morte e o desespero, cruzando o espaço e agarrando Gauri pelo ombro. Gauri gritou conforme foi puxada para o cômodo e jogada contra um pilar pelas mãos angustiadas de Meena. O bastão da velha criada foi ao chão. Ela se debateu, inútil, conforme Meena a segurava e respirava fundo, inalando e exalando, sem perguntar nada, o branco dos olhos da mais nova inundado de sangue.

Gauri choramingou, e então caiu para a frente.

Com um grito de fúria, Priya pulou nas costas de Meena. Ela forçou a cabeça da mulher para trás, apertando os dedos mais uma vez sob a máscara frouxa. Quando Meena sequer estremeceu — solo e céus, ela tinha perdido a sensibilidade à dor? —, Priya a empurrou com força contra o pilar, imprensando Gauri conforme batia a cabeça de Meena na parede, de novo e de novo e de novo. Então ela soltou a mulher, que cambaleou, mas só um pouco.

— Corra — Priya ordenou a Gauri, e a velha criada tropeçou e caiu, depois se levantou novamente quando Sima a agarrou pelos braços e a arrastou para longe.

— Guardas! — Sima gritava. — Guardas, precisamos de ajuda! *Socorro!*

Meena arfou mais uma vez, uma exalação longa e superficial que se tornou um som rouco. Ela se virou com a rapidez de um relâmpago, agarrou Priya pelo pescoço e a ergueu.

Os pés de Priya não tocavam mais o chão. Os pulmões ardiam e ela não conseguia... não conseguia mexer as mãos, mesmo tentando erguê-las. O autocontrole se esvaía. O corpo dela parecia envolto em algodão.

Os pulmões doíam. A visão ficava escura. Porém, a escuridão era rica e cheia de texturas, ondulava como um rio sem luz. Quando as mãos de Meena apertaram mais, Priya sentiu que a escuridão se abria ao meio.

Ela sentiu a água aos pés; três rios que se encontravam sob os tornozelos, passando por seus músculos. Naquela escuridão atordoante, ela viu a sombra do irmão, ajoelhado e tingido de vermelho sob as pálpebras de Priya. Ela sentiu as antigas memórias ressoarem como sinos, cada uma harmonizando com a seguinte: a irmã do templo testando sua tolerância para a dor, colocando sua mão em uma água cada vez mais quente enquanto os anciões observavam; o pequeno Nandi, seu irmão do templo, ajudando-a a colocar flores e frutas em uma alcova do altar e roubando só um pedaço de uma manga-dourada fibrosa; peregrinos se prostrando diante dos anciões mascarados, implorando por uma lembrança da velha glória de Ahiranya. Todas as coisas que ela perdera. Pedaços de si mesma.

Ao redor dela, Priya conseguia ouvir o canto do Hirana, esperando e respirando por ela. Tudo que precisava fazer. Tudo que precisava fazer...

Priya abriu os olhos.

Então apertou as mãos ao redor do pulso de Meena conforme as linhas na superfície do triveni fluíam e mudavam, desequilibrando a mulher por um segundo, permitindo que se livrasse do aperto em seu pescoço e acer-

O TRONO DE JASMIM

tasse um punho fechado no estômago de Meena. Quando ela se inclinou para a frente, Priya a socou novamente, e ela caiu no chão.

Priya era nascida-uma-vez, era *mesmo*, e aquele pequeno emaranhado de memórias era o bastante para fazer o Hirana se mover a seu favor, as pedras constantemente mudando sob os pés de Meena como ondas recuando, lançando-a para mais longe, ainda mais longe, até o ponto onde a beirada do triveni estava aberta para o céu. Conforme Meena tropeçava, Priya fez uma pausa para pegar o bastão de Gauri do chão. Foram apenas alguns segundos, mas a sensação era de que séculos se passavam com apenas uma respiração.

— Você não sabe o que a força significa — murmurou ela. A voz era rouca, mas firme. Priya ficou contente por isso. — Você não sabe. Mas eu aprendi. Eu sei o que significa carregar as águas.

Ela esticou o bastão de Gauri diante de si e encostou a ponta dele no peito de Meena. Mantendo o olhar fixo nela, disse:

— Continue se mexendo.

Enfim. *Enfim*. O templo estava falando com ela novamente. A resposta que o Hirana tinha dado quando Priya estava na superfície era o murmurar de uma coisa adormecida. Agora era uma voz desperta. Só um sussurro, um encorajamento, mas era o bastante.

Meena se mexeu. Ela deu passos lentos e relutantes ao andar para trás, enquanto Priya a cutucava com o bastão na direção do abismo, onde o chão do triveni se mesclava com a pedra mortal e entalhada do Hirana. Meena parou quando os calcanhares encontraram a beirada.

As duas se encararam. A chuva continuou a cair.

— Por favor — sussurrou Meena.

— Quem é ele? — As mãos de Priya estavam molhadas de suor e chuva. Ela conseguia ouvir gritos se aproximando de algum lugar. — Quem foi o filho do templo que deu a você o gosto das águas perpétuas? Quem condenou você à morte?

Priya não conseguia ver a expressão de Meena por trás da máscara, mas ela a sentiu quando Meena superou seu estupor; quando Meena se lançou para a frente, o bastão de Gauri se dobrando entre elas, e um grito feroz escapou da garganta da mulher enquanto tentava colocar as mãos no pescoço de Priya mais uma vez.

Priya soltou o bastão e agarrou a mulher pela blusa. A fúria que ela sentia consumia tudo. Como ela *ousava*?

— O Hirana não vai salvar você — exasperou-se, brutal. — Você não é merecedora.

E então ela empurrou Meena com as duas mãos.

A mulher caiu sem emitir mais nenhuma palavra.

Priya ficou parada, os braços ainda esticados diante do corpo. Ela respirou fundo. Mais uma vez. A fúria imensa que a tomara a deixou abruptamente. As mãos dela começaram a tremer.

Ah, espíritos, o que fizera? O que tinha *acontecido*? O coração ainda estava acelerado, mas ela não conseguia sentir os braços ou as pernas.

Priya abaixou as mãos e se virou.

A prisioneira estava parada na entrada da câmara norte, observando-a.

A prisioneira — a princesa — era mais alta do que Priya imaginara. E também mais magra. Era absurdo pensar nisso agora, quando a vida de Priya estava acabada, quando ela assassinara outra mulher na frente da irmã do imperador e falara nas águas perpétuas. Mas a princesa era alta e esquelética e, apesar dos olhos ainda estarem vermelhos, ela estava completamente imóvel, sem piscar, a boca espremida em uma linha fina e indecifrável. Parecia não ter medo de nada.

Será que a princesa vira o que Priya fizera? Escutara o que havia dito? Ela não parecia achar que Priya a mataria, e, por um momento de descontrole, a criada se perguntou se deveria fazer isso. Ninguém deveria saber o que ela era. Mas Priya estava trêmula, e não conseguiria, nem queria.

Os guardas apareceram às pressas, as criadas os acompanhando. Pramila apareceu atrás, uma lâmina desembainhada nas mãos.

— *Princesa Malini!*

A visão de Priya escureceu. Ela não conseguia pensar. Não conseguia respirar. Ah, espíritos acima e abaixo, Priya sabia o que todos veriam, o quão incriminador eram as paredes marcadas de sangue. Priya, uma criada de baixo escalão, sangrando. A princesa. A princesa...

— Pramila — arfou ela.

Priya ficou observando com uma surpresa entorpecida enquanto o rosto da princesa se transformava pelas lágrimas, as bochechas repentinamente inchadas. A princesa agarrou fracamente as pontas do xale, como se quisesse esconder o rosto, proteger a si mesma dos olhares dos guardas, que

O TRONO DE JASMIM

estavam parados e encarando, as armas a postos. Mas então ela deixava o xale cair, de novo e de novo. As mãos tremiam. Depois os dentes começaram a bater, como se ela tivesse sido tomada por choque. A princesa se inclinou junto à porta.

— Ah, Pramila! — chorou ela.

Lady Pramila soltou a lâmina e correu até a princesa, pegando-a pelos braços.

— Você aí — ela chamou um dos guardas. — Prenda aquela criada. Agora.

Um guarda andou a passos largos, agarrando Priya com violência pelo braço, e ela mordeu a parte interna da bochecha. Priya não olhou para Gauri ou Sima. Não mostraria o quanto estava com medo.

— Ela salvou minha vida — ofegou a princesa. Ela olhava para Pramila, piscando sem parar, a expressão aterrorizada. — Aquela criada... ela me salvou. Havia uma assassina, e ela arriscou a vida por minha causa e eu... Ah, Pramila, não consigo respirar! Não consigo respirar!

A princesa desmaiou nos braços de Lady Pramila. Por mais que estivesse magra, o peso arrastou a acompanhante em direção ao chão. Priya só conseguiu encarar, boquiaberta, enquanto todos se apressavam para ajudar a princesa. Enquanto a mão do guarda afrouxava o aperto em seu braço, suavizado pela mentira.

ASHOK

O som da chuva fez Ashok voltar para o próprio corpo. Ele escutou o tamborilar como se fossem cem mil dedos batucando o solo. Ouviu a chuva entoar seu cântico baixo e vazio batendo na madeira que o rodeava. Ele respirou, profunda e lentamente, e era como esticar e afrouxar uma corda; ele soube que estava chovendo havia algum tempo e que não fora apenas o barulho da chuva que o trouxera de volta. Ashok conseguia sentir uma estranha dor ao longo da coluna: havia um peso na garganta e nos olhos, uma ameaça de luto que ele não poderia se deixar sentir. Sem lágrimas. Homens não choravam.

Mas Meena estava morta.

Ele sentira sua partida no sangam, no espaço que estava além do mundo físico. Ele sentira a temperatura excruciante da máscara sobre o rosto dela, derretendo a pele até virar líquido, e então a sua queda até a morte. A perda de Meena recaía sobre seus ombros.

Ele a treinara: a ensinara a enfrentar as outras crianças usando unhas e dentes, como usar uma lâmina e dar um soco e cortar as artérias de um homem do jeito certo. Ele lhe ensinara o que os parijati extraíram dos ossos de Ahiranya. Ele lhe ensinara que a liberdade de Ahiranya valia qualquer preço.

Então, Ashok dera a Meena um frasco da água e deixara que ela escolhesse. Como se uma escolha tão cuidadosamente entranhada através do luto, do treinamento e do sofrimento fosse de fato uma escolha.

Que desperdício de arma.

O TRONO DE JASMIM

Ele soltou o ar e se inclinou para a frente, pressionando o queixo na base do pescoço para afrouxar a tensão que ainda dominava sua coluna.

Apesar de a chuva ainda cair forte, Ashok estava seco. Ele escolhera bem seu lugar. Estava sentado, de pernas cruzadas, no coração escavado de uma árvore morta, uma casca de algo grandioso cujas entranhas haviam sido limpas por completo. Ao redor, em uma clareira ainda escurecida pelas cinzas da queimada de árvores decompostas, não havia outra cobertura similar. Seus irmãos e irmãs estavam acampados sob a copa das árvores, gentilmente cobertos por folhas grandes o bastante para protegê-los da pior parte da chuva. Estavam invisíveis para ele dali, assim como ele estava para os outros.

Ashok ficava contente pela privacidade. Ele pressionou os nós dos dedos nos olhos, primeiro o esquerdo e depois o direito, e então ficou de pé. O homem se abaixou para deixar o abrigo da árvore e deu um passo na direção da chuva que caía, limpa, doce e surpreendentemente gelada.

Por todos os fracassos de Meena, havia uma poesia em sua morte que o comovia. Ele era melhor na guerra — para Ashok, o beijo de uma lâmina em sua garganta continha mais eloquência do que qualquer verso —, mas já havia se sentado em casas de prazer para escutar poetas contarem histórias sobre rebeldes corajosos, envolverem os ouvintes com histórias épicas sobre a Era das Flores. Intercalando com recitações proibidas dos Mantras das Cascas das Bétulas, os poetas entrelaçavam os feitos do bando mascarado de Ashok com a força lendária dos antigos anciões do templo. Falavam tomados pelo ardor sobre como as mães das chamas haviam cruelmente apagado o futuro brilhante de Ahiranya. Os poetas mais habilidosos deixavam homens adultos chorando de raiva e paixão.

Ashok se perguntou o que diriam sobre a morte de Meena; uma rebelião sobre o Hirana, uma luta fracassada contra um regente cruel.

Ele teria que deixar a história ser contada.

Se o luto o havia desmantelado afinal, ao pensar na história dela e na tragédia contida — se os olhos dele ardessem com lágrimas por uma soldada impetuosa que escolhera a morte destemida —, então Ashok se recusava a reconhecê-lo. Que a chuva levasse aquilo que ele não queria. Que ele se esvaziasse. Ashok era líder de homens e mulheres, um filho do templo que fora testado e vivera-duas-vezes. E ele sentira mais alguém no sangam:

uma presença focada, limpa e pura como uma lâmina, que lançara mãos frias sobre ele e então o vira através do rio das entranhas.

Planos. Sempre havia planos a ser feitos ou desfeitos, e não havia tempo para o luto.

Kritika esperava sob a cobertura das folhas grandes, a parte mais comprida do sári cobrindo o cabelo. Ashok não sabia quanto tempo ela esperara por ele.

— O que aconteceu? — perguntou ela.

— Meena não vai retornar para nós — informou Ashok. — Ela está morta.

Kritika puxou o ar bruscamente. A boca, os olhos, até os ossos pareciam se retesar.

— Ela agiu com imprudência — completou Ashok.

— Como? — Kritika esfregou o rosto molhado de lágrimas com a ponta dos dedos, sem conseguir enxugá-lo. — O que ela fez?

Ashok balançou a cabeça. O sangam não mostrara tudo a ele. Era impossível. Dentro daquele espaço liminar, ele tinha a capacidade de sentir muitas coisas: memórias, emoções, fragmentos de pensamento. Mas Meena não era nascida-duas-vezes; mal poderia ser considerada nascida-uma-vez, graças ao gole de águas perpétuas que ela consumira do frasco. E ela tentara encontrá-lo apenas no momento do início de sua queda do Hirana, quando a morte fora inevitável. Tudo que ele sentira dela eram impressões, tão turvas quanto a luz que passava através da chuva das monções. Dor, carne derretida. O vislumbre de um olhar penetrante. As garras da gravidade nas costas. O gosto das palavras que não puderam ser ditas amargando a língua.

Ashok. Por favor...
Me perdoe.

Ele não contou nada daquilo para Kritika. Em vez disso, alongou os ombros, a coluna parecendo um nó enlutado, e disse:

— Ela usou a máscara.

— Achei que era apenas para emergências. Você acha que ela foi descoberta? Atacada?

— Vamos saber logo. Diga a Ganam para arrumar as coisas e mudar o local do acampamento principal.

O movimento rebelde contra o domínio parijatdvipano era disperso, feito de múltiplos membros que nem sempre obedeciam ao mesmo mestre. Porém, se a rebelião possuísse um coração, Ashok considerava que era seu povo. Eram eles os dispostos a praticar violência, e eram bons o bastante naquilo para seguirem com velocidade, mascarados e letais, assassinando conselheiros, mercadores e aqueles leais ao império, corroendo aos poucos as estruturas sobre as quais se erguiam os ossos daquele governo. Às vezes ele chamava seu acampamento principal de seu próprio conselho do templo, em tom de brincadeira. Mas Ashok vira como aquilo fazia o olhar de seus companheiros se iluminar. Com frequência ele pensava em quanto histórias poderiam ser úteis.

E o seu povo *era* um conselho de alguma forma, espertos o bastante para ajudá-lo a manter a própria rede de espiões e aliados em diversas casas nobres de Parijatdvipa. Até mesmo na casa do regente, onde era dificílimo de se infiltrar.

E ao pensar nisso... Ele não acreditava que Meena fora interrogada, mas não tinha certeza. Era melhor ser cauteloso a arriscar mais mortes entre os seus.

— Você deveria ir ao mahal. Veja se há algo mais para descobrir sobre a morte dela.

Kritika engoliu em seco e inclinou a cabeça. Ela se virou para ir embora, mas Ashok a impediu, colocando a mão sobre seu ombro.

— Eu também estou de luto por ela — disse ele.

— Eu sei. — Kritika baixou o olhar. — Não estou duvidando — acrescentou ela, em um tom estridente que indicava respeito. — Mas...

Ela parou de falar. Ashok olhou para seu rosto, que estava franzido, de uma forma que até mesmo as rugas pareciam camadas de dor, e pediu:

— Me conte.

— Sarita está com dificuldade — falou Kritika, relutante. — E Bhavan... não tem muito mais tempo nesse mundo.

Mais duas. Mais duas armas treinadas e perdidas.

— Então precisamos encontrar as águas perpétuas com ainda mais urgência, para o bem de todos nós. — Ele pressionou os dedos na testa. — Espere um instante, Kritika. Deixe-me pensar um pouco.

Custo e ganho. Sacrifício e sucesso. Ele perdera Meena, perdera uma máscara de madeira sagrada, perdera um par de olhos no mahal do general e pés caminhando pelo Hirana a troco de praticamente nada. A missão fora inteira de sacrifício e custo, sem nenhum sucesso ou ganho para contrabalancear os desastres. Ele fracassara.

Porém, na infância, Ashok tivera verdades inculcadas em seus ossos, em lealdade a algo maior, algo implacável em suas exigências. Ele se voltou para essas verdades agora, e elas o encararam de volta, sem piscar, oniscientes.

Todo fracasso nascia da fraqueza. Isso era verdade. Ele sabia que não deveria ter mandado Meena em uma tarefa que requeria tanto paciência quanto astúcia. Ela é — *era* — imprudente e feroz demais, sincera demais. E ela sabia que estava morrendo. Sabia que todos estavam morrendo. O desespero havia acabado com ela. E como seu líder, Ashok deveria saber que isso aconteceria.

Mas ele queria que Meena obtivesse sucesso. Porque ela o lembrava de outra garota, em outra época, de esperanças sacrificadas, e ele pensara, *se Meena for apenas uma sombra dela...*

Ashok abaixou a mão. Kritika esperou, silenciosa e observadora.

— Eu fui um tolo — disse ele, por fim.

Sentimentalismo tinha seu lugar quando servia a uma função, quando ajudava a alcançar o ideal maior de uma Ahiranya livre e poderosa, como fora em outra época. Mas seu amor... não. A ternura sensível não era nada a não ser fraqueza.

O amor o guiara para o caminho errado e desperdiçara a vida de Meena. Até mesmo neste momento, sua natureza fraca estremecia diante do pensamento de fazer o necessário. Mesmo agora, ele se lembrava de uma noite havia muito tempo, quando se ajoelhara diante da luz bruxuleante das lanternas, as mãos sobre os ombros magros como um pássaro. Os ombros de sua irmã.

Ele se lembrava de contar uma mentira. *Espere aqui*, dissera. *Vou voltar para buscar você. Prometo.*

Ela olhara para ele com tanta confiança. Ele jamais esquecera aquele olhar.

— Há uma criada na residência do regente. Uma mulher chamada Priya. Diga a nossa mais recente adição para trazê-la até mim. A resistência precisa dela.

O TRONO DE JASMIM

Ele tentara salvá-la uma vez. Então a deixara ir. Ele colocara olhos nos quais confiava para vigiá-la vez ou outra e, através deles, a observara crescer longe dele. Ashok acreditara que poderia deixá-la viver livre do propósito que o prendia a todo custo, sem trégua. Porém, não podia mais ser fraco. Ele a sentira no sangam. Ela estivera lá quando Meena morrera. Havia força nela agora, muito poder, mais do que ela possuíra em todos os anos em que ele a observara, e Ashok podia usá-la.

Se ele ao menos tivesse tomado essa decisão mais cedo. Se ele ao menos tivesse orientado Meena a se aproximar dela, formar uma aliança. Agora não importava mais. Ainda havia um caminho. Ele ainda poderia usar os dons da irmã para seus próprios fins.

Ahiranya valia qualquer preço. Até mesmo ela.

VIKRAM

Trabalhar durante a noite era um requisito do papel de Vikram como regente de Ahiranya. Às vezes era prazeroso; outras, um fardo. Às vezes, como naquela noite, eram as duas coisas.

Naquela noite, Vikram bancava o diplomata, entretendo um dos príncipes de Saketa, Prem, que estivera alegremente enfurnado em um bordel de uma vizinhança duvidosa, bebendo e se divertindo com alguns de seus homens e mais um punhado de primos nobres infames. De acordo com as complexas regras da linhagem sanguínea dos saketanos, Prem era primo em primeiro grau do alto-príncipe que governava sua cidade-Estado e, portanto, tinha um status semelhante ao de Vikram. Apesar de seu papel como regente de Ahiranya, Vikram não tinha sequer uma gota de sangue nobre. Tudo que conquistara sob o comando do último imperador, Sikander, ele conseguira a seu próprio mérito como general de Parijatdvipa.

Outro príncipe ou membro da realeza de alguma cidade-Estado poderia ter exigido mais subserviência de Vikram do que ele teria gostado de providenciar, mas o príncipe Prem era um cafajeste fútil e tranquilo que não incomodava de forma alguma, requisitando apenas as cortesias típicas. Ele visitara Vikram algumas vezes desde que chegara, e normalmente era agradável, embora uma companhia pouco edificante. Ele bebia bastante e levara um excelente vinho envelhecido saketano consigo em cada visita. O príncipe jogava pachisi com a graça requerida para não irritar ninguém, com movimentos comedidos e respostas espirituosas.

O TRONO DE JASMIM

Teria sido uma noite agradável, como muitas outras que a antecederam, se não fosse pela presença de Lorde Santosh. O homem se recusara a jogar pachisi.

— Eu sei que as outras nações de Parijatdvipa gostam disso — desdenhara. — Mas em Parijat somos mais refinados.

Ele não tocara no vinho saketano de Prem nem nos licores ahiranyi arrumados em lindos jarros coloridos sobre a mesa para o deleite dos convidados, em vez disso exigira que um licor parijati de verdade fosse trazido. Um licor que ele não compartilhou com os outros.

Enquanto bebia, Lorde Santosh interrogou Vikram sobre as rebeliões de Ahiranya, que haviam ficado consideravelmente mais violentas desde a coroação do imperador Chandra. Ele comentou sobre o alto número de criados ahiranyi no mahal ("Se fosse o *meu* mahal, general Vikram, eu o encheria dos *nossos* conterrâneos") e também fez perguntas e mais perguntas mordazes sobre a rotina dos guardas, baseado nas observações que seus próprios homens, infiltrados nas forças de Vikram, haviam transmitido a ele.

Depois de uma hora da atenção de Santosh, a paciência de Vikram já se esvaíra, e o príncipe Prem atacava o próprio vinho com um entusiasmo preocupante, um sorriso falso fixo na boca. E, ainda assim, Santosh continuara.

Esse é o homem que o imperador Chandra manda para farejar minha regência, Vikram pensou, com um desespero quase histérico. *Esse parvo. Eu deveria deixá-lo ficar com a regência. Ou ele vai destruir Ahiranya em um ano, ou a terra o destruirá.*

Mas Vikram não iria — nem poderia — desistir de sua regência assim com tanta facilidade. Durante anos, ele fora o responsável por unir aquela nação dividida, pagando todos os preços necessários para que sobrevivesse sob seu comando. Até o momento em que o imperador Chandra ordenasse sua remoção, ele fingiria não saber do propósito de Santosh ali e faria o melhor para manter tudo em seu poder.

O fato de que Chandra gostava de lorde Santosh o bastante para deixá-lo cutucar a autoridade de Vikram não refletia bem no imperador. Chandra era muito diferente do irmão mais velho, Aditya, que ao menos parecia um bom soberano: tinha um círculo adequado de amigos e conselheiros, naturais de diversas nações de Parijatdvipa, e portanto tinha o apoio total de todas as cidades-Estado do império. E um senso de honra que o impedia de se envolver com coisas ambiciosas demais.

Era uma pena que recentemente tivesse encontrado uma nova fé e dado as costas para seus deveres.

— Conte-nos sobre Parijat — interrompeu Prem. — Como está a capital? Harsinghar é tão bela quanto eu me lembro?

— Harsinghar sempre será a cidade mais bela do mundo — disse Santosh, sério. — O palácio está sendo reformado.

— Como? — perguntou Vikram. Ele não tinha nenhum interesse particular em arquitetura, mas conseguia fingir quando necessário.

— Estátuas serão construídas para as novas mães no pátio imperial, para que sejam agradecidas e adoradas pela glória de Parijatdvipa — contou Santosh, orgulhoso, como se tivesse sido o responsável pelo projeto.

Sorrir diante daquela declaração era difícil. Vikram usava as pedras de preces e rezava para as mães, acendendo velas para elas de manhã e à tarde no altar da família. Ele não sabia como encontrar pontos em comum entre a versão da fé do imperador Chandra e a sua. Ainda assim, ele sorriu.

— Fascinante — respondeu Prem, em certa medida parecendo maravilhado. — E como vão caber tantas estátuas assim no pátio? Ele será expandido?

Um instante de silêncio. Vikram pegou sua taça de vinho e bebeu.

— As estátuas serão apenas para as mães Narina e Alori — explicou Santosh. — As outras mulheres receberam um presente. Foram purificadas. Mas faltava nelas a qualidade das verdadeiras mães das chamas.

Não eram da nobreza, Vikram traduziu em pensamento, mas não disse nada, nem se permitiu sentir nojo. Teria sido hipócrita, depois de tudo que fizera.

— Ah, engano meu — disse Prem, despreocupado.

Santosh lançou um sorriso apertado e desgostoso para ele, e então se virou para Vikram.

— Enfim, general Vikram — começou ele. — Queria discutir seus conselheiros. O lorde Iskar é de Parijat...

— Ah, Santosh — protestou Prem. — Estou aqui para beber e me divertir, não para falar em política. Que tal mudarmos de assunto?

— Vejo que não se deixa preocupar com assuntos importantes — espetou Santosh, sem nenhuma sutileza para disfarçar o desdém, o que fazia sentido, Vikram pensou, cansado.

O TRONO DE JASMIM

A sutileza era algo cultivado pela necessidade, por pessoas que sabiam que era preciso tratar o poder com cuidado, que compreendiam como era fácil de ser roubado ou tomado. Santosh era um ouvido amigo do imperador, e também reforçava a crença tosca do imperador na supremacia de Parijat e do sangue parijati. Ele não precisava de coisas como sutileza.

— Mas eu estou na liderança das políticas imperiais, príncipe Prem — continuou Santosh —, e não posso simplesmente agir como você.

— Você está na liderança das políticas e o imperador Chandra o mandou até aqui? — A testa de Prem estava franzida em confusão, mesmo enquanto continuava a sorrir. Dava um certo tom de zombaria ao rosto dele. — Você está bem longe de Parijat, Santosh! Além do mais, não é a política que traz as pessoas para Ahiranya. — Ele sorriu ao erguer o vinho. — É o prazer. Os bordéis são *muito* bons.

A expressão de Santosh era levemente preocupante, o sorriso desdenhoso ganhando um quê de crueldade. Então Vikram interveio, dizendo:

— Lorde Santosh acompanhou a princesa Malini com muito cuidado, por ordens do imperador Chandra. Foi uma enorme honra, a qual cumpriu de forma admirável.

O sorriso de Prem estremeceu um pouco, mas até mesmo ele possuía bom senso o bastante para evitar comentar sobre a princesa. Santosh se virou de propósito para Vikram, excluindo Prem da conversa.

— E falando na princesa Malini e… na contemplação dela, há coisas que você e eu precisamos discutir, general Vikram. Assim como o imperador Chandra tem interesse em ver a irmã refletir sobre as próprias escolhas, ele também gostaria que sua nação mais rebelde aprendesse a ser mais submissa. Tenho muitas sugestões para fazer em nome dele. Conheço muito bem os pensamentos do imperador sobre essa questão. Falamos muitas vezes de Ahiranya.

Vikram não permitiu que sua raiva transparecesse no rosto, mas Prem não parecia ter o mesmo controle. Os olhos do príncipe já haviam se estreitado diante da ofensa de Santosh contra ele; a ofensa de um mero lorde nobre de Parijat contra alguém do sangue real saketano. E o fato de Santosh se gabar casualmente sobre sua relação próxima com o imperador apenas servira como provocação.

— Você está certo, está mesmo! Que interesse tenho em política? — anunciou Prem, alto demais. — Foi meu tio quem sempre se importou com política, ele quem foi retirado de sua posição como tesoureiro real do imperador há apenas um mês, não foi? Ou foram três meses? Nunca fui tão bom quanto ele com números, mas eu me lembro de que, quando decidiu reclamar, ele acabou executado. Condenado à morte, bem assim — disse o príncipe, alegre. — Um escândalo e tanto.

— Príncipe Prem — murmurou Vikram, mas não havia como impedir o homem.

— Não consigo me lembrar bem quem foi que tomou o lugar dele. Ah. — Ele estalou os dedos. — Um de seus primos, acho. Parabéns.

Vikram abaixou a própria taça.

— Lorde Prem — falou. — Acredito que esteja embriagado.

A mandíbula de Santosh tremia, furioso.

— Seu beberrão — soltou ele, em um tom que indicava que preferiria usar palavras muito piores, ou talvez a própria lâmina, se não fosse pela discrepância de status. — Quando o imperador Chandra terminar de limpar a corte imperial e esse buraco de país maldito, eu vou me certificar de direcioná-lo para Saketa. Você precisa se colocar em seu lugar.

Prem ficou de pé em um pulo. Vikram se ergueu com mais calma.

— Deixe-me levá-lo para tomar um ar, príncipe Prem.

Sem esperar por uma resposta, Vikram colocou as mãos nos ombros do homem e o afastou do salão.

Prem não parecia estar cambaleante. Um dos criados de Vikram, posicionado no corredor adiante, lançou um olhar questionador ao regente, perguntando em silêncio se ele preferiria que o príncipe fosse retirado de suas mãos e gentilmente escoltado para um quarto para se recuperar. Vikram não respondeu. Não importava o quanto as coisas mudassem, Prem era importante o bastante para receber sua atenção total. A última coisa que Vikram queria era, acima de tudo, receber uma carta raivosa de um dos escribas do alto-príncipe.

— Desculpe, desculpe — disse Prem.

— Não precisa se desculpar, milorde.

— Quanto tempo *ele* vai ficar?

— O tempo que o imperador Chandra desejar — informou Vikram. — E o senhor?

— O quanto meu dinheiro permitir — respondeu Prem com uma risada. — Eu tinha esperança de conversarmos a sós. Da última vez que vim, jogamos uma partida excelente de pachisi. Gostaria de jogar de novo.

O TRONO DE JASMIM

— É sempre bem-vindo — Vikram o reassegurou, dando um tapinha em suas costas com uma falsa jovialidade.

Você deveria tomar cuidado, ele considerou dizer. O príncipe era jovem. O conselho de um velho não iria prejudicá-lo. As coisas não eram iguais a como haviam sido no passado. Um homem que não soubesse reconhecer isso não teria muito tempo de vida.

— Sabe que a grosseria dele comigo e com você não será o fim disso, general Vikram — provocou-o Prem, colocando um braço ao redor do ombro do regente como se fossem amigos. — Nós certamente deveríamos nos encontrar de novo, eu e você, ainda que não seja pelos jogos e vinhos. Você pode ser parijati, mas acho que não é do tipo que se dará bem nesses novos tempos.

Era uma conversa perigosa, que beirava a traição. Vikram não respondeu.

Prem se inclinou e abaixou a voz, o olhar firme. Talvez ele não estivesse tão bêbado quanto Vikram pensara.

— Estou dizendo, general Vikram, que o imperador Chandra está mudando Parijatdvipa. — O hálito dele tinha o cheiro adocicado de anis. — Ele acha que, só porque as mães forjaram sua linhagem e as cidades-Estado se lembram da dívida, vamos beijar as mãos de qualquer mutação parijati de quem ele gosta. Mas nós, saketanos, não nos esquecemos de que ele não é o único representante das mães que tem direito ao trono. E acho que você também não se esqueceu disso, general Vikram. Há outro caminho.

O príncipe não seria o primeiro a pensar aquilo, nem a dizê-lo. E Vikram quase ficou tentado a concordar. Quase. Ele sabia que Prem tinha algo a oferecer, alguma barganha a fazer, informações a trocar.

Mas Vikram não conseguira sua posição correndo riscos desnecessários.

Sua última reunião com o recém-coroado imperador Chandra, logo depois da morte do imperador Sikander, estava gravada em sua mente. Na época, o novo imperador ainda não começara a retirar os conselheiros que não eram parijati de seus postos, não havia ordenado a execução de velhos e venerados ministros de guerra dwarali ou tesoureiros saketanos nem queimara uma dama nobre de ascendência srugani ou uma princesa de Alor. Ele *queimara* uma cortesã famosa e todas as criadas dela, mas os boatos diziam que a mulher era uma das favoritas do imperador Sikander, e Chandra era conhecido por sua aversão profunda à impureza das mulheres. Aquilo parecera cruel para alguns nobres, mas deixaram passar, como o tipo de derramamento de sangue e tumulto que era esperado quando um novo imperador chegava ao trono.

Não haviam começado a compreender ainda a terrível profundidade ou a dedicação da fé de Chandra.

O imperador fora ameno ao dar as boas-vindas. Sorrira para Vikram com lábios finos, aceitara sua mesura com graciosidade. Oferecera um sorvete parijati feito de cana-de-açúcar e flores amassadas, entregue a Vikram pelas mãos de uma linda criada. Chandra havia trocado gentilezas, mantido conversas casuais.

Então ele pedira: *Diga-me como fez, general Vikram. Diga-me como o conselho do templo queimou. Diga-me como mataram as crianças.*

Vikram nunca se esqueceria da expressão no rosto do imperador.

Apesar dos anos de serviço, ele não acreditava que pessoas poderiam ser cruéis em sua essência. Todas as mortes de pessoas por quem Vikram fora responsável, até mesmo das crianças do templo, foram por necessidade. Mas Chandra... Chandra escutou cada detalhe excruciante, com os olhos iluminados e um sorriso nos lábios. E tudo que ele fizera desde aquela primeira reunião era uma confirmação daquele primeiro sorriso, aquele vislumbre de dentes que lançara calafrios pela coluna de Vikram.

Tenho utilidade para um homem como você, ele dissera.

Aquelas palavras. O prazer que elas continham.

Vikram compreendia que um homem como o imperador não deveria ser testado.

Prem devia ter percebido isso na expressão fechada do regente, porque o sorriso morreu em seus lábios.

— General Vikram — falou ele. — Talvez eu tenha me excedido.

— Sim — concordou Vikram. — Temo que sim.

Foi quase um alívio quando um guarda entrou apressado no corredor. Era um guarda jovem, seguido de um dos comandantes da guarda pessoal de Vikram.

— A princesa — soltou o comandante Jeevan. — As conchas soaram.

— Foi um prazer, príncipe Prem — cumprimentou-o Vikram. — Talvez nos encontremos de novo em breve.

Prem assentiu educadamente, mas os dois sabiam que Vikram acabara de rejeitar seja lá qual acordo estava sendo oferecido.

O regente não se encontraria com o príncipe saketano de novo.

Vikram subiu o Hirana lentamente, com dificuldade. Estava velho demais para o esforço e, pior de tudo, a chuva se recusava a cessar. O criado atrás dele erguia uma sombrinha sobre a cabeça, o que, infelizmente, era ineficiente contra o dilúvio. Toda vez que a superfície do Hirana se alterava, o homem oscilava, a sombrinha balançando e caindo de sua mão.

Ao menos Jeevan o acompanhava: uma presença sólida e confiável guardando suas costas, o arco e as flechas em mãos.

O único pequeno prazer era que Santosh não o seguira. Ele tentara, mas o sujeito nitidamente tinha pavor do Hirana, e o licor o deixara vacilante sobre os pés. Ele cambaleara templo acima durante dois minutos, então desistiu e voltou ao chão. Então mandara um dos próprios guardas parijati em seu lugar, que seguia atrás de Jeevan, segurando a corda-guia como se a vida dependesse daquilo.

Vikram não se dava ao trabalho de temer o Hirana. Quando os anciões do templo ainda eram vivos, era responsabilidade do regente supervisionar o conselho. Todo mês, ele era guiado até o topo do Hirana por uma das crianças mais jovens do templo; uma vez lá, ele compartilhava uma refeição com os anciões. Vikram nunca pensara muito sobre eles, relíquias de um passado muito distante — uma época em que Ahiranya fora poderosa — continuando seu papel simbólico. Ainda assim, o regente os achara fascinantes de uma forma singular. Eram amigáveis com Vikram, até mesmo mostraram a ele truques de mágica que ainda conseguiam fazer, alternando a superfície do Hirana sutilmente a seu bel-prazer.

Vikram não tinha medo do Hirana, mas tinha medo das consequências daquela noite.

Um assassino. Uma princesa parijati, berrando e chorando, alucinada pelo medo. Se não fosse pela intervenção de uma criada — um golpe de pura sorte —, a irmã do imperador estaria morta, a própria sentença de morte de Vikram assinada.

Ele chegou ao topo do Hirana e os guardas na porta o cumprimentaram com mesuras. O comandante abriu os portões e os deixou entrar.

— Ela está aqui, milorde — informou o guarda em um tom baixo. — Lady Pramila não a deixou sozinha nem por um segundo sequer.

Eles entraram na sala do claustro, um afloramento do corredor oeste do Hirana. A princesa Malini, a única irmã do imperador Chandra, rei dos reis, mestre do império de Parijatdvipa, estava ajoelhada no chão, vomitando em um balde.

— Leve isso para longe — arfou a princesa, empurrando o balde com uma das mãos, mesmo enquanto segurava sem jeito na beirada dele para se equilibrar. — Por favor.

— E deixar você sujar o chão todo? — A voz de sua carcereira estava séria. — Não. Deixe por perto e pronto.

— O general Vikram pede seu perdão, princesa — anunciou o guarda, curvando a cabeça mais uma vez, voltando ao corredor. Ele deixou Vikram sozinho com as duas mulheres.

A princesa ergueu a cabeça, o rosto cinzento, os olhos molhados.

Antes de o irmão a mandar para ser aprisionada no Hirana — *para que ela contemple suas decisões e o estado de sua alma, assim como eu contemplei, em um lugar digno de seu destino*, o imperador escrevera —, Vikram encontrara a princesa uma vez, em uma visita ao mahal imperial em Parijat. Ela fora uma presença agradável e bonita, embrulhada em sedas ornamentadas. Filhas reais não usavam coroas. Em vez disso, usavam símbolos imperiais: flores de jasmim, amarelas e brancas, trançadas como uma auréola, calêndulas e rosas, douradas e vermelhas, recém-colhidas e ainda cobertas de orvalho, as raízes presas nas pontas de uma trança pesada.

A mulher para a qual olhava agora não se parecia com a princesa florida de Parijat. Ela sequer se parecia muito com a princesa que chegara havia quase um mês em seu mahal. Aquela mulher era quieta e soturna, mas estava saudável, era alta e tinha formas, os olhos escuros severos e uma curva na boca que demonstrava cautela.

A mulher de agora era suja e magra, ofegava com histeria, estava com a pele coberta por lágrimas, os olhos fundos e vermelhos.

Que as mães das chamas o protegessem. Ele deveria ter se preocupado muito mais com seu bem-estar, e que se danassem as ordens do imperador.

— Princesa — começou Vikram, falando em dvipano, o idioma formal da corte, língua materna da filha real. — A senhorita se machucou?

— Ela está apenas assustada, milorde — se apressou para dizer a carcereira.

Vikram olhou para a princesa tremendo onde estava ajoelhada, o rosto corado pelo sofrimento.

O TRONO DE JASMIM

— Ela precisa de um médico — constatou ele.

— Não, milorde — retrucou Pramila. — Ela tem uma constituição frágil. Só precisa de descanso. Alguns remédios e descanso.

Vikram não estava convencido. Longe disso. Como poderia estar, quando a princesa continuava a tremer, os cabelos soltos e despenteados como os de um sacerdote, o corpo de uma magreza extrema?

— Princesa Malini — chamou ele mais uma vez. — Diga-me como se sente.

Ele viu a princesa engolir em seco e erguer o queixo.

— Uma assassina tentou tirar minha vida, general — respondeu a princesa, a voz rouca tremulando como uma chama. — Meu mestre e irmão imperial não permitiria que isso acontecesse na residência dele.

Ah.

O regente estava consciente dos olhares sobre ele. Os guardas que o rodeavam, com exceção de Jeevan, eram todos homens de Santosh, não os seus. E Santosh tinha muitos motivos para relatar qualquer um dos fracassos de Vikram para o imperador.

O imperador Chandra claramente não se importava, no geral, com o bem-estar da princesa. Ele não teria mandado ela para o Hirana caso se importasse. Porém, ela ainda assim era de sangue real e estava sob os cuidados de Vikram. Se morresse pelas mãos de um assassino enquanto estava aprisionada em Ahiranya, se Vikram fracassasse em mantê-la segura e o sangue imperial fosse derramado sobre suas terras...

Bem. O imperador Chandra não era conhecido por sua generosidade. Vikram lembrou-se mais uma vez da avidez no olhar dele quando perguntara sobre as crianças queimadas do templo. Não era o tipo de avidez em que Vikram confiava.

— Eu juro a ti, filha das flores, que todos os esforços serão feitos para mantê-la tão segura quanto uma pérola — se comprometeu Vikram.

Ela balançou a cabeça.

— Não é o suficiente, general. Como pode ser? Ah, mães das chamas, me protejam. Não posso sobreviver aqui, sozinha e sem amor!

— Princesa — sibilou Pramila. — Não. Silêncio, agora.

— Eu... — O rosto dela desmoronou. — Eu não tenho nada aqui. Não tenho criadas. Não tenho damas. Nenhum guarda em quem confiar. Fui criada sob um teto gentil, general. Estou certa de que morrerei assim.

— Princesa — continuou o regente. Naquele instante, ele se ajoelhou diante dela. Os joelhos doíam. — Seu irmão ordenou que fosse resguardada em solidão. Em contemplação. Não posso lhe dar a corte que já possuiu. Seria uma traição.

— Uma criada seria o bastante para tranquilizar meu coração — sussurrou a princesa. — General, a mulher que salvou minha vida... não posso tê-la? Ela é apenas uma criada. Sem dúvida não conhece nada além da obediência. Duvido até de que fale algum idioma civilizado. Seria como se me presenteasse com... um cão leal. Ela não interromperia minha contemplação. Mas talvez eu me sentisse... segura.

Não era um pedido descabido.

Uma criada. Bem. Certamente o imperador não ficaria irado se Vikram providenciasse uma simples criada ahiranyi para varrer o chão e ajudar a princesa a dormir à noite. Certamente lorde Santosh não se oporia àquela medida se Vikram apresentasse a proposta como uma forma de acalmar uma garota assustada. Uma criada era um preço pequeno a se pagar para manter a princesa submissa. Até mesmo agora, olhando nos olhos dele, a respiração dela estava mais tranquila. A cor retornava a suas bochechas.

— O que posso eu — disse Vikram, cuidadoso, gracioso —, apenas um humilde servo de sua família, fazer a não ser atenuar sua dor? A criada é sua. Prometo isso, princesa.

Após Vikram ter conversado com os guardas do Hirana, a princesa chorosa e seus conselheiros mais próximos — e até mesmo reconfortado a esposa, que fora acordada quando as conchas ressoaram e implorara por notícias de suas preciosas criadas imediatamente depois que ele voltara —, ele seguiu para seus aposentos particulares, ficou parado sob a varanda na penumbra e encarou o horizonte por um longo momento, segurando a madeira da balaustrada com tanta força que ela rangeu sob a força de suas mãos. Um criado, parado atento perto da porta, perguntou com cuidado se ele queria trocar suas vestes. A túnica e o dhote, ambos feitos de uma seda de um azul tão escuro que era quase preto, ficaram molhados, escurecidos pela chuva e pelo suor da jornada de subida e descida do Hirana.

O TRONO DE JASMIM

— Não — respondeu Vikram, curto. — Apronte um banho para quando eu voltar.

Ele não queria roupas novas para aquela tarefa.

O criado murmurou, acatando a ordem, e se retirou. Vikram saiu da varanda e voltou para o interior fresco do mahal, e então caminhou cada vez mais para dentro do prédio, adentrando em suas profundezas, além dos portões e guardas, e descendo uma escadaria escura protegida por portas com trancas e guardas.

Santosh estava esperando por ele ali. Vikram torcera para que o lorde estivesse dormindo, mas um dos homens de Santosh devia tê-lo informado da localização do regente.

Atrás do mahal, nas celas da prisão, um sacerdote os esperava.

— General — chamou o sacerdote. — Venha. Ela está preparada.

Santosh inclinou a cabeça. Pela primeira vez, estava em silêncio. Na presença de um sacerdote das mães, ele finalmente mostrava o devido respeito.

O sacerdote tinha olhos pálidos, de um verde amarronzado, e usava uma marca de cinzas na testa e no queixo. Era um sacerdote verdadeiramente parijati e, portanto, havia colocado a assassina sobre uma pedra comprida, coberto o corpo com tecido branco e marcado sua pele com um perfume de resina. Ele havia rearranjado as partes que mais sofreram na queda: os braços e pernas estavam onde deveriam estar, o que Vikram imaginava não ser o caso quando os guardas a encontraram, no sopé do Hirana. Uma grinalda de flores, quase murchas pelo calor, estava empilhada aos pés da criada.

Os sacerdotes mostravam respeito aos mortos, quer merecessem ou não. E os sacerdotes parijati mostravam um respeito especial por mulheres mortas. Era como agiam.

Sob a luz das lanternas na cela, Vikram olhou para o corpo. Para o rosto. Então desviou o olhar depressa, mas não rápido o bastante.

Por mais que bebesse, ele não conseguiria apagar a imagem daquele crânio. Uma queda não poderia tê-lo desintegrado. Era como se o rosto tivesse... derretido.

— A máscara que ela usava continha certo poder — afirmou o sacerdote, tranquilo. Ele ergueu a mão diante de si, e Vikram viu que a pele fora queimada. — Segure usando esse tecido, se quiser analisar — acrescentou, estendendo a máscara na direção do general. — Com cuidado.

Vikram segurou a máscara de madeira, manchada por sangue e carne, sob a luva de tecido perfumado que o sacerdote providenciara. Ele olhou para os buracos dos olhos, o rasgo da boca. O regente conseguia sentir o calor que emanava pelo tecido, mais quente que a própria pele.

— Você chamou de poder — murmurou ele.

— Sim.

— A decomposição?

O sacerdote balançou a cabeça.

— O corpo da mulher está livre de impurezas.

— Então o que é? — perguntou Santosh. Vikram se assustou. Ele se esquecera de que Santosh estava ali. O rosto do lorde parijati estava pálido. — Algum tipo de bruxaria ahiranyi? Achei que o maldito poder deles tinha morrido com os yakshas.

— Não — contrapôs Vikram, balançando a cabeça. — Provavelmente advém da floresta. A madeira lá sempre foi... incomum.

Mesmo antes da decomposição, pensou ele.

Cansado, Vikram percebeu quantas coisas deram errado durante seu reinado. A decomposição começara. As crianças do templo ficaram mais poderosas, então elas e os anciões foram queimados. A audácia dos rebeldes aumentava cada vez mais, elevando-se conforme a decomposição espalhava a fome e a morte e tirava pessoas de suas casas. E agora... isso.

— Justiça precisa ser feita — exigiu Santosh. — A bruxaria, ou seja lá o que isso for, é *crime*. Os ahiranyi acham que podem trazer de volta a Era das Flores. Precisam ser punidos. Devem aprender que o imperador Chandra não é fraco.

Vikram assentiu.

— Rebeldes serão interrogados e executados — assegurou ele.

Seria impossível capturar os rebeldes que provavelmente eram responsáveis por aquele ataque. Os mais violentos entre eles, mascarados e, portanto, sem rosto, eram bons demais em desaparecer em meio à floresta, onde nenhum homem sensato continuaria os perseguindo. Porém, os poetas e cantores, que recitavam em mercados a poesia ahiranyi proibida e pintavam mantras nas paredes, que ofereciam visões de uma Ahiranya livre, eles sim seriam alvos mais fáceis. Seriam um bode expiatório aceitável.

Mesmo enquanto falava, Vikram sabia que não seria o suficiente. E lá estava, a confirmação na boca estreita de Santosh. Ele balançou a cabeça.

O TRONO DE JASMIM

— Nos devem mais do que isso, general Vikram — retrucou o homem. — Devem um sacrifício ao imperador.

O que seria justiça o bastante — e sangue, morte e sofrimento o bastante — para um imperador que queria queimar a própria irmã em uma pira?

O que posso fazer para me certificar de que meu governo sobreviva ao que aconteceu esta noite?

Vikram pensou, soturno, em sua jovem esposa ahiranyi, de olhar plácido e natureza tola e gentil, e no filho que carregava na barriga. Sua esposa, que colecionava órfãos e vítimas da decomposição como se fosse uma mania, que talvez levara a assassina para dentro da residência, por mais que involuntariamente...

Ela não ficaria feliz com o que ele estava prestes a fazer, mas aceitaria. Ela não tinha outra escolha.

O regente olhou para a ossada da assassina na pedra diante dele, as cavidades abertas do rosto, a vulnerabilidade da mandíbula sem carne. O cômodo estava preenchido com o fedor da morte, apesar das grinaldas e do perfume.

Vikram deixou a máscara na mesa.

— Faça os ritos finais — ordenou ele. — Com todas as reverências. Espalhe as cinzas. Ela não possui família para levá-las.

O sacerdote inclinou a cabeça. Ele compreendia os caminhos da morte.

— Com todas as reverências — repetiu Santosh.

— O imperador se oporia a tal? — indagou Vikram.

— Ah, não — respondeu Santosh. — Não. O imperador Chandra ficaria contente por ver a ordem religiosa correta ser respeitada. A ver uma rebelde purificada, ao menos.

Santosh transformara algo que Vikram intencionara como um ato honrado em um ato de vingança. E, de fato, talvez fosse. Os ahiranyi preferiam enterrar seus mortos, afinal. Uma rebelde não gostaria de ser queimada.

— Será a primeira de muitas purificações — falou Santosh. Ele não mais parecia bêbado ou garboso. Só mostrava determinação. No rosto do homem, Vikram viu uma sombra da crueldade brilhante e irritadiça do imperador. — Nós deixaremos Ahiranya pura, general Vikram. Em nome de Parijat.

RAO

Rao não soube quando os soldados imperiais começaram a marchar por Hiranaprastha. Ele estava em um bordel, encostado na parede e com uma garrafa meio vazia de arak na mão. Uma cortesã rodopiava no centro da sala conforme outros homens a observavam em um êxtase quase inebriado. Ela dançava com graciosidade, cada movimento dos tornozelos, onde sinos estavam pendurados, era um tilintar melodioso. Porém, aquela era uma casa de prazer pequena e decrépita que quase não tinha nada em comum com os palácios cor-de-rosa e turquesa enormes que ficavam às margens do rio cintilante da cidade. Estava abarrotada, as bebidas alcoólicas eram baratas e o salão estava tão cheio que, quando parados, os ombros dos homens se encostavam. Na verdade, estava tão lotado que o sujeito à esquerda de Rao enfiara o cotovelo na lateral do corpo do rapaz e o mantivera ali por meia hora. As costelas de Rao doíam.

Ele queria estar bebendo o arak e não simplesmente despejando-o aos poucos no copo de seu vizinho de cotovelos pontudos. Torceu para que a dançarina terminasse logo e o poeta se apressasse para começar o sarau. Mas apesar de o poeta ter entrado havia algum tempo, seus acólitos chegavam aos poucos, com expressões apavoradas.

As três mulheres, que geralmente o acompanhavam, entraram sorrateiramente no salão, guiadas por um homem que encarava feio qualquer um que as olhasse por muito tempo. Alguns homens com xales pesados, pingando da chuva, haviam aparecido e empurrado a multidão para chegarem ao corredor que levava aos quartos dos fundos do bordel. Porém, nenhum

O TRONO DE JASMIM

dos jovens escribas estava lá ainda, nada de homens com corte de cabelo tonsurado carregando manuscritos sob os braços, os dedos manchados de tinta, prontos para copiar as palavras do poeta.

O poeta só começaria depois que todos chegassem. Era sempre assim. Então Rao aguardou. E fingiu beber. E observou a cortesã rodopiar.

Rao só percebeu que alguma coisa estava errada quando a cafetina entrou no salão e acenou um dos braços repletos de braceletes para os músicos, ordenando que fizessem silêncio. A música acabou em um acorde abruto e dissonante das flautas de bambu e pratos, assim que um músico atrás do outro ergueu sem jeito as mãos diante do pedido.

A cortesã finalmente parou seu último rodopio com suavidade, os calcanhares junto ao chão de azulejos esmeralda. As dobras das saias farfalharam até ficarem imóveis. A trança se enroscou com graciosidade ao redor do pescoço. Sem perder o compasso, mesmo que não houvesse mais nenhum ritmo para guiá-la, ela uniu as mãos diante de si e fez uma mesura, encerrando a dança.

Rao poderia ficar apenas impressionado em silêncio. Dançar com tamanha graça diante de uma multidão de velhos cafajestes bêbados já era uma tarefa difícil. Finalizar uma das tradicionais danças ahiranyi de seis estágios apenas no terceiro passo era, para uma mulher que valorizava sua arte, muito mais difícil. Era nítido que aquela mulher — que dançara no salão três noites seguidas, em cada uma fazendo seus movimentos ao som de uma composição descaradamente libidinosa cuja intenção era venerar os espíritos yakshas com *apenas* vislumbres de quadril e tornozelo o bastante para agradar os clientes — valorizava muito sua arte.

— Temo que isso seja tudo esta noite, milordes — anunciou a cafetina em tom de desculpas, conforme suas garotas cruzavam a sala e puxavam pesadas cortinas bordadas sobre os biombos perfurados do salão. O som da cidade foi abafado no mesmo instante. O leve aroma adocicado da brisa noturna foi substituído pelo cheiro de homens suados, fumaça de cachimbo, óleo perfumado e fumaça de lamparinas. — Os soldados estão nas ruas mais uma vez esta noite.

A multidão iniciou um murmúrio aturdido. Os soldados nunca fechavam os bordéis. As casas de prazer eram o único motivo para parijatdvipanos visitarem Ahiranya. As de lá sempre foram consideradas mais libertinas que as de qualquer outra parte do império. Os ahiranyi não guardavam a pureza de suas mulheres com tanto cuidado. No passado, até mesmo permitiam que os homens se casassem com outros homens, e as mulheres, com outras mulheres. Quando Rao ainda era criança, ele e os amigos — todos jovens nobres das cidades-Estado de Parijatdvipa — conseguiram colocar as mãos em uma cópia contrabandeada da poesia religiosa ahiranyi banida, os Mantras das Cascas das Bétulas. Eles riram e fizeram piadas, zombando do texto e dos outros para esconder a vergonha que sentiam enquanto liam histórias explícitas de libidinagem e tratados em que os yakshas conquistavam nações e mais nações, banhando-as em sangue.

Foi só quando chegou a Ahiranya, onde passagens dos Mantras das Cascas das Bétulas estavam pintadas nas paredes e eram recitadas por poetas que usavam os bordéis como disfarce para disseminar política, que Rao compreendera que o que fizera ele e os amigos enrubescerem por considerarem obsceno era na verdade uma fonte de fé e resistência para os ahiranyi, que mesclavam histórias sobre sedutores seres de flor e carne, dois homens que eram amantes e a glória de conquistar o mundo no mesmo fôlego poético.

Os murmúrios de descontentamento que começaram a ecoar pela multidão morreram rapidamente, enquanto a confusão dava lugar à precaução e ao medo. Homens se colocaram em pé e começaram a ir embora. Se o bordel estava fechando, então algo horrível acontecera. Era melhor ficar seguro em algum outro lugar do que esperar para ouvir diretamente dos soldados o que tinha acontecido.

Rao continuou onde estava por um instante. A cafetina permanecia de pé, observando os homens partirem. Ela parecia bastante calma, mas conforme as cortinas se fechavam, ele viu as rugas se formarem ao redor dos olhos da mulher. Suor brilhava sobre seu lábio superior.

Ela estava com medo.

Talvez o fato de permitir que suas garotas dançassem subversivamente e alugar quartos para poetas ahiranyi fossem motivos o bastante para ela se assustar, mas Rao tinha um pressentimento de que o medo no rosto da mulher era real demais, *premente* demais para ser abstrato.

Ele deveria ter ido embora naquele momento, mas Rao era da fé anônima, e ele entendia o poder sagrado do instinto — a forma como o corpo sabia das coisas poderia ser um presente dos sem nome, uma profecia es-

O TRONO DE JASMIM

crita nas batidas do coração ou no medo gélido percorrendo a coluna. Ele sentiu naquele instante: um tipo de pressentimento. Não era bem medo, e não era curiosidade.

O conhecimento estava ali, bastava estar disposto a aceitá-lo.

Rao ficou de pé. Em vez de deixar o bordel, ele atravessou a sala e entrou no corredor que levava ao sarau do poeta.

Não havia mais ninguém no corredor para observá-lo, mas ainda assim ele se certificou de cambalear enquanto andava. Um cambalear bêbado e estranho. Rao sabia que cheirava a tabaco, vinho e cachimbo de ópio; a jaqueta estava aberta, o cabelo, solto. Ele não tinha nenhuma marca de status: nenhum chakram tipo bracelete nos braços ou colar de pérolas no pescoço, nenhum turbante alorano azul, nenhuma cinta de adagas no quadril. Em vez disso, usava um colar simples de pedras de prece, com caroços de frutas polidos e unidos por toques de prata, do tipo que todos os homens parijati usavam. E era isso o que ele era. Não um príncipe anônimo de Alor, nascido da profecia, mas um nobre parijati, rico, tonto e que bebera demais.

Ele parou, caiu no chão. Fechou os olhos.

Ficou escutando.

Na sala, havia soldados, mulheres chorando e homens murmurando em voz baixa. Os soldados faziam perguntas e um dos homens — não era o poeta, Rao conhecia a voz dele — discutia.

— Somos estudiosos e artistas, meus senhores. Não somos rebeldes, só discutimos ideias.

— Ninguém disse que eram rebeldes — retrucou o soldado, o que fez uma das mulheres começar a chorar mais alto.

O poeta e seus seguidores *eram* mesmo rebeldes, ao menos um tipo de rebelde. Naquele bordel, Rao os ouvira falar sobre secessão e resistência através de poesia parijati... A metáfora da rosa e dos espinhos, do oleandro venenoso, de chamas e mel, voltando a própria língua de parijati contra si.

Ele pensou nas mentiras — e nas verdades — que precisara pagar para aprender seus segredos. O descontentamento entre a nobreza de Ahiranya. Os fios de inquietação que os uniam, e seus mercadores, guerreiros, oleiros e curandeiros. A forma como trataram a decomposição, a morte de fazendeiros, o banimento e rejeição da língua e literatura ahiranyi, tudo isso culminara no trabalho de uma quantidade desconhecida de rebeldes armados e mascarados que assassinaram oficiais parijatdvipanos e mercadores com uma crueldade profunda e uma quantidade muito maior de poetas e cantores que espalhavam a ideia de uma Ahiranya livre.

O poeta e seus seguidores não eram os rebeldes mascarados da floresta de Ahiranya, mas eram parte da alma da resistência contra Parijatdvipa, aliados de financiadores nobres, e Rao torcia para que fossem úteis para ele.

Agora, infelizmente, a utilidade acabara.

Um barulho. Rao ergueu a cabeça.

— Você aí — chamou o soldado. Ele usava os trajes brancos e dourados de Parijat, com a marca do regente no turbante. Os passos eram pesados com as botas. — O que está fazendo aqui?

Rao não o ouvira se aproximar. Talvez tivesse bebido um pouco mais de arak do que pensara.

— P-procurando a saída — gaguejou. — Senhor.

Ele conseguia ver o soldado avaliando suas opções: deixar o bêbado que encontrara no corredor para ser atirado para fora por um dos guardas competentes do bordel ou arrastá-lo para o salão do sarau para ser interrogado junto do poeta e seus acólitos. Rao viu o interesse do soldado oscilar. Ele era um bêbado tolo, não havia nada digno de nota sobre sua aparência, ele se certificara disso, e qual era a probabilidade de um homem parijati estar envolvido com a resistência ahiranyi? Era provável que ele fosse vomitar ou chorar. Era melhor deixá-lo em paz.

Rao deu um soluço bêbado e tentou se endireitar. O soldado revirou os olhos, murmurou um xingamento baixinho e se virou para ir embora.

No salão atrás dele, uma mulher gritou. Um dos homens começou a berrar e então ficou abruptamente silencioso, enquanto um baque ecoava pelo corredor. Era o baque de carne, de metal, de sangue.

O soldado, por reflexo, pegou a própria espada. Ele olhou mais uma vez para Rao. O choque do ruído fizera Rao se endireitar, a coluna ficar ereta, os olhos arregalados. Ele estava firme demais.

Os olhos do soldado se semicerraram.

— Você — disse ele. — Levante-se.

Rao engoliu em seco. Procurou pelo gaguejo na voz de que precisava.

— Q-que...

Ele não tinha mais tempo para dissimular. O soldado o agarrou pelo braço, levantando-o de forma tão truculenta que se Rao não fosse naturalmente ágil, o movimento teria deslocado seu ombro. O soldado o arrastou pelo corredor e de volta ao salão.

Ele foi jogado no chão. Mal conseguiu colocar as mãos debaixo de si quando o nariz se chocou com a pedra. Cambaleando, foi empurrado mais uma vez para o chão, pela bota do mesmo soldado que o encontrara.

Vários olhares se viraram para ele: um punhado dos soldados imperiais do regente, vestidos com o branco e dourado parijatdvipano, os sabres nos cintos; um grupo de mulheres aterrorizadas se abraçando; alguns homens ainda com os xales, um deles caído ao chão, com a garganta cortada, o sangue escorrendo.

E o poeta, Baldev. Ele era um homem mais velho, pesado como apenas os mais ricos podiam ser, com uma mandíbula quadrada e um nariz que era como uma lâmina firme e aquilina. Aquele rosto nobre estava marcado por fúria e medo.

— Encontrei esse aqui lá fora — informou com rispidez o soldado que arrastara Rao.

— É um dos seus? — A pergunta foi endereçada a Baldev por um dos outros soldados.

O poeta olhou para Rao.

Rao pensou na forma como conseguira um espaço para si naqueles salões, aos poucos persuadindo um dos seguidores de Baldev a convidá-lo também. Pensou nas perguntas que fizera a Baldev, assim que a desconfiança do poeta diminuíra e ele começara a acreditar, com relutância, que Rao não era um homem de más intenções, mas exatamente o que dizia ser: um homem parijati com interesses estudiosos, ideais nobres e um desejo de ver Ahiranya livre.

Rao pensou no que Baldev revelara para ele. O segredo que fora compartilhado após o último sarau.

Eu sei de alguém que talvez possa ajudar você.

— Não conheço esse homem — anunciou Baldev, olhando para Rao com um desdém visível.

— Tem certeza?

— Eu não me misturo com homens que não são do meu próprio povo — justificou Baldev. A voz dele era sonora, de um aveludado retumbante, feita para poesia e política. Agora carregava um desgosto deliberado pelo parijati bêbado estendido no chão e pelos soldados que o rodeavam. — Essa casa está cheia de parijati imprestáveis e depravados como ele. Decerto, podem prender todos eles. Ficaria contente em ver minha terra livre dos seus. Ele não é um dos meus acólitos.

Tanto as mulheres quanto os homens evitaram olhar para Rao. Ele devolveu o favor e encarou o chão.

— Está bem — disse outro soldado. Ele falava baixo, mas o bracelete de prata no antebraço o marcava como comandante. Ele sequer piscava. — Tenho algumas perguntas simples para você, poeta. Comprove sua inocência, e poderá ir embora.

— Então é uma charada?

Rao ergueu o olhar e viu que o sorriso de Baldev não continha nenhuma alegria. Era apenas a contração apertada de um sorriso que dizia a Rao que ele estava com medo.

E deveria estar mesmo. Sob a lâmina da adrenalina, sob a paciência observadora daqueles longos anos na corte e treinamento de armas que fora incutido nele, Rao também estava com medo.

— Você teve algum envolvimento no ataque que ocorreu no mahal do regente? — perguntou o comandante.

— Não — respondeu Baldev.

— Na noite em que a concha soou... você estava aqui? — A voz do comandante era tranquila.

Silêncio. Talvez a realidade do que se desenrolava diante de Baldev estivesse começando a fazer sentido.

— Sim — devolveu Baldev, por fim. — Estávamos aqui. Meus acólitos e eu.

— Pregando ideologia política rebelde — provocou o soldado.

Baldev não disse nada.

O comandante deu um único passo em frente, as mãos unidas atrás dele.

— Muitas mulheres frequentam as suas... palestras? — O olhar do comandante seguiu para as mulheres agrupadas, tremendo de leve, amedrontadas. — Fale. Ou vou matar outro homem.

— Não. Não são muitas mulheres.

— Tem certeza, poeta?

— Mulheres de boa reputação não comparecem a casas de prazer com frequência.

O TRONO DE JASMIM

— Pelo que sabemos, mulheres ahiranyi não se importam muito com reputação — retrucou um dos outros soldados. Ao lado dele, outro soldado riu. Rao notou que aqueles dois não usavam o mesmo uniforme dos outros. Não tinham a marca do regente no turbante e o idioma comum, zaban, que o homem falava não tinha o sotaque esticado ahiranyi. — E essas mulheres são o que, então? Putas?

— Segure sua língua — pediu o comandante, calmo.

— Desculpe, comandante Jeevan — respondeu o homem. Ele não parecia particularmente arrependido.

— Fale — ordenou o comandante ao poeta.

— Criadas — justificou o poeta, enrijecido. — Amas. São respeitáveis.

— Então não terá dificuldade de se lembrar de uma mulher específica. Ela era pequena e jovem. Não era mais alta do que aquela ali. — Ele gesticulou para uma das mulheres, que arfou baixinho, talvez de temor ou raiva, sem erguer o olhar. — Pele escura. Sabe quem é?

— Poderia ser qualquer uma.

— Ela se chamava Meena.

— Não — disse Baldev. — Não conheço essa mulher.

— Até pouco tempo atrás — continuou o comandante —, ela trabalhava como criada no mahal do regente. Então tentou assassinar um convidado. Causou problemas. Por sorte, conseguiram impedi-la. — Ele fez uma pausa. — Nós nos perguntamos... onde uma mulher vai para aprender coisas desse tipo. Uma criada. E aqui está você, poeta.

Rao quase conseguia ouvir o argumento se formar nos lábios de Baldev: de que serviria a um homem como ele atacar um convidado do regente?

Então Baldev se lembrou de que a irmã do imperador era uma prisioneira sob os cuidados do regente. Rao conseguia vê-lo se lembrar disso: a palidez repentina que tomou conta do rosto do poeta.

Nada do que ele diria poderia salvá-lo.

— Encontramos alguns escribas escrevendo materiais que não deviam — comentou o comandante. — Heresia descarada, escondida na escrita ahiranyi.

— E onde estão? — indagou uma mulher audaciosa. A voz dela tremia.

— Já foram levados para o local de execução.

— Poupe as mulheres, ao menos — sussurrou Baldev. Em todas as suas palestras noturnas, em seus recitais, a voz nunca soara tão minúscula.

— As mulheres são o problema — declarou o comandante.

— O que fará com elas? — perguntou o poeta. A voz tremia, e, então, se firmou. — Ouvimos o que o imperador Chandra faz com as mulheres. Por favor...

— É uma morte melhor do que as mulheres impuras merecem — argumentou um dos soldados parijati, bem alto. — Vocês ahiranyi não sabem a sorte que têm.

A boca do comandante se apertou, e então ele virou sua atenção para os homens e fez um gesto.

Cerquem todos.

Era demais. Um dos homens ahiranyi que se ajoelhava no sangue de seu compatriota gritou e se atirou para a frente. Era possível ouvir o sibilo do metal, mais gritos, e mais um rompimento de sangue fresco, conforme o caos se instaurava e as mulheres corriam para a porta.

Naquele momento, não parecia haver uma razão para *não* intervir. Seja lá o que os soldados acreditavam que Rao era, logo iriam matá-lo também. Então ele se virou, empurrando um dos soldados e desequilibrando-o com um gesto aparentemente descuidado das próprias mãos e joelhos contra as pedras. No tumulto de corpos e armas, era um milagre que Rao não fora esmagado ou esfaqueado. Quando sentiu uma bota nas costelas, ele achou que era merecido. A cabeça foi ao chão, estrelas explodiram atrás de seus olhos.

Sem armas, não havia nada a ser feito a não ser permitir que seu peso fizesse o corpo rolar para então agarrar a perna de outro soldado. Ele grunhiu. Atrás de Rao e ao seu redor, os homens gritavam. Um deles atirou um livro. Páginas de poesia estrondaram sobre o chão.

Uma das mulheres saiu pela porta e atravessou o corredor, um soldado se apressando atrás dela. Rao permaneceu no chão onde estava.

Ele engoliu um palavrão quando uma faca caiu no chão ao lado de sua cabeça. Então ergueu o olhar e viu que o poeta Baldev o encarava, o rosto ensanguentado, um hematoma se formando na pele.

Baldev cuspiu na cara dele.

— Escória parijati — rosnou. Era uma expressão chula, que contrastava com a fala intelectual e razoável que ele sempre usara no passado. — São todos escória parijati!

Baldev deu um soco no guarda mais próximo e então foi jogado no chão, contido, e Rao continuou onde estava.

O soldado acima dele — um dos que não usavam a marca do regente e que encaravam o comandante com um desdém maldisfarçado — olhou para Rao, pela primeira vez com certa empatia.

— Ele não deveria ter feito isso — disse o soldado, ríspido. — Depois que se passa da superfície, são todos uns brutos.

Rao não disse nada. As costelas doíam. O rosto estava quente.

Se tivesse uma espada, teria decapitado aquele homem.

O soldado ofereceu a mão, e Rao aceitou.

— Senhor — falou o soldado para o comandante.

— Deixe-o ir então — liberou o comandante, naquele mesmo tom entediado. — Acho que podemos concordar que ele é exatamente o que aparenta ser.

Ainda assim, o soldado hesitou.

— Eu... eu posso pagar — Rao conseguiu gaguejar, odiando um pouco a si mesmo pelo disfarce. Ele vasculhou as roupas, tirando as pedras de prece parijati, aqueles caroços com elos de prata, de dentro do colarinho da túnica. — Eu... eu posso...

Finalmente, aquilo pareceu bastar.

— Pode ir — cedeu o soldado. — Corra, seu desgraçado bêbado. Você vai aprender a não interferir em assuntos do império da próxima vez, não é?

— Sim, senhor — garantiu Rao.

Um homem melhor teria lutado bravamente por aquelas mulheres chorosas e aqueles homens. Pelo poeta. Um homem melhor não estaria naquela sala, nem mesmo naquele bordel.

Mas Rao não era um homem melhor. Ele era apenas um homem com um propósito, e seu trabalho não acabara ainda.

Ele cambaleou porta afora.

O poeta não o encarava. Baldev salvara sua vida.

Rao o deixara para a morte.

Rao acordou com a visão de Lata se inclinando sobre ele, a testa franzida em um leque de rugas. Acima dela, o teto estava coberto por entalhes de rosas e flores de íris desabrochando. Então ele estava de volta ao Palácio das Ilusões. À distância, conseguia ouvir o leve ressoar de música. Mas os aposentos que alugara *nessa* casa de prazer refinada, um estabelecimento com lanternas cor-de-rosa na porta, eram tão grandiosos quanto os de um rei, e tinham isolamento acústico do barulho abaixo.

— Fique parado — orientou Lata. — Estou limpando suas feridas. Suas costelas estão machucadas.

— Ao menos você não tirou meu dhoti — comentou Rao, fraco.

Era para ser uma piada, mas Lata disse:

— Não, deixei Prem fazer isso. Pare de tentar levantar a cabeça.

Rao a ignorou e ergueu o olhar. Prem, um dos príncipes baixos de Saketa, estava sentado na ponta de um divã. Ele sorriu, os olhos franzidos.

— Oi, Rao — cumprimentou-o Prem. — Mas que bagunça.

Rao soltou uma risada fraca e se deitou novamente.

— Suponho que não teve sorte convencendo o regente a nos ajudar — disse Rao.

— Você tem sorte que não fiz isso — respondeu Prem. — Se eu não tivesse voltado mais cedo, você estaria morto no meio da rua.

— Avisei a seus homens onde eu estava por um motivo.

— Você deveria ter levado os guardas com você.

— Acho que isso teria me tornado um pouco suspeito demais.

— Você está certo — concordou Prem. — Na verdade, você nem deveria ter saído.

— Era importante — justificou Rao. *E não foi a primeira vez*, ele acrescentou mentalmente. Se os homens de Prem não tinham contado a ele o que Rao fizera, então Rao também não faria isso.

Prem pegou, com tranquilidade, o cachimbo que estivera escondido nas dobras do xale volumoso, de uma lã grossa num azul muito, muito profundo, que caía sobre os dedos e estava amarrado com destreza em volta do pescoço.

— Estamos hospedados em um bordel muito bom e você decide ir para alguma baixaria. Às vezes eu não entendo você, Rao.

— Fui atrás do poeta. Um homem chamado Baldev.

— O que ele tinha que você precisava?

— Informações sobre os rebeldes de Ahiranya — confessou Rao.

— Não entendo como os rebeldes iriam querer ajudar nossa causa — retrucou Prem, mas ele estava ouvindo, os olhos brilhando de leve sob a luz da lanterna.

O TRONO DE JASMIM

— Não era a questão. Eu não contei qual era a nossa causa. Contei uma mentira. Disse a ele que queria saber um pouco mais. — Rao inspirou, curto e lento, sentindo a dor nas costelas e nos pulmões. — E consegui descobrir mais.

Prem deu um trago no cachimbo.

— O poeta — continuou Rao depois de um instante — confessou para mim, depois de um sarau, que ele e seus simpatizantes têm o apoio e a proteção de uma figura poderosa em Ahiranya. Ele me disse…

Não posso dar um nome. Algumas coisas são preciosas demais. E algumas coisas não são da minha alçada.

Não são?

Um leve sorriso.

Não sou um homem de importância.

O poeta havia hesitado. Ele sustentara o olhar de Rao enquanto os dois estavam sentados em um canto do bordel, enquanto a luz do amanhecer entrava pela janela. E Rao o encarara de volta, sincero, com os olhos arregalados, um homem rico e tolo, mas de bom coração. Aquelas eram sempre as melhores mentiras, as que eram construídas sobre os ossos verdadeiros.

Volte depois e conversaremos, garoto.

— Há simpatizantes da secessão ahiranyi do império em cada escalão do governo do país — revelou Rao, por fim. — Não tive a chance de conseguir um nome. Os soldados chegaram antes de eu poder terminar a conversa.

— Ah, sim, os soldados. Disso eu sei.

— O poeta me salvou — murmurou Rao, pensando na fúria de Baldev. Na faca que sequer o tocara, por mais que tivesse sido lançada ao chão com ódio. — Ele não precisava ter feito isso.

— Ah. — Prem deu outra tragada no cachimbo e soltou a fumaça. — E por que ele fez isso?

Rao se sentou, com dificuldade.

— Conquistei a confiança dele.

— Como?

— Disse a ele que li os ensinamentos de Sunata. — Fez-se uma pausa, um silêncio que perdurou até Rao constatar, cansado: — Você não sabe quem é Sunata.

— Nem todos nós gostamos de livros tanto quanto você.

— Sunata foi um sábio. — Sábios eram homens e mulheres eruditos que não tinham afiliação a nenhuma crença ou fé particular. — Os ensinamentos de Sunata demonstram... Deixa para lá. — Rao balançou a cabeça, estremecendo. Ele se esquecera por um instante de que o corpo dele era uma coleção de hematomas. — Ele escreveu que não havia significado no universo: não havia destino, nem sangue nobre, nem direito de reis sobre as terras. Tudo é vazio. O mundo só possui significado quando nós damos significado a ele.

— Ele parece muito astuto — murmurou Lata, ainda aplicando uma pasta de especiarias com uma força desnecessária às costelas machucadas de Rao.

— Eu não entendo — disse Prem. — Deixe tudo mais simples, Rao. Seja meu amigo.

— As pessoas que seguem seus ensinamentos rejeitam todos os reis, toda realeza, todo império. Elas acreditam em... autodeterminismo. Suponho que seja a explicação mais simples.

— Ah — falou Prem. — Imagino que os ensinamentos dele não sejam muito populares com reis, então? O alto-príncipe não aprovaria muito.

— Os livros dele foram queimados em Parijat — contou Rao. — E em Alor. Em Saketa...

— Por toda parte, então — concluiu Prem.

— Não entre os sábios — informou Lata. Mas é claro, ela mesma era uma sábia, e eles nunca queimariam livros. Era um anátema de seu propósito.

— Você já leu, então?

— Não — respondeu Lata. — Não me interesso muito por esse tipo de filosofia.

— Eu tinha esperança de que poderíamos usar o que os rebeldes têm — comentou Rao. — Eu esperava... Bem. Agora não importa mais.

— Os rebeldes são meliantes mascarados — falou Prem. — Querem acabar com o reinado parijatdvipano, Rao. Querem de volta os bons e velhos dias da Era das Flores. — O lábio dele se curvou um pouco. Nenhum representante de qualquer cidade-Estado de Parijatdvipa pensava na Era das Flores, a era antes das mães que derrotaram os yakshas, com qualquer coisa próxima a nostalgia. — Mesmo que os rebeldes tenham o apoio de

O TRONO DE JASMIM

alguns nobres ahiranyi para chutar o restante de nós, o que você ganharia com isso? Nós não estamos aqui para ajudar os ahiranyi a se libertar do governo imperial.

— Uma forma de tirar *ela* de lá.

Prem exalou de novo.

— Sempre isso.

— Claro — disse Rao. — Claro.

Desta vez, Prem não chamou Rao de tolo. Não quanto a isso. Talvez porque tinha pena demais de Rao para fazê-lo. Em vez disso, falou:

— Eu sinto muito. Sei o quanto ela significa para você.

Como sempre, uma vergonha se alojou no estômago de Rao ao pensar que Prem — que qualquer um — poderia interpretar a situação de forma tão errada.

— Mas você fez tudo o que podia — Prem continuou. — E eu também. O regente não vai me ver outra vez. — Outra baforada. — É uma pena, na verdade. O imperador Chandra logo vai substituir ele também. E lorde Santosh é um completo imbecil. Ele vai ser só a marionete de Chandra, ateando fogo em um monte de pobres garotas enquanto tagarela sobre a pureza da cultura parijati, como se o restante de nós fosse tão baixo quanto os ahiranyi e precisasse ser guiado pela mão.

Mas havia outras pessoas em Ahiranya que poderiam se provar úteis, pensou Rao. Nobreza que provavelmente não iria perder suas posições, como aconteceria com o regente. Nobreza ahiranyi, que talvez estivesse financiando os rebeldes; rebeldes que poderiam ser utilizados para apoiar um golpe contra Chandra e libertar a princesa Malini.

— Você não deveria fumar aqui — afirmou Lata, a reprovação familiar na voz quase um bálsamo. — Saia, Prem.

— Ele está assim tão doente?

— Não — disse Lata. — Mas eu detesto o cheiro. Saia daqui.

— Como a sábia ordenar — resmungou Prem, inclinando a cabeça com um sorriso.

Ele se virou para ir embora, rodeado de fumaça. Então abaixou o cachimbo e olhou para trás.

— Rao — disse ele. — Você sabe que Aditya precisa de nós. Sabe que Parijatdvipa precisa de nós para se certificar de que o irmão certo esteja sentado no trono. Imperador Aditya. Imagine só isso.

Rao ficou em silêncio. Ele já imaginara. Mas era culpa de Aditya que aquela visão não tivesse se transformado em realidade.

— Só... — Prem suspirou. — Eu vou vê-lo. Assim que o festival começar. Você deveria vir comigo. Ele vai precisar de você. Você já fez de tudo para salvá-la, e eu também.

— Fizemos? — perguntou Rao.

— Sim — reforçou Prem. Ele sorriu de novo, e havia um quê de tristeza em seu sorriso. — Fizemos.

Rao queria argumentar, e ele sabia que Prem estava disposto a responder, mas Lata os interrompeu.

— Príncipe Prem — falou ela. — Deixe meu paciente descansar.

Silêncio. E então:

— Volto depois, Rao.

Rao se deitou e fechou os olhos enquanto Lata se movia pelo quarto, murmurando para si mesma sobre panos limpos e água fervendo.

Ele pensou em Malini, lá no alto daquela prisão. Tão perto, mas longe demais para qualquer um deles alcançá-la.

Pensou na carta que ela escrevera para ele. Com uma caligrafia apressada e manchada de lágrimas, não no dvipano da corte, nem mesmo em zaban, a língua comum que o império de Parijatdvipa compartilhava, mas no alorano moderno da cidade que a irmã dele lhe ensinara. A carta fora entregue por uma criada com olhar assombrado. Ela havia sido subornada com os últimos resquícios de ouro de Malini. Os braceletes de casamento da mãe dela.

A carta continha cinzas. Sal e cinzas.

Chandra está me mandando para Ahiranya.

E ali, sublinhado, em um desespero silencioso em cada curva da carta:

Me salve.

Lata se ajoelhou ao lado dele. Rao abriu os olhos. Ela parecia cansada.

— Você vai embora, então? — quis saber a mulher, falando baixinho.

— O que você acha?

Ela não disse nada por um instante.

— Acho que precisamos fazer um curativo nas suas costelas — falou por fim. — Fique parado. Isso vai doer.

— Não se preocupe — Rao a tranquilizou, engolindo em seco. As rosas o encaravam, tão vermelhas no teto que pareciam manchas de sangue. — Sou muito bom em seguir ordens.

PRIYA

Havia celas de prisão sob o mahal. Priya nunca considerara aquela realidade antes, mas agora tinha um bom motivo para fazer isso.

Os guardas foram gentis o bastante com ela. Permitiram que descesse o Hirana sozinha — ela suspeitava que mais por necessidade do que qualquer outra coisa — e então ataram suas mãos e a guiaram para além dos pomares do general, o poço de degraus quase transbordando, e para uma escadaria isolada por portões de ferro que levava para as entranhas do mahal. Eles a trancaram em uma cela, pediram que se sentasse e descansasse até que voltassem para buscá-la, e então a deixaram sozinha.

Havia apenas uma janela na cela: um buraco alto, coberto por filigranas usadas como barras que mal pareciam deixar entrar luz, mas permitiam a entrada de água. Finalmente, *finalmente* havia parado de chover, mas a água ainda se derramava pelo buraco em fluxo lento e constante, tudo o que o solo não era capaz de absorver vertendo pela parede de terra e entrando no cômodo de Priya.

Ela se perguntou se o planejamento daquilo — a inclinação, a janela, a água inevitavelmente se acumulando aos seus pés — era intencional. Depois de uma hora parada naquele frio lamacento, entorpecida demais pelo choque para fazer qualquer outra coisa, ela decidiu que era provável que sim. Então se encaminhou para o canto mais distante do espaço e se sentou, curvando-se para a frente e apoiando a cabeça nos joelhos.

No minuto em que ela se sentou no chão, o corpo começou a estremecer. Era impossível controlar. Priya segurou os cotovelos com as palmas, tentando controlar a respiração, e sentiu um pânico selvagem apertar seu peito.

Ela queria se lembrar, não queria? Ah, agora ela podia admitir isso a si mesma. Queria mais do que fragmentos de memória. Bem, ela tinha conseguido o que queria. Mais do que conseguido. Por um instante, enquanto lutava com Meena, ela fora a Priya criança do templo. Ela vira o sangam na própria mente.

E matara uma mulher.

Meena estava tentando matá-la, obviamente, mas isso não significava que ela agora se sentia menos abalada.

Quando criança, Priya aprendera a infligir e a lidar com a dor. Todas as crianças do templo de Hirana foram ensinadas a serem fortes da mesma forma, para que tivessem uma chance de sobreviver ao processo de se tornar um ancião. Três jornadas através das águas perpétuas mágicas. Três jornadas que poderiam fazê-los perecer ao se afogar. Ou de outros jeitos diferentes e piores.

Priya mergulhara nas águas uma vez. Só uma vez. E saíra de lá com dons. A capacidade de manipular o Hirana. A habilidade de entrar no sangam.

Mas ela não fazia isso desde que era pequena. Não conseguira.

Ela olhou para as próprias mãos. Queria dinheiro. Queria poder. Talvez, no fundo do coração, em segredo, quisesse os dons que lhe pertenciam. Só que agora ela encarava os dedos trêmulos e se perguntava se era sábio desejar essas coisas. Ela se perguntou se as memórias tinham se perdido para poupá-la de uma dor maior.

Por fim, apesar do frio e da água, Priya cochilou. O calor começou a entrar conforme o sol subia no céu, e ela adormeceu inquieta, sonhando que a água sob os pés sibilava e se contorcia e que olhos a observavam do escuro.

Quando acordou, viu que alguém lhe trouxera comida. Ela comeu e depois se encolheu novamente. Dormiu, e sonhou mais uma vez com a água. A sombra do irmão na escuridão líquida.

Horas se passaram.

A porta se abriu. Ela pensou que era mais comida sendo oferecida. Em vez disso, sentiu a mão de alguém sobre seu braço.

— Venha — chamou o guarda. Estava armado até os dentes, mas tanto a voz quanto o aperto eram gentis. — Lady Bhumika quer ver você.

Dentro dos aposentos de Lady Bhumika no palácio das rosas, uma grande quantidade de flores organizadas em vasos decorava as janelas. Lírios cortados flutuavam como nuvens pálidas em espelhos d'água, movimentando-se como se uma brisa os empurrasse com mãos leves.

Lady Bhumika estava sentada em um divã de seda ametista. Ela não estava reclinada, apesar da montanha de almofadas apoiadas no encosto. Ela se sentava ereta, a mão descansando na barriga redonda. Uma criada estava ao lado, abanando-a. Quando Priya entrou no quarto e fez uma reverência profunda, Lady Bhumika não sorriu. Os olhos estavam rodeados por sombra.

— Tudo está bem, criança — ela tranquilizou Priya, com a voz suave. — Meu marido pediu que eu fizesse os arranjos por você. Não precisa ter medo.

— Milady — cumprimentou Priya, e mais uma vez inclinou a cabeça, modesta.

Bhumika era conhecida por ser uma senhora gentil. Desde o casamento com o regente, havia aceitado os decompostos e órfãos em sua casa. Todos os seus guardas e criados eram seus escolhidos, e dedicavam a ela uma lealdade feroz. Então quando Lady Bhumika se pronunciou para que as deixassem a sós, não foi surpresa ver que a criada e os guardas inclinaram a cabeça, aquiescendo ao pedido, e partiram depressa e em silêncio.

As portas se fecharam com um baque audível. Priya ergueu a cabeça. Depois de um instante, Bhumika pediu:

— Me conte o que aconteceu.

A suavidade de sua voz desaparecera, deixando apenas rigidez, e não eram mais criada e senhora.

Eram duas filhas do templo. Irmãs, apesar de Priya não se permitir pensar naqueles termos com frequência. Ela não gostava de pensar no que a irmandade significava, uma década depois que os outros irmãos foram queimados.

— Meena me atacou no Hirana — contou Priya. — Ela sabia o que eu era. Queria que eu mostrasse o caminho para as águas perpétuas. Quando falei que não podia fazer isso, ela tentou me machucar. — As imagens da luta passaram como um flash por sua mente. Eram recentes demais para parecerem memórias. O coração ainda estava acelerado. A pele ainda coçava com a magia. — Ela estava com uma máscara coroada.

O olho direito de Bhumika estremeceu de uma forma significativa.

— E depois? O que aconteceu?

— Ela colocou a máscara. Machucou Gauri e tentou machucar Sima. E eu... eu a atirei do Hirana.

— Você disse alguma coisa para se revelar?

Priya não disse nada.

— *Priya.*

— Só para ela.

Ela não mencionou a princesa. Não sabia o que a princesa ouvira, afinal. Ainda assim, as palavras tinham gosto de mentira, uma que amargava na língua.

— Como pode ser tão idiota? Eu não ensinei nada a você?

— Ela ia me matar. O que eu devia fazer? Dar um abraço nela?

Bhumika revirou os olhos.

— Espíritos, Priya, você podia não ter dito nada. Podia ter gritado pedindo ajuda. Sei que tem muitos guardas lá em cima.

— E aí deixar que *eles* falassem com ela? Ela já sabia o que eu... era. O que eu sou. — Priya ergueu a cabeça. — Matá-la era a única opção que eu tinha para nos proteger. Seria bem pior se eu tivesse admitido o que sou e ainda a deixado viva, não é?

— Óbvio que sim — concordou Bhumika, tensa. — Enfim, e como ela sabia o que você é?

Priya deu de ombros. Ah, ela sabia que o gesto só inflamaria o temperamento irritadiço de Bhumika, que costumava ficar bem escondido, mas a própria Priya estava se sentindo irritada. Ela fora atacada. Ela *matara* alguém, e não importava quantas vezes dissesse a si mesma que era algo para o qual fora criada, ou quantas vezes tentasse se convencer de que não havia outra escolha, aquilo ainda assim a deixava abalada. E ela estava brava por sequer sentir alguma coisa, por não ser *forte* o bastante para não sentir nada.

Era mais fácil ficar furiosa com Bhumika do que consigo mesma.

— Contou a mais alguém sobre seu passado? — perguntou a mulher.

— Eu não sou tola.

Fez-se um longo silêncio. Bhumika a encarou, sem piscar.

Finalmente, de má vontade, Priya respondeu:

O TRONO DE JASMIM

— Não.

Os olhos de Bhumika se estreitaram. Ela tamborilou os dedos da mão esquerda no joelho.

— Primeiro você salva Sima, e agora...

— Era melhor deixar Sima morrer?

— Para se proteger? Sim — retrucou Bhumika. — Já considerou que salvar Sima pode ter sido exatamente o que revelou você para a rebelde?

É claro que Bhumika estava certa. Foi assim que Meena soubera. Ela vira Priya subir o Hirana confiante, assim como as crianças do templo fizeram outrora.

— Não posso fazer tanto quanto você, nascida-duas-vezes — disse Priya.

— Não me chame assim.

— Tá. Enfim, sabe, Bhumika, eu não consigo nem fazer o mesmo que um nascido-uma-vez, como deveria. Andar no Hirana, salvar Sima... foi tudo um risco, mas não foi mais do que qualquer mulher corajosa poderia ter feito. Mesmo se eu não fosse o que eu sou — Priya continuou —, eu teria me arriscado por Sima.

Um nascido-uma-vez deveria ser capaz de entrar no sangam por vontade própria. Deveria ser capaz de manipular a superfície do Hirana com facilidade. Deveria sentir a natureza, todo o seu poder brilhante e vivo, em qualquer lugar que fosse.

Ela conseguia fazer tudo isso quando menina. Antes da noite do fogo que a quebrara por dentro.

Um nascido-duas-vezes, como Bhumika, seria ainda mais forte. E os nascidos-três-vezes...

Bem. Não restava mais nenhum deles agora.

— Eu acho — disse Priya lentamente — que você apenas está determinada a ficar brava comigo. Eu não fiz nada de errado. Não pedi para ser atacada por uma rebelde em busca das águas perpétuas. E fiz tudo que podia para me proteger. E proteger você.

— Você poderia ter morrido. Entende isso?

— Entendo.

— Poderia ter sido acusada de ser uma assassina. Ou rebelde. Ou as duas coisas.

— Eu realmente não sou tola — retorquiu Priya. — Não sei quantas vezes preciso dizer. Eu sei.

Às vezes, ela odiava Bhumika. Era maior do que ela. Havia algo na sua irmã do templo que fazia o sangue esquentar e o veneno subir à língua. Bhumika era toda falsidade: dócil para o mundo, mas com chamas tomavam seu coração. Bhumika gostava de doces finos, sáris elegantes e música agradável. Ela nunca esfregara um chão. E Bhumika se casara com o regente. Isso Priya jamais seria capaz de compreender, por mais que a mulher salvasse inúmeras vidas em seu papel como esposa gentil.

Quando o irmão de Priya a abandonara na porta de Gautam, fora Bhumika quem a salvara. Bhumika, que chegara em um palanquim de mogno e levara Priya para sua casa e se certificara de que havia comida, abrigo e a oportunidade de uma nova vida para a garota.

Não posso dar poder a você. Não posso dar o que perdemos. Não posso nem lhe dar uma família, Bhumika dissera. *Mas posso lhe dar um trabalho. E precisa ser o suficiente para você.*

— Obrigada por me tirar da prisão — Priya se forçou a dizer, controlando a voz. — Eu valorizo muito o gesto.

— Bom, não é a mim que deve agradecer — respondeu Bhumika. — Foi a princesa quem intercedeu a seu favor. Disse a Vikram que você salvou a vida dela. Ela implorou para que você fosse a nova criada dela. *Implorou.* O que ele poderia fazer a não ser concordar?

— *Quê?* — Priya conseguiu verbalizar, a voz rouca.

— Tem água com limão na mesa ao lado da janela — comentou Bhumika, gesticulando vagamente para a esquerda. — Sirva um copo para você, e um para mim também.

Priya fez isso, e as mãos sequer tremeram. Mas a voz de Bhumika foi mais gentil quando ela retornou com os copos. Só os espíritos deviam saber qual era a expressão no rosto de Priya, capaz até de amortecer a lâmina da fúria da mulher.

— O general está em uma posição difícil — explicou Bhumika. — A princesa… não é a pessoa favorita do irmão. Mas ainda tem o sangue imperial, e se ela morrer aqui, seja pelas mãos de um assassino, por uma doença ou por acaso, então o general e sua residência serão punidos. Todos nós seremos punidos. — A mão de Bhumika se moveu um pouco sobre a barriga. — A princesa deve ser mantida confinada. O imperador ordenou isso, e deve ser obedecido. Mas o isolamento dela significa que Vikram não pode vê-la com regularidade. Ela não pode ser observada, ou protegida, tanto quanto gostaríamos. — Uma pausa. — O general está inclinado a conceder o pouco que pode.

— Você está me dizendo — interpretou Priya lentamente — que não pode me poupar dessa tarefa.

— Nunca fui capaz de obrigá-la a fazer qualquer coisa, Priya. Você pode ir embora, se quiser. Acho que você, entre todas as pessoas, encontraria alguma forma de sobreviver. Mas se ficar e virar a criada da princesa, poderia fazer muito bem a todos nós — observou Bhumika. — O general ficou preocupado ao ver a princesa. Ela está doente e fraca, e chorava muito. Ele não acredita que ela esteja bem, ou que a criada mandada pelo imperador seja... cuidadosa. Pelo que vi quando ela chegou, estou inclinada a concordar. Não posso colocar nenhum guarda leal a mim nas portas dela. Lorde Santosh tem espiões demais na casa para que eu consiga fazer isso de forma discreta. — A mulher retorceu a boca. — Você é tudo o que temos, Priya.

— Você quer que eu fique observando — constatou Priya. — Que eu seja uma espiã. Que a mantenha a salvo.

— Seria de muita ajuda se pudesse mantê-la viva sem expor nenhuma de nós, realmente.

O estômago de Priya parecia pesado.

— Vou fazer meu melhor — ela conseguiu dizer.

— Beba sua água. Você parece estar mal.

— Fiquei sentada em uma cela o dia todo. É claro que pareço estar mal.

— *Beba.*

Priya bebeu. Bhumika ficou observando enquanto ela bebia, o próprio copo intocado, o olhar perspicaz demais.

— Eu sei que quer encontrar as águas perpétuas — comentou Bhumika, por fim. — Não, não minta para mim, Pri — continuou, quando Priya lançou um olhar incrédulo para ela. — Pode mentir para si mesma à vontade, mas eu *conheço* você. E sei que acha que, se encontrar as águas, vai encontrar a si mesma. Mas, Priya, você se lembra tanto quanto eu do preço que as águas exigem. Não quero vê-la morrer por isso. E se escolher me ajudar em vez disso, se ficar de olho na princesa e na carcereira, se me der informações... pode salvar muito mais vidas do que imagina.

— Salvar seu marido, você quer dizer — provocou Priya.

Ela se arrependeu das palavras assim que as falou, mas já era tarde demais e não havia como voltar atrás. E não era bem uma mentira, era?

Era o general Vikram quem tinha mais a perder com a ira do imperador. Pessoas como Priya já tinham perdido tudo.

— Entendo. E o que exatamente você acha que vai acontecer com essa casa se ele morrer? Não, não precisa responder — falou Bhumika, quando a boca de Priya se abriu. — Pode me julgar o quanto quiser, Pri, não me importo com o que pensa de mim ou de qualquer outra pessoa. Pode me chamar de vagabunda ou de traidora se quiser, eu não me importo. Tudo o que quero é garantir um futuro onde o máximo de nós sobreviva. Então, vai cuidar da princesa ou não?

— Se a ordem é do regente...

— Não pense no regente. *Eu* estou pedindo. Vai fazer isso?

Priya olhou Bhumika nos olhos.

— Você confiaria em mim? — perguntou Priya.

— Parece que sim — disse Bhumika, tranquila.

Ainda assim, a mulher encarou Priya com um olhar cauteloso, da forma como sempre olhava para ela — como se Priya estivesse prestes a se atirar de um penhasco ou empurrar alguém dele; como se Priya fosse imprevisível.

Ela pensou nos olhos escuros da princesa, avermelhados pelo choro. Pensou na princesa observando depois que Meena caiu para a morte. Pensou na ausência de pavor naquele rosto impassível. O olhar firme e tranquilo.

— Eu faço — anunciou.

Bhumika exalou.

— Bom. — Ela bebeu a própria água com um gole rápido e baixou o copo. — Vá tomar um banho e descansar. Eu cuido de tudo.

Priya se virou, hesitante.

— Bhumika...

— Que foi?

— Meena. A assassina. — A voz vacilando. — Ela me disse que bebeu das águas perpétuas de um frasco. E que o poder a estava matando. Ela me disse que uma criança do templo deu as águas para ela. Agora eu sei que não estamos mais sozinhas. Não somos as últimas.

Silêncio.

— Bhumika — disse Priya para chamar a atenção da mulher.

— Me deixa sozinha — pediu Bhumika, cansada. — Já tenho preocupações demais.

— Não pode estar falando sério.

O TRONO DE JASMIM

Bhumika balançou a cabeça.

— Não estou? Se existe uma criança do templo cruel o bastante para vender as águas perpétuas por aí... e *engarrafadas*, que tolice... e depois mandar os outros para morrer por sua causa, então não precisamos encontrar quem quer que seja. É perigoso. E já estamos em perigo demais, Priya.

— Suponho que sim — foi a resposta.

— Supõe corretamente. Agora vá se limpar. Você está com um cheiro horrível.

Priya se virou para ir embora, mas a voz de Bhumika a parou.

— O garoto que você trouxe, Priya.

Ela se virou, alarmada.

— Ele está bem? Ele está indo bem, não está?

— Eu não ouvi nada, então presumo que sim — afirmou Bhumika. — Mas, por favor, não traga mais ninguém para cá. Sei que tenho a reputação de ser bondosa, mas tenho um limite antes de ter que me explicar para meu marido.

Priya não disse nada. O que ela poderia dizer?

— Eu sei que ajuda aqueles que sofrem de decomposição na cidade — continuou Bhumika. — Poderia ter me pedido para ajudá-los, sabe.

Bhumika acabara de apontar exatamente o motivo para Priya não ter pedido. Mas Priya não mencionou o regente. Em vez disso, falou:

— Eu não deveria ter que pedir.

— Eu não posso fazer tudo — argumentou Bhumika. — Infelizmente.

Priya então registrou o quanto a mulher parecia exausta, e sentiu uma pontada ao pensar em todas as tarefas de que Bhumika cuidava. Antes que pudesse dizer alguma coisa, a mulher falou outra vez:

— Vou arranjar um suprimento de madeira sagrada para aqueles que consigo ajudar. Da cidade e de dentro do mahal.

— E para Rukh? Ele precisa mais do que os outros. E com mais frequência.

Uma pausa.

— Ele está morrendo, Priya. Seria um desperdício dar a ele uma ajuda extra.

Priya engoliu em seco.

— Eu o trouxe até aqui — comentou ela. — E agora não vou estar aqui para ajudar.

— Você e seu coração mole. — Priya não sabia se era uma ofensa ou não. Ela só sabia que Bhumika virou a cabeça para o outro lado, na direção das rosas na janela que balançavam com a brisa, e disse: — Vá. Eu vou fazer o que puder. É só isso que posso prometer.

Priya deixou Bhumika e foi na direção dos aposentos dos criados. A mulher não enviara um guarda para escoltá-la, e Priya ficou contente por isso. Ela precisava de um tempo sozinha.

Escurecia, mas Priya não achou que precisariam dela ou mesmo que a quisessem no Hirana naquela noite. Na luz que esmorecia, ela conseguia ver que a barra do sári estava manchada de água e lama, e também de sangue. A visão a fez estremecer. Daria um trabalhão remover aquilo.

Era mais fácil pensar nas manchas na barra da roupa do que em qualquer outra coisa.

— Priya — murmurou uma voz.

Ela se virou.

Rukh estava na sombra projetada por uma larga coluna esculpida, as mãos fechadas em punhos ao lado do corpo. Ele parecia pequeno e deslocado e, mesmo a distância, ela conseguia ver que os pulsos dele estavam salpicados de sombras de folhas brotando sob a pele.

Rukh, que dissera para ela não subir no Hirana. Ela olhou para ele, firme, vendo o rosto familiar e culpado, o rosto corado de verde, e tocou um único dedo na conta de madeira sagrada no pulso.

— O que você fez, Rukh?

— Eu sinto muito — disse ele. — Sinto muito mesmo. Mas eu... eu não falei com você e pedi por ajuda e trabalho só porque eu precisava. Mesmo que precisasse, sim. Me disseram para falar com você e tentar entrar no mahal. Recebi ordens. — Ele engoliu em seco. — E agora preciso que você venha comigo. Para fora do mahal. Por favor?

Disseram. Ordens. Quem tinha dado as ordens?

Um calafrio atravessou a coluna de Priya. Ela conseguia imaginar.

Lentamente, ela balançou a cabeça. Antes que pudesse falar, Rukh se impulsionou para a frente e agarrou sua mão.

O TRONO DE JASMIM

— Eu disse que você não iria — soltou ele, sincero. — Que você não iria me perdoar. Que você não é fraca como eles pensam. E talvez... talvez você não deva vir. Mas eles me prometeram que não iam machucar você, Priya, e eu confio neles. Eles pediram para me certificar de que você não estivesse machucada, então você vai estar segura. Ou eu não iria... Não poderia...

Havia lágrimas de frustração nos olhos dele.

— Rukh. — A mão livre de Priya pairou sobre a cabeça dele antes de alisar levemente o cabelo do garoto. — Acalme-se. Fale devagar. Nada do que você está falando faz sentido.

Ele abriu e fechou a mão ao redor do pulso dela. Permaneceu em silêncio por um longo momento, e Priya suspirou.

— Estou com fome — comentou, enfim. — E cansada, e me disseram que estou com um cheiro horrível. Eu só quero ir dormir, Rukh. Não estou com vontade de jogar esses joguinhos.

— Se você não vier — ele sussurrou —, não sei o que vão fazer comigo.

— Quem?

— Você já sabe.

— Gostaria que me falasse.

Ele ainda segurava o pulso dela. Os dedos eram tão leves que Priya poderia ter se soltado sem dificuldade. Ela não fez isso.

— Os rebeldes — fungou ele, deixando a cabeça cair para a frente antes de se erguer para encará-la. — Os rebeldes na floresta.

Ela olhou nos olhos dele por um tempo.

Priya achara que sabia exatamente o que ele era. Pensara que o garoto era um pouco como ela fora — faminto, machucado, sozinho. Ela sentira pena dele.

A pena não mudara, mas conforme olhava para ele, deixou que as suposições sobre o menino se desfizessem. Ele era *mais* do que um pouco da criança que ela fora. Tinha seus próprios segredos. Suas próprias obrigações. Ela sabia exatamente qual era a sensação.

Aquilo a preocupava. Uma preocupação por ele.

Rukh está em perigo, pensou. *Ele ainda precisa de mim.*

— Roube algo da cozinha para mim — pediu Priya, por fim. — E aí eu vou com você.

PRIYA

Em seus mapas, os parijati nomeavam a grande floresta de Ahiranya de muitas formas. Eles a segmentavam, delineando-a com linhas finas, dando nomes às partes onde humanos eram capazes de sobreviver, onde o tempo não se movia de forma estranha e a decomposição não se infiltrara: os campos queimados a leste; os largos trechos de manguezal antigo a oeste, onde os vilarejos ribeirinhos floresciam sobre casas de palafita. Nomes e mais nomes, cada um cuidadosamente transliterado entre parijati e todos os outros alfabetos e idiomas de Parijatdvipa. Apenas a língua ahiranyi não era incluída.

A língua ahiranyi fora apagada, é claro, reduzida a um punhado de frases e palavras que as pessoas de Ahiranya falavam em meio ao idioma comum, zaban. Mas Priya, que fora ensinada a falar o idioma por ser filha do templo, sabia que os ahiranyi não tinham nomes para a floresta. Ahiranya *era* a floresta. A mata era tão impossível de nomear quanto cada respiração, tão indivisível quanto a água. Eram as cidades e vilarejos que recebiam nomes, as montanhas que eram mapeadas. Eles deixavam a floresta em paz.

Porém, isso não significava que Priya não reconhecia o lugar para onde Rukh a levara. Eles haviam se esgueirado para fora do mahal e em direção à cidade de Hiranaprastha. Haviam percorrido o caminho por uma cidade de cortinas fechadas e com lanternas de brasa e foram até o ponto onde as árvores se misturavam às casas e pequenos santuários para os yakshas pairavam acima deles nos galhos, fixados entre as folhas e com

O TRONO DE JASMIM

tábuas pregadas aos troncos. Passaram por caminhos estreitos demarcados por fitas e bandeiras, cuidadosamente entalhados através da floresta por viajantes de Hiranaprastha e outros vilarejos menores.

Logo eles se afastaram das marcações com fitas, sem nada para guiá-los a não ser a lanterna compartilhada e os entalhes minúsculos nas cascas de árvores, a linguagem de símbolos usada por caçadores e lenhadores. Priya ergueu o olhar e notou que estavam na pérgola de ossos.

A pérgola de ossos era um lugar antigo; tanto um cemitério quanto uma entrada para uma trilha muito, muito antiga esculpida pelos próprios yakshas. Havia lugares em Ahiranya onde o tempo passava de forma diferente; aquele caminho era o mais forte entre eles, e o mais demarcado. Alguns o chamavam de caminho da reflexão, porque levava à Srugna e aos grandes monastérios do deus anônimo na nação vizinha, onde os sacerdotes meditavam sobre os segredos do cosmos e adoravam seu deus acima de todos os outros seres imortais.

Mas aquele também era um lugar amaldiçoado. Os habitantes dos vilarejos e lenhadores que procuravam madeira sagrada para a colheita diziam ouvir sussurros entre os túmulos. Encontravam pegadas no chão orvalhado e corpos de animais afetados pela decomposição no chão pela manhã. Era como se as criaturas fossem até a pérgola para morrer. Ou como se, segundo outros, fossem deixadas ali por mãos fantasmagóricas.

Quando a carne apodrecia, os fantasmas voltavam para terminar o trabalho. Acima de Priya e Rukh pairavam os ossos dos animais mortos, pendurados por fitas vermelhas e amarelas. Brilhavam em um branco amarelado sob a luz da lanterna. Conforme o vento sacudia as folhas, a água da chuva caía em respingos gélidos e os ossos tilintavam uns contra os outros, emitindo um som de dentes rangendo.

— Bom — disse Priya, calma. — Que lugar agradável para um encontro.

— Eu normalmente não encontro ninguém aqui. Mas… — Rukh deu de ombro, a expressão resguardada. — Me mandaram aqui dessa vez.

Meena usara uma máscara coroada. Ela bebera das águas perpétuas tiradas da fonte e lutara de forma feroz, então Priya já sabia que esses rebeldes eram do tipo mais durão — aqueles que usavam o assassinato como método de resistência.

Ela ouvira fofocas e histórias sobre rebeldes mascarados. Quando o mercador fora assassinado, as pessoas falaram que viram uma figura mascarada deixando seu haveli. Priya pensava nisso agora — em rebeldes que eram rápidos e brutais — enquanto olhava para Rukh.

Ele parecia infeliz, os braços apertados ao redor de si com força. Priya sentiu a raiva se apossar dela ao pensar que estavam usando um garoto faminto, um garoto moribundo, se aproveitando do emocional dele para os próprios fins. Aquilo não era certo.

Priya ergueu a lanterna mais alto, a noite escura encarando-a de volta entre as frondes de folhas e ossos.

— O que normalmente acontece quando você se encontra com os rebeldes? — perguntou.

— Dou informação — revelou Rukh. — Antes de me mandarem encontrar você, eu contava qualquer coisa que ouvia nas ruas. Eles costumavam me dar comida.

Não comida o bastante, pensou ela.

— E nenhuma madeira sagrada?

Rukh deu de ombros.

— Tá — disse Priya, plácida. — O que eles queriam que você fizesse no mahal?

O garoto permaneceu em silêncio.

— Vamos — pediu ela. — Agora você deve poder me contar.

— Só que eu fosse olhos e ouvidos — murmurou ele. — Ficasse observando você. E... qualquer outra coisa interessante. Qualquer coisa que pudessem usar. Só isso.

Priya assentiu.

— Tem mais algum criado fazendo a mesma coisa? — quis saber, e Rukh imediatamente franziu o cenho.

— Acho que alguns — confessou ele depois de um instante. — Eu não sei. Talvez existam mais de nós escondidos.

— Nós?

— Rebeldes — ele explicou.

— Você não é um rebelde de verdade — retrucou Priya de imediato.

— Sou, *sim* — insistiu ele.

— Meena era uma rebelde. Ela sabia como matar alguém. Você não sabe.

— Não tem como você ter certeza disso — falou Rukh, o queixo obstinado.

O TRONO DE JASMIM

Ela olhou do rostinho afiado dele para os punhos cerrados. Com as mãos naquele estado, pinicando com a ameaça de uma nova folhagem verde, Priya se perguntou se o menino conseguiria segurar uma faca, mesmo que dessem uma para ele. Facas requeriam delicadeza.

— Eu tenho, sim — garantiu ela, simplesmente. — Seja lá o que ela é para eles, você não é a mesma coisa.

— Você não sabe tudo da minha vida — resmungou Rukh.

— Com certeza, não.

Não havia qualquer sinal de gente por perto. Nenhuma pessoa, nenhum caçador, nenhum rebelde. Priya supunha que ela e Rukh precisariam esperar. Ela apontou a lanterna para o chão e então endireitou a postura.

Rukh a encarou. Ela o encarou de volta.

— Você não é única que tem o direito de acreditar nas coisas — soltou Rukh, baixinho. Priya foi perturbadoramente lembrada do tom com que ela mesma falara com Bhumika. — Eu tenho o direito de querer que o mundo seja melhor. Eu tenho o direito de querer cooperar para que isso aconteça.

Ah, solo e céus, ela precisava aprender a falar com sua irmã do templo com mais autoridade e menos petulância quando estivessem sozinhas. Se era assim que Bhumika ficava quando ouvia Priya falar com ela, então era um milagre que tivessem conseguido ter uma conversa civilizada sequer na vida.

— Eu não falei nada, Rukh — disse Priya, razoável. Ela se obrigou a manter a calma. A calma era uma armadura que ela levantava ao redor de si enquanto permanecia parada em um chão repleto de mortos, escutava o vento e pensava nas decisões que Rukh devia ter tomado para chegar até ali; era apenas um garoto, mas com uma dívida com assassinos. Apenas um garoto, e ela não vira os sinais de que os rebeldes tinham colocado as garras nele. Ela não *sabia*. A moderação dela parecia de aço, porque era mesmo. — Mas acho que você devia tentar acreditar em coisas que não vão acabar matando nenhum de nós dois no futuro.

— Eles não vão machucar você — garantiu Rukh. — Eu já disse. Eu prometi. Eles pediram para eu me certificar de que você não subiria no Hirana. Que você estaria segura.

— Pediram para você fazer isso?

Ele assentiu.

— Por quê?

— Não sei. Achei que você saberia.

Priya não conseguia pensar nisso ainda. Logo surgiriam respostas, provavelmente. Em vez disso, ela falou:

— Se eu tivesse escutado você... se eu tivesse ficado no mahal e deixado as outras subirem sozinhas, Meena provavelmente teria tentado matar outra pessoa.

Ela pensou no grito de Sima e no corpo de Gauri colidindo contra o pilar.

— Eu não sabia que ela ia machucar alguém — sussurrou Rukh.

Priya lançou um olhar para ele.

— Você não protege alguém nem diz para não irem a algum lugar a menos que haja um risco dessa pessoa se machucar de verdade se *de fato* for. Então você sabia, Rukh. Não minta para si mesmo. Você sabe o que esses rebeldes fazem.

Ele virou o rosto.

— Estão tentando fazer algo importante — insistiu, mas sua voz saiu fraca.

Priya suspirou. Ela não foi capaz de se segurar.

— As pessoas de quem você tem tanto medo merecem mesmo a sua lealdade?

— Merecem a minha lealdade *porque* tenho medo delas — respondeu Rukh. — Eles estão aqui para lutar contra o império. Eu vi o general Vikram. Vi os soldados dele. Se não são mais fortes que o... — As palavras de Rukh sumiram.

— Lutar contra crianças não é força, Rukh.

— Eles não só *me* assustam. — Ele bufou. — Você viu as ruas. Assustam o regente também. Ele não colocaria todos os homens dele nas ruas se não estivesse assustado. Isso que é poder de verdade.

Se ao menos Priya possuísse a eloquência de Bhumika ou seu entendimento instintivo e aguçado sobre o jogo de poder espinhoso de Parijatdvipa...

— O poder não precisa ser como o regente e os seus rebeldes usam — contrapôs Priya por fim, contentando-se com suas palavras simples e sua compreensão básica de como o mundo funcionava. — O poder pode ser cuidar das pessoas. Deixá-las seguras, em vez de colocar todo mundo em perigo.

Rukh lhe lançou um olhar desconfiado.

O TRONO DE JASMIM

— Você está dizendo que é poderosa?

Priya soltou uma risada.

— Não, Rukh.

Que poder ela tinha? O que ela de fato fizera para mudar qualquer coisa em Ahiranya? Ela estava pensando em Bhumika, não em si.

Que ideia, ela ter algum poder...

Por um instante no Hirana, ela possuíra poder. Aprendera depressa os limites daquilo, na cela e nos aposentos de Bhumika. E no instante em que matara Meena, parecera mais uma fraqueza, uma areia movediça de fúria dentro dela.

— Não seja estúpido — acrescentou, depois de um momento. — Não sou forte, Rukh.

— Você tentou proteger a mim e as outras crianças — argumentou ele. — Tentou se certificar de que não morreríamos de decomposição, pelo menos. Me deu uma casa. Parece com o que você acabou de dizer.

Era a lógica e a convicção de uma criança. Ainda assim, Priya desviou o olhar. A forma como ele a via estava bem distante de como ela se enxergava, e Priya não soube o que responder.

O vento passou rangendo pelos ossos mais uma vez.

— Você matou Meena mesmo? — perguntou Rukh, hesitante, abaixando os braços.

— Falei que sim.

— Era... sua intenção?

Priya começou a falar e então parou, as palavras repousando na língua. Ela prendeu a respiração por um momento. Escutou.

O silêncio ao redor deles não estava mais vazio. Estava vigilante. Priya sentiu os cabelos na nuca se arrepiarem. Ela se virou.

Um homem estava parado em cima dos túmulos. A pérgola lançava sombras sobre ele. Mas o rosto...

Ele usava uma máscara. Não uma máscara coroada, feita de madeira sagrada, mas de mogno normal, entalhada com uma curva feroz na boca e buracos para os olhos grandes o bastante para revelarem sobrancelhas grossas e íris de um castanho profundo, como solo escavado.

Rukh deu um passo à frente e parou ao lado de Priya. Ele se mexeu como se fosse falar, e então o homem ergueu a mão, forçando-o a se calar.

— Por favor — começou o homem, cortês. — Me diga. Por que a matou?

A voz dele era gentil, e a máscara, zombeteira.

— Você vai machucar Rukh para me fazer falar?

— Não — garantiu ele. — Rukh é um dos meus.

— Você vai me machucar?

— Isso — disse o homem — depende de você.

Priya ouviu Rukh engolir com um ruído alto atrás dela. Ela ergueu a cabeça e endireitou os ombros, ficando firme e alta. Então pressionou os dentes uns contra os outros. Permaneceu em silêncio.

O homem deu um passo à frente. Priya observou o movimento dos pés, serenos e abrasivos. Ele sentia a terra sem olhar para ela, confiando no instinto. O rebelde se movia em quase completo silêncio. Não era à toa que o chiar dos ossos havia disfarçado sua aproximação.

— Não vai me responder?

Aquilo, Priya pensou, era óbvio.

— Ajoelhe-se — ordenou o homem. — Abaixe a cabeça. Ajoelhe-se. Você irá obedecer, e *irá* falar.

Ela não conseguia ver a boca do homem, mas tinha certeza — quase certeza — de que ele sorria.

Uma memória a percorreu. Duelos infantis. Um garoto mais velho, ainda magro, mas cada dia mais alto, sorrindo para ela. *Ajoelhe-se*, dissera ele, *e obedeça. Diga que sou melhor que você. Sabe que não vai ganhar de mim, Pri. Melhor fazer isso agora.*

E ela cerrara os próprios dentes, menor e mais teimosa, pronta para se provar, e dissera...

— Isso é o que nós vamos ver — murmurou agora.

Priya deu um passo à frente, e mais outro, se movendo da forma como crianças do templo se moviam; como uma dança sobre a terra, uma coisa desenvolvida nos músculos e ossos. Ela se afastou de Rukh, esperando que ele tivesse o bom senso de permanecer onde estava.

Aqueles olhos através da máscara. Aquele tom de castanho.

A esperança dentro dela...

Priya tinha quase, *quase* certeza.

Ela não se ajoelharia. Não falaria até que quisesse falar — até ter as respostas pelas quais ansiava.

Priya não esperou que o homem atacasse. Ela o atacou em vez disso. Ele se preparou, e ela desviou para a direita. O rebelde se moveu depressa,

O TRONO DE JASMIM

seguindo-a no mesmo movimento circular furioso, mas Priya avançou de novo, passando por baixo do braço dele.

Ela o encarou, e os dois andaram em círculos, rodeando um ao outro como predador e caça. Priya sabia o que ela era: musculosa, mas com um porte físico estreito e pequeno se comparado à largura dele. Ela só venceria com astúcia.

Quando estava perto o bastante, ela pegou a faca de cozinha escondida na cintura do sári, tirou a lâmina da bainha improvisada enquanto o rebelde se virava e a ergueu. O olhar dele se estreitou, e ela ouviu a respiração do sujeito acelerar.

Com a velocidade de um relâmpago, ele agarrou o pulso de Priya, pressionando seus dedos com força para se abrirem e soltarem a faca, mas era tarde demais. Ela já erguera a lâmina para a lateral da cabeça dele e rasgara o primeiro dos fios da corda que prendiam a máscara no lugar.

Com a outra mão, Priya arrancou a máscara. Não havia aquela sensação grudenta de pele se desfazendo, nenhum calor dolorido queimando a ponta dos dedos. Ela não sentiu nada além da madeira e da pele. Então olhou para o rosto do rebelde.

Ele a atirou para longe e ela caiu. O homem a prendeu no chão — com as mãos em seus pulsos —, e Priya se lembrou da infância, de Meena e do cheiro de carne queimando de uma só vez, uma espiral turbulenta de memórias entrelaçadas. Era como se o tempo tivesse se dobrado, cheio de vincos no meio, como uma folha de papel.

— Quando eu era menina — arfou ela —, você me testava assim mesmo.

— E você nunca ganhava — apontou ele.

— Eu era mais nova, menor e mais fraca, e isso não mudou — informou Priya. — Mas minha intenção agora não era ganhar. Eu queria saber se você era... você.

Ele afrouxou o aperto.

— Priya — falou. — Você está mais forte do que costumava ser.

— Ashok — reconheceu ela.

Irmão. Com os ossos pairando no alto e o rosto do irmão a encarando de cima, traçado pela sombra da luz da lua, a voz de Priya fraquejou.

— Achei que você estava doente. Achei que tinha *morrido.*

— Eu *estava* doente — assegurou ele, baixinho. — E também pensei que ia morrer. — O olhar de Ashok percorreu o rosto da irmã, e ela pensou que talvez ele sentisse o mesmo que ela. Que estivesse castigado pelo sentimento, sobrecarregado pelo peso do tempo. — É uma longa história.

Ela engoliu em seco. A garganta estava apertada, os pulsos doíam.

— Vai me deixar levantar?

Ele a soltou. A máscara ficou no chão entre eles.

Rukh os observava, feliz e descrente ao mesmo tempo. Ele olhou para Priya como se de repente tudo fizesse sentido. Olhou para ela como se enfim visse exatamente o que ela era.

Priya disse para ele ir embora. Falou para esperar à distância, depois da pérgola de ossos. Ela não conseguia pensar. A mente só conseguia focar em uma coisa, e estava direcionada para o irmão, que estava vivo, respirando e continuava irritante.

Ashok assentiu e Rukh foi embora. Só então ele contou sua história.

Quando os dois moravam nas ruas de Hiranaprastha, eles viviam com fome. Priya se lembrava disso. Mas Ashok pegara uma doença — não a decomposição, algo bem mais trivial — que fizera os pulmões chiarem e ele cuspir sangue. Ele ficara mais fraco, a magia se esvaindo junto com a força do corpo. E Priya ainda era sua responsabilidade, pequena e faminta, a magia dela rompida assim como suas memórias. O poder que condenara seus irmãos estava muito além deles.

Ele havia se preocupado em alimentá-la. Ela o acordava, quando estava suado e tremendo, de pesadelos que ele tinha sobre o que aconteceria com Priya depois que ele morresse. E então uma noite, quando suas mãos estavam encharcadas de sangue e Priya dormia enrolada ao lado dele, Ashok tomara uma decisão.

— Fui até Bhumika e pedi para ela cuidar de você — contou ele.

— Você me abandonou — murmurou Priya.

— Eu deixei você ir.

Era uma concordância ou uma correção? Ela não sabia.

— Você não precisava ter me deixado. Podia ter me falado a verdade.

— Ah, não. Eu pensei que estava tudo acabado. Que tinha deixado você na casa daquele desgraçado do Gautam para Bhumika salvá-la, e aí eu iria para a floresta e morreria uma boa morte típica ahiranyi. — Um sorriso

O TRONO DE JASMIM

amargo e leve curvou a boca de Ashok. — E eu não poderia dizer adeus para você. Não conseguiria suportar. Eu era fraco.

— Mas você não morreu.

— Não.

— E ainda assim não voltou para me buscar.

Ela não choraria ou se agarraria a ele como uma criança. Ele não teria paciência para aquela emoção. Nunca tivera.

— Fui encontrado por uma mulher — continuou ele. — Ela me levou para casa e cuidou de mim. Disse que sabia o que eu era. Ela falou: "eu me lembro do seu rosto. Fui muitas vezes ao Hirana como peregrina. Eu me lembro do rosto de todos vocês. E tenho um presente para você". Ela me deu frascos das águas perpétuas. E me alimentou com as águas. Ela salvou minha vida e me deu uma missão. Um propósito. Ao lado dela, finalmente aprendi a utilidade do que nós éramos. — Os olhos de Ashok estavam iluminados. — Os anciões nos treinaram para sermos fortes. Então a água nos deu dons que eles não viam havia gerações.

Ashok mexeu as mãos bem perto do chão. Priya observou enquanto a grama se mexia, curvando-se como se fosse um toque físico.

— Somos como os anciões do templo na Era das Flores, Priya. Os nascidos-três-vezes que conquistaram pedaços enormes de terra do subcontinente. Eu percebi então que certamente temos força o bastante para tomar Ahiranya de volta para nós. Que esse é o nosso *dever*. Parijatdvipa nos negou o direito de escolhermos nossos governantes. O império nos chama de depravados mesmo enquanto aceitam o nosso prazer e lucram com ele. Eles deixam a decomposição nos matar e não fazem nada, porque nossa vida não tem valor para eles. Esse imperador… — Os lábios de Ashok se curvaram. — Esse imperador é um monstro. Mas mesmo antes de ele assumir o poder, eu já tinha percebido tudo isso. Meu propósito. Minha missão. E você, Priya… você era só uma criança.

— Fraca — falou ela. — Você achou que eu era *fraca*.

— Você era uma criança — repetiu ele, e Priya não discordava.

Ela olhou para o rosto do irmão. O rosto forte e saudável.

— Você segue bebendo dos frascos — sussurrou ela. — Mesmo agora. Ele assentiu uma vez, lentamente.

— As águas me mantêm vivo. E me deixam forte.

— As águas devem ser tiradas da fonte — retorquiu Priya. — Ashok, você *sabe* disso. Lembra do que acontece com peregrinos que tentam beber dos frascos? Para se elevar, você precisa da água da fonte, rica em magia, não de algo engarrafado, reduzido e... e *definhado*. E dar isso para os outros... — Ela pensou em Meena, o estômago embrulhado.

— As três jornadas através das águas perpétuas também possuem seus perigos — ele a interrompeu, calmo. — Muitas das crianças do templo morrem nesses testes.

Não é a mesma coisa, Priya queria dizer, mas não o fez.

— Eu bebo para ficar forte o bastante para garantir que as pessoas que querem nos queimar e nos humilhar sejam extirpadas do nosso país. E aqueles que escolhem beber comigo fazem a mesma coisa. É um risco calculado — ele informou, com mais gentileza, talvez em resposta ao olhar horrorizado no rosto da irmã. — Só precisamos sobreviver tempo o bastante para encontrar as águas perpétuas e passar por elas. Nada mais.

— Você não vai encontrar — disse Priya. — Não dá. O caminho é escondido demais.

— Leva tempo — respondeu Ashok. — E acesso ao Hirana, o que eu não tenho. Enviei Meena para essa tarefa, mas... — A voz dele sumiu. — Eu me importava muito com ela. Queria que você não a tivesse matado.

— Eu também não, irmão. Eu também queria que ela não tivesse tentado me matar — contrapôs Priya. — Isso foi coisa sua. Eu não tinha desejo nenhum de machucá-la, mas antes ela do que eu.

— Sim — concordou Ashok simplesmente. Ele a olhou devagar, um olhar de avaliação. — Eu não deveria ter mantido você longe do meu trabalho. Você não é como Bhumika, que fica fingindo fraqueza. Você sempre foi feita de algo mais forte. Priya... minha irmã. Você não é mais uma criança. E está mais poderosa do que era quando menina. Você pode me ajudar agora, se estiver disposta. Vai me ajudar? Vai encontrar o caminho até as águas perpétuas para mim? Você tem acesso ao Hirana. Acesso e tempo... e acho que mais paciência do que Meena possuía.

Priya tinha mais acesso do que ele imaginava.

— Por que não pede a Bhumika? Por que você mesmo não pode encontrar o caminho?

— Tem guardas demais para eu conseguir me aproximar do Hirana — justificou Ashok. — E Bhumika sentiria minha presença. Ela não tem interesse em me ajudar.

O TRONO DE JASMIM

De repente, com a menção à irmã de ambos, o tom dele ficou frio, mas sua expressão logo se tranquilizou.

— Queria que você ficasse segura. Meena nunca deveria ter tocado em você — disse Ashok, em uma voz que tinha intenção de abrandar a fúria da irmã, partir sua vontade como uma casca frágil ao redor de uma gema.

— Ela nunca deveria ter tocado em ninguém — rebateu Priya. — Mas é isso que seus rebeldes fazem, não é? Eles matam.

— Por uma causa.

— Parijatdvipa mata por uma causa.

— Uma causa injusta, como você bem sabe. — Ele parecia ter toda a razão. Priya não conseguia fazê-lo recuar. — Eles querem continuar o império, e sabem que há uma grandeza dentro de nós que precisam reprimir. Eles nos diminuem. Eles nos controlam. Eles nos deixam morrer de decomposição.

— A decomposição — disse Priya — não é culpa do general.

— Não é? Alguns entre nós acreditam que a decomposição é Ahiranya se erguendo para protestar contra a servidão imperial.

Priya cruzou os braços.

— Isso é bobagem, irmão.

— Acha mesmo? — perguntou Ashok, com um brilho sobrenatural no olhar. — Por que as águas perpétuas começaram a nos conceder dons? Gerações de crianças do templo passaram pelas águas sem mudarem, e então... nós acontecemos. — Ele ergueu as mãos diante de si, as palmas abertas. — De repente tínhamos os poderes místicos dos yakshas dentro de nós. Poder na nossa voz, na nossa pele, na nossa alma. De repente, a decomposição chega. Você acha que tudo isso é sem propósito? Acha que não existe um significado maior?

— E que bem esses dons nos fizeram? — quis saber Priya. — Eu mal tenho poder algum.

— Mas você recuperou a força que tinha antes — argumentou ele. — Você é quase quem deveria ser.

Imagine o que nós poderíamos fazer juntos, dizia a voz de Ashok, subentendida.

Priya não respondeu, mantendo um silêncio teimoso. Ela sabia que o Hirana a fortalecia. Havia sentido isso quando pousara sobre a pedra e esticara a mão para Sima. Quando arremessara Meena para a morte. Ela buscara aquela força.

E ainda assim...

— Eu vi os nascidos-três-vezes queimarem, e você também — disse Priya por fim. — Os dons não puderam salvar ninguém. Nem a força que tinham.

— Não vamos cometer os mesmos erros que eles — assegurou Ashok. — Não vamos confiar em pessoas erradas.

— Eu não deveria confiar em você — rebateu Priya, mas ela se sentia alegre, furiosa e até à beira de lágrimas. Não conseguia não confiar no irmão. Ela não sabia como.

A expressão de Ashok se suavizou. Ele esticou a mão — entre eles, como uma pergunta — e então tocou na bochecha de Priya com o nó dos dedos.

— Você cresceu tanto — disse ele, deslumbrado.

— O tempo costuma ter esse efeito.

— Seu nariz está torto. Sempre foi assim?

Ela pegou a mão dele, afastando-a. Ele a soltou.

— Precisa acreditar em mim, Pri. Sempre me preocupei com você — falou ele, sério outra vez. — Cuidei de você através dos olhos dos outros. — Ele não olhou na direção para onde Rukh tinha ido. — Mas poderia ter sido bem mais fácil para mim se você não estivesse na residência do regente.

— Só acabei lá por sua causa.

— Achei que deixaria de servir Bhumika quando ficasse mais velha — revelou ele. — Ela não deveria ter mantido você lá como uma mera criada.

— Eu não sou mais criança, Ashok — disse Priya, firme. — Posso ter acabado na residência do regente por sua causa e de Bhumika, mas nenhum de vocês controla minhas decisões agora. Eu sou uma mulher crescida. Se tivesse desejado, poderia estar casada e sendo mãe.

Ele bufou.

— Você nunca pretendeu se casar.

— Se ao menos eu tivesse vivido na Era das Flores, afinal — lamentou ela, ríspida, sem se permitir ser amarga. — Então poderia ter me casado com uma mulher, assim como os antigos faziam. Mas também poderia ter construído um lar com uma garota, casando ou não — acrescentou Priya, dando de ombros. — Eu escolhi ficar no mahal.

— Por quê?

Priya começou a se justificar, mas Ashok já falava de novo.

O TRONO DE JASMIM

— Você ficou, Priya, porque não consegue se esquecer do que deveríamos ter sido, assim como eu. Sente a injustiça do que foi roubado de você. Pode até ser que não queira ver Ahiranya livre como eu quero, mas você quer o que é seu por direito. E meu. — Ele se aproximou mais. — Por favor, Pri. Me ajude. Ajude a nós dois.

Era como se ela não mais estivesse parada no chão musgoso da floresta, uma mulher adulta com as mãos cerradas em punhos na lateral do corpo. Em vez disso, era uma criança encharcada de cinzas e sangue. A cabeça dela estava aninhada no ombro dele enquanto ele corria com dificuldade para segurá-la, enquanto sussurrava *não olhe, Pri, não olhe, não olhe.*

Só me mostre o caminho...

— Precisamos das águas perpétuas. — A voz de Ashok era como o vento à meia-noite. — Vai encontrar o caminho por nós, Priya? Vai me ajudar a recuperar o que foi roubado?

Ela pensou em Bhumika, grávida e casada com um assassino, usando tudo que tinha para dar um resquício de vida a alguns órfãos e de estabilidade a Ahiranya.

Pensou em Rukh, que havia tentado sua sorte com os rebeldes, que tinha mãos se decompondo e nenhum futuro adiante.

Pensou no Hirana. No pulsar de um coração sob seus pés.

Talvez querer mais do que ela tinha fosse egoísmo. Talvez fosse um erro. Mas ela pensou em tudo que sofrera, tudo que Ahiranya sofrera, e sentiu aquela semente de raiva que tinha no peito florescer.

— Sim — respondeu por fim. — Sim, irmão. Acho que vou, sim.

MALINI

Era de manhã bem cedo quando a criada chegou. Malini estava deitada na charpai, encolhida, a visão do quarto pendendo e girando devagar ao redor dela quando Pramila destrancou a porta e entrou.

— Você é uma garota muito sortuda — dizia a mulher. — Suas novas tarefas não serão muito pesadas e, quando terminar o serviço aqui, suas habilidades vão estar mais aprimoradas. Talvez até consiga um cargo mais alto na residência do regente. Isso não seria bom?

— Sim, milady. — A voz que respondeu era baixa e calorosa, com aquela entonação musical de um ahiranyi que falava zaban. Malini fechou os olhos, contente por estar de costas, e se preparou.

Ela vira aquela criada duas vezes. Uma quando jogara o vinho adulterado com remédios pelo chão com as mãos entorpecidas, transtornada demais pelo jasmim para fazer qualquer coisa a não ser rastejar, soluçar e encarar o rosto da garota através da treliça e se perguntar, de forma histérica, se tinha sonhado com tudo aquilo.

Da segunda vez, vira a criada assassinar uma mulher.

A princesa não conseguia se lembrar do rosto da criada. Apenas dos braços e seus músculos retesados conforme lutava. Da forma como ela se endireitara, os ombros eretos, o vento em seus cabelos escuros. Malini conseguia se lembrar apenas da criada se virando e... olhando para ela. O choque naquele olhar.

Ela conseguia se lembrar de haver pensado — mesmo enquanto se perguntava se a criada a mataria, mesmo enquanto sua mente se desdobrava e retorcia e examinava as coisas que via e escutava —, *Posso usar essa aqui.*

Eu posso usá-la.

Malini lutara para conseguir aquela oportunidade, fingindo um desmaio na presença de Pramila e dos guardas que deixara um hematoma de verdade no quadril; chorando como uma criança histérica diante do regente. Tudo aquilo para conseguir isso: uma criada que não era Santosh, Pramila ou alguma criatura de Chandra; uma criada que provavelmente *não* era uma simples criada parada diante dela dentro das paredes daquela prisão amaldiçoada.

— Princesa — chamou Pramila. A voz estava afiada, quase como uma lâmina, atrás de Malini. — Estou com a nova criada. Como você implorou. Não está contente? Não vai nos cumprimentar direito?

Malini inspirou para se controlar, usou os cotovelos para se erguer e então se sentou. Ela se virou, colocando os pés descalços no chão de pedra. O quarto girou de forma alarmante ao redor dela, mas depois se assentou.

— Aquela que salvou minha vida — disse Malini lentamente, usando o tempo com as palavras para que também aproveitasse para olhar a mulher. — Eu me lembro.

A criada estava parada e um feixe de luz entrava por uma janela alta, metade do seu corpo iluminado, metade nas sombras. Vestia um sári um pouco melhor do que o que usara da última vez que Malini a vira. Alguém deve tê-la vestido para o momento. A criada coberta por tecido marrom, o cabelo preso em uma trança nas costas, não era nem bonita nem encantadora, nem mesmo feia. Havia algo de esquecível na aparência dela: na forma como ficava parada, com a cabeça um pouco inclinada para a frente e os ombros curvados, a simplicidade da roupa e sua estatura baixa. Se Malini não a tivesse visto no triveni, se não a tivesse encarado através das treliças na escuridão, não a olharia duas vezes.

— Aquela que você exigiu do general, sim — enfatizou Pramila. — *Curve-se* para ela, garota.

A criada deu um sobressalto, como se tivesse se esquecido completamente de Pramila, e então fez uma reverência. Ela levou a ponta dos dedos ao chão. Então se ergueu, e talvez por acidente ou de propósito, os olhos dela encontraram os de Malini.

Naquele feixe de luz, os olhos eram de um castanho reconfortante, os cílios mais dourados que pretos.

— Venha para mais perto — pediu Malini. — Por favor.

A criada seguiu a ordem. Ela atravessou a sala, deixando lady Pramila para trás.

— Qual é seu nome?

— Priya, princesa.

— Eu sou Malini. Mas deve me chamar de milady, não de princesa. Você agora trabalha para mim.

Priya provavelmente nunca tivera motivo para aprender as complexidades dos títulos na residência de uma mulher imperial.

— Sim, milady — respondeu mesmo assim, de forma bastante obediente.

— Como você começou a trabalhar na residência do regente, Priya?

— Sou uma órfã, milady — contou Priya. — O regente gentilmente me acolheu quando eu era jovem.

— Que generoso da parte dele.

— Sou grata pela bondade do regente — comentou Priya.

A voz era subserviente, mas o olhar ainda estava fixo em Malini, como se hipnotizado. Os lábios estavam parcialmente abertos.

— E estou grata que esteja aqui, Priya — falou Malini, sem deixar que o olhar se afastasse do de Priya. A forma como a criada a olhava... aquilo a fez *pensar*. — Tenho estado com muito medo nos últimos tempos. Tenho dificuldade de comer e dormir. Talvez com sua proteção eu fique mais tranquila.

— Espero que sim, milady — disse Priya.

Pramila informara a Malini, de forma sucinta, quando a princesa expressou seu desejo por mais informações, que as outras criadas ainda assim subiriam ao Hirana para fazer a maior parte do trabalho de alimentar os guardas, levar suprimentos e limpar uma vez por semana durante a noite, quando não perturbariam a contemplação de Malini, mas a nova criada cuidaria do conforto de Pramila e da princesa. Arranjaria os banhos e refeições. "Se tivermos sorte, ela saberá como vestir alguém e fazer tranças", dissera Pramila, em um tom que sugeria que não esperava que uma garota que varria o chão soubesse fazer qualquer coisa do tipo, mas que vivia com eternas esperanças.

— Eu adoraria muito se pudesse me contar histórias, Priya — comentou Malini com sinceridade, se inclinando para a frente, agarrando os dedos que estavam diante dela. — Você estaria disposta a fazer isso? E me proteger enquanto durmo? Acho que isso me ajudaria muito.

Priya assentiu, em silêncio.

O TRONO DE JASMIM

Eu não saberia o que você é se não tivesse visto, Malini pensou, maravilhada. *Se não tivesse se movido como fez no Hirana.*

Acho que não está acostumada que vejam você, está, Priya?

Aquilo fez um calor se assentar no estômago dela, o pensamento. O fato de ter reconhecido valor naquela mulher, quando outros não o fizeram. Que de alguma forma, por mais acaso que fosse, quando descobrira que Pramila se esquecera de trancar seu quarto e cambaleara para o corredor para ver a criada no triveni, ela testemunhara uma mulher cheia de potencial. Uma pessoa poderosa que olhara e depois continuara olhando para ela, como se Malini — doente, descuidada, com os cachos embaraçados e a mente desmantelada — carregasse o sol dentro de si.

Uma pessoa que poderia libertá-la.

Malini torcia por isso. Ah, mães, e como torcia.

— A criada terá muitas outras tarefas para cumprir — informou Pramila, já na porta. — Não poderá ficar à sua disposição o dia inteiro, princesa. Lembre-se disso.

— O general a concedeu a mim — respondeu Malini. — Para garantir minha saúde e minha tranquilidade.

Pramila bufou.

— E que histórias ela tem para contar, princesa? Ela provavelmente é analfabeta. Sabe ler, garota?

— Sou uma criada ahiranyi — disse Priya, sem responder a pergunta da carcereira. — E nada mais.

Malini sorriu para ela, o mais leve movimento dos lábios, e viu os olhos da criada se arregalarem um pouco.

É óbvio que as duas sabiam que isso era uma mentira.

— Minha ama de leite me contou histórias do folclore ahiranyi — contou Malini. — E meus irmãos e eu sempre achamos tudo fascinante. Conhece essas histórias, não conhece, Priya?

— Conheço, milady. Há um… uma criança para quem às vezes conto essas histórias, no mahal. — Ela acrescentou: — Ficaria feliz em compartilhá-las com a senhorita.

Malini a vira matar uma mulher sem hesitar, e aparentemente sem remorso; ela a vira se mexer com uma agilidade chocante e força brutal. Mas ali estava, nítido em suas palavras: um coração mole.

— Obrigada — falou Malini, sorrindo. — Eu adoraria, Priya.

PRIYA

Priya estava no Hirana havia menos de uma semana e já sentia que estava prestes a enlouquecer.

Sem mais ninguém para ajudá-la a lavar as roupas e varrer o chão, buscar a água e fazer o fogo — sem mencionar alimentar todas as pessoas, incluindo os guardas dos portões —, ela se sentia sobrecarregada. Apesar de Pramila nitidamente pensar que uma visita semanal das outras criadas era o suficiente, com certeza não era. E Priya começava a sentir que também era uma prisioneira.

Pramila estava sempre observando, com uma expressão amarga e emanando ressentimento. Durante a noite, ela se certificava de que os guardas trancassem a sala mais ao norte com Priya e Malini dentro. Ao amanhecer, era destrancada para que Priya pudesse voltar aos afazeres mais uma vez.

Malini só... dormia. E acordava, às vezes, para observar Priya com aqueles olhos escuros inquietantes antes de pedir pequenos favores: um copo de água, um pouco de óleo attar para refrescar o cheiro das almofadas, um pouco de musselina molhada para afastar o calor do dia.

Ela não pediu por histórias. Não perguntou o que Priya fizera com Meena naquela noite no Hirana. As perguntas que ela não fazia eram como uma espada silenciosa pressionando o pescoço de Priya.

Todas as noites, antes de a porta ser trancada, Pramila visitava Malini e a ensinava sobre as mães das chamas. Ela recitava muitas passagens de um livro grosso que segurava no colo. Malini escutava tudo em silêncio.

O TRONO DE JASMIM

Então Pramila dava um pouco de vinho para ela, que bebia, obediente, antes de cair em sono profundo.

Uma vez, quando estava dobrando um dos sáris limpos de Malini, Priya ouviu Pramila falar sobre os anciões do templo e as crianças. Ela sentiu que as mãos tinham congelado de repente; sem conseguir se mexer, ela ficou escutando.

— ... e as crianças deveriam seguir seus anciões e arderem nas chamas. Uma morte honrosa, mesmo para os impuros — contou Pramila, incisiva.

— As crianças não queimaram por vontade própria — murmurou Malini. Ela estava deitada de costas, as mãos em cima da barriga, os olhos abertos encarando o teto preto devido à coroa de cinzas da noite em que a família de Priya morrera. — Como as crianças poderiam escolher isso?

Pramila suspirou, como se aquela fosse uma discussão recorrente, uma que já havia se exaurido entre elas.

— A lição aqui é — disse Pramila: — queimar é algo sagrado. Confere um ponto final aos fracassos humanos. É um presente.

Elas não notaram ou pensaram em Priya, nem mesmo quando o tecido escapou dos seus dedos trêmulos.

Quando a visita semanal das outras criadas finalmente aconteceu, não foi permitido a Priya se encontrar com Sima ou Gauri. Ela ficou andando em círculos na câmara ao norte, sem olhar para a princesa e sem escutar suas amigas caminhando além dos muros. E então, relutante, ela dormiu, enrolada em um xale em uma esteira de palha ao lado da porta.

Priya passou muito tempo pensando em Bhumika, de olhos escuros e com a gravidez avançada, tentando com avidez manter sua casa desmantelada em ordem. Ela pensou em Ashok, que estava vivo, que pedira para ela salvá-lo, salvar todos eles, fazendo exatamente o que ela já queria fazer.

Pensou em Rukh, a criança que tinha se tornado sua responsabilidade e então a abandonado, que queria ajudar a fazer do mundo um lugar melhor.

Ela pressionou a orelha na esteira e imaginou um mundo onde podia ouvi-las: as águas, estranhas, profundas e poderosas, movendo-se em algum lugar debaixo dela. Longe do alcance.

Paciência. Ela precisava de paciência. Sua conexão com o Hirana estava crescendo. Agora, quando andava sobre as pedras, ela sentia que esquentavam como a terra banhada pelo sol. Os entalhes nas paredes da câmara ao norte começaram a se mexer. Sutilmente, graças aos espíritos — nada além de uma leve mudança no formato dos olhos e da boca ou da posição das mãos dos yakshas, os dedos com veneno nas pontas voltados para cima ou palmas curvadas se abrindo. Havia florescido novas pétalas nas flores ao redor deles, curvadas como labaredas de fogo. Se mudassem mais, talvez até a princesa Malini ou Pramila notassem em algum momento.

No passado, quando era uma menina, disseram a Priya que ela possuía um elo especial com o Hirana. Ela poderia encontrar o caminho para as águas perpétuas de olhos fechados, usando nada além de instinto. Conforme seu laço com o Hirana crescesse, aquele instinto voltaria...

Era o que ela esperava.

As criadas levaram grãos, lenha e óleo. Deixaram o Hirana limpinho e, escondida debaixo de uma panela, deixaram sua própria mensagem para Priya: impressões digitais, marcadas com pressa em um pedaço de tecido branco.

Priya engoliu em seco. Para aqueles que não sabiam escrever, aquele era o único bilhete que poderiam deixar para alguém amado que estava longe de casa.

As criadas haviam preparado o café da manhã para a princesa: kichadi cozido a fogo lento com cominho, parathas grossas com iogurte e açúcar e malai com passas. Mas quando Malini finalmente acordou mais tarde, lenta e quase sem reconhecer o que a cercava, as parathas estavam duras, o kichadi, frio, e o malai, azedo. Pramila mal tocou na própria comida. As duas estavam consumidas por algo que não deixava espaço para a fome. Então foram os guardas que comeram mais, e Priya escolhera algumas porções para si.

A água que Priya aquecia todos os dias ao amanhecer mal era usada pela princesa. Era Pramila quem a usava, banhando-se superficialmente, permitindo que Priya penteasse seu cabelo e dando broncas quando a criada puxava um nó ou o prendia muito apertado. Malini simplesmente dormia suja, com o cabelo embaraçado. E Priya... observava, obedecia e sentia seu desdém por Pramila aumentar.

Ela não sabia dizer se a carcereira negligenciava os cuidados com Malini de propósito ou se considerava que alimentar, banhar e cuidar da princesa deveria ser trabalho de criados e, portanto, estava abaixo de sua posição. Priya suspeitava de que era a primeira opção. A mulher exigia que o fogo estivesse aceso, e a comida, quente, mas não se importava com o bem-estar de Malini além de se certificar de que ela escutasse todas aquelas histórias hipócritas e bebesse o vinho todas as noites.

Priya ficava admirada com a inutilidade das mulheres nobres, o desdém por todas elas crescendo. Ela uma vez fora alguém de certo status, mas as crianças do templo eram retiradas de vilarejos e assentamentos por toda Ahiranya e então testadas várias vezes para garantir força, resiliência e astúcia. Se Priya se recusasse a acender um fogo quando menina, levaria tapas na orelha por preguiça. Em sua infância, o ócio era uma fraqueza que deveria ser desaprendida.

Graças aos espíritos, o dia sagrado se aproximava, e ela seria livre por um tempo.

— Mas é claro que você não vai sair.

— Todos os criados têm um dia de descanso — argumentou Priya. — Milady — acrescentou ela, depois de um segundo. Não era de bom-tom irritar Pramila *demais*. Não quando Priya precisava de algo.

— Você vai ficar aqui — insistiu Pramila, devagar, como se Priya fosse lerda. — Você agora serve a uma representante imperial, garota. Não entendeu? Os costumes locais não se aplicam da mesma forma.

Priya tinha bastante certeza de que criados em outros lugares de Parijatdvipa também tinham dias de folga, mas não seria bom dizer isso, já que lady Pramila a olhava como se fosse uma idiota, além de nitidamente já estar decidida.

— Eu... eu tenho outros deveres.

— Não tem mais. Seus deveres são aqui — disse Pramila. — Agora me traga o jantar e uma xícara de chá. Seja uma boa menina.

Priya inclinou a cabeça, murmurando uma aquiescência. Ela esquentou a comida e fez uma panela de chá cheia de temperos e cana de bambu, as mãos trêmulas com a fúria reprimida.

Ela fez o chá. Preparou um prato. Voltou para Pramila e organizou a mesa. Abaixando o olhar, tímida, ela disse:

— Se talvez eu pudesse falar com as minhas colegas criadas, talvez...

— Está bem, está bem — cedeu Pramila, acenando a mão para a dispensa. Ela tirou a chave do cinto e a jogou para Priya. — Fique com essa, garota. Tenho outras. Faça o que precisar. Mas não permita que a princesa saia do quarto, entendeu?

— Entendi, senhora — disse Priya. — Obrigada.

Ao menos naquilo havia uma pequena vitória: ela tinha permissão para falar com as outras, e também a evidência de que Pramila não sentia mais necessidade de vigiá-la. Sua docilidade falsa a libertara, deixara-a invisível e concedera uma saída da cela de Malini.

Priya estava mais uma vez longe das suspeitas. Ela agora poderia voltar a explorar o Hirana.

Ela procurou Sima, encontrando-a do lado de fora da câmara leste. A criada deu uma volta repentina quando sentiu a mão de alguém no braço. Então os olhos se arregalaram, e ela jogou os braços ao redor de Priya, puxando-a para um abraço de quebrar os ossos.

— Isso é muita emoção — brincou Priya, provocando-a de leve. — Quase dá para achar que sentiu saudades.

— É claro que senti. Você sabe como tudo é chato sem você? Nenhuma das outras meninas quer fofocar, são todas umas bocós perdidas, todas elas. — Sima fungou. — Mas olha só você. Seu sári...

— Eu tenho ordens de vestir isso.

— Bom, é bonito. Eu não negaria um sári novo. — Por mais que houvesse remendado direito o rasgo na manga do antigo sári depois da queda, ainda assim era visível. Uma cicatriz leve e repuxada no tecido. — Por que não falou com nenhuma de nós? Eu procurei por você. Gauri perguntou para a carcereira onde você estava, mas disseram que estava ocupada e que deveríamos parar de fazer perguntas.

— Tenho deveres durante a noite que me mantêm ocupada — contou Priya. — Não que eu goste disso. Também senti saudades. Precisa me contar tudo que perdi. Tudo, tá?

Sima riu.

— Claro. Por onde começo?

— Me fale sobre a Gauri primeiro — respondeu Priya. — E Billu, se quiser. E...

O TRONO DE JASMIM

E Rukh, ela quase falou, mas então hesitou. As palavras morreram na língua, não pronunciadas.

Claro. Rukh.

— E? — Sima perguntou.

Priya balançou a cabeça.

— Vamos logo — apressou-a a amiga. — Pode começar por elas e por você. Quero saber o que está fazendo por aí sem mim.

Felizmente, Sima começou a falar sem precisar de mais insistência. E Priya escutou, pensando no problema de Rukh. Rukh e sua decomposição, sua lealdade.

O garoto era leal aos rebeldes. Era um espião. Presa dentro do Hirana, sem um dia de descanso, Priya não podia ficar de olho nele. Não podia protegê-lo de si próprio.

Ela sabia que era seu dever contar a Bhumika sobre o menino. Ela *sabia*. Mas não faria isso.

Havia um limite para as informações que um único garoto poderia descobrir sobre o funcionamento do mahal. Ele não era um espião treinado. Não era um assassino. Era só uma criança. Ele era jovem e idealista, moribundo e sozinho, e Priya não iria — não poderia — ser a pessoa que o mandaria de volta à cidade com uma mão na frente e outra atrás. E Bhumika *iria* mandá-lo embora se soubesse da verdade, disso Priya tinha certeza.

Para um garoto com decomposição, fome e sem família... Seria uma sentença de morte.

— Preciso de um favor — disse ela para Sima, quando a amiga finalmente ficou quieta.

— Fale.

— Rukh — respondeu ela, e Sima suspirou, como se tivesse adivinhado o que viria a seguir. — Eu... Você pode ver se está tudo bem com ele? Ele ainda é novo no mahal, não sabe como as coisas funcionam. E, se você puder, veja se ele tem bastante madeira sagrada? Se lady Bhumika providenciou um pouco...? Sei que é pedir muito.

— Eu falei que ajudaria com o que você precisasse, não falei? Vou tentar.

— Se ele estiver se comportando de maneira estranha ou você ficar preocupada, poderia... dar um jeito de mandar um recado? Me deixar um bilhete quando visitar? — Priya praguejou em silêncio. Não havia uma forma de dizer *se ele trair a residência, me avise* de um jeito sutil.

Sima a mediu com o olhar, como se as palavras de Priya soassem estranhas, mas assentiu de toda forma.

— Sabe que sim — falou.

Dessa vez, foi Priya quem a abraçou, tão forte que Sima protestou, rindo, que não conseguia respirar. Então Priya se afastou e falou, relutante:

— Eu deveria ir. A princesa vai acordar daqui a pouco e eu preciso estar pronta.

— Você está segura? — quis saber Sima. — E... bem?

— Eu estou bem — disse Priya.

— E a princesa...?

— Ela não é uma pessoa difícil.

— Mas ainda é uma pessoa para servir que você não quer ter, imagino — acrescentou Sima, com o mais leve sorriso amargo. Ela esticou a mão para pegar a da amiga, e então a soltou. — Se cuida, Priya. E... fale comigo de novo. Me confirme que você está bem.

Priya balançou a cabeça. Ela sentiu toda aquela fúria reprimida dentro dela, a coceira que não queria nada mais do que jogar as responsabilidades das águas perpétuas e a princesa enferma para longe e voltar para o peso reconfortante da vida normal. Parte dela queria desesperadamente ir embora com Sima e escapar da armadilha que criara para si.

Mas a outra parte queria ver aonde isso a levaria.

— E o que você vai fazer se eu não estiver bem, afinal? — indagou Priya.

— Nada — disse Sima. — Eu não posso fazer nada. Mas ainda assim quero saber. É isso que amigos desejam.

A aurora despertou, e as criadas foram embora. Quando as primeiras luzes cinzentas brilharam na charpai, a princesa se levantou. Ela soltou um gemido, levou as mãos ao rosto e então ergueu a cabeça. As mãos tremiam. A parte branca dos olhos marcada por veias vermelhas.

— Priya — chamou ela. — Quero tomar um banho.

Priya estava acostumada com os pedidos gentis e estranhos da princesa quando mal tinha acordado, mas Malini estava completamente acordada agora, de pé, a voz um comando firme.

O TRONO DE JASMIM

Certamente não quebraria regras realizar esta simples tarefa, mas ainda assim Priya tocou a chave que lhe fora dada com custo na corrente ao redor da cintura. Ela esperava que Pramila ainda não estivesse acordada.

— Vou esquentar a água, milady — disse Priya, andando pelo quarto e pegando sabão e um pente.

— Não, eu preciso de água fria. Agora, por favor. — A princesa esticou um braço pálido, pedindo que Priya se aproximasse.

Priya o fez, e Malini enganchou o braço no da criada, apoiando seu peso frágil na estatura menor da outra mulher. Priya não deveria ter sido capaz de segurá-la com tanta facilidade, mas ela era só músculos e tendões enquanto Malini era apenas ossos frágeis e quase nenhuma carne.

A criada olhou para a mão em seu braço. A cor de água marinha das veias de Malini visível através da pele macia.

Priya pensou na pérgola. O tilintar dos ossos brancos agitados pelo vento.

Elas atravessaram o triveni, vindo lentamente da câmara ao norte. Priya esperava que Pramila aparecesse a qualquer instante, mas por sorte não havia sinal dela conforme deixaram o céu aberto e entraram em um corredor escuro. As criadas haviam apagado as lâmpadas nas paredes depois que se foram, preservando o óleo e pavio para usarem depois.

— Precisa me perdoar por ser uma companhia tão horrível — comentou Malini. — Houve um tempo em que eu era ótima. Mas não sou mais o que costumava ser.

O olhar de Malini encontrou o de Priya, que quase tropeçou. Era como o momento em que se viram pela primeira vez através da treliça, um zumbido que percorria o corpo. Priya não sabia se algum dia se acostumaria com a estranheza de ser vista, de verdade, por alguém que tinha poder sobre ela.

— Tenho sonhos terríveis — continuou Malini, como se estivesse se desculpando. A voz, na penumbra, era como o farfalhar de asas no ouvido de Priya. — Toda vez que durmo, tenho sonhos. Sonho com o mahal imperial. Sonho com minhas criadas favoritas. Sonho com... — A respiração falhou. — Com o que meu irmão fez.

Uma pausa. A respiração tão leve quanto os passos de um tigre.

Priya desviou o olhar.

— Por aqui, milady — falou ela, guiando Malini para a câmara de banhos.

Sem esperar que Priya a despisse, ignorando o fraco protesto da criada, a princesa se sentou no banquinho baixo no chão. Ela afastou o cabelo embaraçado do rosto com mãos impacientes, enquanto Priya arrastava um balde de água morna que as criadas haviam deixado lá.

— Eu disse água fria.

— Milady...

— Por favor — pediu Malini.

Priya foi até a cozinha, onde também havia água, apesar de ser para a limpeza, e levou um balde cheio para a câmara de banho. Ela o colocou no chão, pegou uma concha comprida e a mergulhou na água.

— Me dê a concha — pediu Malini.

Priya não discutiu. A princesa pegou o objeto e jogou a água fria sobre a cabeça. Houve um respingar de água no chão de pedra, um chiado dos dentes cerrados de Malini. O cabelo pingava, o sári ensopado.

Priya desviou o olhar e fez um gesto lento para tirar o pente e o sabão que colocara na cintura do sári. Ela esquecera a toalha, e se espantou em silêncio com o absurdo que era sua vida.

— Devo lavar seu cabelo?

Malini ficou quieta por um longo momento, a cabeça inclinada. Então pegou a concha e a mergulhou na água mais uma vez, jogando sobre os cabelos.

— Sim — aceitou por fim, gotas de água traçando caminhos pelo rosto. — Se quiser.

Priya ficou atrás da princesa e se abaixou, prendendo o sári entre os joelhos para não molhar o tecido.

Com cuidado, ela pegou o longo cabelo de Malini nas mãos. Era grosso e escuro e estava cheio de nós. Priya não ousava pensar qual tinha sido a última vez que alguém o escovara. Malini com certeza não fizera isso — ah, essas mulheres nobres —, e é provável que Pramila nem teria tentado. Ainda assim, Priya passou os dedos com gentileza pelo comprimento, tentando tirar os nós mais leves com nada a não ser as mãos molhadas.

— Vou precisar usar óleo — informou Priya, cautelosa — para tirar os piores nós. Não posso fazer muito mais como está agora.

— Minhas criadas em Parijat usavam óleo de jasmim — comentou Malini. — Era o favorito da minha mãe, apesar de eu não me importar muito.

O TRONO DE JASMIM 151

Malini sequer estremeceu quando Priya pegou um dos nós com a unha; não reagiu quando a criada murmurou um pedido de desculpas e pegou a concha, molhando mais o cabelo de Malini antes de começar a esfregar levemente o sabão nele, lavando-o.

Sob o peso do cabelo, o pescoço de Malini era pálido, os ombros através do tecido molhado como ossos de pássaros. Havia uma velha cicatriz no pescoço — uma linha fina prata, curvada como uma lua crescente.

— Posso lhe contar um segredo, Priya?

Se Sima tivesse dito isso, Priya teria se inclinado em tom conspiratório; teria rido ou aberto um sorriso, diria: *Pode me contar o que quiser.* Palavras leves e casuais. Mas ela não podia ser casual com a princesa. Priya pensou em todas as perguntas que Malini fizera para ela quando chegou. Um fluxo paciente e firme, testando a criada.

Priya procurou as palavras certas, desejando ter a mente rápida e a eloquência de Bhumika.

— Sou sua leal criada, milady — soltou ela, apressada, preenchendo o silêncio. — Pode me contar o que desejar.

Malini ficou em silêncio por um tempo, conforme Priya desembaraçava o cabelo e a água pingava no chão.

— Você sabe — disse Malini — o motivo de Pramila me contar as histórias das mães das chamas?

Porque seu irmão quer que você seja queimada, pensou Priya. Ela entendia isso.

— Não sei, milady — respondeu.

Parecia a resposta mais segura.

— Porque meu irmão quer que eu seja pura e honrada como elas. Porque ele acha que a única forma de uma mulher servir ao império, a única forma de uma mulher ser boa, é através do sacrifício de sua vida. — Ela abaixou a cabeça um pouco, olhando para as mãos. — Eu venero as mães, Priya. Eu deveria querer me tornar uma delas. Queimar, afinal, é apenas para as mulheres mais nobres e corajosas. Mas eu fiquei... com medo. — A voz dela fraquejou. — Eu não queria queimar, Priya. E agora todas as manhãs eu acordo de sonhos com chamas e acredito que estou ardendo no fogo.

Priya engoliu em seco, as mãos paralisadas. As palavras de Malini... eram demais.

No passado, as crianças do templo foram queimadas.

Ela sabia como Malini se sentia naquele momento. Priya estava atrás dela, as mãos ainda enroscadas no cabelo, pensando nos corpos que se contorciam e gritavam e queimavam, e percebeu que nada a prendia no presente exceto os pingos frios da água, a curva úmida de um cacho de cabelo enrolado no dedão.

— Ele me mandou para cá para que eu refletisse sobre todos aqueles que queimaram e se sacrificaram. Por vontade própria ou não. Uma forma honrosa de queimar e outra nem tanto. — Malini engoliu em seco, fazendo um ruído audível. — Mas todas são a mesma coisa. E tudo que vejo quando durmo são as minhas mulheres, e agora as crianças, e o fogo...

A voz de Malini sumiu, e ela ergueu a cabeça.

— Eu geralmente não falo dessas coisas — disse. — Sinto muito.

— Por favor, não peça desculpas, milady — murmurou Priya.

— Acho que eu nem conseguiria dormir — continuou Malini lentamente —, e não conseguiria descansar, se não fossem pelos remédios. E agora você.

— Eu não sabia que você tomava algum remédio — falou Priya, sentindo-se ignorante.

— Uma dose é colocada no meu vinho, aos cuidados de Pramila — respondeu Malini. — Alguma coisa feita com flores. Alguma espécie de jasmim, talvez. Não sei.

— Remédio feito com flores — repetiu Priya, devagar. — Compreendo.

A sensação de pavor dominou sua barriga. Não poderia ser. E ainda assim...

O apotecário vendia algo desse tipo no mercado antigo. Gautam tinha pequenos frascos da substância, com fios amarelos de aviso enrolados ao redor da tampa de cada um. Remédio feito a partir de uma espécie de jasmim. Um pouco ajudaria a entorpecer dores. Um pouco além, e o paciente poderia adormecer.

Um pouco mais seria fatal.

Às vezes era dado aos enfermos em doses controladas por um tempo para diminuir a dor, mas uma exposição prolongada causava uma doença por si só — deterioração da mente e da carne, que inevitavelmente resultava em morte, ou algo bem próximo disso.

Pramila queria matar a princesa ou simplesmente enfraquecê-la?

Não era uma questão de Pramila querer que Malini morresse, óbvio. Era uma questão de se o *imperador* queria isso, e o que aconteceria com o santuário cuidadosamente criado por Bhumika se esse objetivo fosse alcançado, garantindo que o general Vikram falhasse em proteger Malini como havia jurado fazer.

Priya olhou para as costas da princesa então, sem preocupações ou vergonhas, mas com um tipo de raiva atenta, observando a forma pontiaguda dos ossos, a transparência da pele. Ah, ela conhecia a fragilidade de um corpo mortal: a resiliência levaria apenas a certo ponto. Mesmo que o imperador não quisesse que a irmã morresse — e o que Priya poderia saber das intenções do imperador, afinal? —, Malini poderia facilmente morrer. Ela pensou em pulmões vulneráveis, o pulsar fora de ritmo de um coração mortal.

— Com que frequência toma os remédios, milady? — indagou Priya, calma.

— Todas as noites — revelou Malini. — E às vezes durante o dia, se Pramila decide que estou... inquieta. Por quê? — Ela virou o pescoço, olhando para Priya.

Malini não parecia distraída, nem mesmo curiosa. Havia um desafio no levantar de suas sobrancelhas.

— Isso é bastante remédio — comentou Priya. — Mas... não sou médica. Sou apenas uma criada. Que conhecimento tenho? Milady.

— A escolha de tomar ou não o remédio não é minha — respondeu Malini. — Você entende, eu sei. É escolha de Pramila, e eu preciso obedecer.

Por fim, a princesa se virou de costas. Priya se atrapalhou com a concha. Ela enxaguou o cabelo da outra mulher, e então o deixou cair. Pegou o sabão e se ajoelhou diante de Malini, esfregando os braços e pés da princesa com cuidado, expostos pelo tecido molhado. Ela não fez mais do que isso; não achou que Malini gostaria de mais do que isso. Era o frio que ela queria, não a limpeza.

Priya ergueu o olhar quando abaixou o pé esquerdo de Malini. Ela não conseguia saber se a princesa estivera chorando, não com aqueles olhos que já estavam vermelhos e a água no rosto. Mas a mandíbula de Malini tremia de leve, as mãos fechadas em punho no colo.

— Sempre que quiser tomar banho com água fria, é só pedir — disse Priya. — Eu vou providenciar.

Ela parou de tremer. O sorriso de Malini era fraco, mas estava lá; um brilho branco no rosto cinzento.

— Obrigada — falou ela. — É bondade sua, Priya.

Priya engoliu em seco e abaixou o rosto. Ela cerrou os próprios dentes, forçando-se a não fazer a pergunta afiada que permeava a sua mente.

O que você quer de mim?

E, ainda, a mais perigosa:

O que eu quero de você?

BHUMIKA

Até mesmo os guardas mais leais de Bhumika protestaram quando a senhora pediu que arranjassem um palanquim para ela.

— Sua saúde, milady — disseram. — A criança...

— Está dentro de mim — retrucou Bhumika —, e não tem planos de ir a lugar algum.

— Se o general Vikram ouvir isso... — tentou um.

— Ele não ficará contente — admitiu Bhumika, arfando enquanto vestia as botas mais fortes e reforçadas com certa dificuldade. A barriga redonda estava sempre dificultando as tarefas diárias. — Mas por que ele ouviria falar disso? Busque meu xale, por favor.

Uma das criadas pegou o xale e o arrumou com cuidado ao redor dos ombros de Bhumika.

— Nós odiaríamos ver mais conflito entre você e o senhor da casa — disse um guarda, hesitante.

— Talvez eu devesse usar uma carruagem de guerra em vez de um palanquim — considerou Bhumika. Ela sorriu, para mostrar que estava brincando. Com leveza, ela acrescentou: — Agora vamos.

Apenas alguns dos homens de lorde Santosh haviam permanecido na residência para agir como espiões, e Bhumika evitava a atenção deles ao garantir que sua partida não cruzasse com nenhuma troca dos guardas nas proximidades do estábulo ou dos portões do mahal, simples assim. Com a ajuda dos próprios criados, ela aprendera a rastrear seus padrões — os vigias que escolhiam, os deveres que exigiam que fossem dados a eles, as perguntas que faziam.

Ela encontrara Santosh apenas uma vez, quando ele chegara à propriedade. Bhumika não precisara de muito tempo para entender o que ele era: um homem pomposo, mesquinho, de mente pequena e com sede de poder. Ela não achara que o sujeito era digno de mais atenção.

Santosh gostava de pensar que estava vigiando cada passo do marido dela. Ele ainda não percebera que seus próprios espiões estavam sendo vigiados também, e provavelmente não iria reconhecer isso. Faltava bom senso nele para ser cauteloso com as criadas. Como muitos de sua laia, ele nunca prestava atenção nelas.

Apesar de relutante, e apenas por necessidade, o marido de Bhumika permitira que os mercados reabrissem seus comércios depois da batida ao bordel. Afinal, as pessoas precisavam comprar comida. As ruas de Hiranaprastha estavam mais silenciosas, no entanto a população não poderia deixar suas tarefas diárias de lado por causa de atividades rebeldes ou das patrulhas dos soldados do general, mesmo se quisessem.

Através das telas nas portas de correr do palanquim, Bhumika observou as barracas de comida agitadas, com mesas cheias de panelas de óleo quente para fritar peixes de água doce, pakoras, samosas e até bolinhos de arroz ao estilo srugani, com bordas cuidadosamente fechadas.

Quando criança, Bhumika amava a agitação de Hiranaprastha, a energia e o movimento constante da cidade. Ela nunca conseguiu aproveitá-la bem — como filha de uma família nobre, ela fora protegida, e só podia observar a cidade através da tela do palanquim, como fazia agora —, mas preservara a imagem na cabeça como um retrato em miniatura. Barulho. Vida. O próprio corpo quieto, escondido e protegido, observando tudo.

O mundo além das telas do palanquim havia mudado desde a sua infância. Apesar de o som e do movimento permanecerem, as bordas do retrato estavam gastas. Havia mais moradores de rua agora. Os prédios estavam mais desbotados e empobrecidos. A cor havia sido sugada de Hiranaprastha. E Bhumika não era mais apenas um corpo silencioso devorando a cidade com os olhos.

Ela foi levada para além do centro movimentado, para longe dos mercados mais quietos e do distrito de cerâmica onde certa vez comprara vasos azuis extraordinários para suas rosas; passou pelos campos sem ceifar e pelos morros estéreis com casas esparsas, na direção do campo queimado e arrasado onde os traidores imperiais eram executados. Ali, havia apenas

O TRONO DE JASMIM

algumas casas; lares espalhados para homens e mulheres que guardavam a prisão e limpavam os restos mortais. Paredes grandes de madeira e pedra se erguiam, com cacos de vidro no alto. Sob a luz matinal, brilhavam como as pontas de uma coroa.

Ela bateu na lateral do palanquim; três batidas, uma forma fácil de alertar aos homens que a carregavam para diminuírem a marcha. Um instante depois, viu uma figura sair da moradia: uma mulher muito velha, com cabelos grisalhos espessos amarrados em um coque cheio de nós, vestindo um sári cinza simples e com um xale marrom jogado sobre os ombros. A mulher abaixou a cabeça e esperou.

O palanquim de Bhumika foi apoiado no chão. A esposa do regente saiu, ignorando todas as reclamações do corpo conforme se inclinava e ficava de pé, a coluna e os quadris castigados pela dor inquieta provocada pela criança que carregava no ventre. Ela agradeceu ao criado que ofereceu um braço e o segurou com gratidão para conseguir se levantar com o mínimo de dignidade.

— Tem certeza de que isso é o melhor? — O criado franzia o cenho.

— Sim — respondeu Bhumika. — Sem dúvida.

Ela não escolhera criados e seguidores que lhe obedeciam sem questionar, mas às vezes ela se cansava de toda aquela hesitação e preocupação. Ficara tão pior desde que... bem.

Ela tocou a barriga com a ponta dos dedos, então os escondeu debaixo do xale. A idosa assentiu, cumprimentando-a.

— Já começou — informou a mulher. — Podemos observar do Leste.

Ela guiou Bhumika e o criado para uma escadaria que levava a uma torre com vista para o lugar da execução. Lá dentro ficava um teatro macabro de mortes. Havia uma multidão que assistia — uma turba de homens parados lado a lado, com os espectadores mais ricos sentados acima deles, em liteiras mais altas — e soldados a postos nas outras torres, de prontidão com suas flechas.

No centro da área ficavam os elefantes. Os elefantes de guerra parijati eram enormes, com presas robustas e olhos pequenos. Bhumika nunca gostara desses animais, e aqueles em particular estavam vendados e eram chicoteados, as presas molhadas de sangue. Um escriba infeliz, reconhecido pelo cabelo tonsurado, estava sendo forçado a se deitar sobre uma tábua de pedra, a cabeça pressionada na superfície conforme um cornaca levava o elefante para perto dele e pedia que o animal levantasse a perna e depois a abaixasse.

Os gritos do escriba e o som molhado do crânio sendo partido foram apenas parcialmente mascarados pelos arquejos da multidão. Bhumika observou, escutou e não estremeceu. De certas formas, ela ainda era uma filha do templo.

— Ele assiste lá de cima — revelou a idosa —, com alguns dos seus homens. Veja.

Ela ergueu o dedo, apontando para a figura em uma das liteiras altas. E sim, ali estava o marido de Bhumika, observando, plácido, enquanto os campões da independência ahiranyi eram executados. Ela conseguia ver os conselheiros de Vikram perto dele e Santosh ao seu lado, uma posição de honra que aquele homem não merecia.

Bhumika descobriu mais sobre Santosh com a garota que servira vinho na noite em que Vikram havia jantado com o sujeito e um príncipe saketano; com a mulher mais velha que varria todos os quartos de hóspedes, incluindo o de Santosh. Haviam falado com Khalida, que falara com Bhumika, e confirmado que sua má impressão de Santosh estava inteiramente correta. Ele não era um homem astuto, mas tinha ambição e vontade. Precisariam ficar de olho nele.

O cornaca levou o elefante para longe. Houve uma pausa. Bhumika abanou o rosto com uma das mãos e se perguntou o porquê da demora. As pessoas que trabalhavam no campo de execução saíram em grupos, carregando lenha, palha e baldes gigantes de um líquido viscoso que jogavam sobre a madeira conforme era empilhada. Bhumika se inclinou para a frente para analisar melhor, mas não conseguiu ter certeza do que era. Óleo? Ghee?

Fez-se outro rugido, conforme mais rebeldes eram finalmente trazidos. As figuras não usavam capuzes, os rostos expostos para a multidão. Pela baixa estatura e silhuetas, Bhumika sabia que eram mulheres. Criadas.

Alguém as vestira como noivas.

Um som atravessou a multidão, uma mudança inquieta que correu como onda através dos corpos aglomerados como um tremor muscular.

O corpo de Bhumika se revoltou em um instante, um fluxo de repulsa percorrendo-a. A senhora pressionou a própria mão contra a boca para afastar a náusea.

O TRONO DE JASMIM

Ela não podia vomitar ou se horrorizar. Talvez mais tarde. Mas não ali, e não naquele momento. *Então o imperador Chandra tem a intenção de purificar nossas mulheres*, pensou, com um desprendimento forçado. *Que generoso da parte dele nos assassinar dessa forma.*

As mulheres foram forçadas a subir a pira. Suas mãos estavam atadas. Um dos homens ergueu uma tocha.

Bhumika não desviou o olhar delas. Era importante lembrar a si mesma do que estava em jogo, como as tensões em Ahiranya poderiam facilmente entrar em ebulição, como de fato era delicado o equilíbrio que cultivara ao lado do marido.

O ar cheirava a fumaça azeda. A multidão gritava.

Ela se forçou a pensar.

O marido não voltaria para casa por algum tempo. Os conselheiros estavam com ele. O haveli de lorde Iskar era o mais próximo. Iriam para lá. Beberiam um pouco, jogariam rodadas de catur e, entre todas as apostas, jogos de estratégia e dados, fariam negócios políticos. Bhumika sabia como funcionava com homens como eles.

E lorde Iskar, sem dúvida, estaria ávido por conquistar os favores de lorde Santosh, agora que estava cada vez mais nítido que Ahiranya seria o lugar onde o imperador Chandra testaria sua forma de fé particular, de onde Santosh logo seria, talvez, regente.

Então Bhumika esperou, as mãos entrelaçadas diante do corpo, conforme a arena se esvaziava. Esperou e respirou com um cuidado suave e superficial, prestando atenção no estômago que revirava e no cheiro terrível de carne queimada na fumaça. Ela esperou até ouvir o rangido das escadas e a idosa dizer:

— Milady.

Então, ela se virou e observou enquanto o cornaca unia as palmas das mãos em um gesto de respeito. Ele ainda cheirava a sangue e ao animal. O homem ergueu o olhar.

— Lady Bhumika — cumprimentou.

— Como estão suas meninas, Rishi?

— Bem, bem. Agora tenho um filho.

— Meus parabéns. E a saúde de sua esposa?

— Está bem. Ela está bem.

— Obrigada por aceitar a troca de cordialidades — disse Bhumika, abrindo um sorriso. Ela viu um pouco da tensão dos ombros dele se desfazer. — E obrigada por vir falar comigo.

O cornaca inclinou a cabeça mais uma vez.

— Tenho uma dívida com sua família, milady. Eu não me esqueço.

— E eu sou grata por sua lealdade — respondeu ela, sincera. — Agora, por favor, me diga. Foram torturados?

— Sim.

— As mulheres também?

Ele assentiu em silêncio.

— O que disseram?

— Confessaram que têm apoio de nobres ahiranyi. Que recebem financiamento para disseminar as poesias.

— Deram algum nome?

— Não — disse o cornaca. — Nenhum nome. Não tinham nenhum para dar.

Ótimo.

Apoiar a rebelião ahiranyi, mesmo na forma de arte, era um crime, e Bhumika não poderia admitir estar envolvida nisso.

— E a conexão deles com os rebeldes? — perguntou ela com cuidado.

— Os rebeldes usavam máscaras — contou o cornaca. — Não sabiam mais do que isso.

Bhumika não deveria ter sentido alívio, mas sentiu.

— Obrigada — repetiu.

O criado de Bhumika deu um passo à frente, entregando ao cornaca uma bolsinha com moedas.

— Por sua ajuda — adicionou a senhora, e o homem aceitou o embrulho murmurando gratidão. — E quando seu filho estiver pronto para ser um aprendiz...

— Milady — falou ele. O homem fez uma reverência profunda e partiu depressa, a mulher idosa o seguindo.

Naquele momento restavam apenas Bhumika e o criado sobre um campo de execução, a visão turva pela fumaça, o chão manchado de um tom escuro de sangue.

— Devemos voltar ao mahal, milady?

— Não — falou ela. — Me leve para a casa de meu tio.

O haveli da família Sonali fora construído no estilo tradicional de Ahiranya. Era modesto se comparado aos padrões parijati, mas, aos olhos de Bhumika, era extraordinário.

Os parijati amavam suas mansões arejadas e expansivas, ricas em mármore claro, arenito e colunas altas. A arquitetura ahiranyi era modesta, quase pitoresca em comparação. O haveli da família Sonali ficava boa parte a céu aberto, dividido em partes por cortinas delicadas ou treliças decoradas com padrões de folhas e flores esculpidas na madeira. Apenas os quartos ficavam cobertos, fechados por cortinas de uma leve seda roxa.

Bhumika entrou no pátio principal, onde um poço de água tocava uma música melodiosa e líquida. Uma das criadas tinha conduzido as preces matinais: havia um pequeno prato de flores flutuando no poço.

— Lady Bhumika — cumprimentou uma delas. — Ele está acordado.
— Ótimo — comentou ela. — Me leve até lá.

O quarto do tio de Bhumika ficava de frente para o pátio, permitindo que o aroma fresco da água e o calor leve da luz solar entrassem. Ela sabia como ele amava ficar escutando o tamborilar da chuva das monções nas pedras do pátio; o eco profundo que fazia quando encontrava a água do poço. Ele estava doente havia muitos anos, e esses pequenos confortos eram preciosos.

Ela bateu de leve no batente quando entrou. Foi cumprimentada pelo aroma doce de lírios vermelhos, dispostos em vasos de esmalte azul beirando as janelas e paredes.

— Tio — Bhumika o cumprimentou, ajoelhando-se ao lado do divã. — Sou eu.

— Ah — disse ele, a voz rouca. — É você.

Um sorriso curvou sua boca.

Ele parecia mais velho. Mais magro. Ao redor da boca estava com linhas provocadas pela dor. Era um dia ruim, então. Bhumika tentaria não exigir muita conversa. Ela o visitara havia apenas algumas semanas, mas o tempo estava passando com um fluxo cruel para o tio.

— Ouvi dizer que seu marido arrumou problemas.
— Onde ouviu isso, tio?

— Você não é a única com olhos e ouvidos leais. — Ele estalou a língua. — Uma bagunça. Ele deveria ter demonstrado misericórdia.

— Ele fez o que o imperador queria — murmurou Bhumika, apesar de concordar com o tio com todo o coração.

— Nós não deveríamos fazer o que os poderosos mandam simplesmente porque nos mandam fazer — retrucou ele, chiando. — Você sabe disso.

Ele cobriu a mão da sobrinha com a própria. Os dedos tremiam.

— Estamos sozinhos?

Bhumika ergueu a cabeça. A criada que a levara até ali desaparecera.

— Sim — afirmou ela.

— Lembra de quando vieram atrás de você? — perguntou ele.

— Eu me lembro — ela respondeu, mas o tio estava perdido na própria memória, e a resposta não foi o bastante.

— Você era tão pequena — murmurou ele. — E tão sozinha. Eu não queria que levassem você. Tem muitas crianças que poderiam aprender a servir no conselho, foi o que eu disse. Minha menina é uma Sonali. Ela fica com a família dela.

— Não foi tão horrível — mentiu Bhumika. — Eles me tratavam bem.

O tio balançou a cabeça, mas não argumentou.

— Você é uma boa menina, Bhumika — disse, baixinho. — Você casou bem. Garantiu que nossa nobreza tivesse uma boa posição. Não é a pessoa que teria se transformado no que os anciões queriam que fosse, e fico contente por isso. Fico feliz que tenhamos salvado você, sua tia e eu.

Priya sobrevivera ao massacre das crianças do templo por sorte. Ela vestia as cicatrizes daquela noite, tanto no temperamento quanto na memória.

Bhumika não estivera lá.

Sua família nunca quis que ela se tornasse uma criança do templo. Ela e seu primo eram os últimos da linhagem familiar, depois que os pais de Bhumika morreram de febre. Mas então o primo também morrera, de uma doença debilitante, e só sobrara Bhumika. O tio a levara para casa para o funeral. Depois do enterro, depois de partilharem comida e música, ele pedira que ela ficasse em casa. Ele e a tia haviam discutido sobre heresia, sobre o que o conselho do templo faria se não devolvessem Bhumika, sobre como *precisavam* devolvê-la. Mas o tio havia vencido.

Enquanto as outras crianças morriam, Bhumika estava naquela casa, bebendo chá. Escutando os pássaros do lado de fora das treliças da janela.

Fingindo ser uma boa nobre ahiranyi, em vez da criatura abençoada pelo templo que realmente era.

Ela tentara usar sua sobrevivência para o bem. Quando o regente — mais velho e soturno, com o sangue dos irmãos dela nas mãos — a cortejara, ela sorrira para ele. Ela o beijara. Casara-se com ele. Agora carregava seu filho. E, em troca, recebera o poder de proteger aqueles que ficaram órfãos ou desabrigados por causa da decomposição, além de influência e meios para financiar seus compatriotas ahiranyi. Eram coisas pequenas, mas era o possível a ser feito.

Ainda assim, Bhumika ficou sentada naquele quarto de enfermo, com a mão do tio segurando a dela, pensando apenas no sangue e nas entranhas sob o pé do elefante, nos gritos na pira. Sangue, carne. Solo.

Fogo.

Ela se inclinou para a frente e beijou a testa do tio, abaixo dos tufos ralos de cabelo branco que ainda cercavam sua cabeça.

— Tudo que sou, conquistei graças a vocês — afirmou ela. — Agora durma. Por favor. Precisa descansar.

Bhumika foi para o quarto de preces da residência.

Ela não tinha nenhum lugar para rezar na residência do marido. Ele era devoto das mães das chamas, cultivava as tradições parijati, e ela...

Ela era sua esposa.

Tio Govind não zelava muito pelo quarto de preces. Por hábito, algumas velas eram acesas e as belas estátuas esculpidas dos yakshas eram limpas e polidas até ficarem com um brilho radiante sob as mãos cuidadosas dos criados. Porém, não havia ofertas aos pés dessas estátuas; nenhuma fruta, nenhuma casca de coco, nenhuma flor, apenas pratos vazios.

Bhumika se sentou no tapete. Manteve a postura mais ereta que conseguia, as pernas cruzadas. Fechou os olhos. Inspirou. Expirou. Cada vez mais fundo.

O sangam se desdobrou ao seu redor.

Ela abriu os olhos. Esperou. Sabia que era apenas questão de tempo até ele aparecer.

As águas se moviam ao redor de sua sombra, profunda e estranha.

Ela amava o sangam quando criança, quando entrou nele pela primeira vez. Amava aquela beleza e estranheza. Amava o poder.

Agora, se recusava a olhar. Ela simplesmente chamou o nome dele.

— Ashok. Venha.

Bhumika se moveu para a frente, o peso da água ondulando ao seu redor. As estrelas explodiram e definharam acima dela. E lá estava Ashok. Ele também era uma sombra. Quando se movia, ficava com manchas, borrada por um instante, e depois se acomodava, como luz atravessando a copa das árvores.

Ela se perguntou que aparência tinha para ele.

— Bhumika — cumprimentou o homem. — Faz bastante tempo.

— Não gosto muito desse lugar.

— Nem gosta muito de mim — provocou ele. — Eu já sei. Não vamos jogar nossos joguinhos de cordialidades, então. Me conte. Observou enquanto morriam?

— Sim.

— Foi brutal?

— Todas as execuções são brutais — comentou Bhumika. — O propósito não é cumprido se não for assim.

— Eu sabia que iam queimar as mulheres — revelou ele. — Isso a surpreende?

— Eu sei que tem seus espiões — revelou ela. — Assim como tenho os meus.

— Não são como a sua rede, mas faço o que posso. Você tem um carrasco, não tem? — perguntou ele. — Eu tenho um homem que varre o templo das mães das chamas. Parece que nem todos os sacerdotes apoiam o interesse do imperador na purificação. Estão preocupados que os rebeldes comecem a queimar os templos deles para revidar.

— Eles devem se preocupar?

A boca de sombra dele se curvou em um sorriso.

— Quem sabe? — desconversou. Então o sorriso se desfez. — É claro que você deve saber que seu marido é um tolo.

Bhumika não discordava, mas as palavras de Ashok eram um ataque contra ela, não Vikram: às suas escolhas, a seus sacrifícios, à vida de esposa nobre parijati que levava, à máscara que vestia.

— Ele precisava retaliar. O imperador pediu ações incisivas.

O TRONO DE JASMIM 165

Ou ao menos foi isso que Vikram falara para ela, o cenho franzido em irritação, quando Bhumika questionara a necessidade de matar os rebeldes por pisoteamento. Se ela soubesse da fogueira…

Ah, agora era tarde.

Precisamos fazer uma declaração, dissera ele. *Você não entende, passarinha. Você tem um coração mole.*

— Então ele manda matar poetas e criadas? Seu marido sabe que mandou matar as pessoas que você mesma financia com o dinheiro da sua família? — Quando Bhumika não respondeu, Ashok riu. — Eu disse que ele é um tolo.

— Foi você quem mandou uma falsa criada para minha casa — rebateu Bhumika, contrariada. — Foi você quem fez com que o regente e a laia dele julgassem isso tudo necessário. Você sabe que suas ações sempre têm consequências.

— Preciso das águas. — A voz dele ficou mais baixa, fluida e sombria. — Você entende isso.

É claro que entendia. Bhumika sentia o repuxar das águas todos os dias. Sentia o anseio dentro dela, a gravidade que regia o sangue. Se a força daquele desejo pudesse desfazer as veias de seu corpo, já teria conseguido. Ela entendia o motivo de Priya subir ao Hirana. Ela entendia o motivo do sangam atormentar seus sonhos.

— Preciso delas mais do que tudo — reforçou ele.

— Você consumiu as águas — retrucou Bhumika. Aquela percepção formava um nó no peito dela. — Retiradas da fonte. Entendo exatamente o quanto precisa delas. É um desespero que você criou para si próprio, creio eu.

Ashok não respondeu. O silêncio já era uma resposta.

— Por quê? — perguntou ela, odiando o quanto ainda doía pensar nele morrendo algum dia. Como se devesse algo a ele.

— Já estou tomando as águas do frasco há muito tempo — confessou Ashok, baixinho. — E isso me mantém forte. Me mantém vivo. Agora minha nova família, meus soldados e meus guerreiros também consomem dos frascos. Eles podem não ser nascidos-duas-vezes como eu. Eles sabem que os fracos vão acabar os matando, mas bebem mesmo assim, porque, assim como eu, sabem que nós precisamos ser livres.

Ele deu um passo na direção dela.

— Nós conseguimos recuperar os povoados na floresta. Colocamos pessoas exatamente onde precisávamos delas. Na casa de mercadores. Nos havelis nobres. Ganhamos financiadores e apoio. Você não é a única nobre que financia a rebelião, Bhumika. — Ele se inclinou. — Estamos descobrindo todos os pontos de vulnerabilidade, todos os lugares onde devemos bater para que os ossos do império caiam por terra ao nosso redor.

— Nenhum desses planos vai significar coisa alguma quando você morrer, e o restante de nós vai precisar limpar o sangue que você derramou — devolveu Bhumika.

— Não vou morrer — respondeu Ashok. — Nenhum de nós vai morrer. Vamos achar as águas. Vamos viver. Vamos reinstaurar o conselho do templo. Se conseguirmos recuperar nem que seja uma sombra da Era das Flores, vai ter valido a pena.

— Ah, Ashok, isso não vai acabar como você pensa.

— Agora nós temos Priya.

Mesmo no sangam, em um lugar onde estavam cobertos de sombra, o rosto de Bhumika deve ter revelado um pouco do que sentia, porque Ashok revelou:

— Eu falei com ela.

— Sua maldita criada rebelde quase a matou.

— Eu pedi desculpas.

— Ah, isso resolve tudo, então — desdenhou Bhumika, sarcástica. — E quanto a ela estar do nosso lado... Se você acha que tem algum controle sobre ela, então não a conhece.

— Ela está comigo. Ela me disse que sentiu saudades. Disse que ainda me ama. — Havia um tom de tristeza verdadeira na voz dele, um sentimento genuíno. — Ela não sabia que eu estava vivo.

Bhumika não respondeu que *Ela fugiu diversas vezes para procurar você, e diversas vezes meus guardas a trouxeram de volta. Ela chorou por você e se soubesse que estava vivo, ela nunca teria descansado, nunca teria desistido de você...*

Em vez disso, falou:

— Ela também não sabe o caminho. Deixe Priya em paz.

— Mas ela vai encontrar. Eu sei que vai. De todos nós, sempre foi ela a mais capaz de encontrar. Ela tem um dom.

Um dom. Óbvio.

— Ações incisivas — ponderou Ashok, enquanto Bhumika não respondia. Ela precisou de um instante para perceber que o rebelde repetia as palavras que ela mesma havia dito sobre Vikram. — Acho que preciso eu mesmo tomar algumas. Aqueles pobres escribas e criadas merecem justiça. E não acho que você esteja disposta a providenciar isso. — As mãos de sombra se fecharam em punhos, com o som de árvores se dobrando ao vento. — E agora meus seguidores e eu temos a força de que precisamos para colocar o mundo nos eixos.

— Seja lá o que esteja planejando fazer, não faça, Ashok. Só vai piorar as coisas.

Ela teve a visão terrível dos soldados do imperador invadindo todo o país. Árvores sendo cortadas, pessoas queimadas, sangue sobre solo. Passado e presente obliterados. O pouco que salvaram, da resistência e da arte, de sua cultura, tudo estaria perdido.

— Parijatdvipa é a doença da qual precisamos nos livrar em Ahiranya — insistiu ele. — O império só se ergueu porque nos massacrou. Não merece mais que fiquemos esmagados sob suas botas.

— E como você vai substituir o império? Com seu alegre bando de rebeldes?

— Quando estivermos com o poder, não vamos mais ser chamados de rebeldes.

— Com certeza. Mil desculpas, ancião Ashok — zombou Bhumika. — E com quem o novo conselho vai fazer comércio? Quem vai vender para eles o arroz e o tecido de que precisamos para sobreviver?

— Somos uma nação rica, Bhumika.

— Estou em uma posição muito melhor do que você para saber da riqueza da nação. Temos florestas e árvores que podem ser derrubadas e madeira para ser vendida, a rota de curto prazo mais rentável, mas nada disso vale de alguma coisa se Parijatdvipa não quiser fazer comércio e, caso queira, os termos não seriam favoráveis. Além disso, a cultura do nosso povo depende de a floresta não ser dizimada. E nossos campos e florestas estão tomados pela decomposição. Talvez você tenha notado. — Quando ele ficou em silêncio, ela prosseguiu: — Ashok, precisamos de aliados.

— E vamos conseguir — afirmou ele, calmo. — Quando estivermos livres. Isso importa mais do que qualquer coisa. Vale pagar qualquer preço.

— Você acha que eu não quero um mundo diferente desse? — indagou ela. — Você acha que eu quero que o governador do nosso país seja um estrangeiro que precisa se submeter às vontades do imperador? Você acha que eu *quero* que nossos irmãos morram? Você não entende que estou tentando proteger o que sobrou de nós... da nossa Ahiranya. Estou lutando por sobrevivência, e você está escolhendo arriscar o pouco que temos por uma esperança que pode nos destruir.

— Não precisa disfarçar a sua prostituição — exasperou-se ele, com uma crueldade que fez Bhumika congelar e então soltar uma risada furiosa.

— Ah, pronto — retrucou ela. — Aí está o irmão que conheço. O desgraçado cruel que uma vez me deixou roxa da cabeça aos pés para impressionar os anciões. Para provar que era o mais forte. Você acha que eu tenho vergonha de ser chamada de prostituta? Você acha que não deu seu próprio corpo para seus próprios fins? O que você acha que está fazendo quando enfia a morte goela abaixo, *hein*?

— Não se preocupe — respondeu Ashok. — Não vou machucar você de novo. Você não é tão forte quanto era. Não sobreviveria.

Ele colocou uma das mãos sobre o peito de Bhumika.

— Já o seu marido... — insinuou. — E aqueles nobres parijati... Bom.

— *Ashok*.

Ele a empurrou para baixo.

Bhumika retornou ao próprio corpo. Trêmula, ela se levantou com cuidado.

O chão do pátio estava sendo varrido para tirar a poeira. Ela o atravessou e foi até o palanquim.

— Para casa — ordenou aos guardas. Eles ergueram o palanquim e lhe obedeceram.

O marido voltara. Estava nos aposentos de Bhumika, no palácio das rosas, terminando de almoçar quando ela chegou.

— Você levou o palanquim — comentou Vikram, lavando as mãos na água de rosas.

— Fui visitar meu tio — respondeu Bhumika.

— Como ele está de saúde?

O TRONO DE JASMIM

Ela balançou a cabeça. Foi até ele, acariciando levemente as costas da mão do marido com a ponta de um dedo como cumprimento.

— Vou rezar por ele. Acender um incenso para as mães. E vou queimar jasmim.

Vikram fez um ruído de aprovação. Ou talvez fosse de empatia.

— Eu tenho uma criada nova — contou Bhumika com leveza, pegando um copo de água com limão que outra criada oferecia. — Ah, não me olhe assim, meu amor. Essa é confiável. Ela é da residência do meu tio.

Uma garota havia escapado dos soldados no bordel. Apenas uma. Era dever de Bhumika protegê-la.

— Você não tem bom senso o bastante para saber em quem confiar — respondeu Vikram.

Havia uma aspereza no tom dele, então Bhumika abaixou o olhar, aceitando a bronca.

— Meu coração mole me torna uma tola — disse.

— Essa deve ser interrogada por alguém de confiança — falou o regente, conforme a água era trazida para ele também, uma camada de condensação cobrindo o copo de metal. — Vou mandar o comandante Jeevan falar com ela.

Bhumika assentiu.

Vikram hesitou.

— O lorde Santosh... — começou ele, e então se calou. — O imperador Chandra está mandando que as mulheres sejam queimadas.

Bhumika não se pronunciou.

— Esse não é o caminho das mães das chamas — continuou Vikram. — Chandra... Se o irmão mais velho estivesse reinando, se não tivesse abandonado a família e a fé, isso não estaria acontecendo. Mas alguns homens sonham com tempos há muito perdidos e tempos que nunca aconteceram, e estão dispostos a destruir o presente para alcançar esse sonho. Fico feliz que você não tenha visto — acrescentou ele, e Bhumika se perguntou se o marido a estava testando. Se ele sabia.

Não. Ele nunca suspeitara de nada, o pobre marido ignorante.

— Ah, Vikram — soltou ela, baixinho. — Eu sinto muito.

Ele suspirou.

— Não é sua culpa. — Ele bebeu do copo, e então o abaixou. — Agora venha aqui. Me conte sobre seu dia.

Quando Vikram partiu, Bhumika foi para o próprio quarto. Khalida entrou logo depois, com um vaso de flores equilibrado no quadril, a expressão séria.

— Lady Pramila não vai liberá-la — informou ela. — A criada, Gauri, me disse. Ela não vai dar à menina nenhum dia de descanso. O que quer fazer?

— Nada — disse Bhumika.

Ali, através da janela, ela conseguia ver o topo do Hirana, emoldurado pela luz.

— Posso insistir em seu nome para que as regras da residência sobre o tratamento dos criados sejam seguidas.

— Isso não importa — respondeu Bhumika. — Ainda assim vou dar um jeito de falar com Priya.

Ela conhecia o poder do Hirana. Sabia como já estava mudando Priya. Ela tinha um palpite, uma suspeita, de que logo saberia se estava certa.

— O que está segurando? — quis saber Bhumika. — É um presente?

— É jasmim, direto de Parijat — disse Khalida, colocando o vaso ao lado da janela. — O general Vikram mandou para a senhora. É um presente.

— Que gentil — comentou Bhumika, e viu os lábios de Khalida se curvarem com a doçura da voz dela.

Não era um vaso adequado para jasmim, e logo as doces flores morreriam.

— Ele chegou?

Khalida sabia que ela não falava do marido.

— Sim.

— Peça para ele entrar.

Enquanto esperava, Bhumika acariciou as flores; sentiu o fluxo das águas perpétuas dentro dela. Observou enquanto as pequenas flores se desfaziam e dobravam sob seu toque. Não havia motivo para não as matar, já que não iriam sobreviver de qualquer forma.

— Lady Bhumika.

A voz de um homem. A sombra de um homem no mármore, fazendo uma reverência.

Ela se virou.

Durante seus anos de casamento, Bhumika se certificara de pelo menos uma coisa: Vikram era mestre do mahal, mas a lealdade da maioria das criadas e crianças, dos soldados e dos servos, daqueles que faziam a comida, atiçavam o fogo e erguiam flechas e espadas na escuridão pertencia a ela.

O TRONO DE JASMIM

Ela — a gentil esposa do regente, a passarinha fútil — havia salvado todos eles. Tinha dado a todos um trabalho e um lar. E não exigia nada em troca.

Ao menos, não ainda. Não até agora.

Ela não falou das execuções. Não falou de Ashok.

— Talvez precisemos de você em breve — comunicou. — E eu sinto muito, mas preciso pedir por sua lealdade e por seu serviço. Preciso pedir o que me prometeu.

Havia recursos que deveriam ser usados com parcimônia. Recursos que eram preciosos demais para serem desperdiçados, que precisavam ser testados antes de serem usados para valer.

Aquele era o teste. O homem ergueu os olhos. No braço havia o bracelete de metal que marcava a posição sobre uma cicatriz desbotada.

— Milady — disse. — Minha lealdade é sua. Sempre.

PRIYA

Agora que sabia que Malini sonhava com fogo, Priya começou a sonhar com a água. Clara, fresca, ondulante. Rios fluindo sob os pés, sibilando como cobras.

Quando Meena a estrangulara, ela tivera uma alucinação parecida: da água subindo ao redor dos calcanhares. Do irmão cercado de vermelho, como uma sombra líquida, mais água do que carne e osso. Nos momentos seguintes, Priya conseguira usar os dons que havia muito eram inacessíveis para ela.

O seu tempo no Hirana já a transformara, mas agora alterava seus sonhos. Ela acordou uma noite e viu que o chão mudara; os padrões de flores percorriam a pedra. Quanto piscou, confusa, eles sumiram.

Naquela noite, ela acordou de novo, como quase sempre fazia, com uma escuridão profunda ao redor, sem nenhum som de outras criadas trabalhando para romper a calmaria, e percebeu que algo estava diferente. Ela conseguia ouvir um novo barulho. Não o borbulhar da água que passava por ela no sonho. Não a respiração de Malini, lenta devido aos remédios, aprofundada pelo sono.

Um choro.

Priya ficou de pé. Ela cruzou o quarto escuro até a lateral da cama da princesa. Malini estava deitada em posição fetal, o rosto contorcido em uma careta, os ombros curvados em um ângulo estranho, como asas levantadas. Ainda estava em sono profundo, pois o vinho adulterado garantia isso, mas um pesadelo feroz tomava conta de seu subconsciente.

O TRONO DE JASMIM

A criada se ajoelhou na charpai ao lado da princesa. Deu uma leve sacudida no ombro da mulher, depois mais forte, e mais forte ainda quando Malini continuou curvada como se estivesse escondida numa concha.

— Milady — sussurrou ela. E, então, mais firme: — Princesa Malini. Acorde. *Acorde*, princesa.

Malini deu um sobressalto. Ela se mexeu com a velocidade surpreendente de uma víbora.

O aperto no pulso de Priya era brutal. As unhas de Malini estavam cravadas na pele, as pontas ferozes sem a hesitação ou o medo. Os olhos se abriram de repente, mas não focavam, encarando através de Priya como se ela fosse feita de vidro.

Por instinto, Priya fechou a mão esquerda ao redor da de Malini, segurando seu aperto e respondendo com um próprio. Ela sabia exatamente o que fazer: como apertar do jeito correto para a mão de Malini se abrir e a libertar ou para torcer o pulso da princesa até quebrá-lo com um estalido.

— Por favor, milady — pediu ela em vez disso, mantendo a respiração firme para afastar a dor. Ela também sabia fazer isso. — Sou apenas eu.

Durante um longo momento, a crueldade do aperto de Malini não se arrefeceu. Então, lentamente, ela pareceu tomar consciência, voltando a si. Ela soltou Priya abruptamente, mas a criada ainda a segurava. Priya desfez o próprio aperto com calma e cuidado. Ao ver que Malini continuava congelada, ela abaixou o braço da princesa e disse:

— Você estava tendo um pesadelo.

— Acho que vou vomitar — comunicou Malini suavemente, e se virou de lado, cobrindo a boca.

Priya se levantou, procurando uma bacia, mas Malini não vomitou. Ela só ficou de lado por um longo tempo, a cabeça baixa, a mão cobrindo a boca. Então, ergueu o rosto e disse:

— Às vezes, o remédio…

— Não precisa se explicar, milady.

— Eu estava sonhando de novo. — Priya observou Malini retorcer o tecido do sári até virar um nó. — Eu… não sou mais eu mesma.

Priya gostaria de poder sair e falar com uma curandeira, ou até com Gautam. Eles saberiam dizer com precisão quais eram os perigos de exposição ao jasmim até se tornar um envenenamento completo: a cadência da respiração, o significado da paralisia do sono e dos sonhos venenosos, os perigos que poderiam ser notados pelo pulsar do sangue ou a translucidez da pele de Malini.

Mas ela não podia falar com ninguém. Poderia apenas ficar observando enquanto Malini deteriorava.

Ela pensou em como reconfortaria Sima, ou até Rukh, e não poderia imaginar tratar Malini com o tipo de intimidade fácil e casual com que tratava os outros. Ela considerou colocar a mão nas costas de Malini, mas... não. Ela não podia.

— Quer tomar um banho, milady? — Priya perguntou, abruptamente.

— Não é de manhã ainda — retrucou Malini, o tom de voz monótono. — Eu não posso sair desse quarto.

— Pode, sim — insistiu a criada. — Sair, quero dizer. Se quiser. Milady.

Priya estava com a chave do quarto presa na corrente da cintura. Ela a desenganchou, segurando-a contra a luz.

Malini observou a chave e depois desviou o olhar, o rosto virado de perfil para Priya.

— Não quero tomar banho — disse, mas não voltou a se deitar, nem pediu comida ou água.

Ela não fez nada a não ser se sentar curvada, as mãos contraídas como garras. Encarando o vazio.

— Uma caminhada, então — ofereceu Priya. — Talvez um pouco de exercício faça bem.

— Bem, será mesmo? — As mãos de Malini se fecharam mais. — Não acho que andar vá curar o que me atormenta.

Não havia amargura na voz da princesa, só resignação.

— Caminhe comigo mesmo assim — sugeriu Priya —, e eu conto uma história dos yakshas.

Malini finalmente ergueu o olhar. Profundo e escuro. Considerando. Ela ficou de pé.

— Pramila ficará brava — informou quando saíram do quarto e começaram a andar pelo corredor.

— Podemos voltar para o quarto se desejar, milady — disse Priya.

Ela não ficou surpresa quando Malini balançou a cabeça. A princesa estava inclinada sobre o braço de Priya, se apoiando como se a criada fosse a coluna vertebral que mantivesse seu corpo frágil de pé. Porém, a

O TRONO DE JASMIM

expressão dela estava menos confusa — mais focada do que estivera desde o momento em que se apresentaram, uma senhora à criada.

O vento soprava pelo triveni; um vento forte que corria pelos três corredores vazios e abertos do Hirana com o rugido vazio de uma fera. Priya, vestida com o novo sári e sem um xale para colocar sobre os ombros, começava a se arrepender da decisão de convencer Malini a sair do escuro doentio de sua cela. Ela teria preferido o calor abafado de uma noite de monções àquele clima estranho e fora de temporada.

— Vamos dar uma volta — sugeriu Priya. — Uma ou duas. E então voltamos para o quarto, se quiser.

Antes que a patrulha passe pelo triveni, de preferência.

— Eu machuquei você? — Malini perguntou de repente.

— Como assim?

— Seu braço. Machuquei?

— Um pouco, milady — confessou Priya.

Malini segurou o pulso direito da criada, erguendo-o para a luz do luar. Ela apertou a boca.

— Eu não me machuco fácil — garantiu Priya.

Mesmo assim, Malini não a soltou. Ela olhou para a mão da outra mulher como se pudesse lê-la; ler cada calo e espiral, cada linha na palma de Priya. Como se estivesse em um idioma que conhecia.

E Priya observou Malini de volta, porque... Bom, ela podia admitir pelo menos para *si mesma...* simplesmente porque queria olhar para ela. Olhar para Malini causava uma sensação emocionante de algo proibido, mas era de alguma forma menos assustador do que encontrar os olhos dela, que fazia parecer que estavam... em uma situação de equilíbrio. Parecia íntimo.

Ah, Priya sabia o que era fascínio quando estava se deixando levar por um.

— Você é forte — observou Malini. — Senti o aperto da sua mão na minha. Mas você não tentou me impedir.

— Não queria machucá-la.

— Que estranho — comentou a princesa. Sua voz era tenra. Por fim, ela soltou o braço de Priya. — Também não queria machucar você. Não gosto de agir sem motivo.

Priya balançou a cabeça.

— Vou tomar mais cuidado quando precisar acordá-la no futuro — disse.

Ela enganchou o braço de Malini no seu mais uma vez e começou a guiá-la pela beirada do triveni.

— Agora — falou. — Uma história dos yakshas.

Ela contou a Malini uma história simples. Uma que era contada a crianças, sobre um jovem lenhador que nasceu sob maus agouros. Se ele se apaixonasse, a pessoa que amava compartilharia de sua sorte amaldiçoada. Qualquer homem ou mulher com quem se casasse morreria de forma prematura.

— Então ele evitava as outras pessoas — concluiu Priya. — E a família se preocupava com ele o tempo todo. Então o lenhador disse aos parentes que havia encontrado alguém que se casaria com ele.

— Quem? — perguntou Malini.

— Uma árvore.

— Uma *árvore*?

— Isso — confirmou Priya —, foi exatamente como a família dele reagiu. Não ficaram impressionados, isso eu posso garantir. Mas ele arrumou a árvore para uma cerimônia de casamento e contou histórias e ofereceu flores e segredos para ela, e um dia a árvore se transformou em um lindo jovem. Esse tempo todo, a árvore era um yaksha. O yaksha construiu um mahal para o lenhador a partir de figueiras e folhas de bananeira, e os dois viveram felizes para sempre. Agora, quando as crianças nascem sob maus agouros, fazemos elas se casarem com árvores primeiro, para que os yakshas cuidem delas. E o segundo casamento será com um mortal, e será doce.

Malini lançou um olhar estranho e indecifrável para Priya.

— Homens podem se apaixonar por homens em Ahiranya?

Ah. Priya engoliu em seco. Ela cometera um erro. Uma história simples e inocente de Ahiranya era muito menos simples para pessoas que... não eram ahiranyi.

Certamente Malini ouvira histórias sobre a lascívia dos ahiranyi: sua boa vontade em vender prazer, a liberdade de suas mulheres, o fato de que estavam dispostos a dormir com alguém do próprio gênero. E certamente, como todos os parijati, abominava aquilo.

— Sinto muito, milady — disse Priya. — Sou uma criada tola, eu deveria ter prestado mais atenção. — Ela curvou a cabeça, pedindo desculpas. — Por favor, me perdoe.

O TRONO DE JASMIM

Priya sentiu as mãos da princesa em seus ombros. De repente, elas estavam de frente uma para a outra.

— Por favor — pediu Malini. — Eu gostaria de ouvir a resposta.

— Suponho que podem se apaixonar em qualquer outro lugar, milady. Malini balançou a cabeça.

— Isso não acontece em Parijat. — O tom de voz que usava sugeria que não estava aberta a perguntas, então Priya não perguntou nada.

Em vez disso, disse com uma falsa leveza:

— Bom, agora homens só podem se casar com mulheres. Um dos primeiros regentes acabou com o modo como as coisas costumavam funcionar por aqui.

— E essas histórias — disse Malini —, também existem coisas assim sobre as mulheres?

Havia um tom de hesitação na voz dela.

— Sim — respondeu Priya. E engoliu em seco mais uma vez. Ela sabia exatamente o motivo para a garganta estar tão seca. — Que outras histórias devo contar sobre os yakshas, milady?

— Todas — pediu Malini, de pronto. — Qualquer uma. Minha ama de leite me contou algumas, mas eram nitidamente alteradas para que se tornassem aceitáveis para as boas crianças parijati. Quero que me conte uma história que ninguém nunca me contou. — Ela fez uma pausa, e então disse: — Pode me contar alguma história dos Mantras das Cascas das Bétulas?

— Essas histórias são proibidas, milady — falou Priya, mesmo que tivesse memorizado todas elas quando criança e ainda se lembrasse de fragmentos de cada poema, como espectros de versos soltos.

— Me conte sobre a origem dos yakshas, então — sugeriu Malini. — Deve ser inocente o bastante.

Provavelmente não era, mas Priya não disse nada.

Conforme guiava Malini por um trecho rebaixado do chão, ela olhou para baixo. O chão estava marcado por entalhes como ondas. Como água.

Aquelas ondas também se moviam. Não estavam do mesmo jeito que ela as vira ontem.

— Os yakshas vêm do mesmo lugar de onde vêm todas as coisas — começou Priya, lentamente. — Dos rios.

— Rios?

— Dos rios cósmicos, de onde nascem todos os universos — explicou Priya. — Dos rios que fluem da gema do Ovo Primordial. Os rios das entranhas e de sangue, rios da imortalidade, rios da alma. Os yakshas nasceram nesses rios como peixes, e nadaram através deles até encontrarem o mundo em uma margem. Eles entraram no nosso mundo a partir dali, mas foi a mais jovem entre eles, Mani Ara, que veio para Ahiranya e fez daqui o seu lar.

— O que é o Ovo Primordial?

— O ovo do qual o mundo nasceu.

— E de onde — murmurou Malini, com uma leve inclinação da cabeça — veio o Ovo Primordial? Do Pavão Primordial?

Priya precisou de um esforço descomunal para não revirar os olhos.

— Como os parijati acreditam que o mundo foi criado, milady?

— Do fogo — respondeu ela. — Acreditamos que outro mundo queimou, e dele saiu o nosso. Das cinzas e das chamas.

— E de onde nasceu esse outro mundo? Milady — acrescentou Priya, com uma deferência sarcástica. — De outro mundo que queimou, talvez?

— É um mundo queimado atrás do outro — zombou Malini, a voz seca, um pouco de divertimento curvando a boca. — Já entendi, Priya.

O rosto de Priya parecia arder, de um jeito irritante. Ela ficava grata por ter a pele mais escura que a de Malini e assim não mostrar as feridas e desejos tão facilmente. Ela desviou o olhar.

— Minha ama me contou sobre outro rio — disse Malini. A voz estava baixa. — Um rio mágico, escondido debaixo da superfície de Ahiranya. Que chamam de rio das águas perpétuas. Talvez você conheça.

Priya precisou de toda a sua força para não enrijecer o corpo. Ela havia se deixado levar por uma falsa segurança ao sentir o toque de Malini no seu braço, por aquelas histórias compartilhadas. O nó frio que se reavivou em seu estômago foi ainda mais chocante por causa disso.

— Você me ouviu falar sobre isso com Meena — percebeu Priya, falando baixinho. — A rebelde. Não ouviu?

Malini não negou. Em vez disso, falou:

— Eu sei que preocupava meu pai. As crianças desenvolvendo estranhos poderes em Ahiranya. Ele falou sobre isso com minha mãe. Disse que algo precisava ser feito.

O pai dela. O imperador Sikander.

— Milady — disse Priya, baixinho, tentando acalmar a onda de fúria dentro do coração. — Por que me trouxe até aqui? Por que mentiu sobre mim e disse que salvei sua vida?

Pronto. Ela perguntou o que precisava saber. Priya encarou a realidade, finalmente, de que cometera um erro terrível ao se revelar para Meena, para Malini, e esconder a verdade de Bhumika.

— Não sei por que aquela rebelde estava aqui — respondeu Malini, por fim. — Talvez ela de fato quisesse me matar. Mas quando vi você, Priya...

A voz dela fraquejou.

— Você é forte — disse ela. — E não vou fazer perguntas sobre sua força, mas... eu preciso muito de uma amiga nesse lugar. Uma amiga que entenda como é perder alguém e ficar de luto por aqueles que ama. Uma amiga que possa me manter a salvo dos meus medos. E eu... eu espero que você seja essa amiga de que tanto preciso.

Uma amiga. Como se pudessem ser amigas.

O toque de Malini era leve. A princesa parecia frágil sob suas mãos e quanto ao seu aspecto. *Como pode ser assim tão tenra?*, Priya pensou, sem saber o que fazer ou dizer. *Como pode saber o que eu sou e me olhar com esses olhos? Como pode confiar em alguém assim de forma tão estúpida?*

— Não se fazem novas amizades — retrucou Priya, falando com dificuldade devido ao nó na garganta — falando de seus mortos.

— Não — assentiu Malini, com um olhar distante. — Imagino que não.

— Gostava mais de quando falava de pavões — Priya conseguiu dizer. — Pode falar mais disso, se quiser.

Malini balançou a cabeça mais uma vez, um som de divertimento escapando dos lábios. Não era bem uma risada, mas era o mais próximo que chegava disso desde que Priya a conhecera. E Priya, sem saber como se sentir, guiou Malini mais uma vez pelo triveni, observando enquanto o vento chicoteava os cabelos da princesa... Então freou no mesmo instante.

Pramila observava as duas, parada no saguão a oeste. A mandíbula estava cerrada. A expressão, furiosa.

— Você não tem permissão para sair de sua cela — vociferou.

A voz tremia como labaredas. Por um segundo, Priya achou que a mulher estava chorando. Então percebeu que a tremulação não era devido às lágrimas, mas sim à raiva, uma tempestade que Pramila não conseguia controlar. A carcereira atravessou o espaço até onde elas estavam, vibrando com a intensidade de seus sentimentos.

Ao lado de Priya, Malini ficou quieta.

— Eu sabia que encontraria um jeito de usar a criada — continuou Pramila. — E aqui está. Você a pagou? Subornou?

— Eu não estava me sentindo bem — argumentou Malini, fraca. — Precisava de ar.

— Me dê a chave — ordenou Pramila para Priya.

Ela disse aquilo de forma abrupta, esticando a mão.

— Não — respondeu Malini. — Não dê a chave, Priya.

Priya já desenganchara a chave. Ela não teve a oportunidade de desfazer o movimento antes de Pramila arrancar o objeto de suas mãos.

— É uma coisa tão pequena — protestou Malini, quase à beira de lágrimas. — Só sair do quarto e sentir o ar no rosto. Me permita apenas um pouco de gentileza, *por favor*.

— Pare de implorar — cortou Pramila, o desgosto carregado na voz.

— Cada vez que chora e implora... Eu sei que é tudo uma mentira, eu sei o que você é...

— Eu só imploro porque você me mantém em cativeiro como um animal. Acha que meu irmão quer que eu morra em um quarto fechado, em uma terra estrangeira?

— Não, não é assim que ele quer que você morra. Você sabe exatamente o que ele espera.

— Quer mesmo que eu sofra como ela sofreu, Pramila? — perguntou Malini.

A voz era como veludo, como um pedido, mas a carcereira estremeceu como se tivesse levado um golpe.

A mulher chiou, os olhos hostis de tanta fúria, e, sem hesitar, ergueu uma das mãos para acertar Priya — não Malini — no rosto. Não seria um golpe rápido de castigo, isso Priya percebeu de imediato. A mão de Pramila se fechou em um punho feroz, os nós duros dos dedos e anéis de metal que deixaria Priya sangrando. A criada teve apenas um segundo para sentir uma fúria ofegante atravessá-la, por causa da afronta que era ser usada para substituir Malini, antes de erguer a própria mão para afastar o braço de Pramila.

O TRONO DE JASMIM

Ela sequer teve a chance de concluir o movimento. Malini se chocou contra Priya, agarrando os punhos da criada com as mãos geladas e se colocando exatamente entre a mão fechada de Pramila e o rosto de Priya. Ela sentiu um baque e uma dor lancinante quando a carcereira acertou Malini na orelha e a cabeça da princesa se chocou com a sua. Priya não conseguiu se mexer nem lutar, pois Malini a segurava, as unhas cravadas assim como quando a acordara do pesadelo, fazendo pressão como um torno.

— Não — disse Malini, a voz falhando. — Não, não deve fazer isso.

Priya mal conseguia ver através do escudo que era o corpo de Malini inclinado próximo ao seu, através de todo aquele cabelo escuro solto, que estava ainda mais volumoso do que o normal por causa do vento. Ela sentiu a respiração de Malini perto de sua pele e soube que as palavras eram para ela.

Priya congelou. Malini não a soltou.

— Pri-princesa... — disse Pramila, gaguejando. — Está machuc...

— Pode me acertar de novo se quiser — interrompeu Malini. — Mas não vai bater em Priya. Ela não tem nada a ver com nosso assunto. — Ela continuava encolhida sobre Priya. — Continue, Pramila. Faça o que quiser.

— Ah! Ah. Acha mesmo que não vou bater em você de verdade? — Pramila soltou uma risada cortante; através da cortina dos cabelos de Malini, Priya conseguia ver frestas do rosto dela: os olhos úmidos e enraivecidos, o sorriso de desdém nos lábios. — Acha que eu não arriscaria machucar você, quando está sozinha aqui comigo? Você *merece* apanhar.

— Eu ainda sou do mesmo sangue e da mesma carne do imperador — disse Malini, a voz baixa, porém firme. — Ainda sou uma princesa de Parijat. Pode bater em mim se quiser, mas não se esqueça de que meu irmão me mandou para cá com um propósito.

— Cumpra seu propósito, então — vociferou Pramila. — Aceite seu destino, para que eu não precise mais olhar para você.

Malini não respondeu, e Pramila hesitou, como um espasmo, algo obscuro que estava muito além do ódio. Então, ela se acalmou. Aprisionou sua fúria. Endireitou os ombros. Alisou o plissado do sári.

— Acho que precisa de mais remédios — anunciou Pramila. — Está exausta, princesa Malini.

Quando a princesa exalou, ela estremeceu. Quase sem som.

— Agora — disse Pramila. — Mexa-se, princesa.

Por um longo momento, Malini permaneceu onde estava, curvada sobre Priya, segurando o pulso da criada no aperto doloroso. Por fim, ela soltou Priya e se afastou.

A criada abaixou a cabeça, esperando.

Pramila ergueu a mão. Malini emitiu um som, leve como o de folhas caindo.

A carcereira acertou Priya, desimpedida dessa vez. Agora, o golpe não era alimentado pela raiva. Foi um gesto deliberado, para lembrar a Priya e Malini de seus respectivos lugares, mas isso não deixou a ardência provocada pelos anéis menos dolorosa ou o sangue na boca de Priya menos nauseante.

— Garota tola — disse Pramila. — Leve a princesa para o quarto. *Agora*. Estarei lá em um instante.

Não demorou muito para Pramila irromper no quarto, carregando o jarro.

— Beba — ordenou ela, largando o vinho com um estrondo ao lado de Malini.

A princesa tentou pegar o jarro, mas as mãos tremiam. Aquela breve caminhada, em que estivera tão lúcida, a exaurira. Antes que pudesse derrubá-lo, Priya atravessou o quarto. Conforme se aproximou, Pramila estremeceu, ou se mexeu para acertá-la, não ficou bem claro; mas Priya a olhou e a mulher mais velha ficou imóvel. Priya viu um vislumbre de vergonha passar pelo rosto da carcereira diante da visão do lábio cortado e machucado da criada. A raiva já passara por ela, afinal, e agora estavam todas ali. Pramila. Malini. E Priya, que não importava. Que estava com um lábio rasgado e uma bochecha vermelha como lembrete da vergonha de Pramila.

Preciso tirar essa tarefa das mãos de Pramila, pensou Priya. *Preciso me certificar de que a princesa não vai mais ser envenenada, ou ela vai morrer.*

Priya se inclinou e tirou o jarro de Malini. Ela segurou um copo e o colocou nas mãos da princesa.

— Agora com cuidado, milady — instruiu. — Assim.

Ela ajudou Malini a levar o copo aos lábios e a ajudou a beber.

Se Pramila batesse na princesa de novo, Priya não tinha tanta certeza de que conseguiria se controlar, ou de que iria querer se controlar. Ela pressionou os dentes contra a língua, se distraindo da ardência da bochecha.

O TRONO DE JASMIM

183

Ainda ajoelhada na frente de Malini, ela ofereceu o jarro de volta para Pramila, o olhar voltado para baixo em submissão.

Se ela me machucar de novo, vou quebrar todos os seus dedos. Seus pulsos. Socarei a cara dela sem medir forças. Eu não vou suportar calada. Não vou. Eu…

Pramila pegou o jarro e saiu do quarto sem dizer outra palavra. Um momento depois, Priya ouviu o estalar da fechadura. Sem uma cópia da chave, ela sabia que, junto com Malini, seriam prisioneiras até de manhã.

Priya exalou, uma tensão horrível se desfazendo dos ombros.

— Você não é muito boa em deixar seu orgulho ser ferido, é? — murmurou Malini.

— Milady, eu sou uma criada — Priya a lembrou. — Não tenho orgulho para ser ferido.

Um pequeno sorriso cruzou os lábios de Malini.

— Ah, isso é uma mentira que acha que precisa dizer a uma nobre, não é? Mas eu sei que tem orgulho. Todos nós temos. Pode me chamar de "milady" e dizer "senhora" para as mais velhas, mas eu consigo ver que você é forte.

Malini ergueu a mão, acariciando o inchaço da bochecha de Priya com os nós dos dedos. Ela ainda tremia. Priya conseguia sentir a ardência do toque. Queimou através do sangue, cantando, e ela pensou: *Ah. Ah, não.*

Era mais do que um mero fascínio. Era atração e… não era nem um pouco conveniente.

— Às vezes é preciso deixar o orgulho e as virtudes de lado para vencer a guerra — disse Malini.

A respiração de Priya fraquejou, sutil.

— Obrigada — ela conseguiu dizer. — Por me proteger.

— Não me agradeça. Não a protegi por sua causa. Fiz isso por mim. Se ela tivesse deixado você com raiva de verdade, você a teria machucado. E então seria mandada embora, e eu ficaria sozinha de novo.

Malini já começava a perder a firmeza. Ela exalou, então fechou os olhos e se deitou.

— Você ficaria por perto, depois que eu dormir? — Malini virou o rosto para o outro lado. — Só… pode se deitar aqui, se quiser.

Priya engoliu em seco. Será que ela…? Não.

Algumas coisas não eram feitas em Parijat.

E há coisas, Priya disse a si mesma, em tom firme, *que eu não vou fazer, porque não sou uma tonta com miolos repletos de nada.*

— Ficarei sentada aqui perto, milady — disse ela. — Até adormecer.

Malini não discutiu. Era evidente que ela estava sem energia para tal. Sequer se mexeu, os olhos fechados. O rosto ficaria marcado. A pele de Malini era como papel.

Respiração. Pulso. A cor das gengivas e das unhas. Priya não precisava verificar nada disso para saber que Malini estava morrendo pouco a pouco.

Ela precisava pensar em alguma forma de manter Malini viva. E precisava da força do Hirana. *Paciência*, Ashok dissera a ela. Paciência e tempo eram a chave, mas a paciência só ajudava até certo ponto. E ela nunca tivera um suprimento muito grande para começo de conversa.

Priya conseguiria controlar a dosagem do veneno. Ela se provaria confiável, obediente e fácil de ignorar mais uma vez, para que Pramila confiasse aquela responsabilidade a ela sem questionar seus motivos. Ela manteria a princesa viva, pelo bem de Bhumika e da residência, mas também porque era a coisa certa a fazer.

E não porque ela queria. Nem um pouco por esse motivo.

PRIYA

A princípio, ela achou que fosse outro sonho.

A água sob os pés. Rodopios de líquidos, deslizando como cordas. A memória da sombra vermelha do irmão.

Então sentiu a magia dos yakshas ecoando por ela. O sal nas veias.

Priya se lembrou dos rios cósmicos. Do Ovo Primordial.

(O Pavão Primordial. Não. Ela não pensaria naquilo.)

Ela olhou em volta e, através da névoa do sonho e do sono, forçou-se a *ver*.

A água escura aos pés. A água de um rio. Três rios, encontrando-se e fluindo: um de um vermelho tão profundo que era quase preto, pulsando ao redor dela, torpe com a vida; um verde misturado ao dourado, ondulando feito grama com o sibilar do vento; e um de escuridão. Sem nenhuma luz, um vazio formando círculos na superfície.

Ela sentiu os rios sob os pés. Os rios passando por sua cabeça. Não era um sonho.

Era...

— Priya. — A voz de Bhumika. Ela parecia aliviada. — Você finalmente está aqui.

Bhumika estava diante dela, mergulhada na água até a cintura. Ela era uma sombra, uma escuridão na água; o rio ao seu redor brilhava em um tom rosado, com uma luz vermelha que a circundava.

— O sangam — reconheceu Priya, maravilhada. — Há tanto tempo eu não o via de verdade.

— É a influência do Hirana — murmurou Bhumika, e então disse:
— Como assim "de verdade"?

— Quando Meena me estrangulou, achei que tinha visto alguma coisa. Mas não era dessa forma.

— Bom — disse Bhumika, a contragosto. — Você não me contou isso quando nos falamos, óbvio.

Priya deu de ombros.

— Não parecia importante.

Bhumika soltou um suspiro. Priya desviou o olhar, admirando o sangam. Os rios se curvavam sob seus pés, mas acima dela eram espelhados, cobertos por estrelas. Os rios cósmicos eram como uma flor dobrada — dezenas de mundos pressionados uns nos outros, amarrados pelo movimento das águas.

— Ao menos isso nos poupa de um encontro pessoalmente — comentou Bhumika, observando enquanto Priya dava voltas, enquanto girava em um círculo na água, os três rios marulhando ao redor dos joelhos. — Me conte sobre a princesa.

— Ela está doente.

— Eu sabia disso, Priya.

— Pramila a está envenenando com pó de jasmim, que ela coloca no vinho aos poucos — acrescentou Priya. — Não sei se a intenção é matar ou não, mas...

— No fim, dá na mesma — terminou Bhumika. — Você não acha que o imperador tem intenção de matá-la, então?

Bhumika temia que o general Vikram e a residência fossem um dos alvos do imperador, que ele pretendesse retirar a irmã e o general da jogada com um único golpe. Mas agora Priya não tinha muita certeza disso. Ela entrou mais a fundo no rio, aproximando-se de Bhumika, a confluência cósmica subindo até sua cintura.

— Não — respondeu. — Ao menos não com veneno. Eu acho... Tenho quase certeza de que ele quer que ela queime na pira. Mas se ela continuar se recusando, talvez ele acredite que o veneno dê o mesmo resultado. Envenenamento por jasmim seria... uma morte muito ruim. — Ela afastou o pensamento. — Você sabe o que a princesa fez para deixá-lo irritado, Bhumika? *Por que* ele quer que ela queime?

O TRONO DE JASMIM

— Não, não sei o que aconteceu. Talvez nada, Priya. — De repente, Bhumika parecia cansada. — Mulheres foram queimadas na cidade hoje. Pela justiça imperial, aparentemente.

— *Quê?* Foi o general Vikram quem mandou?

— Um dos homens do imperador. Deixa para lá, não é importante. O que você precisa saber é que o imperador tem prazer em ver chamas. Ele enxerga algum valor nisso. Tem algum propósito; se de controle ou de fé, não sei.

Priya se aproximou ainda mais e, por meio da energia estranha do sangam, sentiu o eco do que Bhumika vira: as mulheres em chamas. Os gritos.

Ela cambaleou.

— É isso que o imperador quer? — ela conseguiu dizer.

— Parece que sim.

A água brilhou ao redor delas.

Sempre houve certa distância entre Priya e sua irmã do templo mais velha. Uma lacuna que não poderia ser preenchida com palavras. Quando os anciões estavam vivos e Priya era só uma garotinha, elas não eram próximas. E no instante em que Bhumika acolhera Priya, ela deixara claro que não poderiam ser família. O vínculo entre as duas tornara-se algo difícil e ácido, mas que mesmo assim as unia. Deixava as palavras sinceras difíceis.

Mas havia algo naquele lugar — na estranheza dele, na tinta do rio que formava a imagem de Bhumika diante de Priya e no eco do pavor da mulher — que afrouxou a língua de Priya e deixou que as palavras fluíssem livres.

— Faz muito tempo que não consigo vir aqui. É essa a sensação de ser nascida-duas-vezes? — murmurou ela. — Entrar no sangam e simplesmente ser... mais do que humana?

— Somos completamente humanas — respondeu Bhumika. — Não importa o que façamos.

Priya riu. Ela olhou em volta de maneira significativa, para os rios que se misturavam ao redor delas como rosas dos ventos.

— Você acha que *isso* é humano?

— Acho que é uma aberração. Um problema. E não algo que deveríamos aproveitar.

— Então por que está aqui? — desafiou-a Priya.

— Porque preciso estar — retrucou Bhumika. — Porque as coisas estão se desfazendo. Porque tantas coisas estão muito erradas em Ahiranya, e eu preciso usar todas as ferramentas no meu arsenal limitado.

— É aqui que você se encontra com Ashok? — indagou Priya, direta. Quando Bhumika ficou em silêncio, ela acrescentou: — Eu sei que ele está vivo.

— Você deveria ter me dito que o viu — retrucou Bhumika.

— Você deveria ter me dito que ele estava *vivo*.

— Ele não queria que você soubesse.

— Ah, você mentiu para mim por respeito a ele. Entendi.

— Nunca menti para você.

— Não me venha com essa, Bhumika. Você sabia que eu acreditava que ele estava morto e me deixou acreditar nisso. Foi uma escolha esconder a verdade de mim. É o mesmo que contar uma mentira.

Se Bhumika fosse menos sombra e mais pele, ela provavelmente pareceria envergonhada.

— Ele é perigoso, Priya — argumentou a mulher, finalmente. — E fiz apenas o que achei necessário, já que você era uma criança quando ele a abandonou.

— Mas eu não sou mais criança.

— Ah, Priya. Nada é tão simples assim.

— Não — concordou Priya. — E eu não estou pedindo para você simplificar as complexidades da sua vida, Bhumika. Conheço meus limites. — Ela parecia amarga, sabia disso. Mas não se importava. — Mas só posso agir com o conhecimento que eu tenho. O conhecimento que mereço. Então vou continuar procurando as águas perpétuas. Porque ele precisa delas, e eu também.

— Ashok quer semear o caos.

— Ele quer construir um novo mundo — justificou Priya, na defensiva, mesmo que tivesse falado a mesma coisa para ele quando estavam juntos sob a pérgola de ossos. — Uma Ahiranya livre.

— Não — rebateu Bhumika. — Ele quer voltar para a Ahiranya antiga. Ele está correndo atrás de um sonho, uma miragem, de um tempo em que Ahiranya era isolada, independente e forte. Há quantas centenas e centenas de anos isso aconteceu? — A voz de Bhumika só continha desdém. — Ele quer um mundo que não pode ser criado sem sangue, morte e sacrifício. Ele não é tão diferente do imperador nesse quesito.

— Ahiranya está morrendo. Está literalmente se decompondo.

— Mas isso não muda nosso dever — contrapôs Bhumika. — Nossa necessidade de mantê-la a salvo. Se ainda somos crianças do templo, não posso permitir que se esqueça disso. E você também não.

— Ashok foi a última pessoa a me tratar como alguém da família — soltou Priya deliberadamente.

Um segundo. Dois.

— Bem — disse Bhumika, a voz controlada. — Se é assim que se sente, então é assim que se sente.

— Bhumika, eu sou *literalmente* a sua criada.

— E o que mais você poderia ser? Uma irmã há muito tempo perdida, talvez? Uma prima distante? Eu não poderia adotar você, poderia? Ser a esposa do general e usar isso requer alguns sacrifícios. Sempre foi assim.

Mesmo na sombra — mesmo no sangam —, a mão de Bhumika foi inconscientemente para a barriga. Priya se sentiu um pouco constrangida e desviou o olhar.

Por que somos sempre tão cruéis uma com a outra?

— Enfim — disse Priya, abruptamente. — Quero acabar com o envenenamento e parar de dar o pó de jasmim para a princesa. Mas não sou eu quem dá o vinho a ela.

Bhumika tamborilou os dedos de leve.

— Você pode se tornar essa pessoa?

— Pramila não confia muito nos criados. — Priya cruzou os braços. — E ela certamente não confia muito em mim.

— Mas ela precisa de você — pontuou Bhumika.

— Ela precisa de muito mais do que de mim. Mas sim.

Bhumika assentiu, como se tivesse chegado a uma conclusão.

— Mantenha a princesa viva — pediu Bhumika. — Só por mais um tempo. É só isso que peço a você, Priya. E o que fizer com Ashok... — Ela balançou a cabeça. — Faça esse outro favor por mim. Só isso.

Então Bhumika esticou as mãos e Priya foi empurrada bruscamente para baixo da água.

Priya acordou com um sobressalto.

Malini estava em um sono profundo na charpai ao lado dela. O sol começava a nascer. E Priya quase teria acreditado — quase — que era um sonho, se não fosse pela memória da faísca no olhar de Bhumika. A magia que corria e ecoava em seu sangue.

E as linhas entalhadas no chão, que haviam se movido para imitar estrelas.

MALINI

Malini sabia que estava ficando mais doente. Começava a ficar mais difícil falar. O silêncio era mais simples e mais fácil. O jasmim era uma poça escura, envolvendo-a, pressionando sua língua.

Dias se passaram. Ela pedira a Priya que ficasse por perto, que se deitasse ao lado dela se quisesse, e a criada havia acatado o pedido. Com frequência, Priya se sentava ao lado de Malini e contava histórias: mais sobre os yakshas, mas também histórias bobas e frívolas que ela nitidamente havia ouvido na infância. Certa vez, ela contou a Malini sobre um elefante que pedira a seus amiguinhos ratos que roessem as cordas que o prendiam e salvá-lo de um caçador.

— Ratos e elefantes falam a mesma língua? — perguntara Malini, quando Priya estava na metade da história.

— Não fique procurando furos — ralhara Priya. — Tudo precisa fazer perfeito sentido, milady? É uma história para crianças.

— Acho que é uma pergunta justa — fora a resposta de Malini. Ela sabia que a voz estava fraca, reprimida pela exaustão, mas conseguiu dar uma risada quando Priya franziu o cenho, brincando. — Imagine se você fosse do tamanho de um elefante e eu fosse do tamanho de um rato. Acha mesmo que poderíamos conversar?

— Bem, talvez estivesse assustada demais para me dizer que minhas histórias são todas tolas — reclamara Priya.

Porém, enquanto Malini adoecia mais, as histórias iam desaparecendo. Com frequência, a princesa acordava de pesadelos e via Priya cochilando no chão ao lado da charpai, a cabeça apoiada nos braços e o corpo curvado.

Certa noite, ela sentiu a charpai estremecer; ouviu o rangido do estrado. Uma respiração fraca escapou dela.

— Priya? — sussurrou.

— Estou aqui.

Malini se virou.

— Eu não estou sonhando?

— Não — respondeu Priya. — Não, milady.

— Que bom. — A voz de Malini estava rouca.

Ela curvou os dedos no trançado de bambu e viu que os de Priya imitaram os delas, apenas uma pequena distância os separando. Malini mal conseguia ver o rosto da criada. Sob a penumbra, a pele de Priya parecia de um escuro fantasmagórico, a boca e a mandíbula escondidas nas sombras.

Talvez fosse o jasmim que fizesse Malini ter a sensação de que Priya sumiria a qualquer instante, de que desapareceria no ar como fumaça ou a chama de uma vela. Malini queria esticar a mão e sentir a pele dela; queria sentir a segurança de dedos sólidos e unhas lisas, das curvas e saliências dos nós nos dedos, tudo que era real e prova de vida.

Mas ela não fez nada. Em vez disso, ficou imóvel, escutando a respiração de Priya; observou o branco dos olhos da outra mulher, que a observava de volta.

— Por que lady Pramila a odeia, milady? — perguntou Priya de súbito.

— Pramila disse algo para você hoje?

Priya balançou a cabeça.

— Não, milady.

— Os carcereiros sempre odeiam seus prisioneiros — respondeu Malini.

— A forma como ela age não é a mesma como um carcereiro age com um prisioneiro, acho.

— Não é? — Malini franziu o cenho. — Pensei que era. Afinal, o poder torna as pessoas monstruosas. Ao menos um pouco.

Os cantos da boca de Priya se curvaram para baixo. Ela parecia... preocupada, talvez. Isso era bom.

— Por favor, milady — insistiu ela. — Eu quero ajudar.

Malini queria a pena de Priya. Ela queria unir Priya a ela. Ela *precisava* de uma aliada. Já ficara vulnerável com Priya antes, convidando-a a se

O TRONO DE JASMIM

aproximar, transformando-a em uma confidente. Agora precisaria fazer isso mais uma vez. Só que, ah, era tão difícil se obrigar a falar sob o efeito pesado do jasmim. Deixar as palavras saírem. Tudo aquilo era difícil, e doía.

Fez-se um longo momento de silêncio, enquanto Malini procurava suas reservas de força e se mexia, erguendo-se para ficar apoiada nos cotovelos. Ela encarou Priya através da cortina de cabelo, desejando que pudesse entendê-la melhor, desejando que a própria mente estivesse menos afetada pelo veneno.

— A filha dela era minha amiga — respondeu Malini. — Minha dama de companhia. Ela se elevou à pira. Minhas duas damas de companhia fizeram isso. E eu me recusei. Pramila não consegue perdoar. Parte dela acredita de verdade que foi uma honra para a filha. Ela ascendeu à imortalidade. E parte dela sabe a verdade: que a pira era minha punição. Que a filha dela morreu, queimada e em agonia, por minha culpa. E eu continuo viva, apesar dos meus erros, enquanto a filha dela está morta. Ela não consegue perdoar nenhuma dessas coisas.

Priya engoliu em seco e se mexeu para ficar na mesma posição de Malini.

— Por que ele queria seu afastamento? — quis saber. — Seu irmão.

Havia muitas coisas que Malini poderia ter dito. *Eu o traí. Tentei retirá-lo do trono. Eu percebi bem demais o que ele era, e ele me odiou por isso.* Mas essas não eram verdades que a ajudariam agora. Qual seria a verdade que a ajudaria?

Malini afastou o cabelo do rosto e encontrou os olhos de Priya.

— Porque eu não sou pura.

Os olhos da criada se arregalaram, bem de leve.

Me pergunte, pensou Malini, sem desviar dos olhos de Priya, *me pergunte o que me torna impura. Se for corajosa o bastante, me pergunte.*

Mas Priya não perguntou.

— Eu sinto muito, milady — foi o que disse em vez disso.

— Pramila quer que eu morra no fogo — respondeu Malini, por sua vez. — Às vezes ela fica deitada aqui no meu leito de morte e me diz que eu serei imortal em toda a minha glória. E às vezes ela pede que eu imagine a sensação de queimar. E eu acabo imaginando. Ah, eu imagino, Priya. Imagino o tempo todo.

Quando Priya se assustou, começando a esticar o braço enquanto a voz de Malini oscilava, a princesa a afastou com uma das mãos.

— Não — continuou ela. — Eu... não quero ser reconfortada.

De repente, ela estava tremendo, o luto e a raiva a atravessando, e ela não queria ser tocada. Aquilo seria demais. Demais, quando a pele já tinha a sensação de que estava repleta de sentimentos. Ela puxou uma respiração rasa, abaixando a mão.

— Pramila acha que vou escolher isso. A pira. As chamas. Mas talvez não chegue a esse ponto. Se eu ficar mais fraca, não vai precisar.

— Não — disse Priya. — Acredito que não.

— Agora você sabe — murmurou Malini. — Eu pediria que me perdoasse por ter contado minhas mágoas, mas eu não me arrependo de nada do que faço. Quero que saiba disso, Priya.

Pronto. Ali estava uma verdade, sem disfarces, nua e crua.

Malini havia aberto o coração e deixado o sangue escorrer diante de Priya, dando a ela tudo que era feio e tenro, metálico e doce sobre seu passado. E Priya...

Priya não a tocou, mas manteve a mão próxima da de Malini. Manteve os olhos firmes nela. Firmes e acolhedores.

— Já disse muitas vezes, milady — falou Priya. — Sou apenas uma criada. Não precisa pensar em pedir desculpas a mim.

— Mas eu penso nisso, Priya — disse Malini. — Simples assim.

Pramila vinha visitá-la durante o dia. Malini só sabia disso porque acordava com o calor do sol do meio-dia e porque a voz de Priya a sobressaltava da inconsciência, erguendo-a das profundezas do oceano do sono entorpecido pelas drogas para as águas rasas de um estado quase acordado, onde o quarto se inclinava preguiçosamente ao seu redor, mas ela ainda conseguia *pensar*. Ainda conseguia ouvir, enquanto Pramila se acomodava na beirada da charpai com o rangido da madeira.

— Ela está descansando, milady — Priya dizia. Malini manteve os olhos fechados, a respiração constante. — Posso tentar acordá-la se quiser, mas ela dorme profundamente.

Pramila soltou um ruído de reconhecimento e pigarreou.

— Seu rosto — falou. — Está doendo?

Fez-se uma pausa.

— Não, milady — respondeu Priya.

— Eu não deveria ter batido em você — pontuou Pramila, enrijecida. — Eu nunca bati em nenhuma criada antes. É uma ação que me rebaixa. Mas aqui, nesse lugar... — Ela tamborilou os dedos em algo sólido. Talvez no livro das Mães. — A princesa me faz esquecer de minha posição.

Malini não abriria os olhos. Não iria. Bastava ouvir as vozes.

— Você talvez ache que a ama um pouco — continuou Pramila. — É uma senhora encantadora, para alguém tão baixa e incivilizada como você. Só que ela usa todo mundo, garota. Até mesmo eu. Por que acha que mantenho os guardas longe dela? É mais do que apenas por conduta correta. Ela é uma moça manipuladora. Não importa o que diga, lembre-se de que você não é mais do que poeira sob os pés dela. Lembre-se disso da próxima vez que ela pedir qualquer pequeno favor. — A carcereira abaixou a voz. — Lembre-se disso da próxima vez que ela provocar minha fúria.

— Senhora, eu não a admiro — afirmou Priya, a voz pausada. — Eu apenas... Eu apenas preciso desse trabalho, senhora. Tenho pessoas para cuidar e que dependem de mim. Não posso perder minha posição e meu salário.

— Apesar do que a princesa possa dizer a você, sou eu que decido se você fica aqui ou não — comentou Pramila, com um tom de aprovação na voz. — Você trabalha bem, apesar daquele único incidente infeliz. Não precisa temer nada, desde que se lembre a quem é mais... prudente... obedecer.

— Ah, obrigada — falou Priya. — Muito obrigada mesmo, lady Pramila.

Malini escutou o som de passos no chão, aproximando-se.

— Por favor, deixe que eu ajude mais, lady Pramila. Eu poderia... acender incenso no seu escritório à noite, para adoçar o ar. Ou eu poderia fazer suas refeições favoritas, caso tenha os ingredientes. E eu poderia... poderia dar os remédios da princesa. Afinal, eu já trago a refeição à noite para ela. Não seria trabalho algum fazê-la beber o vinho antes de dormir. — Priya fez uma pausa, e então acrescentou: — Ela confia em mim. Não vai se importar.

Houve um momento de silêncio. Pramila se mexeu; a seda do sári farfalhando ao seu redor.

— Apesar do que você pode acreditar, e do que é sensato, eu amo a princesa — disse Pramila pausadamente, como se as palavras estivessem

sendo arrancadas dela. De uma forma, estavam. A voz dela estremecia.
— Eu a amo o suficiente para querer o melhor para ela, mesmo quando ela não quer.
— Então deixe que eu tire esse fardo da senhora — disse Priya. — Por favor.
— Está bem — cedeu a mulher. — Desde que lembre a quem deve sua lealdade.
— Com certeza, senhora. Qualquer coisa para ser útil — respondeu Priya, séria.
Malini abriu os olhos, só um pouco. Na fresta de sua visão, ela viu Priya — o rosto com olhos arregalados, ingênuos, com a mão esticada — recebendo o frasco de jasmim de Pramila.

O anoitecer caiu. A carcereira voltou para dar seu sermão sobre as mães. Malini escutou desatenta enquanto observava a porta, perguntando-se o que Priya estava fazendo. Colocando a dose de jasmim no vinho de Malini em obediência a Pramila? Ou talvez virando o frasco todo de uma vez só, para que a morte de Malini fosse indolor e rápida?
Improvável. Mas ela imaginou a cena mesmo assim.
Priya fez uma reverência para Pramila e entrou no quarto. Quando a mulher ficou de pé, Priya começou a falar.
— Lady Pramila me concedeu a tarefa de dar seus remédios, princesa — contou a criada para Malini. Em seguida, ela olhou de soslaio para Pramila, como se buscasse aprovação. Pramila assentiu, e Priya se ajoelhou, segurando o jarro entre as mãos.
Malini o encarou. Então, encarou Priya.
— Conheço um pouco do remédio de jasmim — comentou Priya, baixinho. Pramila, que estava perto da porta, provavelmente não a ouvira.
Havia uma mensagem ali, naqueles olhos castanhos, na forma como segurava o vinho, como se fosse um presente em vez de veneno; como se fosse algo precioso entre as palmas das mãos.
Confie em mim, dizia o rosto dela.
Era esse o problema de fazer aliados. De um jeito ou de outro, em certa altura, chegava o momento que uma decisão precisava ser tomada: ela era

confiável? Ganhara sua lealdade? A generosidade era um disfarce para a lâmina escondida?

Malini fez sua escolha. Foi mais fácil do que deveria ter sido.

— Ah, é? — Malini disse, com a voz também baixa. — Bom. No caso, eu também.

Ela encontrou os olhos de Priya. Sem interromper o olhar que sustentavam, ela pegou o jarro e bebeu com vontade.

RAO

Depois que Rao ouviu falar das execuções e das mulheres que foram queimadas, ele se sentou com Prem e, soturnos, tomaram três garrafas de vinho, de forma metódica.

Ele ficou profundamente aliviado que Prem não zombou dele por isso; apenas serviu as taças e permitiu que Rao se apoiasse nele, e então contou histórias longas da infância dos dois. Rao só conseguia responder com a língua arrastada.

— Lembra de quando — disse Prem — você e Aditya tentaram aprender a dançar para o casamento da minha tia? Lembra disso? — Prem já parara de beber havia muito tempo, e agora fumava o cachimbo, o rosto encoberto por uma nuvem de fumaça adocicada. — E ficou uma merda. Vocês dois. Eu não conseguia acreditar que Aditya deixou você com um olho roxo.

— Era uma dança saketana tradicional — Rao conseguiu resmungar, mesmo enquanto a sala continuava girando sem cessar ao redor dele. — Nós nunca tínhamos dançado com bastões.

— Não é tão diferente de sabre, né? Você deveria ter dançado melhor.

Não era nada como usar sabres. Esse tinha sido o problema. Os dois eram desastrados, desajeitados, mais acostumados com estudos e armas do que com a dança. E Aditya *tinha* tentado arremessar os bastões gêmeos de dança como sabres. Foi assim que acertou Rao bem no rosto.

Aditya tinha se desculpado muitas vezes por causa do olho roxo. *Eu deveria ter tido mais noção*, dissera ele, daquela forma sincera e martirizante que sempre usava. *Sinto muito, Rao, preciso praticar mais.* Uma pausa. *Provavelmente sozinho.*

Rao disse isso a Prem enquanto descansava a cabeça no braço dele, coberto pelo xale, sentindo o movimento do ombro de Prem, no ritmo da respiração. Prem murmurava e ria em todos os momentos certos, e Rao por fim se calou, fechando os olhos. O cômodo ainda girava. Ele percebeu que provavelmente vomitaria mais tarde. Mas não se importava.

— Como ele está? — A voz era de Lata.

— Ah, bem, suponho. — A voz de Prem estava tranquila como sempre. — Logo vai dormir.

Lata se sentou. Rao ouviu o farfalhar das roupas, o baque do corpo, e ela e Prem começaram a falar em tom baixo, enquanto a consciência de Rao vinha e voltava.

— ... a madeira sagrada — estava dizendo Prem. A voz parecia abafada. Rao ouviu o batuque do cachimbo, enquanto Prem o limpava das cinzas. — Me diga se acha que é verdade.

— Os ahiranyi acreditam que, quando os yakshas morreram, o sacrifício deles criou aquelas árvores — contou Lata, depois de um instante. — Acreditam que a madeira é dotada do poder dos yakshas. E quanto ao que eu acredito, quem é que pode dizer o que faz de verdade?

Ele nunca pensou que Prem seria um homem interessado na fé alheia, ponderou Rao, sonolento. Talvez um dia, quando tudo acabasse, ele levasse Prem aos jardins sagrados mais antigos de Alor, àqueles onde dava para ler velhos destinos entalhados nos cascos vivos de árvores. Talvez Prem gostasse disso. Rao teria que perguntar.

Então, por fim, o sono o levou, e ele não escutou mais nada.

No dia seguinte, acordou com a cabeça latejando e a língua áspera, e nada disso era surpreendente. Ele se permitiu se sentir nauseado por uma manhã, e apenas uma manhã.

Então voltou para a tarefa de libertar Malini.

Prem o encarou, o julgando em silêncio, enquanto se vestia como um lorde saketano, em roupas emprestadas do próprio Prem, em tons de verde e azul-claro. Enquanto ajeitava o xale ao redor dos ombros, Prem sugeriu:

— Ao menos leve o chicote afiado com você. Pode pegar emprestado com algum dos meus homens, se quiser. — Ele gesticulou para os dois guardas parados à porta, e nenhum dos dois parecia animado com a ideia.

Rao balançou a cabeça.

— Nenhum nobre saketano iria para qualquer lugar sem sua arma — garantiu Prem.

Tampouco um príncipe alorano saía sem suas armas, por via de regra. Porém, Rao havia deixado de lado seus chakrams e adagas, pelo bem da sutileza. Ele não disse isso para Prem, que sabia disso perfeitamente e estava apenas tentando alfinetar Rao.

— Qualquer lugar? — repetiu Rao, amarrando o cinto. — Considerando o tanto que você bebe, fico surpreso que ainda esteja com todos os braços e pernas.

— Nós treinamos para batalhar em qualquer situação — respondeu Prem, fingindo ofensa. — Incluindo a embriaguez.

— Bom, ainda prefiro não carregar armas. É mais provável que eu corte minha própria mão do que consiga me defender, sóbrio ou não.

— Eu deveria ensinar-lhe. Aumentar seu repertório.

— Talvez depois — dispensou Rao.

Lata estava esperando e, apesar de não parecer impaciente, havia um leve arquear nas sobrancelhas que sugeria que também não estava contente com o atraso.

Eles alugaram palanquins para os levarem da casa de prazer até a mansão ahiranyi tradicional onde morava o lorde que iriam encontrar. Os servos os levaram até a sala de visitas, onde o homem estava apoiado em almofadas em um sofá baixo. Havia lírios de um vermelho vibrante em vasos ao lado das janelas de treliças. Um dos vasos ficava ao lado do sofá, um toque de cor perto das vestimentas claras do velho e do cobertor branco que cobria suas pernas.

Lata arranjara o encontro, fazendo perguntas sutis para os sábios na cidade que haviam recebido apoio e financiamento dos lordes ahiranyi. Havia sempre quem valorizasse uma conversa com um sábio e procurasse absorver um pouco do conhecimento que cada um deles carregava consigo. Uma dessas pessoas era lorde Govind, o último representante masculino de uma antiga família nobre ahiranyi, que expressara interesse nos ensinamentos de Lata e queria conhecê-la junto de seu mecenas.

O TRONO DE JASMIM

Naquele dia, Rao era o mecenas: lorde Rajan, primo de Prem e um nobre saketano com inclinações acadêmicas. Ele se lembrou disso conforme oferecia, com Lata, seus cumprimentos e respeito a lorde Govind.

Lata fez uma reverência elegante antes de se ajoelhar próxima do sofá, acompanhada por Rao. Ela trazia presentes consigo: livros, escritos à mão por ela, encadernados com seda. Rao não conseguia imaginar quanto tempo ela demorara para completar manuscritos tão grandes, as horas que passara sob a luz das lanternas, mas a sábia entregou os livros por vontade própria. Ela descreveu o conteúdo enquanto entregava os livros — as histórias que havia reunido, as filosofias que registrara e dissecara — para o deleite evidente de lorde Govind.

— São apenas um humilde presente, milorde — comentou ela —, mas ainda são um presente, do meu mecenas lorde Rajan, que ouviu falar do seu interesse nos meus estudos com grande alegria.

— Ah, um presente do seu mecenas! Entendo, entendo. Que generoso de sua parte, lorde Rajan — elogiou Govind, amigável, recebendo os livros de Lata com mãos trêmulas.

Ele colocou os livros no colo, pressionando um dedo frágil reverente sobre a superfície da seda. Conforme fez isso, Rao teve uma ideia de como Govind leria aqueles volumes quando estivesse sozinho: lentamente, saboreando cada página, segurando a lombada para proteger as páginas frágeis.

— A sabedoria é algo inestimável — continuou Govind. — Mas as horas de trabalho necessárias para criar essas coisas têm um valor mensurável, de muitas moedas, e por isso aprecio ainda mais o presente. Obrigado por seu tempo, sábia.

Lata acenou com a cabeça em resposta, aceitando o elogio.

— O que motivou tamanha generosidade, lorde Rajan?

— Muitas coisas, lorde Govind — disse Rao com um sorriso, permitindo que uma ponta de sotaque saketano aparecesse em suas palavras. Afinal, a verossimilhança era importante. — Mas a alegria de agradar um colega estudioso não pode ser subestimada.

Govind deu uma bufada leve.

— Os lordes parijatdvipanos raramente visitam Ahiranya em busca de discussões intelectuais.

— Foi o que me disseram — respondeu Rao. Ele se perguntou se lorde Govind sabia que Prem e sua comitiva estavam morando em um bordel. Ele decidiu não perguntar.

— Eles vêm até aqui para fazer coisas que seriam consideradas inapropriadas além das fronteiras de Ahiranya — continuou lorde Govind. — Por exemplo, não pensei que saketanos considerassem adequado viajar na companhia de jovens mulheres com quem não são casados. Não trouxe nenhuma acompanhante mais velha, lorde Rajan? Que vergonha.

Ah. Rao sequer considerara aquela indecência, não como deveria. Ele presumira que haveriam criadas presentes na sala para acompanhar o mestre e os convidados, mas lorde Govind havia dispensado todos os criados assim que Lata e Rao chegaram. E ele e Prem já haviam viajado o bastante com Lata para que qualquer estranheza de ficar a sós com ela ainda permanecesse.

Contra seus esforços, Rao sentiu o rosto corar. Era tentador manter o sorriso fixo, usar aquilo como máscara, mas em vez disso ele permitiu que o rosto assumisse uma postura solene e juntou as palavras e frases necessárias para aparar as pontas afiadas daquela conversa.

Só que Lata falou primeiro.

— Foi meu professor quem educou a irmã de lorde Rajan — disse. — Isso nos torna um tipo de família, milorde, em matéria erudita.

— Primos eruditos? — surpreendeu-se Govind, as sobrancelhas erguidas.

— O elo entre estudantes que compartilham um sábio pode ser mais importante para nós do que os elos de sangue — argumentou Lata. — Ao menos, é no que muitos sábios acreditam. Aos meus olhos, é uma honra enorme estar na companhia dele.

— E quanto à sociedade? — murmurou lorde Govind, alguma reprimenda tremulando na voz.

— Parijatdvipa não é um império de valores unificados, milorde — disse Lata, sorrindo.

— Isso é verdade. Não mesmo. — Havia uma astúcia no olhar de Govind. — Bem, não é de minha conta — ele acrescentou, simpático, como se não tivesse *acabado* de dizer que era. — Acredito que você queira algo de mim, lorde Rajan. Talvez sua intenção fosse sutileza. Mas eu sou um homem velho. Não tenho mais paciência para esses jogos.

O TRONO DE JASMIM

Apesar de lorde Govind ser realmente velho e frágil, Rao não achava que lhe faltava paciência para a política, mas não disse isso. Ele endireitou a postura, juntando as mãos diante de si com a destreza do lorde que deveria ser — um lorde acostumado a usar pena e tinta mais do que uma espada —, e se inclinou para a frente para falar.

— Procuro os conselhos de um homem sábio, lorde Govind. É mais velho do que eu, e um homem que conhece... as políticas turbulentas de Ahiranya nos últimos tempos. Gostaria de entender a política deste país de alguma forma.... melhor.

As palavras eram um risco, mas como lorde Govind não congelou por medo, nem mesmo reagiu como se Rao fosse o arrastar até o regente para marcá-lo como traidor — ele apenas estreitou os olhos de leve, interessado —, Rao continuou:

— Entendemos que existem nobres ahiranyi que financiam poetas. Cantores. Escribas e sábios. E... outros rebeldes.

— Financiar a arte não deveria ser rebelião — comentou Govind, com o que parecia ser uma amenidade falsa para Rao. — Deveria ser meramente um sinal de cultura.

— Os rebeldes em Ahiranya não só escrevem poemas ou cantam canções — disse Rao. — Também ouvimos coisas em Saketa. Nós conhecemos a resistência violenta. Sabemos de mercadores e nobres importantes ao império que foram assassinados. — Ele fez uma pausa, pensando no homem que deveria representar, bem ali naquele momento. — Nós três somos pessoas interessadas em estudos, milorde, não é mesmo?

Govind inclinou a cabeça em concordância.

— Então que falemos como estudiosos — sugeriu Rao. — Teoricamente, sobre conceitos que não têm relação com o que podemos ou não fazer de verdade.

— Compartilhamos desse entendimento — murmurou Govind. — Continue, lorde Rajan.

— Em teoria, então... uma grande raiva resiste aqui. Vi pessoas famintas e mendigos em Ahiranya, milorde. Muito mais do que em Saketa.

Rao na verdade nunca estivera em Saketa, mas Prem comentara sobre o número de doentes em Ahiranya, a abrangência da pobreza. E certamente era muito mais notável do que em Alor ou Parijat.

— Isso torna a violência compreensível. Atraente, para alguns.

— Raiva — repetiu Govind. Ele massageou a própria garganta enquanto tossia. — É uma percepção rasa de Ahiranya que deve possuir, se acha que *raiva* é o nome que se dá ao que alimenta a violência rebelde.

— Então do que devemos chamar? — perguntou Rao.

— Deve compreender que não há uma rebeldia unificada em Ahiranya — explicou Govind. — Os métodos de cada grupo rebelde são diferentes. Mas é uma visão que une todos eles, e não a raiva. É um sonho.

— Com o que sonham, milorde?

— Para o bem dos interesses acadêmicos que compartilhamos, vou levantar a seguinte hipótese: todas as cidades-Estado de Parijatdvipa, todos os nobres, rei e príncipes, estão unidos ao imperador Chandra por antigos votos. Mas Ahiranya não está unida a ele por voto ou escolha. Ahiranya é uma nação conquistada. Então, é óbvio, todos os rebeldes em nossa terra sonham com uma Ahiranya livre.

— Mas o que a liberdade significa, imagino, é uma questão mais complicada — murmurou Lata.

Govind inclinou a cabeça.

— E, portanto, aqueles nobres ahiranyi que compartilham do sonho rebelde financiam como podem. Alguns acreditam que a liberdade se conquista pela morte. Outros esperam encontrar um caminho por meio da arte.

E qual caminho você segue?, pensou Rao. *Tem conexão com os rebeldes que desejam sangue? Pode se aliar a nós e garantir que nossa princesa seja libertada?*

— Interessante — respondeu Rao educadamente em vez disso. — O sonho de uma nação livre é... admirável. — Ele esperou um momento, e então acrescentou, com sutileza: — Os ahiranyi não são os únicos que sonham com um mundo diferente.

Ele poderia ter dito que havia muitas pessoas em Parijatdvipa que prefeririam um imperador diferente no trono; muitas que sonham com um império unificado em alegria, em vez de um esmagado por um imperador que acredita que Parijat reina suprema. Mas Govind bufou, deixando-se cair sobre as almofadas e calando Rao com um aceno de mão.

— Sim, sim. Mas o que acontece além de nossas fronteiras não é muito de meu interesse. Na verdade, nem mesmo o que acontece dentro das fronteiras me interessa como antigamente. Sonhos são sonhos — disse ele. — Aprendi há muito tempo os limites de uma visão criada sobre os pilares da fé e ideais. E os perigos disso.

O TRONO DE JASMIM

— Lorde Govind — tentou retrucar Rao, mesmo enquanto ele balançava a cabeça.

— Você é jovem, lorde Rajan, e os jovens acreditam nas coisas. Muitas vezes, morrem por isso. Matam por isso. O regente queimou mulheres, mulheres ahiranyi, ouviu falar nisso?

Rao engoliu em seco, mantendo a expressão calma.

— Sim, lorde Govind.

— Será que o regente acredita que agiu corretamente, a serviço de ideais maiores? *Alguém* fez isso, por certo — disse lorde Govind, e Rao não tinha dúvida de que aquele *alguém* significava *lorde Santosh*. — Mas seu ato de fé irá custar caro a todos nós. Ele matou pela fé, e agora os rebeldes não farão menos em troca. Se escutar os conselhos de um velho, então eu o aconselho a sair da cidade enquanto ainda pode. Saia de Ahiranya. Vá rápido. Esqueça nossos problemas. Não encontrará nenhuma ajuda aqui, lorde Rajan, de mim ou de outros. Seria melhor estar em algum outro lugar quando os rebeldes procurarem uma recompensa em sangue. E não irá demorar muito para isso acontecer, creio eu.

— Crê ou sabe? — provocou Rao, desfazendo-se da sutileza. O coração estava a mil.

Govind balançou a cabeça, o que não era uma resposta. Então fechou os olhos, nitidamente cansado.

— Faz muito tempo — murmurou ele. — Muito tempo desde que falei tanto. Agradeço pelos livros, lorde Rajan e jovem sábia. Eles me trarão muita alegria nos dias que virão, seja lá quais forem. Mas acho que agora preciso descansar. Vocês devem seguir seu caminho.

JITESH

Era uma noite quente. Os mosquitos zumbiam, os grilos cricrilavam e o haveli estava tão iluminado que era como uma pequena lua contra a escuridão de pontinhos luminosos da cidade. Era lindo, mas...

Espíritos, como ele estava cansado!

Jitesh disfarçou um bocejo, e então teve um sobressalto quando sentiu a mão de alguém sobre seu ombro.

— Como está o serviço? — perguntou Nikhil.

— Ah — disse Jitesh. — Bem, sabe como é.

— Com certeza você não estava dormindo. — A voz de Nikhil continha divertimento. — Ao menos tente parecer um guarda de verdade. Essa é uma noite especial.

Lorde Iskar havia escolhido fazer uma celebração extravagante para marcar tanto o fim da temporada de monções quanto o nascimento do primeiro rebento. Sua segunda esposa havia concedido um filho a ele, um bebê gorducho e saudável com correntes prateadas ao redor dos pulsos e dos tornozelos para afastar o mau-olhado e uma marca de cinzas na testa para as mães. Aparentemente, a mãe e o filho estavam alegres e em boa saúde, e lorde Iskar dispusera de bacias de frutas e doces de mel para celebrar. De sua posição do lado de fora do saguão das celebrações, Jitesh conseguia ver, através das treliças de madeira da janela, a mãe e o bebê sentados sobre um palanque e lorde Iskar orgulhoso ao lado deles, cumprimentando os convidados.

Toda a elite parijati de Ahiranya comparecera, trajada com as melhores sedas e alfinetes dourados nos turbantes e usando colares enormes de pé-

O TRONO DE JASMIM

rola e rubi no pescoço. Não havia um único nobre ahiranyi presente, mas isso não era surpresa. Jitesh ouvira falar que lorde Iskar estava de amizade com um tal de lorde Santosh, de Parijat, que era próximo do imperador e que aparentemente não gostava muito das pessoas que não eram da sua terra natal.

— Endireite a postura — sugeriu Nikhil. — O comandante está vindo.

O tom dele era sarcástico. Nenhum dos dois gostava do novo comandante, que também era parijati e fora elevado àquela posição porque lorde Iskar queria agradar seu novo amigo, em vez de por mérito.

Tanto Jitesh quanto Nikhil estavam acostumados com essas coisas, é óbvio. Os lordes faziam o que faziam para seu próprio bem, e as pessoas normais só deveriam aceitar. Mas o homem os irritava mais do que tudo. Ele insistia em falar com eles. Tentava ser *amigo* deles.

— Ele vai falar de política — murmurou Jitesh.

— Misericórdia — grunhiu Nikhil.

Ao que parece, um verso proibido dos Mantras das Cascas das Bétulas havia sido pintado em um templo para as mães das chamas na noite anterior. *Algo sobre o sangue e a justiça*, dissera a criada que viu, quando Jitesh perguntara o teor dos escritos. *Eu não sei. Acha que eu tenho tempo para poesia?*

Jitesh não achava que seria um problema grande. Afinal, as palavras poderiam ser apagadas. Porém, o comandante ficara furioso e fazia questão de que todo mundo soubesse disso. Os homens dele eram, infelizmente, um público cativo.

— Ninguém vai à guerra por causa de poetas e putas — vociferou o comandante parijati para o soldado ao lado dele, a língua zaban tanto áspera quanto melodiosa, como se não soubesse se queria falar da mesma forma dos compatriotas ou da família que pagava seu salário. — Ah, as pessoas gostam de reclamar, isso sim, mas deveriam ficar felizes que aquelas mulheres foram queimadas. Agora vão ser reverenciadas. São imortais. — Ele fungou, como se quisesse dizer, *eu não teria sido tão bonzinho*. — Foi uma morte generosa, melhor do que ter o crânio esmagado.

— Sim, comandante — disse o soldado sôfrego ao lado dele.

— Está me escutando? — exigiu o comandante. Jitesh não precisava olhar para o homem para saber que ele estava com uma expressão amarga, a boca retorcida para o lado. — Vocês são todos provincianos, não sabem nada sobre como é o mundo...

O comandante ficou em silêncio de repente. Jitesh quase soltou um suspiro de alívio.

Fez-se um som gorgolejante. Jitesh olhou na direção do homem, perguntando-se o que havia de errado.

Então viu o cabo de uma lâmina saindo da garganta do comandante.

O soldado que estava andando ao lado dele soltou um grito estrangulado de pavor. Nikhil se atrapalhou com a lâmina e Jitesh... ficou parado ali, congelado, olhando a figura no telhado.

Ele pensou que iria vomitar quando o homem deu um pulo e parou na sua frente.

O assassino usava uma máscara ahiranyi antiga, feita de mogno escuro e com grandes aberturas para os olhos, para aumentar a visão periférica.

— Ninguém vai à guerra por poetas e putas. — Ele repetiu as palavras lentamente, com calma. — Não foi isso que disse?

O comandante nobre cuspiu sangue e então foi ao chão.

O homem mascarado se inclinou para a frente, girou a faca e depois a puxou. O comandante ficou imóvel.

— Vamos, amigos — instigou o homem, em tom agradável. — Precisam ser mais ágeis agora. Podem ser traidores de Ahiranya, mas ainda são meu povo. — Ele deu outro passo à frente. — Gostaria de providenciar uma luta justa. E uma morte ahiranyi justa.

Ele tirou uma foice da faixa nas costas.

Nikhil finalmente se impeliu para a frente, a espada cortando o ar.

O rebelde desviou por baixo do arco da lâmina. Em um movimento tão gracioso como o de um dançarino, ele foi para trás de Nikhil e cortou sua garganta. Outro soldado deu um grito, impotente, conforme o rebelde se virava e esfaqueava seu peito com a mesma foice.

Jitesh não era estúpido.

Ele virou de costas e fugiu.

Correu para dentro do haveli, desceu o corredor e encontrou justamente outros dois guardas. Ele os atingiu com um baque tão grande que um deles, assustado, xingou alto. Além dos homens, Jitesh conseguia ver a celebração; os convidados, a música tocada em uma tambura flutuando suavemente, o piscar da luz das lanternas. Ele abriu a boca para gritar.

Já era tarde demais.

O TRONO DE JASMIM

Um grito soou quando o primeiro rebelde mascarado surgiu do nada — e parecia de fato que tinham saído do ar, porque era como se tivessem *descascado* as treliças robustas de madeira, que agora se curvavam como névoa, o que parecia impossível — e rasgou a garganta de um convidado. Os gritos ficaram mais altos quando surgiram outros três. E então mais um.

Os guardas que seguravam Jitesh o soltaram e pegaram suas espadas. Jitesh ficou onde estava, paralisado de medo.

No palanque, lorde Iskar desembainhou o sabre, o rosto cinzento de pavor. O regente estava ao lado dele, e gritava algo enquanto desembainhava o próprio sabre e gesticulava para os homens avançarem. Jitesh percebeu que os rebeldes não atacavam indiscriminadamente. Mataram um dos mercadores parijati mais ricos da cidade. A esposa do coletor de impostos mais poderoso. E então caminharam até a esposa de lorde Iskar, que gritava, segurando o filho. O marido se colocou diante dela.

Jitesh viu uma faca voar pelo ar e se enterrar na garganta de lorde Iskar. Então a multidão entrou em pânico, os convidados que fugiam o atingindo como uma onda, e Jitesh foi empurrado para longe.

Ele correu pelos corredores do haveli, aos tropeços, cego de pânico. Correu mesmo enquanto escutava os gritos dos andares mais altos da residência e via os primeiros sinais de um fogo dourado nas janelas. Ele continuou correndo mesmo enquanto os outros guardas viam o fogo e gritavam:

— Água! Água!

Ele fugiu. E então alguém parou diante dele, bloqueando seu caminho.

— Você fez bem — elogiou a figura mascarada. Não era o mesmo rebelde de antes. A voz era mais jovem, os olhos, mais claros. — Foi uma boa corrida. Eu fiquei olhando. Mas agora você vai *ficar parado*.

Jitesh tentou correr, mas era como se o chão tivesse se inclinado sob seus pés. Ele caiu.

Paralisado, o soldado ergueu o olhar para a figura acima dele.

— Agradeço — disse o rebelde, e tirou uma faca do cinto. — Isso vai tornar as coisas mais fáceis.

PRIYA

Demora um tempo para o veneno deixar o corpo de alguém. E, ainda assim, era como se Malini tivesse melhorado quase que no mesmo instante. Ela passou sua primeira noite acordada, em vez de cair em um estupor.

— Acenda uma lanterna — insistiu ela. — Quero tentar andar.

Será que alguém notaria que Priya usara mais óleo na lamparina do que o normal? Era algo que as criadas mais antigas do mahal teriam notado. Teriam comentado quando vissem. Mas Priya achava que ninguém se importava ali. Certamente Pramila não se importava.

Malini se escorou na parede para se apoiar e andou até a ponta do quarto com pés vacilantes. Priya observou, sentada na charpai que a princesa deixara de lado, conforme ela pressionava as mãos na pedra, sentindo as pontas e curvas dos entalhes obliterados, um mapa destruído.

— Parece que as paredes estão sempre mudando — notou Malini, com a risada leve, os olhos iluminados. — Sinto que estou nadando nesse lugar, fico tão instável.

— Quer tentar soltar a parede? — perguntou Priya.

— Não acho que seja sensato da minha parte — respondeu Malini. Ela olhou para a imagem de um yaksha sombreado na parede. Então exalou e disse: — Por que não?

Priya ficou de pé e passou por onde a luz da lamparina iluminava.

— Aqui — ofereceu ela, esticando as mãos diante de si, as palmas para cima. — Me deixe ajudar.

O TRONO DE JASMIM

— Obrigada — falou Malini. Ela deu um passo cuidadoso para a frente e cobriu as mãos de Priya com as suas. — Quero tentar andar sozinha, acho.

— Então vou deixar as mãos embaixo das suas — insistiu Priya. — Tente andar, milady, e eu estarei aqui para segurá-la caso necessário.

As mãos não se tocavam, mas compartilhavam o mesmo ar, o mesmo pedaço da sombra, conforme Malini dava um passo cuidadoso atrás do outro e Priya dava passos para trás, de frente para ela.

O olhar de Malini encontrou o dela, o rosto iluminado por um sorriso.

— Está indo bem — encorajou Priya, e o sorriso de Malini se alargou.

— Estou me sentindo menos tonta do que agora há pouco — concordou ela. — Nunca achei que chegaria o dia em que me elogiariam por não cair. Como minha vida mudou. — A voz dela ficou melancólica. — Você nunca viu como eu era de verdade. Queria que tivesse visto. Eu costumava usar os sáris de seda mais bonitos de Parijat, e sempre trançavam flores no meu cabelo, como uma coroa. Eu era linda.

Priya engoliu em seco.

Ainda é.

— Tem um jeito específico de andar quando se está vestida como eu me vestia — continuou Malini, aparentemente alheia. — Uma forma de se comportar. Não pode ficar curvada como eu estou agora. Não pode abaixar a cabeça. Não pode demonstrar nenhuma fraqueza. Precisa parecer forte.

— Forte — repetiu Priya, virando-se um pouco para acompanhar a curva da parede do quarto. Malini também se virou, como se estivessem dançando. — Como assim? Não como um soldado, imagino.

Malini riu.

— Não, não como um soldado. Forte como… Ah, talvez fosse mais simples mostrar.

Malini endireitou a coluna. Ergueu a cabeça, o pescoço em uma linha elegante, os olhos repentinamente frios. Ela se mexia com graça, erguendo os pés com um chute sutil que Priya sabia que faria um sári comprido — o tipo de comprimento pouco prático que Priya nunca usaria — flutuar no chão. Por um instante, a princesa se transformou por inteiro, inalcançável e, sim, forte. Mas não era qualquer tipo de força que Priya já tivesse visto antes.

Então Malini tropeçou. Priya segurou as mãos dela no mesmo instante, apoiando o peso da princesa. Estavam tão próximas, o rosto dela tão perto, que a respiração delas se misturava. As duas trocaram um olhar. Malini soltou outra risadinha leve e se afastou. Priya fez a mesma coisa. O coração martelava no peito.

Ainda estavam de mãos dadas.

— Como era aqui, há muito tempo? — perguntou Malini, a voz estranha. Era nítido que ela tentava se distrair do que acabara de acontecer entre elas, fosse o que fosse, e foi eficiente. Priya sentiu como se tivesse levado um balde de água fria na cabeça. Malini não dissera *antes de o templo queimar*, mas era isso o que queria dizer.

Se Priya fechasse os olhos, ela conseguiria visualizar: entalhes pintados em tons ricos de verde e azul, com olhos e boca vermelhos. O chão azul e um esmalte dourado nas grandes pilastras que sustentavam as paredes. Lamparinas de vidro colorido nas arandelas. Os anciões com suas sedas macias e elegantes.

Porém, ela olhou ao redor e constatou que nada disso restara. Só grãos de poeira no ar, paredes vazias e chamuscadas. Só Malini, a observando.

— Como era no mahal imperial? — perguntou Priya em vez disso.

Malini ofereceu um sorriso astuto para a criada que deixava claro que ela entendia o que Priya estava fazendo, mas se deixaria levar.

— Era lindo. Imenso. Jardins por toda parte, Priya. Jardins tão lindos. Minhas damas de companhia e eu costumávamos brincar neles, quando éramos crianças. — Ela mexeu os dedos sem cessar sobre os de Priya. — Gostaria que me contasse mais sobre você — acrescentou, a voz suave. — Quero saber tudo sobre você.

A garganta de Priya ficou seca de repente.

— Eu? Eu não sou muito interessante.

— Tenho certeza de que é, sim. Vou provar para você com um jogo. — A voz era quase uma provocação. — Me diga algo que queira agora, Priya.

— Algo que eu quero?

— Sim. O que você quer? Vamos, estou testando se você é entediante, afinal.

Parecia uma pergunta perigosa. Priya balançou a cabeça e Malini inclinou a dela.

— Vamos — insistiu Malini. — Todo mundo quer alguma coisa. Eu, por exemplo. Queria os doces que meu irmão Aditya sempre me dava nos meus aniversários quando eu era pequena. Laddu, mas não se compara a

O TRONO DE JASMIM

qualquer coisa que você tenha experimentado antes, Priya. Mergulhados em calda de rosas e amêndoas açucaradas e pincelados com um pó dourado. Ah, eram perfeitos. Faz anos que não como. Então. O que você quer?

— Agora acho que quero esses mesmos doces — disse Priya, um pouco séria. Um laddu mergulhado em calda de rosas parecia um luxo, e ela de repente gostaria de poder se luxuriar. Ela queria algo delicioso.

— Não vale roubar — ralhou Malini. — Precisa escolher outra coisa. E sem ser comida. Eu já escolhi comida.

— Não pode escolher *toda* comida!

— Posso, sim, e já escolhi.

— Com todo respeito — destacou Priya, em um tom que não era nada respeitoso —, isso não é justo.

— Sou eu que estou testando você. É meu direito decidir quais são os parâmetros do teste. Agora, escolha: me diga a coisa que você mais quer.

Priya não achava que era uma pessoa complicada, mas ela não pensava em seus desejos com frequência. O que ela queria, afinal? Poder se lembrar de quem era, do passado. Ver Rukh vivo por mais alguns anos. Que Ashok ficasse bem e... diferente. Que pudesse amá-la. E Bhumika. Ela queria que Bhumika a respeitasse.

Eram desejos maiores do que Priya gostaria de admitir... ou mais do que Malini gostaria de ouvir, mesmo que Priya estivesse livre para confessá-los.

— Talvez eu só queira aprender a andar daquela forma que você mostrou — falou Priya, endireitando o pescoço e inclinando um pouco o queixo, imitando a postura régia de Malini.

— Quer mesmo? Eu poderia ensinar.

— Espíritos, não — disse Priya, e viu os lábios de Malini se curvarem. — As pessoas diriam que estou fingindo ser uma princesa. Iriam zombar de mim, milady. Melhor não.

— Então preciso de uma resposta diferente, Priya.

Ela considerou por mais um momento, mas era difícil pensar com as mãos de Malini nas dela, os dedões de Malini roçando a parte interna de seus pulsos, onde o sangue vibrava. De alguma forma, havia uma promessa no gesto, naquele toque, no sorriso e na alegria no rosto de Malini, na leve provocação na voz dela. Priya não sabia bem o que fazer com aquilo, ou com o fato de que o próprio coração parecia se apertar com essas emoções.

— Tem uns cocos que crescem na floresta — confessou. — Às vezes os coletores e lenhadores os trazem para vender no mercado. Só os mais ricos podem comprar.

— Eu disse que não podia ser comida — insistiu Malini em tom de reprimenda, mas ela estava ouvindo.

— Eles não são bem comestíveis. Eles são... A floresta, milady, é ahiranyi por completo, e às vezes coisas estranhas são encontradas dentro dela. Coisas inesperadas. Quando se abrem esses cocos, por exemplo, encontramos flores dentro. Roxo-escuras, violeta, pretas. Da cor das sombras. Os mais ricos colocam essas flores em seus altares. Ou costumavam fazer isso. — Os peregrinos mais ricos levavam esses cocos para o Hirana também. Priya uma vez abrira um e quase chorara quando a flor aparecera, desdobrando-se lindamente em sua mão como uma cascata de escuridão. — Eu queria um desses cocos. Gostaria de fazer essa oferenda. Seria frívolo, estúpido e... não ajudaria ninguém que eu perdi. E não traria nenhum tipo de sorte. Mas seria um grito na escuridão. E isso seria o que algumas das pessoas que eu perdi iriam querer... — A voz de Priya sumiu. — No geral, eu não sou frívola. Mas é por isso que é um desejo — acrescentou Priya. — Agora, aqui nesse lugar? É isso que eu quero.

Malini a encarava, sem palavras. Todo o divertimento desaparecera de seu rosto, deixando-o circunspecto e austero.

— Que resposta séria — murmurou.

— Sinto muito.

— Você é uma pessoa realmente interessante — constatou Malini. — Pensei nisso no instante em que a vi, e até agora não foi provado o contrário.

Malini dizia aquilo como uma acusação — como se as palavras de Priya fossem, de alguma forma, uma afronta, um golpe, algo que a machucara. Quando Priya piscou, confusa, Malini a soltou de repente, voltando para a charpai e se deixando cair sobre o material trançado, a cabeça virada.

— Está tudo bem, milady? — perguntou Priya, alarmada.

— Estou bem — respondeu Malini, mas não voltou a olhar para a criada.

Aquela mudança repentina de humor não era algo que Priya compreendia, mas não havia nada na postura de Malini, na forma como os braços a cercavam, que sugeria que ela queria responder mais perguntas. Como se estivesse lendo seus pensamentos, Malini pediu baixinho:

— Eu gostaria de ficar um pouco sozinha.

— É claro — disse Priya, sem pensar, e foi até a porta.

Foi só quando tocou a maçaneta que se lembrou de que não possuía mais a chave. A porta ficava trancada durante a noite.

Sob a mão de Priya, o Hirana escutou. O ar mudou. A porta se abriu de leve.

Ah.

Ela olhou para trás. Malini ainda estava encurvada.

— Vou deixar que descanse — assegurou. — Vou caminhar um pouco. Não demoro.

Quando Malini não protestou, Priya se retirou.

O silêncio a seguiu. Era do tipo que possuía espinhos.

O triveni estava vazio. Sem chuva. Sem vento gelado. Talvez as monções estivessem acabando. Quando ela ergueu o olhar para o céu, conseguiu ver as estrelas piscando.

Ela andou alguns passos na direção do pedestal e... tropeçou.

Soltou um "ai" baixinho, e depois Priya recuperou o equilíbrio e ficou de pé. Era estranho. Ela *conhecia* o triveni. Andara ali tantas, tantas vezes. O triveni a alentara. Mas ela se distraía e tropeçara em um buraco. Seu momento com Malini a deixara afobada, mas não *tão* afobada assim.

Priya olhou para baixo.

As linhas no chão definitivamente tinham mudado. Em vez das ondas que dançavam nas margens, haviam se fundido, pontiagudas e estranhas.

Pareciam chamas. Pareciam um *aviso*.

Fez-se um ruído alto. Um grito. Priya viu a sombra de um dos guardas no saguão, depois Pramila correndo até ela.

— A princesa — falou a mulher com urgência, sem fôlego —, ela está segura? Alguém está aqui?

Priya balançou a cabeça, assustada, a mente ainda assimilando tudo.

— Acho... acho que só os guardas na porta do templo, milady. Aconteceu alguma coisa?

Pramila foi até ela. As bochechas estavam coradas.

— Houve um ataque terrível na cidade, na casa de um dos conselheiros do general. E ninguém teve qualquer notícia do próprio general ainda... Ah!

Priya ouviu o farfalhar dos passos de Malini antes de vê-la, parada à porta da câmara ao norte.

— Eu sinto muito — disse Priya, xingando mentalmente. Ela não queria quebrar a confiança de Pramila assim tão cedo. — Deixei a porta aberta, eu...

— Algo está queimando — interrompeu Malini. — Por favor. Me diga que não estou sonhando.

Uma respiração longa e profunda levou o cheiro acre até o nariz de Priya.

Ela correu até a beirada do triveni e parou na borda onde não havia nada a não ser a superfície rachada do Hirana abaixo para segurá-la caso tropeçasse. Mas ela não tropeçaria de novo. O Hirana era dela, e, por sua vez, ela pertencia ao Hirana. O lugar estava mudando *por* ela.

O templo forneceu apoio enquanto Priya olhava para fora.

Abaixo, ela viu chamas amarelas e laranja.

Algo de fato estava queimando.

Os rebeldes tinham atacado.

PRIYA

Priya se virou sem pensar, correndo até as portas. Pelo corredor. Para além das lanternas acesas. Então os guardas a alcançaram, empurrando-a de volta para o templo, fechando os portões atrás deles. Um dos homens xingou, atrapalhando-se com a espada — se estava tentando esfaqueá-la, tinha sido uma péssima tentativa —, e o outro a segurou pelos braços e murmurou bobagens em um tom urgente. Demorou um instante para que o som da voz dele fosse alguma coisa além de um ruído.

— ... ninguém pode sair do Hirana. Nossas ordens não mudaram. Sei que está com medo, mas precisa ficar calma.

— Estou calma — Priya se forçou a dizer, o corpo imóvel. — Estou calma. Não vou fugir de novo.

O guarda a soltou e ela recuou. Para longe. Andou até que os guardas e os portões não estivessem mais à vista.

Ela não conseguiria fugir pelos portões.

Outra mão agarrou seu braço. Priya já estava na corda bamba. Ela se virou, prendendo a pessoa que a segurava contra a parede.

Malini exalou depressa. Ela sustentou o olhar de Priya sem estremecer.

— Me solte — exigiu. — Estamos sem tempo.

— Onde está Pramila?

— Não sei. Corri atrás de você. *Vamos.* Quero falar com você em particular.

No fim, foi Priya quem as levou para longe, arrastando Malini por um corredor lateral pouco usado, e dali para um dos quartos do claustro.

O quarto era pequeno, feito para ser usado apenas em meditação ou reza, mas no instante em que a porta se fechou atrás dela, Priya tentou andar em círculos no escasso espaço disponível mesmo assim. Ela pensou em todos que estavam no mahal, o pânico tomando seus pulmões.

— Eu preciso *ir* — disse Priya. — Não posso ficar aqui. Eu...

— Os guardas barraram você — respondeu Malini. — Acha que pode passar por eles?

Priya balançou a cabeça, mas essa não era uma resposta de verdade. Ela só conseguia pensar em Sima, Rukh e Bhumika, no cheiro do fogo, e o próprio sangue parecia entoar uma canção nas veias: *corra até eles, corra até eles, corra até eles.*

— Priya — chamou Malini. A voz dela era lenta, de um tom aveludado proposital. — Escute. Você precisa se acalmar. Acha que consegue passar pelos guardas?

Priya precisou de um instante para perceber que Malini não estava tentando convencê-la do contrário. Ela estava de fato perguntando se a criada conseguiria forçar um caminho pelos guardas. Os pensamentos acelerados de Priya pararam. Malini segurou as mãos dela, entrelaçando os dedos das duas, até Priya ficar imóvel.

— Eu não queria pedir isso a você agora — disse Malini. — Não queria mesmo. Achei que talvez, com mais tempo... Mas não vai haver outra oportunidade melhor, e precisamos aproveitar essa enquanto podemos. Você poderia matar os guardas, se quisesse. Poderia tirar Pramila do caminho. Poderia soltar nós duas. Não poderia?

— Superestima meu poder, milady — argumentou Priya, com cuidado. — Eu não... sou assim.

— Você já fez tanto por mim — insistiu Malini. — Sei que está tentando me salvar. Você se importa comigo o bastante para fazer mais?

Priya pensou em se afastar. Tentou se desvencilhar dos dedos de Malini e sentiu o aperto dela se intensificar, puxando-a para mais perto até que não houvesse distância entre elas e Priya estivesse olhando diretamente para o rosto de Malini — para os olhos suplicantes.

— Os guardas provavelmente não seguirão a rotina sob essas circunstâncias, mas todos eles vieram de Parijat comigo. Eu sei quem são. O bigodudo, ele reclama que o joelho direito dói toda vez que chove. E choveu muito na nossa viagem até aqui. O mais jovem é melhor com armas de

O TRONO DE JASMIM

longo alcance do que com combate físico. Prefere usar um chakram ou um arco, se puder escolher. Mas se você atacar o mais velho primeiro, cortá-lo nos joelhos, o mais jovem não vai pensar em bater em retirada, e assim que entrar em combate corpo a corpo com você, vai ver que consegue dar conta. — Os dedos de Malini acariciavam os dela em um ritmo firme e quase hipnótico. — Você pode nos libertar daqui, Priya. Agora, enquanto estão distraídos e o caos se instaura lá embaixo... Você *consegue*. E eu posso ajudá-la.

Priya a encarou. Entorpecida, balançou a cabeça. Ela ponderou as consequências para o mahal, para Bhumika, se a princesa fugisse do Hirana.

— Eu... eu não posso fazer isso, milady.

— Não precisa matar ninguém — argumentou Malini rapidamente, ainda próxima de Priya. — Não estou pedindo isso. Só estou pedindo para considerar o que vai acontecer comigo se eu ficar aqui. Minha única esperança está além das paredes do Hirana. Você poderia vir comigo, Priya. — A voz dela ficou mais baixa. — Aonde eu for, você pode vir comigo.

A expressão de Malini era de súplica, a voz persuasiva, dolorida. Mas havia uma dureza em seu queixo, um desespero no olhar que entrava em conflito com o tom de voz.

As mãos dela nas de Priya eram um peso leve, os dedos curvados. Tudo nela era um apelo vulnerável. Era tão perfeitamente vulnerável, que Priya só conseguia pensar nas peças de teatro dos festivais, nas atrizes usando máscaras pintadas com açafrão e pigmento vermelho, as expressões fixas — assustadas ou alegres, de dentes afiados ou bocas macias — para representarem seus papéis nas histórias.

Priya sentiu o batimento cardíaco, acelerado pelo pânico, perder o ritmo por um momento. Paralisada, ela sentiu sua percepção sobre a princesa — *sobre o que estava acontecendo* — mudar completamente.

De repente, Priya pensou nas palavras de Bhumika no sangam. *Preciso usar todas as ferramentas no meu arsenal*, dissera ela.

A princesa era uma filha do império. E estava aprisionada e desesperada.

E Priya era... útil.

Ela fora uma tola.

— E o que eu ganho se ajudá-la a fugir? — perguntou Priya, a raiva e a humilhação a percorrendo. — Estava esperando que eu arriscasse minha vida só por bondade do meu coração?

Todos aqueles toques gentis, todos aqueles sorrisos; as mãos de Malini na dela, a respiração tão próxima das duas que poderia ser um beijo. Tudo aquilo não passava de uma coleira cuidadosamente colocada no pescoço de Priya, pronta para ser puxada no momento certo.

— Talvez achasse que eu faria isso em troca de um beijo? Pensa tão pouco assim de mim?

Uma expressão passou pelo rosto de Malini, rápida demais para ser decifrada.

— Priya, seja lá o que esteja pensando, está errada.

— Pramila me alertou para não confiar na senhorita. Disse que faz as pessoas a amarem. Que é manipuladora.

Malini não disse nada.

— Desperdiçou suas energias em mim — falou Priya. — Não sou capaz de fazer o que você quer.

— É, sim — disse Malini. — Priya, por favor. Se alguém pode me ajudar a escapar do Hirana, é você. Não há mais ninguém além de você.

— É óbvio que acha que sou capaz — devolveu Priya, amarga. — Me viu com Meena, afinal. Ficou me observando enquanto eu a matava, e sequer teve medo. Não acha que deveria ter medo de mim? Não sabe o quão facilmente eu poderia matar *você*? — Ela agarrou as mãos de Malini de volta, segurando com força. — Tenho tantos motivos para odiar você. Você e seu sangue imperial, seu pai e irmãos, que ficaram felizes em ver as crianças do templo de Ahiranya serem empilhadas em uma pira para queimar. — Priya ficou surpresa ao ouvir o veneno na própria voz, a forma como o calor a inundou, furioso e ardente. — Não tenho motivo algum para ajudar a filha de uma família imperial que ordenou a morte da minha própria família. Eu poderia quebrar seu pescoço agorinha mesmo, e você não poderia me impedir. Eu poderia jogá-la do alto do Hirana. Se acha que tenho o poder para matar todos os guardas, então sabe que eu poderia também acabar com sua vida e me libertar.

— Não tenho medo de morrer por suas mãos — disse Malini.

— *E por quê?*

Um pouco da vulnerabilidade desapareceu do rosto da princesa.

— Na noite em que você me viu no quarto, no chão... eu tinha convencido Pramila a deixar o vinho comigo. Eu tinha sido boazinha. Gentil, obediente. Durante dias. Sabe como isso funciona. Ela deixou o vinho. E eu bebi, e bebi e bebi mais. Eu avaliei minhas opções. Pensei que ou eu ficava doente o bastante para ela precisar chamar ajuda, permitindo que eu tivesse acesso a um médico a quem eu poderia implorar para me ajudar a escapar dessa prisão, ou eu simplesmente morria. — A voz de Malini ficou trêmula. — Mas então fiquei com medo e joguei o vinho no chão. Eu não sabia mais o que era real. E, no fim, percebi que não queria morrer em uma poça do meu próprio vômito.

E então Priya aparecera, como ela sabia. Ela se lembrava dos olhos de Malini no escuro. A rouquidão na voz, as palavras que usou — *você é real?* —, e Priya estremeceu.

— Isso a perturba? — indagou Malini. A voz dela ficou mais dura.

— Gosto de você, Priya. Mas acho que estou ficando sem tempo para as gentilezas da nossa relação. Se o general Vikram está morto, quem sabe para onde meu irmão vai me mandar a seguir ou o que vai acontecer comigo?

Não havia espaço entre elas, mas, de alguma forma, Malini deu um passo à frente, desvencilhando suas mãos das de Priya. Ela tocou o queixo da criada com as pontas dos dedos, perto da boca, os dedos quentes, firmes e impossíveis de ignorar.

— Me mate ou me salve — murmurou Malini. — Mas faça *alguma coisa*, Priya. Meu irmão quer que eu morra aqui, ou que implore pela santidade de uma imolação, mas não vou fazer isso. Não consegui fazer nada para mudar minhas circunstâncias a não ser pedir por você, então por favor, me faça a gentileza de acabar com meu sofrimento de um jeito ou de outro. Tenho certeza de que é humana o suficiente para isso.

Priya se afastou bruscamente do toque de Malini.

— Se revelar o que eu sou para alguém — disse Priya, com raiva —, eu mesma vou forçar o veneno de jasmim pela sua garganta.

— Eu nunca ameacei contar a ninguém sobre seus segredos, Priya — retrucou Malini.

— Você não sabe nada dos meus segredos.

— Você sabe que sei.

— Não tenho vergonha de desejar você — Priya confessou, mesmo que *tivesse* vergonha de desejar Malini, porque isso a tornava uma boba apaixonada que não era digna da tarefa que sua irmã havia lhe dado. Ela era um fracasso. — Mas não aprecio que use meus desejos contra mim, e não vou permitir que faça isso de novo. Pode contar a quem quiser que eu a desejo. Mas se falar do que acha que eu sou...

— Eu já disse — interrompeu-a Malini. — Não ameacei entregar você. Poderia ter feito isso há muito tempo, mas não fiz. Nem vou fazer.

Aquilo arrancou uma risada estrangulada de Priya.

— Que generoso da sua parte! Mas você quer que eu fique do seu lado, não é? Sem mim, não tem ninguém aqui. *Ninguém.*

Malini não tinha resposta para isso. A vulnerabilidade desaparecera de seu rosto, e agora sua expressão estava indecifrável.

— Esconda-se aqui de Pramila se quiser — ofereceu Priya, enquanto se virava. — Não vou ajudá-la.

— Realmente me condenaria por fazer o necessário para sobreviver? — questionou Malini. Quando Priya não respondeu, ela acrescentou rapidamente: — Podemos fazer um acordo, eu e você. Tem outras coisas que posso oferecer em troca de sua ajuda.

Priya parou e se virou.

— Como assim? Não tem nada.

— Me diga do que você precisa e o que quer. Faça um acordo comigo. Eu não sou tão inocente ou gentil quanto você pensava, mas e daí? E daí se eu quero viver e estou disposta a usar você para isso? *E daí?* Não deixe que isso a irrite, Priya. Pelo contrário, *use* isso. Você nunca vai ter esse tipo de poder sobre um membro real de Parijatdvipa novamente. Eu sou uma princesa. Conheço todas as entranhas do império. Além dessa prisão, tenho aliados esperando por mim. Há coisas que você deseja, Priya, como você mesma disse. Eu sei disso. Então me use.

Priya encarou Malini. Analisou o rosto marrom, de olhos escuros, rodeado por cachos embaraçados, um rosto magro e doente, e então pensou em como fora tola por não ver que Malini poderia ler todas as suas intenções como se fosse um livro aberto.

— Você é útil — concluiu Malini, quando Priya a continuou encarando, o coração batendo com fúria e vergonha. — O que você é... Você tem utilidade. Mas eu também posso ser útil para você.

— Imagino que eu seja uma boa arma — provocou Priya, baixinho.

Mais uma vez, ela pensou em Meena — na raiva, no corpo da mulher caindo e no cheiro de fogo e pele queimada que a atormentava havia anos.

O TRONO DE JASMIM

Ah, espíritos, Priya pensou, em desespero. *No que eu estou escolhendo me tornar? No que estou me tornando? Lembrar de quem eu sou vale tudo isso?*

Como se convocada por seus pensamentos, uma nova lembrança apareceu em sua mente. Água derramada no chão. O cheiro de ghee e resina no ar. Uma das irmãs do templo se virando para ela, os olhos arregalados, segurando o próprio pescoço. Um ancião, a boca voltada para baixo, tristonho, acendendo uma chama...

Ela não queria se lembrar disso.

— Priya. — Malini exalou. — Por favor.

Priya percebeu que estava tremendo.

— Não posso — disse, de repente. — Agora não.

— Priya...

— *Agora não.*

Ela saiu do quarto bruscamente.

Mas não chegou muito longe.

Longe da lanterna bruxuleante, longe de Malini, ela se ajoelhou sozinha, abaixando a cabeça para encostar nos joelhos. Estava tremendo.

Ela precisava saber se Bhumika estava segura. Se o mahal do general, Rukh, Sima, Gauri e todas essas pessoas que compunham o mahal estavam em segurança.

Se ela não podia ir até lá pessoalmente, usaria a única forma de sair do Hirana que estava disponível.

Respirações curtas. Uma após a outra, mais uma, cada vez mais fundo. Mais fundo.

Ela se afundou mais uma vez no sangam. A água do rio se ergueu para encontrá-la.

ASHOK

Ashok sempre usava um frasco das águas pendurado no pescoço. Ele tocou o recipiente agora, enquanto passavam pela floresta, o cheiro de sangue invadindo as narinas, seco nas roupas e debaixo das unhas. Kritika se virou para olhá-lo por um momento breve. Havia uma mancha escura na bochecha da mulher.

— Continue andando — ordenou ele.

O frasco não estava quente, não ardia de poder assim como as árvores sagradas. Mas alguma coisa parecia... estranha. Dentro das águas perpétuas que corriam no sangue dele. Dentro da própria cabeça.

Ashok estava rodeado por seus colegas rebeldes, andando pela floresta com a familiaridade de pessoas que nasceram fazendo aquilo. Alguns seguravam foices de cabos compridos e abriam o caminho à frente para os outros passarem. Aquela era uma mata ainda virgem, intocada pela presença do império, e não tinha vilarejos ahiranyi. Não havia altares para os yakshas pendurados nos galhos ou martelados nos vastos troncos de árvore que permeavam a floresta. Não era território de ninguém e, portanto, era ideal. Eles precisavam de um lugar para se esconder e descansar.

Conseguiram atingir o regime imperial com um golpe duro. Aquilo era certo, era justo, depois do que o regente tirara deles. Parijatdvipa queria usar o medo, transformar a fé em uma arma? Então Ahiranya faria o mesmo.

Ouviu-se um ruído à frente. Um baque. Os outros pararam, e Ashok cerrou os dentes e caminhou até o som. Assim como o restante do grupo, ele reconhecia o som de um corpo caindo quando o ouvia.

O TRONO DE JASMIM

Sarita estava deitada onde caíra, as roupas manchadas de sangue e os dedos marrom-avermelhados, a foice abandonada ao lado. Mesmo de pé acima dela, Ashok conseguia ver que a pele da mulher estava molhada.

Quando os frascos das águas eram consumidos pela primeira vez, faziam com que a força física crescesse intensamente junto da mágica. Mas conforme a influência das águas se dissipava, o corpo começava a tremer e ficava muito enfraquecido. Depois de pouco tempo, a água e o sangue começavam a deixar o corpo, escapando pela boca, pelos ouvidos, pelos olhos. Era assim que começava a morte por envenenamento.

Essa havia tomado Sarita rapidamente.

Ela bebera dois frascos, talvez três, no tempo que servira à rebelião, sempre se esforçando para afastar a morte consequente. Ela lutara com ferocidade no haveli do velho lorde. Quebrara um ou quatro pescoços usando apenas a força das próprias mãos, segurando os homens imóveis sob os punhos. E agora estava morrendo. Um pouco mais de água lhe daria mais tempo. Um pouco mais...

Um punho se fechou ao redor do pulso dele. Kritika estava parada ao seu lado.

— Quase não temos mais sobrando — lembrou ela baixinho, para não ser escutada pelos outros ao redor. — Só mais três ou quatro frascos, e quem sabe quando vai conseguir reabastecer nossos suprimentos? Por favor, Ashok. Não faça isso.

Ele hesitou, a mão ainda segurando o frasco que carregava no bolso, pronto para puxá-lo. Então o soltou e se ajoelhou, levando a mão gentilmente até a testa de Sarita.

— Sarita — disse ele, dócil. — Você foi uma mulher corajosa. Você fez muito bem.

Os olhos dela se abriram, só um pouco. Estavam brancos, as pupilas, um ponto escuro, como duas feridas ensanguentadas surgindo sob a ponta de uma agulha.

— Sarita. Sarita. — Ele repetiu o nome como uma canção de ninar. O coração de Ashok se partia ao vê-la assim. Que desperdício. — Dói muito?

A boca da rebelde formou uma palavra, sem som. *Sim*.

— Kritika — chamou ele. — Você pode...

— Sim — respondeu ela, triste. A mulher segurou os ombros de Ashok, puxando-o para cima. — Vou fazer.

Ele ficou de pé e se afastou.

Ouviu o som da foice se erguendo. Um corte. E, então, mais nada.

No silêncio do momento, com nada para perturbá-lo a não ser o som de respirações dos outros ao redor, o zumbido de insetos e o canto de pássaros entre as árvores, Ashok finalmente entendeu o que o incomodava. O que chamava seu sangue.

Havia uma voz no sangam chamando o nome dele.

Ashok se afastou um pouco mais, até encontrar uma árvore velha e grande o bastante em que pudesse se apoiar. A árvore o aninhou.

O seguidor mais próximo o viu se sentar e assentiu veementemente. Ashok tinha certeza de que ninguém o incomodaria naquele momento, a não ser que os soldados do general os encontrassem. E isso ele achava improvável.

O rebelde fechou os olhos. Respirou. Respirou.

A irmã uivava o nome dele no sangam, e ele viera ao seu encontro. Ela era uma sombra ajoelhada entre as águas que corriam rápidas. Ela ergueu a cabeça no momento em que ele apareceu.

— O que você fez? — perguntou ela, de imediato.

— Então você viu o fogo.

— É óbvio que vi, Ashok. Por que fez?

— Justiça — respondeu ele, simplesmente. — Acha que queimar mulheres vivas e esmagar o crânio de homens não deveria ter consequências? Não é bem assim, Priya.

— Você matou o general Vikram?

A pergunta o pegou de surpresa.

— Você se importa mesmo?

— Eu me importo pelo que a morte dele significaria — justificou ela.

— Entendo. Você se importa por Bhumika. — Ele se aproximou mais. — Não, eu não o matei. Eu considerei isso — confessou, lembrando com certo prazer do rosto apavorado do regente. — Mas algumas coisas não são simples. Eu me conformei em matar lorde Iskar e a família dele.

— *Ashok*.

O TRONO DE JASMIM

— A morte do nosso povo precisa ser vingada — afirmou ele, calmo. Priya ainda era tão inocente. Ela não entendia a forma como o mundo funcionava, ou o preço que o poder exigia. Não como ele entendia. — E agora está vingada. Lorde Iskar servia ao regente de forma competente, não é mesmo? Era um grande estudioso da economia. Sem ele, Vikram nunca vai conseguir fazer os outros se curvarem. Ninguém vai saber fazer coisa alguma. Talvez quando estiverem todos brigando enquanto suas fontes de receita desmoronam ao seu redor, eles se lembrarão de que não se brinca com o espírito dos ahiranyi.

— Você está agindo com muita violência — se exasperou Priya. — Vai deixar tudo muito pior. O general agora vai matar tantas pessoas para compensar isso, Ashok.

— Foi *ele* quem agiu com muita violência — retrucou Ashok. — Todos aqueles homens e mulheres condenados à morte, e por qual motivo? Um "ataque" em que ninguém morreu a não ser Meena? Seu regente é um tolo, e o mestre dele é um tolo. O imperador precisa entender que não podem extirpar a nossa língua, banir nossas histórias, nos deixar passar fome para então nos matar sem nenhuma consequência. Eu não me arrependo, Priya. E você também não deveria se arrepender.

— Se depender de vocês, Ahiranya vai acabar banhada em sangue.

Naquele instante, ela soava tanto como Bhumika, tão reprovadora e empertigada, que ele poderia ter rido.

Em vez disso, Ashok se ajoelhou, imitando-a.

— Você encontrou o caminho para as águas perpétuas, Pri? Se quiser que as coisas sejam menos sangrentas, é isso que precisa fazer.

— Se vai mentir para mim, ao menos me faça o favor de parecer convincente. — Priya bufou. — Se eu der o caminho das águas perpétuas para você, vai usá-las para construir um exército, assassinar pessoas, para...

— ... viver — completou ele. — Preciso das águas perpétuas para viver.

O golpe a acertou, como ele sabia que acertaria. Conseguia perceber isso pelo peso do silêncio da irmã.

— É como se você estivesse segurando uma faca no meu pescoço para me fazer obedecer — lamentou ela, por fim. — Tudo que você diz parece uma ameaça.

— A verdade não é uma ameaça — respondeu ele, gentil. — Pri, eu nunca quis isso para você. Pedi a Meena para fazer essa tarefa por um motivo. Mas agora você é minha única esperança. E eu não estou mentindo. Vai ser menos sangrento se meus seguidores e eu tivermos a força necessária para dar o golpe que acabará de uma vez por todas com o controle de Parijatdvipa sobre Ahiranya.

Na verdade, precisavam das águas se quisessem ter certeza do sucesso. Ele tinha planos. Sabia exatamente quem precisava morrer para fazer Parijatdvipa se ajoelhar. Ashok passara muito tempo pensando nisso. Cada assassinato que ele e seus seguidores cometiam tinha a intenção de enfraquecer o controle de Parijatdvipa e arrancar o poder imperial pela raiz.

— Você conhece o ditado: na morte, um único golpe de foice é mais limpo do que dez de golpes de bastão.

Com as águas perpétuas, poderiam ser a foice: mais fortes do que os números limitados que tinham, dos recursos limitados de que dispunham. Poderiam matar com eficácia e rapidez, purificando Ahiranya com um único golpe.

Sem as águas, havia pouca chance de sucesso. Precisariam ser brutais. Precisariam queimar e golpear Ahiranya, sacrificando os seus para conseguir destruir o império. Não haveria uma expulsão do poder imperial: seria o tipo de guerra que incendiaria campos inteiros de alimentos, deixando nada além de cinzas e fome para trás. E mesmo assim, mesmo depois de pagar com sangue ahiranyi, não havia garantia de sucesso. Nenhuma promessa de que Ahiranya seria livre.

Apenas Priya conseguiria achar as águas. Apenas Priya conseguiria convencer o Hirana a mostrar o caminho e dar a Ashok e seus seguidores a força de que precisavam para vencer. Apenas ela.

Priya esticou a mão para ele, e então hesitou. Ela se afastou, relutante. Baixou o braço de novo para a confluência das águas.

— Não sei se consigo dar a você o que precisa — disse ela, por fim. Havia algo de vulnerável na voz dela, quase uma pergunta. — Não tenho certeza de que posso lhe dar as águas. E não tenho certeza de que posso encontrá-las para mim também.

— Então agora você concorda com Bhumika? Quer se ajoelhar e implorar a Parijat pelo pouco que eles acham bom nos dar? Não quer mais que tomemos o que é nosso por direito?

— O que vai fazer com esse direito, Ashok? O que você *está* fazendo? — exigiu ela. — O que nós devemos ser?

O TRONO DE JASMIM

— Poderíamos fazer tantas coisas boas, Priya — disse ele com sinceridade. — Os nascidos-três-vezes conseguiam manipular a decomposição, sabe. Era tão novo na época, assim como nós, mas eles conseguiam controlar. Você pode não gostar dos meus métodos. Não precisa gostar. Mas assim que governarmos Ahiranya, poderemos tornar nosso país melhor. Poderemos fazer com que nosso povo venha em primeiro lugar, alimento e cuidado com prioridade pela primeira vez. Poderemos salvar nossa cultura e nossa história. Talvez até mesmo acabar com a decomposição.

— E nos tornar monstros? — sussurrou Priya. — E nos tornar armas? *Sim.*

— Você também já matou alguém — ressaltou ele. — Não há vergonha em ser forte o bastante para tomar o que é seu por direito.

— Talvez devesse ter — falou ela. Outra hesitação. E então as palavras desabrocharam: — Eu me lembro de mais coisa. O Hirana está começando a responder. Às vezes sinto o cheiro de fumaça e é como se eu estivesse sufocando. Ouço os gritos. Eu...

Priya olhou para ele, a sombra dela, que estava apenas começando a se lembrar daquilo que ele jamais poderia esquecer.

— Ashok, pode me prometer que você não vai... que você só vai fazer o necessário para ver Ahiranya livre? Que não vai matar todos os parijati nas nossas terras? Eu conheço a sua raiva — disse ela. — Eu consigo sentir. E o seu luto. E o seu... desejo por algo melhor. Mas pode me prometer que não vai afogar Ahiranya com sangue?

— Prometo fazer o que for melhor para Ahiranya.

— Isso não é uma resposta — retrucou ela.

— Prometo nos transformar no que já fomos.

— Isso também não é uma resposta — sussurrou Priya. — Ashok. Irmão. Não dá para confiar em você com o poder que já tivemos um dia.

As palavras de Priya eram como uma adaga lenta, rompendo a pele das costelas.

— Eu criei você — ele conseguiu dizer, diante da dor da reprovação.

— Eu sei.

— Quando estávamos com fome, quando não tínhamos nada, eu dei a você o pouco de comida que nós tínhamos. Fiquei a noite toda acordado com uma adaga na mão enquanto você dormia na rua, para não a machucarem. No Hirana, eu salvei sua vida.

— Eu *sei* — repetiu ela, a voz estrangulada. — Ashok. Eu sei.

Mas então não disse mais nada.

Ele pensou em quando acordou dentro do tronco daquela árvore sabendo que Meena estava morta. Sabendo que a própria fraqueza deixara a rebelião sem um espião, sem uma arma valiosa em mãos.

Ele não cultivara Priya para ser uma arma. Ele permitira que ela fosse até Bhumika. E era assim que ela agradecia?

— Há tanto que você não se lembra da nossa infância, Priya. Mas se lembra de como éramos treinados quando crianças?

Silêncio. E então ela disse:

— Eu me lembro da dor.

— Desta forma que éramos ensinados a ser fortes. Como todos fomos ensinados a ser fortes o bastante para sobreviver e governar. A dor pode ser uma professora carinhosa. Os espíritos sabem que eu já tive a minha cota.

E você, pensou ele, *já teve a sua?*

Ela era fraca demais, sua irmã. Não fazia ideia do que poderia ter sido.

— Você sabe por que não somos nada além de sombras no sangam? — perguntou ele. — Nunca se perguntou isso?

— Não — respondeu ela.

— Alguns de nós, mais velhos... Nós falamos sobre isso. Todos os nossos dons são um reflexo do poder que os yakshas possuíam. Até mesmo isso. Foram os yakshas que viajaram nos rios cósmicos, no passado, e vieram para o nosso mundo. Quando estamos aqui, acredito que é só a parte yaksha em nós que se move. — Ele fechou a mão em punho, apoiando-a na clavícula de Priya, acima do coração. — Quando experimenta das águas perpétuas, elas abrem um espaço para inserir os dons dos yakshas dentro de você. O poder deles é um cuco dentro do ninho que é seu corpo. Mas pior ainda é que você se convence de que ainda *é* você. É só quando o poder acaba que você percebe que uma parte sua foi apagada.

— Você não está falando nada com nada — soltou ela, mas continuava escutando.

— A parte de você que está aqui é a parte que não é humana — informou Ashok. — A parte de você que está aqui é a parte que as águas perpétuas arrancaram, eviscerada e esvaziada para dar espaço ao poder. Você não sente isso como eu. Todas as vezes que eu bebo das águas, uma

O TRONO DE JASMIM

nova parte de mim é arrancada. — Ele se preparou para fazer o que era necessário. Para ensinar-lhe. — Quer saber o que nós somos, Priya? Aqui. Me deixa mostrar a você.

Ela só percebeu quando já era tarde demais. No passado, ela deveria ter percebido muito mais rápido. Teria desviado, corrido, usado os dentes. A vida no mahal a deixara lenta. Porém, no estado em que se encontrava, Priya não pôde fazer nada antes de a sombra do punho de Ashok se forçar para dentro do peito dela, a fumaça escura se dissipando.

Ele apertou o punho, mais perto de onde o coração da irmã estaria. E apertou mais, então *torceu*.

Priya gritou, a sombra que era seu corpo estremecendo em agonia.

— Eu sei que dói — asseverou Ashok, ríspido. — Eu sei. É assim que eu me sinto o tempo todo. Escorado, retorcido e... inumano, Priya. É essa a nossa herança.

Como um buraco através do coração, pensou ele. *Como se a alma estivesse em decadência, se desfazendo, a luz escapando através da pele.*

Havia algo horrível e doce no sentimento que o percorria em resposta à dor da irmã. Ele pensou que era a satisfação de uma lição sendo aprendida.

— Minha vontade é mais forte que a sua, Pri. Sempre foi. Eu salvei sua vida várias e várias vezes, e agora peço a você: salve a minha vida. É hora de pagar pela sua vida. Ou me condenar a morrer me sentindo *assim*. Quero que essa feiura dentro de nós valha alguma coisa, Pri — continuou ele. — Quero que usemos isso para algo maior. Para algo melhor. Para Ahiranya ser como deveria, livre do império. É pelo nosso *lar*.

Ashok retirou a mão. A escuridão caiu da sombra de Priya sobre a água, irrompendo em flores pretas antes de se desfazer. As mãos dela se mexeram, estremecendo, como se quisesse tocar no próprio peito, mas não ousasse fazer isso.

— Poderia ter sido mais gentil — ela conseguiu dizer. — Você, de todas as pessoas, que sofreu o que eu sofri. Achei que podia confiar em você para ser meu irmão.

Ele balançou a cabeça.

— Sua família não tem a obrigação de ser gentil com você. Tem a obrigação de fazer você ser melhor. Mais forte. Eu estou sendo verdadeiro com a nossa família. Agora, Pri, e sempre.

A voz dele se suavizou, mais carinhosa.

— Encontre as águas perpétuas. Lembre-se de quem você é, e seja forte, Priya. — E então, quando ela se recusou a olhar para ele, quando a cabeça continuou baixa, ele insistiu: — Priya. Você precisava aprender.

Ashok esticou a mão na direção da irmã, mas ela cambaleou para trás. Ela o rejeitou, com um ruído selvagem que não era feito de palavras, apenas sentimentos. Ela se atirou de volta na água, se desfazendo no nada. Fugindo dele e da verdade.

Ao longe, ele sentiu Bhumika. Um de seus rebeldes, os poucos que beberam das águas para lutar ao lado dele. Ashok fechou os olhos e baixou o próprio rosto para mergulhar nos rios.

PRIYA

Ela foi atirada para dentro do próprio corpo. Em um instante, sentiu as águas das entranhas, da imortalidade e da alma subirem pela garganta, fazendo com que engasgasse, e agarrou o próprio pescoço, arfando. A carne dela ardia. Ela não sabia onde começava a terra ou onde o céu terminava, não sabia o caminho para cima, para *fora* dali. Aquela sensação era como se afogar, ou algo perto disso, já que não importava se a água a rodeava ou se uma parte dela ainda estava aprisionada no sangam, dominada pela fúria de Ashok.

— Priya — uma voz a chamou. — Está machucada? Fale comigo. *Baixinho.*

Os olhos de Priya se abriram. Malini estava ajoelhada ao seu lado. Não era nascida uma, duas ou três vezes: ela era completamente mortal, com o olhar fixo em Priya, os lábios pressionados com força. Priya não estava mais no sangam, então, e Ashok não estava ali. Ele não poderia machucá-la.

Ashok tinha tentado machucá-la.

A mão foi ao peito no mesmo instante. Ele a *tinha* machucado. O lugar onde ele a machucara era como uma estrela que queimava em seu cerne, e Priya não conseguia respirar.

— Priya — chamou Malini de novo. A voz da princesa estava calma, completamente calma, mas era uma serenidade que Malini vestia como armadura. O olhar dela fixo no de Priya. — Precisa parar com isso.

Parar...?

Foi só então que ela notou que estavam rodeadas de musgo e flores, de trepadeiras subindo pela superfície das paredes, se desdobrando pelas rachaduras. Na verdade, as pedras quase pareciam se mexer, se reorganizando para deixar que o verde crescesse entre elas.

— Pramila — arfou Priya. — Se ela vir isso...

— Eu não sei onde ela está — comentou Malini —, nem quando vai voltar, e é por isso que você precisa *falar baixo*.

— Eu sinto muito — respondeu Priya, sem fôlego, mesmo que não houvesse pelo que ela se desculpar, enquanto Malini tinha *todos* os motivos. Ela tentou se concentrar, erguer a cabeça, mas conseguia sentir a fúria de Ashok como se o punho ainda estivesse em seu peito.

Ela respirou fundo, e então desvaneceu na escuridão.

O rosto de Malini, frio e determinado, foi a última coisa que viu.

MALINI

O dia em que Malini aprendeu a usar uma faca foi também o dia em que aprendeu a chorar.

Ela e Narina brincavam no jardim de flores de sua mãe, repleto tanto de lírios quanto de flores de lótus em pequenos lagos, zínias e hibiscos. Fingiam ser mercadoras de Dwarali, atravessando as fronteiras de Parijatdvipa na região selvagem e perigosa que era o território Babure e Jagatay. Para isso, precisaram de mantos grossos — por alguma razão, Narina insistira que mercadores sempre usavam mantos grossos —, mas também precisavam de armas.

— Para proteger nossa mercadoria — explicara Narina.

— Imagino que teríamos guardas para as proteger — argumentara Malini.

— Nem todo mundo tem guardas, Malini. — Narina bufara.

— Entendo — cedeu Malini. — Então não somos mercadoras muito boas. Ou poderíamos pagar guardas, não é?

Alori soltara um pequeno suspiro.

— Não discuta, por favor — pedira ela. — E enfim, eu sei onde podemos arrumar armas.

Alori era a única filha do rei de Alor, que tinha filhos o bastante para constituir um pequeno exército. Alori era quieta e pequena, e tinha um dom para sumir de vista, desaparecendo até se tornar insignificante. Mas a quietude dela não era timidez, e ela guiara Narina e Malini com confiança até o quarto onde o mais jovem dos seus irmãos anônimos dormia.

No caminho pelos corredores, ouviram o baque de madeira e o tilintar das correntes abaixo. O som as reassegurara de que os príncipes imperiais — os irmãos de Malini — e seus lordes companheiros estavam ocupados treinando luta no pátio.

As garotas entraram no quarto e remexeram o baú aos pés da cama do irmão de Alori. Ele não guardava o bastão, o sabre ou qualquer uma das armas mais impressionantes no quarto, mas mantinha katars gêmeas embainhadas em couro no fundo do baú, além de duas adagas com entalhes de peixes no cabo. Foi só quando estavam indo embora do quarto que Malini teve a ideia repentina de olhar embaixo do colchão. Era lá que ela guardava os próprios tesouros, e seu instinto a recompensou quando agarrou uma faca simples. Não era rebuscada o bastante para ser considerada uma adaga. Não havia curva sinuosa na lâmina ou decoração no cabo. Era simples, brutal e afiada. Malini a colocou no bolso.

Elas correram de volta ao jardim, onde se desfizeram em gargalhadas.

Foi Alori quem se ofereceu para demonstrar a Malini como usar a faca.

— Meus irmãos me ensinaram — dissera ela. — Aqui, é assim que se segura.

Havia um truque para segurar uma lâmina de verdade. Confiança e um jeito certo de empunhar. Malini estendeu a faca diante de si e uma sensação estranha e estarrecedora se desdobrou no peito. Ela sorriu.

— Vamos proteger nossa mercadoria — dissera.

Malini estava fingindo ser um bandido Babure, parada no topo de uma pilha de pedras altas, balançando a faca diante do corpo, enquanto Narina e Alori, que estava abaixo dela gritando corajosamente, de repente ficavam em silêncio.

Malini era uma criança sensata. Ela abaixou a faca e se endireitou, se virando. Atrás dela, a princesa viu a figura de um homem se erguendo, delineada na sombra pelo sol. Mas Malini conhecia o formato daqueles ombros; aquele turbante, com pérolas ao redor da bainha e uma única pena de pavão costurada ao topo. Os sapatinhos de ouro e tecido vermelho bordado com muitos detalhes nos pés.

Chandra estava diante dela. Ele era jovem, apenas alguns anos mais velho do que a irmã, mas já tinha certa dureza no olhar, uma qualidade pétrea de alguém furioso com seu destino. Ele a olhou com desdém, e

O TRONO DE JASMIM

Malini de repente tomou consciência do seu cabelo solto, dos pés sujos e descalços. Da arma que empunhava.

— Malini — chamara ele. — Onde foi que arrumou uma faca?

Malini não respondera. As palmas das mãos ardiam.

— Ouvi você no corredor — revelara o irmão, se aproximando. — Ah, pensou que não tinham sido vistas, eu sei. Mas eu não estava no pátio treinando com os outros. Estava rezando no altar da família. Falando com o alto sacerdote.

— Sobre o quê? — quis saber Malini.

Talvez se ela fingisse que nada estava errado — que não via a curva nos lábios dele, os olhos estreitos — a raiva do irmão evaporasse. Ela tinha tantas esperanças inúteis.

De alguma forma, a boca do irmão se apertou ainda mais.

— Dê isso aqui — pedira ele.

Alori contara para ela, rindo, que um golpe abaixo da fissura das costelas poderia matar um homem. Que ela poderia cortar um tendão. Uma garganta.

Dissera tudo aquilo com tranquilidade, de forma fácil. Eram coisas que os irmãos de Alori haviam revelado para ela, como se uma garota tivesse direitos iguais sobre armas e conhecimento, como se esperassem que ela derramasse sangue com as próprias mãos.

Chandra ensinara a Malini a sensação do medo. E a vergonha. A forma como poderiam se alojar em seu estômago, pesados como pedra. Como poderiam alterar sua natureza para algo contido e acorrentado.

Malini pensou em todas as formas como uma faca poderia ser usada para matar ou machucar, a palma coçando com sede de violência. Então, ofereceu a faca para o irmão com a lâmina virada para ele. Chandra a pegou.

— O que eu disse — perguntara ele — da última vez que se comportou de forma inapropriada?

— Eu sinto muito — havia sido a resposta de Malini.

— Abaixe a cabeça — exigira o irmão, como se não tivesse escutado.

Ele a agarrou pelo cabelo.

Então, começou a cortá-lo.

— Eu disse — repetira ele, cortando a trança, a outra mão agarrando a raiz dos cabelos — que as mulheres são um reflexo das mães das chamas.

Você nasceu para ser sagrada, Malini. Eu disse a você que, caso se recusasse a se comportar direito, ia precisar *aprender*.

Malini conseguia ver Narina ali perto, o rosto vermelho, as mãos fechadas em punhos. Alori havia corrido para se esconder nas árvores, e estava completamente imóvel. Observando.

A princesa nunca se esqueceria do olhar no rosto das amigas.

Ela tentou empurrar o irmão para longe; empurrou com força, com as duas mãos. Ele apenas puxou a cabeça dela e cortou com mais vontade. Malini sentiu uma dor lacerante. Ele cortara a pele dela. Sentiu uma ardência, e depois o calor do sangue escorrendo pela pele.

Malini sentiu então, como sentiria muitas vezes depois, nos anos que se seguiram: a sensação avassaladora de que, quando estava cortando o cabelo dela, Chandra também queria cortar seu pescoço. Que machucá-la fazia com que ele a amasse mais intensamente, e fazia com que quisesse machucá-la mais intensamente também: como se a destruir fosse a única maneira de mantê-la pura.

A princesa começou a chorar. Chorou porque lutar não tinha adiantado, e ela não conseguia se obrigar a implorar. Então o corte começou a ficar mais gentil, como se as lágrimas fossem submissão, um sinal de derrota e de que Chandra poderia ser bondoso com ela. Como se fosse isso o que ele queria o tempo todo.

Ela aprendera. As lágrimas eram um tipo de arma, mesmo que fizessem a fúria dela arder, se despedaçar e chacoalhar dentro de si.

— Chandra — chamara uma voz, e a lâmina na mão do irmão ficou imóvel.

O irmão mais velho de Malini, Aditya, estava parado na varanda do jardim. Ainda estava vestido para o treino, sem camisa e usando apenas um dhote, sem um turbante para esconder o cabelo cheio de suor. Ele atravessou o jardim a passos rápidos. Atrás dele, nas sombras, estava a mãe dos três. O pallu cobria o rosto, a cabeça estava baixa.

Quando Malini viu o irmão, ela chorou com ainda mais fúria, soluços enormes escapando mesmo enquanto seu coração continuava enraivecido e vingativo.

— Deixe-a em paz — pedira Aditya. Ele parecia cansado.

— Ela estava com uma arma. Uma mulher não deveria fazer isso.

— Ela é uma criança. Deixe que nossa mãe lide com a disciplina dela.

O TRONO DE JASMIM

— Nossa mãe arruinaria Malini se pudesse — murmurara Chandra. — Os sacerdotes dizem...

— Não me importo com o que dizem os sacerdotes — rebatera Aditya. — Venha comigo, Malini.

Ela não precisava ouvir duas vezes. Correu até ele.

Aditya a guiou até a varanda. Depois de um instante, Narina e Alori a seguiram.

— Mais ninguém pensa da mesma forma que ele, pombinha — consolara Aditya gentilmente. Ele acariciou as pontas cortadas do cabelo dela.

— Vivemos em tempos mais inteligentes. Mas você não precisa de uma faca. Tem guardas o suficiente para proteger você, além de dois irmãos que a amam.

— E quem vai me proteger dos meus irmãos? — perguntara Malini.

— Chandra não queria machucar você de verdade.

Malini sabia que Aditya estava errado. Chandra queria, sim. E ele conseguira.

Mas Aditya não entenderia isso, mesmo se ela tentasse explicar, então sequer tentou.

Naquela noite, quando ela, Narina e Alori se enrolaram sob o mesmo cobertor como cachorrinhos, Alori colocara uma lâmina embainhada entre elas. Era outra das facas do irmão.

— Ele disse que queria que ficássemos com ela — confessou Alori, e: — Ele diz que sente muito, Malini.

Só que nenhum príncipe de Alor era responsável pela dor de Malini.

Ela aprendera naquele dia a se transformar em uma carapaça de docilidade em vez de mostrar a verdadeira medida de sua raiva. Ela aprendera, quando Chandra cortara seu cabelo, que havia uma forma esperada para ela se comportar e, se ela fracassasse, haveria um preço a se pagar.

Apenas a mãe de Malini sabia o que ela estava fazendo. Uma vez, ela se sentara ao lado da filha em um balanço no mesmo jardim onde Malini aprendera sua lição.

— Vou começar a ensinar a você e às outras meninas — comentou a mãe, depois de um longo silêncio. — É hora de aprender. A filosofia da estratégia militar e liderança, os ensinamentos das primeiras mães... São coisas que uma princesa deve saber.

Malini ficou em silêncio. Ela nunca tivera a impressão, muito menos vindo da mãe submissa, de que esse era um conhecimento apropriado para princesas.

— Quando eu era garota, meu pai arrumou uma sábia para me educar — continuara a mãe. — Eu tentarei providenciar o mesmo para você, minha criança das grinaldas, mas até esse dia chegar, posso dar a você o que eu tenho. Algumas coisas podem ajudá-la a sobreviver como uma filha de Parijat. Uma flor com um coração de espinhos.

— Eu não tenho espinhos — defendera-se Malini. — *Eu chorei.*

— O choro não torna você menos do que você é — fora a resposta da mãe. Ela levou a ponta dos dedos ao cabelo picotado de Malini. — Cuidado com as lágrimas — acrescentara ela, em uma voz que forçava para ser comedida. — São o sangue do espírito. Se chorar demais, vai ficar exausta, até sua alma ficar como uma flor despedaçada.

Porém, a mãe dela estava errada. Quando chorava o bastante, sua natureza se transformava em pedra, assolada pela água até que ficasse lisa e impenetrável, impossível de machucar. Use as lágrimas como ferramenta por tempo o bastante e fica fácil se esquecer a sensação do luto verdadeiro.

Ao menos isso era uma misericórdia.

As paredes respiravam. Quando saíra do claustro lentamente para a escuridão profunda, ela vira as trepadeiras forçarem seu caminho pelas pedras, o musgo se desdobrar pelas rachaduras como teias de aranha que se espalhavam no chão. Agora as raízes e folhas pulsavam no mesmo ritmo da respiração de Priya, que estava inconsciente no chão. Malini conseguia ver as pálpebras dela estremecendo, inquietas, mas nunca abrindo.

O formato dos olhos, como os de um gato; o nariz torto e os ossos afiados. Não dava para transformá-la em uma nobre só com uma roupa. Ela não era agradável, e era forte. Ela era exatamente o que a princesa precisava que fosse. Malini soubera disso no instante em que pusera os olhos nela através da treliça, no escuro.

Ela teve certeza quando ouviu os gritos do outro lado do corredor e pressionou a mão contra a porta da cela, sentindo a porta se destrancar

O TRONO DE JASMIM

como se estivesse esperando por aquele toque. Quando ela se libertara e vira Priya tirar a vida de uma rebelde.

Priya era possibilidade e esperança. A única que Malini tinha.

— Priya. Acorde — chamou Malini, firme. Ela olhou para além das trepadeiras, para o fim do corredor. Tudo que ela menos precisava era que um guarda a procurasse ou, mães a livrem, Pramila virasse o corredor. — Priya. *Acorde.*

Com um grunhido, Priya abriu os olhos mais uma vez.

Os olhos de Malini estavam secos. Ela pensou em fingir lágrimas mais uma vez, em ficar mais vulnerável e deixar Priya mais vulnerável em resposta.

Era melhor não. Ela fracassara em jogar aquele jogo do modo certo. O fogo lá embaixo fizera com que perdesse o bom senso, e ela se revelara rápido demais. Toda aquela confiança cuidadosamente cultivada, as vulnerabilidades que revelara; tudo aquilo tinha sido desperdiçado.

Ou ela precisaria encontrar um novo esquema para ganhar a confiança de Priya de novo, para que ficasse a seu serviço, ou precisaria recorrer à honestidade.

Primeiro, porém...

— Priya — chamou ela novamente. — Acabe com isso. Sua... mágica.

— Estou *tentando.*

Ela ficou observando o peito de Priya subir e descer, e a forma como as mãos se curvavam quando se apoiou nos cotovelos.

— O que aconteceu com você? — murmurou Malini.

— Pare de falar — disse Priya —, e me deixe pensar.

O olhar de Priya estava distante, fixado em um ponto muito além de Malini. Ela sorvia o ar lenta e profundamente. Malini continuou em silêncio, ajoelhada. Ela não tocou o verde ao redor, apenas ficou observando enquanto recuava, murchando para dentro do chão e das paredes.

Priya olhou para as próprias mãos, com espanto e medo.

— Solo e céus — sussurrou. — Funcionou.

Então Priya ergueu a cabeça e ficou de pé, olhando para Malini. Sua expressão era feia; os lábios apertados, o maxilar cerrado, olhos estreitos. Parecia que Priya ficaria feliz em sufocar Malini até a morte.

— Há muito tempo eu sei que não posso confiar em ninguém — disse Priya. — Sei como o mundo é. Mas *isso..* fui tola em relação à senhorita.

Achei que entendia um pouco do que você era. Fiquei assistindo enquanto estava doente. Enquanto chorava. E fiquei com medo de que fosse vê-la morrer. Só que tudo que disse e fez... era tudo mentira, não era? — Priya balançou a cabeça, furiosa, erguendo a mão diante de si. — Não, não responda. Sei que era mentira.

Eu não menti, pensou Malini. Ela sabia mentir, é óbvio. Fazia isso com frequência; mas o valor da verdade, cuidadosamente entalhada para ir ao encontro da necessidade de outra pessoa, era muito maior, e muito mais difícil de desmentir.

Ela gostava de Priya. Gostava do aperto firme dos braços dela, a forma como os músculos faziam curvas; gostava de como ela sorria, de um jeito estranhamente reservado, nada além de um vislumbre de dentes brancos e uma covinha entalhada em uma das bochechas.

Malini não sabia como se sentir em relação ao olhar de fúria e traição que Priya lançava em sua direção agora. Causava uma dor no peito que a lembrava da sensação de comer uma pimenta verde inteira quando era pequena, simplesmente porque a ama dissera para não fazer isso — uma dor pulsante, mas ainda assim intensa e doce. Ela não sabia se odiava aquilo ou se ansiava por mais.

Não quero que você me odeie, pensou ela. *Quero que goste de mim. É absurdo, mas por que eu pediria que me imaginasse vestindo meus melhores sáris? Por que eu diria a você para me imaginar sendo linda?*

Essa verdade não ajudaria em nada. E ela precisava de Priya.

— Deveria ouvir o que eu tenho a lhe oferecer — disse Malini em vez disso. — Mesmo que decida não me ajudar a fugir, deveria escutar.

— Com todo o respeito — retrucou Priya, a voz cortante —, não preciso escutar nada. Não tem nada a me oferecer.

Priya estava certa. Tudo que Malini cultivara em seu tempo na corte — um jardim de nobres leais, reis, lordes e príncipes, uma rede de sussurros para a alimentar com o néctar do conhecimento — não existia mais, havia definhado ou fora destruído pelo fogo ou simplesmente colocado além de seu alcance. Nem mesmo a mente era o que deveria ser, graças ao veneno do jasmim. Ela não tinha nada nem ninguém. Só poderia oferecer a Priya favores e dívidas que, com sorte, ela conseguiria pagar um dia.

Ela se inclinou para a frente, pressionando uma das mãos no chão frio que estivera coberto de musgo. Ela não fez nenhum jogo que Priya

O TRONO DE JASMIM

rejeitaria. Em vez disso, sustentou o olhar dela e pensou, *eu sou uma filha nobre de Parijat e vivi mais do que minhas irmãs de coração, ganhei homens para minha causa. Eu ainda estou viva, apesar da fé e das chamas.*

Você irá me escutar. Eu ordeno.

Ela colocou todo aquele pensamento em seu próprio corpo: na inclinação do pescoço, na firmeza da mão no chão, no endireitar orgulhoso dos ombros.

Era o suficiente para deixar Priya paralisada por um instante. Só o suficiente.

— Sei que não tem amor por Parijat — afirmou Malini. — Mas você ama Ahiranya. E sabe que o imperador Chandra logo vai retirar seu regente da jogada.

— E o que me importa se fizer isso?

— Quer que algum dos comparsas dele comande seu país? Um fanático que acredita na união de Parijatdvipa sob uma chama da fé? Seja lá o que pensa do general Vikram, ele não é nenhum idealista. Idealistas são os piores tipos de governantes.

O que ela estava fazendo, tentando explicar política para uma criada? *Mas Priya não é uma simples criada,* sussurrou uma voz na cabeça dela. Parecia a própria voz, mas… a antiga. A de antes de beber veneno dia sim, dia não e os pensamentos começarem a se fragilizar na mente. Era uma voz doce, que falava o dvipano culto da corte com a cadência de um barco navegando em águas muito profundas. *Ela é uma criança do templo, não é? Ela tem mais poder em um dedinho do que você possui em todo o seu corpo. Você não sabe o que ela sabe. Não sabe o que ela é capaz de fazer.*

— Que mal tem em me escutar? — perguntou Malini.

Priya hesitou. Um ruído soou no Hirana. Um nome, gritado ao vento. A boca de Priya ficou mais firme, e ela pegou Malini pelo cotovelo, colocando as duas de pé.

— Mal o bastante — resmungou Priya. — Mas vou fazer isso de qualquer forma, acho.

A amargura na voz de Priya… Ah, se Malini fosse alguém que se permitisse odiar a si mesma, ela teria feito isso. Havia algo tão encantadoramente mole no coração de Priya. Ela nunca vira nada como aquilo antes. Quando Priya falara de fazer uma oferenda de coco e flores para os espíritos ahiranyi, quando falara de ficar de luto por seus mortos, Malini teve a certeza de que podia *sentir* aquele coração em suas mãos: um músculo tão frágil quanto um ovo que continha o mundo, a compaixão fluindo tão terrível e vital quanto o sangue venoso.

Mas Malini não era alguém que tinha arrependimentos, então ela não sentiu coisa alguma.

Pramila nem sequer ficara brava. Priya contou uma história convincente sobre como Malini tinha corrido por medo e pânico e Priya a buscara, a acalmara e a trouxera o mais rápido que conseguiu. Uma inverdade descarada, mas uma em que Pramila estava pronta para acreditar. A mulher mais velha estivera chorando, e ainda tremia. Assim que foi reassegurada de que Malini estava a salvo, ela deu as costas e se fechou no próprio quarto. Malini presumia que era para chorar mais.

Afinal, ela e Priya não eram as únicas que tinham memórias terríveis das chamas.

Priya se movia pelo quarto, inquieta, enquanto Malini se sentava imóvel na charpai, de pernas cruzadas e costas eretas. Sem preâmbulos, Malini disse:

— Meu irmão queria me matar porque tentei dar um golpe para que nosso irmão mais velho assumisse o trono dele.

Priya parou de andar.

— Aditya abandonou a fé — acrescentou Malini. Ela não sabia o que Priya sabia ou não sabia sobre a política parijati. Era melhor contar tudo. — Ele teve uma visão e se tornou um sacerdote do deus anônimo. Ele não podia fazer isso e permanecer sendo o príncipe herdeiro de Parijatdvipa. Ele não poderia ser imperador. Então nos restou Chandra. Mas eu sabia, na minha alma, que era Aditya quem deveria governar. Eu sabia que ele seria muito melhor do que Chandra, porque era muito melhor do que Chandra de todas as formas. E eu sabia que a posição dele como o primogênito do meu pai e sua natureza iriam receber o apoio das nações de Parijatdvipa. Então procurei esses reis e príncipes, e cultivei uma amizade. Me certifiquei do apoio deles. Então Chandra descobriu minhas intenções.

— Você me disse que era impura — devolveu Priya, atirando as palavras nela como se fossem uma acusação.

O TRONO DE JASMIM

Impura. Sim, Malini tinha deixado isso subentendido — que foram seus desejos o que a condenaram. Não era exatamente... mentira. Só que Malini sempre escondera bem seus desejos. Se Chandra descobrisse sua verdadeira natureza, a sua estranheza, o fato de que preferia mulheres a homens, ela teria acabado na pira mais cedo. Mas ele não descobrira.

— Eu sou — disse ela simplesmente. Observou a forma como Priya a olhava, encolhendo-se em incredulidade. — Mas foi o que ele chamou de traição que me trouxe até aqui.

— E não é traição, tentar depor o imperador?

— Se eu tivesse conseguido, não teria sido — respondeu Malini. — E talvez eu ainda consiga meu objetivo. Os reinos de Parijatdvipa não esquecem a Era das Flores ou o sacrifício das mães. Fizeram um voto a nossa linhagem de sangue, para se unir sob o governo de um filho da linhagem de Divyanshi. Pela honra, não quebrarão esse voto. Mas a visão de Chandra os coloca não do lado dele, mas sob seus pés. Eu ofereci uma alternativa que os concedia o status que meu irmão queria tirar de todos eles. Nada além disso.

Nada além disso. Como se arquitetar um golpe contra o imperador de Parijatdvipa, o grande império de cidades-Estado, florestas e mares, fosse apenas um assunto leve e sem consequências. Era uma coisa pela qual Malini tinha dado seu sangue; tinha arriscado *tudo* por isso. E tinha perdido tanto no processo. Suas irmãs de coração, Narina e Alori. Sua posição na corte. Sua liberdade. E a saúde e a mente, que se esvaíam dela aos poucos. Se Chandra tivesse conseguido o que queria, os esforços para depô-lo também teriam custado sua vida.

— E acha mesmo que esse... irmão irresponsável que deixou seu império nas mãos de alguém que todo mundo odeia serve para governar?

Malini precisou de esforço para não estremecer. Ela pensou em Aditya — a sua moral, a sua bondade, a forma como ele a olhava com carinho. Irresponsável, sim. Ela não podia negar isso, mas era um homem melhor do que Chandra. Ele nunca levantara uma faca para ela. Nunca tentara queimá-la viva.

Evidentemente, não era um patamar de julgamento muito alto para Aditya. Mas, ah, pelas mães, se o voto entre as nações requeria um representante masculino de Divyanshi no trono de Parijatdvipa, quem restava além dele?

— Permita-me falar simplesmente que os homens da minha família têm um problema de se deixarem levar pela religião. Mas Aditya ainda é um homem bom, e Chandra não é.

— O que faz dele um homem mau? — perguntou Priya.

Malini engoliu em seco.

— Não é evidência o bastante que ele queime mulheres? Que queira me queimar? Ele é... determinado.

Ela não contaria a Priya sobre sua infância. Todos os anos que se esgueirara, aterrorizada, sem ninguém parecer ver ou compreender. Ela não contaria tudo sobre os srugani, dwarali, saketanos e aloranos cuja raiva Chandra havia despertado muito antes da oportunidade de se sentar em um trono.

— Chandra é um homem com uma visão do que o mundo deveria ser. É uma visão horrível. E ele vai destruir tudo em seu caminho para que isso se torne real.

Um reconhecimento cruzou o olhar de Priya.

Malini continuou:

— Chandra vai destruir a Ahiranya que você conhece — alertou ela. — Mas Aditya não faria isso. E em troca de me ajudar... posso pedir mais do que o que vocês têm agora. Mais do que isso.

— Diga.

— O mesmo poder que todas as cidades-Estado de Parijatdvipa possuem — sugeriu ela. — Seus próprios governantes. Um lugar na corte, para ajudar na administração do império. Certa liberdade, dentro do governo imperial.

— Não pode me prometer isso — soltou Priya de imediato, os olhos arregalados.

— Aditya tem um apoio forte — rebateu Malini. — E tem o elemento surpresa. Chandra não sabe quais são as forças que se unem contra ele. Ele sabe apenas que *eu* o traí, revirando os sentimentos ruins contra seu reinado. Eu e minhas damas de companhia. E o que poderia eu, a irmãzinha chorona, com duas mulheres fracas, de fato fazer para comprometer o trono dele?

— Tudo isso... — disse Priya. — Em troca de quê? Não ser mais envenenada? Ser libertada do Hirana? Eu não posso libertá-la. Não quando isso colocaria a residência do regente em perigo. Precisa pedir outra coisa.

O TRONO DE JASMIM

— Quero liberdade — declarou Malini. — Você sabe disso. — Ela guardou aquele desejo, deixou que se enterrasse lá no fundo. — Mas tem outras coisas das quais preciso. Não posso sair do Hirana, mas... os seus dons permitem que você faça isso?

— Talvez — disse Priya, com cuidado.

Aquilo servia como confirmação.

— Um homem leal a mim aguarda em Hiranaprastha — revelou Malini, ou esperava que assim fosse. — Está esperando uma mensagem minha. Tudo que peço em troca do futuro de Ahiranya é que leve a mensagem até ele e me traga a resposta.

— Que tipo de mensagem?

— Se você não puder me libertar, então ele tentará encontrar um jeito — disse Malini. — Um jeito sigiloso, que não exponha nossos planos. Se houver um. E se não houver... — As mãos se fecharam em punhos. — Então fico grata de saber como os assuntos estão encaminhados, e mandarei recado a Aditya.

Priya ficou imóvel. A princesa olhou para ela, medindo a tensão no corpo, o movimento da cabeça, e se perguntou se ela estava próxima do limite.

— Você falou de odiar aqueles que possuem sangue imperial — murmurou Malini. — Falou de pessoas que amava queimando. Bem, eu também perdi pessoas que amo para a pira. Sob as ordens do meu irmão. Permita que nós duas o vejamos sair do trono juntas, Priya.

Diante do pensamento, o rosto de Priya transpareceu uma expressão tão dolorosa. De olhos arregalados, a boca aberta para palavras que não conseguia pronunciar. Desapareceu depois de um instante, não deixando nada além da determinação.

— Se eu fizer isso... se eu ajudar... então não vamos mais ser senhora e criada — disse Priya, lentamente. — Fora daqui, você pode ser a princesa imperial e eu serei ninguém, mas aqui eu sou alguém útil. Tenho algo de que precisa. E não vou ser sua ferramenta nem sua arma. Serei sua igual. Temos um acordo?

Priya odiava ser menosprezada. Odiava não ser vista. Odiava ser diminuída. Malini vira isso quando Pramila a acertara, quando um olhar sombrio e calculista surgira, só por um momento, nos olhos de Priya.

Era uma sorte que fosse sempre tão fácil encontrar os olhos de Priya. Olhar para aquele rosto e dar a ela o que queria, simplesmente se permitindo ser honesta. Não precisar manipular Priya era como uma pequena bênção.

— Você tem um poder imenso — afirmou Malini. — E se escolher acreditar que estou manipulando você ou não, por favor, acredite ao menos nisso: estou dizendo a verdade quando falo que preciso de uma amiga. E você foi... muito gentil. — Ah, como ela sentiria saudades daquela gentileza. — Devo então perguntar o seu título. Como prefere ser chamada? De anciã?

— Só Priya — respondeu ela. — Como já me chama.

— Então, em troca, preciso ser Malini, para você.

— Está bem. Temos um acordo — concluiu Priya, e o coração de Malini deu um sobressalto mesmo enquanto o estômago embrulhava. Barganhas, promessas e mais barganhas. Não havia fim naquilo. — Pronto. *Malini.* Me conte sobre esse homem e onde eu o encontro.

BHUMIKA

Ela descobriu o fogo quando as conchas soaram. Alguém atacara o haveli de lorde Iskar, um capitão informara quando chegou com soldados para proteger seus aposentos, mas não sabia mais do que isso.

Bhumika aguardou no palácio das rosas para ver se alguma coisa — ou alguém — também iria atacar o mahal. Ela não fazia ideia de se o marido estava vivo. Tudo que podia fazer era sentar e pensar, se forçar a permanecer calma.

Os membros mais vulneráveis do mahal se juntaram a ela: as criadas mais jovens e as mais velhas, algumas crianças e um punhado de servos com a decomposição que a serviam em silêncio na residência. Ficaram nos cantos do quarto, nas sombras, enquanto as crianças fungavam em lágrimas e as criadas ficavam paradas em um silêncio estoico.

Entre aqueles com decomposição, ela viu o garoto que Priya levara para a residência. Khalida *não* ficara feliz quando Bhumika permitira que o garoto ficasse com um emprego, mas ele não causara problemas desde então. Khalida não recebeu reclamações sobre ele ou, por tabela, a própria Bhumika. Na verdade, Bhumika pensara bem pouco sobre o garoto desde que permitira que trabalhasse ali.

Ela pensou nele agora. Era mais fácil olhar para ele — os ombros encurvados, o queixo abaixado, a forma como ficava pequeno e alerta exatamente da mesma forma que Priya, quando Bhumika a levara para casa no começo — do que contemplar o que poderia estar acontecendo do lado de fora do palácio.

— Menino, venha aqui — disse ela, chamando-o com leveza.

Ele se aproximou devagar, então parou e fez uma reverência esquisita. Estava vestido com um dhote e uma túnica de serviço, o tipo de roupa dada a qualquer criado do mahal, mas o xale que usava estava imundo, as pontas esgarçadas.

— Seu xale está imundo — observou ela. — Não tem outro?

Ele balançou a cabeça.

— Não, milady — disse, a voz rouca de nervoso.

— Você pediu?

Ele negou com a cabeça mais uma vez.

Bhumika olhou para Khalida, que comunicou, pelo arquear da sobrancelha e um leve balançar da cabeça, que o menino não pedira um novo xale ou requisitara qualquer outra ajuda.

— Se puder, Khalida — solicitou ela.

— Milady?

— Meu outro xale marrom — explicou ela. — Por favor.

Khalida levou o xale até ela. Era simples, mas bem-feito, de uma lã muito fina e resistente. O xale o manteria quente sem aparentar manchas. Ela colocou o xale sobre os ombros do garoto, informando tudo isso.

Ela percebeu que ele tremia.

— Rukh — falou, e ele se sobressaltou. — Não há motivo para o medo — falou, gentilmente. — Estamos no coração do mahal, e protegidos. Tudo vai ficar bem. Você vai ficar bem.

O garoto assentiu devagar, sem sustentar o olhar dela. Ele embrulhou ainda mais o xale ao redor de si, tocando o tecido como se fosse precioso, inestimável. Mais digno do que a própria pele.

Um guarda bateu à porta e entrou.

— Milady — disse. — Ele está aqui.

Bhumika se ergueu o mais rápido que conseguia, mas não tão rapidamente quanto gostaria.

— Me leve até ele — ordenou.

Vikram estava deitado na cama em seus aposentos particulares, sem a túnica. Um médico fazia uma nova atadura para uma ferida recente no tórax, um corte fundo e sangrento. Ele ergueu o olhar para ela e Bhumika exalou, um ruído mudo de alívio ou horror.

— Marido — murmurou ela, e foi se sentar ao lado dele.

O TRONO DE JASMIM

Vikram segurou a mão dela. Ele cheirava a fumaça e sangue.

— Fico contente — disse, abalado —, contente porque você não estava lá.

Ele relatou tudo. Lorde Iskar celebrava o nascimento do filho. Era um lindo evento. Então, os rebeldes atacaram.

— E quanto a lorde Santosh? — perguntou ela.

— Ileso — respondeu. — Ele insistiu em liderar uma força-tarefa para a cidade, à procura de rebeldes. — A mandíbula se apertou visivelmente de frustração e dor. — Eu tentei impedir, mas a ferida atrapalhou.

— Encontraram os rebeldes? — quis saber ela.

Só que não era isso que ela queria saber de verdade. O que Santosh estava fazendo na cidade sem supervisão do regente? Quantos passantes inocentes ele havia machucado? Quantas casas e comércios ele havia danificado? Quanta destruição havia seguido suas ações? Frustração e raiva a dominaram diante da realidade de que seu marido ferido não poderia liderar a ofensiva; que, como consequência, Santosh estivesse ganhando mais poder e mais rápido do que ela previra.

— Não sei. Mandei homens para segui-lo. Receberei notícias dos danos logo — contou Vikram, sério. — Mas, por enquanto, permaneço no escuro. Eu não pude ir embora. Não pude segui-lo. Fiquei com o corpo de lorde Iskar depois que... a esposa dele... — Ele engoliu em um espasmo. — Havia tanto sangue. — A voz dele ficou engasgada. — Me perdoe. Não deveria falar sobre isso para você.

— Lorde Iskar está morto? — Bhumika sabia que seu pavor transparecia na voz mais uma vez.

— Sim.

— E a esposa?

— Sim. Entre outros. Sim.

Ela emitiu sons reconfortantes, roçando o dedo sobre a mão dele, a mente ainda acelerada.

Ela pensou em Ashok, furiosa.

— O que acontece agora? — Bhumika manteve a voz baixa. Tentou soar como se temesse por Vikram especificamente, e não por outras coisas.

— Lorde Santosh já está usando essa tragédia como oportunidade para aumentar sua influência — enfatizou Vikram. — E o imperador... o imperador sempre vai querer o que quer.

— Entendo — disse Bhumika. — Se as coisas estão como estão... o que pode fazer, marido?

— Vou lembrar a Santosh que ele não é o regente de Ahiranya. Até o imperador o nomear como tal, o título ainda pertence a mim. — A voz estava dura. — Vou manter meu governo. Vou matar os rebeldes. Cada um desses mascarados. E se o imperador exigir que mulheres sejam queimadas... — Ele exalou, com dor. — Farei o que for preciso. Nós teremos a paz.

Não é assim que se conquista a paz em um conflito, pensou Bhumika, mas não disse nada. Ficou em silêncio.

— Estou cansado — lamentou Vikram, os punhos na testa, o rosto um retrato da exaustão. — Cansado da matança. Cansado de tentar fazer algo com esse lugar amaldiçoado. Mas este é o único trono que tenho, e devo tentar mantê-lo. Fiz o meu melhor por Ahiranya e continuarei fazendo isso.

— Os rebeldes mataram lorde Iskar, que as mães o tenham, porque o poeta e suas mulheres foram condenados à morte — disse Bhumika gentilmente. Tão gentil, como se a voz fosse um passo sob um chão frágil de açúcar. — Talvez mais mortes só piorem as coisas.

— Fique contente por não ter estado lá — alertou Vikram. — Ou não diria tais bobagens. — Ele alisou o cabelo dela. Ele acreditava que estava a reconfortando. — Haverá mais mortes, de um jeito ou de outro. Mas eu prometo que meu caminho será muito menos sangrento do que o de Santosh.

Bhumika permaneceu ao lado do marido nas horas tensas que se seguiram, ajudando o médico a administrar a mistura fraca de vinho e jasmim, e as criadas a limpar o sangue e as cinzas que manchavam o corpo do marido. Depois que o médico fora dispensado, Bhumika ajudou o marido a se vestir com uma túnica nova e um dhote de seda leve que não pioraria suas feridas. Apesar de Bhumika estar ciente da ferida, Vikram ainda parecia cinzento demais devido à dor no momento que a tarefa terminara.

Um instante depois, ouviu-se uma comoção atrás da porta. O comandante Jeevan entrou sem ser anunciado, a armadura branca e dourada

O TRONO DE JASMIM

arranhada por sujeira e sangue, a expressão sombria. O olhar dele foi até Bhumika e depois desviou, e o homem se curvou.

— Milorde — cumprimentou-o Jeevan. — O senhor está bem?

— Sem cordialidades — dispensou Vikram, curto. — Me conte tudo.

Jeevan obedeceu.

Conforme descrevia o que lorde Santosh e seus homens fizeram na cidade, a expressão de Vikram foi se tornando mais tempestuosa. Quando Jeevan caiu em silêncio, o rosto de Vikram estava tão contorcido pela dor e raiva que Bhumika automaticamente pegou a mistura de jasmim que o médico deixara. Quando começou a servi-la, Vikram fez um gesto irritado e rápido com a mão.

— Não.

Ela abaixou o copo e o jarro, sem oferecer nada.

— Traga lorde Santosh até mim assim que ele voltar — ordenou Vikram ao comandante. — No mesmo segundo em que ele chegar, quero que venha até aqui. No *mesmo segundo*. Estou entendido?

— Ele está voltando, milorde — garantiu Jeevan. — Meus homens e eu estamos observando o progresso. Vou me certificar disso.

— Vá — disse Vikram.

O comandante Jeevan fez outra reverência, e então girou nos calcanhares e foi embora.

— Bhumika — chamou Vikram alguns instantes depois. — Precisa ir embora agora.

Ela balançou a cabeça e segurou uma das mãos do marido entre as dela, manteve o olhar baixo.

— Não deixarei seu lado até me certificar de que esteja bem — respondeu ela, fazendo o papel de esposa devota. Antes que ele pudesse protestar mais uma vez, ela apertou a mão dele e a soltou, dizendo: — Mas esperarei na varanda até lorde Santosh ir embora. Prometo.

Ela seguiu para a varanda coberta, não dando oportunidade para que ele pudesse mandá-la embora de novo. Dali, ela conseguia ver a extensão do mahal. O céu. Parada no canto da varanda, ela não estava mais no campo de visão de Vikram de onde ele estava na cama. Ele precisaria ficar de pé se quisesse alcançá-la ou gritar se quisesse mandá-la embora. Ela não ficou surpresa quando ele ficou em silêncio.

Não demorou muito até que a porta se abrisse de novo e anunciassem a entrada de lorde Santosh.

As vozes estavam abafadas, mas Bhumika conseguia ouvir o baque pesado das botas do lorde. Seu cumprimento. Vikram não o cumprimentou de volta.

— Ouvi falar no que fez, lorde Santosh — começou Vikram.

Havia um tom que o regente usava quando falava com Santosh. Era um tom diplomático; para aplacar, manipular e manter a paz enquanto se navegava sobre os espinhos da política.

Aquele tom sumira. Aquela noite sangrenta havia nitidamente esgotado sua paciência. Com uma voz mordaz, ele continuou:

— Devo contar o que meus soldados testemunharam? Prédios saqueados. Homens e mulheres correndo para salvar as próprias vidas, seus lares destruídos. Mendigos com as gargantas cortadas.

— Mendigos ahiranyi — pontuou Santosh, arrogante.

— Também danificou o distrito das lanternas cor-de-rosa — prosseguiu Vikram. — A fonte de renda de muitos nobres ahiranyi. Tem noção do valor das casas de prazer para a economia de Ahiranya, certamente? Para os cofres do *imperador*? Deve saber disso. Então me diga, lorde Santosh. Por que fez isso?

Fez-se uma pausa.

— Os ahiranyi mataram lorde Iskar — argumentou Santosh lentamente, incrédulo. — Quase mataram você.

— Por que fez isso? — Vikram repetiu, sua voz tensa.

Bhumika estremeceu. O marido não estava escondendo sua raiva.

Ele deveria ter consumido o jasmim quando ela ofereceu. Suavizaria um pouco da dor, pelo bem de controlar seu temperamento, que no geral era bem contido. A dor libertara tudo aquilo.

— Fiz o que era necessário para lembrar aos ahiranyi do seu lugar — justificou Santosh, depois de uma pausa. De repente, a voz dele estava oleosa, sufocante. Bhumika apertou a mão na balaustrada e escutou a cadência, o aviso que aquela educação repentina carregava consigo. — Já está ausente há muito tempo do coração do império, general Vikram. Talvez não entenda que tipo de governo o imperador Chandra espera de você. Quando bandidos como esses ahiranyi matam os nossos, devem ser esmagados com uma força ainda maior. *Todos* precisam encarar a justiça.

O TRONO DE JASMIM

— Certamente não entende Ahiranya, lorde Santosh — devolveu Vikram, em uma voz calma que não conseguia esconder sua fúria. — Não entende o povo daqui. Não como eu. Não sabe como lidar com eles. Você os transformará em cachorros raivosos, mordendo a mão de seus mestres.

Bhumika ouviu um grunhido, um ruído de agonia, enquanto ele se acomodava na cama. Quando ela o deixara, ele estivera apoiado nas almofadas. Neste instante, ouvindo a intensidade na voz, ela conseguia imaginar que ele estava inclinado para a frente, repuxando a ferida, os olhos cravados em Santosh. Ela gostaria de estar no cômodo, onde poderia ler suas expressões faciais e corporais, mas ela só podia ficar ali e ouvir, medindo a respiração afetada do marido e o peso do silêncio de Santosh.

— Direi algo que aprendi sobre os ahiranyi — retomou Vikram. — Quando um rebelde é condenado à morte, seja um escriba, um poeta ou um assassino, os ahiranyi dizem a si mesmos: "Esse homem desrespeitou a lei. Talvez merecesse morrer." Quando as mulheres são queimadas, o povo diz: "Ela era uma rebelde, não era? Deve ter feito algo para merecer esse destino. O que aconteceu com ela não acontecerá comigo." Eles procuram por motivos, por regras, e, por meio dessas regras, aprendem que, desde que sejam obedientes, estarão seguros. O medo que possuem os treina. Mas hoje, lorde Santosh, você matou homens e mulheres que *não* eram rebeldes, que não sabiam nada do que aconteceu com lorde Iskar e que viram um lorde de Parijat, no caso *você*, Santosh, os atacar sem nenhuma provocação. Esses ahiranyi olharão para o que fez e ficarão com medo. Com raiva. Vão acreditar que aconteceu uma injustiça. Tanto os nobres quanto os homens comuns. Quando as crianças do templo queimaram — acrescentou ele, baixinho —, eu aprendi exatamente o quanto podemos pressionar o povo ahiranyi. Como um ato aparentemente absurdo pode transformá-los em inimigos. E você, lorde Santosh, você os pressionou demais. Você uniu os ahiranyi. O imperador não vai agradecer por isso.

Santosh não disse nada, mas, ah, Bhumika poderia muito bem imaginar que tipo de expressão ele tinha no rosto.

Você falou demais, marido, pensou ela.

Santosh não era um homem que gostava de levar uma bronca. O orgulho que tinha era desproporcional, e Vikram o demolira. Ela tinha medo de que Santosh recolheria o que sobrou, todos aqueles estilhaços partidos pelas palavras de Vikram, e os transformaria em adagas.

256 TASHA SURI

E o marido ainda não terminara de falar.

— Eu precisarei ser leniente, para compensar esse lapso do seu julgamento — continuou Vikram. — Deveria fechar a cidade, para o bem da segurança. Só que os ahiranyi vão querer comemorar o festival da sombra da lua.

— Um festival herege — desdenhou Santosh em uma vozinha petulante.

— Um festival que os ahiranyi valorizam — retrucou Vikram, ainda comedido e com a voz firme — e que vou permitir que celebrem apesar das ações dos rebeldes, como demonstração da benevolência do imperador, e da *minha* benevolência. Não transformarei os cidadãos de Ahiranya em rebeldes, lorde Santosh. Deixarei que a gratidão que sentem suavize sua raiva.

Santosh emitiu um ruído. Uma risada. Aguda, alta. Ah, como Bhumika gostaria de ver o rosto dele. A expressão que tinha.

— Entendo — falou ele. — Vai transformá-los em amigos, é isso? Com certeza, vai. Você, com sua esposinha ahiranyi e seus aliados que são nobres ahiranyi. Praticamente se tornou um deles.

O desdém ressoava da voz dele.

Bhumika ouviu o baque de passos. Por um instante, ela se perguntou se ele sairia pela varanda e se preparou, relaxando os ombros e arregalando os olhos — ela se tornaria pequena, nada ameaçadora, qualquer coisa a não ser a pessoa que escutava tudo, atenta —, mas então o ouviu parar e voltar a falar. A voz estava mais distante agora, como se tivesse atravessado o cômodo.

— Ahiranya não será sua para sempre — alertou lorde Santosh. — Mal é, do jeito que está agora. Tente conseguir o favor dos ahiranyi, se quiser. Deixe que eles abram seus puteiros e venerem seus deuses monstruosos. Mas ganhar o favor deles não vai salvar sua regência, *Vikram*. O imperador é quem decide quem vai governar. O imperador me mandou até aqui. Ele vai me dar Ahiranya.

— O que o imperador pedir de mim será feito — disse Vikram. — O que ele exigir será dado. Mas ele não o nomeou como meu substituto ainda. — Uma pausa. — É sempre um prazer ver você, lorde Santosh.

Ela ouviu a porta fechar com força. Santosh se fora.

Quando estava certa de que ele não voltaria, Bhumika retornou para o quarto. Vikram estava acomodado mais uma vez, de olhos fechados, a

O TRONO DE JASMIM

boca levemente aberta enquanto respirava, tentando afastar a dor. Ela foi até ele, já considerando as consequências que aquela infeliz conversa teria para a regência do marido. Para Ahiranya.

Cuidadosamente, ela tentou não pensar sobre como o marido falara de seu povo. Havia muitas coisas que ela tomava cuidado para não pensar quando estava na presença do marido.

Bhumika serviu vinho na taça dele.

— Beba — instruiu ela, colocando a taça contra os lábios do marido. Ela manteve a voz tenra, a expressão compassiva, como se aquela conversa não significasse nada para ela. — Precisa descansar. Deixe que sua esposa cuide de você, pelo menos uma vez.

Sem abrir os olhos, confiando totalmente nela, ele bebeu.

PRIYA

Foi uma das coisas mais fáceis que ela já fizera. Afinal, ela preparava toda a comida. Era ela quem fazia o jantar, as parathas, os picles, os pequenos potes de dal e iogurte se tivessem à disposição. Ela arrumou um prato para Pramila e colocou a menor das doses de jasmim no chá da carcereira. A doçura do açúcar que ela colocara na xícara com sorte disfarçaria o gosto.

Com mãos que tremiam bem menos do que deveriam, considerando o quanto estava nervosa, Priya preparou o restante da comida. As criadas deixaram sacas de arroz e farinha na última visita, além de bolsas de temperos triturados e sacos de cebolas e gengibre. Enquanto Priya erguia uma saca de farinha, ela viu um pedaço de papel flutuar até o chão. Ela se abaixou e o pegou.

Era uma carta escrita com tinta índigo, manchada por ficar dobrada entre duas sacas, como se alguém tivesse se dado ao trabalho de secá-la e então pressionado o tecido entre duas pontas para esconder a cor. Ela reconheceu como a letra de Sima, um zaban simples. Sima não costumava escrever, e seu conhecimento da caligrafia escrita era vacilante.

Fique segura. Pensando em você.

Embaixo, Sima desenhara um pequeno passarinho — uma pomba gorda, marcada por olhos escuros e penugem macia com um cuidado especial.

Ela pensou em Sima sentada e cuidadosamente escolhendo as palavras do papel para Priya e sentiu um nó na garganta.

Ela enfiou o bilhete dentro da blusa, terminou de cozinhar e levou a comida para os aposentos de Pramila com um sorriso fixo no rosto.

Quando finalmente voltou para o quarto de Malini, encontrou a princesa sentada no chão da cela, a bochecha pressionada contra a pedra e os olhos arregalados. Priya correu até ela.

— O que aconteceu? Está tudo bem?

— Obviamente não estou bem. — Malini arfou. — Eu... desmaiei.

— Como...?

— Minha visão ficou escura — contou Malini. — E eu fiquei enjoada. E agora estou no chão. Isso é tudo que sei. Por favor, me ajude a levantar.

Priya fez isso, apoiando o peso de Malini para ela poder se sentar. Ela conseguia sentir a pele febril da princesa.

— A tontura vai passar — assegurou Malini, com firmeza. Ela parecia irritada. — Vai passar. Isso é uma consequência normal de parar de tomar o jasmim, não é?

— Eu não sei — confessou Priya, impotente.

— Você disse que conhecia os efeitos do veneno.

— Conheço, mas eu não sou curandeira.

— Bem, então. — Malini apertou a mandíbula. Ela ergueu a cabeça mais alto, como se estivesse lutando contra uma força invisível empurrando sua cabeça. Com cuidado, ela ficou de pé e depois se abaixou para se sentar na charpai.

Priya ficou observando.

— É efeito do uso prolongado de jasmim — acrescentou Malini, depois de um tempo. Como se fosse para reassegurar as duas. — Só isso. Vou ficar melhor com o tempo. Está pronta, Priya? Você deu um jeito em Pramila?

— Ela está dormindo, já verifiquei. Se os guardas vierem...

— Eles não vão vir até meu quarto — disse Malini. — Eles sabem que não devem.

— Mas e se fizerem isso?

— Vou fingir que estou dormindo — respondeu Malini. — E se me acordarem, vou dizer que não sei onde você está.

— Então eu estou pronta — concluiu Priya.

— Você lembra...

— Eu lembro de tudo que você me falou — interrompeu-a Priya, impaciente. — Temos um acordo, Malini. Não precisa se preocupar.

Malini avisara que ela precisaria ir ao Palácio das Ilusões. Priya o conhecia. Era uma casa de prazer em uma parte elegante, e bastante reconhecida, do distrito das lanternas cor-de-rosa. O nome era tanto uma piada quanto uma zombaria: o nome vinha de um palácio de um velho mito que era contado no subcontinente, o palácio de uma linda rainha que possuía muitos maridos.

Ela sabia que deveria encontrar o jovem lorde hospedado lá, um primo distante de um baixo-príncipe de Saketa; apesar de esta não ser a linhagem verdadeira dele, de acordo com Malini. Priya deveria repassar uma mensagem da princesa, fazer as perguntas que Malini queria e então voltar. Tudo isso antes de Pramila acordar.

Ela precisaria de sorte.

Priya jogou um xale sobre os ombros.

— Priya. — A expressão nos olhos escuros de Malini era indecifrável.

— Pois não?

Nada. Por bastante tempo.

— Espero que você volte em segurança — disse a princesa, por fim.

— Espero que fique bem. Eu vou ficar pensando em você.

Por que Malini ficava insistindo que se importava de verdade? Fazia Priya se sentir nua. Ela queria que Malini se importasse com ela. Queria se deleitar naquele cuidado, se *derreter* nele, mas uma parte racional sua ficava receosa. Uma parte dela queria usar uma armadura.

— Eu sei que vai — devolveu Priya. — Eu sou a única aliada que você tem aqui. Ficaria impotente sem mim.

Malini não estremeceu, mas havia algo naquela imobilidade que fez o próprio coração de Priya se revirar, só um pouco, com uma culpa indesejada.

— Eu volto logo — murmurou Priya. — Espere e verá.

Ela saiu do quarto e pisou no triveni.

A escuridão além daquele espaço estava quase completa. O brilho da lua minguante era leve, as luzes da cidade apenas pontos de dourado contrastando com o preto.

Ela fechou os olhos. Sentiu o puxão da magia, o rio que corria debaixo da pele. Ela pensou na forma como o Hirana havia mudado embaixo dela; a forma como os entalhes se tornaram mais evidentes, ressurgindo de sua velha obliteração nas paredes. Pensou na forma como sua conexão com o templo também crescera.

O TRONO DE JASMIM

Priya inspirou para se preparar. E deu um passo em frente na superfície do Hirana.

A pedra estava quente sob os pés. Ela conseguia sentir musgo novo nas solas.

Ela desceu um degrau. E outro. E outro.

RAO

— Tem uma mulher querendo encontrar seu primo, lorde Prem — comunicou um dos homens de Prem. — Parece uma criada.

Aquilo era uma surpresa. Os olhares de Prem e Rao se encontraram. A mandíbula de Prem se firmou, a boca espremida.

Nos três dias que se passaram desde o assassinato de lorde Iskar, até mesmo as casas de prazer haviam sido tomadas por uma atmosfera de apreensão. Os homens de Prem haviam investigado os danos locais brevemente depois do ataque rebelde, e as represálias dos homens do regente que se seguiram. Haviam destruído barracas, saqueado casas; mendigos foram mortos e atropelados por cavalos, esquecidos nas esquinas onde caíram. A casa de prazer onde estavam sobrevivera, pelo que parece, por pura sorte.

Haviam conseguido informação o bastante para presumir que lorde Santosh estava por trás dos danos causados à cidade.

— É exatamente o tipo de estupidez que um homem como ele faria — dissera Prem, com desgosto na voz.

Rao assentira e tentara entender a decisão do general Vikram de deixar a cidade aberta depois. Ele se perguntou como o ato de um lorde emendava no de outro, como a brutalidade de Santosh engatilhara a magnanimidade do general Vikram, e o que aquelas escolhas diziam sobre o atual equilíbrio de poder no mahal do regente. Se tivesse mais tempo e mais recursos, Rao teria perseguido as respostas como um predador que farejara o cheiro de sangue.

O TRONO DE JASMIM

— Quem deixou ela entrar? — perguntou Prem. — Nenhum dos guardas a impediu?

— Por que impediriam uma criada? — disse Lata. Ela estava sentada em uma pilha de almofadas com um livro em mãos. Ela não ergueu o olhar enquanto virava a página. — Ninguém nunca para as criadas.

— Depois do que aconteceu com o lorde Iskar e naquele templo ahiranyi, como não podemos esquecer, deveriam começar a barrá-las também — murmurou Prem. — Além disso, e se ela for uma espiã daquele paspalho do lorde Santosh? Não acho que ele tenha suspeitado de mim, mas precisamos sempre ter cuidado. Ela é o quê, parijati?

— Acho que ahiranyi, milorde.

— Certo, então provavelmente não é uma espiã — constatou Prem, relaxando.

Ele se inclinou para a frente, os cotovelos apoiados nos joelhos cruzados. No chão entre ele e Rao estava uma cruz bordada de seda, o tabuleiro necessário para um jogo de pachisi. Ele lançou seis conchas ao chão com um estardalhaço. Uma delas caiu com a abertura para cima e ele xingou baixinho.

— Eu estou perdendo — disse ele. — Então pode ir se quiser. — Ele recolheu as conchas. — Isso é uma reunião combinada?

— Não — disse Rao. Para o guarda, acrescentou: — Ela disse o motivo de querer falar comigo?

— Não, milorde.

Rao ficou de pé, estremecendo com a dor da ferida que ainda sarava. Ele escutou o silêncio da noite. Os insetos zumbindo além da varanda. O som da fonte de água corrente. Então, tomou sua decisão.

— Eu vou vê-la.

A criada estava esperando no corredor, de pé. Era uma mulher ahiranyi simples, usando um sári simples, talvez em seus vinte e poucos anos, com cabelo preto solto e pele escura, nariz torto e olhos penetrantes. Ela ofereceu uma apressada reverência de respeito e então disse, sem preâmbulos:

— Ela me disse para procurar um homem que atende pelo nome de lorde Rajan, primo de um baixo-príncipe de Saketa. É o senhor?

Rao ficou aturdido com a atitude direta.

— Quem está perguntando?

— Minha... minha senhora pergunta — gaguejou ela, hesitando antes de *senhora*, como se estivesse com dificuldade de encontrar a palavra certa.
— O senhor é lorde Rajan?
— Sou — confirmou ele. — Me diga o nome de sua senhora.
A mulher ahiranyi balançou a cabeça.
— Ela me disse para falar que, há muito tempo, ela roubou sua faca. Não era uma adaga. Era uma faca. — A criada repetiu aquilo como se tivesse decorado. — E ela queria que eu o avisasse de que ela ficou feliz quando o senhor a devolveu para sua irmã e então para ela. Aquela arma deu esperança para minha senhora. — Ela encontrou os olhos dele, e seu olhar era intenso. — Talvez agora a reconheça?
— Venha comigo — solicitou ele baixinho, e abriu a primeira porta que encontrou.
Ela o seguiu para uma câmara de banho, e ele fechou a porta com firmeza atrás de si.
— Como vou saber que ela mesma mandou você? — perguntou Rao, a voz rouca. A esperança havia estraçalhado sua voz.
A criada deu de ombros, apenas um único levantar dos ombros.
— Eu não sei. Mais alguém conhece a história que acabei de lhe contar?
Rao engoliu em seco.
— Mais ninguém que esteja vivo — ele conseguiu dizer. — Mas, sob tortura, a história poderia ter sido arrancada dela.
— Bom, não foi o caso — garantiu a criada, concisa. — E eu não tenho muito tempo. Preciso voltar e tenho perguntas para as quais ela precisa de respostas.
— Me diga.
— Pode salvá-la? — perguntou a criada, direta. — Pode tirá-la de lá? Está tentando?
— Tentando, sim — disse Rao. — Mas a necessidade de sigilo tornou a ideia algo... desafiador. Não estou certo de que posso libertá-la — admitiu ele com dificuldade. — Mas continuarei meus esforços para tal.
— Está bem. O príncipe Aditya — apressou-se para dizer ela. — Ainda está vivo? Está bem?
— Pelos relatos que recebo, sim — falou Rao. — Ele está vivo e bem.
— Tem muitos apoiadores próximos dele?

— Talvez mais do que ela esperava — revelou Rao. — Fiz meu melhor para guiar todos aqueles que eram de confiança para os lugares onde devem estar.

Ele não mencionou o trabalho cuidadoso de seu pai para unir todos os reinos de Parijatdvipa contra o imperador na ausência de Malini. Antes da pira, na época quando começara suas maquinações, ela escrevera para o rei Viraj uma carta em alorano fluente implorando por ajuda; encontrara-se com ele em segredo com a ajuda de Alori e de Rao para discutir esperanças e medos para um governo de Aditya. O pai de Rao havia sido praticamente o primeiro a ser convertido para a causa.

Depois que Alori fora queimada, depois de Malini ser aprisionada, o pai havia retomado o trabalho. Assim como Rao, à sua própria maneira.

Só que tudo isso era mais do que a criada precisava ouvir. Ele não sabia se a mulher tinha conhecimento de que ele era um verdadeiro príncipe de Alor. Mas, francamente, ele não queria que ela soubesse.

Ela estava inclinada para a frente, com urgência na voz.

— Quem? Ao menos títulos, se não puder dizer nomes.

— Lordes da própria Parijat. Diversos baixos príncipes de Saketa, apesar do alto-príncipe não ter sido envolvido, ou seus favoritos mais próximos. Os homens deles tomaram o caminho mais longo até Srugna, evitando as fronteiras imperiais. Não há sinal de que foram vistos. Certifique-se de dizer isso a ela, ela vai querer saber.

— Quem mais? Deve haver mais.

— Tem certeza de que vai se lembrar de tudo isso?

— Vou me lembrar — garantiu a criada, com certa impaciência na voz. — Continue, milorde.

— O sultão de Dwarali mandou emissários em seu nome, com a própria cavalaria. — E não foram notados, em seus cavalos brancos puros com selas vermelho-sangue. Mas a criada também não precisava saber disso. — Estamos em bons números. E o próprio rei de Srugna escolheu se juntar a nós.

Se a criada estava impressionada ou alarmada diante disso, se entendia todas as consequências do que ele estava lhe informando, seu rosto não demonstrou. Rao admirou sua indiferença.

— Está bem. Vou dizer isso a ela.

— E como ela está? Como anda a saúde dela? — indagou Rao, e esperava não transparecer na voz como estava se sentindo.

A criada o olhou com cuidado.

— Ela não está bem. Está doente há muito tempo.

— O general Vikram mandou chamar um médico?

A criada ofereceu um sorriso apertado e balançou a cabeça.

— O general tem um poder limitado sobre os cuidados dela. Sob as ordens do imperador, ou ao menos foi o que me disseram. Além do mais, são os remédios que a estão matando. Ela sabe disso.

— E quem é você para ela?

— Sua única criada, milorde. E a pessoa que está se certificando de que não será mais envenenada.

— E como isso beneficia você? — estranhou ele.

— Ah, milorde — disse a criada. — Faço isso apenas pelo amor e a lealdade que tenho no meu coração.

Havia um pouco de verdade naquela declaração, pensou ele. Algo na inclinação do queixo, no formato da boca enquanto dizia aquelas palavras. Malini tinha um jeito de ganhar o coração das pessoas, quisessem elas ou não. Ainda assim, também não era toda a verdade, óbvio.

— Tem algo que eu possa usar para libertá-la? — perguntou Rao. As tentativas de Prem fracassaram. Ele não tinha nada além disso: a esperança de que a criada carregasse consigo uma possibilidade ou resposta. — Qualquer conhecimento ou informação, algum aliado que possa procurar?

Prem teria rido por ele fazer uma pergunta sobre aliados para uma criada, mas as pessoas que eram invisíveis para as outras frequentemente sabiam muito mais do que seus colegas nobres suspeitavam ou sequer entendiam.

— Não sei. — A criada desviou o olhar dele quando passos soaram no corredor e depois sumiram. — Não deveria tentar entrar no templo nem nenhuma tolice do tipo. Não há uma forma fácil de subir ou descer do Hirana. A superfície é perigosa. E há guardas também. Precisaria passar pelo mahal do general primeiro, atravessar o terreno, e então subir sem ter um caminho seguro guiado pela corda. Não seria possível fazer tudo isso. Nem mesmo com um exército.

— Mas você consegue — disse Rao.

Um sorriso seco curvou a sua boca.

— Ninguém presta atenção em criadas, milorde. E eu sou ahiranyi. Conheço o Hirana melhor do que qualquer um poderia. Mas a princesa não pode descer o Hirana para ficar em liberdade e eu não posso levá-la pelos portões.

— Ela não mandou nada para mim?

— Nada a não ser as informações que eu lhe dei, de sua saúde e suas perguntas.

— Ela não me deu uma orientação de como salvá-la?

— Acredito que ela esperava que fosse encontrar uma por si só. Milorde.

Aquilo o fez rir. O zaban dela era tosco, e a expressão, odiosa. Ele se viu gostando da criada, e ficou um pouco perplexo consigo mesmo.

— Me ofereceria seu nome? — quis saber ele.

— Priya — falou ela, depois de uma pausa relutante.

Priya. Era um nome comum em toda Parijatdvipa. Um nome meloso, para menininhas bochechudas e noivas dóceis. Aquela mulher não era nenhuma das duas coisas.

— Priya — repetiu ele. — Obrigado por vir até aqui. Por favor, leve uma mensagem para sua senhora de volta. — Ele respirou fundo. — Diga a ela que permaneça esperançosa. Diga a ela que o trabalho ainda não acabou. Diga a ela... que esperarei por seu comando e continuarei minhas tentativas de salvá-la. E diga a ela... — Ele piscou com força, não querendo demonstrar as emoções para a mulher. — Que sou seu servo leal, como prometi. Eu não me esqueci, nem nunca me esquecerei, do voto que fizemos sobre a faca.

Ela colocara o pano primeiro, alisando-o sobre a superfície esmaltada da mesa com os dedos. A faca seguira. Comparada à mesa e à musselina, a faca era grosseira e feia, sem adornos, a lâmina, afiada, e a ponta, útil.

Mas era a faca dele.

Ele não pedira vinho, chá ou copos de lassi ou sorvete, que se condensariam na tarde quente. Não haveria criados para perturbá-los. Ele vivera toda a sua vida no mahal imperial, desde que era um menino de oito anos, enviado para fomentar os laços entre Alor e Parijat; durante todo aquele tempo, ele nunca ficara sozinho com a princesa imperial.

268   TASHA SURI

Agora, estavam só os dois.

Ficaram em silêncio por um longo momento.

— Meu pai está morto — disse a princesa Malini.

Ele quase deu um pulo quando ela falou.

— Eu... eu sei. Meus pêsames, princesa.

— E meu irmão — continuou ela. — Meu irmão, honrado e gentil, se foi para um lugar onde ninguém consegue encontrá-lo. Só resta Chandra. Para acender a pira do meu pai. Para sentar-se no trono dele. Tenho certeza de que quando você levou Aditya para visitar o jardim do anonimato, essa não era a sua intenção.

— Não era, princesa. Nunca foi. Mas os meios do anonimato não são do controle mortal. De um jeito ou de outro, Aditya teria encontrado o jardim. E ele teria escutado nosso deus. É o destino dele, escrito nas estrelas de seu nascimento.

— Não acredito nas coisas dessa forma — contrapôs a princesa. — Que não temos escolhas. E se o destino deve ser queimado pela luz das estrelas em nós, então não acredito que não possamos modificar as necessidades de nossos tempos e desviar do caminho prescrito. — Ela tocou a ponta dos dedos na parte chata da lâmina. Ainda havia cinzas na pele, onde ela tocara os restos do pai durante o rito final de luto. — Quero ver Chandra ser removido de um trono que não deveria ser dele. E quero ver Aditya ocupando esse lugar. Você pode me ajudar?

Ele encontrou o olhar dela. Não era um olhar casto e rebaixado. A garota dócil e quietinha, dada a lágrimas que Rao esperava que ela fosse — que ela sempre fora — desaparecera. A princesa sentada diante dele era austera e calma, o olhar o imobilizando tanto quanto uma adaga na garganta.

— Isso colocaria eu e você, e tudo que nós valorizamos, em perigo — alertou-a Rao.

— Tenho cartas de Aditya — respondeu ela. — Sei onde ele mora, e vou convencê-lo a voltar. Seja destino ou não, ele sabe o dever dele.

Aquilo fez Rao prender a respiração.

— Sabe onde ele está? De verdade?

— Tenho meus próprios espiões, minhas próprias mulheres — revelou ela. — E meu irmão não teve a coragem nem o bom senso de me deixar e ficar sem escrever para mim.

— Como ele está? — perguntou Rao. — Ele está...

Malini balançou a cabeça. Ela não daria aquilo a ele. Ainda não.

— Você sabe como Chandra é — comentou ela. — Sabe o que ele vai fazer. Posso assegurar, príncipe Rao, que seus medos têm fundamento. Meu irmão é a mesma criatura que era quando garoto e na juventude. Ele acredita que os pilares de sua fé vão purificar as mãos dele do sangue. Ele acha que as atrocidades são uma bênção.

— Ele não cometeu nenhuma atrocidade.

— Se o destino está escrito nas estrelas, então tenho certeza de que as atrocidades dele também estão — asseverou Malini. — Pergunte a seus sacerdotes. Ou melhor, pergunte a seu próprio coração. Não precisa ser devoto de algum deus para saber o que ele vai fazer.

Rao pensou em tudo que testemunhara da natureza de Chandra. Afinal, eles haviam crescido juntos. Ele estremeceu.

Malini o encarava.

— Temos um pacto entre nós, príncipe Rao — prosseguiu Malini. — Não temos?

Ele soltou a respiração e ficou de pé com ela. O baixo-príncipe dobrou a musselina sobre a faca e a pegou.

— Sim — respondeu. — Nós temos.

A irmã dele, Alori, estava parada na antecâmara do quarto, de braços cruzados. Supostamente estava de guarda para caso aparecessem visitantes, mas ela não prestava muita atenção em nada. O rosto estava erguido, iluminado por um feixe de luz de uma das janelas estreitas. Alguns pássaros brincavam no parapeito. Periquitos verdes com bicos de um laranja vívido, o movimento das asas lançando sombras no rosto erguido de Alori.

Ela o olhou então, os olhos sombreados pelas asas.

— Acabou, irmão? Você concordou?

— Sim — ele confirmara. — Acabou.

Rao voltou para seus aposentos. Prem ainda estava com o tabuleiro de pachisi diante de si, apesar de alguns homens terem se juntado a ele no jogo. Ele ergueu a cabeça quando Rao entrou.

— Foi uma conversa boa no banheiro? — Havia um tom de provocação na voz dele. — Preciso admitir que não sabia que você gostava tanto do escuro.

— Você é um tonto, Prem — zombou Rao, cansado. Ele passou por Prem, por Lata, ainda curvada sobre os livros, e foi até a varanda.

Ele precisava do ar frio. Precisava esquecer.

PRIYA

Ela não tinha ideia de quanto tempo teria antes de Pramila acordar, e o bom senso dizia que era melhor correr até o Hirana o mais rápido possível. Com certeza antes do amanhecer.

Mas ela estivera havia tanto tempo sem liberdade. Estava acostumada a conseguir passear: sair do mahal e ir ao mercado, comprar frutas frescas ou doshas com molho doce para mergulhar na frágil farinha de grão-de-bico. Ela gostava de se esconder de Gauri junto de Sima, fartando-se de vinho de palma no pomar, rindo tanto que a barriga doía. Ela sentia falta de dormir na própria esteira.

Priya sentia um pouco de saudade de Rukh. E quando pensou no rosto do menino na última vez que conversaram, quando pensou em Ashok e no que um homem como o irmão podia fazer com uma criança deslumbrada que estava disposta a morrer por ele...

Mas ela não poderia ver Rukh. Priya não tinha uma desculpa para estar no mahal, ou ver Sima, ou mesmo tocar nas sombras que eram sua antiga vida.

Porém, havia uma coisa que ela podia fazer.

A casa na beira da floresta estava exatamente do mesmo jeito como da última vez que ela a visitara; o que parecia estranho, já que tantas coisas haviam mudado.

Ela bateu de leve na porta. Esperou.

Uma fresta se abriu, e o olhar atento de Gautam encontrou o dela. Ele não parecia nada cansado. Havia algo tenso e aterrorizado na expressão dele. Mesmo no escuro, ela conseguia ver que a mão do homem segurava a foice, preparada.

— Priya. O que está fazendo aqui?

— Eu preciso falar com você. Não vou demorar.

— Estamos no meio da noite, sua mulher estúpida.

Ele parecia prestes a bater a porta na cara dela, então Priya se inclinou, posicionando o corpo entre o batente e a porta. Ela o encarou, sem piscar, mantendo a expressão calma.

— Gautam — insistiu Priya. — Meu irmão me mandou vir aqui. Me deixe entrar. E abaixe a foice.

Como ela suspeitava, ele hesitou e então obedeceu.

Ele a levou para além da oficina, além dos aposentos particulares, para o pátio central da casa. De lá, ele a levou para outra sala, empoeirada e silenciosa, e fechou a porta.

— Como estão os negócios, Gautam? Ainda prosperando?

— Por que ele mandou você? — Gautam exigiu saber.

Ela balançou a cabeça de leve, sem desviar o olhar. Ele parecia suar mais intensamente sob a pressão firme dos olhos dela. Ela aprendera aquilo com Malini, ao menos: como um olhar poderia prender, retesar e incentivar, tão poderoso quanto mágica.

— Ele não me mandou — confessou ela. — Há quanto tempo sabe que meu irmão está vivo?

O olhar de Gautam foi tomado por raiva.

— Saia daqui.

— Vocês eram amigos — continuou ela.

— Nunca fomos amigos.

— Você devia algo a ele. Ou ele sabia o suficiente para obrigar você a obedecer. Isso é amizade o suficiente. Há quanto tempo sabe? — Quando Gautam ficou em silêncio, ela acrescentou: — Eu o vi. Não minta para mim.

O homem pareceu murchar.

— Eu soube esse tempo todo. Não gosto dele, entende isso? Mas é difícil recusar algo para um homem como Ashok. Ele conhece gente demais. E paga bem. Não são muitas pessoas que conseguem fazer isso hoje em dia.

— Paga com dinheiro roubado.

— Dinheiro é dinheiro — retrucou Gautam. — Não esperaria receber uma aula de ética de alguém como você.

O TRONO DE JASMIM

Ela ignorou a mesquinhez dele.

— E o que meu irmão compra de você com o dinheiro que tem? Gautam cruzou os braços.

— Se seu irmão estiver na sua vida de novo, é melhor perguntar diretamente para ele. Não me envolva nos negócios de sua família de novo.

— Você está com medo — provocou ela. — Não precisa negar, Gautam. Eu conheço meu irmão. Você está com medo do que ele vai fazer se me falar. Mas ele não sabe que estou aqui. E você deve saber que quando se aceita dinheiro de gente perigosa, sempre há consequências.

— Não me dê um sermão — retrucou ele, conciso. — Você não passa de uma faxineira, uma ratazana. Provavelmente uma puta também...

— Cale a boca — exigiu Priya. As palavras saíram com um tom afiado. Em um único movimento, ela tomou a foice das mãos suadas do homem e quebrou o cabo na palma da mão.

A garganta de Gautam engoliu em seco, os olhos se arregalaram.

— Você se esqueceu de que eu também sou seja lá o que meu irmão for — advertiu-o Priya, calma. — Se tem medo dele, deve ter medo de mim também. Ah, eu sei que normalmente sou boazinha, e gostaria de continuar sendo. Você deixou que eu dormisse na sua porta uma vez, afinal, e isso foi uma boa ação. Agradeço por isso. Pode falar, se quiser.

Ele emitiu um ruído engasgado. Não falou.

— O que ele compra de você? — insistiu ela.

Gautam massageou a garganta com os nós dos dedos.

— Eu... — Ele pigarreou. — Ele começou a vir há pouco mais de um ano. Disse que precisava de suprimentos. Que os dele estavam baixos. Os remédios normais, para fechar feridas e prevenir a infecção. Mas também...

— Continue — incentivou-o Priya, impaciente.

— Minha mãe, quando ainda estava viva, era uma peregrina constante do Hirana — contou Gautam. — E também pagava outros peregrinos por isso. Precisa entender. Ela sabia que era perigoso, mas lenha mergulhada quase pode se passar por madeira sagrada. E, para alguns clientes, já servia. Eu nunca vendi isso para *você*, Priya, isso eu prometo.

— As águas perpétuas — murmurou Priya. — Bem que eu pensei. E onde está?

Ele se inclinou e ergueu uma tábua de madeira do chão. Abaixo, uma escadaria descia rumo à escuridão.

Gautam tirou uma lamparina da parede e a ergueu com destreza; o brilho fraco os guiou para baixo, refletindo uma coleção pequena e exaurida de pequenos frascos de vidrinho colorido pendurados nas paredes quando chegaram ao fundo. As garrafinhas estavam todas cuidadosamente fechadas; todas cheias de água que brilhava com uma estranheza discreta sob a penumbra bruxuleante. Priya tocou, com cuidado, a ponta dos dedos em uma. Era fria, não quente como uma máscara sagrada. Mas algo no coração dela — naquela parte que Ashok havia girado no aperto de sua mão — reconhecia o chamado.

— Não pode levar embora — disse Gautam baixinho, desesperado, atrás dela. — Não pode. Já escolhi o lado dele. Prometi que daria todas a ele. Tudo que eu tenho é dele.

— Eu não vou levar embora — afirmou Priya. Ela passou o dedo por um frasco. — Mas eu deveria destruir tudo.

— Por favor — pediu Gautam. — Por favor, não.

Ela deu um tapinha no vidro. Ficou observando enquanto o frasco balançava no gancho.

— Você me chamou de ratazana — lembrou-lhe ela. — E mais algumas outras coisas que provavelmente acredita que são ruins.

Ele não disse nada.

— Quero que você se lembre que isso é tudo que eu serei, desde que não me dê motivos para ser outra coisa. E quero que você faça um favor a essa puta faxineira e compartilhe um pouco de conhecimento com ela. — Priya se virou para olhar diretamente para ele. — Em troca, vou deixar tudo como está. Meu irmão não precisa saber de nada.

A respiração de Gautam tremia de alívio.

— O que quer saber? — perguntou ele.

— Me conte sobre o pó de jasmim — disse ela. — Me diga exatamente o que uma ingestão a longo prazo faz com o corpo. E me diga os efeitos colaterais quando as doses deixam de ser ingeridas.

MALINI

A tontura piorou depois que Priya se foi. Os tremores sacudiam o corpo, e havia horas que ela não via ou ouvia nada por longos momentos, e então se encontrava em uma nova posição. Encostada na parede ou caída no chão, como se o corpo não lhe pertencesse.

Ninguém viria se ela chamasse. Afinal, ela e Priya se certificaram disso.

Priya saíra havia uma hora. Duas. Três. Malini se forçou a permanecer na charpai, em posição fetal, como uma criança, as mãos unidas em côncavo sobre o estômago, como se o calor da própria pele pudesse fazê-la ficar no lugar.

Talvez Priya tenha morrido, pensou Malini. Que ridículo. Mas o tempo se movia de forma diferente quando se estava aprisionado, e seu corpo se recusava a obedecer.

Ela escutou o farfalhar de pés atrás dela. Ergueu a cabeça e...

Não havia ninguém ali.

Malini não conseguia ficar na charpai com os barulhos estranhos chegando aos ouvidos. Ela se sentia vulnerável e assustada, o coração agitado no peito. Ela desceu, atordoada por um instante, e atravessou o cômodo. A princesa se abaixou junto à parede.

Uma memória de chamas zumbindo dentro dela. Ela fechou os olhos e escutou o estalido da madeira e da pele sob o fogo. O sibilar. Os gritos.

Malini não estava bem. Nada bem. Nada.

Ela viu duas sombras atravessarem o quarto. Ela as observou.

Não é real. Isso não é real.
Não é real.

— Milad... — Priya parou. — Malini. Eu voltei. Por que está sentada no canto?

— Parecia necessário — disse Malini, rouca.

Ela não se mexeu conforme Priya se aproximou. Ela não ouviu passos dessa vez, o que ao menos era normal. Priya sempre andava com uma graciosidade estranha e silenciosa. O rosto dela estava dolorosamente vivo — escuro e real sobre o rosto de Malini.

— Você o encontrou? — perguntou ela.

— Encontrei — confirmou Priya, se ajoelhando.

— Ele pode me libertar?

Priya ficou em silêncio por um instante.

— Então a resposta é um não.

— Ele tinha recados para você.

— Diga — pediu Malini.

Priya relatou tudo. Havia um conforto em saber que seu trabalho não fora desperdiçado. Aditya tinha todas as ferramentas que ela providenciara para ele; tudo que precisaria para massacrar Chandra até ele virar pó. Mas não era o bastante para livrá-la daquilo: da prisão, do veneno, das marcas pretas do fogo nas paredes que as cercavam.

— Lorde Rajan tentou negociar diretamente com o general Vikram? — perguntou Malini. — Vikram tem muito a perder sob o governo de Chandra, e mais a ganhar com Aditya. Poderia haver um benefício.

— Eu não sei — disse Priya. — Não sabia que era algo que eu deveria sugerir.

— Não. Você não saberia.

Priya franziu o cenho.

— Não fique assim, Priya — murmurou Malini. — Essas coisas são a minha especialidade, não a sua. Cresci estudando política, sempre.

Mas ela conhecia Rao. Ele sabia o valor de ser afável, de jogadas sutis de poder. Era por isso que sempre se deram tão bem, e por isso ele e Aditya

O TRONO DE JASMIM

foram tão amigos. Ele teria tentado abordar Vikram de alguma forma. E essa abordagem nitidamente não dera em nada.

— Deve voltar logo — disse Malini. — Precisa dizer a ele...

Ah. Ela não conseguia se lembrar do que Priya deveria dizer. As palavras sumiram de sua mente. As mãos tremiam.

Aquilo passaria.

— Precisa tomar isso — comentou Priya.

Ela estava com um copo nas mãos. Quando conseguira aquilo? Ela entrara segurando o copo? Malini não sabia.

— O que é?

— Uma dose muito, muito pequena de jasmim — explicou Priya. A expressão dela era séria. — Finalmente falei com um curandeiro. Seu corpo se acostumou ao veneno. Parece que reduzir a ingestão rápido demais provavelmente pode matá-la da mesma forma que continuar ingerindo. Precisamos dar mais algumas doses a você. Só mais algumas. Vou medir com cuidado, e aí cortando pela metade a cada vez. É provável que até mesmo isso não seja seguro, mas... é o jeito mais rápido de conseguirmos livrar você do vício.

— Ah — murmurou Malini. Ela olhou para a mão de Priya, para o copo, e os dedos fortes e de ossos delicados que se curvavam ao redor. — Isso explica muita coisa.

Ela esticou a mão, e então a puxou de repente.

— Leve isso embora — pediu. — Não vou tomar.

— Por que não?

— Porque eu não quero.

— Malini — disse Priya.

— Não. Não vou fazer isso de novo. O que o veneno fez comigo... — A bile do veneno na língua. A mente em uma névoa terrível, engasgando-a. O luto, embrulhado ao seu redor, como um aperto constante e sussurrante. — Não. Não vou tomar.

— Vai morrer se não tomar — advertiu Priya, direta. — Você já confiou em mim com tanta coisa. Confie em mim dessa vez.

Confiou por necessidade, mas sim. Ela confiara. Ela confiara em Priya para contar da existência de Rao, afinal. Rao, que manteve sua promessa e esperava por sua palavra.

— Ainda não, então — disse Malini. — Ainda não.

— Por que não?

Malini olhou para além dela.

Além dos ombros de Priya, em um quarto que tremulava como se estivesse exposto ao calor, estavam duas figuras. Elas a observavam. A fumaça rodeava seus cabelos. As coroas estreladas queimavam. Malini olhou para elas e esticou a mão enquanto a visão estremecia mais uma vez, então a escuridão a tomou.

Narina sempre fora a mais bonita entre as três. Um nariz comprido e fino e sobrancelhas arqueadas, que ela tirava para deixar um arco ainda mais elegante. Maçãs do rosto alta, que ela pintava com ruge. Para seguir a moda do povo de seu pai, ela pintava os dentes de preto, o que fazia seus lábios parecerem ainda mais vermelhos em contraste.

Ela estava de pé e olhava para Malini com um sorriso chamuscado. Sem dentes. Apenas carvão e cinzas.

— Nós sentimos saudades, irmã do coração — disse ela.

— Não precisa dizer nada — falou Alori, carinhosa. — Sabemos que você também sentiu saudades.

O tempo passou. Estremeceu. Malini ainda estava no chão, e Priya a sacudia para que acordasse, enquanto aqueles dois fantasmas andavam pelo quarto, miragens de fumaça colorida, seda vermelha enrolada e brilhando, as estrelas nos cabelos iluminadas pelas chamas.

— Malini. *Malini.*

Ah, como a cabeça dela doía.

— Se isso for um plano para me fazer ajudar você a fugir, é bem perigoso — comentou Priya. A voz tremia. — Pramila acordou, e eu consegui que ela ficasse distraída, mas... Por favor. Você precisa beber. Por favor.

— Como está minha mãe? — perguntou Narina. Ela inclinou a cabeça para o lado, o pescoço estalando como se fosse lenha. — Não. Eu sei. Não preciso nem adivinhar. Ela se revirou inteira em luto por mim. Ela culpa você por tudo. Melhor do que culpar o imperador. Melhor do que culpar a si mesma.

Alori não disse nada. Ela olhou para Malini com olhos que eram como vazios tristes, profundos e escuros.

O TRONO DE JASMIM

— Minha mãe nunca vai perdoar você — murmurou Narina. — Espero que saiba disso.

— É claro que eu sei.

— Quê? — Priya parecia confusa. Alarmada. — Não estou entendendo.

— Ela acha que eu agora sou imortal? — indagou Narina. — Uma mãe das chamas? *Você* acha isso?

— Eu não sei no que mais acreditar — respondeu Malini, sincera.

Ajoelhada diante dela, Priya abaixou a cabeça e praguejou.

Priya.

Quando Priya falara com Pramila? Havia quanto tempo Malini estava no chão, observando o sorriso morto de Narina se abrir lentamente?

— Só beba — insistiu Priya, a voz um sussurro temeroso. — Por favor.

Malini sacudiu a cabeça. E com uma guinada violenta, Narina e Alori estavam ao seu lado, diante dela.

— Você lembra de como cortamos nosso cabelo depois que seu irmão cortou o seu? Usamos tesouras de prata, e aí deixamos mais curtos até que o seu. Minha mãe ficou furiosa — disse Narina. — Ela disse, *o que você é sem sua glória coroada?* Mas agora uso uma coroa de fogo e sou cinza e pó, então imagino que não importa mais.

— Você perdeu tanta coisa — lamentou-se Alori, infinitamente gentil, infinitamente triste, enquanto os dedos macios acariciavam a testa de Malini.

E Malini... não sentia nada.

Porque elas não estavam ali.

— Suas lindas sedas. Suas joias. Sua rede de aliados. Seus amigos. Seu poder. Tudo isso se foi. E o que você é, sem tudo isso?

— Que cruel — murmurou Malini. — Você nunca foi cruel, princesa anônima.

— Qual é o *seu* nome, debaixo de toda a riqueza que perdeu? — sussurrou Alori. — Que nome o anonimato lhe deu no dia em que você nasceu?

— Essa é a sua fé, não a minha.

— Não torna menos verdade — retorquiu Alori. — Acredite ou não, o destino sempre vai encontrar você. Assim como me encontrou. Você recebeu um nome muito antes de nascer, princesa. Sua história já foi escrita.

Estava escrito que Malini deveria viver enquanto Narina e Alori queimavam? Estava escrito que ela deveria viver e ser reduzida a isso? Ela tentara construir para si uma armadura impenetrável de poder. Aprendera os textos clássicos de guerra, governo e política, lendo à luz do luar quando todos os outros no mahal dormiam. Ela se tornara amiga das esposas de reis e das irmãs de príncipes.

— E agora você não tem nada — afirmou Narina, com a voz profunda e abafada. — Nem mesmo nós.

Sem nenhuma irmã do coração. Ninguém a quem recorrer.

— Tenho Priya — ela se forçou a dizer, e, através da névoa, ela sentiu o pressionar de uma voz nos ouvidos.

Sim, sim, estou aqui, por favor...

Uma risada.

— Uma criada com dons monstruosos, que nem sequer gosta muito de você?

— Ah, ela gosta de mim.

— Ela gosta de uma falsidade. — A voz provocante. — Uma versão sua que você criou para ela. Você se transformou em algo carinhoso e machucado, como uma lebre gorda presa em uma armadinha. Não acho que ela sabia se queria salvar ou devorar você. Mas você não é uma lebre, é? Você é uma flor noturna, preciosa apenas por um momento breve antes de se deteriorar.

Essa não era a voz de Alori ou de Narina. Elas tremularam e...

Ali estava... Ela mesma. A princesa Malini, filha de Parijat, coroada por muitas flores, o jasmim claro radiando até virarem cravos dourados, para imitar o sol nascente. Princesa Malini, usando um sári de seda verde-pavão, com uma corrente de rosas douradas ao redor da cintura e um colar de pérolas robustas no pescoço.

Ela era tudo o que Malini não era mais. E estava sorrindo.

— Você — disse Malini, arfando — também não é real.

Parecia fácil — fácil e correto — afastar aquele velho eu, empurrá-la para longe e então atingi-la com os punhos, conforme algo feio e furioso assolava os pulmões e os olhos e a boca enquanto ela pensava em Narina e Alori deitadas com ela na mesma cama, ou no funeral da mãe ou do pai dela, em Aditya deixando-a para trás sem nada a não ser uma carta e um beijo na testa. Aquela feiura se transformou em um berro, e então ela gritava e ria, mesmo enquanto Priya tentava acalmá-la e agarrava seus punhos, a testa franzida, então era Priya quem estava lutando contra ela afinal...

— O que está acontecendo?

O TRONO DE JASMIM

A voz de Pramila.

— Milady, eu não sei. Ela simplesmente... me atacou. — A voz de Priya estava frenética. Estava agarrando as mãos de Malini, forçando-as para que ficassem paradas.

— Ela precisa do remédio — afirmou Pramila. — Está com você? Me dê aqui, e...

Malini riu. E riu mais. Ela mal conseguia respirar com tantas risadas, mas se forçou a fazer isso, arreganhando os dentes para transformar em um sorriso, e então pensou em Narina.

— Sua filha — disse a Pramila —, a sua Narina, por quem você ainda está de luto e mais luto... Você sabia que na manhã em que ela morreu, quando ela bebeu o vinho com ópio e esperou que os sacerdotes viessem nos buscar, ela pressionou a cabeça no meu braço e me disse "eu quero minha mãe"? Sabia que ela disse isso? Não sei se já contei para você. Acho que queria poupá-la. Não sei por quê.

Pramila estremeceu de corpo inteiro, como se Malini a tivesse acertado com um golpe. Tinha feito isso? As mãos de Pramila estavam na parede. Ela estava chorando?

— Eu deveria chamar os guardas — murmurou Pramila. — Eu deveria... Eles podem forçá-la a beber, se não conseguem...

— Milady...

— Eu não mereço isso — soluçou Pramila. — Eu...

— Vou fazer ela beber — Priya estava dizendo. — Juro que vou. Eu vou dar um jeito nisso. Por favor, lady Pramila.

— Não posso, não consigo, eu...

— Por favor, lady Pramila — implorou Priya. — Poupe a si mesma.

Pramila soluçou outra vez. Ela assentiu, o rosto inchado, feio. Ela se virou e foi embora.

Priya exalou, e Malini a agarrou pelos braços conforme o próprio corpo estremecia contra sua vontade.

— Precisa beber *agora* — advertiu-a Priya. — Como sabe, eu posso obrigá-la, se precisar.

Malini virou o rosto.

— Você não está agindo como você mesma — disse Priya, gentil.

— Não é a primeira a me dizer isso hoje.

— Como assim?

— Estou alucinando — confessou Malini, impaciente. — Preste atenção, Priya.

Ela não queria explicar que quando Narina e Alori apareceram antes, ela precisava falar com elas. Não importava se eram alucinações ou imortais. Apenas importava que a perda ardia, dolorida e poderosa, e ela queria cutucar aquele machucado, sentir o sangue fresco de perdê-las de novo.

— Precisa dizer a Rao para ir embora — acrescentou Malini em vez disso. — Diga a ele para ir. Diga que Aditya precisa dele.

— Rao — repetiu Priya. Os lábios formavam o nome com cuidado. — É óbvio.

— Não é o nome dele — revelou Malini. — Nenhum deles tem nome. Só palavras para o resto de nós usar, para alfinetá-los como uma agulha em um pano. Entendeu?

— Não entendi nada — disse Priya.

— A realeza de Alor — explicou Malini. — Eles veneram o deus anônimo. Eles guardam seus nomes em segredo. É só um sussurro. Porque os nomes são seus destinos. Eu só… eu só confio nele agora. E quero que algo bom venha disso. Ele não pode me salvar desse lugar. Ele sabe disso. Você também sabe. Ele estar aqui é um desperdício. Mas se ele for até Aditya… Se eu puder ter ao menos o mero gosto da vingança…

O fogo se ergueu na língua dela.

A pira queimava diante de Malini. Chandra estava na sua frente. Mãos a arrastavam na direção da fogueira. Nenhuma das suas palavras cuidadosas e afiadas havia funcionado. Todos assistiriam enquanto ela queimava, todos esses príncipes e reis, e alguns deles aliados que ela cultivara com palavras bonitas e pactos e, sim, dinheiro. Ela esticou a mão para alcançar Chandra, lutando em fúria. *Se eu vou queimar, você queimará comigo, com trono e tudo.*

Mas Chandra não estava ali. Só Priya, deitada embaixo dela no chão, presa pelas mãos de Malini, olhando para ela com aqueles olhos límpidos. Os olhos eram rodeados por cílios mais castanhos do que pretos. Contrastando com a pele escura, eram como ouro.

Que pensamento absurdo. Porém, trouxe Malini de volta para si. Fez com que ela enfraquecesse, e Priya a segurou e a manteve firme.

— Shiiu — disse Priya. — Ou Pramila vai ouvir.

Malini estava fazendo algum barulho? Ela não tinha percebido. Ela cerrou os dentes, baixando a cabeça.

O TRONO DE JASMIM 283

— Você deixou que eu a segurasse — notou Malini —, quando poderia me derrubar sem nem tentar.

— Não quero machucar você — respondeu Priya, a voz firme e segura. Ela disse a mesma coisa antes, Malini se lembrava disso. Há tanto tempo.

— E por que não? — Malini exigiu.

— Porque temos um acordo.

— Ah, não — disse Malini. — Não. Não é por isso.

Ela enfraqueceu ainda mais, um espasmo de dor percorrendo o corpo. Fantasmas. Chamas. Os espíritos brilhantes de Narina e Alori dançando ao seu redor.

— Malini. Princesa. Vamos. Me deixe ajudá-la a subir na cama de novo.

Malini se permitiu ser levada. Priya a segurou como uma criança, ajudando-a a subir na cama.

— Você se importa — concluiu Malini. — Você se importa comigo. Você odeia que eu precise tanto de você, e que eu tentei dar a você o que queria de mim... o que eu *achei* que queria de mim, para conseguir o que eu preciso de você. Mas mesmo assim ainda se importa. Não minta para mim e negue. Posso ver no seu rosto.

— Você não sabe o que está vendo — murmurou Priya. Havia uma pequena ruga marcando a testa dela.

— Eu sei exatamente o que estou vendo — devolveu Malini. — Mas não entendo o motivo. Ah, quando você achou que eu era alguém gentil e ferida, isso eu entendia. Mas agora... agora você sabe que eu menti e usei você, e sabe que eu sou uma traidora, impura, e que eu tenho um coração de pedra, que eu sou o império e o império sou eu...

— Eu não sei — declarou Priya. A voz era como um chicote. — Não sei por que me importo, isso basta? Talvez eu simplesmente não seja monstruosa o bastante para ficar assistindo a outro ser humano sofrer, não importa se o coração dele for duro.

— A bondade sincera não tem nada a ver comigo — disse Malini. Lentamente. As palavras saíam devagar e densas, como mel. — Não sei se acredito que alguém assim exista. Todo mundo quer alguma coisa. Todo mundo usa esses desejos. É isso que é sobreviver. É isso que é o poder.

— Então você viveu uma vida horrível e triste — respondeu Priya, direta.

— Não vivi. Eu tenho tudo de que preciso. — Amigos leais. Aliados leais. — Eu costumava ter tudo. Eu costumava...

A voz se esvaiu.

Silêncio. Um momento, seguido de outro, e então Priya falou.

— Você não está provando sua força ao recusar o jasmim.

— Eu consigo lutar contra isso — retrucou Malini, fraca.

Priya tocou a mão de Malini. As mãos de Priya eram ásperas nas palmas, mas o toque era incrivelmente tenro.

— Eu não acho que você consiga — considerou ela. — Acho que ninguém consegue.

— Todos os corpos sofrem e morrem do mesmo jeito, gostem ou não — disse Alori, prestativa.

— Você não está aqui — disse Malini. — Então cale a boca.

— Você ainda é grossa — observou Alori, com um suspiro exasperado.

— É do feitio dela — pontuou Narina.

— Até mesmo na minha cabeça vocês são horríveis comigo — lamentou Malini. Os olhos ardiam. — Se eu disser que sinto saudades... Bem. Vocês duas saberiam disso, quando estavam vivas. E agora não importa para mais ninguém além de mim. Então não vou falar nada.

— Malini. — Os dedos de Priya entrelaçaram os dela. — Por favor. Foque em mim. O jasmim. Você vai tomar?

Priya. Priya se inclinando sobre ela. Priya apertando sua mão, tentando levá-la de volta para um mundo firme.

O cabelo de Priya era tão liso, tão escuro onde curvava ao redor da orelha. Estranho. Ela não era bonita, mas havia partes dela que eram. Partes dela.

— Existem tantas formas que eu poderia ter usado para convencê-la a me libertar. — Pensamentos sombrios, pensamentos leves, como o piscar de sombras na pele. — Queria ter a força para usar você como preciso, para conseguir escapar — falou Malini. — Mas fico feliz que não tenha.

Priya só continuou a encarando, inabalável.

— Por favor — pediu ela. — Beba.

E, finalmente, Malini tomou um gole. Ela engoliu tudo, o acre e o doce. E então caiu em um sono sombrio, os dedos ainda entrelaçados aos de Priya.

PRIYA

Naquela primeira noite, ela não saiu de perto de Malini. Ela mediu uma dose cuidadosa do composto de jasmim e rezou para que não estivesse cometendo um erro, para que Gautam não a tivesse enganado, e para que Malini sobrevivesse. Desde a última dose, quando prendera Priya com os braços e ficara furiosa, Malini estava em completo silêncio, de olhos fechados. Se Priya não tivesse colocado a mão perto da boca de Malini para sentir a cadência da respiração, ou tocado seu pulso — e fizera isso, de novo e de novo —, então teria pensado que Malini se fora.

Ela ficou sentada ao lado de Malini na charpai trançada e insistiu para que a princesa bebesse o jasmim, convencendo a boca da outra mulher a se abrir. Ela aninhou Malini no colo e fez com que bebesse, sem nem ter o vinho como diluidor para deixar tudo mais fácil.

— Você vai ficar bem — Priya dizia para ela, quando a outra mulher tossia e pressionava a cabeça em seu braço, os olhos fechados com força. Ela passou uma das mãos pelo cabelo de Malini como se ela fosse uma criança, reconfortada facilmente pelo toque gentil. — Vai ficar tudo bem.

Ela torcia para que não fosse uma mentira.

Priya acordava e adormecia com um cochilo, sonhando exausta. Quando abria os olhos, piscando, presa entre o sono e a vigília, os entalhes pareciam dançar nas paredes diante dos seus olhos, rodeando-a em um círculo constante. O Hirana zumbia embaixo dos seus pés. E Malini continuava dormindo, a respiração quente e estável ao lado de Priya.

No dia seguinte, Malini ainda estava viva, mas continuou a dormir, e não comeu, tomando água e jasmim apenas quando era persuadida a tal. Na noite que se seguiu, Priya a segurou de novo, observando o peito subir e descer.

Deixe que ela viva, pensou Priya. *Não deixe que eu acorde e a encontre gelada. Deixe que ela viva.*

Era apenas humano, natural, aquele desejo para Malini ficar viva. Não era mais do que isso.

Ela segurou a mão de Malini na sua com firmeza.

— Você nunca vai conseguir se vingar se não sobreviver, Malini — murmurou Priya para ela. — Se está me ouvindo, não se esqueça disso.

Foi no dia seguinte, no meio de uma tempestade, que Malini finalmente acordou. Bebeu um pouco de água. Ela esticou a mão e entrelaçou os dedos aos de Priya mais uma vez.

— Avise a Rao — sussurrou ela, quando Priya perguntou como estava se sentindo; quando Priya tentou convencê-la a comer, descansar mais e tomar a nova dose moderada. — Avise Rao para ir embora.

Então, ela adormeceu de novo. Os dedos encostados aos de Priya estavam frios.

Priya drogou Pramila mais uma vez. Ela andou em círculos pelo triveni, esperando, ansiosa, e então desceu o Hirana no meio da noite.

Os homens do regente patrulhavam em números intimidantes e significativos, mas os mercados noturnos ainda assim estavam cheios de pessoas, todas traçando seu caminho entre as barracas de comida com uma alegria persistente, as vozes altas, os sorrisos desafiadores. Estandartes coloridos haviam sido pendurados entre as casas. Havia lanternas suspensas em cada varanda que ainda não tinham sido acesas.

Priya, confusa por aquela animação da multidão, precisou de um momento para se lembrar de que a noite seguinte seria o festival da sombra da lua, quando os lares doavam presentes luxuosos para os mais pobres, comiam jalebis dourados e doces de leite e colocavam dezenas de lanternas em suas varandas para acender na escuridão. Ela precisou de um tempo ainda maior para compreender, ao ouvir as fofocas correndo ao seu redor,

O TRONO DE JASMIM

que o regente tinha dado permissão explícita para o festival acontecer como sempre. Ninguém parecia saber o motivo *exato* de ter decidido fazer isso, mas ouviam-se murmúrios infelizes aqui e acolá conforme ela andava, sobre coisas que haviam acontecido na cidade, feitas por soldados parijatdvipanos. E, bem ali, ela viu um punhado de prédios com as fachadas de madeira claramente destruídas, os danos ainda sem reparos.

Ela conseguiu entrar no Palácio das Ilusões com bastante facilidade. Tudo que ela precisou foi chegar pela entrada dos criados com naturalidade, levando uma vassoura em mãos roubada de uma residência azarada, e guardas entediados permitiram sua entrada. Depois disso, ela era só mais uma criada passando por corredores enquanto as cítaras tocavam ao longe e as mulheres entoavam canções de amor.

Lorde Rajan, ou Rao, ou o príncipe anônimo, ou sei lá como Malini queria chamá-lo, foi ao encontro dela. Ela pedira a um dos homens para que o buscasse — guardas, pelo que ela presumia, apesar de estarem fumando e encostados na porta com muito mais calma do que qualquer outro guarda em serviço que ela já vira antes — e ele viera, trazendo uma jaqueta, como se tivesse acabado de sair da cama.

— O que foi? O que ela disse?

Priya fez o relato. No fim, ele lançou um olhar incrédulo para ela.

— Eu não posso simplesmente abandoná-la.

— É isso que ela quer que faça. Ela disse que Aditya precisa de seu serviço.

Rao a mediu, os olhos registrando o rosto de Priya, como se pudesse ler algo naquele rosto que ela usava, no franzir do cenho ou no retorcer da boca.

— Sim — disse ele, por fim. — Ele precisa. Mas ele também precisa dela. Aditya não é... não é como ela.

Ela não sabia o que esperar de um homem que vivia em um bordel, mas Rao era como um cervo: de olhos gentis, mas de uma astúcia reflexiva.

— Eu já disse que ela está doente — reforçou Priya. — Eu... Na verdade, fiquei com medo de que ela morresse. E ainda não estou certa de que não vai. Ela não pode ajudá-lo. Ela não tem forças para fugir. E ela não tem ninguém em quem confiar na sua prisão a não ser eu.

Eu poderia ajudá-la a fugir, pensou Priya, enquanto o rosto de Rao desmoronava um pouco e ele colocava a mão na testa. *Eu poderia trazer*

Malini até aqui, para esse homem. Não seria fácil fazer ela descer o Hirana, não como está agora. Mas eu conseguiria. Talvez — provavelmente — ela estaria mais segura.

Mas a primeira lealdade de Priya não era devida a Malini. A sua lealdade era consigo mesma, Bhumika e Ahiranya.

Rao engoliu em seco.

— Tem certeza?

— O máximo de certeza que posso ter.

— Não posso deixá-la à beira da morte sozinha — lamentou ele.

— Ela não está sozinha — assegurou-lhe Priya. — Ela está comigo.

O príncipe abaixou a cabeça.

— Não é o suficiente.

— É mais do que muitas pessoas têm — ressaltou Priya. — Mas... eu prometo que vou fazer tudo que puder para que ela fique viva, se essa promessa valer de alguma coisa. Vou usar tudo que eu puder para ajudá-la a sobreviver até que o senhor ou seu príncipe possam voltar para buscá-la.

Era uma promessa maior do que ela deveria ter feito — com mais sentimento e mais dívida do que ela queria conceder a Malini —, mas Priya não poderia deixá-la agora, quando ficara duas noites acordada observando-a dormir, aterrorizada pela possibilidade de que aquela tola morreria.

— Fiz meu dever relatando tudo — disse ela. — Mas agora... preciso voltar para ela. Milorde.

Priya inclinou a cabeça em reverência.

Ele não disse nada em resposta.

RAO

Prem estava sentado sozinho, com um grande xale enrolado ao redor dos ombros apesar do calor, com um jarro aberto de vinho nas mãos. Bebia direto do jarro, a expressão de contemplação estampada no rosto.

— Os cavalos estão prontos — anunciou ele. — Meus homens estão organizando as provisões. Tentei encontrar o general Vikram para me despedir, mas graças às mães ele não está recebendo visitas no momento. Divide essa bebida comigo?

Rao se encostou na parede.

— A princesa Malini talvez esteja morrendo — soltou ele. Era tudo que conseguia dizer.

Os olhos de Prem se arregalaram, e então se estreitaram quando compreendeu.

— Era a criada dela — concluiu ele. — Eu deveria saber que a garota era uma das espiãs *dela*. Deuses, a mulher tem um jeito de colecionar pessoas, não tem? — Prem se virou e abaixou o vinho com força. Ele arrumou o colarinho da túnica. — O que você quer fazer?

— Quero salvá-la — afirmou Rao. — Mas sei que isso não é possível. E não é mais o que ela quer que nós façamos.

— Ótimo. Também não é o que eu quero que façamos. — Quando Rao lançou um olhar incrédulo para ele, Prem balançou a cabeça. — Não me olhe assim. Você sabe que não tem um jeito fácil de salvá-la. E por mais que fosse corajosa na corte, e por mais que fosse excelente em organizar a causa a favor do imperador Aditya, ela não é... essencial.

— Não é? — murmurou Rao.

— Aditya vai voltar para buscá-la, Rao. Quando ganharmos a guerra.

— Ele não vai conseguir se ela morrer.

— Então ela será lembrada pelos sacrifícios que fez, e o imperador Aditya vai honrar sua memória — disse Prem com firmeza. — A promessa da morte espera todos nós, Rao. Alguns de nós ganham uma morte digna, outros, não. Ao menos ela não vai morrer queimada.

— Assim como minha irmã.

Prem não se sobressaltou com aquilo. Apenas assentiu e bebeu o vinho.

— Assim como sua irmã. Isso mesmo. — Ele bebeu mais uma vez, e suspirou. — Ah, sinto muito, Rao. Não estou sendo boa companhia.

— Está tudo bem — disse Rao.

Na verdade, não estava nada bem.

— Eu sinto muito pela sua perda. Mesmo. Mas... — Ele balançou a cabeça. — Já perdemos tanta coisa, e esse golpe de Estado nem começou de verdade. Mas é assim que são as coisas, não é? Destituir um tirano do poder tem um custo. Eu só não queria pagar por isso.

Era um comentário sentimental, vindo de um príncipe que normalmente era despreocupado. Rao esperou, paralisado por um instante, enquanto Prem o encarava de volta.

— Não pode ficar com essa paixonite por ela para sempre, Rao — adicionou Prem, por fim. — Ela nunca foi sua, de qualquer forma.

Rao precisou esconder uma risada. Prem não entendia nada de nada. Não entendia o que Malini era para ele; o que fora sussurrado para ele havia muito tempo, um segredo, uma coisa que era dele e somente dele, no escuro.

— Eu sinto muito — lamentou-se Rao, endireitando a postura. — Fui um tolo. Eu... — Ele se virou. — Volto daqui a pouco.

— Rao...

— Daqui a pouco! — ele gritou, e correu pela porta.

Rao não deveria ter sido capaz de encontrar a criada. Na escuridão de uma noite cheia, em uma rua que nunca dormia, deveria ter sido impossível. Mas quando saiu correndo da casa de prazer, viu a sombra dela, o formato dos

O TRONO DE JASMIM

ombros e o sári claro, enquanto ela se movia entre as barracas do mercado iluminadas por lamparinas. Ele a alcançou.

— Espere — chamou, arfando.

Ela se virou com um movimento rápido, e ele viu as mãos da mulher se fecharem em um punho. Havia uma faca na mão dela, uma lâmina grosseira da cozinha. Ela teve o bom senso de não a empunhar. Segurava a lâmina com força ao seu lado, o braço inclinado em um ângulo como se estivesse pronta para esfaqueá-lo se precisasse. A expressão no rosto dela estava tensa, e só se desfez levemente quando percebeu quem ele era.

— O que o senhor quer?

— Repassar uma mensagem.

— Já me repassou uma mensagem. Eu já lhe disse a dela. Precisa de mais?

— Só isso. Diga a ela que estarei debaixo da entrada do caminho da reflexão — disse ele. — Que vamos esperar por ela no cemitério.

— Na pérgola de ossos — corrigiu-o a criada. — É assim que chamamos.

— Na pérgola de ossos — corrigiu-se ele. — Diga que vou esperar até o festival da sombra da lua acabar. Se ela conseguir fugir, vamos levá-la conosco. Se ela pedir, vamos tentar buscá-la. *Eu* vou tentar buscá-la.

— Ela não vai querer isso — comentou a criada, taciturna.

— Eu sei — falou Rao. — Mas... talvez ela calcule os riscos e mude de ideia. Quero que ela tenha uma escolha. — E então, com um sentimentalismo vergonhoso, ele prosseguiu: — Se ela está morrendo, talvez queira ser cuidada pelo próprio povo.

— Mais do que quer que a causa dela vença? — A criada riu. — Então não a conhece tão bem assim, milorde.

— Conheço o tanto que preciso — devolveu ele.

Ele não poderia dizer a ela que sabia, em seus ossos, que Malini ficaria viva. Esse tipo de coisa não era para estranhos. Ele não podia contar a ela os segredos do anonimato — a resposta sussurrada que vivia no sangue dele, que dizia a ele mais sobre Malini do que a própria Malini sabia.

— Diga isso a ela — insistiu Rao. — Só isso que eu peço.

Depois que a criada desapareceu, ele percorreu o caminho de volta para a casa de prazer muito mais devagar. O corpo doía. Prem se fora. Para organizar seus homens, sem dúvida, ou para dormir para passar o efeito da bebida.

Lata o encontrou sentado nos degraus da varanda do quarto ridículo que compartilhavam.

— Já adiou o bastante — disse ela, naquele silêncio. — É hora de ir até Aditya. Ele está esperando por você.

— Depois do poeta, quando eu fiquei machucado... você me perguntou o que eu queria fazer.

— Você não pode fazer o que quer — apontou Lata. — Pode?

— Não. — Ele balançou a cabeça.

Ela o encarou de volta, bastante calma. Formalmente, Lata tinha sido uma serva no palácio imperial antes de Malini cair em desgraça. Mas, na verdade, ela fora a aprendiz da sábia que educara Malini, Alori e Narina quando crianças. Ela era tão familiar ao peso estranho da fé anônima quanto qualquer um — com suas alegrias, suas exigências. Seu preço.

— Lata — disse ele. — Por que nunca me chama de Rao?

Ela o olhou, considerando, e então atravessou o cômodo e se sentou ao lado dele.

— Posso não ser uma sacerdotisa do anonimato, mas eu sou uma sábia — falou ela, por fim. — Eu compreendo o valor que seu povo atribui a nomes. E eu sei que Rao não é seu nome verdadeiro. Eu sei que você ainda preserva os velhos ritos e paga o preço que esses ritos exigem. Não quero chamá-lo por um apelido. Eu honro o nome que foi sussurrado para você em seu nascimento.

— Você sabe qual é?

Ela balançou a cabeça.

— Como eu saberia?

— Minha irmã sabia — revelou ele. — Ela me disse o dela, antes de morrer. E eu... eu contei o meu para ela.

— Não tive oportunidade de falar com a princesa antes de sua imolação — comentou Lata, baixinho. — Ela não teria me contado de qualquer forma. Entendo que contar isso seja... importante. Algo especial.

Rao assentiu.

— Quando seu nome é uma profecia, é sábio manter isso em segredo. Ou ao menos foi o que me ensinaram. Só falamos dele quando chega a hora. Quando a profecia está perto de ser revelada. Quando nossa voz possui um propósito.

O TRONO DE JASMIM

Ele conhecia a história da sua própria cerimônia de nomeação. Como a mãe e o pai o carregaram até o jardim do templo de Alor, um vale gentil e grandioso cheio de árvores repletas de joias penduradas em fios. Como o sacerdote, usando vestimentas azul-claras, levara Rao até o monastério e buscara seu nome da escuridão incompreensível de deus. Rao voltara para o jardim, com cinco anos, e recebera o presente que era seu nome. Ele o carregara consigo desde então; o peso das consoantes afiadas e vogais suaves. O peso de uma promessa.

— Alori... — Ele engoliu em seco. — Minha irmã. O nome verdadeiro dela era... O alorano antigo é difícil de traduzir, mas o nome dela era Aquela Que Queimará Sobre A Pira. E assim aconteceu.

— Um nome de morte é um fardo terrível — lamentou Lata, com uma compaixão tão genuína que ele não ousava olhar para ela.

— Ela era forte. Conseguiu carregá-lo bem. — Mais do que Rao conseguiria. — Meu nome não profetiza minha morte. Meu nome...

— Pode me contar, se quiser — interrompeu-o Lata, gentil. — Ou pode não me contar.

Ele olhou para o nada. Pensou na irmã, com seu silêncio e sua astúcia, na forma como ela tocara a testa na dele e dissera: *não chore, por favor, não chore. Eu estou bem. Eu soube minha vida toda que um dia eu queimaria.*

— Não — disse ele. — Não é a hora certa. Isso eu sei.

Ele ficou de pé, estremecendo um pouco enquanto a ferida repuxava.

— Mas é a hora certa para eu começar minha jornada para Srugna. Fiz tudo que pude por aqui. O destino da princesa Malini está fora de minhas mãos.

PRIYA

Ela subiu o Hirana de olhos fechados, o vento mordaz roçando as bochechas, o cabelo soprando na brisa. Em certa altura, ela parou, pressionando a cabeça na pedra, encaixando um pé na fissura de uma pedra quebrada com musgo, e usou as mãos livres para fazer uma trança solta no cabelo.

Pronto. Muito melhor.

O que Bhumika diria se me visse agora?, pensou Priya, com um toque de divertimento. *Equilibrada sem usar nada a não ser minha cabeça dura?* Talvez Bhumika gostasse de ter a oportunidade de gritar com ela.

Quando entrou no Hirana, depois de ter passado pelos corredores silenciosos, sob as sombras que as lamparinas bruxuleantes lançavam nas paredes, ela verificou o estado de Malini.

Estava dormindo. Havia cor nas bochechas; algo mais tranquilo em sua forma. E a minúscula dose de jasmim que Priya deixara para ela havia sido tomada.

Talvez ela sobrevivesse, afinal.

Priya abaixou a cabeça para o trançado da charpai ao lado de Malini. Escutou a respiração dela; o ritmo reconfortante e estável.

Então, entrou no sangam.

Ela evitara isso por muito mais tempo do que deveria. A ideia de ver Ashok de novo fazia o peito arder com um eco da dor, a memória da traição. Mas o que assustara mais era a forma como ele falara com ela e a olhara, com bondade falsa, naqueles momentos antes de ela se atirar sob as águas cósmicas e voltar para a própria pele.

O TRONO DE JASMIM

Ele a machucara em nome do amor. Era assim que funcionava a força na família deles.

Ela abriu a boca. Ela chamou por Bhumika naqueles rodopios insondáveis de água. Ela uivara por Ashok; dessa vez era algo mais calmo. Um chamado.

E Bhumika o atendeu. Ela se ergueu, uma sombra emergindo da água.

— Me conte — pediu Bhumika, simplesmente.

Ela contou tudo a Bhumika da forma mais sucinta que conseguiu. Ela falou do pacto com Malini, de se encontrar com um dos aliados da princesa, e dos esforços de Malini para substituir o imperador Chandra por seu irmão, Aditya.

— Então a guerra vem até nós, não importa o que aconteça — constatou Bhumika. — Parijatdvipa se volta contra si. Estamos em meio a uma confusão ainda maior do que pensei. — Ela soava cansada.

— O que você vai fazer? — quis saber Priya, pensando no general, nas crianças que ficavam no mahal. No futuro.

— Eu não sei. Não tenho o poder de consertar tudo, por mais que eu possa parecer capaz.

— Não é disso que estou falando.

Bhumika estalou a língua, como se dissesse *não importa*.

— Eu deveria estar perguntando como você está. Ashok machucou você.

Priya resistiu ao impulso de tocar o peito no lugar onde Ashok enfiara a mão em sua alma e então a retorcera.

— Eu sei que Ashok é forte. Que ele pode ser perigoso quando precisa. Eu só pensei que... — Priya se calou.

— Você pensou que ele ainda era um homem bom, debaixo de tudo isso.

— Ele é um homem bom — rebateu Priya.

Então, ela se forçou a ficar calada de novo, desviando o olhar de Bhumika, olhando para o cosmos ao redor delas, líquido e estranho. Se ele não fosse bom, como Priya poderia ser? Algum deles poderia ser?

— Você se lembra do garoto que ele foi — disse Bhumika. — Você não... vê... o homem que ele é agora.

— Eu lembro de ele salvar minha vida. Que ele se importava comigo. Às vezes eu sinto como se eu quase conseguisse me lembrar *daquela* noite, e eu não posso odiá-lo porque... — A voz dela fraquejou. — Não gosto de falar dos meus sentimentos. Eu não gosto de nada disso, Bhumika, e eu juro que se pudesse arrancar essa raiva de mim, se eu pudesse não sentir o que eu estou sentindo, se eu pudesse apagar aquela noite por completo...

— Eu sei — disse Bhumika. — Eu sei. Você se lembra de como eu levava você até meus aposentos, de vez em quando, para falarmos a sós quando você chegou ao mahal?

— Você sempre tinha doces — comentou Priya, de imediato. Era a memória mais forte que tinha daquela época. Depois de anos passando fome, ela tinha uma preocupação constante com o apetite. — Uma vez você tinha rasmalai. Coberto de pétalas de rosa.

— Eu convenci Vikram de que estava me preparando para ter um filho — contou Bhumika. — Ele gostava daquela ideia. Então eu tinha doces para você, sim. E tempo, Priya. Durante um período. — Uma hesitação. — Pri. Eu tentei ser uma família para você. Eu tentei.

Havia algo dolorido no peito de Priya.

— Eu sei — respondeu ela, com dificuldade. — Eu sei disso. Você não deveria me dar ouvidos quando estou brava. Ou nunca. Eu nunca sou muito justa com você, Bhumika.

— Isso é um pedido de desculpas?

— Não — disse Priya. — Isso aqui é um pedido de desculpas: eu sinto muito. Aproveite agora, porque não vou falar outra fez.

Aquele pedido de desculpas recaiu sobre elas com peso, tão desconfortável quanto uma pedra.

— Por favor, não faça isso — pediu Bhumika, por fim. Algo na voz dela se suavizou, conforme ela se movia na água, ondulando silenciosamente ao redor da sombra que era. — Você... E imagino que não se lembra disso, Priya, mas você era tão quietinha quando chegou ao mahal. Não era bem... tímida. Mas você não falava. Eu tentava falar com você sobre nossa infância. Sobre o Hirana. Sobre como você e Ashok tinham escapado. Você se recusava a me contar qualquer coisa. Na época, achei que era por estar traumatizada. Você era uma criança. Estava assustada e machucada, e foi abandonada. Mas agora eu não penso mais isso. Você fez uma escolha, Priya. Tinha alguma coisa que você queria deixar para trás.

— Não tem como você saber isso.

— Eu sei que você é teimosa. Você nunca me obedeceu — destacou Bhumika. — Não de verdade. Tem algo em você que vem... da natureza. Assim como em Ashok.

O TRONO DE JASMIM

— Está dizendo que sou parecida com ele?

— Estou dizendo que você procurou as águas perpétuas. Você se aliou a Ashok e depois o descartou. Fez um pacto com uma princesa de Parijatdvipa, tudo isso sem mim, por vontade própria. Você segue um caminho que eu não posso trilhar, Priya, e você nunca olha por cima do ombro para ver o que deixou para trás. — Ela falava em um tom gentil. Só fazia as palavras machucarem mais. — Você tem um código próprio a seguir e eu não imagino como seja. Da sua própria forma, Priya, você é tão perigosa quanto Ashok. É verdade. Eu deveria ter reconhecido isso em você há muito tempo.

A percepção de Bhumika sobre quem Priya era, o fato de que a via como algum tipo de criatura elemental, estranha, feroz e espantosa, fazia Priya querer dar uma gargalhada incrédula.

— Eu nunca fiz nada, nada — argumentou Priya. — Eu nunca fui... nada além de uma criada. Partes de mim estão tão partidas, e eu fico no meio desses estilhaços e não vou a lugar algum. Eu estou presa, Bhumika. Todo esse tempo, eu só fiquei quieta. Eu só sobrevivi.

— Um tipo de quietude expectante, acho. E agora você está exatamente onde deveria estar esse tempo todo: no Hirana, ao alcance das águas perpétuas. — A voz de Bhumika era sábia. — Dá para perceber que está ficando mais forte.

— Eu nunca planejei isso.

— Não? — Uma pausa. — Não vou mais tentar controlar você, Pri. Mas eu peço que pense nisso: alguma dessas pessoas em quem você confiou é digna disso?

— Eu confio em você — Priya conseguiu dizer.

Bhumika balançou a cabeça devagar, segura.

— Não — contrapôs ela. — Não acho que você confie de verdade. Volte, Priya. E, por favor, mantenha a princesa aprisionada e segura só mais um pouco. Pelo meu bem.

— O que você vai fazer? — indagou Priya, e não era a primeira vez.

Bhumika ficou em silêncio um instante, e depois respondeu:

— Eu ainda não sei. Mas vou começar falando com Vikram. Vou aconselhá-lo a traçar um caminho por meio da guerra para garantir que todos nós possamos sobreviver. E se ele não escutar... — Uma sombra perpassou pela voz dela, com asas agourentas. — Bem. Você e Ashok não são as únicas crianças do templo.

— Boa sorte — desejou Priya. — Para o bem de todos nós, imagino.
— Sim — concordou Bhumika. — Para o bem de todos nós.

Ela voltou ao próprio corpo. Olhou para a forma adormecida de Malini, e então saiu do quarto para andar até o triveni. Estivera chovendo de novo. O chão estava liso, quase como uma piscina, um grande espelho.

Se Bhumika estivesse certa... Se ela escolhera não falar. Se ela escolhera se esquecer...

Priya inclinou a cabeça para trás. A chuva caía. Uma última garoa, para as monções que esvaíam. Ela foi até o pedestal do triveni, a pedra fria e úmida sob os pés descalços, o rosto erguido para o céu. Solo. Céus.

Só me mostre o caminho.

— Por quê? — sussurrou ela. — Por que eu precisava mostrar o caminho, Ashok? O que eu sabia que você desconhecia?

A resposta estava dentro dela. Sempre esteve. Mas ela se dobrara até ficar pequena. Ela colocara aquela noite de fogo e morte em um punho fechado. Ficara assustada demais que aquela memória seria roubada dela para soltar, para fazer qualquer coisa além de escondê-la. Por meio do luto e da fome e da perda, e da sua chegada ao mahal, de beber e rir com Sima sob a copa das árvores; ela a carregara sempre consigo. Ela carregara aquilo para que não pudesse ser tocado ou alterado.

Era hora de abrir as mãos. Era hora de ver o que ela segurava.

Pela primeira vez em uma década, Priya pensou na noite em que as crianças do templo queimaram.

PRIYA

Priya puxava o balde de água, xingando enquanto o virava com dificuldade, uma onda derramando sobre a barra do ghagra choli.

— Nandi! Ajude aqui!

— Eu não posso — negou Nandi, parecendo ofendido. Ele estava sentado no meio do quarto com as mãos propositalmente colocadas sobre os olhos. Estava sentado daquele jeito, chorando, por uns bons dez minutos. Ele tinha dado de cara com o trabalho de algumas das crianças mais velhas do templo, que estavam fazendo esporos crescerem nas paredes. Nandi tocara um lugar que não devia, e uma explosão de pólen amarelo o atingira em cheio no rosto.

Normalmente, Priya o teria arrastado direto para um dos anciões para levar bronca e ter os olhos lavados e remédios para impedir uma infecção, mas os anciões haviam expressamente proibido o grupo de crianças do qual Priya fazia parte — os menores e mais jovens — de saírem do quarto naquela noite. Um dos nascidos-duas-vezes perdera o controle de um emaranhado descontrolado de trepadeiras, que havia rachado uma pedra e se enterrado sob a superfície do templo, causando destruição. Eles já haviam destruído os degraus do Hirana, impedindo que os peregrinos fizessem a jornada.

O Hirana era sempre perigoso, e sempre estava mudando. Às vezes o caminho dos peregrinos sumia durante a noite. Às vezes flores estranhas floresciam mesmo no triveni, rosa vibrante, violeta e preto, e precisavam ser retiradas com preces murmuradas e reverência pelos anciões. Porém, o

Hirana não era cruel em suas mudanças de temperamento da mesma forma que mortais eram. Ou era isso que o ancião Bojal dizia. O ancião Bojal reclamava, bradando para qualquer outro ancião que estivesse disposto a ouvir que as crianças "amaldiçoadas" arruinaram o Hirana por completo. Ele só calou a boca quando o ancião Sendhil o colocou contra a parede e perguntou, em voz baixa, se ele mesmo não queria enfrentar as crianças pessoalmente para resolver aquele assunto.

Ancião Bojal não foi capaz de responder àquilo.

A anciã Chandni não comentava sobre as mudanças no Hirana. Nem mesmo sobre as novas rachaduras que se abriam para a escuridão, que às vezes engolia alguns homens do general em suas bocarras. Ninguém morrera, pois os anciões interviram a tempo, mas um homem quebrara a perna que ficara em um ângulo terrível, e fez com que Sanjana e Riti, nascidas-três-vezes — que agora também eram anciãs, apesar de nenhum dos anciões as chamar dessa forma —, rir e rir mais um pouco, como se o sangue e os ossos fossem algo muito engraçado. Mas quando Priya perguntara à anciã Chandni sobre aquele assunto, ela só balançara a cabeça e dissera que Priya deveria tomar cuidado.

— Você não é bem como elas — ressaltou a anciã. — Fique feliz por isso.

Priya pensara que aquela era uma declaração estranha. Priya era exatamente como o restante deles, mesmo que fosse apenas nascida-uma-vez. Ela passara pelas águas perpétuas durante o festival da sombra da lua, junto de todos os outros: os mais novos tentando se tornar nascidos-uma-vez; os nascidos-uma-vez prontos para se tornarem nascidos-duas-vezes; os nascidos-duas-vezes buscando se elevar para a posição de ancião. Ela se erguera das águas, arfando, quando três dos seus colegas não saíram. Ela ficara sentada na enfermaria, aguardando para ver se as águas a levariam com atraso, por febre e doença, como acontecia às vezes.

E assim como todas as crianças que sobreviveram *àquela* jornada, àquela jornada nada natural e sob estrelas agourentas, ela ficara... estranha. Os nascidos-duas-vezes de repente conseguiam chamar pequenas flores, estourar o pólen através dos brotos. Os nascidos-três-vezes quebravam pedra usando apenas espinhos e folhas. E Priya e Nandi haviam cambaleado através de sonhos de águas se encontrando, andando pelo sangam das antigas histórias.

O TRONO DE JASMIM

Nenhum ancião anda por lá há séculos, sussurrara a anciã Kana. E quanto ao restante, como a guardiã da sabedoria antiga, ela complementara: *nenhum ancião tem um poder como esse desde a Era das Flores*.

Por mais que recebessem dons místicos, Priya e Nandi ainda eram criancinhas, e ele era um chorão. Priya carregou a água, se esforçando para não se irritar com ele de novo.

— Deite e abra os olhos — ordenou ela.

— Não grite comigo!

— Não estou gritando! — gritou Priya. — E se não quer que eu grite, pare de ser tão, tão...

Nandi fungou.

Permitindo a raiva abrandar, Priya foi até ele e o puxou com carinho para a frente. Quando ele estava perto do balde, ela tirou a mão dele dos olhos e lavou o pólen enquanto o garoto piscava sem parar.

— Está melhor? — perguntou ela.

— Eu... acho que sim.

— Que bom.

— Vocês dois estão se aprontando?

Priya e Nandi se viraram de súbito quando Sanjana, nascida-três-vezes, apareceu encostada na porta. Ela vestia um sári de um amarelo profundo, o cabelo solto pelos ombros, usando um maang tikka vermelho-rubi na testa, como uma pesada gota de sangue. Uma trilha de musgo crescera sob seus pés descalços, mas se desfez assim que ela deu um passo em frente.

— Vocês estão demorando um século, e eu estou entediada — disse Sanjana. — Riti está mal-humorada e Ashok está com uma dor horrorosa no estômago e se recusa a comer qualquer coisa, apesar de ter tanta comida boa separada. Por que estão demorando?

— Nandi ficou com pólen nos olhos — justificou Priya.

— Ah — disse Sanjana. — E... é por isso que suas roupas estão molhadas, Priya?

Priya fez uma carranca como resposta, e Sanjana deu uma risadinha.

— Por que você machucou aqueles homens? — soltou Priya de repente, pensando no homem da perna quebrada. Talvez ela não devesse perguntar. Talvez Sanjana lhe desse um tapão na orelha por perguntar, mas a expressão da garota estava tranquila, a testa sem franzir, e Priya não achava que isso ia acontecer.

— Quem?

— Os soldados parijati.

— Isso assustou você, pombinha?

— Eu não me assusto tão fácil — respondeu Priya. As duas sabiam que aquilo não era um "não".

Sanjana deu um sorriso torto em resposta.

— Porque os parijati deviam ter medo de nós — disse ela. — Mas você não precisa ficar com medo de mim. Nós somos família.

Sanjana havia batido em Priya mais de uma vez, roubado seu jantar e gargalhado quando Priya caía no treinamento ou dormia na meditação. Mas Priya também entendia o que ela estava falando. A crueldade era parte do treinamento, calejar o coração da mesma forma que uma faca calejava as mãos. A fraqueza precisava ser extirpada. Sanjana sempre tentara fazer com que Priya ficasse forte, para que ela sobrevivesse a mais duas jornadas pelas águas. Para que ficasse viva.

— Vão nomear Riti e eu como anciãs essa noite — declarou Sanjana. — Então quero que você esteja bonita.

— Eu estou bonita.

Sanjana se ajoelhou, tocando os dedos na barra da saia de Priya.

— Aqui — disse ela. — Vou deixá-la um pouco mais bonita. Só um pouquinho. Eu não sou uma yaksha de verdade, não posso fazer uma magia tão grande.

— Ha-ha — entoou Priya, monótona, mas ficou em silêncio quando Sanjana roçou os dedos em sua saia, e o som distante de relva farfalhando preencheu o ar.

Tal qual um bordado, folhas com veias douradas rodearam a barra úmida do vestido de Priya, mas eram reais.

— Pronto — disse Sanjana. — Não ficou lindo?

Ela baixou a saia. Farfalhou conforme roçou os tornozelos de Priya, como se as folhas ainda estivessem vivas.

— Você também está elegante, Nandi — acrescentou Sanjana.

— Obrigado. — A voz dele era baixa. Ele ainda se encolhia do lado do balde.

Sanjana riu, não de forma cruel nem gentil, e saiu do quarto.

Para compensar as lágrimas, Nandi penteou o cabelo de Priya, aplicando um pouco de óleo para que ficasse brilhante e macio e exalasse um

O TRONO DE JASMIM

303

cheiro doce. Ela colocou um pouco na cabeça dele também, e verificou os olhos do menino mais uma vez. Não pareciam inchados, e Nandi não choramingava, então Priya o arrastou para fora do quarto e foi na direção da festa. Ela conseguia sentir o cheiro de algo assando, e se perguntou se os servos tinham feito sua comida favorita de festa, arroz tingido de verde e amarelo e repleto de amêndoas, pistache e uvas-passas robustas, junto com bolinhos e um caldo que era tanto doce quanto intensamente apimentado.

— Espera, Priya. A gente deveria devolver o balde — comentou Nandi, com certa urgência. — Se a anciã Chandni vir isso, ela vai saber que desobedecemos. Fiquem no quarto e depois direto para a festa, foi o que ela disse, e ela vai saber que não fizemos isso.

— Ela só vai gritar com a gente — ela tranquilizou Nandi, dando de ombros.

— Ou ela vai fazer a gente ir embora mais cedo da festa. Ou dizer que não podemos comer nada.

Era mesmo o tipo de punição que um ancião escolheria. Desejando o arroz colorido, Priya suspirou.

— Está bem, vamos devolver. Mas vamos rápido, ou vamos nos atrasar.

Foi um trabalho fácil carregar o balde entre os dois, apesar de Nandi ficar reclamando de Priya carregar um balde cheio demais, e Priya retrucou que ela só enchera tudo e trouxera sem pensar, e que era culpa de Nandi de ter ficado com esporos no olho para começo de conversa...

Eles escutaram vozes e pararam.

— Os anciões — sibilou Nandi e, sem se dar o trabalho de responder, Priya arrastou o balde para uma sala do claustro ao lado e puxou Nandi consigo.

Os passos se aproximaram.

— Vamos esperar até Bhumika retornar. — Era a voz do ancião Bojal.

— Acha mesmo que ela voltará? De verdade? No momento que ela passou pelas águas, a garota correu de volta para a família, como uma covarde — retrucou a anciã Saroj.

— A família dela mantém a fé antiga. Eles vão trazê-la de volta.

Uma bufada.

— Manter a fé? Bem mal. Os Sonali conhecem a direção do vento. Eles nunca vão trazê-la de volta, pode guardar essas palavras, vão jogá-la em uma aliança adequada e esquecer que algum dia ela serviu ao templo.

— Ainda assim...

— Eles ficaram muito mais fortes. — A nova voz era um sussurro urgente. Ancião Sendhil. — A cada minuto. A cada hora. Não podemos hesitar agora. Logo não vamos conseguir segurar mais. O imperador mandará exércitos. É Ahiranya que sofrerá as consequências.

Nandi abriu a boca. Priya colocou a mão sobre os lábios dele para que se calasse antes que ele fizesse algum ruído.

— Se fizer um barulho — sussurrou ela —, também vou fechar seu nariz para não respirar.

Ele ficou em silêncio.

— Eles são fortes da forma como os ensinamos a ser fortes. Talvez precisemos disso.

— O que o imperador Sikander está exigindo é inconcebível. *Inumano.*

— É por isso que iremos com eles — justificou a anciã Saroj, calmamente. — São a nossa família. Iremos juntos.

— Mas certamente precisamos discutir...

— Não. — A voz da anciã Chandni. — Não, creio que não. E já discutimos o suficiente. Nós concordamos.

Silêncio. Então, Saroj falou, a voz pesarosa:

— Será o nosso fim.

— Um fim necessário, penso — opinou Chandni, suave. Priya mordeu os lábios ao ouvir isso. — Nesse ponto, o general não está errado.

Houve um murmúrio que Priya não compreendeu, e então os passos se afastaram.

Ancião Bojal. Ancião Sendhil. Anciã Saroj. Anciã Chandni. Todos eles, conversando sobre força e estranheza. Sobre as crianças do templo.

Priya nunca recebera elogios por sua inteligência, mas ela sabia que deveria sentir um pouco de medo. Ela encontrou os olhos de Nandi e tirou a mão da boca do menino.

— Do que acha que eles estavam falando? — sussurrou Nandi.

Priya engoliu em seco.

— Eu não sei.

A festa já estava a toda na câmara mais ao norte, as almofadas arranjadas em círculo, os pratos no chão, e como Priya esperara, incluía o arroz colorido e os bolinhos. Quando chegaram, a anciã Chandni fechou as portas atrás deles. Eram as últimas crianças a chegarem.

O TRONO DE JASMIM

Havia tecidos pendurados nas paredes, em um arranjo vibrante de cores. Priya passou perto de um. Tinha um cheiro doce e resinado, como ghee ou cana-de-açúcar, e estava um pouco... úmido.

Anciã Chandni colocou a mão na testa de Priya. Então ela se inclinou e beijou a bochecha dela.

— A porta da esquerda — murmurou Chandni.

Os dedos da anciã pareciam gelados, e estremeciam um pouco.

Ela não disse mais nada para Priya, e isso... Ah.

— Fique aqui — Priya sibilou para Nandi, e ele se sentou sem reclamar.

Sanjana e Ashok estavam sentados um ao lado do outro, e quando Priya chegou perto deles, Sanjana disse:

— Finalmente. O que você vai querer beber? Espero que não queira vinho, apesar de que acho que vai ser engraçado ver você vomitar.

— Preciso contar uma coisa — falou Priya, baixinho.

Ela deveria ter soado abalada, porque os dois olharam para ela — Ashok segurando um copo de água e parecendo levemente doente — e a escutaram atentos. Conforme Priya continuou, o rosto de Sanjana retorceu, de medo ou fúria, Priya não sabia dizer qual dos dois. Sanjana a pegou pelo pulso e disse:

— Vamos falar com eles. Agora.

Ela ficou de pé e... cambaleou. Ergueu a mão sobre a cabeça, as pontas dos dedos nas têmporas, e engoliu em seco.

Ela caiu.

Priya jamais conseguiria se lembrar com clareza do que acontecera a seguir. Ela se lembrava apenas dos gritos, e os irmãos tentando usar os dons da água. Eles conseguiram, de alguma forma. O chão rachou. A pedra foi revirada, movida por trepadeiras e raízes, pela fúria da magia. Mas havia algo de errado com todos eles e, pouco a pouco, todos caíram, adoecidos.

— A comida — murmurou Ashok de repente, o rosto retorcido enquanto olhava ao redor. Ele rapidamente pegou o braço de Priya. — Vamos embora.

Ele a arrastou para a frente, entre os corpos caídos.

Priya escutou um barulho, um baque e um grito, e Ashok a arrastou mais para longe, mais longe, seguindo para a porta da esquerda como ela dissera para fazer. Ela virou a cabeça. Nandi, ela precisava ir resgatar Nandi...

— Vamos, Priya — chamou Ashok, brusco. — Vamos. *Ah*.

Havia soldados parijati bloqueando as portas. O estômago de Priya revirou ao vê-los ali, aqueles estranhos em um lugar reservado aos peregrinos ahiranyi, seus servos e sua própria família do templo.

Ashok empurrou Priya para trás dele.

Ele sempre fora um bom lutador. Todos eles eram. Mas as crianças do templo haviam sido drogadas e mal estavam conscientes, e não conseguiam lutar como normalmente faziam. Ashok não estava prejudicado da mesma forma. Ele ergueu uma das mãos diante de si, e as trepadeiras surgiram das paredes e do chão. Um soldado emitiu um som horrorizado, e ouviu-se o ruído de aço caindo ao chão.

Ashok pegou a arma do soldado e fez um corte, o braço movendo-se com rapidez.

Priya sentiu algo molhado e quente no rosto, e se forçou a não fechar os olhos. Em vez disso, ela agarrou uma faquinha da mesa, do lado de um dos seus irmãos inconscientes, a testa caída sobre um prato revirado de comida, e a segurou com a mão molhada de suor.

Ela e Ashok se impeliram para a frente, sem graciosidade alguma: só pressionando os corpos e o sangue, Ashok a arrastando e fechando a porta com as mãos, Priya se virando, encontrando os olhos de Nandi do outro lado do aposento, a cabeça em um ângulo horrível, sem nada vivo por trás daquela estranheza.

A última coisa que ela viu antes de Ashok pegá-la nos braços foi a anciã Saroj tocando a chama de uma das lamparinas nos tecidos pendurados. O lugar começou a pegar fogo. Saroj puxou o tecido da parede, e Priya o viu cair sobre um dos irmãos.

— Não olhe. — Ashok a arrastou para fora.

Ele atacava os soldados com golpes brutais e curtos, cortando uma artéria, quebrando o pescoço de outro, lançando a faca em um globo ocular. Ele colocou Priya no chão para conseguir lutar, mas quando uma adaga caiu aos pés dela, ele a agarrou nos braços e correu.

— Priya — pediu ele, próximo ao cabelo dela, a voz rompendo o clamor esmagador do próprio sangue nos ouvidos. — Priya, qual é o caminho para as águas perpétuas?

— Eu não sei!

O TRONO DE JASMIM

— Você sabe, sim. Sabe, sim. Não se negue a isso agora.

Como todas as outras partes do Hirana, a entrada para as águas perpétuas se deslocava. Às vezes os anciões faziam um ritual para encontrá-la. Mas Priya nunca tivera problemas com aquilo. Ela não era a melhor lutadora nem a mais esperta ou mais forte, mas mesmo com os olhos fechados, ela sabia encontrar o caminho sem erros.

Aquilo espantara a anciã Chandni quando ela percebera isso. Todos os anciões a testaram. Colocaram vendas no olho. Eles a giraram até ela ficar completamente tonta. Perguntavam durante a noite, no amanhecer, no meio do dia. Ela sempre sabia o caminho.

Ninguém podia explicar aquele dom. Ela ouvira os anciões discutindo uma vez, no quarto de Chandni, quando ela estava deitada na esteira ao lado da cama de Chandni.

— É uma afinidade peculiar — Saroj murmurara. — Ah, quanto mais ficamos aqui, mais nos sentimos conectados ao Hirana, com certeza. Mas a garota é... diferente.

Os dedos de Chandni fizeram cafuné em Priya.

— Não são muitas crianças que nascem no Hirana — observara ela. — Não é surpreendente que ela compartilhe um laço especial com o templo.

— Crianças não deveriam nascer aqui — contrapusera Sendhil, e havia algo no tom da voz dele que fez a anciã Chandni ficar imóvel.

— Como quiser — murmurara Chandni, puxando os cobertores para os ombros de Priya.

Ela nunca mencionara isso de novo. E não importava. Priya fechou os olhos com força. Ela ergueu uma das mãos trêmulas do ombro de Ashok e apontou o caminho. Ele praguejou — de medo ou agradecimento, ela não sabia — e seguiu as instruções.

A entrada estava no chão, em um corredor sem iluminação. Ashok deslizou na pedra, parando. Ainda segurando Priya, ele pulou para a escuridão, tropeçando um pouco no primeiro degrau e no segundo. Ela então abriu os olhos e ficou observando enquanto ele usava os dons de nascido-duas-vezes e tocava a abertura sobre eles.

O caminho se fechou, e os dois ficaram no escuro.

Eles desceram cada vez mais. Para dentro do coração do Hirana, a gema dentro do ovo.

Eles chegaram ao chão. Mesmo através das pálpebras fechadas, ela conseguia ver e ouvir a pressão da água luminosa. O puxão que sentia, mais estrelas do que rio.

— Não olhe, Priya — sussurrou ele. Então ela não olhou.

Priya pressionou a cabeça no ombro do irmão, com força o bastante para sentir a pressão firme do tecido contra os olhos, grudento por causa das lágrimas dela e do suor dele. Ela ainda sentia o cheiro da fumaça.

— Não olhe. Só me mostre o caminho.

— O caminho para onde?

— Para fora daqui — explicou Ashok. A voz tremia de leve. Ele cheirava a cobre. — Você conhece o Hirana melhor do que ninguém. E o templo conhece você.

Os pingos distantes de água. Luz azul fosforescente, ao redor deles, entremeando pelas pálpebras. Ele não estava errado. Às vezes, era como se o Hirana fosse parte dela. Ele a carregava perto da beirada da água, procurando um caminho para passar. Ela apontou o caminho. Túneis. Tinham túneis depois do rio.

— Não posso tocar a água — arfou ela. — Não posso, não posso. E se eu morrer?

— Shiiu — sussurrou ele. — Tudo bem. Eu não vou derrubar você.

Ele colocou o rosto dela embaixo do queixo dele. Ele a segurava, apesar dos braços tremerem, mesmo que estivesse suando e ela conseguisse o ouvir chorando.

— Vamos ficar bem — entoou ele, a voz abafada e trêmula. — Vai ficar tudo bem.

No fim, abriram o caminho juntos. Refizeram a pedra e saíram livres e sozinhos, no gramado que rodeava o Hirana.

Acima deles, a pira ainda queimava.

— Não olhe — repetiu Ashok.

E apesar de estar fraco demais para carregá-la de novo, ela o escutou prender a respiração e fazer isso mesmo assim. Ela colocou as pernas ao redor da cintura do irmão, os braços ao redor do pescoço, e não tentou ser forte. E, uma vez na vida, ele não pediu para que ela fosse.

Demorou dois dias para as folhas na saia de Priya morrerem de vez.

O TRONO DE JASMIM

Anos. Foram anos passados nas ruas, famintos e cheios de mordidas de mosquitos, roubando comida e pedindo esmola quando não havia nada para roubar. Ashok batera em alguns homens algumas vezes, roubando moedas. Ele transformara homens maus e homens como Gautam, que podiam ser aliciados pelo medo, favores e dívidas, em aliados. Mas conforme Ashok ficava mais doente, os dons também pareciam desaparecer. E os dons de Priya sempre foram ínfimos. Ficaram ainda mais insignificantes longe do Hirana, junto com seu apego às memórias.

Chandni vira algo nela, mas isso havia sido em outra vida.

Agora, Priya ficou de pé no pedestal, com a chuva nos olhos, e puxou o ar com tanta força, quase soluçando, que os pulmões doíam.

Ela encontrara um caminho. Naquela noite. Ela salvara Ashok e ele a salvara.

Ele me salvou. Eu o salvei.

Ela percebeu que estava chorando. Enxugou os olhos com as costas da mão, furiosa por estar chorando como se fosse uma menininha. Não importava o quanto ficasse mais velha, a família ainda parecia ter o poder de machucá-la.

Eles se salvaram. Ele a deixara com Bhumika porque a amava. Ele a machucara porque a amava.

O amor. Como se o amor pudesse ser uma desculpa para alguma coisa. Como se saber que ele era cruel e feroz e estava disposto a machucá-la fizesse com que seu coração doesse menos.

Ela desceu do pedestal. O tecido da blusa do sári grudava na pele. O cabelo pingava. Os passos estavam molhados enquanto ela atravessava o triveni e voltava para o corredor que levava às cozinhas, a pedra cintilando com o movimento, como se andasse junto dela.

Não havia mais um vazio dentro de Priya. Fosse lá o que fosse — arma, monstro, amaldiçoada ou abençoada —, agora ela estava inteira. Embaixo dela, o Hirana estava quente. Uma extensão de seu ser.

Ela sempre soubera o caminho.

O Hirana a levou para um quarto no claustro, um quarto pequeno e simples, que outrora fora cuidado. Mesmo naqueles dias, havia muito tempo, era uma coisa simples, sem adornos a não ser pelos padrões de ondas talhadas nas paredes e no chão.

As linhas fluíam ao redor dos pés de Priya conforme ela andava.

O caminho para as águas perpétuas não era fixo. Aparecia onde queria aparecer. Quando criança, Priya se inclinara mais de uma vez sobre a abertura, a cabeça dependurada no buraco, escutando o uivo das cavernas lá embaixo, o vazio dentro da concha de pedra. Parecia um som de lamento. Como o mar. Como uma canção.

Neste momento, o chão não tinha abertura, mas Priya se ajoelhou. Ela pressionou as mãos na pedra.

Ela não deveria ser capaz de abrir o caminho sozinha, sendo uma nascida-uma-vez, sem ter os dons mais fortes dos seus colegas. Mas as águas perpétuas queriam ser encontradas. O Hirana havia sido moldado por mãos do templo, pela carne das crianças do templo, tanto as vivas quanto as mortas, e se movia e se modificava e se apegava a ela com o mesmo pulsar do próprio coração. O templo queria isso para ela.

O chão ondulou sob Priya, grandes ondas de pedra se afastando. A terra se abriu.

Priya encarou a escuridão. Pressionou os dentes na língua, uma dor leve para se concentrar, e ficou sentada no vão. Ela abaixou os pés. Encontrou apenas ar, mas, então, a terra se moveu mais uma vez, a vegetação formando um degrau sob suas solas.

Ela ficou de pé. Deu outro passo. E mais outro.

Foi um longo caminho na escuridão. Ao menos a memória não mentira sobre isso. Quando chegou ao final e sentiu a argila fria sob os pés, o frio de uma escuridão profunda ao redor, ela estava exausta, toda a magia dentro de si exaurida.

Mas ela não precisava mais disso. As águas perpétuas estavam diante dela, um fio comprido como a curva sinuosa de uma serpente. Na escuridão sob o mundo, brilhava azul. Ela escutou no silêncio: o rufar de tambores, um sussurro, uma canção na alma.

Priya olhou para as águas. Ela pensou em Bhumika implorando para que não seguisse por esse caminho, o olhar dizendo que ela não tinha esperança de controlar Priya, e nunca teria. Ela pensou em Ashok, girando a mão no peito dela, levado pela fúria, e como ele a carregara quando ela era pequena e os dois estavam sozinhos. Ela pensou em Rukh, a quem tentava proteger e ajudar, do seu próprio jeito, revivendo sua infância.

Priya não estava ali por eles, ou apesar deles. As vozes permaneciam com ela, mas sob tudo aquilo havia uma simples verdade: Priya não queria

O TRONO DE JASMIM

encontrar as águas perpétuas por Ashok ou seus irmãos mortos do templo, mas por ela mesma. Ela sempre ansiara por isso. E agora estava ali.

Ela não se permitiu pensar mais. Priya deu um passo em frente, e mais outro, e então mergulhou.

A adrenalina da água. A pressão forte na cabeça, como uma faixa apertada ao redor dos ossos e dos pulmões, o azul luminescente encontrando os olhos abertos e...

Silêncio.

ASHOK

— Então como vamos proceder?

— Proceder? — a voz de Kritika era respeitosa, como sempre. Ah, Kritika, sempre vigilante.

— O que vai nos dar em troca das armas? — disse o homem, com certa impaciência na voz.

Os homens diante dele eram ahiranyi e srugani, e haviam assumido aquele vilarejo, abandonado quando a decomposição chegara, como seu. Alguém havia realizado um trabalho malfeito de queimar a decomposição, e ela ainda pairava sobre eles: flores vívidas dependuradas nas paredes, iluminadas por veneno. Grandes raízes que se curvavam, pulsando com uma consciência do ser, esparravam-se pelas frestas do chão. A maioria dos homens tinha um quê da decomposição neles: um toque de estranheza nas veias da mão, pólen nos cabelos ou a aparência amadeirada no rosto.

Usavam madeira sagrada, mesmo que fizesse pouco por eles. Era o único motivo para não estarem todos mortos.

Ashok e os irmãos e irmãs que o acompanharam em beber das águas perpétuas estavam a salvo da decomposição, ou ao menos pareciam estar. O restante dos seguidores havia tomado as precauções adequadas, e usavam tecidos sobre as bocas e o nariz, as mãos cobertas por luvas, contas de madeira sagrada penduradas em colares ao redor do pescoço.

Aqueles bandidos — aquela milícia — não viviam por mais ninguém, e ninguém estava disposto a negociar com eles. Apesar da decomposição não ser contagiante entre pessoas, os decompostos ainda eram rejeitados.

O TRONO DE JASMIM

Poucas gangues considerariam causar mal a eles, mas tampouco alguém faria negócios com aquelas pessoas, e pelo olhar semicerrado no rosto do homem e o contraste da maçã do rosto, a comida estava ficando escassa. Isso fazia com que estivessem tanto voláteis quanto dispostos a vender suas boas armas por qualquer preço ridiculamente baixo que fosse proposto. Ou o pessoal de Ashok sairia dali com tudo que queriam, ou os bandidos tentariam se assegurar de que não sairiam com nada.

Ashok estava quase tentado a atirar uma saca de arroz no chão, só para ver o que fariam, mas em vez disso escolheu ser sensato.

— Eu não sou injusto. Eu...

Algo o atingiu naquele instante. Como uma onda. Um poder estrelado o atravessando. A sensação dela, por meio de um gramado de vegetação, a seiva das veias da floresta, o coração pulsante de tudo aquilo. Ele sentiu como se a raiz que havia se esgueirado para dentro dele quando entrou nas águas pela primeira vez, e então pela segunda, se esvaziasse para que o rio pudesse fluir sempre por meio dele, atrelando-o à fonte para sempre.

Kritika se virou em sua direção.

— O que tem de errado com ele? — estranhou o homem.

Um dos garotos de Ashok o pegou pelo braço. Agindo como uma muleta, o garoto levou o líder para fora da cabana, os dois saindo para a luz.

— Não se preocupe — ele ouviu Kritika dizer. — Nós não estamos aqui por suas armas, afinal...

Dois outros do seu grupo esperavam do lado de fora das portas. Eles o levaram para longe, para as sombras sob as árvores, para longe dos olhos suspeitos dos homens decompostos.

Sem precisarem de guia, seus seguidores se enfileiraram, protegendo-o em um círculo, as foices prontas e os pés plantados, firmes.

— O que aconteceu? — perguntou um.

— Preciso de silêncio — disse ele. — Por favor.

Eles assentiram. A barreira ao redor dele se fechou mais.

Priya. Ela encontrara o caminho.

O equilíbrio dele se firmou, o pulso amainando para um ritmo menos frenético. Ele precisava ficar calmo. Inspirou e expirou. Precisava entrar no sangam.

Ele entrou como uma criatura tropeçando, desajeitado. Caiu de joelhos na água.

— Priya!

Ele a treinara. Ele a criara. Ele a mantivera segura, quando todos os outros morreram e eles não tinham mais nada a não ser um ao outro.

— *Priya!*

Ashok pedira dinheiro e comida de estranhos, ou os ameaçara para obtê-los. Quando começara a ficar doente, quando começara a expelir sangue quando tossia, os pulmões agonizando, ele esfaqueara um homem por causa de uma marmita que carregava embaixo do braço. Ashok ficara observando Priya enquanto ela comia e ficara contente que tivera forças para matar por ela, aterrorizado que logo sequer teria isso.

Ele a deixara ir. Ele a abandonara com Bhumika, a irmã deles que parecia uma estranha, com seus sáris elegantes e o olhar gélido, o marido cujas mãos estavam manchadas com o sangue dos irmãos. Ele cortara fora o próprio coração. Quando ele havia sido um garoto que estava morrendo, e só isso, Priya era seu coração.

Ele gritou por ela no sangam, mas ela não veio.

A água se moveu ao redor dele. Ele sentiu Bhumika, alarmada, do outro lado, mas ela sabia tão bem quanto ele o que acontecera: sentira por meio daquilo que os ligava, crianças com dons, criadas no templo.

Ele percebeu que Priya não viria.

A menina que ele salvara. A menina que ele abandonara.

Ótimo. Que seja.

Ela tinha as águas perpétuas. Ela abrira o caminho. E o caminho era tudo de que ele precisava.

Ashok voltou para o próprio corpo. Sua família de seguidores o rodeara em círculo, todos os trinta o encarando.

Alguns seguravam armas de metal. Outros seguravam machados e bastões entalhados de madeira sagrada, ardendo com o calor e a promessa de violência.

Kritika atravessou a barreira. Estava limpando a foice do sangue.

— Lidamos com os homens — informou. — E temos o que precisamos.

Sempre eram subestimados, até o momento que colocavam suas máscaras.

Ainda tinham esconderijos seguros intocados e desconhecidos pelo regente, mas precisavam de comida, armas e dinheiro. A nobreza que os patrocinava estava mais cautelosa depois do ataque contra lorde Iskar, incertos do que aconteceria sob a regência de lorde Santosh. E a regência dele viria, certa como o nascer do sol.

Mas os rejeitados decompostos também possuíam algo de que Ashok precisava muito mais do que comida.

— Está com você?

Kritika assentiu e esticou a mão.

No passado, os aldeões possuíam um conselho tradicional do vilarejo. A maioria das suas riquezas havia sido roubada pelos urubus que formavam a milícia ou por outros bandidos ou pessoas desesperadas que passavam pela região, mas ninguém pegara o item mais precioso que o conselho possuíra.

Parecia um saco de nada com nada: garrafas de vidro, madeira ou couro seco, presos por um colar de contas. Não era nada valioso aos olhos dos ignorantes.

Ashok colocou a mão no saco. Sentiu o repuxar, aquele anseio venenoso. Ele tirou os frascos de água perpétua, um por um.

Eles enterraram os corpos. Precisou de três dos seus mais fortes para conseguir. Então, depois que arrumaram o acampamento a uma distância segura, ele contou tudo a seus seguidores.

Kritika ficou em silêncio por um longo momento. Atrás dela, ao redor, os outros ouviram e aguardaram, atentos. Então, ela disse:

— O que faremos, Ashok?

Ele pensou em Priya. Em tentar torná-la forte.

Pensou em sua ausência.

— Nós a encontramos — falou ele —, e então tomamos o caminho dela. Ser forte significa fazer o que é necessário, custe o que custar.

Kritika assentiu.

— Então vai permitir que todos nós bebamos da água com você — concluiu ela. — E nos juntemos a você para salvar nosso país.

Trinta pessoas para beber a água. Um número alto. Precisariam de mais água para sustentá-los, e Ashok, que passara anos encontrando frascos de águas perpétuas, sabia que isso não seria possível. Se todos bebessem hoje, aquilo seria a jogada final. Se não encontrassem as águas perpétuas logo, seria a morte de todos eles.

— Vocês já sacrificaram o bastante. Não posso pedir isso de todos.

— Sou mais velha que você, Ashok, mas não tão velha quanto pensa — retrucou Kritika, com seu tom sério costumeiro. — Ainda tenho em mim o desejo de liberdade. De queimar os soldados de Parijatdvipa e seus lordes e ver o regente pendurado na forca. Permita que eu veja isso. Permita que todos nós alcancemos isso.

— Podemos todos morrer — advertiu Ashok, por fim. — Talvez não consigamos alcançar minha irmã. Podemos morrer nas mãos de homens de Parijatdvipa. Isso pode ser nosso fim.

Kritika não disse nada. Ela conhecia os pensamentos de Ashok, suas palavras, seu silêncio. Ela sabia que ele não terminara.

— Sabendo que isso pode ser nossa morte — prosseguiu ele, lentamente —, sabendo que essa pode ser a última vez que seremos tão fortes, deveríamos destruir o maior número de alvos possíveis. Os nobres e os mais ricos, os mercadores e médicos de quem Parijatdvipa precisa para manter as garras na nossa terra. Precisamos matar todos eles. Se chegarmos a minha irmã ou não, precisamos de alguma vitória. — Ele olhou para Kritika. — Você está pronta? — perguntou ele. — Está pronta para arriscar tudo o que temos?

— Você se preparou para isso — argumentou Kritika. — Todos nós nos preparamos.

Sim. Eles acumularam armas. Tinham homens e mulheres leais, e as pessoas de quem compraram a lealdade, com o medo, a esperança, o dinheiro ou uma combinação alquímica das três coisas.

— Um pouco de veneno é algo que estou disposto a tomar — declarou Ganam.

— Todos estamos — entoou outro garoto. — Para isso, estamos todos prontos.

A mente dele acelerava, rápida como um pássaro. Poderiam deixar aqueles que não lutavam na floresta. Os mais jovens e os mais velhos. O restante...

O restante já estava diante dele. Os homens e mulheres que se aliaram para ver uma Ahiranya livre. Que rejeitaram as amarras do governo estrangeiro. Que procuravam ter algo melhor do que a decomposição que roubara suas casas e matara seus entes queridos; a fome que seguira quando o regente não se certificara de que todos estivessem alimentados.

O TRONO DE JASMIM

E Kritika, a mulher que o salvara quando ele pensou que morreria, o rosto já firme e implacável. Ela sabia o que viria. Todos sabiam.

— Não podemos mais ser cautelosos — discursou ele. — Vocês têm razão. O cuidado não nos deu nenhuma vitória. Esse é nosso último confronto. Nosso último uivo de fúria. Que nós mostremos que somos herdeiros da floresta, meus irmãos e irmãs. Herdeiros das águas perpétuas. Vamos mostrar a eles, com unhas e dentes, e colocar um fim ao regime parijati.

Kritika pegou os frascos. Era apenas um gole. Bastava um gole.

Ela colocou um frasco na mão dele também. Os dedos tremiam. Ele não tinha muito mais tempo.

— Vamos tomar o Hirana. Vamos tomar sua magia — incentivou ele. — Vamos tomar Ahiranya.

— Um último confronto — disse Kritika.

O círculo ao redor deles ergueu os frascos e bebeu.

36

BHUMIKA

Ela voltou ao próprio corpo com um grunhido estremecido.

Ashok. Maldição. Ela sentia como se o veneno da fúria dele estivesse nadando em sua cabeça. Ela se levantou do chão, as criadas atarantadas ao redor dela, e disse:

— Preciso ver meu marido.

— Devo mandar chamar o médico? — indagou uma criada.

— O médico? Não. Chame meu marido. Somente ele.

Ela se acomodou em uma almofada no chão. Aceitou um copo de algo doce e frio, bebendo rapidamente para acomodar o estremecimento dos braços e pernas. Vikram entrou, andando devagar por causa da ferida, seguido de seus guardas mais próximos. Ele estivera em algum tipo de reunião, ela imaginava, pelo olhar cansado. Ela já vira aquela expressão antes.

— A criança está bem? — perguntou Vikram, abrupto, olhando para ela com preocupação. Bhumika ficou de pé, assentindo.

— Estou bem — ela o tranquilizou. — A criança também deve estar, espero.

— Então por que estou aqui, Bhumika?

— Pedi para vê-lo sozinho — explicitou ela, olhando brevemente para o comandante, que estava com o olhar fixo adiante, em uma distância além.

— Deixe-nos, Jeevan — solicitou Vikram, curto, e o comandante baixou a cabeça, assentindo, e saiu. — E então?

A voz de Vikram estava carregada de impaciência, a atenção já desviando, agora que sabia que não havia um perigo imediato à saúde dela.

O TRONO DE JASMIM

— Tenho notícias — informou Bhumika. — Um aviso terrível. Não posso esconder mais de você.

O rosto dele era como pedra.

— Diga.

Ali, ela hesitou, e então falou:

— Minha família é antiga e respeitável, Vikram. E eu sou... acessível. Às vezes as pessoas se sentem mais... confortáveis para falar comigo do que talvez ficariam de falar com você. E eu ouvi sussurros sobre os rebeldes. Acredito que estamos correndo um grande perigo. A cidade está em perigo. O mahal deve ser protegido e as pessoas devem ser trazidas para dentro destas paredes.

— Me diga quem falou com você — ordenou ele. — Nobres ahiranyi, é? Ou criadas fofoqueiras? Guardas, ou mercadores?

— Prefiro não dizer.

— Bhumika. Preciso de nomes. Agora.

— Quando uma pessoa se aproxima de uma mulher com uma posição nobre trazendo um alerta e pede para não ser identificada — retorquiu Bhumika, cautelosa —, então revelar o nome seria certificar-se de que a mulher nunca mais receberia aviso algum.

— Ninguém deveria ter se aproximado de você — argumentou o regente, um olhar solene no rosto que deixava a voz carregada como chumbo. — Você é minha esposa. Deveriam ter falado comigo.

— Eu não disse nenhuma inverdade — ressaltou Bhumika, baixinho. — Eu sinto muito por ser a fonte disso, mas eu sou sua esposa. Não mentiria sobre esse assunto.

— Qualquer pessoa com conhecimento que seja digno de tê-lo poderia falar com qualquer um dos meus conselheiros — insistiu ele, com uma gentileza que a menosprezava. — Ou com meus guardas. Meus homens. Você, não. Você recebeu uma fofoca venenosa e sem sentido, Bhumika, nada mais. Não deveriam ter falado com você quando está nessa condição frágil.

Toda a verdade pairou na língua dela.

Tantas vezes ela queria ter sido honesta com ele. Tantas vezes ela quase contara o que era.

Havia uma ilusão que recaíra sobre ela quando se casara com Vikram. Nem sempre a tomava, mas as vezes aquele véu cobria seus olhos. Às vezes, ela acreditava que o amava. Às vezes, ficava grata por ele, por aquele palácio confortável, pela oportunidade de manter pessoas seguras.

Ah, ela era cuidadosa de afastar aquilo, de se lembrar da verdade nua e crua dos negócios. Ela se casara com o regente de Ahiranya. Ela se casara com o homem que instigara o assassinato dos seus irmãos, e também teria a queimado, se ela não tivesse uma família de sangue que a amava demais para deixá-la partir, e o poder político para apagar o seu passado para que pudesse ser salva. Mas se vivesse com alguém por tempo o suficiente, e dormisse na mesma cama, não importa qual a política por trás das escolhas, era impossível não sentir alguma coisa. Essas coisas eram inevitáveis.

Mas agora não era o amor que levava a verdade para a sua língua. Era o desdém raivoso que a fazia querer falar.

Ele pensava tão pouco dela. Tão pouco.

Você não sabe de nada, marido. Meu irmão do templo estava aguardando esse tempo, acumulando forças, esperando até que pudesse ter o poder das águas perpétuas antes de assassinar você e todos os parijati nesse país. E agora minha irmã tonta encontrou o caminho até as águas e tomou o poder para si em vez de dar a ele. Então se quiser que seu governo sobreviva, Vikram — se quer salvar Ahiranya da promessa de sangue —, você vai me escutar. Vai me escutar.

Não. Ela não diria nenhuma dessas palavras a ele. Mas, independentemente disso, havia veneno na voz quando disse:

— Quando os rebeldes destruírem essa cidade, quando nossa casa e aqueles que dependem de nós queimarem, vai se lembrar dos meus avisos? Vai se arrepender, Vikram, de não me escutar simplesmente porque eu sou sua esposa. Se não confia em mim, por que se casou comigo?

Ela dissera demais. Ela sabia ao olhar para o rosto dele.

— Você está ultrapassando os limites — repreendeu-a ele. — Não é sua função me dar ordens. Não é sequer sua função me dar conselhos. — O rosto dele se contorceu, e ela o viu lutando com seu próprio desdém, resistindo, e então desistindo de uma vez ao prosseguir: — Se eu quisesse uma esposa inteligente e sábia, teria me casado com uma mulher de Parijat.

— Você ganhou a lealdade dos nobres ahiranyi por se casar comigo, uma mulher Sonali — pontuou ela, com certo orgulho, e também com certa raiva. — Isso vale de algo, sabe. Depois que assassinou as crianças do templo, preferiam ter cuspido na sua sombra. E que nobre mulher parijati teria se casado com você, um homem que é regente por mérito, em vez de pela superficialidade do sangue?

Naquele momento, ele foi até ela. As mãos estavam nos braços dela. Ela precisou de um instante para perceber a dor, para perceber os dedos afundando, a força casual e desconhecida deles, fincando na carne dos braços e nos ossos.

— *Basta.* — Ele a sacudiu, só um pouco, como se fosse um animal a quem pediam silêncio, e os dentes dela se sacudiram, as entranhas recuando. — Quero nomes, Bhumika, ou não quero nada.

Ela não arreganhou os dentes para ele. Não colocou as próprias mãos ao redor do pescoço dele. Ela baixou os olhos. Nomes ou silêncio? Bem, ela daria o silêncio.

Aquela modéstia repentina fez com que ele reavaliasse sua atitude. Vikram soltou um pouco o aperto. Erguendo o olhar, Bhumika reparou que ele observava a curva da sua barriga.

— Eu chamarei o médico — comunicou ele.

Naquela frase ela ouviu muitas coisas: o medo que tinha de que talvez a tivesse machucado e, por consequência, afetado a criança dentro dela. A crença de que tudo que ela dizia era um produto da carne — sua gravidez, a sua aparente fraqueza feminina, de corpo e coração — e não evidência de sua inteligência, de sua sagacidade política e de tudo que era.

— Chega disso. — Ele colocou a mão sobre a barriga dela, a mão quente, que a clamava como propriedade. — Isso é tudo que importa, Bhumika. Foque nisso.

Uma criança não deveria ser uma corrente, usada para levar uma mulher como gado para um propósito, uma vida que não escolheria para si. E ainda assim foi o que ela sentiu naquele momento, com um ressentimento dolorido, percebendo como Vikram usaria aquela criança para reduzir sua posição e apagá-la. Ela o odiava por isso, por roubar a intimidade estranha e silenciosa dela e de sua própria carne e sangue e por transformar isso numa arma.

— Eu irei — acatou ela, plácida. — Eu sinto muito.

Os braços doíam. Ela não podia contar com Vikram. Sequer poderia usá-lo. Ela mesma teria que lutar contra Ashok. Que assim fosse.

PRIYA

Ela ficou sob as águas durante alguns minutos, ou horas, ou séculos. Ela não sabia quanto tempo.

A água a percorria. Passava pelos pulmões. Pelo sangue. Não era fria nem doce. Era como as chamas, consumindo a carne e a medula, insaciada. *Estou morrendo*, pensou, primeiro com selvageria, e então mais calma, conforme o medo era levado com tudo o mais de dentro dela. Ela sentiu como se tivesse sido limpa. Como se fosse um daqueles cocos que ela ansiara por colocar no altar. Rachada, e suas entranhas, machucadas e florescendo, completamente retiradas.

As imagens saíam da sua mente tão rápido quanto entravam: grandes rostos entalhados de madeira se virando para ela, consumidos por chamas que saíam das próprias bocas. Corpos se rachando, três rios de águas derramados das entranhas, que estavam vazias, abertas para o nada. As vozes clamavam nos ouvidos, mas ela não conseguia compreendê-las. Ela bateu os pés e mexeu os braços, se erguendo ou mergulhando mais fundo. Ela não conseguia se reorientar. Precisava respirar. Precisava *sair*.

Fez-se um silêncio.

Nos lugares onde sua alma e seus ossos foram esvaziados, a magia entrou.

Ela viu o sangam sob ela. Viu o mundo todo. Ela sentiu a floresta de Ahiranya; todas as árvores, todos os galhos, todos os cipós, todos os insetos que haviam se enterrado sob o chão. Ela sentiu seus iguais. Bhumika, lá no palácio das rosas. Ashok, escondido na floresta, andando sobre uma terra rica com ossos. E sentiu outras almas. Outros iguais, na floresta, outros que eram como ela e andavam, respiravam e viviam.

Ela não estava tão sozinha quando acreditara por tanto tempo.

Priya arfou — surpresa, ou rindo, buscando o ar, desesperada, não sabia qual — e a água entrou mais fundo, por todos os lados, engolindo-a conforme ela a engolia.

Depois disso, não havia nada. Não havia nada por muito tempo.

Depois. Muito depois.

A cabeça rompeu a superfície da água e ela respirava o ar frio, arfando, os pulmões ardendo.

Ela sobrevivera. Agora era nascida-duas-vezes.

Priya não conseguia sentir nada sob os pés conforme batia as pernas para ficar boiando. Havia apenas a água, insondável sob o corpo. Ao redor, a água piscava, como se banhada pela luz do sol através das folhas, mas não havia árvores nem raízes tão abaixo do chão. Acima dela estava apenas a caverna escura que era o Hirana.

Ela nadou até a beirada da água e se arrastou sobre a terra fria. As roupas estavam ensopadas, pesadas. O cabelo pesava com a água, e ela o torceu. As entranhas ainda tiniam e queimavam, mas ela sentia frio.

Priya não se lembrava exatamente do que acontecera quando ela mergulhara nas águas. As memórias já começavam a se esvair, como areia, mas ela sabia o que sentia agora: poder, pingando de cada parte do corpo. Poder irrompendo como flores sob as pálpebras fechadas, quando ela fechou os olhos e deixou escapar uma risada vacilante e alegre. Quando os abriu outra vez, ela viu que pequenos botões haviam surgido da superfície do solo sob seus pés. Ela curvou os dedos ao redor de um. Estava quente.

Ela soltou uma respiração lenta, sentindo a mágica a atravessar com uma facilidade chocante e gloriosa. O chão tremia um pouco. Então a superfície irrompeu, e havia botões ao redor dela, raízes e folhas erguendo-se da bocarra do solo frio.

Priya começou a rir de novo. Ela não conseguia evitar. Era uma nascida--duas-vezes, ela encontrara as águas, era forte. Ela se sentia invencível. Sentia como se pudesse voltar naquele instante e mergulhar de novo sob as águas, pegar todo o poder para se tornar uma nascida-três-vezes.

Melhor não. Aquilo nunca havia sido feito. Certamente por um motivo. Ela não saberia. Priya não sabia de nada, mas não importava o que soubesse. Agora ela tinha isso. Um dom vivo dentro dela.

Ela se lembrava de que algumas crianças que se erguiam da água morriam... depois. Mas se aquele fosse seu destino, não era algo a ponderar agora. Por meio do brilho invencível do poder, ela conseguia sentir Ashok chacoalhando dentro de sua cabeça, chamando-a, furioso.

Ele queria o que ela tinha agora. E Priya sabia, com a certeza que percorria os ossos, de uma mulher que sentira o punho dele ao redor do próprio coração, que ela não poderia dar isso para ele.

Ela voltou a subir e subir. Quando se ergueu sobre a superfície do Hirana, ela se virou de costas e olhou para a entrada das águas perpétuas. Ela se inclinou para a frente e tocou na pedra. Com o mesmo poder lacerante e sangrento, ela fechou a abertura. Selou o caminho.

Ashok não conseguiria encontrá-lo sem ela depois disso.

Ela atravessou o Hirana: os corredores vazios, o triveni. O ar estava frio e suave, o chão estranhamente quente; como se o Hirana tivesse voltado à vida e cantasse na presença dela, com a presença de uma nascida-duas--vezes atravessando sua superfície.

O corredor que levava ao quarto de Malini estava silencioso. Ela abriu a porta com cuidado, esperando ver a princesa como ela a deixara antes, dormindo na charpai. Em vez disso, Malini estava sentada, uma das mãos segurando o rosto. Mesmo entre os dedos, Priya conseguia ver a mancha escura de um hematoma.

Ela sentiu um movimento atrás de si, do canto atrás da porta. De repente, havia algo afiado sob seu queixo. Ela sentiu algo quente. Molhado, mas não de água, e sim sangue, enquanto as mãos de Pramila tremiam segurando a lâmina.

MALINI

Você me envenenou primeiro.

É claro que Malini não disse isso, mas pensou. Ela estava sentada imóvel, as mãos fechadas em punhos no colo, os olhos arregalados, e pensou aquilo com toda a fúria que conseguia. Ela não precisara fingir fraqueza ou fragilidade quando Pramila a confrontara e a acertara com um tapa, acusando-a de envenená-la em segredo, de ser uma criatura impura e maligna até o fim. A língua de Malini estava espessa com o gosto do metal, da memória latente do jasmim, gentilmente administrado por Priya da última vez que acordara.

Da segunda, e terceira, vez que Pramila a acertara, ela contestara tudo que a carcereira dissera. Não, ela não envenenara Pramila. Não, não havia uma trama contra ela. Malini estava consumindo seu vinho religiosamente, tomando os remédios como esperado. Não, Priya não traíra Pramila. Priya era leal.

E ainda assim. Por todas as mentiras, enunciadas com a maior sinceridade de que era capaz, ali estavam elas: Pramila, de olhos vermelhos e furiosa, as mãos trêmulas segurando uma faca. Priya, com a cabeça levemente erguida, uma fina gota de sangue escorrendo pelo pescoço.

— Por que está segurando uma faca contra a garganta da minha criada? — perguntou Malini, deixando as últimas palavras estremecerem. Não era difícil. Era incrível, na verdade, o quanto um tremor de fúria se parecia com um tremor de medo. Como Pramila ousava? Como *ousava*? — Pramila, eu não entendo. Por que está fazendo isso? O que eu fiz para ofender você?

— Ah, não comece comigo, sua cadela dissimulada — vociferou Pramila. A voz dela era feroz, e a mão tremia em reação à força dos sentimentos. — Posso ter levado um tempo, Malini, mas agora eu sei. Usou essa criada para me envenenar, não foi? Você me quer morta. Bem, eu não posso matar você. Eu... — Ela respirou, ofegante. — Mas essa aqui é uma traidora.

Priya estava encharcada. O cabelo estava grudado nos ombros. A água escorria da barra do sári, e o sangue no pescoço se transformara, de vermelho, em um rosa apagado. Para onde ela havia ido? Malini estivera presa naquela névoa de náusea sabe mães por quanto tempo, e nitidamente muito se passara enquanto estava nesse buraco. Maldição.

Priya parecia estranhamente calma. Ela encontrou o olhar de Malini. O que ela queria contar? O que aquela tranquilidade significava?

Malini não conseguia compreender. Ela estava cansada, esvaziada de sonhos enlutados e veneno.

— Priya sempre foi uma serva leal — ela conseguiu dizer com a voz trêmula.

— Leal a *você*.

— Ela é uma boa garota — defendeu Malini, mesmo que soubesse que era inútil continuar com a mentira. Ainda assim. A *faca*. — Uma garota que veio de uma vida simples.

— Eu nem sei se você ficaria triste em perdê-la — desdenhou Pramila, enraivecida. — Você nem chorou por minha Narina, chorou? E era para ela ser como uma irmã para você. Ah, mas você ficou feliz em deixá-la morrer. O que uma criada estúpida e simplória importa para um monstro como você?

Dessa vez, não foi um estremecimento acidental que fez o sangue irromper da pele de Priya. Foi um movimento deliberado da mão de Pramila. A boca de Priya se abriu, só um pouco.

E Malini sentiu algo dentro dela retesar.

Ficar trancada ali transformara Malini em uma sombra de si mesma. Ela fora assombrada pelo próprio passado — por uma princesa de Parijat coroada em flores com um sorriso desdenhoso e uma voz carregada de segredos, que tinha o anseio e os meios para remover Chandra do seu trono — e agora até a possibilidade de ser aquela mulher estava muito além dela.

Porém, de repente, aquilo não importava mais. De repente, a coluna estava fortalecida como ferro. A língua tinha gosto de sangue, como se

O TRONO DE JASMIM

o machucado de Priya estivesse dentro dela. Ela não precisava de flores, da corte ou da educação que eram dignas de uma princesa para ser o que ela era.

— Pramila — disse Malini. A voz que saía dela era profunda como o oceano. — Abaixe a faca. Você nunca matou ninguém antes. Vai começar com essa aqui?

Pramila ficou imóvel. Depois dos estremecimentos de Malini, a força repentina era uma arma.

— Eu farei o que for preciso — rangeu a carcereira.

— É preciso matar uma simples criada? — insistiu Malini, deixando a voz sair dos seus lábios como um aperto sedoso. — Vamos, Pramila, você nunca foi cruel. — Era mentira, mas era uma mentira em que Pramila acreditava, e soaria como verdade. — O único assassinato necessário que precisa cometer é o meu. E até esse faz você repensar, não é? Você me dá o jasmim, mas não o bastante para me matar rápido. Você me pede para escolher a pira, mas você mesma não é capaz de acender uma sob mim. Nesse ponto, você é muito parecida com meu irmão. — Malini deixou que a pena pontuasse o seu tom. — Ele não suportaria ter sangue nas mãos. Ele escolheu colocar o meu nas suas, afinal. Me diga, ele está infeliz que ainda estou viva? Minha sobrevivência até agora é um fracasso?

— Tantas vezes sonhei em matar você — cuspiu Pramila. — Acredite em mim, sonhei em fazer eu mesma. Eu não tenho medo do sangue nas mãos. Mas diferentemente de você, princesa, tento fazer o que é certo. Tentei tanto me certificar de que sua morte ia purificá-la, mas acordei várias vezes de um sonho aterrorizado por pesadelos, e agora tive sonhos envenenados por jasmim em que minha filha grita... — Pramila engoliu em seco. Ela ergueu a faca mais um pouco.

Um fio maior de sangue deslizou pelo pescoço de Priya.

— Não a machuque — pediu Malini, e ficou horrorizada em constatar que a voz dela baixou por conta própria. Pelo amor das mães, uma coisa era tremer porque ela escolhera fazer isso. Era diferente fazer isso agora, quando aquele seu ar de comando havia impedido Pramila por um instante, e talvez ainda pudesse pará-la completamente. — Não. Pramila, ela não é nada.

— Nada — repetiu Pramila. — Nada, e ainda assim... olhe só para você. Vai começar a chorar? Acho que sim. Se você se rebaixou o suficiente para chorar por uma criada, que ótimo. Ótimo! — A risada de Pramila saía mais como um soluço, um resquício assustado do luto. — Você tirou *tudo* de mim!

Malini se sentira impotente no passado. Ela não se sentia impotente no momento, apesar de que deveria. A bochecha doía. A cabeça estava girando, vendo estrelas.

— Se você a matar, não sabe o que vou me tornar para você — disse ela, em uma voz que parecia vir de muito além dela, algo mais distante das vidas mortais e antigas. — Eu me certificarei de arruinar você, Pramila. Vou garantir que suas filhas ainda vivas também sejam arruinadas. Eu vou apagar tudo que lhe traz alegria do mundo. Eu assassinarei mais do que a sua carne. Eu assassinarei seu coração e seu espírito e a própria memória que tem do seu nome e sua linhagem. Essa é minha promessa.

— É mesmo? Vai fazer isso? — Agora a mão de Pramila estava firme na lâmina, tão perto do pescoço de Priya que certamente a garota não conseguia respirar direito. — Você não está mais em Parijat, princesa Malini. Não tem espiões de prontidão, nenhum menino tonto para seguir suas ordens. Você é uma traidora imunda e impura, e morrerá em uma terra estrangeira como a vergonha que é.

— Eu ainda sou o que sempre fui — afirmou Malini, apesar de Pramila não conseguir entender. Pramila nunca entendera a própria filha, a sua Narina esperta e afiada, que morrera acreditando numa causa e que ainda assombrava Malini. — Fui responsável por fazer acontecer muitas coisas, Pramila. Posso fazer mais coisas acontecerem antes que a morte venha me buscar.

Pramila riu.

— Quantas ameaças vazias, Malini! Nunca pensei que veria você bufar e gritar como uma menininha, mas aí está você. Você...

Pramila parou de falar abruptamente, engasgando. Havia algo ao redor do seu pescoço: uma grande raiz grossa e verde, saindo da terra.

Malini estivera tão focada na faca pressionada na garganta de Priya que não olhara o que estava acontecendo no chão, mas agora via que trepadeiras com espinhos finos haviam surgido pelo chão, passando entre as treliças escondidas atrás da cortina e pela fresta da porta pesada. Haviam se espreitado pela lateral do corpo de Priya, subindo pelo pulso e pelo ombro, por trás do pescoço, até que todo o emaranhado tivesse se encontrado diretamente ao redor do pescoço de Pramila.

O TRONO DE JASMIM

As trepadeiras se apertaram mais. Parecendo levemente irritada, Priya esticou a mão para o pulso de Pramila e o apertou com força. Os dedos da carcereira espalmaram enquanto ela se debatia por ar contra o aperto de Priya. Segundos depois, a faca foi ao chão.

— Desculpe — disse Priya, se inclinando e pegando a faca. As gavinhas espinhosas se afastaram dela, a roupa e a pele sem marcas. — Não sabia se eu ia conseguir fazer isso.

— Você já fez algo assim antes? — perguntou Malini, sentindo um anseio estranho na nuca enquanto observava Priya segurar a faca na mão.

Me conte o que você é, dizia aquele anseio. *Me conte o que é, cada camada sua, me diga como posso usá-la...*

— Não — falou Priya. — Não, eu encontrei algo que pertenceu ao meu povo no passado. E agora tenho... novos dons. E novas armas.

Foi a professora de Malini na infância — a sábia que a mãe avisara que deveria sempre ser chamada de ama, caso perguntassem — que ensinara a Malini, Narina e Alori sobre os ahiranyi e seu velho conselho. Apesar de Malini ter aprendido algo sobre o que os ahiranyi tinham sido capazes de fazer, obtido o conhecimento por uma mistura de pergaminhos históricos sobre a Era das Flores e também as histórias, foi a sábia que detalhara todos os dons que haviam possuído. Força inumana. Poder sobre a natureza, tão forte que poderiam transformar a terra e fazer suas vontades. Um fragmento da magia terrível dos yakshas, tudo isso nascido de um teste feito dentro das águas perpétuas, que eram sagradas.

Águas que foram perdidas quando os anciões do templo e as crianças morreram.

Priya olhou para Pramila, que ainda ofegava por ar. A faca ainda estava nas mãos de Priya.

— Você vai matá-la? — perguntou Malini, inclinada na charpai, a dor na bochecha e na mandíbula só deixando sua sede de sangue pior.

Mas talvez tenha soado ávida demais, porque Priya a encarou, o cenho franzido.

— Não — foi a resposta, enquanto Pramila caía ao chão atrás dela. Os olhos da mulher tinham se fechado. — Ela está inconsciente agora. Não pode nos machucar. Afinal, não vamos ficar muito mais tempo aqui.

— Eu queria que você a matasse.

Priya ficou em silêncio por um momento. Então, esticou a faca, dando o cabo para Malini. Os olhos felinos de Priya estavam encobertos, a boca uma linha fina. Parecia uma escultura de uma das mães, de uma fúria severa.

— Se quer que ela morra, então faça você mesma — disse ela.

Por um instante, Malini considerou aquilo. Verdadeiramente considerou. A faca diante dela. Pramila ainda no chão. Seria fácil.

Mas ela não se esqueceria do rosto de Narina. Do seu sussurro, antes de elas andarem até a pira.

Quero minha mãe.

Priya esperou mais um tempo. Então, puxou a mão e a faca.

— Foi o que pensei — comentou ela.

Os espinhos deslizavam pelo chão, seguindo-a enquanto se movia. Ela tinha a mesma aparência de sempre: o nariz torto, a pele escura, o cabelo talvez um pouco mais molhado e despenteado que de costume. E ainda assim havia um poder como o de uma aura ao redor dela, na pedra e no verde, na forma como Pramila estava inerte atrás dela.

Na forma como segurara a faca, sem nenhum sinal de deferência.

Priya as chamara de iguais antes, mas agora ela olhava para Malini como se a princesa fosse a criada e a suplicante, e Priya, a herdeira de um trono ancestral.

— Um último acordo — pediu Priya, a voz rouca como um farfalhar de folhas. Ela ergueu a mão, limpando o sangue do pescoço, distraída. — Malini. Faça um último acordo comigo.

— O que você quer de mim? — perguntou Malini, a garganta seca.

— Não temos muito tempo. Alguém virá atrás de mim — ressaltou Priya, as palavras cuidadosas. Ela não piscava. — Alguém quer as águas que me deram esse dom. Alguém quer um novo poder, poder maior, para conseguir destruir o regime de Parijatdvipa em Ahiranya.

— Como um rebelde sabe que você encontrou as águas mágicas?

— Conseguem sentir — explicou ela, simplesmente.

— Tem tantas pessoas assim que receberam dons da magia nesse lugar?

— Ahiranya não é como Parijat.

— Você não sabe nada de Parijat.

— Eu sou parte de Parijatdvipa, não sou? — perguntou Priya. — Eu sei muita coisa sobre o que significa *pertencer* a seu país. Provavelmente sei mais do que você.

O TRONO DE JASMIM

Malini encarou o rosto de Priya e pensou, *eu não sei nada sobre essa mulher.*

E, ainda assim, aquilo não a assustou como deveria. Ela sabia quantos rostos as pessoas possuíam, um escondido abaixo do outro, bom e monstruoso, corajoso ou covarde, e todas eram faces verdadeiras. Ela aprendera muito jovem que um irmão de boa educação poderia se transformar em um bruto a troco de nada. Nada. Ela se sentara com lordes, príncipes e reis, unindo-os à visão do imperador Aditya sobre o trono. Ela sabia do tamanho e poderio de seus exércitos pessoais, o nome de suas esposas, sua ganância e pecados escondidos; ela se encontrara com todos eles, e aprendera sobre eles como se conhece qualquer estranho. Ela aprendera sobre eles em pessoa; ela os abrira e os controlara, e ainda assim tivera consciência de que sob todas aquelas vontades e fraquezas cuidadosamente avaliadas havia uma imensa variedade de faces que ela nunca veria.

A face que Priya usava agora era familiar. Ela a usara quando matara a criada rebelde no triveni; quando Malini a olhara pela primeira vez e pensara, *posso usar essa aqui.* Era o rosto de uma filha do templo, formidável e estranha. Priya não era só uma criada ou uma arma. Era algo mais, e Malini não tinha palavras para ela.

— Malini — chamou Priya, alarmada de súbito. — Está me entendendo?

— Estou.

— Precisa de uma dose de jasmim.

Priya levou uma das mãos ao pescoço, não até a ferida, mas para a garrafinha com tampa ainda presa naquele cordão.

Depois de um instante, Malini balançou a cabeça.

— Não preciso — negou ela. Não era a doença que a distraíra. A ponta dos dedos ardia como se estivessem em chamas. — Continue.

— Malini...

— Me diga qual é seu acordo — insistiu Malini, incisiva. — Você disse que não havia muito tempo.

A mão de Priya parou.

— Está bem — disse ela. — Quero a liberdade de Ahiranya. Por completo. Sem nenhuma bondade ou benevolência do seu imperador Aditya, sem nenhum presente concedido das alturas. Ahiranya não precisa ser mais uma nação atrelada ao império. Quero nossa independência. Vou libertar você, Malini. Vou me certificar de que você encontre seu príncipe anônimo e os homens dele. E, em troca, você vai jurar que vai dar Ahiranya para mim.

— Para você — repetiu Malini, lentamente. — E o que vai fazer com isso? Vai se tornar rainha?

A boca de Priya se curvou em um sorriso.

— Eu não — retrucou ela. — Mas pertencer a Parijatdvipa não ajudou em nada esse país. Não importa o quanto seu irmão Aditya nos trate bem, sempre vamos ser os cachorros recebendo migalhas embaixo da mesa. Sempre vamos ficar com raiva se continuarmos acorrentados ao seu império.

Malini não disse nada por um instante. Havia consequências para uma promessa daquele tipo. Ela não poderia escolher alterar o formato de Parijatdvipa por conta própria. Ela não sabia o que Aditya e os homens dele diriam diante da promessa tola de uma mulher.

Ah, promessas poderiam ser quebradas. É claro que sim. E, ainda assim, Priya não era… uma pessoa segura para quem se mentir. E pior, Malini não *queria* quebrar aquela promessa para ela.

Fez-se um som em algum lugar abaixo delas. A mandíbula de Priya se cerrou.

— Me prometa isso, ou vai morrer aqui, de um jeito ou de outro.

— Vai me matar afinal, Priya?

— Não, sua tonta — retorquiu Priya, os olhos incandescentes. — Eu não. Nunca.

Malini não sabia se entendia o que estava sentindo naquele momento — a tempestade raivosa que eram seus sentimentos. Mas ela sabia que havia uma escolha diante dela.

— Eu juro — aceitou. — Se você salvar minha vida, se eu me encontrar com Rao, então Ahiranya é sua.

— Bem, então. — Priya exalou, a respiração longa e lenta. Os espinhos ao redor dela haviam recuado. A trepadeira ao redor do pescoço de Pramila se desfez. — Precisamos ir. Agora.

BHUMIKA

Quando a concha soou, Bhumika estava preparada. Ela ficou sentada no quarto no palácio das rosas, com as janelas de treliças escancaradas. Ela escutou o retumbar do som, ecoando pelo Hirana, por toda a cidade que já piscava com luzes bruxuleantes.

Era difícil traçar o caminho do fogo, mas Bhumika tentou mesmo assim. A luz mais forte estava perto do próprio mahal, no distrito que abrigava os mais ricos de Ahiranya. Todos os conselheiros do marido. Nobres parijatdvipanos. Mercadores. As famílias nobres mais antigas de Ahiranya.

Seu tio.

Ela se virou e encontrou o olhar de Khalida.

— Chame os criados para meus aposentos — solicitou. — Com discrição.

Agora era a hora perfeita. Os guardas estariam ocupados se certificando de que o mahal estava seguro. Não questionariam um bando de mulheres e crianças correndo para a segurança, especialmente quando era Khalida quem estava escoltando todos sob as ordens de sua gentil senhora.

Ela esperou. Escutou o som de gritos distantes. Em sua mente, o sangam latejava, cheio da fúria e da dor de Ashok, úmido de sangue.

Os criados e as crianças foram trazidos. Eles a encararam, nervosos. Alguns dos mais jovens choravam.

— A cidade está queimando — anunciou Bhumika, direta. — Os rebeldes atacaram aqueles que consideram ser uma ameaça a Ahiranya e sua possível liberdade.

E tudo e todo o resto — as casas de madeira de Hiranaprastha, seus cidadãos, até mesmo os criados inocentes do mahal — eram um dano colateral aceitável para seu irmão.

— Eles irão atacar o mahal. Talvez até invadam o terreno. E virão até nós. — Ela olhou para cada um deles. — Quando ofereci a vocês um lugar nesse lar, eu prometi que estariam seguros. E não permitirei que essa noite torne meus votos inválidos.

Um silêncio sem fôlego a rodeou. Até mesmo as crianças ficaram quietas.

— Vocês terão armas — informou ela. — Eu tenho arcos para aqueles que costumavam caçar antes de virem para cá. Machados para os mais fortes. Adagas para os menores. Khalida os guiará no preparo de água fervente e óleo que possa ser derramado nas paredes, caso necessário, mas torço para que não precisemos de medidas drásticas.

— Vamos precisar — disse uma voz. — Lady Bhumika, eu sinto muito, mas vamos precisar. Temos um traidor.

Uma criada, Gauri, arrastou Rukh pelo braço e o largou no chão. O xale do menino tinha se perdido. Os braços desnudos e decompostos estavam cercados por folhas, colunas de seiva surgindo entre os ombros.

— Diga — ordenou a criada. — Diga a ela o que me contou.

— É minha culpa que eles vão conseguir entrar no mahal — confessou o garoto, soluçando. — Os rebeldes me pediram para espionar. Para espionar... — Ele fraquejou, a boca sem funcionar. — Espionar... alguém. E encontrar uma forma de entrar.

Espionar alguém. É claro.

Ah, Priya.

— E encontrou uma forma de entrar, como foi pedido? — indagou Bhumika, mantendo a voz calma.

— Às vezes os guardas não prestam atenção nas portas — revelou ele. — Às vezes quando trazem os suprimentos... Eu como na cozinha às vezes, e vejo... Às vezes vejo alguém entrar. Eu disse isso aos rebeldes.

— Os rebeldes não vão se esgueirar como ladrões — comentou Bhumika, pensando no fogo, na fumaça. Na força bruta da ira de Ashok tomando a cidade. — Mesmo assim, você traiu o lar que cuidou de você, Rukh.

Ele estremeceu.

— Vou aceitar qualquer punição que achar justa, milady — sussurrou ele.

O TRONO DE JASMIM

— E que tipo de punição deveria ser dada para quem ajudou na matança de criados inocentes no mahal? Pelas mortes dos homens do meu marido e talvez até do próprio regente?

O garoto engoliu em seco mais uma vez. Ele não queria dizer em voz alta, mas ela esperou.

— A morte — concluiu ele. — A minha morte.

— Sua morte virá rapidamente, caso eu peça por ela ou não — observou Bhumika. — A conta sagrada ao redor do seu pulso não pode segurar a decomposição que vejo em você.

Ele inclinou a cabeça.

Outra criada deu um passo à frente.

— Ele está conosco agora, milady — disse ela apressada, as mãos descansando nos ombros de Rukh. — Certamente isso é tudo que importa. Ele... ele foi guiado pelo mau caminho. Ele é só uma criança.

Priya salvara o menino. Bhumika sabia disso. Aquele menino que estava morrendo, que era jovem e tolo. E a criada que era amiga de Priya estava de pé, observando Bhumika com cautela, a postura na defensiva.

A expressão de Rukh, quando Bhumika olhou para ele, de alguma forma era tão corajosa quanto a da criada. As mãozinhas estavam fechadas em punho.

— Eu não precisava dizer a verdade, milady. Não precisava. Ninguém saberia do que aconteceu. Mas eu não queria que ninguém aqui sofresse. Eu sempre... sempre quis fazer algo bom, algo importante. — Havia uma angústia na voz dele grande demais para a idade. — Ajudei os rebeldes porque queria lutar por algo. Queria que minha vida importasse. Mas aqui...

Mais uma vez, ele parou. A mão de Sima apertou no ombro dele.

— Ninguém nunca me protegeu — confessou ele. — Ou foi legal comigo. E aqui... Ela... A senhora... Algumas pessoas são.

Ele não dissera, mas o nome de Priya estava gravado no rosto e nas palavras dele independentemente disso.

— Seja lá qual for a punição, vou aceitar — acatou ele, a voz oscilando. — Eu... eu até posso morrer, milady. Mas eu prefiro fazer o que for para proteger o mahal. É isso que eu gostaria de fazer.

— Então essa será minha punição a você, menino — decidiu Bhumika. — Se quer fazer a diferença, fará isso a meu serviço. Me servirá lealmente até a morte. Não haverá mais traições. Você será minha criatura até seu último fôlego. Jura, por sua alma e por sua vida?

Atrás dele, nas sombras, silhuetas passaram pela porta. Ela viu um vislumbre prateado. Tão fino quanto uma cicatriz de foice.

— Farei isso — se comprometeu ele.
— Jure.
— Eu juro, lady Bhumika.
— Ótimo. Se me trair, ou trair aos meus de novo, você morrerá.
— Sim, milady — disse ele baixinho. As mãos de Sima finalmente afrouxaram no braço dele, os próprios ombros relaxando.

Com isso resolvido, Bhumika olhou para as pessoas que ainda a rodeavam. Tinham pouquíssimo tempo.

— Vocês serão levados até suas armas — disse ela. — E mostrarão a vocês o que deve ser feito. Os soldados vão mostrar o que fazer — acrescentou ela, indicando com a cabeça o homem parado à porta, o bracelete de comando brilhando no braço, a armadura branca e dourada impecável. Ele assentiu, gesticulando, e os seus homens se espalharam.

Khalida ajudou Bhumika a se sentar confortavelmente sobre as almofadas no chão, sob uma janela aberta que permitia a entrada da brisa com cheiro de fumaça.

Ela estava rodeada de rosas, crescendo em profusão nas jarras de barro e esmalte. Flores, doces e delicadas, surgindo por caules espinhosos, esparramando-se dos jardins até suas janelas. Plantas com folhas macias, penduradas do telhado reto. Cada uma delas havia crescido sob seus cuidados. Cresceram por suas mãos. E, mais importante de tudo, por sua magia. Cada vez que ela respirava, as plantas se moviam com ela, como se as próprias costelas fossem o solo, o lar de suas raízes.

Existe poder que é feroz e chamativo. E existe poder que nasce devagar e mais forte pelo tempo passado trançando sua força milenar. Era uma lição antiga da anciã Saroj. Bhumika guardou aquele ensinamento consigo enquanto esperava.

— Ashok — sussurrou ela. — Pode vir. E vamos ver qual dos dois é mais forte.

MITHUNAN

O regente estava gritando havia um tempo, exigindo que o comandante Jeevan fosse levado até ele. Mas não havia sinal do comandante, ou de qualquer um dos guardas pessoais do regente. Os homens de lorde Santosh também haviam desaparecido, e ninguém sabia dizer para onde tinham ido, apesar de um dos guardas no portão dizer que vira todos eles saírem dos estábulos horas atrás, armados até os dentes.

Tudo estava um caos. De alguma forma, Mithunan não era mais do que um guarda de baixo escalão que ficava de vigia na parede, treinado para atirar uma flecha ocasional e soar o sino da troca de guarda e nada mais, e, no entanto, recebera uma espada e ordens para lutar.

E, de algum modo, seu pescoço estava sendo torcido pelas mãos de um rebelde.

O rebelde o jogou no chão pelo pescoço. Uma vez. Duas. Então, o soltou. Acima de Mithunan, o rosto mascarado do rebelde oscilou. Atrás dele, outra máscara apareceu. Dois deles.

O som de uma bota chutando um corpo caído. Três vezes.

Muitos sons ecoavam, além das paredes do mahal.

— Mostre o caminho até a senhora da casa — comandou o rebelde que se ajoelhava. — Ou vamos matar você agora mesmo.

Ele não queria fazer isso. Seria errado. Ele sabia disso. Mas conseguia ouvir gritos e o uivo de flechas caindo. O baque e sibilar do aço. Ele ouvia o fôlego dos outros guardas, feridos e morrendo, ao redor.

Ele não queria morrer.

À sua esquerda, um dos seus companheiros guardas se apoiava nos cotovelos, arfando.

— Não vamos fazer isso — contrariou o guarda, engasgando. — Não...

As palavras sumiram. Uma espada de madeira havia sido enfiada em seu peito. Ao redor do cabo, a pele queimava, formando bolhas com o calor.

Mithunan estremeceu.

— E então? — desafiou o rebelde ajoelhado, observando-o. — O que vai fazer?

— Vou mostrar o caminho — cedeu Mithunan, engolindo em seco. — Por favor. Não.

O rebelde o arrastou até ficar de pé.

A esposa do regente tinha seu próprio palácio em miniatura, no pátio central do mahal. Enquanto Mithunan tropeçava a caminho dele, com uma estranha faca que queimava pressionada nas suas costas, ele só conseguia ficar admirado com como a fumaça e a luta transformaram até as miniaturas prosaicas das flores. As treliças de rosas, o florescer branco e amarelo na janela, de alguma forma pareciam mais grossos e sombrios. O verde das trepadeiras era mais profundo, de uma cor quase oleosa. As cortinas estavam escancaradas. Em vez de treliças, havia folhas entrelaçadas de sombras.

— Não parece muita coisa — murmurou a rebelde menor. Era uma mulher, pelo tom da voz.

O outro grunhiu em resposta.

Ele empurrou a faca para a frente.

Por um longo momento, Mithunan não sentiu nada. Ele olhou para baixo e viu a lâmina atravessando seu estômago, rodeada de sangue, como se estivesse em um sonho. Então, começou a tremer. Ele caiu quando a faca foi retirada.

Não deveria ter confiado nos rebeldes para pouparem sua vida, pensou ele, e a voz em sua mente soava como a do comandante, um murmúrio baixo e sarcástico, carregado de julgamento. *Eles sempre vão matar você. Garoto tonto.*

— Vai demorar um tempo para você morrer disso — comentou a mulher. Ela passou por cima dele.

O TRONO DE JASMIM

Porém, conforme os dois rebeldes se aproximavam do palácio das rosas, uma chuva de flechas, vinda do telhado e das janelas, caiu sobre eles repentinamente. Eles praguejaram e pularam com uma rapidez assustadora, passando pela torrente de flechas. Era como uma dança.

E então o chão... mudou.

Flores, pontudas como vidro. Espinhos impulsionando da terra, afiados como facas. Como dentes.

O guarda os escutou como se estivesse embaixo da água. Viu os rebeldes estremecerem, mudando conforme a visão desfocava.

A terra estava engolindo os pés da mulher. Ela gritou, lutando contra aquilo, mas o canteiro gracioso de flores que lady Bhumika plantara com as próprias mãos havia tanto tempo de alguma forma a consumiu até os calcanhares. O chão estava ensanguentado ao redor da rebelde.

Uma coisa verde esfaqueou o torso do outro mascarado por trás.

Vai demorar um tempo para você morrer disso também, Mithunan queria falar, mas ele não tinha mais palavras. Tudo se esvaíra.

A escuridão o abraçou como um manto.

MALINI

Elas seguiram até o triveni. Ali, Malini conseguia sentir o cheiro da fumaça. Ouvir sons distantes, como vozes aos gritos.

— Posso guiar sua descida — ofereceu Priya.

Malini olhou para o Hirana, para além da extremidade do triveni. A superfície era irregular, cheia de superfícies escorregadias e pontas afiadas. Da última vez que subira ao templo, usava uma corda-guia e guardas para mantê-la viva. Mas as partes do Hirana abaixo dela não tinham corda alguma. Mesmo com Priya ao seu lado, Malini sentiu um revirar nauseante do estômago.

— Imagino que não tenha outro caminho — murmurou ela.

— Não — disse Priya. — Não mais.

Malini se preparou. Precisava fazer aquilo, se quisesse ficar livre. E morrer por queda seria ao menos... uma novidade, em comparação com veneno e fogo. Era um consolo.

Então, ela permitiu que Priya segurasse sua mão. O primeiro passo foi no chão traiçoeiro e frágil. Ela sentiu como se estivesse pisando em uma casca quebrada, sem nada a não ser o vazio embaixo. Então, a superfície se concretizou sob seus pés. O musgo apareceu entre os dedos. Ela engoliu em seco, fixando os olhos no rosto de Priya.

— Me diga onde colocar os pés.

— Só me siga — instruiu Priya. — Isso mesmo. Bem assim.

A brisa rodopiava ao redor delas. No ar, a princesa sentiu as chamas. Ela manteve os olhos em Priya e continuou descendo.

O TRONO DE JASMIM

— Isso mesmo — incentivou-a Priya, a voz como um farfalhar do vento nas folhas. Talvez ela quisesse soar tranquilizadora. Não tinha conseguido. Não exatamente. — Mais rápido, se conseguir.

— Não consigo — rangeu Malini.

Ela queria explicar a Priya o quanto estava fraca. De repente, porém, um sibilo passou pelos seus ouvidos, e então um baque, e Priya praguejou, soltando sua mão. Uma flecha havia acertado o chão perto dos pés dela. Malini se encolheu, lutando contra o instinto de ficar em posição fetal, ou pior, se atirar para trás. Ela balançou por um momento, aguentando o próprio peso, equilibrada apenas naquela pontinha de pedra.

Outra flecha passou zunindo e Malini pulou para escapar dela.

O chão cedeu com um estalido e, ah, ela estava sem apoio, oscilando por um segundo sem nada para segurá-la, encontrando o olhar horrorizado de Priya. O medo a atravessou. Ela ia *cair*. Ela tombou com um grito silencioso e...

Algo a segurou. Musgo, como uma rede nas costas dela. O coração estava acelerado, e Malini colocou a mão escorregadia de suor na pedra. Qualquer pedra. Ela conseguia sentir o musgo sibilando e se formando atrás dela, crescendo com uma velocidade sobrenatural, segurando o corpo dela.

— *Priya.*

Priya a encarava, boquiaberta.

— Não sabia que dava para fazer isso — disse ela, baixinho.

E então, como se estivesse acordando de um estupor, ela andou para a frente e puxou Malini para ficar de pé. Não fez isso apenas com força física, apesar de Malini conseguir sentir o aperto forte das mãos e ver a forma como a mandíbula dela cerrava enquanto se esforçava para arrastar a princesa de volta para a superfície; Malini também conseguia sentir o verde empurrá-la, como se fosse uma extensão de Priya, reagindo aos movimentos dela.

Malini agarrou os pulsos da outra mulher.

— Não me solte de novo — arfou ela.

— Não vou soltar.

— Mesmo com o risco de levar uma flechada. Não solte.

— Não vou. — Os dedos de Priya eram gentis na pele de Malini, em seu pulso acelerado. Ela apertou mais firme, os olhos fixos na princesa. Seu rosto estava muito cinzento. — Não vou.

342 TASHA SURI

Elas desceram o Hirana. Um percurso lento, lento. Outra flecha foi disparada, e Priya praguejou alto e arrastou Malini para se encolher atrás de uma pedra. Ela arreganhou os dentes — a única raiva que mostrara desde que começaram a descer — e então puxou a princesa de volta para ficarem de pé e continuou a guiá-la.

— Não estão tentando nos machucar — observou Priya, em voz baixa.

— Estão tentando nos assustar para ficarmos paradas e conseguirem me pegar. Vamos sobreviver, Malini. Eu prometo.

A princesa poderia ter começado a chorar quando finalmente sentiu o chão firme sob seus pés mais uma vez, mas ela não era esse tipo de mulher, então apenas assentiu para Priya e endireitou a coluna, olhando na direção do mahal do general.

O próprio mahal era bem protegido, com muros altos e impenetráveis. Como qualquer mahal movimentado, normalmente era permeável, e criados e visitantes poderiam entrar e sair. Mas Malini conseguia ver que o trabalho de bloquear o caminho começara depressa. As janelas de treliças estavam pretas. No telhado havia arqueiros, as pontas das flechas acesas em chamas.

Além do mahal, a cidade de Hiranaprastha queimava. A fumaça se esgueirava no ar, como uma auréola.

— Um deles está aqui — anunciou Priya, tensa. — Não. Mais do que isso.

Ela segurava as mãos de Malini, e as segurou com ainda mais força em um momento antes de finalmente soltá-las. Então se virou, encarando a expansão de terra, marcada apenas por alguns afloramentos de árvores.

Uma sombra se mexeu sob os troncos das árvores. Só por um instante.

Malini ficou imóvel, o vento chicoteando o cabelo.

Então, de repente, lá estavam eles.

Duas pessoas usando máscaras de madeira entalhadas com feições assustadoras corriam na direção delas. Priya empurrou Malini sem cuidado algum para o chão, e a princesa se abaixou sem reclamar. Ela não queria morrer daquela forma, não quando a liberdade estava tão perto, não quando tinha a chance de alcançar Rao e Aditya e a vingança que tanto queria. E luta nunca fora seu ponto forte.

Mas certamente era o ponto forte de Priya. Ela se mexia com a agilidade venenosa de uma cobra. Não era uma mulher alta, mas tinha força nos

O TRONO DE JASMIM

343

ombros, no músculo retesado dos braços. Ela acertou o primeiro rebelde no estômago usando o ombro, agarrando-o para levá-lo ao chão. O rebelde se assustou, mas se recuperou depressa, estendendo um punho para acertar o rosto de Priya.

Ela desviou, mas o movimento afrouxou o aperto, e então o rebelde ficou de pé, virando-se para ela mais uma vez. O soco seguinte não errou o alvo. Priya foi acertada no torso e foi ao chão. O rebelde mascarado foi para cima dela, os punhos rápidos. E Malini ficou de pé, instigada por algum instinto selvagem, como se sua força diminuta pudesse ser o suficiente para despachar qualquer um dos rebeldes.

Mas Priya... estava rindo. O rebelde parou e o companheiro que vinha atrás desacelerou, sem pressa de se juntar à luta.

— Se me matar, o caminho vai sumir comigo — sibilou Priya. — Se me matar, todos vocês morrem enquanto bebem dos frascos, desesperados.

O rebelde acima de Priya congelou.

— Eu fechei o caminho — continuou ela. — Eu o escondi de novo. O caminho para as águas perpétuas se foi.

O rebelde hesitou por mais um segundo.

O chão estremeceu sob os pés dele, espinhos enormes irrompendo da lama. O mascarado de pé deu um gritinho, caindo para trás. Uma linha de sangue apareceu em seu braço. Na madeira da máscara surgiu uma rachadura branca, muito perto do globo ocular.

O rebelde menor — possivelmente uma mulher — levou as mãos espalmadas diante de si. Como se aquele movimento pudesse segurar os espinhos. E talvez pudesse.

No chão, os espinhos se retorciam, curvando-se sobre si.

— Você não é a única que possui dons. — Através da máscara, a voz era oca, distorcida pela madeira. — Também fui abençoado pelas águas.

— Abençoado pelo frasco — retorquiu Priya. — Uma coisa morta andando. Não vai viver por muito mais tempo.

Se o rebelde reagiu de alguma forma àquela afirmativa, ficou escondido sob a máscara.

— Você poderia salvar todos nós, se apenas nos mostrasse o caminho. Deveríamos estar do mesmo lado.

— Diga isso ao líder de vocês — incitou Priya. — Diga que foi ele que nos trouxe a esse ponto. Não fui eu. Eu quero o que sempre quis.

Priya não mexeu a mão, e os espinhos lentamente começaram a se desenrolar novamente, tremendo. O movimento foi lento. Lento demais.

— Sua vontade não é mais forte que a minha — provocou o rebelde. — Você não é uma criatura de convicção. Não serve a coisa alguma.

— Sou mais forte do que você pensa — retrucou Priya, e então o chão sob os rebeldes começou a ceder. Os espinhos se retorceram, ameaçadores. — Seu líder não quer meu cadáver — acrescentou Priya, conforme lutavam para manter o equilíbrio. — Até eu sei disso. Mas eu? Eu não me importo de matar vocês. Então meu conselho é bem simples: *fujam*.

Eles não queriam fazer isso. Aquilo era óbvio. Mas a lama revolvia abaixo deles, novos espinhos crescendo como dedos compridos, cheios de garras curvadas. Então eles se viraram e bateram em retirada.

Priya não ficou observando. Ela estava ofegante, o braço já marcado de hematomas, encarando algo além deles. Malini seguiu a inclinação da cabeça dela. Viu o que Priya observava.

Havia um homem perto do mahal. Não seguia na direção delas. Malini nem sequer tinha certeza de que as estava observando. Os olhos na máscara eram como poços profundos. Ele estava parado com um arco encostado na perna, sem fazer menção de usá-lo. A cabeça estava inclinada para trás. Como um reconhecimento, um desafio.

— Pode vir — murmurou Priya, dando um passo para trás. E mais outro. Malini respirou fundo e a seguiu.

Agora era a vez delas de fugir.

As duas não ficaram deslocadas na cidade como Malini temia que ficassem, porque a violência dos rebeldes e a resposta igualmente violenta dos soldados do general haviam semeado o caos. As casas de madeira de Hiranaprastha não estavam à altura. Logo corriam por um labirinto ardente de construções. Mesmo se Malini não tivesse passado meses presa em um único cômodo, ela teria sido arrebatada pelo escopo e natureza daquela situação.

A única coisa que ela podia fazer era cerrar os dentes e se forçar a continuar se mexendo, não importava se o corpo ameaçasse traí-la. A multidão a atordoava, a pressão era sufocante, e Priya a apertava com força.

O TRONO DE JASMIM

— Não me solte — pedia Priya. — Segure em mim como se ainda estivéssemos descendo o Hirana. Exatamente assim.

— Consigo sentir o cheiro do fogo — soltou Malini, a voz sufocada pelo gosto e as memórias que aquilo evocava.

— Eu sei — disse Priya. — Eu sei. — Ela piscava com força, os olhos lacrimejando, a parte branca agora vermelha por causa da fumaça. Por um breve momento, ela não estava olhando para Malini, e sim através dela, presa na escuridão do próprio passado. — Não pense nisso. — Ela apertou Malini ainda mais. — Não podemos pensar nisso. Precisamos continuar seguindo em frente.

Priya as guiou, uma mulher com uma missão. Por vielas estreitas e ruas largas cheias de pessoas, gritos e caos. Ela gesticulou para que Malini cobrisse o rosto com o pallu, para afastar o cheiro acre, enquanto os olhos da princesa lacrimejavam com o cheiro e a sensação da fumaça. *Continue*, Malini incentivou a si mesma. *Continue, você está tão perto. Estamos tão perto.*

À distância, ela conseguia ver a floresta, e de repente Priya se moveu para a direita, arrastando Malini para baixo da proteção de uma alcova de pedra. A multidão ainda passava por elas.

A expressão de Priya estava resoluta.

— Vá — disse Priya. — Encontre seu servo leal, seja lá qual for o nome dele. Ele está esperando por você sob a pérgola de ossos. Eu vou dar as direções, não fica muito longe. Vá, e ele vai levá-la para o seu irmão.

— Você acha que vou sobreviver aqui sozinha? — desdenhou Malini, incrédula. — Eu acredito muito em mim, isso posso prometer, mas dificilmente serei capaz de percorrer o caminho de uma cidade em chamas sem morrer.

— Todos nós aprendemos dessa forma — argumentou Priya.

— Torcendo para não morrer quando todas as chances estão contra nós?

Malini não estava falando sério, mas a boca de Priya se manteve firme, os olhos solenes enquanto assentia.

— Sim — confirmou Priya.

— Você me pediu para fazer uma promessa — tentou Malini. — Você me pediu para fazer uma jura a você, pelo bem da sua Ahiranya. Você não vai se certificar de que eu fique viva para cumprir isso?

— Meus amigos estão no mahal — justificou Priya, a voz estrangulada.

Os amigos dela. As outras criadas. Malini engoliu em seco e disse, calma:
— Eles estão protegidos por paredes firmes, a maior segurança que podem ter.
Mas Priya não a escutava.
— Eu tenho esse poder. Esse dom dentro de mim. E agora está mais forte do que jamais vai ser. Preciso ajudar. Se alguma coisa acontecer com eles, eu...
— É mais forte do que todos os rebeldes atacando o mahal e queimando a cidade juntos? — insistiu Malini. — É mais astuciosa, mais esperta, mais bem equipada e com mais treinamento para vencê-los?
— Você só quer me convencer de fazer o que você precisa que eu faça.
— Sim — reconheceu Malini. — Mas não quer dizer que eu esteja errada. Me salve, e talvez você salve sua Ahiranya. Me salve, e o seu país terá uma chance melhor depois dos rebeldes e seja lá qual o destino o imperador reserva para você. Por favor.
Priya não sabia o que fazer, disso Malini tinha consciência. Ela viu tudo no olhar de Priya, nos lábios repuxados para baixo, retesados como um arco. E Malini não podia fazer mais nada para convencê-la.
— Você está certa — cedeu Priya. — Eu fiz uma promessa. E você fez uma promessa em troca.
E então ela se virou, indo na direção da cobertura da floresta, e Malini não tinha escolha a não ser segui-la.

Percorriam alguma parte do labirinto escuro e retorcido de árvores quando Priya parou, de súbito.
— Priya — chamou Malini. Ela falou baixinho. Tinha ouvido algo? Visto alguma coisa? — O que foi?
Priya estava oscilando levemente. Ela se virou devagar para encarar Malini, piscando. Ela ergueu um braço, esfregando os olhos.
Quando abaixou a mão, ela estava manchada de sangue.
— Alguma coisa — resmungou Priya. — Alguma coisa está... errada.
Malini não teve tempo de fazer ou dizer nada antes de Priya ir ao chão.

ASHOK

Ashok mal conseguia sentir Priya.

Ele ficou parado diante daquele pequeno forte que era o palácio das rosas, a criação feiosa de Bhumika, o que ficava evidente, bem no coração do mahal. Rodeado por jardins, as paredes formavam uma rede de espinhos. Espinhos tão grandes quanto o braço de um homem. Espinhos tão afiados quanto uma lâmina. Estavam lustrosos de sangue.

Ela estava dentro daquelas paredes, mas Priya não estava.

— Eu poderia chegar até você, Bhumika — murmurou ele, de olhos fechados. — Se eu tentasse, eu conseguiria.

— Eles têm arqueiros no telhado — notou uma das garotas, baixinho. Ela estava parada sob a cobertura das sombras, a máscara erguida.

— Não são muito bons — disse Ashok calmamente. — Os bons eles perderam nas muralhas externas.

O líquido borbulhante que eles continuavam atirando o preocupava muito mais. Eram truques baratos, porém efetivos, considerando seus recursos limitados.

Afinal, o mahal estava destruído.

Ashok só perdera alguns homens e mulheres. Não estava óbvio se os espinhos ou as flechas os mataram, mas ele pensou que era improvável que outra pessoa a não ser Bhumika tivesse dado um fim àquelas vidas. A sua irmã de comportamento plácido, nobre demais para sujar as mãos, sempre fora uma oponente monstruosa quando se permitia lutar uma batalha de verdade. Parecia que aquilo não mudara.

Não importava. Que ela apodrecesse naquele lugar. De qualquer forma, não precisava dela.

Quando voltasse — quando fosse um nascido-três-vezes, com toda a força que as águas poderiam fornecer —, então eles conversariam sobre o futuro de Ahiranya. E a vontade dele se sobrepujaria à dela.

— Comigo — chamou ele, e se virou. Ele se distanciou do palácio das rosas, seguindo do mahal despedaçado e indo de volta para o Hirana. Pairava diante deles. Juntos, eles subiram, usando uma corda para apoio.

Da última vez que estivera no Hirana, seus irmãos do templo haviam queimado. Ele tivera pesadelos durante anos com aquelas mortes. Uma fúria antiga o invadiu enquanto subia e observava os entalhes, tanto familiares quanto estranhos depois do tempo que se passara. Um dia, aquela fora sua casa. Pertencera a *ele*.

No Hirana, ele utilizou a fúria de forma produtiva. Mataram com eficiência os poucos guardas que encontraram. Exploraram os cômodos e não encontraram nada. Havia apenas uma mulher, inconsciente no chão na câmara ao norte. Não era a princesa imperial. Que pena.

Ashok chamou para que um de seus homens se aproximasse.

— Acorde-a — ordenou. — E a interrogue. Descubra se ela sabe algo de útil sobre minha irmã.

O homem assentiu e retirou a foice do cinto.

Ashok o deixou e voltou ao triveni.

Você é meu, pensou ele, falando com o Hirana no silêncio da própria cabeça. Ele colocou uma das mãos no pedestal. *E eu sou seu. Eu não morri aqui por um motivo. Então, me mostre o caminho.*

Sob seu toque, a pedra era fria e inerte. Ele não conseguia sentir o calor, como sentira quando era garoto. Estava imóvel e gélida, um cadáver de pedra. Ele esperava, talvez, que pudesse encontrar o caminho sem Priya. Agora que o poder do regente se rompera, agora que Hiranaprastha havia sido queimada e o Hirana era praticamente seu, ele esperava que o templo se submetesse ao seu comando. Era uma esperança pequena, que não possuía evidências para sustentá-la.

Não importava.

Uma das mulheres adentrou a sala, limpando o sangue das mãos. Atrás dela estavam três outros rebeldes, observando, aguardando ordens.

— Continuemos a busca — comandou ele.

O TRONO DE JASMIM

Eles continuaram. Ashok caminhou pelo Hirana, entrando em cada quarto do claustro, cada espaço onde seus irmãos correram, lutaram, brincaram ou rezaram no passado. Ele entrou no sangam, torcendo para que o Hirana sentisse e cedesse. Porém, a entrada para as águas perpétuas não apareceu. Ele não conseguia encontrar seu caminho.

Mas não havia tempo. As águas perpétuas nadavam no sangue dos seus seguidores, e rapidamente se transformava em veneno. Sugando suas forças. Suas vidas. Ele precisava agir antes que ficassem sem tempo.

Maldição, Priya.

— Vamos embora — chamou o seu grupo de rebeldes por fim, derrotado por uma pilha de pedras. — Vamos procurar minha irmã mais uma vez.

— Eu sinto muito — lamentou um dos homens. Por trás da máscara, Ashok não conseguia ver sua expressão, mas parecia envergonhado. — Não deveria ter deixado ela escapar.

— Não há motivo para se desculpar — disse ele. — Ainda temos novas forças. Vamos encontrar o caminho.

PRIYA

O primeiro passo depois de entrar nas águas perpétuas era conseguir voltar à superfície. Se alguém conseguisse cair naquele azul cósmico e sair de lá, o corpo ainda funcional... Bem, já teria conseguido um pequeno milagre.

O próximo passo era sobreviver às horas que viriam em seguida. Priya não se esquecera da enfermaria: não se esquecera dos nascidos uma ou duas-vezes que morreram ali, perdidos e febris em suas camas. Mas não achava que aquilo aconteceria com ela naquele momento, quando o Hirana a chamara para as águas, quando ela não sentira nada a não ser um tipo de êxtase enquanto mergulhava nas águas e o sangam se desdobrava diante de si.

No entanto, ali estava ela. Ardendo. Cuspindo bile nos arbustos.

Era culpa sua pensar que de alguma forma era especial. Não era. E agora estava morrendo.

O mato morria e ressurgia em um ciclo frenético sob suas mãos enquanto ela puxava o ar com força. Ela praguejou, sentindo-se tonta, as mãos nos joelhos.

— Você consegue se levantar? — perguntou Malini, a voz próxima. Ela estava ajoelhada ao lado de Priya, os próprios olhos fixos no caminho atrás delas. Procurando, talvez, por pessoas que buscavam abrigo ou soldados.

— Consigo. Só um instante.

Com um grande esforço, Priya cambaleou até ficar de pé.

E caiu.

— Bom — disse Malini. — Aparentemente, não.

O TRONO DE JASMIM

— Preciso levantar — Priya se forçou a dizer. — Não podemos ficar aqui. Não com a cidade naquele estado.

Malini ficou em silêncio por um momento. E então falou:

— Você entende que minha força é… limitada.

— É óbvio que sim.

— Então vai me perdoar se isso acabar mal. Venha. Coloque os braços ao meu redor.

Priya fez isso. De alguma forma, Malini conseguiu fazer as duas se levantarem, o rosto de Priya escondido no ombro de Malini, suas mãos apertando o tecido da blusa da princesa com força.

— O que aconteceu com você? — sussurrou Malini, a voz como uma pluma próximo ao cabelo da outra mulher.

E Priya, tremendo não só por causa da febre, respondeu:

— Não posso explicar.

— Não pode?

— Não vou. Minha magia é… coisa minha.

— Mantenha sua magia e seus dons um mistério, então, se precisar — cedeu Malini. — Só me diga que direção devemos tomar para chegar nessa tal de pérgola de ossos.

Priya indicou o caminho. E Malini começou a andar, seus passos lentos, cuidadosos, consciente do peso cambaleante em seus braços. Priya se forçou a se mexer, um pé na frente do outro, de novo e de novo, mesmo enquanto o sangue parecia uma maré que recuava dentro do próprio corpo.

— Priya — sussurrou Malini. — Priya. Priya. Escute a minha voz.

— Por que está falando meu nome?

— Porque você não está respondendo.

A respiração de Priya escapou de uma vez.

— Desculpe se estou assustando você.

— Não estou assustada — retrucou Malini, parecendo enraivecida. Ela ainda segurava Priya, ainda usando sua força para arrastar a outra debaixo das copas de grandes folhas escuras.

— É nítido que você está assustada — insistiu Priya. Ela queria que as palavras soassem gentis, compreensivas, mas saíram marcadas pela dor, e Malini as ignorou.

Elas andaram. E continuaram andando.

— Não consigo mais arrastar você — disse Malini, depois de um bom tempo. — Vamos precisar esperar aqui.

Esperar pelo quê?, pensou Priya, mas não fez a pergunta em voz alta. Malini estava tremendo e suando, o rosto assumindo um tom de cinza conforme afundou no tronco retorcido de uma árvore, a luz do sol cintilando acima dela. A região onde Pramila a acertara na bochecha estava lívida.

— O jasmim — lembrou Priya, fraca.

— Eu queria que você se calasse sobre o jasmim — irritou-se Malini.

Depois de um momento, no entanto, ela praguejou e esticou o braço na direção de Priya, que virou a cabeça para Malini conseguir retirar a corrente de seu pescoço.

A princesa umedeceu os lábios com o tônico. Fez uma careta.

— Pronto — disse ela. — Agora não precisamos mais discutir.

— Coloque ao redor do seu pescoço.

Malini lançou um olhar indecifrável para ela, e então deslizou a corrente ao redor da própria cabeça, o pequeno frasco se acomodando no pescoço.

— Por que quer saber sobre a minha magia? — perguntou Priya. — Por que isso importa?

— Eu disse que tinha um interesse em você — respondeu Malini. — Disse que queria saber tudo sobre você.

— Você falou isso para me fazer pensar... que gostava de mim — refutou Priya, com dificuldade.

Os olhos cinzentos e escuros de Malini se fixaram nos dela.

— Eu gosto de você — revelou Malini.

— Por favor, não diga isso.

— Você me ajudou. Tentou me salvar do envenenamento. Me reconfortou. Quando a realidade parecia distante e eu não sabia o que era real ou não, você...

— Por favor — pediu Priya, e ela sabia que soava como se estivesse implorando dessa vez. — Não.

Ela não queria ser convencida daquela tolice mais uma vez, se permitir gostar de Malini um pouco além da conta. Ela não queria confiar em Malini ou ser amiga dela. Ela não queria *querer* Malini. E seria tão fácil, afinal, depois de tudo o que passaram juntas, depois de ver Malini quase morrer, de ver a forma como os olhos dela se arregalaram em fúria quando

O TRONO DE JASMIM

Pramila segurara uma faca contra a garganta de Priya. Ela oscilava diante do abismo. E não queria se deixar cair.

Um silêncio tomou conta do ambiente.

E então, em uma voz indecifrável, Malini disse:

— Como preferir. Talvez isso seja mais palatável para você: quero entender o mundo em que vivo, por mais estranho que isso possa parecer. Preciso entender o mundo para conseguir sobreviver a ele. Quando era jovem, aprendi a importância de entender a natureza das pessoas ao meu redor, mas também a entender coisas maiores: religião, estratégia militar, a política e todos os seus jogos. Sua magia não é diferente de tudo isso.

Aquilo era melhor. Mais fácil de lidar. Fez o coração de Priya se sentir menos aberto, menos ferido.

— Existe um rio embaixo do Hirana — começou Priya, naquele silêncio aveludado dos insetos zumbindo e da respiração ofegante de Malini. — Sua ama tinha razão sobre isso. Mas não é acessível para qualquer um. Acho que se o general Vikram ou qualquer soldado imperial tentasse destruir a pedra para chegar lá, não encontrariam nada. É... mágico. Vivo, e me deixou encontrá-lo por causa do que eu sou. Todos os rituais são feitos em três partes em Ahiranya. Não sei se acontece em Parijat ou nos outros lugares, mas sempre soubemos, desde criança, que precisaríamos mergulhar naquelas águas três vezes se quiséssemos os dons dos yakshas. Desde a fundação de Parijatdvipa, o ritual só concedeu os menores dons aos nossos anciões. Poder para controlar o Hirana. Só isso. Mas nós viajamos pelas águas, eu e meus irmãos, no festival da sombra da lua, e... de repente, nós éramos como os anciões tinham sido, na Era das Flores. Aqueles como eu, que estavam mergulhando pela primeira vez, foram transformados. Mas os que estavam passando pela segunda ou terceira vez ...

Priya balançou a cabeça.

— Era como se uma semente tivesse sido plantada pela primeira vez, e estivesse crescendo dentro deles até aquele momento. Algo que estava crescendo nas águas, talvez durante anos, floresceu dentro de nós. Os nossos anciões, eles... eles deveriam ter ficado contentes, mas não ficaram. Porque pensaram...

Priya engoliu em seco. Deveria admitir aquilo? A terrível suspeita que possuíam, dos seus irmãos e dela?

— A decomposição apareceu quando nossos poderes surgiram — continuou ela, por fim. — Era menor na época, mais fraca, mas estavam com medo. Pensaram que nós éramos a causa. E que éramos monstruosos. Éramos fortes demais. Então eles nos mataram. Morreram conosco.

Priya se apoiou nos cotovelos. A grama abaixo dela era macia. Tranquilizadora.

— Eu estive procurando as águas de novo — falou Priya. — Procurando um caminho. E eu encontrei. Mas encontrar... tem um preço. E agora estou pagando por ele.

Malini emitiu um ruído estrangulado, mas Priya não olhou para ela.

— Eu não quero sua pena — disse, ainda encarando a grama.

— O que você esperava conseguir? — perguntou Malini, depois de certo tempo, a voz baixa.

— Eu estava tentando encontrar... eu mesma. Depois que os outros morreram, eu... eu acho que minha mente tentou me proteger. Eu me esqueci de tanta coisa. Eu nem conseguia mais usar os dons que tinha na época.

— E você se encontrou, Priya?

Ela balançou a cabeça.

— Não sei o que significa mais ser uma criança do templo. Talvez signifique ser útil para as pessoas que buscam o poder — cogitou ela, finalmente olhando para Malini. — Talvez signifique ser monstruosa. Às vezes essa é a sensação. Mas talvez... talvez signifique outra coisa. As crianças e eu, nós conseguíamos controlar o Hirana. Controlar a natureza. Alguém me disse uma vez que o mais forte de nós poderia até controlar a decomposição. Talvez ser eu signifique... ser uma cura.

Era uma esperança que ela apenas começara a considerar agora que sentia o poder se esvaindo, desaparecendo e fluindo. Agora que sentira a doçura penetrante daquilo. Se a sensação era tão boa, a magia podia mesmo ser tão monstruosa?

— Você acha que tem poder para acabar com a decomposição? — indagou Malini.

— Talvez — supôs Priya. — Tudo isso... tudo isso é *talvez*. Eu não sei. Não importa agora, não é? Eu não vou sobreviver para testar minha força.

As raízes das árvores na superfície da floresta pareceram oscilar, tremendo, rangendo pelo solo enquanto se esticavam na direção de Priya.

O TRONO DE JASMIM

— Eu deveria afastar isso? — Malini perguntou, seca e estranha. — Ou é você que está chamando?

Priya suspirou, repentinamente cansada.

— Me deixe aqui. Vá até o seu lorde Rajan. Encontre seu irmão. Faça... exatamente o que você esperava fazer. Eu sei que é isso o que quer. Não precisa fingir que se importa com o que acontece comigo.

— Você salvou minha vida — ponderou Malini. — Mais de uma vez.

— E você ainda não se importa — respondeu Priya. — Eu sei disso. Pode ir.

Ela sentiu Malini considerando as opções. Agora era ela quem estava com o jasmim. Priya dissera para ela ficar com o frasco justamente por esse motivo. Ela poderia deixar Priya ali e andar até a pérgola de ossos para começar sua jornada até Srugna. Se fosse rápida, talvez até mesmo conseguisse alcançar Rao e os outros homens.

— Vou morrer de qualquer forma — acrescentou Priya. — Por que isso importa?

Já servi ao meu propósito.

— Boa pergunta — disse Malini, em um tom que era afiado demais. De repente, ela não estava mais sentada apoiada no tronco da árvore. Estava inclinada sobre Priya, com o olhar obstinado, uma ferocidade na curva de sua boca.

Aquilo chamou a atenção de Priya, mesmo em meio ao estupor da febre. Com frequência, Malini era vulnerável, astuciosa ou transparente como vidro. Mas feroz? Não. Raramente.

— Não precisa acreditar que me importo com você, Priya. Só precisa acreditar que preciso de você. E eu preciso mesmo de você.

— Já está com o jasmim. E sabe o caminho.

— Eu preciso de você — repetiu Malini. E aquelas palavras carregavam tantos significados, aqueles lábios firmes. — Então o que posso fazer para me certificar de que sobreviva? Conhece um curandeiro?

Priya pensou em Gautam e na despedida que tiveram.

— Não — respondeu ela.

— Então como posso ajudar?

Um calafrio a percorreu. Gelado. Ela começava a sentir frio. Isso era um mau sinal da febre.

— Existe alguém que pode me salvar. — A força estava se esvaindo, mas ela sabia o que sentira nas águas: o sangam, a floresta, interligados.

Ela pressentira outros entes. Talvez até mesmo nascidos-três-vezes, porque a presença deles não se parecia em nada com seus irmãos nascidos-duas-vezes; eram algo mais aguçado no sangam, distante e brilhante ao mesmo tempo.

— Onde?

Priya tentou falar. Engoliu em seco. Ergueu uma das mãos, apontando o caminho, e marcas foram entalhadas nas árvores em resposta. O coração estava acelerado.

— Por ali. Siga… as marcas nas árvores. Como dedos.

— Que grande ajuda — reclamou Malini. Mas, mesmo naquele estado, Priya conseguia sentir o medo sob aquele tom seco. — Aqui — chamou ela. — Apoie-se em mim mais uma vez.

Demorou um tempo considerável para colocar Priya de pé novamente, e Malini estava arfando quando conseguiu, esgotada. Mas ela segurou Priya com um aperto de ferro.

— Não foi minha ama quem me contou as histórias das águas mágicas e dos yakshas de Ahiranya — revelou ela. — Nenhuma criada respeitável arriscaria sua posição fazendo isso.

— Não? — Priya achava que sabia algo sobre ser uma criada respeitável.

Malini apenas sorriu diante daquilo, um sorriso fino e apertado, mesmo enquanto cambaleava para a frente com pés incertos.

— Não — repetiu ela. — Nenhuma criada normal que precisa se preocupar em perder sua posição. Foi minha professora, minha sábia que me contou. Ela me educou. Assim como as mulheres da família da minha mãe foram educadas. Assim como príncipes são educados. E ela também me ensinou o seguinte: não se ganha uma guerra sem aliados.

— Seus aliados estão na pérgola.

— Mas eu estou aqui, nessa floresta maldita. E você também.

— Estamos lutando uma guerra agora, Malini?

— Sim — disse a princesa. — Sempre estamos.

RAO

Eles esperaram na pérgola de ossos por muito, muito tempo, sob a sombra da lua. Esperaram enquanto Hiranaprastha começava a se iluminar com as luzes do festival, que ficaram brilhantes o bastante para que a luz fosse visível mesmo por toda a floresta densa. Enquanto o amanhecer se aproximava, rosado, eles esperaram por Malini.

Rao prometera esperar a noite toda pela princesa, e assim o fez, junto de Lata, Prem e todos os seus homens. O dia raiou. A cidade continuou a cintilar, acesa tanto pelo sol quanto pelas chamas. Certamente o festival tinha acabado a essa altura. Mas Rao não conhecia nada das tradições ahiranyi. Ele não podia ter certeza.

Então continuou esperando.

Os homens estavam inquietos. Um dos mensageiros a serviço de Prem, um homem acostumado a viajar por vastas extensões do império, entreteve os outros contando sobre a natureza peculiar do caminho da reflexão.

— Srugna está além da floresta em todos os mapas. Normalmente é uma jornada longa, que dura semanas. Mas a floresta de Ahiranya nem sempre obedece às regras, e, no caminho da reflexão, o tempo se move de forma diferente — disse o mensageiro.

— Diferente? — perguntou outro homem, com uma descrença evidente.

O mensageiro deu de ombros.

— Tudo que posso dizer é que se viajar por esse caminho, vai chegar a Srugna em dias, e não semanas. Os moradores dizem que os yakshas construíram o caminho. Pelo que sei, talvez tenham feito isso mesmo.

— E exige um preço a ser pago?

Rao e os outros se viraram. Lata estava mais distante, debaixo de uma sombra de árvores. Ele não conseguia enxergar a expressão em seu rosto.

— Não entendi o que quer dizer — retrucou o mensageiro.

— Nenhuma história diz que os yakshas são seres benévolos em sua essência — justificou Lata. — Nem mesmo o seu próprio povo. Se criaram um caminho, e esse caminho ainda existe muito tempo depois que se foram... não tenho dúvida de que a magia contida nele é uma faca de dois gumes.

— Bem, não é um caminho *seguro* — explicou o mensageiro, pensativo. — Às vezes, as pessoas somem enquanto o percorrem. Ou aparecem mortas. Mas isso não é muito diferente de viajar pela floresta de um jeito normal. Poderia ser facilmente atingido por um caçador, ou comido por algum animal selvagem.

— Você viajou sozinho da última vez?

O mensageiro balançou a cabeça.

— E quantos do grupo conseguiram chegar ao final?

— Isso não é importante — interrompeu Prem, firme. — Vamos no caminho mais rápido, goste disso ou não. — A voz não continha nada de sua gentileza tranquila costumeira. Era uma voz que não deixava espaço para discussão. — Já ficamos em Ahiranya por tempo demais.

Fez-se um ruído atrás de Lata. Um dos homens que estivera de guarda apareceu, a expressão sombria.

— A cidade está em chamas — anunciou ele.

— Como assim, em chamas? — rugiu Prem.

— Não sei — disse o guarda, impotente. — Cheguei perto da beira da floresta, milorde, e a fumaça não é das luzes do festival. É de algo muito maior.

Alarmados, Prem e Rao foram olhar por conta própria. A fumaça da cidade começava a soprar sobre a floresta. Dali, era difícil precisar a causa. Mas Rao conseguia sentir o cheiro de madeira queimando e o odor distinto de pele carbonizada. Ele cobriu o nariz, abismado por não ter sentido mais cedo, e sentiu o puro calor daquelas chamas.

A floresta de Ahiranya não obedecia às regras comuns. De alguma forma, a estranheza da floresta havia embotado o pior daquilo até que chegaram próximos de suas fronteiras.

O TRONO DE JASMIM

— Alguém precisa ser mandado de volta para descobrir o que aconteceu — Rao disse a Prem.

Prem cruzou os braços.

— Acho que deveríamos ir direto a Srugna — opinou ele. — O mais rápido possível.

— Tem Parijatdvipanos por lá, e precisamos saber o que aconteceu com eles — respondeu Rao, soturno. — Precisamos saber que tipo de perigo estamos deixando para trás.

O guarda que estivera no turno de vigilância se voluntariou para ir.

— Se encontrar qualquer problema, corra de volta para cá — Prem o instruiu. — Está entendendo?

— Sim, milorde — respondeu o homem. Ele inclinou a cabeça, e então se endireitou, arrumando o chicote no cinto. — Não demorarei.

— Não mais do que uma hora, ou deixaremos você para trás.

— Milorde — concordou o homem, e então fez outra reverência e se foi.

Rao deixou as costas caírem contra o tronco de uma árvore, esfregando a testa. Prem se juntou a ele, sentando no chão ao lado com um gemido.

— Está machucado? — perguntou Rao.

— Eu? Não. Além do quê, Rao, estou mais interessado em falar sobre você.

Rao o encarou. Prem lhe ofereceu um sorriso torto.

— Tem tanta angústia aí — murmurou Prem. — Não acho que alguma vez já me senti assim.

— Não estou apaixonado pela princesa Malini — assegurou-lhe Rao. — Não é esse o motivo para eu esperá-la aqui.

Prem bufou, desacreditado.

— Como preferir.

— Prem. Ela era a amiga mais próxima da minha irmã.

— Está me dizendo que deixou sua família para trás, se escondeu aqui usando uma identidade falsa, conversou com ahiranyi e se recusou a ir embora comigo, tudo isso porque pensa nela como uma *irmã*?

— Não! Não. — Rao respirou fundo. — Eu estou aqui porque conheço Aditya. — Ele baixou a voz até virar um sussurro. — Ele precisa dela.

Prem ficou em silêncio por um momento. O sorriso dele ficou mais pensativo.

— Ele já conseguiu ganhar seguidores o bastante sem ela.

— É mesmo? Eu estava lá quando ele decidiu partir — recordou Rao. — Quando decidiu se tornar um sacerdote. Abandonar o papel de príncipe herdeiro e escolher outro caminho.

— E agora viu os erros que cometeu.

— Eu estava lá — continuou Rao, na voz mais baixa que conseguia — quando Malini escreveu cartas e mais cartas para convencê-lo a voltar à função que era dele por direito de nascença. Estava lá quando ela convenceu lordes e mais lordes, guerreiros e príncipes, reis, a se juntar à causa do irmão. Eu estava lá quando... quando ela ficou diante da corte e chamou Chandra de falso imperador em um trono roubado e proclamou que falava em nome das mães das chamas. Quando prometeu que ele iria cair.

— Você leva os dramas dela muito a sério — retrucou Prem, por fim. — Aqueles lordes e reis têm bons motivos para não querer Chandra no trono imperial. Teriam se voltado para Aditya sem precisar dela.

— Não tenho tanta certeza. Aditya se retirou da política. Talvez alguns o procurassem, mas o poder que foi reunido em nome dele... Ela viu uma fraqueza, uma necessidade, e se aproveitou disso. Foi ela que deu isso a ele. E sem ela...

— Ele vai ficar bem.

Você ainda acha que eu a amo, pensou Rao.

— Sem ela — continuou Rao, baixinho —, ele não vai saber o que fazer. Cresci junto com ele, Prem. Fui um dos companheiros dele, um dos lordes mais próximos em sua infância. Eu *sei*.

Prem o encarou, mas tudo o que disse foi:

— Alguém está vindo.

Então, Rao ouviu, o barulho de patas. O tilintar de metal batendo em metal, sabres sendo desembainhados. Prem assobiou baixinho e, depois de um instante, seus homens apareceram nas árvores atrás dele.

Ouviu-se um relinchar assustado e distante de cavalos. Ruídos de homens desmontando dos animais. Bestas de carga ficavam assustadas demais para entrar na floresta. Os ahiranyi sabiam disso. Até *Rao* sabia disso. Mas os homens que se aproximavam estavam levando consigo montarias de olhos arregalados, aparentemente sob as ordens de um homem gritando atrás deles.

— Nós deveríamos ir — murmurou Rao.

O TRONO DE JASMIM

— Achei que era você que queria saber quais perigos vamos deixar para trás — sussurrou Prem em resposta. O olhar dele estava fixo à frente, a boca mal se mexendo. — Bom. Agora sabemos.

Depois de um instante, dez figuras surgiram. Um contingente de soldados, vestidos no uniforme branco e dourado parijati. O homem de Prem, que fora até a cidade, estava diante deles. Um sabre pressionava seu pescoço.

De imediato, Rao esticou a mão para pegar um chakram no pulso. Ao redor dele, os homens de Prem colocaram as mãos nos chicotes. Aqueles que estavam mais atrás, quase na sombra do caminho da reflexão, pegaram seus arcos. Atrás dele, Lata se misturou ainda mais à penumbra, procurando proteção.

— Ah. Não há necessidade disso. Abaixem as armas — ordenou uma voz. A figura deu um passo à frente e Prem praguejou, tirando seu chicote do cinto em um sibilo farfalhante de aço.

— Santosh.

— Nós fomos salvá-lo da prostituição, príncipe Prem — disse lorde Santosh, os olhos iluminados. — E também o príncipe Rao — acrescentou ele, fazendo uma reverência de zombaria. — Apesar de esperar encontrar um tal de lorde Rajan. Que surpresa agradável encontrá-lo em vez disso! O bordel foi queimado, infelizmente. E os senhores não estavam lá.

— Deixe meu guarda ir, Santosh — exigiu Prem. — Ou estará cometendo um crime contra o sangue real de Saketa.

— Eu estou agindo sob o comando do imperador — retorquiu Santosh. — Protejo os interesses dele. E me ocorreu que é curioso que um baixo-príncipe passe tanto tempo em Ahiranya justamente quando a irmã do imperador esteja lá, aprisionada. Muito curioso.

— Já disse — reiterou Prem, arreganhando os dentes em algo que mal parecia um sorriso. — Eu vim para Ahiranya por prazer.

— E o príncipe Rao? Apenas por prazer?

— O que você quer? — perguntou Rao, direto. O rapaz saketano piscava com força, obviamente aterrorizado, com dificuldade de respirar com a pressão da lâmina, e de súbito Rao percebeu que não estava com paciência para joguinhos. — Em troca da vida do garoto.

— Quero saber o motivo de estarem aqui — disse Santosh. — Quero saber para onde vão. Quero saber com quem estão trabalhando contra o imperador.

— Sinto informar que você não tem autoridade para questionamentos tão invasivos, lorde Santosh — retorquiu Prem. — Deixe que eu explique a você, já que me parece um pouco lento nesse quesito: você é só um lordezinho parijati qualquer que ama lamber o suor do pé de Chandra. Nós, por outro lado, somos os filhos de sangue real das cidades-Estado de Parijatdvipa. Você não é nosso igual. A não ser que Chandra já tenha entregado a você a regência de Ahiranya?

— Eu sou conselheiro do imperador — defendeu-se Santosh, os dentes cerrados.

— Todos nossos ancestrais, desde a Era das Flores, foram conselheiros do imperador — retrucou Prem, gesticulando para Rao e para si. — Nossa família é composta de conselheiros do imperador, e eles sempre, sempre colocaram o sangue e o coração a serviço do todo. Você não passa de um serviçal.

— Você não merece servi-lo — desmereceu Santosh, uma luz se agitando no olhar enquanto desembainhava o próprio sabre. — Deram liberdade demais a vocês. Foi Parijat que salvou seu povo, e o sangue parijati é que deveria reinar supremo. Sua traição prova isso. Ele é muito superior a vocês.

— Ele não é seu amigo — provocou Prem. — Sabe disso, não é? — Ele estalou a língua. — Pobrezinho. Dá para ver que não sabe.

— Vou arrancar o seu couro, baixo-príncipe.

— Quanta conversa. Chegue mais perto se estiver falando sério.

Juntos, Rao e Prem deram um passo para trás, e mais outro, adentrando mais o caminho da reflexão. O ar ondulava de forma estranha ao redor deles. Eles viram a hesitação no olhar dos soldados parijati, que claramente temiam aquela imobilidade peculiar da floresta e se lembravam dos contos horripilantes que ouviram sobre Ahiranya na infância.

— Volte para o lugar de onde você veio — disse Prem. — Aproveite o trono do regente. É nitidamente onde você queria estar, de qualquer forma. Ou Chandra quer que você se prove primeiro?

— Fale — exigiu Santosh, irritado. — Abaixe as armas e me conte como traiu o imperador, ou esse homem morrerá.

O guarda saketano os observava.

— Meus homens conhecem bem sua lealdade — zombou Prem.

O TRONO DE JASMIM 363

O rapaz fechou os olhos. Impeliu-se para a frente, dando um berro, enquanto tentava se libertar. O soldado parijati que o segurava puxou o próprio sabre para trás.

Houve um ruído molhado, um estouro de sangue, e o homem de Prem estava morto.

Naquele mesmo instante, uma saraivada de flechas irrompeu de trás deles, respondendo aos comandos de Prem.

— Rápido — instruiu Rao, conforme a mão de Prem baixou e os parijati se abaixaram, erguendo escudos ou braços, um deles recebendo uma flecha atravessada no pulso em resposta. — Para dentro da floresta. Vamos tentar correr mais que eles.

— E levá-los direto para Aditya? — perguntou Prem, incrédulo. — Vamos, Rao, se ficarmos para lutar...

— Nós morremos — completou Rao.

— Eu não tenho medo da morte — respondeu Prem.

— Talvez não — disse Rao. — Mas gostaria de ganhar, não é?

Prem hesitou.

— Confie em mim, Prem. Eles não conhecem o terreno. Nós temos um guia. Eles não sabem o que esperar aqui. Eu tenho um plano...

— Seja lá o que estejam pensando — gritou Lata, mais alto do que Rao já a ouvira se pronunciar —, *andem logo*!

— Vou confiar em você — cedeu Prem, rouco. E com mais um gesto, um assobio agudo, os homens estavam se virando na direção do caminho da reflexão.

Os parijati, uma vez superada sua hesitação, pegaram seus cavalos e os seguiram.

BHUMIKA

Havia um cheiro de metal queimando e carbonizado no ar. Bhumika estava sentada muito imóvel, rodeada pelo seu povo, e sentia o pingar do sangue nos espinhos. Sentia o cheiro das lufadas de fumaça se erguendo da cidade, atravessando a trama espessa de trepadeiras que cobria as janelas.

Jeevan entrou e ficou diante dela. Balançou a cabeça.

— Más notícias, milady.

— Diga.

— Seu marido está vivo.

Qualquer esposa normal ficaria alegre em ouvir que o marido sobrevivera, mas Bhumika mordeu a língua com tanta força que sentiu o gosto de sangue.

Seu irmão sequer tivera a bondade de tirar aquela escolha de suas mãos.

— O que faremos com ele? — perguntou Jeevan.

— Tragam-no para o palácio das rosas — ordenou ela. — Encontre um quarto onde ele possa ficar trancado. E então eu verei o que faço.

Jeevan colocou Vikram no quarto de Khalida, que ficava ao lado dos aposentos de dormir de Bhumika. O regente estava semiconsciente na esteira de Khalida. Havia um ferimento grande na lateral do corpo, idêntico ao que recebera no haveli de lorde Iskar, rapidamente enfaixado com o tecido

O TRONO DE JASMIM

rasgado da roupa de um soldado. Bhumika se perguntou qual pobre alma o salvara, talvez a custo de sua própria vida.

Ela se sentou no chão ao lado do marido.

— Os rebeldes — balbuciou Vikram. A voz dele era uma pergunta rouca, ensanguentada por medo.

— Uma parede de trepadeiras cresceu ao redor do palácio das rosas — informou Bhumika. — Ninguém pode entrar.

Ele não questionou as palavras dela. Talvez seus ferimentos tivessem prejudicado seu raciocínio por um tempo.

— Eles subjugaram a cidade — contou ele. — O mahal... Eles não deveriam ter conseguido transpassar os muros do mahal. Não eram uma força militar organizada. Nada igual ao que Parijatdvipa consegue reunir. Como passaram pelos muros?

Bhumika ficou em silêncio. Ela observou o rosto do regente se contorcer, atormentado.

— Tantos dos meus homens morreram — lamentou ele.

Ela não soubera o que faria assim que o visse, mas a expressão no rosto de Vikram suavizou seu coração traidor.

— Até o lar do meu tio foi queimado — comentou ela baixinho, pensando naquele lindo haveli antigo com dor no coração.

As flores que ela nutrira para o tio — lírios vermelhos, alimentados pelo próprio coração e magia — haviam se transformado em cinzas na cama ao lado dele. Ela sentira aquilo. Mas não havia espaço para o luto, naquela tarefa ou papel que agora deveria cumprir. Ela só poderia guardá-lo, protegê-lo, até que houvesse um tempo em que pudesse cultivar o sentimento de tristeza. Se é que esse dia viria.

— Alguns nobres fugiram da cidade, e talvez meu tio tenha se juntado a eles — disse ela. — Não acredito que ele tenha tido a força para fazer isso, então que o solo e os céus o protejam. Mas imagino que morreu em sua cama, em paz. Isso é uma gentileza que eu ofereço a mim mesma.

Vikram olhou através dela. Ele mal parecia ouvir a voz da esposa.

— Eu não compreendo — insistiu ele. — Não posso. É quase como se...

Ele ficou em silêncio. Ela sabia que, naquele momento, ele estava pensando nas crianças do templo.

— Vou pedir a ajuda do imperador — decidiu Vikram, por fim.

— Ele vai removê-lo de seu posto — cogitou Bhumika. — Ou mandar matá-lo. E, então, você não terá nada.

— Tenho conexões — argumentou Vikram. — Nenhum lugar de Parijatdvipa me daria um trono, certamente, e não tenho mais o vigor para campanhas militares, mas sempre há trabalho para um homem cuidar do poder. — Uma pausa. — Talvez em Saketa. É um lugar verdejante. Bonito. Seria um bom lugar para crianças.

— Eu não quero ir embora de Ahiranya. É o meu lar.

— Você não conhece nada além de Ahiranya — disse ele, desdenhoso. Vikram tentou se sentar e arfou de dor. — Você vai aprender a gostar. Onde está aquele maldito médico?

— Não vou deixar Ahiranya — reiterou Bhumika. — Minha intenção é ficar aqui. Mil desculpas, marido. Não pode me fazer ir embora.

O rosto dele estava lívido de dor, os lábios espremidos até ficarem roxos.

— Você é minha esposa — disse ele, severo. — E carrega meu filho.

— Sim. — Eram palavras simples. — Mas eu não sou um pertence seu. E a criança ainda é minha, minha carne e meu sangue, meu corpo e meu leite. Um dia, isso vai mudar. Todas as crianças deixam suas mães para trás. Mas, por enquanto, está comigo, como deve ser.

— Chega disso, Bhumika. Chame um médico para mim. Preciso fazer meu trabalho, se quisermos sobreviver.

Ela negou com a cabeça.

— Como assim, *não*?

Vikram não estava preparado para o que aqueles tocados pelas águas perpétuas eram capazes de fazer. E os rebeldes de Ashok não estavam preparados para ela. Mas até então, Ashok sempre a subestimara. Assim como Vikram. Assim como Priya.

Felizmente, Bhumika nunca se subestimara.

Deveria ter me escutado, ela pensou em dizer. *Deveria ter evitado piorar as coisas com os rebeldes. Deveria saber que não podia confiar em um imperador que queima mulheres, que destrói os próprios aliados, o imperador que sonha com um mundo purificado por fé e chamas.*

Deveria ter confiado na mulher com quem se casou.

— Eu nunca quis isso — prosseguiu ela, por fim. Ao menos isso era verdade. — Eu queria a paz. Estava disposta a pagar o preço que a paz exigia, por mais que fosse uma paz despedaçada. Mas isso passou, marido, e agora que os rebeldes e seus homens destroçaram Hiranaprastha como cães, eu vou fazer o necessário. Vou assumir o papel que uma vez já foi meu.

O TRONO DE JASMIM

Finalmente, ele olhou para ela e a viu. O rosto corado, iluminado pelo poder. E atrás dela...

Os espinhos, rastejando pela janela com uma consciência sobrenatural própria.

Bhumika notou a mudança no olhar de Vikram quando ele percebeu. Foi um horror puro e gélido, um horror que dizia que ele nunca suspeitara dela, que nunca a temera. Nunca soubera que sua nobre esposa ahiranyi, com quem se casara por política e beleza, pela possibilidade do filho que agora carregava, era o tipo de monstro que uma vez ele tentara queimar.

— Você não vai voltar para o seu imperador — afirmou ela. — Eu sinto muito, Vikram. Mas há vidas que eu valorizo mais do que a sua. E na verdade... — Engoliu em seco. — Na verdade, eu tentei.

Ela ficou de pé. O regente tentou agarrar a barra de seu sári. Ela deu um passo para longe antes que ele pudesse tocá-la.

— Um médico — ele pediu. — Bhumika. Ao menos isso.

Vikram tentava ficar de pé. Ela o ouviu grunhir de dor.

Bhumika fechou a porta e a trancou atrás de si, sem olhar para trás.

Tudo que ela construíra havia se despedaçado.

Sua identidade segura. Seu casamento. Sua noção de paz fragilizada. Ela não poderia mais usar a força de Parijatdvipa para proteger os seus. Ela agora precisava da força de Ahiranya. A força das águas perpétuas e sua magia de raízes e trepadeiras.

Ela precisava de Priya.

A maioria dos sobreviventes no palácio das rosas era muito velha ou muito jovem, mas alguns eram os homens de Jeevan, guardas que haviam corrido para se salvar. Alguns eram jardineiros de braços fortes, ou cozinheiros com mãos calejadas e queimadas. E algumas eram criadas, acostumadas ao trabalho pesado de carregar água e lenha e subir ao Hirana. E foi com essas pessoas que ela falou.

Ela disse que nem todas as crianças do templo haviam morrido.

Ela contou a eles sobre os dons de Priya, que eram como os dela. Contou a eles sobre a forma como as águas foram encontradas. Contou que havia uma chance de o poder que uma vez existira em Ahiranya ser restaurado. Ela deu a eles mais honestidade do que tinha dado a Vikram.

— E se vierem comigo, ou protegerem o palácio das rosas para o meu retorno — continuou ela —, se agirem como meu séquito, leais a mim, se me ajudarem a encontrar minha irmã que foi uma criança do templo, vocês se certificarão de que Ahiranya tenha esperança. Que pode sobreviver, ainda assim, mesmo quando o império se voltar contra nós. Então. — Ela olhou para cada um deles. — Vocês me acompanham?

— Todos conhecemos as histórias do conselho do templo — respondeu um cozinheiro, rouco. — Alguns de nós que nasceram na cidade os encontraram. Sabemos o que fizeram com eles. Com as crianças. — Ele olhou para as próprias mãos. Estavam raladas, não pelas cicatrizes da cozinha, mas por segurar um arco. — Eu a acompanharei.

— Eu também quero ir — se voluntariou a criada chamada Sima. Algumas outras vozes se juntaram, oferecendo sua presença na jornada, ou as flechas no topo das paredes do palácio.

— Não será uma jornada fácil para nenhum de nós — advertiu Bhumika, assim que os voluntários haviam se pronunciado, e as funções, distribuídas. — E para aqueles que ficam, rezarei todas as noites para que a força dos meus espinhos dure.

Não haveria descanso depois disso. Apenas planejamento e mais planejamento, e quando Bhumika finalmente teve um momento para si, para fechar os olhos, ouviu passos. Ela olhou e viu a criança assolada pela decomposição diante dela, com um olhar esperançoso no rosto.

— Rukh — disse ela. — O que quer?

— Vou junto — sugeriu ele. — Não vou? Me fez prometer que eu serviria à senhora. Então eu preciso ir. Preciso ajudar a encontrá-la.

A jornada que tinham adiante não era adequada para uma criança. Ela poderia ter recusado. Mas deixá-lo para trás apenas esmagaria um pouco da esperança dele, e Bhumika notou que não poderia fazer isso.

— Sim — cedeu. — Vá arrumar suas coisas.

Aquela jornada também não era adequada para ela. Ela nem sequer conseguia imaginar sua própria criança. Quando fazia isso, ela não via... nada. Apenas sentia a estranheza do próprio corpo, os puxões e a dor que se acumulavam na base da coluna. E ainda assim amava a criança, porque era dela, e respirava e sonhava junto de Bhumika.

— Você merece mais do que isso — murmurou ela, movendo a mão em círculos sobre a barriga. Indo e voltando. — Mas aqui estamos nós. E o trabalho precisa ser feito.

PRIYA

Uma cama. Uma cama verdejante. Uma cama de água. Ela estava sob o fluxo de um rio repleto de flores de lótus, as raízes se enroscando nos pulsos e no pescoço dela.

Ela se debateu e se virou dentro das raízes, perturbada pelo fato de o líquido ao redor dela não estar frio, e sim quente. Priya tinha uma memória distante de que tinha sido dolorido no passado, uma ardência escaldante, mas agora se movia ao redor dela com o mesmo calor e consistência espessa de sangue.

Ela colocou a mão no próprio pescoço, desembaraçando as raízes, erguendo-se até a superfície da água. Estava no sangam, ou algum lugar que se parecia muito com o sangam, com rios sinuosos e estrelas correndo como veias e formando nós na água. Mas a água era muito, muito profunda, e estava repleta de botões florescendo, lírios e outras flores estranhas para as quais não tinha nome.

Ela não deveria estar ali. Estava em outro lugar havia apenas alguns minutos, não era? Malini a carregava. Ela se lembrava disso. Malini a segurando, a voz dela exigindo que Priya ficasse com ela, que ficasse, por favor...

Mudinha. Olhe.

Ela olhou novamente para a água de onde tinha se erguido. Através da escuridão, viu um corpo.

O próprio rosto estava embaixo daquele sedimento. Seu cabelo, uma nuvem escura de mechas pretas. Aqueles eram seus próprios olhos, fechados como se estivesse dormindo. Do peito, florescia uma grande flor de lótus, irrompendo através das costelas expostas. Dos olhos, pétalas de calêndulas fluíam, pintadas de ouro e carmesim, escorrendo sob as pálpebras fechadas.

Não era um reflexo. Ela sabia que não era o caso. E se ela não tivesse tanta certeza, a confirmação se mostrou sob o lodo cinzento do fundo da água, mais várias figuras entrelaçadas, presas por raízes de lótus, os cabelos enroscando na água, os corpos metade raiz e metade carne, lindos e estranhos.

O corpo que era tão parecido com o seu, que estava acima dos outros, se mexia. A boca se abriu, e de dentro uma flor desdobrou seus espinhos, de um azul e preto virulento, o cosmo em seu centro.

Priya arfou, surpresa, e se afastou na água, tentando nadar, tentando se virar. Mas as cordas que eram aquelas grandes raízes de lótus a seguraram.

O corpo estava se erguendo da água. Os olhos se abriram. Tinham pétalas douradas. Eram vermelhos como sangue.

O corpo foi na direção dela. Tocou sua mandíbula com os dedos. A pele quente como a madeira sagrada. Seu sorriso era escarlate. Não era ela. Não poderia ser ela.

O corpo acariciou sua bochecha.

— Olhe só para você — disse, em uma voz que não era sua. — É tão nova. E ainda assim tão oca.

— O que você é? — sussurrou Priya.

— Não reconhece aqueles que você venera? — o reflexo perguntou, abrindo um sorriso.

Priya estremeceu. Um calafrio percorreu todo o seu corpo ao ser surpreendido, e o yaksha riu. A água era quente como sangue, e a forma do yaksha, entalhada de carne e madeira, os olhos uma eflorescência ensanguentada.

— Você cortou seu coração para me conhecer — ressaltou. — Não vai me pedir uma dádiva?

Priya não disse nada. Ela não conseguia. Foi silenciada por assombro e fascínio. O yaksha balançou a cabeça, pétalas pretas caindo pelos ombros, e continuou sorrindo.

— Quero voltar — pediu Priya, por fim. — Por favor.

O yaksha assentiu. Os dedos retraíram, mas não antes de uma unha afiada, tão fina quanto uma agulha, arrancar uma linha de sangue da sua

O TRONO DE JASMIM

bochecha. Segurou a mão que era idêntica à dela junto ao próprio rosto, levando o sangue de Priya aos lábios.

— Ah, mudinha — sussurrou a criatura. — Vamos nos encontrar de novo, você e eu. De um jeito ou de outro.

E então a criatura se inclinou na direção de Priya e a beijou, diretamente na boca.

Durante um instante, ela viu o mundo inteiro.

Ela viu o oceano turbulento nas fronteiras do grande subcontinente de Parijatdvipa. Viu as montanhas com topos de neve na divisa de Dwarali. Viu Lal Qila, uma fortaleza que ficava nos extremos do mundo conhecido. Viu Parijat e o mahal imperial em Harsinghar, rodeado de flores.

Viu a decomposição. Viu em todos os lugares, todos os cantos. E ela viu aquilo crescer e mudar; viu que não era uma decomposição, e sim um florescimento, um desabrochar; viu dezenas de criaturas com água do rio pingando dos dedos e cravos nos olhos erguerem-se do solo do mundo e *respirar*...

Priya acordou, não sobressaltada ou ofegante, mas aos poucos. Como se estivesse apenas sonhando. Como se não tivesse estado no sangam. Ela estava adormecida na esteira no chão de uma casa, um chão fresco e que cheirava a umidade. Malini estava sentada ao lado dela, apoiada sobre os joelhos.

Ela se jogou sobre Priya, abraçando-a.

Quê...?

— Para onde você nos trouxe? — perguntou Malini, a voz perigosamente baixa. — A mulher não me deixa sair desse quarto. E o homem...

Malini parou de falar de repente. Priya sentiu a princesa se retrair, o rosto mais uma vez calmo, os olhos baixos de forma respeitosa.

E ali, atrás dela, estava a anciã Chandni.

O coração de Priya acelerou.

Ela sentira a presença de um irmão, ou ao menos era o que pensava. Alguém equivalente à família, um espinho afiado no meio do emaranhado da floresta. Ela não estava esperando aquilo.

A infância. Chandni sentada na escrivaninha. A mão da anciã sobre seus cabelos.

A festa. O sangue. O fogo.

Chandni adentrou mais na cabana, atravessando a penumbra, mas Priya ainda conseguia vê-la. O rosto, com as maçãs do rosto angulares e o cabelo que ficara todo grisalho preso em um coque baixo na nuca. Ela tinha novas rugas, e uma forma de andar que parecia sentir dor.

— Sua companheira trouxe você para cá — comentou Chandni. A voz era suave. Demorou um instante para Priya perceber que ela falava em ahiranyi clássico, excluindo Malini da conversa. — Ela disse que você pediu para ser trazida até aqui.

Priya engoliu em seco. A garganta estava áspera. Ela se sentia como se ainda estivesse presa em algum pesadelo febril.

— Sim.

— E, ainda assim, não achei que você sabia que me veria. Sabia? — Os olhos de Chandni observaram os movimentos do rosto de Priya, cada movimento do seu corpo.

Priya desejava ter a habilidade de Malini de deixar de transparecer todos os sentimentos em sua própria expressão, mas ela não conseguia. Ainda assim, ela não recuaria. Não ali. Ela encarou Chandni sem piscar até que os olhos ardessem com tanta intensidade quanto aquela coisa cheia de nós que ela carregava no peito e não sabia nomear.

— Senti que alguém como eu estava aqui — justificou Priya. — Mas não. Eu não esperava... por você.

— Achou que eu estivesse morta?

Torcia para que sim, pensou Priya, mas, no segundo seguinte, ela soube que não era verdade. No entanto, nenhuma resposta iria garantir que ela ou Malini pudesse partir a salvo dali.

— Todo o conselho do templo está morto, tanto os anciões quanto as crianças. Ou deveriam estar — disse Priya.

Você nos matou. Você deveria ter tido a decência de morrer conosco.

— Alguns de nós escolheram morrer com as crianças — adicionou Chandni. — E alguns de nós escolheram isso.

Isso. Priya olhou em volta. Mofo nas paredes de madeira. O sussurrar de insetos passando suas patas pelas tábuas apodrecidas e salpicadas de umidade. A goteira de um telhado quebrado.

Malini a observava com olhos insondáveis, aparentemente indiferente, mas Priya sabia que não.

O TRONO DE JASMIM

— Não é um exílio muito bom — Priya conseguiu dizer. — Você ainda está em Ahiranya.

— Não é um exílio — respondeu Chandni. Ainda falava em tom suave. Tão suave. Ela deu um passo para se aproximar, e Priya percebeu que não era a gentileza que supusera a princípio, mas a voz pausada que se usava com um animal selvagem. Para acalmá-lo, diante da coleira ou da morte. — Ainda tínhamos trabalho a fazer. Ou assim pensávamos.

— Quem mais está aqui?

— Só Sendhil agora. Os outros se foram. Mas ele não irá machucar você.

Chandni se inclinou com dificuldade. Ela colocou a mão na testa de Priya, que não se mexeu. Ficou apenas a encarando.

— Como me salvou? Achei que as águas tinham acabado comigo.

— Eu não a salvei — respondeu Chandni. — Você sobreviveu sozinha, Priya, assim como as crianças que ficavam na enfermaria no templo. Ou como não sobreviviam.

Elas se encararam, desconfiadas, os reflexos distorcidos na penumbra.

— Sua febre baixou. — Chandni abaixou a mão. — Isso é bom. Então você viverá.

— Se soubesse que era você, eu nunca teria vindo — assegurou Priya. — Eu teria esperado que me matasse no instante em que me viu.

— Eu não deveria ter deixado você viva, Priya — devolveu Chandni. — Não... naquela época. E também não agora. Deveria ter matado você quando sua companheira a trouxe até aqui. Isso é verdade.

— Então por que não fez isso? — perguntou Priya, repentinamente brava, tão brava que sentia que tremia, e sequer tinha percebido quando começara. — Eu não poderia ter impedido você.

— Quando estiver melhor, nós vamos conversar.

Chandni começou a se levantar, mas Priya a agarrou pelo ombro. Ela não a segurou com força. Não precisou. Os ossos de Chandni eram pontudos sob a mão, frágeis como conchas.

— Eu estou bem agora — garantiu Priya, em zaban, a língua comum fluindo com muito mais facilidade pelos lábios. — Eu estou bem agora. Então vamos conversar.

Eu sou a mais forte, pensou Priya, sustentando o olhar de Chandni fixamente. *Não sou mais uma criança. E você me dará respostas.*

— Bem, então — disse Chandni, trocando para um zaban cuidadoso. — Se está com saúde, levante-se. Me siga até lá fora, e conversaremos. Sozinhas.

Chandni não fez a gentileza de desviar o olhar enquanto ela se esforçava para se erguer. Malini ficou de pé com ela, as mãos unidas diante de si. Ela não seguiu Priya e Chandni quando elas saíram do quarto, apesar de Priya conseguir sentir o peso do olhar da princesa a acompanhando.

Priya estava dolorida. Cada pedaço de si. A força grandiosa que possuíra assim que saíra das águas perpétuas se extinguira, deixando-a completamente drenada. Ao menos, ela não estava mais com febre ou morrendo. Na maior parte, sentia-se como ela mesma. E estava furiosa e cansada, exaurida. Ela não sabia se queria estrangular Chandni, ou chorar no ombro dela.

— Por aqui — indicou Chandni.

Usando a parede como apoio, ela guiou Priya para os fundos da cabana. Sendhil estava sentado na beirada da cabana, um capuz cobrindo a cabeça. Ele parecia estar dormindo, mas Priya tinha certeza de que não. Não era fácil dormir quando a criança que você tentara matar retornava ao lar, adulta.

— Como você tem vivido, desde que o conselho do templo caiu? — perguntou Chandni.

— *Caiu* — repetiu Priya. — Não parece adequado para descrever o que aconteceu.

Chandni ficou em silêncio por um momento. Então, disse:

— Ignore, então.

Um pouco da suavidade pareceu a deixar. Agora, os ombros se curvaram um pouco, a cabeça encurvada repentinamente. Ela parecia derrotada.

— Como é chamada a adoração, nos antigos textos ahiranyi? — Chandni perguntou, por fim.

— Não sei — respondeu Priya.

— No passado, eu ensinei isso.

— Eu não me lembro.

Chandni se virou para olhar para ela. À luz do dia, o rosto era enrugado e apertado, quase frágil.

O TRONO DE JASMIM

— O esvaziamento — explicou Chandni. — É chamado de o esvaziamento.

Ela desviou o olhar do de Priya, fazendo um caminho lento e penoso ao redor da cabana.

— Nós acreditávamos que compreendíamos o processo. O esvaziamento, para limpá-los de qualquer fraqueza. Esvaziamento, para tornar todos vocês um recipiente de verdade e conhecimento. Esvaziamento, para a pureza. — Ela fez uma pausa. — E, então, seus irmãos entraram nas águas perpétuas e voltaram com estranhos habitando seus corpos. E entendemos que estávamos errados. As coisas que voltaram vestiam a pele deles, mas não eram eles. E logo a decomposição começou. Seja lá o que está adormecido em você, e seja lá o que voltou dentro deles, foi o que criou a decomposição. Uma praga. Precisávamos acabar com isso antes que acabasse com o mundo. O imperador temia vocês e queria que morressem. Nós queríamos que a decomposição acabasse. Pensamos que era o certo a fazer.

Priya pensou nos irmãos. O pequeno Nandi. Sanjana. A voz tremia quando ela falou:

— Nós éramos apenas crianças.

— Os nascidos-três-vezes eram como anciões jovens, prontos para se juntar ao nosso círculo. Não eram mais crianças. E o restante... — Ela exalou. Priya não tinha certeza de se era um suspiro ou uma respiração dolorosa quando Chandni parou e se firmou. — Crianças que podem mudar a forma de montanhas e coagir raízes e folhas... não são mais crianças. São coisas que apenas se parecem uma criança. Tínhamos um dever, Priya.

— Então por que me salvou? — quis saber Priya. — Se éramos todos monstros que precisavam ser destruídos, pelo bem do dever, *por que você tentou me poupar?*

— Às vezes fazemos tolices — respondeu Chandni, com mágoa na voz. — Não importa mais. Isso foi há muito tempo. Você apenas precisa entender isso, mesmo que não possa perdoar: nós queríamos arrumar uma forma de impedir a decomposição de crescer e se espalhar. Tínhamos medo do que aconteceria com o mundo. E viemos até aqui para buscar uma forma de proteger nossa Ahiranya. Destruir a decomposição que permanecia. E para... ficarmos de luto. — A voz dela fraquejou. — Agora, pelo seu bem, ande com cuidado. E me siga.

Atrás da cabana onde viviam Sendhil e Chandni havia uma campina vazia. Talvez no passado fora usada para cultivar vegetais ou manter animais, mas agora o chão estava intocado por mãos humanas, em um nó de redemoinhos de grama com a mesma espessura de cabelo. No centro da campina tinha uma única árvore. Ao redor havia estacas, pedaços de madeira, martelados ao chão.

— Pode olhar a árvore — disse Chandni. — Analise como precisar, mas não cruze o espaço da madeira sagrada.

Era uma árvore que parecia ser parte de um mangue, com um tronco envelhecido e galhos recaídos, carregados de pequenas folhas, pálidas como pérolas. Priya andou na direção da árvore, o calor da madeira sagrada pulsando como um batimento cardíaco diante dela.

— O que é isso? — perguntou Priya. — O que...?

Ela estivera errada ao pensar que era apenas um tronco envelhecido. Ali, mais de perto, ela conseguia ver a decomposição: o tom rosado de carne ferida entre as estrias da madeira, o hálito pulsante das raízes, afrouxada sobre o chão.

Os rostos.

Saroj. Bojal. Não todos os anciões, mas um bom número deles.

Priya sentiu a bile subir à garganta.

— Começou logo depois que chegamos. Os primeiros começaram a adoecer e morrer. Conforme morriam, a árvore mudava. Roubava a alma deles, acredito eu. E assim continuou, da segunda vez. Da terceira. Agora só restam Sendhil e eu. Esperando. — A voz era terrivelmente calma. — Seja lá qual maldição estava em você e em seus colegas... bem, parece que também estava dentro de nós. Apesar de se manifestar dessa forma que você está vendo.

— E os corpos?

— Queimados, mas isso não importa. A decomposição nos assola. Uma maldição além da morte, acredito.

Priya escutou Chandni se aproximar e pensou pela primeira vez que havia um ranger amadeirado em seus movimentos; que a pele dela não estava simplesmente enrugada, mas com sulcos como casca sob a luz.

Priya não encarou a anciã, mas sim a árvore diante dela. A decomposição. A justiça que vinha daquilo.

O TRONO DE JASMIM

— Você também está errada em pensar que éramos um sintoma da decomposição. Somos a cura. Tenho certeza disso. — Ela levantou a cabeça até estar encarando o céu, coberto pelo dossel de folhas de árvores, piscando para fazer lágrimas indesejadas desaparecerem. — Me disseram que os nascidos-três-vezes conseguiam controlá-la. Talvez banir a doença para sempre.

— Quem falou isso?

— Era verdade? Conseguiam controlar?

— Conseguiam — confirmou Chandni, depois de uma pausa. — É verdade.

— Vocês foram tolos — respondeu Priya, engasgando no próprio luto, na própria raiva. Todas as crianças mereciam mais do que a morte que tiveram. Ela pensou no sorriso de Sanjana, nos olhos gentis de Nandi, e ficou atemorizada com o peso do quanto *não eram* vazios, e como o mundo ficava vazio sem a presença deles. — Éramos a resposta, esse tempo todo, e vocês nos descartaram. Nos destruíram.

— Talvez — ponderou Chandni, pesarosa.

— Não tem nada de "talvez" — retrucou Priya, a voz rouca. — Valeu a pena, assassinar meus irmãos e irmãs? Por causa de uma crença?

Priya se virou. Chandni estava olhando para a árvore. Talvez ela estivesse pensando nos outros anciões perdidos, que eram sua família. Talvez estivesse pensando nas crianças que eles assassinaram.

— Foi a escolha que fizemos — assumiu Chandni, por fim. — Acreditávamos que vocês eram monstros. Você acredita que não são. Fizemos o que achávamos o que era certo, e você pode nos condenar por esse fato. Mas isso não muda nada.

— Por que *eu* ainda estou viva?

— Você nasceu no Hirana — justificou Chandni, resignada. — Não apenas cresceu no templo, como nasceu nele. Você sabe disso.

— Eu sei. Mas quer eu tenha nascido ou crescido lá, todos nós fomos tirados das nossas famílias biológicas e dados para uma nova família, nossos laços cortados — disse Priya. — Esse era o preço de se elevar para o status de um ancião do templo, não era? Desistir da família de sangue. Escolher uma família de irmãos e irmãs em serviço. E minha família queimou no Hirana. — Ela pensou na mão de Chandni em seus cabelos enquanto ela dormia. Pensou no que significava ter nascido no templo quando todas as outras crianças tinham sido adotadas para aquele propósito. Ela sabia o que significava, o que não fora dito entre elas. E não importava. — Se eu tivesse uma família de sangue, é isso que eu diria a eles.

— Ah — suspirou Chandni. — Então suponho que salvei você por sentimentalismo. Por um sonho que eu deveria ter descartado. Eu disse que foi tolice.

— Foi mesmo.

O sorriso de Chandni era tristonho.

— Exatamente — falou ela.

Como se soubesse durante todo o tempo que chegaria àquele momento final: Priya parada diante da árvore que não era apenas árvore, as raízes inchadas do sangue e da carne dos mortos.

— Algumas coisas são inevitáveis — prosseguiu Chandni. — As marés. O amanhecer. Talvez, apesar dos nossos melhores esforços, a decomposição também seja inevitável. Assim como você é inevitável. — Ela olhou mais uma vez para a árvore. — Eu estou velha e muito cansada para fazer mais. Então essa é minha resposta, Priya: eu permito que você fique viva agora porque não posso impedir a maré. — Chandni balançou a cabeça. — Agora, se estiver melhor, deveria partir.

VIKRAM

A dor da traição o deixara em uma névoa da qual era impossível sair.

Todo o seu trabalho duro. Seus anos de sacrifício pelo império. As guerras que lutara, os pactos e alianças que fizera, a regência com que fora agraciado. A esposa com quem se casara. As crianças que queimara. Tudo aquilo se foi.

A porta se abriu. Por um instante, os homens que entraram estavam envoltos em sombras. Ele ouviu seus passos pesados com as botas. O primeiro homem era um guarda jovem, um rapaz de olhos frios, que sequer inclinou a cabeça. O segundo…

— Jeevan. — Vikram exalou pelo esforço, mais aliviado do que era capaz de expressar. — Graças às mães você está aqui.

Jeevan fechou a porta silenciosamente atrás de si. Não usava as cores de Parijatdvipa, nenhum branco puro nem dourado. A túnica era simples e escura, mas o bracelete que marcava sua posição como chefe da guarda pessoal do regente ainda estava no antebraço, e usava um xale do ombro na cintura, com um nó no quadril, bordado com os jasmins do império com um fio branco.

— Milorde — cumprimentou Jeevan, ajoelhando-se. — Esse é de fato um dia triste.

— Podemos escapar desimpedidos? — perguntou Vikram. — Jeevan, meu ferimento é grave. Vou precisar de um médico antes de começar nossa jornada até Parijat. — Ele grunhiu, apoiando-se nos cotovelos para se erguer. — Me ajude. Rápido. Há algum rebelde no corredor? Você tem mais homens?

Jeevan ajudou Vikram a se sentar. A mão do comandante estava firme em suas costas. O outro guarda se ajoelhou ao lado, e, com uma única mão, o comandante desfez o nó do seu xale.

— O que está fazendo, homem? — Vikram exigiu saber, e então, quando o xale finalmente se soltou, ele compreendeu.

— Ah, ah — murmurou o guarda jovem, pressionando a mão no peito de Vikram. — Fique parado, milorde.

— Vocês trabalham para ela — sussurrou ele. O comandante de sua guarda pessoal. O homem que o mantivera vivo durante todos aqueles anos, protegendo-o quando estava mais vulnerável. Como poderia ter acontecido? — Você trabalha para minha esposa, aquele monstro, minha...

— Não diga nada, milorde — pediu Jeevan calmamente, segurando-o com firmeza para mantê-lo no lugar. — Palavras desse calão estão abaixo de sua posição.

Vikram riu, uma risada inútil, porque ele não conseguia acreditar no que sua vida se tornara, mesmo quando as ruínas ao seu redor se transformavam em cinzas. Que posição agora estava abaixo dele?

— A saúde de lady Bhumika não permite que ela faça o que é necessário — disse o soldado que o servira por tantos anos. — E, além disso, é para isso que estou aqui. Esse é meu propósito.

— Não posso mesmo confiar em ninguém? — ofegou Vikram. — Depois de tudo o que fiz? Depois de todo o trabalho duro que fiz para transformar esse lugar em algo digno? Vai me condenar sem nenhuma misericórdia, sem tribunais, sem justiça?

— Sinto muito, milorde — falou Jeevan, apesar de não parecer nada abalado. — Haverá um tribunal em outra vida e outro lugar, imagino. Mas não aqui, e não agora.

O tecido foi amarrado ao redor do seu pescoço. Ele se debateu, mas o guarda jovem o segurava de forma eficiente e enfiou um cotovelo com violência no seu estômago, deixando-o sem ar por um instante, imóvel ao ser surpreendido. Aquele instante foi o suficiente. Era tarde demais.

Vikram sentiu o laço da forca apertar.

RAO

Os homens de Santosh tentaram arrastar seus cavalos consigo para o caminho da reflexão, o que deu mais tempo ao pessoal de Prem, assim como Rao suspeitava que aconteceria. Foi tempo o bastante para arrumar uma armadilha.

— Cresci na corte imperial — contava Rao aos homens ali reunidos, enquanto paravam para recuperar o fôlego. — Aprendi os métodos tradicionais, as grandes estratégias que remetem à época da Era das Flores. Se Santosh for tão tradicional quanto eu me lembro, vai aderir às regras da guerra justa. Sem cavalos ou carruagens, vai ter dificuldades. Vai usar sabres. Sem arqueiros ou atiradores de chakram, e certamente sem chicotes — acrescentou ele, gesticulando para o chicote de aço enrolado na cintura de Prem. — Ele não vai manchar seus homens com as armas de outras nações. Vai estar mal equipado para encarar uma armadilha.

Prem limpou o suor da testa. Ainda usava o xale pesado, com um nó firme para mantê-lo fora do caminho.

— Ele é bastante tradicional, é verdade — confirmou Prem. — Está bem. Vamos tentar.

— Posso usar um arco — ofereceu Lata.

— Vai se manter bem longe da batalha — disse Prem, com firmeza.

Lata assentiu, mas mesmo assim Rao se certificou de que ela tivesse adagas para atirar.

Os saketanos ficaram parados nas sombras, os chicotes de prontidão. Os arqueiros subiram nas árvores. Rao se juntou a eles, um chakram desembainhado do pulso, segurando firme entre as pontas dos dedos.

Quando os homens de Santosh apareceram, somente um entre todos os cavalos havia permanecido. Provavelmente fugiram, espantados percorrendo a floresta. Pobres animais.

Prem segurou seus homens até Rao atirar o primeiro chakram. Quando atirou o segundo, devolveram uma saraivada de flechas. Assim que a última flecha foi atirada, e os parijati estavam aglomerados no centro do caminho para evitar golpes ou ensanguentados e caídos no solo, Prem e seus homens se impeliram à frente, os chicotes cortando o ar.

Rao deu um pulo do galho onde estava, rodeando a luta para evitar ser pego por uma ponta daqueles chicotes laminados. Foi naquele instante que viu Santosh, se arrastando para longe da batalha.

Rao tirou uma adaga do cinto. Ele pulou em cima do homem e... errou, enquanto Santosh rolava para longe da lâmina e ficava de pé com mais agilidade do que Rao esperava dele.

Rao praguejou, virou a lâmina nas mãos e a deslizou de volta no cinto enquanto Santosh desembainhava seu sabre.

O sabre era pouco eficaz contra um chicote laminado, mas era bastante efetivo em um combate contra armas tradicionais aloranas, todas projetadas para serem atiradas, ou contra um esfaqueamento à queima-roupa de forma prosaica. Rao ainda tinha quatro chakrams no braço e um punhado de adagas de atirar na cintura. Ele deu um pulo para trás, lançando uma lâmina contra Santosh. Ele errou.

Seria bom, até mesmo agradável, se Santosh fosse um lutador ruim, mas ele crescera com a nobreza, ainda que não com a realeza, e sabia como manusear um sabre parijati. Seus movimentos eram perfeitos — cortes afiados e golpes em ângulos precisos, que Rao precisava pular para evitar, desejando que estivesse carregando um chicote laminado.

Os saketanos de repente começaram a se mover em unidade, fazendo mudanças, e Prem deu um pulo, lançando seu chicote em um movimento ondulante que acertou Santosh no braço que empunhava o sabre. Cortou a pele. Ele praguejou de dor, mas não derrubou sua arma.

— Dois contra um? Onde está sua honra? — rugiu Santosh.

O TRONO DE JASMIM   383

— Diga a Chandra que somos uns cães desonrosos então, se ganhar —
berrou Prem, alegre, o chicote de aço cortando em um arco brusco pelo
ar enquanto Santosh cambaleava para escapar.

Atrás do vislumbre do chicote, Rao viu uma figura se aproximar pelas
costas de Prem com o sabre empunhado, atravessando a defesa armada por
seus homens. Não havia tempo para pensar. Por instinto, Rao puxou um
chakram do pulso e atirou o disco afiado no soldado parijati.

Atravessou o crânio do homem. Mas não antes de a lâmina dele acertar
Prem no braço.

Ele derrubou o chicote. O xale, cortado pela lâmina, caiu de seus
ombros.

E Rao... congelou.

No pescoço exposto de Prem, no braço ensanguentado, havia marcas.
Feridas.

Não. Não eram feridas. Eram círculos de cascos de árvores, do tamanho
das palmas de Rao. Veias saíam delas, destacadas em verde. O sangue que
fluía da ferida não era vermelho. Não era nem humano.

Santosh aproveitou o choque de Rao, o cambalear de Prem enquanto
tentava, apesar do ferimento, levantar o xale de volta ao lugar. Ele deu o
bote no baixo-príncipe.

Os olhos de Prem se arregalaram. Ele procurou seu chicote às pressas.
Rao, horrorizado, buscou um de seus chakrams, suas facas, qualquer coisa...

O chicote de Prem voou pelo ar, cortando a armadura de Santosh,
ensanguentando o braço do lorde e arrebentando seu lábio. Mas Santosh
já havia se lançado para a frente. O sabre deslizou direto, atravessando o
estômago de Prem.

A mente de Rao se esvaziou totalmente por um instante. Ele viu uma
flecha disparar atrás dele. Ouviu gritos abafados, como se estivesse debaixo da água e a água fosse o batimento de sua própria fúria sanguinária
transbordando pela cabeça. No instante seguinte, Santosh estava preso
embaixo dele. O lorde gritava por seus homens, por Chandra, por ajuda,
para qualquer um ajudá-lo.

Em meio a um vazio mental, Rao fincou um dos chakrams de aço na
mão de Santosh. Ele deu o golpe com uma força cruel, sentindo os ossos
estalarem sob o peso como se fosse o pescoço de um pequeno roedor.

— Ele é da realeza de Saketa — vociferou Rao, enraivecido. — Você não tinha o direito, nenhum direito. Tudo o que você faz é falar de honra... Você não tinha o *direito*.

— O imperador — ofegou Santosh. Os dentes estavam pintados de vermelho. — Pelo imperador, por Parijat, homens, me protejam.

Mas agora um dos homens de Prem estava às costas de Rao. Ele se inclinava sobre Prem, falando com urgência. E ali estava Lata, tentando estancar o fluxo sanguíneo, as lágrimas escorrendo pelo rosto. A batalha deveria ter acabado, e Rao sabia, sabia que deveria levar Santosh como refém, que Aditya poderia usá-lo como moeda de troca.

— Chandra não é nosso imperador — declarou Rao, a voz rouca.

A boca de Santosh estava aberta, ainda gritando, então Rao ergueu a mão ensanguentada e tirou uma das adagas do cinto. Sem hesitar, ele deslizou sua lâmina afiada pelo pescoço de Santosh.

Eles arrumaram um acampamento. Os homens de Prem não foram embora. Era um milagre terem ficado, mas Rao aceitou. Ele pensara que a decomposição na pele de Prem os teria afugentado, mas eles apenas se negaram.

— Sabíamos o que ele tinha, milorde — disse um deles. — Era o nosso senhor. Ele nos disse. Ele explicou. Não é contagioso. Não entre pessoas.

Juntos, ele e os homens ergueram uma tenda para acomodar Prem. Rao se ajoelhou no chão assim que terminaram, e ficou observando Lata preparar seus tônicos. Preparar ataduras, com os olhos vermelhos. Ela sabia. Todo esse tempo. Aparentemente, só Rao estivera às escuras.

Ele não podia perguntar a Prem agora o motivo de não ter sido informado. Ele conseguia apenas sentir o sangue secando nas roupas e observar a barriga de Prem subir e descer, dilacerada pelo sabre. Rao não sabia como Prem poderia sobreviver.

— Não vai infectar você — informou Lata. A voz dela era cuidadosa e calma. — Ele não mentiu sobre isso. Onde está o cachimbo dele?

— O cachimbo?

— É um analgésico — explicou ela. — Entorpece a dor. Ele achou útil nesses últimos meses.

O TRONO DE JASMIM

— Não vai adiantar agora — resmungou Prem. Ele soava rouco. — Já não funciona há um tempo. E agora...

Ele levou a mão até a parte superior do abdome, praguejando.

— Não toque nisso — ralhou Lata.

— Que diferença faz agora?

Ela não disse nada. Prem fechou os olhos, a pele pálida e repuxada.

— Você nunca deveria ter vindo a Ahiranya — lamentou Rao, sentindo um nó impotente e nauseante no estômago. Ele queria gritar com o amigo, sacudi-lo. — Deveria ter ficado em Saketa, bebendo vinho.

— Isso nunca foi do meu feitio — disse Prem, com dificuldade. As ataduras que Lata fizera na barriga já estavam encharcadas de sangue. — Não me leve a mal, Rao. Gosto de um bom vinho. Mas ver o homem certo no trono...

— Foi Ahiranya que fez isso com você. Tentar coroar Aditya fez isso com você.

— Ahiranya não fez isso comigo — negou Prem, enrouquecido. — Eu já estava doente antes de vir.

Rao balançou a cabeça.

— Como assim? Como isso é possível?

— Essa decomposição — disse Prem. — Não sei como se espalhou, mas também existe em Saketa. Centenas morreram disso. O alto-príncipe conseguiu manter a coisa toda por baixo dos panos por enquanto, mas... — Prem tossiu. Era um ruído úmido, borbulhando de sangue. Lata se movia com rapidez, enxugando o sangue dos lábios. — Nos últimos dois anos, conseguiu fincar suas raízes. Ficou difícil de ignorar. Deve estar por todo lugar.

— Não chegou a Alor — afirmou Rao.

Mas ele poderia ter certeza disso? Ele visitava Alor tão raramente, depois de crescer em Parijat. Seus irmãos mais velhos apoiavam o pai de forma competente, mas eles nunca o envolveram em alguns aspectos do governo de sua cidade-Estado natal. Se uma praga estranha tivesse atacado os campos e fazendas de Alor, seu gado, alguém contaria a ele?

— Rao. Chandra. Ele. Ele deixou as mães bravas. Usou o nome delas para fins políticos. As boas e grandiosas mulheres do passado, elas não morreram por alguém como ele. Agora estão punindo todos nós.

— Você não pode acreditar que é por isso que... está assim.

386 TASHA SURI

— Por que então a decomposição ficaria tão pior? — perguntou Prem.
— Conheço a vontade das mães. Eu sinto sua vontade. — Ele fez outra
careta. Com uma respiração entrecortada, ele indagou: — O que diz o seu
deus anônimo? Ele discorda?

— Sem discussões de teologia — irritou-se Rao. — Agora não.

— Eu não sei — insistiu Prem. — Agora me parece uma hora perfeita.

Ele tentou esticar o braço, mas grunhiu de dor. Em vez disso, Rao
segurou a mão dele.

— Precisamos que ele caia, Rao — murmurou Prem. — E que as mães
me ajudem, eu respeito sua fé, por mais estranha que seja. Mas o príncipe
Aditya precisa deixar o sacerdócio de lado e se tornar o imperador de que
Parijatdvipa precisa.

Rao engoliu em seco, assentindo. Sob o aperto, ele conseguia sentir o
tronco na pele de Prem, fibroso e áspero.

— Não fiquei porque eu esperava salvar *ela* — continuou Prem. — Eu
fiquei porque eu sabia que ele não escutaria nenhum de nós a não ser você.
Você compartilha a fé dele. É seu amigo mais querido. Se você disser a ele
que precisa voltar, retomar sua coroa e sacrificar o seu chamado… — Outra
tosse, e então: — Precisava levar você até ele. Eu sinto muito que… não
vou estar aqui para terminar o serviço.

— Não — lastimou-se Rao. — Não.

Na escuridão da tenda, em um caminho pela floresta, tão longe do lar
de Saketa e Alor que pareciam sonhos distantes… Não era daquela forma
que Prem deveria morrer.

— Me conte uma coisa — pediu Prem. A voz com um som úmido.
— Considere um presente.

— Qualquer coisa.

— Quem é você, de verdade? — perguntou Prem. — Qual profecia
deu o seu nome, por seu deus anônimo? O que você sabe do futuro?

— Algumas profecias são pequenas — argumentou Rao.

— Mas não a sua — retrucou Prem.

Um nome não deveria ser dito até que chegasse a hora certa. Um nome
só deveria ser enunciado quando a profecia estivesse próxima de se cumprir.
E ainda assim…

Não era como se fosse revelar seu nome. Um segredo contado aos
mortos é um segredo que não foi contado. E pela expressão nos olhos de

Prem, pelo rosto virado de Lata e por seus ombros curvados, ele não tinha mais tempo.

Rao se inclinou para a frente. Sussurrou nos ouvidos de Prem. Sílaba após sílaba.

Por um instante, o homem ficou em silêncio. Então, soltou uma risada engasgada.

— Não é à toa que ficou aqui por ela — disse Prem. — Não é à toa.

Lata aguardava do lado de fora da tenda. Já havia amanhecido.

— Posso fazer os ritos de despedida — ofereceu ela. A voz estava rouca.

Rao engoliu em seco. Ele sentia como se a garganta estivesse repleta de vidro.

— Em Saketa, eles não permitem que mulheres façam os ritos funerários.

— Não tem mais ninguém. — A voz dela era gentil, a expressão distante.

— Eles não permitem isso em Srugna. Ou Dwarali. Ou Parijat. Eles não...

— Não tem mais ninguém — repetiu ela.

Ele assentiu. Estava mais cansado do que nunca.

— Obrigado — agradeceu. — Por cuidar dele.

— Qual é o propósito de ter todo esse conhecimento se não for usado?

Os homens todos haviam esperado. Ficaram escutando enquanto Rao os informava de que Prem tinha morrido.

— Ele não iria querer que voltássemos para Saketa — murmurou um dos jogadores de pachisi favoritos de Prem. — Vamos até o imperador Aditya. É o que ele gostaria que fizéssemos.

Eles o enterraram. Não havia escolha, ali na floresta.

Precisavam continuar andando. Também não tinham escolha quanto a isso. Malini não viera, e Prem estava morto.

— Me diga como são os jardins envernizados — Rao conseguiu dizer para Lata enquanto caminhavam.

Me leve para longe daqui, ele queria pedir. *Me conte uma história para que eu possa deixar essa dor e essa perda e a podridão desse lugar por um tempo. Por favor, me dê esse conforto.*

Os pés de Lata esmagavam a grama alta. Ela balançava um bastão no chão diante deles, dando o aviso para qualquer serpente adormecida de que humanos estavam passando e que era melhor rastejar para longe e deixá-los em paz.

— Eu conheço os jardins bem menos do que você — comentou ela.

— Qualquer coisa que tenha lido. Eu sei que sabe. Por favor.

— Foi um lugar construído por causa de uma visão — começou ela, por fim. — E como todas as coisas que nascem de uma visão, é um artifício irracional.

— Parece que você está recitando um texto.

— Muito observador, estou mesmo. O texto da minha própria professora.

— O que isso significa, um artifício irracional?

Ela ergueu a cabeça, estreitando os olhos para o sol.

— Logo você verá por conta própria — disse ela. — Veja.

Diante deles havia um desfiladeiro, e uma ponte feita de raízes o atravessava, entalhada entre as paredes no leito rochoso. Ao final do caminho, ele conseguia ver o jardim de um templo. Um grande monastério.

Eles haviam chegado à Srugna. Tinham encontrado os jardins envernizados, onde Aditya esperava. Alguns homens os observavam do topo do caminho. Não eram soldados de Parijatdvipa, usando branco e dourado imperial. Eram cavaleiros dwarali. Senhores saketanos. Até mesmo guerreiros aloranos. Os homens de seu pai, enviados para garantir que Aditya assumiria o trono.

Rao olhou para todos eles e pensou nas palavras que precisaria dizer.

O baixo-príncipe de Saketa está morto. Príncipe Prem está morto. Mas eu estou aqui, Aditya. Eu estou aqui.

CHANDNI

Sendhil entrou na cabana, retirando o capuz da cabeça. Sem o adereço, os pedaços do crânio onde o musgo se formara estavam completamente visíveis. Ele se ajoelhou, erguendo as mãos retorcidas diante de si.

— Você deveria ter matado Priya.

— Hum.

— Deveria ter me deixado fazer isso, já que não consegue.

— Não adiantaria de nada — defendeu-se Chandni. — Nada do que fizermos pode colocar um ponto final nisso agora. Além disso, ela não é a única que sobreviveu.

Sendhil grunhiu em resposta. No passado, ele fora eloquente. Incisivo. Ela se lembrava de andar ao lado dele e dos outros anciões, seus companheiros, uma mistura de crianças que cresceram junto dela e pessoas que os criaram, vestidos com suas melhores sedas e o vento que soprava no Hirana acariciando a pele.

Agora, tudo aquilo se fora.

Ela olhou para as próprias mãos. As pontas dos dedos tinham nós como o coração de uma árvore. Em suas veias passava icor, uma seiva venenosa, e logo aquilo a mataria. Logo, seu próprio rosto não lhe pertenceria mais.

Ela pensou no rosto de Priya, retorcido em uma máscara de ódio.

É possível parir uma criança, segurar aquela criança junto de si e criá-la.

É possível trair a si mesmo e seus valores em nome daquela criança.

É possível deixar aquela criança escapar, mesmo quando sabe que deveria morrer — que, por mais que a mão da criança seja forte e firme ao segurar a sua, é uma praga que deve ser eliminada do mundo, para que o mundo tenha a chance de sobreviver.

E aquela mesma criança pode olhar para quem a criara com fúria e desdém e os deixar para morrer.

Ela e Sendhil se sentaram, em silêncio, por algum tempo. Então, Sendhil soltou a respiração, baixo e lento, e anunciou:

— Ouço pessoas se aproximando.

Chandni pensou na agonia que a tomaria se ficasse de pé, forçando todas aquelas juntas como troncos de árvore rangendo ao serem colocadas em movimento. Assim, ela não se ergueu. Quando homens e mulheres entraram na cabana, ela ainda estava agachada no chão. Ela conseguia ouvir que outros cercavam a cabana. Contou seus passos. Eram ao menos vinte.

Ela ergueu os olhos e encontrou Ashok.

— Ela já foi embora há bastante tempo — disse a ele. — Mas você já sabe disso.

Ele se ajoelhou.

— Então. Você está viva.

Chandni inclinou a cabeça. Ela se perguntou como ele a atingiria naquele momento, ou se simplesmente cortaria seu pescoço com aquela foice fina que empunhava. Atrás dele, seu grupo explorava a cabana, alguns saindo na direção do jardim traiçoeiro e da árvore com rosto humano. Nenhum deles era uma das crianças que criara ou ensinara.

Ao menos por aquilo ela ficava agradecida.

— O que fez com ela? — indagou Ashok.

— Cuidei dela até ficar saudável, depois que as águas a adoeceram — informou Chandni, calma. — E, quando estava bem, ela foi embora. Não sei de mais nada.

— Deveríamos ter cortado a garganta dela — comentou Sendhil. — Mas essa tola não quis.

Ashok lançou um olhar afiado para ele. Então, ele se virou mais uma vez para Chandni.

— Para onde ela foi?

— Não sei.

— Deve ter visto a direção para onde foi quando partiu.

O TRONO DE JASMIM

Chandni balançou a cabeça lentamente.

— Imagino que talvez queira fazer algum mal a ela. — Ela suspirou. — Você sempre foi passional, Ashok. Eu torcia para que essa sua característica enfraquecesse com o tempo.

— Que estranho, considerando que sua intenção era se certificar de que eu não tivesse tempo algum. Mas não importa mais: eu estou vivo e você está morrendo. Então me diga onde está minha irmã, anciã — exigiu ele, em uma voz trêmula, venenosa e infantil no luto, com uma fúria tremulante e instável nascida de um coração partido. — Me diga, ou vou ser forçado a arrancar essas respostas de você.

De repente, ele pareceu se lembrar das pessoas ao redor dele, e a expressão voltou a ser firme. Em uma voz muito mais controlada, repetiu seu comando:

— Me diga onde encontrar Priya.

A anciã permaneceu em silêncio.

— Ashok — chamou uma mulher, entrando na cabana. — Tem algo aqui que deveria ver.

Ele ficou de pé e saiu. Quando voltou, a boca era uma linha fina. Ele se ajoelhou mais uma vez ao lado de Chandni, olhando para a decomposição na sua pele, para o entalhe profundo dos ossos que mudavam, para a carne que mais parecia um tronco de árvore.

— Se soubesse que estavam vivos, teria matado vocês há muito tempo — declarou Ashok. — Agora vejo que a vida mostrou justiça a vocês. Mas ainda posso machucar você, anciã. E posso matá-la, de forma rápida ou lenta. Não quero causar nenhuma dor, mas farei isso para encontrar Priya. Ela é mais importante do que sabe. Eu a valorizo muito acima de qualquer justiça que você mereça encarar.

— E, ainda assim, não tenho uma resposta — insistiu Chandni. — Me machuque se quiser. Machuque Sendhil. Mate nós dois. Não podemos dar nada a vocês.

Ashok assentiu.

— Me diga — pediu ele. — Ela estava no Hirana muito antes de qualquer um de nós. Ela estava lá desde bebê. Ela é sua?

— Não importa — falou Chandni. — Quer minha carne a tenha moldado ou não, quer ela tenha sido deixada na base do Hirana com o sangue do nascimento ainda cobrindo a pele, que diferença faz? Eu sempre pensei nela como minha. Esse foi meu erro.

Ashok assentiu mais uma vez e ficou de pé.

— Amarrem ela naquela árvore — ordenou ele. — Amarrem os dois. Vamos ver o que acontecerá com eles.

PRIYA

Priya logo disse a Malini que elas deveriam seguir direto para o caminho da reflexão. Quando Malini sugeriu a pérgola de ossos, Priya balançou a cabeça.

— Seu príncipe já deve ter partido há muito tempo — disse ela. — É melhor se nós conseguirmos alcançá-lo.

Ela andou na frente, liderando o caminho. Durante um tempo, caminharam. Caminharam mais. As árvores eram largas ao redor das duas, com folhas pesadas que pendiam sobre o caminho sinuoso entre os troncos e galhos.

— Então — falou Malini, depois de um tempo. — Seus anciões sobreviveram, afinal. — Priya conseguia ouvir os passos cuidadosos de Malini atrás dela. — A casa deles era bastante estranha. Eles mal falaram comigo.

Priya mordeu a língua. Ela estava tão… tão *furiosa*.

— Priya, pode parar um pouco? Ou ir mais devagar. — A voz de Malini parecia extenuada. — Você deve estar exausta. Até eu estou.

Priya não queria parar ou ir mais devagar. Parar significava pensar, e ela não queria pensar. Não nas árvores com rostos de carne e tronco, ou no rosto decomposto e resignado de Chandni, ou em como tudo aquilo a fizera se sentir. Assustada e enlutada, mas, acima de tudo, com raiva.

— Priya. — Malini colocou a mão sobre o ombro dela. Sua voz era gentil quando ela disse, mais uma vez: — Vamos parar.

A palma de Malini era quente em seu ombro. Priya poderia ter se desvencilhado da mão, mas não fez isso. Ela ficou imóvel e fechou os olhos, acalmando a respiração, ouvindo o farfalhar das árvores. O leve gorgolejo de água.

— Eu não quero falar sobre isso — retorquiu Priya, com dificuldade. Ela engoliu em seco. — Consigo ouvir um rio. Estou com sede. Vamos.

O labirinto espesso de árvores logo abriu caminho, dando lugar a uma inclinação de pedras cinzentas em volta de um laguinho. Ele era alimentado por uma cachoeira prateada e sinuosa, caindo sobre pedras baixas e cheias de musgo. A água ondulava de leve onde encontrava a cachoeira acelerada. Estava tudo limpo, sem nenhum sinal da decomposição. Priya desceu as pedras, se aproximando. Ela ouviu Malini bufar algo que parecia um palavrão e depois segui-la.

Priya se ajoelhou na beirada, pegou a água com as mãos, gelada e límpida, e a ergueu até os lábios. Ela bebeu. Então, lavou o rosto, piscando para afastar a água dos olhos. Ah, espíritos, ela estava se sentindo tão suja, como se a própria mente pudesse manchar a pele. Ver a anciã Chandni, o ancião Sendhil, aquela árvore...

— Meus anciões — ela conseguiu dizer. — Não quero falar sobre meus anciões.

— Eu sei — murmurou Malini.

— Eles... Chandni... disse que pensaram... que pensavam que nós não éramos nem humanos. Que eu não sou nem humana. Ela acha que eu sou monstruosa. Minha própria... minha própria família. É isso que pensam de mim. Você acha que sou um monstro, Malini?

Priya ouviu os passos de Malini se aproximarem, mas ela não queria ouvir a reação da princesa. De repente, estava com um medo terrível de que ela dissesse que sim. Então Priya falou novamente, as palavras saindo como uma torrente:

— Porque eu acho que *você* é. Ou fico com medo de que seja um monstro. Ah, você é tão adorável comigo, é muito boa em ser adorável, mas você também é uma mulher que organizou um golpe contra o imperador. Você é como a água profunda, Malini. É muito mais do que está disposta a me mostrar, e isso me assusta. Acho que estou sempre esperando o momento em que você vai se virar contra mim.

— Eu sempre fui eu mesma com você — argumentou Malini. A voz dela era cuidadosa. Firme. — Mas todos nós temos mais do que apenas uma faceta. Precisamos ter muitas para conseguir sobreviver, não é? É natural.

Normal. — Malini agora estava do lado dela, também se ajoelhando. — Essa faceta que você conhece não a abandonou na floresta quando você desmaiou. Carreguei você quando eu estava fraca, levei você até pessoas que, para ser sincera, me dão medo e fiquei lá com você. Isso tudo sou eu.

Priya sabia que era verdade. Mas como poderia confiar em Malini? Como, se era incapaz de confiar em si mesma?

— Mas o restante — retrucou Priya, incerta. — Suas outras facetas...

— Algumas partes de mim são monstruosas — respondeu Malini, e quando Priya se virou para olhar para ela, viu que a princesa segurava o frasco do jasmim que levava no pescoço. — Sabe por quê? Chandra me disse que uma mulher da minha posição e do meu nascimento deveria servir a própria família. Todo mundo me dizia que eu deveria obedecer a meu pai, a meus irmãos e, um dia, a meu marido. Mas Aditya e Chandra fizeram suas escolhas, e eu não aceitei isso. Eu não *obedeci*. Porque meus irmãos estavam errados. Mas, acima de tudo, Priya, acima de qualquer coisa, eu sou monstruosa porque tenho desejos. Desejos que eu soube minha vida toda que não deveria ter. Eu sempre quis coisas que me colocariam em perigo.

A voz dela tremia um pouco, como se tivesse chegado ao mesmo limite que Priya.

— Eu evitei o casamento. Nunca vou gerar filhos com um homem por vontade própria. E o que pode ser mais monstruoso que isso? Por sua essência, por sua natureza, ser incapaz de cumprir seu propósito? Querer alguma coisa simplesmente porque a quer, amar simplesmente por amar?

Os olhares estavam fixos uma na outra. Priya não conseguia desviar.

O espaço entre elas era ínfimo.

Por muito tempo, o vazio dentro de Priya havia sido o espaço entre seu passado e seu presente. Mas agora... Priya conseguia atravessar aquela distância. Seria simples. O pensamento fez sua respiração falhar e a pele parecia se comprimir, quente e pinicando.

Em vez disso, ela virou o rosto e baixou as pernas para dentro do lago, entrando na água fria. Quando ficou de pé, a água chegava aos joelhos.

— Eu vou me banhar — disse. — Eu... vou aproveitar. — Ela engoliu em seco. — Vai saber quando vamos ter a chance de fazer isso de novo.

Priya estava coberta de suor, sangue e terra, então a água na verdade era uma bênção. Ela seguiu para um lugar mais fundo, até que estivesse perto da cachoeira, mergulhada até a cintura. Ela afundou o rosto na água e se ergueu, passando os dedos pela trança úmida e cheia de nós.

— Aqui — disse Malini. De repente, a voz da princesa sussurrava em seu ouvido. Ela estava bem ali, parada na água ao lado de Priya, as dobras do sári flutuando ao redor. — Deixe que eu ajude.

Malini tocou a ponta da trança de Priya, um toque hesitante. Havia uma pergunta nos olhos dela. E Priya... assentiu. Virou de costas.

A princesa pegou o peso encharcado da trança de Priya e começou a desfazê-la, passando os dedos pelos fios com cuidado.

— Meu cabelo é mais fácil de pentear do que o seu — Priya conseguiu dizer. — Não tem cachos.

Malini fazia um trabalho lento, passando os dedos gentilmente pelos nós.

— Eu sei que você está evitando falar sobre nós duas.

Nós duas.

— Vai me deixar fazer isso? — perguntou Priya.

— Você quer mesmo que eu deixe?

Ela conseguia sentir o puxão das mãos de Malini, o formigamento em seu couro cabeludo. Ela balançou a cabeça, e sabia que Malini poderia ver e sentir o gesto.

— Eu nunca menti sobre querer você — defendeu-se Malini, em uma voz baixa. — Nem com os olhos nem com minhas palavras. Nem quando eu toquei em você. Tudo isso é verdade. — Outro puxão. Priya sentiu a última parte da trança se desfazer, a pressão no couro cabeludo cedendo. — Você já está me ajudando. Salvou minha vida, Priya. Eu estou livre. Não há benefício nenhum, nada que eu possa ganhar para o império ou para meus objetivos, que eu possa querer ao falar isso para você. Consegue entender?

Malini colocou a mão nas costas de Priya. A água estava fria, e o calor da pele dela e dos dedos esticados ardia. Ela colocara a mão sobre o tecido da blusa de Priya, sob o drapeado do sári, entre a omoplata e a coluna, onde seu coração batia nas costelas. Era como se estivesse tentando segurar o ritmo frenético dos batimentos de Priya nas palmas das mãos.

— Por quê? — perguntou Priya. — Por que você faria...?

Ela parou de falar. Não sabia como perguntar, *por que você iria me querer? Por que me seguiria até a água, seguraria meu coração e falaria comigo nesse tom de voz, como se me desejasse?*

O TRONO DE JASMIM

Como se Malini a tivesse ouvido, ela respondeu:

— Achei que talvez você fosse morrer. — Ela inspirou, fraca. — Achei que aquilo pudesse ser o fim, quando você desmaiou na floresta. E então...

Priya se virou. As águas ondularam ao redor das duas.

— Priya — chamou Malini, e a voz era carregada e desejosa, e puxava Priya como a gravidade.

— Malini — falou ela em resposta.

Priya colocou uma das mãos no queixo de Malini.

E então as mãos de Malini estavam se fechando ao redor da barra da blusa de Priya, usando o apoio para puxar Priya para mais perto. Houve um momento, um único momento, em que Priya olhava diretamente nos olhos de Malini, e Malini olhava para ela, e finalmente, finalmente, Priya parou de pensar e simplesmente se mexeu. Ela se inclinou para a frente.

Os lábios de Malini encontraram os de Priya, e era dolorosamente doce, um calor arrebatador que fazia com que todas as partes ferozes e famintas dentro de Priya acordassem com uma velocidade devastadora. De alguma forma, as mãos de Priya estavam no cabelo de Malini, aquele cabelo tão cheio de nós que jamais poderia ser desembaraçado, e as duas cambaleavam cada vez mais para trás, até Priya sentir a pedra fria em sua coluna, a água caindo sobre elas, e as mãos de Malini agora passando por seu ombro, pescoço, pela mandíbula. Malini inclinava a cabeça dela para cima, beijando-a com uma fúria que se desfazia em doçura, com um carinho que era tão forte quanto o sangue, que queimava. Ardia.

RAO

Os jardins envernizados de Srugna eram um labirinto interligado de monastérios. Rao caminhou por eles, mal conseguindo ver qualquer coisa ao redor. Os sacerdotes haviam se aglomerado. Os lordes de Dwarali usavam vestes de gola alta, com arcos nas costas; srugani, com lanças na mão; saketanos, com chicotes de aços enrolados no quadril; seus próprios aloranos, com turbantes azuis e faixas de adagas no quadril e chakrams de aço nos punhos, e até mesmo parijati, vestidos com tecidos leves e carregando sabres e pedras de preces para demarcar suas posições. Havia lordes e nobres em uma variedade tão grande que preenchia os degraus do monastério quase que por inteiro.

Um homem desceu os degraus no caminho que restava entre eles. Usava um dhote e um xale azul-claro, o peito nu e o cabelo preso em uma longa trança. Mesmo antes de erguer a cabeça, mesmo antes de a boca formar um sorriso, Rao o reconheceu.

— Imperador Aditya. — Rao se ajoelhou. Atrás dele, ele ouviu os homens de Prem, os homens *dele*, também se ajoelharem, em um coro de armadura e couro estalando. — Nós viemos.

— Rao. — A voz de Aditya era gentil. — Eu não sou o imperador.

— Ainda não — disse o lorde dwarali, ao fim dos degraus. — Mas logo será. Nós viemos garantir isso.

Aditya atravessou o espaço. Sob seus pés, as folhas verdes eram amassadas sem barulho. Pássaros cantavam. Ele esticou uma das mãos para Rao, que a pegou. Quando Rao se levantou, ele viu que fora puxado para um abraço forte. As bochechas de Aditya estavam pressionadas junto às suas.

— Rao — repetiu Aditya, se afastando, os olhos brilhantes. — Ah, como eu senti saudade. Por que demorou tanto para vir?

— Malini — Rao conseguiu dizer.

— Ela está com você? — indagou Aditya. Havia tanta esperança nos olhos dele.

Rao balançou a cabeça, e a esperança morrera.

— Venha, então — convidou Aditya. — E vamos conversar sobre as coisas que se passaram.

Eles se acomodaram no que deveria ser o próprio quarto de Aditya. Era simples e arrumado, o quarto de um sacerdote, com uma charpai para dormir, uma caixa de livros, cuidadosamente selada para afastar o calor e a umidade. Não havia velas. A única luz, durante a noite, viria através da janela vasta, que se abria para um jardim envernizado e verde. Rouxinóis dourados pulavam de galho em galho, trinando sua canção.

— Fico contente que tenha tentado salvá-la — comentou Aditya, quando Rao terminou de explicar tudo que acontecera. — E... eu sinto muito por sua perda.

Rao engoliu em seco. Se falasse cedo demais, temia que começasse a chorar. O luto pesava sobre ele como um manto, mas ele não podia permitir que aquilo o segurasse.

— Sim — Rao conseguiu dizer. — Prem. Foi uma perda.

Aquele sorriso preguiçoso. A auréola de fumaça, sempre presente, vinda do cachimbo. Aqueles olhos astutos, e a sua bondade, sempre se desdobrando nele na forma de uma piada, uma risada, uma bebida. O que Rao faria sem ele? Ele fechou os olhos. Ele precisou de um momento, só um, para respirar e deixar a tristeza passar por ele.

— Ele também foi seu amigo, Aditya.

Aditya assentiu.

— Um dos primos dele está aqui. Lorde Narayan. Ele precisará ser informado.

— Eu lhe informarei. — Rao estudou seu amigo, a preocupação afastando o luto por um instante. — Você está... bem? Parece diferente.

— Eu sinto muito — lamentou Aditya, em resposta.

Havia uma mágoa de verdade na voz, pelo menos. Agora que estavam sozinhos, longe dos saketano, dos dwarali, dos srugani e dos lordes de Parijat, os ombros estavam encurvados. A calma no rosto desaparecera.

— Temo não ser mais o amigo que você conhecia. E não sou o futuro imperador do qual esses homens precisam. Eu disse a eles que... Ah. — Aditya tocou a ponta dos dedos na testa, como se tentasse alisar uma dor invisível. — Eu disse a eles que esperava um sinal do meu deus. Me liberando para a tarefa da guerra.

— E eles ficaram?

O sorriso de Aditya era tenso.

— Nenhum homem de fé, seja lá qual sua devoção, perverte a vontade de um deus propositalmente.

Rao pensou em Prem se decompondo, florescendo, culpando a perversão da fé das mães das chamas de Chandra pela doença que havia recaído sobre si e os seus.

— E vai esperar por nosso deus falar, Aditya? Porque esses homens não vão ficar aqui para sempre, e Chandra precisa ser retirado do trono.

— Se quiserem ver Chandra deposto, vão esperar.

Ele estava certo. Parijatdvipa tinha nascido graças ao sacrifício das mães das chamas e florescera sob aquele governo unificado de seus descendentes. A Era das Flores era uma memória cultural tão forte em todos eles, uma fé que ia além dos deuses e espíritos, que substituir a linha sanguínea imperial que os unia, como um fio de tecido gasto, parecia um anátema.

Se quisessem que Chandra fosse derrubado, precisavam de Aditya. Não havia mais ninguém.

— Ele precisa mesmo ser deposto? — contrapôs Aditya, de repente, como se lesse os pensamentos de Rao.

— Sim — afirmou Rao, com a mesma rapidez. — Meu pai se juntou a essa causa. Minha irmã morreu por isso. Sua própria irmã foi aprisionada também, ou talvez morta, para removê-lo daquele trono. E Prem... — Rao parou de falar. — Sim. Chandra precisa sair do trono. Você sabe disso, por mais que agora seja um sacerdote.

Todos os irmãos imperiais possuem os mesmos olhos, pensou Rao, conforme Aditya olhava para ele; seu olhar era profundo e escuro, um olhar capaz de deixar um corpo imóvel apenas pela força do seu carisma.

— Vai me contar seu nome, Rao? Seu nome verdadeiro?

— Como um sacerdote do anônimo, já devia saber que não deve me perguntar isso.

— Não estou perguntando como um sacerdote — insistiu Aditya baixinho. — Estou perguntando como seu amigo.

— Não — disse Rao. — Você está me perguntando como o príncipe que será nomeado imperador. Está me perguntando porque ganhou uma revelação quando entrou no jardim do anônimo há tantos anos... na minha companhia. Imagino que tenha tido muitas outras revelações desde então, como sacerdote. Ainda assim, a imagem está incompleta, não é? O futuro é uma sombra lançada por uma fera gigantesca, ou uma luz vista através da água ondulante. Só precisa de mais um pouco. Uma dica, uma palavra, e aí terá certeza do que acha que vai acontecer no futuro. — Rao engoliu em seco e desviou o olhar, observando os jardins. Viu pássaros azuis. Dourados. — O destino em sua completude não é algo para mortais como nós contemplarem. Então não, não vou contar meu nome. Não é para você.

— Parece até que é você o sacerdote, não eu — retrucou Aditya, calmo.

— Sou um devoto do anônimo há muito mais tempo que você, Aditya.

Aditya nunca fora uma pessoa fácil de irritar, e aquilo não mudara. Ele inclinou a cabeça em silêncio. O único indício de que havia ficado perturbado ou magoado era o aperto da boca.

— Venha — chamou ele. — Tenho uma visão para mostrar a você. Algo que o deus anônimo revelou a mim.

Aditya liderou o caminho na direção de um segmento silencioso do jardim, rodeado por uma muralha protetora de árvores delgadas envernizadas, carregadas de folhas vermelhas. No centro havia uma bacia de água, em cima de um pedestal.

— Nós alimentamos a bacia com a água tirada do reservatório que fica embaixo dos jardins. — Aditya gesticulou para os canais entalhados no chão. Ele foi até o pedestal e continuou: — Você se lembra da noite em que me levou aos jardins em Parijat?

É óbvio que Rao se recordava.

— Estávamos bêbados — lembrou ele. — Se estivéssemos sóbrios, nunca teria levado você lá.

Mas eles estiveram bebendo, e Aditya perguntava sobre o nome dele de novo, da forma como sempre perguntava: insistente, firme, mas charmoso, com um sorriso no rosto.

— Não se conta uma profecia assim — dissera Rao, respondendo com um sorriso. — Seja lá qual for. Sabe, o nome da minha tia-avó era uma profecia de três páginas. E tudo sobre como os campos no leste de Alor deveriam ser irrigados dali a quinze anos.

— Verdade?

Rao assentira.

— Bom, ao menos ela deixou os fazendeiros bem felizes. Aumentou toda a safra.

— E o que seu nome irá mudar, Rao?

Rao balançara a cabeça, o estômago embrulhado, e não só por causa da bebida.

— Se está tão interessado assim na fé dos anônimos — respondera, sem saber no que resultariam aquelas palavras —, então levante, deixe o vinho de lado, e vou mostrar o futuro para você.

Eles entraram nos jardins do anonimato, rindo e cambaleando, e encontraram um pedestal idêntico ao que estava diante deles agora.

No presente, Aditya assumiu o papel que Rao interpretara havia tanto tempo, seguindo à frente. Ele colocou as mãos na beirada da bacia em uma reverência contemplativa. Traçou o contorno. De um lado. De outro. Começou a murmurar uma prece em alorano arcaico.

Rao se preparou, aproximando-se do pedestal, e imitou a postura de Aditya. Abaixou a cabeça para encarar a água.

Ao redor, as folhas envernizadas estalavam e farfalhavam, e, de repente, caíram em um silêncio sinistro.

Quando se fazia a comunhão com o anonimato — quando um sacerdote ou um príncipe alorano bêbado colocava as mãos na bacia reveladora e entoava a antiga prece —, procurava-se a voz do universo.

Havia uma porta na água. Uma porta na sua mente. Rao olhou uma vez para Aditya, e então atravessou a porta.

Há um vazio que segura o mundo.

Em alguns países, alguns povos, algumas crenças, acreditam que esse vazio parece água, ou rios, mas Rao sabia o que era. Quando garoto, antes de ser enviado para Parijat, ele recebera instrução do sacerdote da família, no jardim do anonimato que fazia fronteira com o mahal real alorano.

Antes de haver vida, havia o vazio. E naquele vazio, naquele incognoscível sem luz, estava a verdade do deus anônimo.

Ele olhou para dentro do vazio agora. Parou naquele nada escuro e esperou que a voz do anônimo se desdobrasse ao redor dele, abrindo-se como estrelas.

Rao viu a voz do anônimo, e a escutou tinir em seus ouvidos. Uma máscara; uma máscara de madeira. Uma máscara que era rosto de carne e jasmins, calêndulas douradas e rosas doces inebriantes. Um rosto em um corpo rastejante, liberto das águas profundas e estranhas. Ele ouviu a voz do anônimo.

Uma chegada. Uma chegada inevitável.

Viu flores definhando no fogo. Viu uma pira. Os gritos de mulheres. A voz da irmã.

Uma chegada, uma chegada. Vem da água, vem do fogo. Estão vindo.

Aquele pedaço, fragmento das próprias visões de Aditya, o atravessou. Eles retornaram ao jardim. Retornaram a si.

A respiração que compartilhavam era rouca e instável, mas Aditya recuperou seu equilíbrio primeiro.

A expressão de Aditya era sobrenatural, os olhos completamente pretos. Ele piscou, e piscou de novo, e eles voltaram ao cinza-escuro costumeiro. Porém, o dom do anônimo ainda estava na voz dele quando ele se pronunciou: a sabedoria certa daquilo que estava predeterminado.

— Há uma doença vindo a Parijatdvipa. Uma doença que vem a todas as terras, imperiais ou não, algo consciente que se erguerá e destruirá tudo que importa para nós. Foi isso que vi quando você me levou aos jardins da prece e o anônimo falou comigo. Se eu tivesse recebido uma profecia ao nascer, imagino que seria assim "Você os verá chegar, e, no olho do deus anônimo, verá como fazê-los ir embora". — A expressão de Aditya era de tortura. — Agora que os viu, sabe o motivo para eu ter deixado o trono de lado. O motivo de eu procurar entender o que o anônimo me prometeu.

Rao entendia. A visão era tão arrebatadora que ainda ofegava. A terra se transformava, monstruosa. O corpo se transformava em um monstro. Ele pensou em Prem, morto, com as pétalas de calêndulas escorrendo dos olhos.

— O que são? — perguntou Rao, engasgado.

— Isso eu ainda não sei — disse Aditya, sério.

Os sacerdotes viviam em isolamento e meditação, rendendo-se à fé. Era o oposto da majestade, em que um homem inevitavelmente detinha o destino de dezenas de pessoas nas suas mãos.

— Então por que concordar com Malini? Por que permitir essa rebelião?

— O anônimo não me deu respostas — explicou Aditya. — E, no silêncio do anônimo, minha irmã fala. Dizem que devemos confiar no destino, Rao. Eu me pergunto... me pergunto se permitir que a força de vontade da minha irmã e sua fé me carreguem é o que o anônimo quer de mim. Ou se... se o sonho dela me leva para longe da verdade. Então eu deixo que os homens me cerquem e me nomeiem como imperador, e torço para que a resposta venha. E é óbvio, sinto falta de quem eu era — acrescentou Aditya, em uma voz tão baixa que parecia mesmo a confissão que era. — Sinto falta do meu destino e propósito de antes. E por mais que toda a Parijatdvipa, seja o trono, a coroa, o império, tudo isso, seja agora insignificante se comparada aos perigos que ameaçam esse mundo, eu ainda sinto saudades da minha antiga vida.

Aditya soltou a bacia. Afastou-se dela, para ficar ao lado de Rao.

— O trono de Parijatdvipa, e governar sobre meu pai e sua terra, e todas as terras do império, não é algo pequeno — respondeu Rao.

— Sei que acredita nisso. Parte de mim também acredita, apesar da verdade. Deve compreender agora — murmurou Aditya — o motivo de eu querer descobrir seu nome. Talvez nenhum homem mortal mereça a imagem completa do destino. Talvez nenhum homem possa compreender tal coisa. Mas tenho dois grandes propósitos me partindo ao meio. Preciso de um guia. E quando você já fez tanto para servir nessa guerra, e carrega um nome que é uma profecia, eu preciso perguntar. E esperar que você seja minha resposta.

O TRONO DE JASMIM

— Não posso falar — negou Rao, triste. — Ainda não.

— Tem a ver comigo, não tem? — Quando Rao não disse nada em resposta, Aditya exalou e assentiu. — Eu só gostaria que me contasse, para que eu soubesse o que fazer.

— Não é assim que funciona — disse Rao. — Sabe que não é. E, Aditya. Eu... — Ele parou. — Não sou um homem que fica bravo com facilidade. Mas o que Chandra fez com sua irmã, e com a minha, e lady Narina, e como zombou da fé para queimá-las... — Rao tentou ficar calmo, olhando fixamente para os fios penteados do xale de sacerdote de Aditya. — Ele foi cruel, Aditya. Cruel e vingativo. Mas eu não preciso ser um sacerdote do anonimato para entender que isso é apenas o começo do que ele é capaz de fazer, e do que vai fazer, agora que chegou ao poder. E se não puder ver isso, se não puder enxergar que é você quem deve o substituir, então não é de fato o amigo que pensei que conhecia. Seja lá qual foi a visão que o anônimo concedeu a você quando o levei aos jardins, a resposta do que precisa ser feito é bastante nítida.

Aditya estremeceu como se tivesse levado um tapa. Rao passou uma das mãos pelo próprio rosto.

— Eu... preciso descansar — soltou, com dificuldade. — Aditya. Quanto a sua irmã...

— Tenho homens observando o caminho da reflexão — interrompeu Aditya. — Procurando por luzes ou estranhos. Se Malini vier, nós saberemos. Isso eu prometo.

— Ela estava presa em Hiranaprastha. No Hirana — disse Rao, rouco. — Talvez esteja morta.

— Ah, Rao. — A voz de Aditya era de pena. — Nós dois sabemos que ela não morreu. Agora vá descansar. Sua jornada foi terrível.

Nós não sabemos, pensou Rao, os pensamentos aguçados por uma pontada frenética de raiva e desespero. *Não sabemos.*

Mas eu sei.

MALINI

Elas ficaram deitadas lado a lado às margens daquele lago, deixando os sáris secarem ao calor do ar livre. Não chovera, o que era um alívio. Só havia a luz do sol e uma leve brisa que se misturava ao frescor da água.

Depois de tudo que Malini passara, depois de ver suas irmãs de coração queimando, seu envenenamento e prisão, depois de escapar com Priya de uma cidade em chamas para ver a garota quase morrer, ficar ali era como uma bênção. Beijar Priya naquela água límpida, segurar os braços dela, a pele quente, e deitar ao lado dela naquele calor silencioso sob a luz do sol, fez com que Malini se sentisse mais perto da felicidade do que estivera em muito tempo.

Talvez a decisão tola de entrar na água com Priya e agir tomada pelo desejo a afetasse mais tarde. Mas agora não sentia nem vergonha nem arrependimento. Queria coisas simples: saborear aquele momento — mesmo a sensação do quadril encostado na pedra — durante o maior tempo possível. Ter tempo de memorizar o formato e sensação da boca de Priya e descobrir a pele dela apenas com o toque. Rir junto dela e trocar conversas e aprender sobre ela, sem mais pactos ou dívidas dolorosas.

— Você sabe que isso não faz de você um monstro — murmurou Priya. Ela estava deitada com o rosto virado para Malini, o sol iluminando sua pele marrom-escura, o cabelo como uma cortina solta ao redor. — Me querer. Sabe disso, não é?

Malini queria explicar que ser um monstro não era algo inerente, como Priya parecia acreditar. Era algo imposto a alguém: em uma corrente ou com veneno, forçado por mãos cruéis.

Mas não era isso que Priya precisava ouvir.

— Eu sei — disse Malini simplesmente. — Essa parte de mim não é algo da qual me envergonho.

Ela sentia muito mais vergonha da sua própria raiva: aquele peso rígido gélido, sempre presente e firme em seu coração. Aquilo a envergonhava, todas as coisas que sonhava em fazer com Chandra, mas só porque pensar nele sofrendo lhe trazia grande prazer. Ele merecia sofrer. Porém, gostar da dor dele a tornava muito mais parecida com o irmão do que gostaria de ser.

— Acho que talvez você seja uma boa pessoa, afinal — comentou Priya, lentamente.

— Ah, é? — Malini sorriu. — Mudou de ideia assim tão rápido?

— Partes de você, então — reformulou Priya. — Algumas partes de você querem que o mundo seja um lugar melhor. Quer que justiça seja feita para você e aqueles que ama, porque seus direitos foram negados. Você acha que o mundo deve alguma coisa a você por isso.

— Precisa trabalhar mais em suas declarações de amor, Priya — devolveu Malini, seca, e Priya riu, um som caloroso. — E espero que perceba que poderia estar falando sobre si mesma, criança do templo.

Priya balançou a cabeça. A risada sumiu dos lábios, dos olhos, e a expressão se tornou contemplativa.

— Eu nunca quis justiça. Talvez devesse querer, mas na verdade o que eu queria mesmo era ter eu mesma de volta. E agora eu só quero saber, ou quero provar, que os anciões do templo estavam errados. Que Parijatdvipa estava errada. Meus irmãos, minhas irmãs e eu, nós nunca fomos monstros. Nós não merecíamos o que aconteceu conosco. Quero acreditar nisso. Quero *saber* que é verdade. Quero que seja verdade, e mesmo que não seja, quero fazer com que seja. Mas você, Malini — ressaltou ela. — Você quer transformar o mundo.

— Eu só quero mudar quem está sentado no trono imperial — retrucou Malini, mas aquilo não parecia ser a verdade, mesmo aos próprios ouvidos.

Priya esticou a mão, traçando o queixo de Malini com a ponta dos dedos. Priya a olhava com olhos atentos, franzindo o cenho de leve, observando seu rosto como se fosse um mapa.

— Esse rosto. Esse aqui, bem na minha frente. O rosto que você me mostrou, o fato de ter me beijado. Eu conheço essa faceta. Eu conheço você

— afirmou Priya. — Sei exatamente quem você é. Tem outras versões de você que desconheço. Mas essa aqui... — Os dedos dela pousaram sobre os lábios de Malini. — Essa aqui é minha.

Por um instante, Malini sentiu como se talvez aquilo fosse toda a sua essência. Que ela não era mais nada, não era uma princesa de Parijat, não era uma política, não era da realeza. Era apenas isso, ela mesma, a mão firme de Priya sobre si. Alguém que estava feliz.

Ela rolou para o lado, colocando mais distância entre elas. Priya retirou a mão, e talvez ela compreendesse o gesto, porque ficou de bruços, se apoiando nos cotovelos, e não tocou mais em Malini. Em vez disso, baixou o olhar para o pescoço da princesa, onde o frasco de jasmim pendia na corrente.

— Você tem o suficiente?

Malini colocou a mão ao redor do frasco. O peso na palma era considerável, com a corrente e o metal.

— Não preciso de mais — respondeu Malini.

— Tem certeza?

— Não tenho um médico para me aconselhar, então não. Óbvio que não tenho certeza. Mas estou me sentindo bem melhor agora.

Bem melhor precisaria bastar. Ela não ingeriria jasmim novamente a não ser que não tivesse outra escolha.

— Se não precisa mais, por que continuar usando?

— Quer que eu só descarte o frasco?

— Não — disse Priya. — Mas... eu pensei que você preferiria fazer isso.

— E você me conhece tão bem — disse Malini, sem farpas. Ela baixou a mão. — É um lembrete.

— Do quê?

Ela poderia ser irreverente de novo. Poderia ter negado uma resposta verdadeira para a Priya. Mas, em vez disso, falou:

— Do preço que paguei para ver Chandra ser removido do seu trono.

— Posso? — Priya pediu permissão.

Malini não sabia o que Priya planejava fazer, mas mesmo assim assentiu.

— Pode.

Priya tocou o frasco com a ponta dos dedos. Um toque firme, pressionando o tecido da blusa de Malini.

— Um lembrete — murmurou Priya, baixinho.

O TRONO DE JASMIM

As plantas no solo ao redor delas e a superfície do lago estremeceram. O ar ficou imóvel. Fez-se um barulho. Algo rachando.

Os restos da essência do jasmim haviam se desdobrado com nova vida, rompendo o frasco até que só sobrassem estilhaços caídos ao chão. A flor era feia, toda pontuda, e era de um preto profundo como um rio em uma noite sem luar.

Malini pensou na história que Priya contara a ela, de adoração, da casca oca do coco preenchida por uma profusão de flores como uma oferta de devoção aos yakshas e aos mortos. Uma coisa frívola. Uma coisa de coração.

— Não vai morrer — declarou Priya. — Até eu morrer, acho. É uma lembrança, mas não... não só de perda.

Ela afastou a mão, e Malini imediatamente ergueu a sua, tocando aquelas pétalas que mais pareciam agulhas. Tinha um aspecto estranho de veludo sob seus dedos. A flor estava viva, apesar da corrente que passava por ela, o metal no meio do centro. E ela puxou a corrente para que a flor venenosa ficasse escondida sob a blusa, um peso estranho em sua pele.

— Você é assustadora — disse Malini, mas a voz dela não demonstrava medo algum. Ela quase desejava que a flor tivesse pontas afiadas para que pudesse sentir a dor no peito.

Priya bufou.

— Que nada — desdenhou. E então, parecendo envergonhada de um jeito encantador, colocou uma mecha de cabelo para trás e desviou o olhar. — Deveríamos continuar andando.

Priya sabia mais sobre Malini do que pensava que sabia. E, para sua surpresa, Malini foi invadida pela noção de quanto gostava da mulher em que Priya a transformara, por mais que fosse uma transformação breve.

Eu conheço você.

Priya parou. Virou a cabeça de leve. Ela estava perto o bastante para Malini ver a tensão em seus ombros. As narinas se alargarem, como um animal farejando o ar. De súbito, ela ficou de pé.

— Precisamos ir — apressou ela. — Rápido. O mais rápido que der.

— O que aconteceu?

— As pessoas que encontramos no mahal, aquelas com quem lutamos. Estão aqui. Consigo sentir. *Vamos*, Malini.

Malini não fez mais perguntas. Ela deixou que Priya a puxasse para ficar de pé. Então a seguiu por entre dos arbustos, caminhando por entre as árvores altas. E quando Priya começou a correr, Malini fez o mesmo.

Madeira áspera sob os calcanhares. O estalido ardido das folhas e galhos roçando o rosto e os braços conforme a luz do sol piscava, aparecendo e sumindo. Malini não conseguia ouvir nada a não ser o próprio batimento cardíaco, o chiado horrendo da própria respiração nos ouvidos. Ela não fora criada para essa coisa de correr em situação de vida ou morte.

— Não olhe! — Priya berrou. — Não olhe, só corra...

E Malini tinha intenção de seguir as ordens de Priya, tinha mesmo. Mas algo agarrou seu tornozelo: uma raiz que ela não vira antes, talvez, mas parecia algo novo, atravessando o solo, empurrando-a para perder o equilíbrio. Ela caiu e soltou um grito, e Priya a pegou, e então as duas cambaleavam até parar, rodeadas por árvores altas e dez figuras mascaradas que saíram das sombras.

Estavam cercadas.

Priya se virou, agarrando Malini pelos braços, como se quisesse esconder a princesa atrás dela, mas Malini não poderia se esconder em lugar algum, e Priya não conseguiria defendê-la daquele círculo de rebeldes usando máscaras de madeira escura. As mãos de Priya se fecharam ao redor de Malini com força, e então ela a soltou.

— Fique parada — orientou Priya. Ela ergueu uma das mãos no ar.

A terra rachou, a grama se dobrando conforme espinhos do tamanho de lanças atravessaram a lama em direção ao céu. Malini ficou perfeitamente imóvel enquanto irrompiam do chão ao redor dos seus pés, conforme árvores rangiam, como se estivessem sendo puxadas por alguma gravidade terrível para se dobrar na direção dos rebeldes parados.

Eles ergueram as próprias mãos, empurrando o que Priya atraía de volta ao solo.

— Isso não vai funcionar, Pri. — Era a voz de um homem. Baixa, firme. Um dos rebeldes deu um passo à frente. — Todos nós bebemos dos frascos hoje. — Os olhos eram pretos, cobertos pela máscara. — Abaixe as

O TRONO DE JASMIM

mãos e venha obediente, que tal? Está desperdiçando sua energia. Precisa entender isso.

As palavras dele ecoaram pelos outros rebeldes, com o sussurro igual da brisa atravessando folhas. *Obedeça. Obedeça.*

As mãos de Priya tremiam. Ela as levantou na direção do céu, as árvores rangendo, ameaçadoras. Em resposta, o rebelde mascarado inclinou a cabeça e uma raiz irrompeu do chão, envolvendo o pulso dela igual a um chicote.

— Não quero machucar você — insistiu ele. — Mas vou fazer isso se for preciso.

— Ashok — reconheceu ela. — Me solte.

— *Ajoelhe-se* — exigiu ele, e ali estava aquele eco sussurrante. Um coro.

Um dos espinhos no chão quebrou. Ricocheteou. Com a mão livre, Priya empurrou Malini mais para trás dela. Priya emitiu um barulho como se tivesse levado um soco, e então, no silêncio que se seguiu, Malini viu um fio espesso de sangue descer pelo cabelo de Priya, manchando seu pescoço e a blusa.

Priya olhou para trás, assustada, para Malini.

A princesa foi tomada por sua impotência compartilhada naquele momento.

Então Priya se virou. Lentamente, ela se ajoelhou.

O rebelde deu um passo à frente. Por mais que fosse grandalhão, os passos quase não emitiam som ao andar. Ele retirou a máscara, revelando um rosto feito de ângulos, mais escuro no queixo com a barba por fazer. Ele não olhou para Malini ou para os outros rebeldes. Ele não parecia ver nada além de Priya.

— Não quero lutar com você — disse ele.

— Mas você já fez isso — retrucou ela. A voz transmitia um esforço, como se estivesse empurrando um enorme peso.

— Vou morrer, Priya. Todos nós vamos morrer. — Ele também se ajoelhou. — Você quer isso?

— Você sabe que não.

— Então me conte o caminho — pediu ele. — Me mostre. Podemos ir juntos. — Ele esticou a mão, a palma aberta. — Eu ganhei de você. Já provei que sou mais forte. Nada mais justo.

Priya balançou a cabeça.

— Vai me negar meus direitos como seu irmão do templo? Me negaria a chance de dar a Ahiranya a liberdade de que precisa para sobreviver?

É óbvio. É óbvio que era outra criança do templo. Malini deveria *saber*. Deveria ter compreendido a natureza daquilo. Porém, não se mexeu. Ficou escutando, e torceu para que houvesse um desfecho para a situação melhor do que todos os outros fins desastrosos que pareciam estar diante delas.

— Eu negaria a você o direito de nos transformar exatamente no que os anciões temiam que nos transformássemos? — Malini não conseguia ver o rosto de Priya, mas conseguia imaginar sua expressão: os dentes arreganhados, o queixo erguido em desafio. — Pois negaria, sim.

— Está agindo feito uma criança — apontou ele. — Sabe o que precisa ser feito. Sabe que a única chance de Ahiranya é conseguir liberdade do controle e da ideologia do imperador. Nossa única chance de ser mais do que a decomposição, degradados pelo que Parijatdvipa faz de nós, ficando menores a cada dia, a cada ano. É *essa* a chance. As águas perpétuas. O sangue deles na justiça das nossas mãos. E, ainda assim, você recusa.

— Não estou recusando — retrucou Priya. — Mas não vou dar isso a você desse jeito. Ashok, assim não. Não da forma como você quer.

O homem — o rebelde, o filho do templo — chamado Ashok ficou de pé, endireitando sua postura.

— Então como? — perguntou, a voz perigosamente calma. — Quer que eu implore, Priya? Talvez haja um tempo para fazer o mundo e o governo mais parecido com o que você quer no futuro. Mas agora temos uma arma e você não faz ideia de como usá-la direito. E é minha, por direito.

— Quero que fale comigo. Quero seus motivos. Mas você entrou num beco sem saída, não é, Ashok? Está matando tudo o que ama. Você mesmo. Seus seguidores. E não consegue ver uma forma de sair ileso a não ser essa. — A cabeça de Priya ainda sangrava sem parar, pingando no solo. — Talvez eu devesse agradecer a você, afinal, por me abandonar. Se tivesse ficado com você, também teria me matado. Pelo menos agora você só está me machucando.

— Eu já disse. Não quero machucar você.

— Como preferir — resmungou Priya, e Malini conseguia ouvir o desdém na voz, provocando-o.

O rosto de Ashok ficou sombrio.

O TRONO DE JASMIM

Priya se mexera um pouco durante a conversa, tentando colocar com cuidado seu corpo na frente de Malini. Mas por fim, e infelizmente, Ashok olhou para a princesa. Inclinou a cabeça, examinando-a.

— Uma nobre de Parijat — reconheceu ele, baixinho. — Como devo lidar com isso, Priya? É uma refém?

Deu um passo na direção dela. Olhou-a de cima a baixo, medindo tudo.

— Ashok — alertou Priya. — Não.

— Há muitas formas de machucar alguém — disse ele, afável. — Você lembra de quando Sanjana bateu em Nandi para fazer você dar a ela algo que ela queria? O que era mesmo, um grampo de cabelo?

— Um bracelete — corrigiu Priya, fraca.

— Ela fez isso porque sabia que você não cederia se batesse em você. Mas você se importava demais com Nandi para ficar o vendo sofrer. Tenho certeza de que esse princípio ainda se aplica aqui. — Uma pausa. — Essa é sua última chance, Priya.

Malini encontrou o olhar do rebelde. Aquele brilho. Ela reconhecia um homem que tinha prazer na dor quando via um, e esse era o caso, quer admitisse aquelas trevas em si ou não.

Priya virou a cabeça, olhando de Malini para Ashok não com medo, não com impotência, mas com um tipo de fúria teimosa.

— Às vezes eu odeio você, Ashok — disse Priya baixinho. — Eu juro.

Um barulho ecoou como de algo partindo. Os espinhos voltaram a se endireitar. Priya se ergueu e se atirou nas costas do irmão, arranhando o rosto dele como se fosse um gato. Ele praguejou e deu uma cotovelada na barriga dela. Priya não emitiu nenhum barulho — deve ter perdido todo o fôlego — e caiu no chão.

Os outros rebeldes se adiantaram, mas o chão estremeceu e rachou, chutando-a de volta ao ar. Ela ficou de pé com um pulo e agarrou o braço de Malini, segurando-a, mantendo-a ali perto, um brilho frenético nos olhos.

— Eles precisam de mim — contou Priya, arfando. — Não se preocupe. Fique perto.

De repente, mãos estavam ao redor do pescoço de Malini, em seus ombros; ela se debateu, furiosa, erguendo um punho sem saber o que acertaria, e sentiu uma explosão de dor nos nós dos dedos. Era madeira. A máscara. Ela deveria ter tomado mais cuidado, mas não era uma guerreira e não sabia o que fazer.

Trepadeiras subiram por seus braços, com espinhos ferozes que se fincaram no homem que a atacava. Só para ajudar, Priya deu um soco que lançou a máscara longe. O rebelde falou um palavrão e a soltou, e então Malini estava no chão. Priya andava em círculos ao redor dela, em uma desvantagem numérica desesperadora. Priya estava tentando mantê-la segura.

Os rebeldes carregavam armas de madeira, e assim tão próximos, Malini conseguia sentir o calor que emanava daquelas armas, uma magia estranha e imutável.

Pense, disse ela para si mesma. *Pense, pense.*

O calor estava mais próximo do que deveria estar. Ela olhou para baixo.

Havia uma adaga no chão. Era feita de madeira polida, afiada para virar uma lâmina, e quando ela a pegou, queimou seus dedos. Ela mordeu os lábios para não xingar e a soltou. Então, puxou o pallu para cobrir sua mão e agarrou a adaga.

Ela pensou nas lições que Alori lhe ensinara. Em como usar uma adaga. Em como prejudicar e matar. O côncavo vazio de um coração. Pensou na fragilidade da própria carne e dos ossos e em quantas coisas ela ainda tinha para conquistar.

Malini segurou a madeira com força, ajustando aquele calor ardente no punho. Ela se endireitou. Em sua mente, deixou de lado a Malini que havia sido na cachoeira; deixou de lado a mulher que havia sido, durante semanas, salva e compreendida pelos olhos, pelas mãos e pelo coração de Priya. Ela pensou na dor e em como poderia usá-la, nas lições que os inimigos podem ensinar, por mais que não tenham consciência disso.

Ela pensou no próprio fantasma a assombrando: uma princesa de Parijat, de olhos gélidos.

Pensou na confiança completa de Priya sob seu toque.

Malini se ergueu e se adiantou para as costas de Priya, segurando-a pela lateral. Ela conseguia sentir o sangue grudento da garota, o coração martelando em pânico. Ela se forçou a não tremer. Nada de bom viria de mãos instáveis.

E então, sem tremer, sem hesitar, ela pressionou a ponta da faca nas costelas de Priya.

PRIYA

Priya não entendeu o que estava sentindo a princípio. Mãos na cintura. Braços. Ela quase se desvencilhou, mas então ouviu um murmúrio em seu ouvido. A voz de Malini.

— Priya. Por favor.

Ainda assim, considerou afastar a princesa. O aperto limitava seus movimentos, e ela estava completamente rodeada. Priya precisava se mexer, precisava protegê-la.

Ela sentia o puxão da magia movendo o solo, as árvores, as plantas para fazerem sua vontade. Conseguia sentir a força sobrenatural das próprias mãos. Mas nada era suficiente. Estava rodeada de rebeldes que beberam dos frascos das águas perpétuas. E Ashok observava tudo, com diversão e pena nos olhos.

Olhos que se arregalaram naquele meio segundo antes de Priya sentir a pressão de uma lâmina na pele.

— Eu vou matá-la antes de deixar que a levem — ameaçou Malini.

Ela posicionara a faca na área côncava sob as costelas de Priya. Era um ângulo bom para usar uma faca. Era melhor que o pescoço. Ali, no ângulo que segurava a lâmina, ela poderia deslizar para cima e acertar o coração de Priya.

Os rebeldes ficaram parados, chocados. E Priya...

Priya não fez nada. Conseguia sentir o sangue da ferida que recebera na cabeça ainda escorrendo pelo escalpo e ombros.

— Priya poderia matar você bem aí — desdenhou Ashok.

Malini riu. Era uma risada gloriosa, como o som de uma lâmina sendo desembainhada.

— Ela poderia. Mas não vai.

A respiração de Priya estava curta. Ela não sabia se estava com medo ou não. Suor escorria da pele. A faca de madeira queimava. Ela nem sequer tinha certeza de que se sentia traída.

— Eu conheço Priya. Cada pedacinho do seu coração. — A forma como Malini dizia *coração*, de uma forma tão cruel, como se estivesse apenas falando de um músculo pulsando no peito de Priya, fez com que a respiração da filha do templo quase parasse na garganta. — Ela não vai tocar em mim. Poderia torcer meu pescoço, mas ela não vai fazer isso.

Aquilo era um embate de forças. Ashok encarando Malini diretamente nos olhos. E Malini o encarando de volta. Priya sabia o que ele estava pensando: *Isso é um truque.*

Mas não era. Priya conseguia sentir a firmeza da mão de Malini, e ela... não fez nada. Nada. Ficou parada, respirando como se a faca nas costelas fosse bem-vinda. Talvez fosse o choque. Ela não sabia dizer. Ela sentia o calor de Malini às suas costas. O pulsar do coração de Malini, acelerado pelo temor.

— Saia de perto dela, Priya — disse Ashok. Seu tom era baixo.

— Ela não vai — repetiu Malini. — Ela prefere que eu a machuque, que eu a mate, a dar a você o que você quer. É do seu interesse, *Ashok*, deixar que nós duas sigamos nosso caminho. Porque posso garantir que não consigo levar você até as águas perpétuas. Se Priya morrer, esse conhecimento morre com ela. E eu ficarei feliz em morrer também, sabendo que deixei meu império seguro, longe de você e de sua laia.

A expressão de Ashok oscilou. Ela reparou a forma como ele avaliou Malini, observando a pele, clara o bastante para revelar que não costumava fazer trabalho ao ar livre; sua magreza, a falta de músculos nos braços; o sári que vestia, mais caro do que qualquer coisa que ele ou Priya já possuíram. Ele mudou de posição, muito pouco.

E a faca se mexeu, só um pouco. Só cortando a pele.

— Você pode ser rápido — disse Malini, mais alto. — Mas eu posso ser mais rápida. Então. O que vai fazer?

Ashok deu um passo à frente. Outro. Malini aguentou firme.

— O que é isso, Priya? — O olhar de Ashok a encontrou. — Vai deixar essa puta parijati assassinar você só para me contrariar?

O TRONO DE JASMIM

— Não deveria ser tão grosseiro com mulheres que estão segurando uma faca — retrucou Malini, segurando Priya com força. — Não é muito inteligente.

Ashok olhou para a princesa mais uma vez. Sua boca retorceu de modo terrível.

— Pode matar ela, então — disse. — Vá em frente.

— Eu preferiria ir embora.

— Bem, não pode. Então mate-a ou baixe a arma. Vou esperar.

— Você precisa dela — sibilou Malini.

— E você — devolveu Ashok, os olhos estreitando — não vai matá-la. Não uma coisinha fraca como você. Conheço seu povo. É mais provável que corte a própria garganta do que a dela. Não vou deixar irem embora. O que vai fazer agora?

Ah, Ashok, Priya pensou, desesperada. *Você não a conhece.*

O momento se estendeu. Ela estava soltando a faca ou apertando mais a carne? Naquele momento, Priya não tinha certeza, não conseguia ter. Podia só ficar lá parada, sentindo a magia verde da vida na floresta ao seu redor, no solo abaixo.

Mas então a magia mudou. Deu uma *guinada*.

Uma chuva de pedras explodiu, causada pelas mãos das pessoas escondidas atrás das árvores. O chão estremeceu com um abalo sísmico, enquanto figuras apareceram nas sombras atrás daquelas árvores. Agora eram os rebeldes que os rodearam que estavam rodeados por criadas, cozinheiros e jardineiros que Priya conhecera durante boa parte da sua vida.

E ali, à frente deles, estava Bhumika.

Ela trouxera soldados de verdade consigo também. Soldados que incluíam até os homens mais leais do regente. Priya reconheceu Jeevan, que não usava mais as cores de Parijatdvipa, apesar de ainda usar o bracelete prateado em curvas de comandante. Khalida, segurando uma foice como se fosse uma extensão do seu braço. Um punhado de criadas de armadura, o cozinheiro chefe segurando um bastão enorme.

Ashok se virou, abrupto.

— Não me ouviu chegar, irmão? — A voz de Bhumika ecoou, pura e doce. Ela deu um passo adiante, saindo da multidão, sorrindo, o rosto corado pelo calor.

— Não se aproxime mais, Bhumika — vociferou Ashok. — Ou vou ser forçado a lidar com você, e não desejo fazer isso.

— Vai lutar comigo, em meu estado? — perguntou Bhumika, colocando a mão na barriga. Ela ergueu uma sobrancelha em desafio.

— Vou lutar com você se precisar — reiterou Ashok, bruto. — Mas não quero fazer isso.

— É estranho que nunca queira lutar, e mesmo assim sempre faz isso. — Bhumika continuou a andar com um ar calmo, de forma proposital. Alguns dos rebeldes se afastaram dela, como se não soubessem exatamente o que fazer. Logo, estava a poucos centímetros de Ashok, encarando-o diretamente. — E quando nós éramos crianças... Bem. Você se lembra. Eu sempre vencia.

— Não somos mais crianças — retorquiu ele.

— É verdade — concordou Bhumika.

Uma das mãos de Bhumika, a que era visível para Priya, enquanto ela ainda tinha a ponta de uma faca pressionada contra si, se contorceu de leve. Era um movimento pequeno, mas um que Priya aprendera logo cedo na sua vida de criada, na época quando ainda havia uma esperança de que ela desenvolveria a educação e modéstia requeridas para servir durante festas e banquetes, inteiramente à disposição das mulheres nobres. O gesto significava *fique me observando. Talvez logo precisemos de você.*

— Não vai me derrotar — disse Bhumika. — Pode ter seus seguidores envenenados pelos frascos, com a mancha da água nas veias. Mas eu não sou mais a única nascida-duas-vezes que enfrentará você hoje.

Priya colocou a própria mão na de Malini. Ela sentiu a princesa estremecer como um cão acostumado a uma coleira. As mãos de Malini agora tremiam onde segurava a faca, quente pela madeira sagrada e úmidas de suor.

— Me solte — sussurrou Priya.

— Não posso permitir que ele leve você — comentou Malini, rouca.

Ela poderia ter rompido o aperto de Malini. Poderia ter quebrado os dedos dela. Poderia tê-la segurado com trepadeiras e espinhos e seguido facilmente para a liberdade.

— Me solte — repetiu ela.

Ela nunca precisara de força para se soltar. Somente isso. Apenas um esboço de toque, o mais leve carinho da ponta dos dedos no braço de Malini. Só sua voz. Ela se recostou em Malini, deixando que a princesa sentisse um pouco do seu peso.

O TRONO DE JASMIM

— Por favor, Malini — insistiu ela. — Confie em mim.

Malini soltou uma respiração sôfrega. E então a soltou.

A mão de Bhumika moveu como um arco. E Priya também moveu a própria mão, como se estivesse debaixo da água, tirando forças do poder que vivia dentro dela, assim como Bhumika fazia.

O ar se transformou em uma chuva de milhares de estilhaços mortais de espinhos.

Ela nunca vira nada como aquilo antes. Ela nunca *fizera* algo como aquilo antes. Ela sentiu as raízes sob o solo, cada raiz profunda e cada curva verde rasa, e as puxou para fora. O chão se desfez, irregular, afundando e se comprimindo ao redor dos pés dos rebeldes, lançando-os ao chão e engolindo suas armas por inteiro.

Priya batalhava desajeitada com aquela nova força, lançando-a na batalha. Ela não teria sido capaz de fazer nada sem Bhumika. Era a habilidade da irmã do templo que rompera os estilhaços dos espinhos em fragmentos afiados como lâminas; Bhumika que lançara a terra para apertar pernas e braços.

Priya compreendeu pela primeira vez o puro poder que Bhumika escondera durante todos aqueles longos anos. Ela viu os rebeldes tentarem se aproveitar de suas habilidades amaldiçoadas criadas pelos frascos, e fraquejarem diante da força daquilo que ela e Bhumika manejavam. Os dons delas pareciam se alimentar uma da outra, como uma corrente de água que era mais forte por sua pressão, mais forte porque compartilhavam o poder.

Ashok cambaleou para trás. Ele tentou alcançar o próprio dom, mas era como lutar contra a maré. Ela o sentiu no sangam. Sua presença oscilante.

— Somos mais fortes que você, irmão — disse Bhumika, e a voz doce era como um beijo feroz.

O chão estremeceu, fazendo-o desequilibrar. Ashok caiu no chão.

Só de imaginar o que os nascidos-três-vezes poderiam fazer, pensou Priya, indômita, *se soubessem o que o poder deles poderia alcançar junto. É como uma canção, uma canção uivante...*

Ashok colocou a máscara sobre o próprio rosto para se proteger. Os outros rebeldes imitaram o gesto. Ela viu os ombros do irmão subirem e descerem. O peito arfar.

Ele levou as mãos ao chão, com força, a grama ondulando sob seu peso como o oceano. Enquanto Priya usara o ímpeto da queda para ficar novamente de pé, ele o usou para se lançar para a frente com uma força bruta. Quando Bhumika lançou uma trepadeira pesada, e mais grossa que seu torso, contra Ashok, ele a pegou, enrolando-a em volta do braço. Puxando-a como se fosse um chicote, ele a golpeou de volta na direção da mulher.

Bhumika rompeu o cipó ao meio. Os dois pedaços foram ao chão.

Lentamente, Bhumika andou entre os dois pedaços partidos na direção de Ashok.

— Vai me machucar, então? — perguntou, a voz tranquila. — Sua própria irmã do templo?

Priya viu a mão dele se fechar em um punho. Depois, viu se erguer. Ela então se lançou para a frente, as próprias mãos erguidas.

Ashok se curvou para a frente, segurando o peito.

Abriu a boca, de onde saiu sangue e água. Dois dos rebeldes que haviam se desvencilhado do aperto de terra correram até ele, agarrando-o pelos ombros e forçando a sua cabeça para cima, levando o punho dele à boca.

— Talvez não — disse Ashok, a voz rouca.

Bhumika se aproveitou daquele lapso de controle. Ela estreitou os olhos e desfez a terra abaixo dele de novo. Ele caiu para a frente, e dois rebeldes o agarraram.

— *Retirada!* — um deles gritou, conforme o solo se revoltava ao redor de todos, as árvores caindo. Eles cambalearam para trás e começaram a correr, segurando Ashok precariamente entre eles.

— Deixem que vão — ordenou Bhumika, e as pessoas atrás dela, que tinham começado a avançar, pararam no mesmo instante.

Ela tocou a própria boca com as mãos, assim como Ashok fizera, um olhar calculista e quase magoado no rosto.

— Já temos aquilo de que precisamos — acrescentou ela. — Priya. Você está bem?

PRIYA

— Estou bem — respondeu, aturdida. — Estou bem.
De repente, ela estava ajoelhada. Ela tinha planejado se ajoelhar? Não tinha certeza. Malini estava ao lado dela, o joelho tocando o seu.
— Priya — disse Malini, os dentes batendo, como se o frio ou choque a tivesse tomado. — Priya. Está machucada?
— Não — assegurou-lhe Priya. — Não, não estou machucada.
— Eu não iria... — começou Malini, e então parou. — Eu jamais faria isso. Eu... Eu não acho que teria feito.
As palavras saíam como fragmentos de frase, e Priya não sabia como deveria se sentir ao olhar para ela. Talvez ela mesma estivesse um pouco chocada.
Priya pressionou a testa na de Malini.
— Respire comigo — sussurrou, enquanto o mundo se ajustava ao redor, e o poder de Bhumika e o dela colocavam a floresta de volta ao seu lugar.
O solo foi alisado, as árvores se firmaram. As folhas farfalharam como vento.
Quando Malini se afastou, ela estava com uma mancha de sangue brilhante na testa. Priya levou uma das mãos à cabeça e estremeceu.
— Aqui — disse Bhumika. Estava parada próxima a elas, com um tecido em mãos, que Priya aceitou e pressionou com força no ferimento. Ela não imaginava que era muito profundo. As feridas na cabeça sempre sangravam em abundância, fossem rasas ou não.
Finalmente, Priya olhou em volta, espantada. Então, começou a rir.

— Vocês... Todos vocês. É o comandante Jeevan? *Billu?* Você... Bhumika!

— Você parece ter perdido seu vocabulário, Priya — brincou Bhumika, serena.

Priya sentiu as lágrimas ameaçarem cair em meio à risada. Ela piscou para sumirem.

— Eu estive com medo por vocês. — A voz de Priya saiu rouca.

— E eu por você, apesar de não saber por que me dou esse trabalho, já que você está sempre se atirando na frente do perigo. — Bhumika olhou para Malini, que agora estava de pé atrás de Priya, observando as duas com a atenção de um gavião. — Por que está na floresta com a irmã do imperador?

— Ela teria morrido se eu a deixasse no Hirana — explicou Priya.

— Isso não responde minha pergunta.

— Lady Bhumika — interveio Malini, inclinando levemente a cabeça, o gesto de uma mulher nobre cumprimentando uma pessoa de igual posição e respeito.

Depois de um instante, Bhumika retribuiu o gesto.

— Nós deveríamos conversar em particular — sugeriu Bhumika.

As três se afastaram um pouco do restante do grupo, apesar de Priya se virar conforme andavam, à procura de rostos familiares na multidão. Com certa dificuldade, Bhumika se sentou no tronco cortado de uma árvore, usando o braço de Priya como apoio enquanto se abaixava. Priya se ajoelhou no chão e Malini a imitou. A certa distância, Khalida espreitava, os olhos estreitos e braços cruzados.

Agora que não usava mais seus dons de nascida-duas-vezes, Bhumika parecia dolorida e cansada. Priya sabia que a criança nasceria em breve, e sentiu uma pontada de preocupação enquanto Bhumika se endireitava com cuidado no assento com um suspiro baixo.

— Fale — pediu a irmã do templo.

Foi então que Priya explicou o novo acordo entre elas. A possibilidade de uma Ahiranya autogovernada, a liberdade completa do controle de Parijatdvipa. Conforme falava, ela ficou observando a forma que Malini reparava nas duas, medindo tudo o que vira — os dons compartilhados de Bhumika e Priya, o jeito informal como falavam uma com a outra — e tirando suas próprias conclusões sobre o relacionamento das duas.

O TRONO DE JASMIM

Ao fim, Bhumika assentiu, dizendo:

— Compreendo. — Então, se inclinou para a frente, a expressão pensativa. — Para mim — continuou ela —, a diferença entre um lugar no império e um lugar fora dele, como uma nação aliada, é... insignificante. Pode ter notado que nossas safras e nossos fazendeiros já sofreram muito. Não podemos alimentar nossa nação tão facilmente. Nossa posição é fraca. Para sobreviver como uma nação independente, seria preciso ser como qualquer cidade-Estado de Parijatdvipa, exceto pelo nome. E *ainda assim* não teríamos poder algum na corte imperial.

— Não posso prometer poder na corte *e* liberdade — ressaltou Malini. — Mas quanto à independência... Lady Bhumika, tenho certeza de que o simbolismo é importante, não é? Ninguém se esquece do que Ahiranya foi na Era das Flores. Parijatdvipa não se esquece da forma como seus ancestrais do templo e os yakshas quase tomaram tudo, governaram tudo. E meu próprio povo pensa, em retrospecto, que vocês não teriam sido senhores gentis. Subjugar Ahiranya, como uma nação vassala, foi um símbolo a Parijat — continuou Malini. — Um símbolo de grande poder, demonstrando que ninguém deve se erguer contra as nações de Parijatdvipa sem consequências. Sua liberdade, por mais que esteja ligada ao império por necessidade ou comércio, será um símbolo a seu próprio povo, que não estará mais sob o comando do império. Talvez até seja o suficiente para que os rebeldes de Ahiranya lhe obedeçam.

O que a princesa disse não pareceu diminuir as dores ou o cansaço de Bhumika, mas havia uma nova luz em seus olhos.

— Caso seu irmão príncipe Aditya vença, talvez possamos concordar que a liberdade simbólica seria... útil — falou, com cuidado. — Mas até que isso aconteça, Ahiranya ficará vulnerável ao imperador Chandra e outras nações de Parijatdvipa. Não temos a força para lutar contra eles.

— Acredito que possuam uma fonte de poder que é capaz de proteger todos vocês — argumentou Malini. — Os rebeldes procuraram essa fonte. E Priya tem a chave.

Por fim, as duas olharam para Priya.

— Princesa Malini. Penso que eu e você, talvez, devamos conversar mais em particular — sugeriu Bhumika.

Priya pensou em protestar. Afinal, não era como se não estivesse envolvida em tudo isso, mas então Bhumika continuou:

— Priya, acredito que tem alguém no meu séquito que você vai querer encontrar.

Ela sorriu, só de leve, mas ainda assim era um sorriso verdadeiro.

Malini não tocou nela. Não tentou impedi-la. Os dedos estremeceram de leve onde descansavam nos joelhos e, em uma voz firme, ela disse:

— Obrigada, Priya. Pode ir. Lady Bhumika e eu ficaremos bem.

Priya começou a se afastar. Olhou para trás só uma vez. Malini estava de costas para ela. O rosto estava virado, invisível, incógnito.

Priya não tocou na ferida nas costelas. Ela retirou o tecido encharcado de sangue da cabeça, amassando-o, e continuou andando.

Acredito que tem alguém no meu séquito que você vai querer encontrar.

Sima. Lá estava Sima, junto com as outras criadas, falando com um guerreiro que segurava um bastão ao lado. Sima ergueu o olhar e então correu pela floresta.

— *Priya!*

Ela abraçou Priya com força.

— Você guardou um monte de segredos de mim — arfou.

— Eu precisei fazer isso — respondeu Priya, e então tossiu quando Sima a apertou com mais força. A queimadura debaixo das costelas *doía*, uma dor na qual ela não queria pensar, uma dor que ia além da pele e da sua capacidade de entender o seu próprio coração errante. — Você está me abraçando com muita força.

— Você é uma moça crescida, vai aguentar.

— O seu cabelo está na minha boca.

Sima riu e se afastou. Ela deu um sorriso enorme para Priya, mesmo enquanto seus olhos estavam cheios de lágrimas.

— Eu sinto muito — disse ela. — Eu fico feliz que você não morreu.

— Eu também fico feliz que você não morreu — respondeu Priya. — O que você está fazendo aqui? E isso... você está carregando uma foice?

— Não é óbvio? Estou aqui para levar você em segurança para casa. E porque... Bom, a cidade está em ruínas, e agora lady Bhumika é nossa líder. Então. Tem isso. — O sorriso de Sima estremeceu, e desapareceu. — Não posso confiar no meu salário agora que o regente morreu.

O TRONO DE JASMIM

Priya olhou para as pessoas ao redor dela — para o comandante Jeevan, que a observava com olhos atentos. É óbvio que o regente estava morto.

— Rukh — lembrou Sima. — Você vai querer ver o menino.

De repente, o coração dela estava na boca.

— Ver? Ele está aqui?

Sima assentiu.

— O que ele está fazendo aqui? — perguntou Priya.

Quem levaria um menino, apenas uma criança, para a floresta, para o sangue e a guerra?

— Lady Bhumika ordenou que viesse — explicou Sima. Ela hesitou, e então acrescentou: — Lady Bhumika... ela sabe que Rukh fez algo que não deveria ter feito. Falou com pessoas que não deveria ter falado.

Então Bhumika descobrira.

Talvez a presença de Rukh fosse uma punição. Uma punição para Rukh, ou para Priya, por tê-lo levado ao mahal. Mas uma crueldade do tipo não parecia algo que Bhumika escolheria por vontade própria, então Priya não sabia se acreditava.

— Eu quero mesmo ver Rukh — disse Priya. — Por favor.

Sima assentiu, e depois disso:

— Só. Se prepare, Priya. Ele não está mais como antes.

E, de fato, seu estado piorara. Agora todo seu cabelo tinha a textura de folhas, escuro como tinta. As veias saltavam, um verde estranho percorrendo a pele. Os braços estavam envoltos por aros como os que adornavam as árvores cortadas. Até mesmo as sombras sob os olhos eram mais madeira do que carne. Ele estava sentado um pouco mais distante do restante do séquito de Bhumika, embrulhado em um cobertor debaixo de uma árvore. Quando Priya se aproximou, ele ficou de pé e deixou o cobertor cair aos pés.

Ele a olhou. Ela olhou para ele.

— Rukh — disse ela. — Não vai me cumprimentar?

— Quer mesmo que eu faça isso? — perguntou ele.

Ela poderia ter dito que a decomposição nunca a assustara. Ela poderia tê-lo reassegurado de várias maneiras diferentes.

Em vez disso, ela andou até ele, se abaixou e o abraçou com cuidado. Era a primeira vez que fazia isso, e Priya queria que ele soubesse que poderia afastá-la se quisesse. Mas ele não fez isso. Rukh permaneceu no abraço, imóvel.

— Estou tão feliz de ver você de novo — comentou ela.

Priya sentia a tensão dentro dele. A forma como se portava, com os punhos cerrados, preparado para qualquer insulto que o atingisse. Ela sentiu aquela tensão se romper.

— Me desculpa — ele disse, soluçando. — Me desculpa.

Ela o segurou com mais força, com firmeza, como se tivesse em seus braços todo o poder para mantê-lo seguro.

— Desculpa por eu ter me juntado aos rebeldes — prosseguiu ele. — Desculpa por não ter sido leal. Agora eu sou. Vou ficar aqui, com você, Sima e lady Bhumika, eu fiz uma promessa, e eu sinto *muito mesmo*.

— Não importa — disse ela. — Nada disso importa. Você está bem.

— Eu confessei para lady Bhumika o que eu era. Confessei para Gauri. Eu... — A voz dele se esvaiu, como se não conseguisse se explicar. Como se não tivesse as palavras para explicar o motivo da sua mudança. O motivo de querer ficar com ela, com Bhumika.

— É diferente — notou ela. — Ter um lar. Não é?

Ele espremeu a boca para impedir o lábio de estremecer e assentiu.

— Você está bem — assegurou-lhe ela, bondosa. — Nós dois estamos bem. Não tem nada para se desculpar, Rukh, nada mesmo. — Ela o abraçou de novo, pressionando a cabeça nas folhas e cachos na cabeça dele. — Me desculpa por estar abraçando você enquanto estou ensopada de sangue.

— Tudo bem — disse Rukh, abafado, parecendo mais calmo. Ele fungou. — Eu não me importo. Mas o cheiro não está bom.

— Aposto que não.

Ela o soltou, antes que qualquer um dos dois pudesse se sentir constrangido. Rukh alisou as próprias roupas e esfregou os olhos para enxugá-los.

— Muita coisa aconteceu em Hiranaprastha desde que eu fui embora — falou Priya. — Vocês dois podem me contar tudo?

Um pouco daquela culpa terrível finalmente desapareceu do rosto de Rukh. Sima se aproximou, e os dois começaram a contar a história enquanto Priya pensava nas águas perpétuas. Na promessa que carregavam. Na esperança.

Pensou em seus irmãos mortos. Os nascidos-três-vezes, como Sanjana, que conseguiam manipular a decomposição. Ela pensou no que poderia fazer para salvar Rukh se tivesse o mesmo tipo de poder.

O TRONO DE JASMIM

Priya poderia fazer alguma coisa com o que ela era — com o que ela, Ashok e Bhumika eram — que não fosse apenas monstruoso ou amaldiçoado. Ela poderia fazer algo bom. Ela poderia salvá-lo.

Uma cura. Não uma maldição.

Talvez.

ASHOK

Eles começaram a morrer. Primeiro um, depois outro. Então, o terceiro.

— Mortos-três-vezes — murmurou Ashok, fechando os olhos. Ele procurou o pulso silencioso. Se ao menos houvesse uma mágica nisso, assim como havia em sobreviver às águas. Mas a morte era um fracasso, e as águas perpétuas não concediam nada em retorno pelo que faziam.

Ele escutou aqueles pulmões cheios de água, lutando, se esforçando por cada fôlego, e sentiu o próprio pulmão comprimido. Sentiu o tremor da própria força começar a se esvair.

Continuaram andando. Ele conseguia sentir Priya e Bhumika. Poderia seguir o pulsar da presença delas no sangam e no verde do solo até encontrá-las de novo, e então ele tomaria para si o que Priya sabia, fosse por artimanha ou por violência, ou, se precisasse, implorando aos pés dela.

Então, Ashok começou a adoecer mais: sangue saía no suor e escorria pelos olhos.

Ele e seus seguidores pararam para descansar sob a sombra de uma pérgola. Não havia corpos enterrados ali, mas Ashok apenas conseguia pensar que aquele lugar era tranquilo e que seria um ótimo lugar de descanso final para seus próprios ossos.

Ele não queria ser queimado quando morresse. Já estava farto do fogo.

— Ashok. — A voz de Kritika. Ela se ajoelhou ao lado dele. Abriu a bolsa, retirando uma máscara coroada com dedos cuidadosos, certificando-se de segurar apenas pelo tecido que a embrulhava. Ela a abaixou no chão.

O TRONO DE JASMIM

Então, tirou de lá uma coisa minúscula. Uma coisa feita de vidro, que tinha um brilho azulado.

Havia apenas um último frasco.

Kritika o segurava nas mãos.

— Precisa beber — disse ela. Quando piscou, ele viu o sangue nos cílios da mulher e se perguntou qual coisa horrível as águas estavam fazendo com ela por dentro. — Precisa beber. Precisa sobreviver.

— Kritika.

— Deve se tornar um nascido-três-vezes, depois um alto-ancião, e vestir essa máscara. — Ela empurrou o objeto para a frente. — Você precisa salvar Ahiranya. Então beba.

Ele queria beber. Estava com sede. Estava seco e vazio, uma casca no ápice do colapso.

Mas ele não podia beber daquele frasco.

— Você está comigo há mais tempo do que qualquer um dos outros. Eu vou contar a verdade a você — murmurou Ashok. Kritika se inclinou mais perto para escutá-lo. — Não tenho a força para fazer o que precisa ser feito. Não vou sobreviver para encontrar minha irmã, lutar por ela *e* depois voltar para casa, para o Hirana. Então não vou beber.

Kritika não disse nada por algum tempo, mas o lábio começou a tremer um pouco. Vê-la assim angustiada quase o fez mudar de ideia.

— Você é a nossa única esperança, Ashok — insistiu ela. — Sempre foi. Não se deixe levar pelo desespero agora, eu imploro. Ainda há um futuro para Ahiranya, e também para nós.

Um fio de sangue escorreu da narina dela.

Ele não podia suportar vê-la morrer. Não poderia.

Ele pensou, durante um momento sombrio, em acabar tudo para os dois. Seria muito simples. Talvez até honrado. Como cena de uma história dramática, encenada por atores usando máscaras em um palco de vilarejo. Ele carregava uma faca no cinto, uma lâmina fina e afiada.

— Fico grato, mais do que posso colocar em palavras, por ter me salvado todos aqueles anos atrás — agradeceu-lhe ele, em vez disso. — Se não tivesse me dado as águas, eu teria morrido devido à doença que corroía meus pulmões. Teria morrido envergonhado e sozinho. Se essa rebelião conseguiu alcançar alguma coisa, é por sua causa.

— Eu fui uma peregrina ao Hirana pelo mesmo motivo que todos os outros, Ashok — disse Kritika, manuseando o frasco gentilmente de um lado para o outro nas mãos. — Eu queria ser melhor. Queria que minha família fosse melhor. Ahiranya fosse melhor. E quando tudo estava sombrio e eu achei que nada pudesse ser salvo... Ah, encontrar você me salvou.

— Eu nunca tive uma mãe — pontuou ele. — E... você não é minha mãe. — Uma risada engasgada. — Uma mãe não segue o filho para a guerra.

Ele tomou a mão da mulher, curvando os dedos dela ao redor do frasco. Empurrou-o de volta para ela.

— Beba você — reiterou ele. — Ou mais ninguém irá beber. Compreende isso? Minha visão precisa sobreviver além de mim. Ahiranya deve ser livre. — De repente, a voz dele estava esganiçada. — Esse país precisa de protetores. Se minhas irmãs não me permitirão fazer isso, então são elas que precisam cumprir a tarefa. Ou você.

— Quer que eu passe pelas águas três vezes. — Ela não parecia acreditar. — Eu não sou uma criança do templo, Ashok.

— Nós fomos treinados para isso — justificou ele. — Treinados para sermos fortes o bastante para sobreviver. Seria um milagre se conseguisse, e ainda assim é isso que peço de você, Kritika. Busque um milagre. Você e os outros rebeldes. Se apenas um ou dois entre vocês puder encontrar as águas perpétuas... Se apenas um entre vocês conseguir sobreviver ao processo, sua força será o suficiente. Isso seria o suficiente.

— Eu faria qualquer coisa por Ahiranya — afirmou Kritika, com a voz trêmula. — Eu bebi do frasco, mesmo sabendo que isso significaria minha morte. Todos fizemos isso. Mas há limites para o que qualquer um de nós pode fazer, independentemente do que desejamos.

— Então convença minhas irmãs a serem mais do que são — disse ele, cansado. — Beba agora, para que tenha tempo de fazer isso.

Kritika inclinou a cabeça, elegante em sua obediência.

Ela tocou a ponta dos dedos no topo do frasco. Pressionou um dedo na língua.

— Beba — pediu ele, rouco. — Não umedeça a língua. Solo e céus, você não vai sobreviver assim. Não é o suficiente.

Ela ficou de pé. Esticou a mão e pegou a máscara e o frasco mais uma vez. Ele viu naquele momento então o que ela não removera do saco que

O TRONO DE JASMIM

carregava: uma porção de arroz fermentado, um roti enrolado. Frutas cuidadosamente embrulhadas em tecido para mantê-las longe de formigas. Ela tinha provisões. E uma expressão séria e firme no rosto ensanguentado.

Kritika colocou o frasco no cinto dele, com cuidado, e então endireitou.

— Descanse, Ashok — disse ela, bondosa. — Eu voltarei.

MALINI

Eu quase matei Priya.

Aquilo teria sido um novo pesadelo para colocar junto aos outros. Ela já sonhava com o fogo, o cheiro da carne queimando, o sorriso escurecido de Narina.

Agora ela sonharia com o coração de Priya em suas mãos. Pulsante. Apenas a um milímetro da sua lâmina.

Ela não se permitiu revelar o que sentia. Ela andou junto ao estranho séquito de lady Bhumika, que reunia soldados, criadas e cozinheiros, e ignorou os olhares que lhe lançavam.

Bhumika havia concordado em garantir que Malini seria devolvida para Aditya, para que a princesa pudesse cumprir com sua parte da barganha. Então, em troca, Bhumika voltaria a Hiranaprastha, de onde protegeria Ahiranya com todo o seu poder e o de Priya, e esperaria Aditya ser bem--sucedido ou fracassar. Por enquanto, Bhumika direcionava seu séquito para prosseguir no caminho da reflexão, e insistiu em manter Malini por perto, muitas vezes usando o braço dela como apoio. Conforme fazia isso, Bhumika se certificava de fazer pequenas e enxeridas perguntas sobre a vida dela na corte. Sobre a política imperial. Sobre Chandra e Aditya.

Malini não deveria ter subestimado Bhumika quando a conhecera. Aquilo fora um erro muito grave de sua parte.

Ela respondeu da melhor forma que podia. Afinal, elas haviam forjado uma aliança. E ela estava contente de ter garantido a mulher ahiranyi como sua aliada, em vez de uma inimiga.

O TRONO DE JASMIM

Malini perguntou o que acontecera com o regente apenas uma vez.

— Acho que sabe da resposta — respondeu Bhumika. Disse aquilo sem nenhuma emoção visível, mas Malini sabia que não significava quase nada. Ela não insistiu mais. O que estava na privacidade da mente de Bhumika era assunto apenas dela.

— Meus pêsames — disse Malini, simplesmente.

— Foi necessário — retrucou Bhumika, a voz monótona, o que era... revelador.

Malini assentiu, andando entorpecida ao lado de Bhumika para acompanhar seu ritmo. À sua esquerda, com certa distância, seguia Priya, andando com outra criada e uma criança. Como se pudesse sentir seu olhar, Priya se virou para olhar para ela. Havia uma pergunta no formato da boca dela, na inclinação da cabeça. Não tiveram a oportunidade de uma conversa em particular.

Malini desviou o olhar e encontrou Bhumika encarando-a com uma expressão indecifrável.

— Está feliz com nosso pacto, lady Bhumika?

Bhumika considerou a pergunta, virando a cabeça em frente mais uma vez.

— Sim — respondeu, por fim. — O simbolismo é importante. E a liberdade... Você não compreenderá isso, princesa Malini, mas há uma dor sutil que os conquistados sentem. Nosso velho idioma quase foi perdido. Nossos antigos costumes. Mesmo se tentarmos explicar uma visão de nós mesmos para os outros, em nossa poesia, nossas canções e nossas máscaras de teatro, fazemos isso em oposição a vocês, ou olhando para o passado. Como se não tivéssemos um futuro. Parijatdvipa criou uma nova forma para nós. Não é um diálogo, e sim uma reescrita. O prazer da segurança e do conforto apenas diminui essa dor por um tempo limitado. — Ela colocou as mãos diante de si. — E, ainda assim, nunca quis isso... o colapso da regência. Esse fim. Eu compreendo que, para aliviar a dor de ser uma nação vassala, o custo necessário é de vidas mortais. Agora, a carnificina é inevitável... Fico contente em entrar em um pacto que permita que as mortes sejam mínimas e que permita que uma sombra de nossa liberdade, de nosso *ser*, seja salva. Além disso — murmurou Bhumika —, quem sou eu para desfazer os votos feitos entre minha irmã e você?

Malini olhou para ela. Bhumika parecia cansada, mas havia um sorriso nos lábios dela, pequeno e consciente.

Depois, quando todos pararam para descansar, Malini se esgueirou para longe e encontrou um lugar para se sentar sozinha, no tronco de uma árvore caída, debaixo da cobertura de uma velha baniana que havia sugado a umidade e vida da terra ao redor, deixando apenas uma clareira ao seu redor. Ela aguardou.

Não demorou muito para Priya aparecer.

— Finalmente — comentou ela, se aproximando. O solo sussurrava por onde passava, pequenas plantas se moldando no pisar dos calcanhares. Malini se perguntou se Priya percebia que aquilo estava acontecendo. — Queria falar com você.

— Estava difícil — concordou Malini. — São... tantas pessoas. Não estou mais acostumada com isso. Era muito mais silencioso no Hirana.

— Malini — disse Priya. — Eu apenas...

Malini observou Priya se aproximar até estar parada diante dela, um braço ao redor do estômago.

A princesa se preparou e aguardou.

— Eu entendo — prosseguiu Priya —, o motivo de ter ameaçado fazer aquilo. Era a única arma que você tinha.

Malini inclinou a cabeça para trás, para olhar nos olhos de Priya.

— Mas entende que eu quase matei você?

Priya ficou em silêncio. Ela não desviou o olhar de Malini. Não se mexeu.

— Entende o que estou dizendo? — Malini perguntou, o olhar ainda erguido. — Se tivesse perdido... e você estava perdendo, Priya, ele teria me matado ou me machucado, ou me tomado como refém para conseguir usar você. Era melhor ter matado você. Era melhor ter matado você do que deixar um inimigo de Parijatdvipa ter esse tipo de poder. Foi isso... foi isso que disse a mim mesma antes de lady Bhumika aparecer. Eu disse a mim mesma que enfiaria a faca no seu coração. Eu teria feito isso. Eu teria... — Ela apertou os olhos com força. Imagens de Narina e Alori e do sangue no cabelo de Priya passaram com velocidade pelas das pálpebras

O TRONO DE JASMIM

fechadas. Ela abriu os olhos novamente. — Eu não consegui — confessou ela. — Eu não consegui fazer isso.

Priya exalou. A luz estava atrás dela. Malini só conseguia ver seus olhos, seu cabelo liso, o preto rodeado pelo dourado da luz.

— Então você não é a pessoa que acha que é — retorquiu Priya.

— Mas vou precisar ser, Priya. Eu preciso... Essa parte de mim que preciso ser... não pode ser bondosa. Ou dócil. Não pode ser assim se eu quiser fazer o que precisa ser feito.

Priya não disse nada. Ela simplesmente inclinou a cabeça, escutando.

— Vou precisar criar uma nova faceta. Uma faceta que é capaz de pagar o preço que preciso. Eu vou me tornar um monstro — continuou Malini, sentindo o gosto daquelas palavras em seus lábios e em sua língua. — Por tanto tempo, eu só quis escapar e sobreviver. Mas agora eu estou livre, e pelo bem do meu propósito... e pelo bem do meu poder — admitiu ela —, vou precisar me tornar algo que não é humano. Algo além de *nada bondosa*. Eu preciso fazer isso.

Priya hesitou, e então disse, finalmente:

— Não tenho certeza de que é isso que significa ser poderoso. Se perder de si.

— Como se você não tivesse pago um preço — apontou Malini. — Como se Bhumika não o tivesse pago também. Ou seu irmão.

— Está bem. Então o poder... tem um custo. Mas o que você faz quando tem poder, depois de conquistá-lo... Essa é a chave, não é? — Priya deu um passo em frente. — Eu sei o que meu irmão faria. E... não é que ele esteja errado, não exatamente. Mas ele não é esperto o bastante para criar algo que dure mais tempo do que a carnificina que criou. Eu deveria saber. Eu também não sou. Mas o que você vai fazer assim que tiver sua justiça?

— Assim que lidarmos com Chandra? Não sei — assumiu Malini. — Não consigo imaginar. Até mesmo ter essa esperança... está além de mim há muito tempo.

— Você poderia fazer algo bom — comentou Priya. — Não. Já prometeu fazer algo bom. A liberdade de Ahiranya.

— E isso foi bondoso da minha parte, por acaso? Libertar Ahiranya para que os rebeldes iguais ao seu irmão possam usufruir dela para o mal que quiserem, no lugar de Parijatdvipa?

Priya suspirou.

436 TASHA SURI

— Eu não sei o que significa ser um governante justo, está bem? Eu não sei o que você quer ouvir. Mas acho que pode descobrir. Você vai ter influência quando seu irmão Aditya subir ao trono. Eu sei disso.

— Priya. Eu quase enfiei uma faca no seu coração. Como você pode estar aqui? Como consegue falar comigo?

— Bom, se tivesse feito isso, eu estaria morta e nós não estaríamos conversando sobre nada. — Ela deu de ombros.

— Priya. — E, ah, a voz que saía dela era suplicante. — Por favor.

O que estava implorando? Honestidade? Perdão? O que quer que fosse, ela sabia que apenas Priya era capaz de providenciar.

Priya a encarou de volta, com olhos aguçados, sem sorrir.

— Quando eu era criança, quando comecei meu treinamento de criança do templo, eu aprendi como era importante ser forte. Nós treinávamos para lutar. Lutar contra inimigos, e uns contra os outros. Cortar fora as nossas partes que eram fracas. Isso era o que sobreviver e governar significava. Não ser fraco. — Priya fez uma pausa. — E mesmo assim a maioria de nós morreu. Porque confiamos nas pessoas que nos criaram. Imagino que isso também seja uma fraqueza.

— O que está tentando dizer?

— Que as pessoas com quem você se importa podem ser usadas contra você. E a força... força é uma adaga que se vira contra as partes de que você ainda se importa.

Malini engoliu em seco. Ela pensou naquela noite quando os efeitos do jasmim estavam deixando seu corpo e quase a mataram, em como tinha prendido Priya sob ela. Ela pensou naquela ardência suave do coração pulsante da outra mulher.

— Eu sei o que significa ter poder — continuou Priya. — Eu sei o quanto isso custa. Eu não sei se consigo culpar você por querer pagar o preço.

— Pois deveria — arfou Malini. A garganta estava seca.

— Talvez — admitiu Priya. — Talvez se eu tivesse tido uma infância gentil, criada por pessoas que me ensinaram a ser boa e amável, eu saberia como fazer isso. Mas eu aprendi sobre bondade e gentileza, ou qualquer coisa parecida, com outras crianças que sofreram tanto quanto eu, então não consigo. — Ela deu outro passo em frente e se ajoelhou no chão diante do tronco de árvore onde Malini estava sentada. — Meu próprio irmão arrancou meu coração em uma visão. Isso não importa — adicionou Priya,

O TRONO DE JASMIM

apressada, quando Malini começou a formar uma pergunta alarmada. — O que importa é que meu próprio irmão me machucou, de uma forma horrível, e mesmo assim eu não consigo odiá-lo.

Malini deixou as perguntas de lado.

— Quando meu irmão me machucou, eu jurei que o destruir seria meu propósito de vida.

Priya soltou uma risada baixa.

— Talvez isso seja melhor.

— Não tenho tanta certeza. — Ela não conseguia sorrir. Seu coração parecia uivar. — Você precisa perdoar com menos facilidade, Priya. Precisa guardar seu coração.

Priya ergueu o olhar, os cílios piscando de um estranho tom de dourado, os olhos claros deixando a alma de Malini imóvel.

— Você não conseguiu usar a faca contra mim — destacou Priya. — Você acha que algum dia vai se transformar em alguém que consegue? Que vai arrancar meu coração sem nenhum arrependimento?

Malini pensou em Alori e Narina queimando nas chamas.

— Priya — disse Malini, por fim.

A voz dela estava estrangulada. E naquele estrangulamento estavam todos os seus estilhaços, todas as coisas que foram rompidas pela perda e pelo fogo e pela prisão, pelo isolamento e raiva, pela suavidade dos lábios de Priya junto aos dela. Ela não sabia. Ela não sabia.

A expressão de Priya se suavizou. Havia alguma sabedoria naquela expressão, de compreensão e carinho.

— Malini — disse ela. — Se fizer isso, se você mudar... eu não vou permitir que faça isso. Eu posso não ser perspicaz, esperta ou... qualquer uma das outras coisas que você é, mas eu de fato tenho algum poder. — As folhas ao redor delas, como se respondendo às suas palavras, farfalharam e se aproximaram. As árvores formavam uma muralha ao seu redor. — Eu vou impedir isso. Vou transformar qualquer lâmina em grama ou flores. Vou atar suas mãos com trepadeiras.

— Vai me machucar? — perguntou Malini. — Deveria, para salvar a si mesma.

Priya balançou a cabeça.

— Não.

— Priya.

— Não. Sinto muito, mas a resposta é não. Porque sou forte o bastante para não precisar.

— Não precisa sentir muito — falou Malini. — Não...

Suas próprias palavras a deixaram. Suas próprias palavras a partiram. Era disso que ela precisava. Não um perdão, não um bálsamo para aquela fúria estridente dentro dela, mas a promessa de alguém com quem se importar — alguém para amar — que ela não poderia machucar. Mesmo se precisasse. Mesmo se *tentasse*.

Ela se inclinou para a frente, e Priya segurou o rosto de Malini entre as mãos, como se estivesse esperando para alisar as bochechas da princesa com os dedos, para olhar para ela com uma doçura completa e assustadora.

— Eu nunca vou entender sua magia — prosseguiu Malini, enquanto Priya acariciava sua testa com gentileza. — E fico feliz por isso. Estou com raiva, mas também fico feliz.

Priya soltou um ruído; um ruído que não significava nada e também significava tudo. Ergueu a cabeça e então beijou Malini mais uma vez. Agora, não havia qualquer vestígio de fúria. Apenas o aconchego da pele de Priya. Apenas sua respiração suave, e os cabelos soltos, acariciando as bochechas de Malini como se fosse a ponta das asas de um pássaro. Apenas uma sensação como um poço profundo e escuro, um sentimento como o de cair sem querer nunca mais se levantar.

Bhumika entrou em trabalho de parto no dia seguinte.

Malini estava parada perto do palanquim da senhora quando um arfar surgiu de dentro. Ela se virou, e de repente estava rodeada por uma multidão enquanto o palanquim era abaixado às pressas.

— Vamos precisar parar — anunciou Bhumika, com dificuldade. — Por um tempo. Só por um tempo.

— Alguém arme uma tenda — rugiu uma criada.

Malini deu mais passos para trás. Ela observou Priya se abaixar ao lado da irmã. Depois de um instante, a princesa se afastou. Não precisavam dela ali.

O TRONO DE JASMIM

Conforme andava, ela olhou em volta. Ela esperava que os soldados viessem correndo no minuto que sua senhora gritasse, mas estavam estranhamente ausentes.

Malini continuou percorrendo o caminho, ainda sozinha. Havia muito tempo ela não ficava sozinha.

Deveria estar com medo, pensou. Ela vira o suficiente daquela árvore estranha atrás da cabana onde Priya se recuperara para deixá-la com certo pavor da floresta, e também de suas águas e seu solo, e sim, certamente, de suas árvores, mas ela não estava amedrontada.

Por fim, viu os soldados ahiranyi de Bhumika na clareira, logo em frente. Conforme se aproximou, o comandante virou nos calcanhares, levantando e pressionando uma espada junto ao corpo de Malini. Ele a mirou, com uma rapidez instintiva, em seu esterno.

Ela não estremeceu. Estremecer significava fazer um convite ao primeiro golpe. Chandra ensinara aquilo a ela. Apenas encontrou os olhos dele e esperou. Ela conseguia ver o momento em que percebeu quem ela era. E também viu que, no momento seguinte, ele considerou mesmo assim a perfurar com a espada.

Ele abaixou a arma.

— Princesa — cumprimentou.

— Comandante Jeevan — respondeu ela. Ela já ouvira o nome dele vezes o suficiente pelo caminho para se lembrar. — O que o assustou?

Ele cerrou a mandíbula. Ele não embainhou a espada.

— Não estava assustado. — A voz dele saía em um sussurro. — E mantenha a voz baixa. Há homens logo adiante no caminho. Fazendo um acampamento. Não podemos passar por eles sem sermos vistos.

E eles não podiam seguir de qualquer forma. Não seria fácil, não agora.

— Vou chamar Priya — avisou ela.

— Não. Lady Bhumika precisa dela.

Ah. Então alguém o informara do que estava acontecendo.

— Ela pode contar com várias das outras criadas — argumentou Malini. — Mas você vai precisar da força de Priya.

Ela se virou para ir embora. O comandante segurou seu braço.

Malini encontrou os olhos do soldado.

— São parijati, não são?

Ele não respondeu.

— Não tema — murmurou ela. — Se são homens de Chandra, não tenho medo de matá-los.

— E se forem os homens do seu irmão sacerdote?

Parecia ser demais suas esperanças, que seriam os soldados de Aditya. Ainda assim, ela disse:

— Então, sabendo do pacto que fiz com lady Bhumika, deve permitir que eu vá até eles.

— Vou buscar Priya — disse um dos outros soldados.

Jeevan assentiu rapidamente e não soltou Malini.

— Você me acompanhou até o Hirana — recordou Malini. — Eu me lembro disso.

— Sim — confirmou Jeevan.

Ela inclinou a cabeça de leve, examinando-o.

— Não sente pena de mim — murmurou ela. — Mas também não ficou feliz com meu sofrimento. Que interessante.

— Não é tão interessante assim — retrucou ele, o olhar ainda fixo nela, apesar de um músculo na mandíbula estremecer de leve. — Me importo com poucas coisas. A princesa não é uma delas.

Depois de um tempo, alguém se aproximou.

— O que aconteceu? — A voz de Priya era baixa. Ela andou até eles, os passos silenciosos no chão.

— Há homens logo em frente — informou Jeevan. — Acampados. Não sabem que estamos aqui, mas logo vão saber.

— São perigosos para nós?

— São parijati.

Priya encontrou os olhos de Malini.

— Nos proteja da forma como preferir — disse Malini.

Priya bufou.

— Jeevan, por que está segurando a mão dela?

— Alguém vem lá — alertou um dos homens de Jeevan, baixinho, com a espada de prontidão.

O comandante praguejou, enfim soltando Malini, que só teve tempo o bastante de desejar que ela também estivesse armada antes de um homem aparecer diante deles. Não havia como se esconder. Jeevan e seus homens se adiantaram, com as armas empunhadas, e Priya se endireitou, invocando aquela estranha magia que corria dentro dela.

O homem parijati virou de costas e correu.

Por um tempo, eles simplesmente ficaram encarando enquanto ele batia em retirada.

— Ninguém tem um arco e flecha? — murmurou Malini.

Priya lançou um olhar a ela. Ela estalou os dedos, e um galho se atirou pelo ar e acertou o homem na nuca. Ele foi ao chão.

O homem deu um grito quando caiu. Priya estremeceu, xingando baixinho.

— Preparem-se — ordenou Jeevan.

Os homens se espalharam conforme passos rápidos convergiram e mais homens parijati apareciam.

— Tem mais deles! — um dos homens parijati gritou as palavras, e então berrou algo incompreensível que atraiu outros passos, homens correndo pelo caminho da reflexão.

Homens de Parijat e homens de Alor, com seus turbantes azuis.

Um instante. Aloranos.

Jeevan e os outros receberam os homens com um embate de aço, as espadas dançando em arcos pelo ar. Priya olhou para Malini de relance, pedindo para ela correr, e então se virou e se juntou à luta. Não havia armas em suas mãos, nada a não ser a coisa que fluía por seu sangue.

Malini deveria ter fugido. O bom senso dizia isso. Mas havia algo além de senso ali. Homens aloranos. Homens de Parijat, que por mais que usassem roupas parijati, de tecidos claros, com contas de preces ao redor dos pescoços, não usavam o branco e o dourado do uniforme imperial. Havia ali uma oportunidade, uma possibilidade.

Pior para ela. É óbvio que um dos aloranos rompeu a barreira de Jeevan. É óbvio que correu, lançando uma espada na direção dela.

— Rao — arfou ela. — Conheço o príncipe Rao, *não* me machuquem!

Os olhos do alorano se arregalaram.

Infelizmente, as palavras surtiam pouco efeito contra uma lâmina em movimento. Malini apenas assistia enquanto a espada seguia na direção dela — e, então, Jeevan estava lá. A espada encontrou a do alorano em um ângulo, desviando-a para o lado e sendo jogada para longe das mãos dele. Ele golpeou, e o alorano se abaixou, rolando no chão.

Malini cambaleou para trás, para longe da luta, e sentiu como se a terra estivesse se mexendo sob seus pés, carregando-a para mais longe como se transportada em um tapete verde. Priya não havia se virado, mas é óbvio que Malini sabia que era o poder dela naquele momento estranho.

Corra. Até mesmo a terra entoava isso, com a voz de Priya.

Mas... Rao.

Não foi seu momento de maior esperteza. Não foi um ato de política sutil ou astúcia. Era apenas isso: as mãos fechadas em punhos enquanto ela respirava fundo, muito fundo, e então berrava com toda a força.

— Rao! — Ela quase estremeceu com o som da própria voz, tão aguda e afiada. — Rao, eu estou aqui! *Rao!*

— Parem. — Uma voz. A voz de *Rao*, como um chicote de comando, de uma familiaridade dolorida. — Paz, irmãos. Paz!

Não deveria ter funcionado, mas Priya praguejou, e então a terra se mexeu, o solo afundando, segurando os pés de todos.

Todos paralisaram.

Conforme o caos se acomodou, Malini olhou ao seu redor. Homens com espadas. E ali estava Rao.

Rao, com a espada de Jeevan sob o queixo. Os dois estavam presos pela terra, parados naquele instante pouco antes do corte da lâmina.

Era ali, naquele momento, que saberia se era uma refém, afinal.

— Solte-o, comandante — comandou Malini. — Abaixe a espada. Esses são os homens de meu irmão Aditya.

Uma pausa.

— Tem certeza? — Jeevan perguntou.

— Sim — garantiu Malini. — Eu honro o voto que fiz. Sim.

— Jeevan — chamou Priya. — Vamos. Abaixe a espada.

Em um conflito evidente, Jeevan finalmente abaixou a ponta da espada. E Malini olhou para Rao, para aquele rosto agradável, aqueles cabelos escuros soltos, e quase começou a tremer diante da familiaridade dele.

— Olá, príncipe Rao — cumprimentou-o ela.

— Malini — disse Rao, como forma de cumprimento. Ele piscou, surpreso. — Eu... Priya?

— Lorde Rajan — cumprimentou-o Priya. — Como é bom vê-lo de novo.

— Priya é minha aliada, Rao — anunciou Malini. — Acredito que houve um... mal-entendido. Esses ahiranyi são meus aliados. Eles são aliados de Aditya.

O TRONO DE JASMIM

— É claro que sim — assegurou ele, um sorriso estranho agraciando seu rosto, apenas por um segundo. — Cessar hostilidades. Todos vocês.

Seus homens abaixaram as armas, com uma relutância idêntica à dos soldados de Jeevan. Depois de um instante, o chão ondulou, soltando todos eles, e Jeevan cambaleou para trás com um xingamento. Com cuidado, Rao deu um passo em frente. Depois, outro.

E então estava diante dela. Ele não a tocou. Apenas inclinou a cabeça e tocou a ponta dos dedos em sua testa, em um gesto de amor e respeito. Malini estendeu as mãos diante de si, feliz que não estavam tremendo.

— Príncipe Rao — disse ela. — Eu sei que esperou por mim. Que tentou me salvar.

— Tentei. Sinto muito que não tenha cumprido meu objetivo.

— Não importa — disse ela, baixinho. — Mas me conte. Por que está aqui, nesse caminho?

— Nossos batedores avisaram que havia pessoas aqui. Mulheres, homens e crianças. E eu tinha esperanças, mas eu não sabia, não podia ter certeza... Ah. Malini. — Ele baixou a voz. — Fico feliz que agora esteja aqui, finalmente.

Ele segurou as mãos dela. Olhou para Malini, como se o rosto da princesa fosse uma fonte de luz, como se ela brilhasse mais do que qualquer estátua de uma mãe.

— Estou aqui — continuou ele — para levá-la ao seu irmão. Seu irmão está aqui, Malini. Ele está aqui.

PRIYA

— Volte para Lady Bhumika — pediu Jeevan baixinho.

— E se eles se voltarem contra você?

Ele a olhou de soslaio.

— Volte até ela — insistiu ele.

Priya compreendeu. Ela assentiu e se virou de volta para o acampamento.

Ela conseguia sentir os homens parijati observando enquanto ia embora. A nuca pinicava. Ela se perguntou se viam um inimigo quando olhavam para ela. Ela via seus oponentes quando olhava para eles.

Malini... Malini não parecera inquieta quando entrara no acampamento parijatdvipano. Em vez disso, tinha ficado mais alta, o queixo erguido. Havia uma graciosidade repentina e nova na forma como atravessava o chão. Por um instante, Priya viu a Malini que havia andado com altivez em sua prisão, as mãos pairando acima das de Priya, conforme sentira o sabor dos seus primeiros instantes de liberdade do jasmim. Olhando para ela agora, no entanto, Priya percebeu que nunca tinha visto Malini em seu próprio hábitat, uma pessoa da realeza rodeada daqueles que a veneravam por seu sangue. O que Priya testemunhara na intimidade do Hirana, sob a luz da lanterna, havia sido apenas uma sombra daquela mulher.

Priya empurrou para longe seu anseio repentino por conhecer *aquela* Malini, assim como conhecera a princesa que a beijara embaixo de uma cascata.

Ela voltou para o acampamento principal, onde as pessoas circulavam a tenda de Bhumika. A própria tenda estava silenciosa. Conforme ela se aproximava, Khalida surgiu, o rosto soturno. Parecia um pouco nauseada.

— Onde você esteve? — rugiu ela.

— Tem um grupo de homens parijati logo no caminho adiante — informou Priya em voz baixa, se aproximando para não precisar falar mais alto. — São aliados do príncipe Aditya. A princesa está com eles, e Jeevan e seus homens também. Vou ficar aqui para manter lady Bhumika a salvo.

— Os aliados do príncipe Aditya — repetiu Khalida. — Está com medo de que os parijati vão se voltar contra nós?

— Jeevan está lá — disse Priya. — E se tentarem alguma coisa, vou usar tudo o que for possível para mantê-los longe. Todos nós vamos.

— Você tem um acordo com a princesa — ressaltou Khalida, em uma voz cortante. Os olhos brilhavam. — Está me dizendo que não confia na palavra dela?

— Estou dizendo que tem um grupo grande de homens com armas que não são meus amigos, nem mesmo *eu* sou estúpida o bastante para confiar neles — respondeu Priya, firme. — Quero ver Bhumika.

— E como vai protegê-la se estiver aí dentro? — Khalida gesticulou para a tenda.

O poder de Priya estava exaurido, mas ela deixou que tocasse sua voz, só um pouco, quando disse:

— Sou forte o bastante para fazer você sair daí.

— Não vai conseguir me assustar — retrucou Khalida.

— Não estou tentando assustá-la — contrapôs Priya. — Somos aliadas, Khalida. Não seja teimosa. Só saia da frente, ou vou obrigar você. E aí é que você não vai gostar.

— Você só traz angústia para ela — sibilou Khalida. — Sabe disso, não é?

Priya a encarou. Encarou-a e ficou em silêncio.

Sem dizer mais nada, Khalida puxou o tecido que cobria a porta da tenda.

Bhumika estava ajoelhada no chão. Estava quase em silêncio, mas emitia sons murmurados de dor, como um animal. O rosto estava ensopado de suor.

Foi um terror sombrio e íntimo que consumiu Priya quando se ajoelhou ao lado de Bhumika.

— Priya? — Bhumika conseguiu dizer.

— Estou aqui.

— Mais perto.

Bhumika esticou uma das mãos, e Priya a segurou.

— Não sei nada sobre o parto — confessou Priya, segurando a mão de Bhumika com força.

— Ah, ótimo — arfou Bhumika. — Bom. Eu também não sei. Uma pena que nós duas vamos precisar aprender dessa forma.

— Achei que você saberia o que fazer — exasperou-se Priya, horrorizada.

— Bom, eu pensei que teria parteiras treinadas comigo — argumentou Bhumika entre dentes.

— Tem a mim — disse Khalida, soando magoada da entrada da tenda.

Priya segurou a mão de Bhumika com mais força, reconfortante; o que era uma tarefa difícil quando a própria irmã do templo segurava a mão com um aperto de ferro.

— Khalida — convocou Priya. — Vá buscar Sima.

— Por quê?

— A mãe dela costumava fazer partos no vilarejo delas — explicou Priya. — Com certeza ela vai saber mais do que nós duas.

Khalida foi no mesmo instante. Depois de algum tempo, a voz baixa de Sima foi ouvida na penumbra.

— Eu posso ajudar.

A tenda se abriu mais uma vez, e outra mulher entrou carregando água.

— E vou precisar de outras criadas também — acrescentou Sima. — Sinto muito.

— Essa tenda está ficando lotada — Bhumika conseguiu dizer.

— Eu vou ficar de vigia. — Havia um certo alívio na voz de Khalida.

Mulheres entravam e saíam, trazendo água da fogueira, fervida, e tecido, conforme Sima sussurrava para Bhumika, instruindo-a para que respirasse, convencendo-a mudar de uma posição desconfortável para outra. Inútil, Priya ficou sentada e segurando a mão de Bhumika, murmurando bobagens.

O TRONO DE JASMIM

Ela observava Sima fazer uma massagem nas costas de Bhumika durante a próxima onda de dor quando sentiu uma das criadas se ajoelhar ao lado dela, passando um tecido molhado para limpar a testa de Bhumika.

— Estou com o garoto — disse uma voz baixa. — Venha e converse comigo, e vou devolvê-lo vivo.

Priya ergueu o olhar.

Ela não conhecia o rosto da mulher, mas conhecia aqueles olhos. Ela os vira por trás de uma máscara de madeira.

Antes que pudesse fazer alguma coisa, a mulher se fora. Priya ficou apertando o tecido nas mãos, a água pingando nas palmas.

— Priya. Priya? Me dê isso aqui. — Sima arrancou o tecido da mão dela.

Então ela se virou de volta para Bhumika, e Priya só conseguiu ficar de pé. Voltou-se para a entrada da tenda.

— Priya... aonde está indo? — perguntou Bhumika, alarmada.

— Eu já volto.

— Priya...

— Eu já volto.

MALINI

O acampamento era maior do que aparentava à primeira vista, comprido em vez de largo, serpenteando para acompanhar o espaço estreito que o caminho da reflexão permitia entre os troncos das árvores. Havia ricas tendas e homens afiando suas espadas. Nenhum cavalo, nenhuma fogueira, apenas uma atenção silenciosa que se transformou em algo novo quando Malini adentrou o acampamento ao lado de Rao, junto do comandante Jeevan e sua pequena força de soldados atrás dela.

Priya sumira. Malini mordeu a língua, uma dor leve para se tranquilizar, e não procurou por ela de novo.

Em vez disso, olhou para os homens no acampamento. Dwarali. Srugani. Saketanos. Aloranos. Eram os homens de Parijatdvipa, do grande império de sua família. Ela se endireitou, desejando que carregasse algumas de suas riquezas — sua coroa de flores, o peso das joias como o de uma armadura —, mas ela se aproveitaria do que tinha, mesmo que tudo que tivesse era sua mente e seu orgulho. Ela conseguira muita coisa com muito menos naqueles últimos meses terríveis.

— Aqui — indicou Rao, impelindo-a para a frente. Ele a guiou para uma tenda, abrindo caminho para ela.

Malini se virou para trás um momento, encontrando os olhos do comandante Jeevan, firmes e inexoráveis, mesmo cercado por inimigos.

Ela se voltou para a frente.

— Rao — sussurrou. — Certifique-se de que ninguém machuque os homens ahiranyi.

O TRONO DE JASMIM

— Farei isso — acatou ele.

Ótimo, pensou ela, soturna. *Ou Bhumika e Priya enterrarão nós dois.*

Com um aceno de cabeça, ela entrou na tenda.

Não era uma tenda real parijati. Não havia um tapete esticado sobre o chão. Não havia almofadas ou braseiros queimando sob um teto dourado e branco. A tenda era bem-feita, mas simples, uma construção de domo srugani. Havia apenas uma mesinha baixa no chão, e um homem parado diante dela.

Aditya.

O rosto dele era tanto estranho quanto familiar para ela. Ainda tinha o mesmo queixo firme, as mesmas sobrancelhas arqueadas. Aqueles olhos escuros e grandes como os dela. A memória que tinha dele sempre fora tão clara, e tão imutável. Mas, de alguma forma, ela se esquecera do seu nariz comprido. Da pinta sob o olho esquerdo. A maneira como as orelhas se destacavam, só um pouco. A maneira como o rosto dele se abrandava, sempre, quase imperceptivelmente quando a via. Seu irmão. Ali estava seu irmão.

— Malini — disse ele, e o sorriso era o mesmo de que se lembrava. Ele abriu os braços, os dedos curvados na direção dela, de coração aberto e implorando. — Você está aqui. Finalmente.

Malini nunca fora do tipo de se atirar em abraços com a facilidade de uma criança, mesmo quando ela *era* uma criança. Em vez disso, segurou as mãos dele. Então, os braços. Ela simplesmente o segurou, para reassegurar a si mesma de que ele era real.

Ela trabalhara tão duro para chegar ali. Parecera uma coisa impossível. Mas ali estavam os dois. Enfim.

— Eu sonhei em estar aqui — revelou Malini. As lágrimas ameaçavam cair, apesar do seu controle. — Durante tanto tempo, achei que talvez eu não... pudesse estar viva para ver você de novo.

— Você está aqui agora — ele a tranquilizou, a voz baixa e calorosa. — Você está segura.

Segura.

Aquilo afastou um pouco da névoa de emoção. Deixou-a fria e imóvel, e, mais uma vez, voltou a si.

— Malini — disse ele. — Irmã. Está tão magrinha.

Ela balançou a cabeça, sem falar. Ele poderia tirar suas próprias conclusões sobre o motivo disso. Como se compreendesse que ela não estava discordando, que simplesmente ignorava as palavras dele, como se esquivando de uma água fria, Aditya sorriu de novo e prosseguiu:

— Vamos conseguir o tanto de comida que você quiser. Qualquer coisa.

— Quando estivermos de volta em casa em Parijat e tudo estiver bem, e o trono estiver seguro nas suas mãos, não vou fazer nada além de comer até me acabar — disse ela. — Mas onde está seu exército?

— Não precisamos discutir isso agora — retrucou ele. — Não quando acabamos de nos encontrar.

Ela também balançou a cabeça diante da declaração.

— Eu mandei homens do império todo, e vejo muitos rostos, mas nenhum cavalo. Nenhum elefante. Está sem os números para conseguir chegar ao trono.

— Eles não cabem no caminho — argumentou ele, com uma paciência infinita. — A floresta os inquieta. E o monastério não tem lugar para elefantes de guerra.

— Monastério — repetiu ela. — Ainda está no monastério?

Ele inclinou a cabeça.

— A maior parte das forças aguarda ordens no caminho para Dwarali.

— Então por que — retorquiu ela — você não está no caminho de Dwarali, liderando todos eles?

— Estava esperando por você.

Mas ela sabia que esta não era toda a verdade.

— Aditya. Não minta para mim.

Ele hesitou, retraindo-se do toque dela, fechando as mãos em punhos atrás de si.

— Eu tenho uma tarefa aqui, no sacerdócio. Um propósito. E eu não estou muito certo de como vou proceder. — Ele fez uma pausa. — Talvez Rao consiga explicar, se chamá-lo de volta.

— O que mais há para explicar? — perguntou Malini. — O que resta a não ser tirar o trono das mãos de Chandra?

Aditya examinou a mesa, como se as respostas que buscasse estivessem entalhadas ali. Então, por fim, ele olhou para ela.

— Não tenho certeza de que é isso que eu devo fazer, Malini. Não tenho certeza de que governar Parijatdvipa seja o caminho certo.

Uma fúria cristalina, ferina e escaldante se assomou dentro dela. Cortou sua alegria como se fosse uma faca, deixando-a desolada. Ela não estava preparada para aquilo.

O TRONO DE JASMIM 451

— Você não tem certeza de quer governar Parijatdvipa — repetiu ela lentamente, tentando manter a frieza longe da voz. — Você acha que isso me surpreende? Eu conheço você, Aditya. Mas achei que deixaria de lado sua relutância, depois que escrevi a você contando o que Chandra fez, todos os conselheiros que ele substituiu porque não eram parijati. Os conselheiros que ele *executou*. Os sacerdotes delirantes que ergueu acima dos confidentes mais sagrados do nosso pai. E ainda assim acha que seu *desejo* de governar importa? O trono é seu. Se não por desejo, então por necessidade, e por direito.

— Você sempre tem tanta certeza — disse ele.

— Nem sempre. Mas quanto a isso, sim, tenho certeza.

Ele balançou a cabeça.

— Eu vi algo, nas visões que me foram concedidas pelo anônimo. Eu vi... — Ele parou de falar. — Não vamos falar disso agora, irmã. Eu estou tão feliz que você está aqui.

Tudo bem. Se ele não queria discutir, então ela não discutiria. Haveria tempo o bastante para isso. O que suas cartas para ele não tinham conseguido fazer, talvez ela pudesse conseguir pessoalmente.

Ela forçou o corpo a relaxar. Forçou a fúria a ser enterrada, e disse:

— Trouxe aliados comigo. Ahiranyi que se rebelaram contra Chandra.

— E querem se juntar a mim, esses ahiranyi?

— Querem a liberdade — explicitou Malini. — Sua independência como nação. E eu ofereci isso em seu nome, como agradecimento por salvarem minha vida e me trazerem até você.

Aditya piscou, surpreso.

— Você arrancaria um pedaço do império em meu nome?

— Se minha vida não vale esse preço, e certamente para você, irmão, vale, sim... então considere apenas o risco que Ahiranya representa. Está sofrendo com uma praga nas colheitas que pode infectar a carne. Seu povo faz rebelião contra nosso governo. Logo será uma nação sem recursos, cheia de um povo que nos odeia. E de que isso vale? Não precisamos desse país — justificou Malini, com uma convicção de ferro.

Ele balançou a cabeça.

— Talvez seja o destino — acrescentou ela. — No passado, nós reprimimos Ahiranya por tentar conquistar a todos nós. Foi uma punição justa. Certamente agora que os ahiranyi me ajudaram, podemos considerar que essa dívida foi paga.

— Malini. Não posso dar nada a seus ahiranyi agora — contrapôs Aditya.

— Mas poderá, quando for o imperador.

Ele a considerou.

— Isso importa tanto assim para você?

— Sim — respondeu Malini, simplesmente. Ele não precisava saber do poço de sentimentos que estava por trás daquelas palavras. — O destino dos ahiranyi importa muito para mim. Me prometa isso, Aditya. Jure isso por mim.

— O que você quiser — cedeu ele.

Ela não ficou satisfeita com a resposta. Ele deveria ter feito mais perguntas para ela. Deveria ponderar as consequências de um ato como aquele, ponderar se aquela era uma promessa que valia a pena cumprir. Aqueles eram os cálculos que uma liderança exigia. Mas ele não fez nada disso, e aquela concordância casual, seu desinteresse cansado, deixou Malini inquieta.

Aditya olhou para ela, e algo doloroso se escondia por trás de seus olhos escuros.

— Vamos voltar ao monastério — declarou ele, por fim. — E de lá... nós veremos, Malini.

— Quando?

— Depois do descanso de uma noite — disse Aditya. — Ou seja lá o que equivale à noite nesse lugar.

Então. Logo ela estaria no monastério. E de lá, ao lado de Aditya, ela testemunharia o começo da remoção de Chandra. Ela faria isso como uma mulher livre, e a ameaça do fogo não pairaria mais sobre sua cabeça. Ela começaria a se transformar no tipo de pessoa que precisava ser para conseguir destruir Chandra, para arrancá-lo do trono e garantir que seu nome fosse amaldiçoado e erradicado da história de Parijatdvipa.

Por que ela não estava se sentindo exultante? Por que sua alegria inicial se tornara uma lança de dor sob as costelas?

Ela pensou em lady Bhumika, em trabalho de parto no caminho, e no comandante Jeevan olhando para ela e avaliando se deveria cortá-la ao meio.

Ela pensou em Priya.

— Amanhã — acatou Malini. — Estou ansiosa para esse momento.

PRIYA

Não havia sinal da mulher que sussurrara para ela na tenda.

Mas Priya andou pela escuridão das árvores que rodeavam o caminho da reflexão, onde o tempo repuxava e soltava de formas estranhas, o borrão de luz oscilante além do labirinto de troncos que se rompiam em fragmentos ainda mais profundos. Ela sentiu o movimento atrás dela, como o de água. Então, saiu do caminho e sentiu a estranheza se dissolver.

Ali estava a mulher. Esperando.

E ali estava Rukh, amarrado à árvore com as próprias raízes. O menino estava amordaçado, e quando ele viu Priya, soltou um ruído gutural que poderia ter sido um grito se não estivesse com a boca tapada.

— Eu esperava que ele fosse vir quietinho — disse a mulher. — Mas o garoto estava... relutante. — Ela espremeu a boca. — Como a lealdade de crianças muda rápido.

— Eu deveria fazer uma lança de madeira e enfiar no seu crânio — ameaçou Priya, fechando as mãos em punhos. — Ou talvez devesse afundar você no chão e deixar que as minhocas façam o resto do trabalho.

— As raízes estão ao redor do pescoço dele — devolveu a mulher calmamente. — Posso estrangular o menino antes de você conseguir salvá-lo, ou de me matar.

— Não vai conseguir.

— Estrangular leva tempo — concordou a mulher. — Em vez disso, vou só quebrar o pescoço dele.

— Ele era um dos seus — debateu Priya. — Leal a você e a sua causa. Realmente mataria Rukh?

— Se ele ainda tivesse alguma lealdade, ele morreria por vontade própria, para ver Ahiranya livre.

— Ele é uma criança — retrucou Priya. — Mataria uma criança que você conhece, usando seu próprio poder?

Um ruído ecoou, um sibilar, enquanto as raízes se apertavam mais, e Rukh chutava o chão.

Bem, aquilo era uma resposta.

Uma fina linha de sangue escorria do nariz da mulher. Escorreu pelo lábio. Ela o limpou com as costas da mão.

— Estamos a uma distância muito curta de parijatdvipanos que adorariam ver rebeldes serem pendurados na forca — disse Priya. — E as pessoas que viajam comigo também não têm muitos motivos para gostar de você.

— Bem, eles não me impediram — desdenhou a mulher, que não usava uma máscara nem carregava nada. Alguns fios brancos permeavam seu cabelo, e rugas marcavam ao redor da boca. — Sem minha máscara, eu e você somos bastante parecidas. Criada e criada. Uma mulher comum e outra mulher comum. Invisíveis.

— Nós não somos parecidas.

— Não — concordou a mulher. — Você é uma criança do templo. Tem um dever para com Ahiranya. Quando eu tinha sua idade, eu era apenas uma adoradora, uma peregrina ao templo. E agora sou seguidora do seu irmão, para pedir sua ajuda e garantir que cumprirá seu dever. Tudo que precisa fazer é me contar qual é o caminho.

— E onde está Ashok? Por que você está aqui, e não ele?

A mulher inclinou a cabeça de leve.

— Não vai me falar onde é o caminho, nem mesmo agora?

— Se Ashok quisesse me machucar ou me manipular, ele mesmo faria isso — disse Priya. — Ele não sabe que você está aqui, sabe? Mas você é leal a ele. Obediente. Por que viria até aqui sem a bênção dele?

A mulher não respondeu.

— Então ele está morrendo — murmurou Priya. Ela odiava a maneira como seu coração se retorcia com a notícia, uma dor entorpecente no peito e na garganta.

A mulher continuou em silêncio, mas Rukh emitiu um barulho engasgado, baixo e terrível, como se as raízes houvessem se apertado ainda mais.

— Não posso simplesmente contar o caminho — falou Priya rapidamente. — O caminho deve ser instruído. E se Ashok está morrendo, há uma grande probabilidade de que não vai ter forças para chegar ao Hirana antes do fim.

A mulher balançou a cabeça.

— Eu não quero saber somente o caminho. Ashok tem uma visão que deve ser cumprida, quer... quer ele esteja vivo ou não. — A mulher engoliu em seco, o luto transparecendo no rosto. — Você o condenou. Mas eu sei que a visão é maior até do que ele, então eu vou deixar qualquer ideia sobre justiça de lado se vier comigo e escutá-lo.

Ela não poderia deixar Bhumika, Sima e os outros vulneráveis. Mas também não podia abandonar Rukh.

— Venha comigo, e escute o que seu irmão tem a dizer — disse a mulher. — Ou o menino morre.

— Solte ele agora, e eu vou com você.

A mulher bufou.

— Não. Ele vem conosco.

Priya olhou para Rukh. O cabelo estava grudado na testa coberta de suor, o rosto corado, aterrorizado e com raiva.

— Está bem — cedeu Priya. — Vamos.

O nome da mulher era Kritika. No passado, ela fora uma peregrina, uma das pessoas que subiam ao Hirana e coletavam as águas perpétuas, para colocá-las aos pés dos yakshas em seus altares, ou vestiam como um talismã de poder e boa sorte. Mas quando o conselho do templo queimara, ela guardara a água em um lugar seguro, sabendo que seria útil algum dia.

Ela contou tudo isso a Priya enquanto arrastava Rukh em uma coleira de trepadeira. As mãos dele estavam atadas. De vez em quando, ele olhava para Priya, e ela o encarava de volta. *Vai ficar tudo bem*, ela tentava dizer com o olhar. Mas Rukh ainda assim parecia ter medo, e havia uma raiva contida na boca, como se não soubesse se queria gritar ou chorar.

Priya viu as outras figuras nas sombras conforme desaceleraram. Segura-vam foices, os olhos estreitos fixos nela conforme ela passava. Alguns ainda usavam máscaras, as identidades escondidas atrás de entalhes de madeira, mas outros estavam sem nada, as expressões tensas.

Kritika parou diante de uma pérgola pequena coberta de flores de tom terroso claro, com folhas caindo como se fossem véus. Kritika adentrou a pérgola com Rukh ainda amarrado. Alguns instantes se passaram. A presença de Ashok era como um tambor baixo sob a terra, como uma canção que lembrava a Priya as formas grandes e pequenas que as águas uniam os dois.

Kritika voltou com Rukh.

— Ele está esperando por você — anunciou ela.

— Ele ficou bravo com você?

A rebelde lançou um olhar firme para Priya.

— Fale com ele — disse ela. — Eu vou esperar com o menino.

— Eu volto logo — assegurou-lhe Priya, encontrando os olhos de Rukh.

Então, ela adentrou aquela mortalha de folhas.

O mundo estava pintado por sombras pálidas. Ashok estava deitado de costas no chão, embrulhado em um xale comprido. Ele observou Priya se aproximar com olhos que brilhavam com algo semelhante a uma febre. O rosto estava esquelético.

Ele parecia com o irmão que a abandonara na varanda de Gautam, todos aqueles anos atrás. O irmão que estivera morrendo.

— Vim aqui para morrer em paz — sussurrou Ashok. — Mas estou contente que Kritika não obedeceu a meus desejos. — Os dedos estreme-ciam na ponta do xale. — Chegue mais perto.

Priya se aproximou, se ajoelhando ao lado dele.

— Está triste, Priya? — perguntou ele. — Você sabia que essa seria a con-sequência de me recusar as águas perpétuas, afinal. Minha morte, e a deles.

Ele gesticulou fraco para a entrada da pérgola e para as figuras atentas que permaneciam do lado de fora.

— Não coloque sua morte nas minhas mãos — retrucou ela, rouca. — Você escolheu isso. Você conhecia os riscos.

— Então o que acontece agora, irmãzinha? Quando eu morrer, vai deixar que o império nos pise com suas botas cruéis? Vai trancar as águas perpétuas até encontrar alguém que considera digno do poder?

O TRONO DE JASMIM

Ela balançou a cabeça, o coração apertado.

— Vai conseguir o que quer no fim das contas, Ashok — disse ela, baixinho. — Uma Ahiranya livre. E vai ser por causa de Bhumika e de mim. Não por você. Nós fizemos um acordo.

Ele tentou se sentar, os olhos intensos focados nela.

— Que tipo de acordo?

— A política nunca foi meu forte — comentou Priya. Era uma meia mentira. — Vai precisar perguntar a Bhumika sobre isso. Mas não importa como foi feito, a independência de Ahiranya foi prometida, e vamos usar a força das águas perpétuas para mantê-la. Assim como você achava que devia ser feito.

Ashok deu uma risada engasgada.

— Minhas duas irmãs escutando meus conselhos. Nunca pensei que isso aconteceria.

— Kritika me trouxe aqui contra minha vontade. Mas... seria útil ter lutadores fortes trabalhando conosco para defender Ahiranya. Ter uma rede de mãos e olhos leais. Ter um novo templo do conselho que já conhece o gosto das águas, e os riscos.

Houve uma pausa silenciosa enquanto Ashok a encarava. Talvez fosse a doença que o deixasse assim tão aberto e espontâneo, mas ela via a esperança no rosto dele, no formato da sua boca. Ele queria que seus seguidores ficassem vivos.

— E o que a minha querida irmãzinha, que diz que não entende nada de política, quer em troca disso?

— Aceite Bhumika como nossa líder — propôs Priya. — Você deve jurar que nunca vai tentar derrubar ela da liderança. Deve prometer, em nome dos yakshas e das águas no seu sangue, que nunca vai lutar contra ela para controlar Ahiranya. Deixe que ela seja a melhor entre nós, Ashok. Afinal, ela é a única sensata entre nós três.

— Não posso prometer não lutar contra ela ou testá-la — replicou ele, de imediato. — Ela não entende como Ahiranya deve ser. Ela não se importa.

— Você não está em posição de barganhar, Ashok.

Uma tosse rouca escapou dos lábios dele. Ele enxugou a água e o sangue dos lábios, e disse:

— Meus seguidores... eles terão um futuro? Como líderes?

— Sim — afirmou Priya, e esperava ao máximo que não estivesse cometendo um erro.

— Junto de você e Bhumika?

Priya não tinha certeza de que queria o próprio nome junto da palavra liderança, mas mesmo assim respondeu:

— Sim.

— Então eu aceito — decidiu Ashok. — Me leve até as águas, salve a mim e aos meus, e eu vou servir a Bhumika. Pelo bem de Ahiranya, todos nós vamos.

Priya assentiu, o alívio tomando conta dela.

— Posso confiar em você? De verdade?

— Ainda somos uma família, Priya — disse ele. — Não há ninguém no mundo exatamente como nós. Que conhece o que nós conhecemos, ou sofreu o que nós sofremos.

— Isso não é um sim, Ashok. — Ela apertou os olhos, e então os abriu. — Mas vai servir. Preciso de mais uma coisa de você.

— Diga.

— Kritika fez um menino de refém — contou ela. — Rukh. Quero ele de volta. Ou não haverá acordo entre nós. Isso é assunto nosso, Ashok. Nossa família. Não precisamos envolver mais ninguém. Vou falar com Bhumika, e assim que ela concordar com nosso acordo, vou voltar com ela.

— Está bem — aceitou ele.

Ela pensou em ficar de pé e deixá-lo ali. Afinal, o acordo estava feito. Não havia mais nada a ser dito.

Em vez disso, ela se inclinou para a frente e encostou a testa na dele, sentindo o cheiro de suor, de doença e de lar que ele exalava. Ela ainda estava tão vulnerável com relação a ele, e ao amor e àquela estranha família dividida que os transformara em... seja lá o que eles eram.

— Vou ficar esperando — murmurou ele.

Você não tem outra escolha, pensou ela.

Ela mordeu o lábio e assentiu, se afastando.

— Kritika — chamou ele.

A peregrina entrou de imediato.

— Solte o menino — solicitou ele. — Eu e minha irmã entramos em um acordo. Logo ela vai voltar para nós.

O acampamento não estava mais silencioso quando Rukh e Priya voltaram. Havia uma quantidade ruidosa do barulho vindo de outras mulheres, e Khalida surgiu da tenda, o rosto pálido e furioso com a ausência de Priya. Ela ainda a repreendia quando uma das abas da tenda foi levantada e Sima olhou para fora. Ela encontrou o olhar de Priya e a chamou.

— Lady Bhumika quer você — anunciou ela, enquanto Priya se desvencilhava da fúria de Khalida e ia até lá. — Venha. Venha ver.

Alguém queimara incenso doce para melhorar o cheiro da tenda. Bhumika estava sentada, inclinada, o rosto suado e corado. E ali nos braços dela havia um pequeno embrulho se contorcendo, chorando como um gatinho recém-nascido.

— É...

— Um bebê — falou Bhumika. — Parece que é uma menina. Acho que isso é bom. Pode segurar ela?

O bebê era pequeno e não tinha um cheiro bom, e quando Bhumika o colocou nos braços de Priya, ela sentiu algo avassalador: um tipo de terror e admiração na beleza repugnante da vida, que a fez querer devolver aquele pequeno ser humano o mais rápido possível, ao mesmo tempo que desejava segurá-lo para sempre.

— Ela fede — comentou Priya, encarando o rostinho do bebê.

— As primeiras palavras que essa pobrezinha ouve, e é isso que você oferece — retrucou Bhumika. — Me devolva ela aqui.

Priya entregou o embrulho para Bhumika.

— Se ainda estivéssemos no templo, você consultaria as cartas estelares para escolher as letras e sílabas certas para um nome, assim como fazíamos com os bebês dos peregrinos.

— Felizmente não somos mais crianças do templo — disse Bhumika. — O nome dela é Padma. Esse é o nome que escolhi para ela. Vai servir. Agora me conte o que Ashok ofereceu a você.

Priya ergueu a cabeça.

— Você sabia?

— Eu também o senti — confessou Bhumika. — Como não sentiria? Não havia fim naquilo. Mesmo agora, naquele momento, não havia fim aos seus deveres. Na guerra ou no trabalho.

Priya respirou fundo e iniciou o relato.

Depois que o comandante Jeevan havia retornado para proteger Bhumika e os outros, depois que descobriu tudo que havia acontecido, Priya se esgueirou para longe.

Ela se moveu em silêncio, cuidadosa, percorrendo o caminho pela mata até o acampamento parijatdvipano.

Malini tinha uma tenda própria. Jeevan havia observado a tenda ser erguida, e contou a localização para Priya antes de ela partir.

Priya esperou até ninguém estar olhando, e então se esgueirou para dentro.

Malini a observou entrar. Ela não pareceu surpresa.

— Priya — murmurou ela. Ela atravessou a tenda e segurou o rosto de Priya entre as mãos, mas não a beijou. Apenas ficou olhando.

E Priya...

— Solo e céus, o que é essa tenda?! — exclamou Priya, olhando em volta. — Isso é ouro no teto? E por que você tem uma escrivaninha?

— Na verdade é bem modesta se comparada ao padrão da minha juventude — ressaltou Malini, um sorriso curvando a boca. Porém, os olhos estavam tensos quando disse: — Você não deveria ter vindo.

— Os soldados não conseguiriam me machucar.

— Ainda assim — insistiu Malini. — Por que veio até aqui?

Priya a encarou durante um momento, com dificuldade para encontrar as palavras.

— Malini — disse ela, forçando o nome com gentileza pela língua, como se dessa maneira pudesse guardá-lo para si. — Você está onde precisa estar. Minha parte do acordo foi cumprida. E eu... eu estou aqui para dizer adeus.

Ela observou o sorriso no rosto de Malini desaparecer.

— Eu... Na verdade, não acho que deveria estar aqui falando nada disso. Isso é... um ato de confiança — confessou Priya.

— Você está indo embora — entendeu Malini. — Está indo embora.

— Você sabia que eu precisaria fazer isso em algum momento — disse Priya. — Bhumika e eu, todos nós... nós precisamos proteger Ahiranya até seu irmão Aditya assumir o trono. Até você conseguir cumprir o voto que fez para mim.

— Eu sei — falou Malini, entorpecida. — Eu sei. É só... muito rápido.

Ela franziu a testa de leve. Levou os dedos ao pescoço.

O TRONO DE JASMIM

O rosto de Malini demonstrava seriedade quando ela se afastou, elegante, e se sentou na escrivaninha, de costas para Priya.

— Obrigada — continuou Malini — por vir falar comigo. Sabendo como eu me sinto… isso foi gentileza sua. — Ela inclinou a cabeça brevemente, a nuca exposta conforme puxou a trança sobre o ombro. — E obrigada também… por tudo. Pelo tempo que tivemos juntas. Eu não vou me esquecer da promessa que fiz a você.

Priya engoliu em seco. A garganta parecia fechada. Os olhos ardiam.

— Nós não acabamos ainda, Malini — respondeu ela. — Isso não é o fim.

— É óbvio que é, Priya. Você mesma disse. Estamos em caminhos diferentes agora. E isso não é o fim?

Não ser nada além de um pedaço da história de Malini, e em troca ela mesma ser um pedaço na de Priya… Não. Aquilo parecia errado, completamente errado. Não seria tão fácil apagar o que sentiam uma pela outra, o encanto e a esperança que compartilhavam.

— Malini — disse Priya. — Malini, eu… — Ela engoliu em seco. — Você vai me ver de novo. Eu sei disso. Não importa para onde você vai e o que vai fazer, uma hora eu vou encontrá-la, porque está levando um pedaço do meu coração consigo. Você o roubou, afinal.

Malini ficou de pé de repente. Ela andou até Priya. Encostou a testa na da outra mulher, e o pulso de Priya acelerou. Ela tinha cheiro de limpeza e jasmim, e Malini estava perto demais para Priya vê-la com nitidez. Tudo que conseguia ver era a sombra dos cabelos pretos. O vislumbre de uma lamparina, lançando sombras na bochecha de Malini. A mandíbula cerrada da princesa. Seus cílios úmidos.

— Ao menos me dê um beijo de despedida — sussurrou Priya. — Ao menos isso.

Malini segurou o rosto dela entre as mãos e a beijou. Segurou seu lábio entre os dentes e suavizou aquela pontada com a gentileza da língua, então aprofundou o beijo. Priya, com os batimentos acelerados, segurou a nuca de Malini com a palma da mão, a pele quente e sedosa, acariciando as mechas leves e macias de cabelo com o dedão e a saliência leve de uma cicatriz antiga, e puxou Malini para si, de novo e de novo. Foi um beijo intenso, cheio de mordidinhas. Era um adeus, e aquilo fazia a cabeça de Priya doer.

462   TASHA SURI

— Eu poderia fazer você ficar — sussurrou Malini, se afastando, a respiração ofegante, um olhar alucinado nos olhos. — Poderia convencer você a ficar. Já convenci tantas pessoas a fazerem o que eu quero. Se posso persuadir alguém a cometer uma traição, posso convencer você a ficar comigo. — Ela se inclinou no aperto de Priya. — Afinal, você já quer isso. Você não quer me deixar. Se quisesse que eu fosse embora de verdade, não estaria aqui.

Havia um desejo na voz dela, mas também havia medo. Priya entendia. Era o mesmo medo que Malini admitira quando ela falara de quase colocar uma faca pressionada na altura do coração de Priya. Era o medo que tinha de si mesma.

— Você não conseguiria me convencer — alegou Priya. — Não conseguiria com nenhum truque. Tenho certeza absoluta disso. Eu tenho um propósito e um objetivo, e nem mesmo você consegue me fazer desistir disso. Eu prometo, Malini. — Priya a beijou de novo, o mais leve roçar dos lábios na bochecha de Malini. — Eu prometo.

Malini soltou a respiração.

— Bom — disse ela. — Isso é bom.

E então ela inclinou a cabeça, encontrando a boca de Priya com a sua, roçando os lábios mais uma vez antes de se afastar. Ela deu um passo para trás e se virou de costas.

— Você deveria ir agora, se quiser ir embora antes que amanheça. Vá agora, Priya.

Priya olhou para Malini. Para as costas da princesa, que indicava o limite até onde poderia ir.

— Eu prometo que voltarei — disse Priya a ela. — Eu sei que pensa que profecias não são grandes coisas. Ou presságios ou destino ou qualquer coisa do tipo. Mas um dia eu voltarei e encontrarei você. Nessa altura, eu imagino que já terá me esquecido há muito tempo. Talvez eu só possa caminhar pelas fronteiras do mahal onde você vai viver, mas... se você ainda me quiser, eu voltarei. Se você quiser que eu encontre você, eu irei.

Havia tantas coisas que Priya não sabia como dizer.

No momento em que a vi, senti algo me atrair para você. Você é a sensação de cair nas águas de maré, a maneira como um ser vivo sempre vai se virar em busca da luz. Não é que eu ache que você seja boa ou gentil, ou até porque eu ame você. É só porque no momento em que a vi, eu sabia que iria procurá-la.

O TRONO DE JASMIM

Assim como procurei as águas perpétuas. Assim como procurei meu irmão. Assim como eu procuro todas as coisas — sem pensar, sem mais nada além do desejo.

Priya repetiu:

— Se você quiser.

— Você sempre será bem-vinda — respondeu Malini, abruptamente, como se as palavras estivessem sendo arrancadas dela. — Quando você vier ao meu encontro, será bem-vinda. Agora, Priya. Por favor.

Priya engoliu em seco.

— Adeus, Malini — despediu-se ela.

MALINI

Malini esperou até ter certeza de que Priya se fora havia muito tempo. Esperou durante horas, sob a luz estranha do caminho da reflexão, sentada na escrivaninha, sem nenhuma pena em mãos. Então, ficou de pé e deixou a tenda para perguntar onde estava o comandante Jeevan.

Como esperado, logo foi informada de que o comandante Jeevan e seus homens haviam retornado ao séquito de Bhumika fazia algum tempo. Quando alguém do acampamento de Rao fora buscá-los, aproximando-se cuidadosamente com uma lamparina erguida bem acima da cabeça para demarcar sua presença, não encontrara nem sinal do acampamento.

— Os ahiranyi sumiram — informou Rao. — Foram embora por vontade própria, ao que parece.

Rao levara comida para ela. Era uma refeição simples feita no monastério: legumes cozidos, feijão fermentado, roti assado no fogo compartilhado. Ela comeu sem sentir o gosto. Ela pensava, na verdade, torcia, para que Aditya fosse questioná-la, mas a relutância dele em seguir com seu destino aparentemente se estendia até mesmo a isso. Foi Rao que em vez disso ficou parado na tenda dela, as mãos atrás de si, observando Malini com um olhar perscrutador.

— Eu disse para irem embora — falou Malini.

Não era verdade. Óbvio que não importava. A verdade e a mentira eram armas para serem usadas quando necessário. E ela fizera um voto a Priya, um que tinha intenção de cumprir.

— Poderiam ter sido úteis — observou Rao.

O TRONO DE JASMIM

— A maioria não era — comentou Malini com franqueza.

Os olhos de Rao se estreitaram. Espertos.

— Aquela que salvou você...

Malini balançou a cabeça.

— Estou em dívida com eles — interrompeu-o ela. — Me salvaram da prisão e salvaram a minha vida. Se decidiram retornar para defender sua nação, não posso culpá-los. Posso apenas ficar grata.

— Aditya me disse que você fez uma promessa.

— Eu fiz — confirmou Malini. — E vou garantir que seja cumprida.

Rao a encarou por um longo instante.

— Malini — disse ele, e hesitou.

— Pois não?

Ele baixou o olhar.

— Nada. O acampamento está sendo desfeito. Devo pedir aos homens que arrumem um palanquim para você?

Ela negou com cabeça.

— Não é necessário — respondeu. — Vou andando.

Conforme se aproximavam do fim do caminho da reflexão, a luz do sol passava pelas árvores, sem aquela estranha mancha de chuva da noite.

— Sem velas — alertou um dos homens, berrando para os outros. — E sem fumar cachimbos. Não se esqueçam.

À primeira vista, os jardins envernizados de Srugna eram um monastério no vale grandioso, um lugar ideal para adorar ao anônimo. As paredes do vale eram cobertas por um entrelaçamento delicado e rico de folhas, desde o verde profundo a um caramelo. O chão era de grama macia e flores da campina: roxas, cor-de-rosa, azuis, tão pequenas quanto contas. Entre as paredes ficavam as árvores, delicadas e de galhos compridos, pesados com suas frutas e folhas jovens, escuras como amoras.

Mas nada daquilo era real. O clima em Srugna não era adequado para flores da campina de Dwarali ou para o capim-limão que crescia em partes de Alor.

Malini olhou para as encostas repletas de árvores altas que rodeavam os jardins, cercados por um enorme reservatório de água; a entrada estreita atravessando uma ponte de trepadeiras e raízes torcidas. Ao mesmo tempo que o monastério era protegido de uma invasão, também se mostrava bastante vulnerável.

Ela sentiu aquele equilíbrio da corda bamba conforme cruzou a ponte. Abaixo dela havia um abismo, cheio de pedras pontiagudas. A própria ponte era uma construção frágil, balançando de maneira preocupante conforme as pessoas a cruzavam.

Assim que atravessaram, Aditya se colocou ao lado dela.

— O jardim foi entalhado, ou melhor, construído, de acordo com uma visão do primeiro sacerdote srugani do anônimo. Foi dito a ele que deveria "ir ao vale do lótus e construir em seu coração um palácio dedicado a mim, um lugar de verniz". Então foi isso que ele fez.

Aditya segurou a mão dela. Ele a guiou para as lindas árvores, cheias de joias, que rodeavam a entrada do monastério. Ele encostou a mão dela na superfície do tronco.

Era verniz. Tudo envernizado. Doce e cheio de resina.

Não era somente um nome.

Ela retraiu a mão.

— Qualquer um poderia queimar esse lugar até não sobrar nada, de propósito ou sem querer — disse ela. — Sabe disso, não sabe? Mal precisaria de uma faísca.

— Não precisaria de nada além de uma única vela — concordou uma voz nova. Um sacerdote se aproximou, usando os mantos azuis do anonimato, a expressão e voz tranquilas. — Mas nós somos sacerdotes do anônimo, princesa, e nós nos rendemos aos desígnios do destino. Essa é nossa vocação.

— Venha — chamou Aditya, impelindo Malini para a frente, gentil. — Deixe que eu lhe mostre seus novos aposentos.

Era um quarto simples. Uma cama. Um luxo que depois de tanto tempo deveria tê-la deixado atônita.

Ela se sentou no chão, e com cuidado resistiu ao impulso de gritar.

Eles viviam voluntariamente ao redor de uma pira que não fora acesa. Tolos. Ela sentiu aquela percepção se fechar em sua cabeça com violência.

Fogo. Queimar. Era sorte que ela não acreditava no destino, porque essas coisas pareciam que a seguiam. Aguardavam por ela.

O TRONO DE JASMIM

— Princesa Malini — chamou uma voz. Era baixa, mas carinhosa. — Fico tão feliz que esteja viva.

Ela virou a cabeça na direção da porta. A discípula favorita da sua antiga professora estava diante dela. Como todos os sábios, Lata era austera. Os cabelos estavam presos em tranças apertadas que formavam uma coroa ao redor da cabeça. O sári, coberto por um xale cinzento, era primoroso.

— Lata! Não estava esperando encontrar você — disse Malini, surpresa.

— Acompanhei o príncipe alorano — murmurou ela. — Assim como me pediu.

Malini tinha sorte de que algumas de suas muitas mensagens, enviadas durante seu confinamento antes de ser mandada para a pira ou escritas às pressas e pagas por subornos de joias antes do aprisionamento em Ahiranya, tinham de fato chegado a seus destinos.

— Estou muito feliz que fez isso — suspirou Malini, calorosa, apesar de seu coração estar frio. — Por favor. Entre e se sente.

Lata se sentou ao lado dela.

— Como posso começar, princesa? — disse, inclinando a cabeça para o lado. Aquelas eram as palavras costumeiras de um sábio: um tipo de rito de oferenda. — Qual conhecimento está buscando?

— Tudo — disse ela. — Me conte tudo.

De acordo com Lata, a maior parte das forças que queriam destronar Chandra estavam baseadas em Srugna e na estrada para Dwarali. Não havia espaço para todos no monastério, já que era confinado e perigoso. Apenas os lordes e príncipes interessados nos atos da política, ou que procuravam as decisões de Aditya, escolheram ficar nos jardins envernizados.

— Bem — murmurou Malini, quando Lata terminou. — Se os nobres querem política... — Ela ficou de pé. — Vai precisar agir como minha acompanhante, e como dama de companhia. Pode fazer isso?

— Acho que consigo, sim — respondeu Lata.

— Então, primeiro, eu preciso de um banho — decidiu Malini.

Ela tomou banho com uma água fria, e tentou não pensar em Priya lhe oferecendo uma bacia de água fria no Hirana. Priya, ajoelhada, olhando para ela. O cabelo dela foi penteado da melhor forma possível, depois de ser tão maltratado. Lata deu a Malini um dos seus próprios sáris. A blusa estava tão larga que ficava sobrando, mas ficaria escondida sob o tecido, então serviria. Malini não possuía nenhuma joia. Nada para identificar sua posição. Nada que pudesse simbolizar seu valor.

Então ela ergueu o olhar, para a janela.

É óbvio.

Com a ajuda de Lata, ela prendeu o cabelo em um nó, e com delicadeza colocou ao redor da cabeça uma tiara crescente de flores de verniz recém-colhidas.

Os homens foram tomados por um silêncio abrupto quando ela adentrou os aposentos. Não havia sinal de Aditya, e tampouco de Rao.

Ela interrompera um jogo de catur, mas ela entendia que os jogos de dados e estratégia não eram simplesmente uma forma de entretenimento para os homens da nobreza. Ela inclinou a cabeça num movimento gracioso que enfatizava a vulnerabilidade do seu pescoço e a realeza de sua postura, e disse:

— Perdoem a interrupção.

— Princesa. — Os homens não ficaram de pé, mas inclinaram a cabeça em respeito. Era o suficiente. — Não há necessidade de se desculpar. Está procurando por alguém?

— Lorde Narayan — disse ela, encontrando o rosto dele entre os lordes presentes. — Sinto muito por sua perda. O príncipe Prem foi um grande amigo do meu irmão Aditya. Eu o admirava muito.

— Obrigado, princesa — falou o jovem, soturno de repente. — É uma dor muito grande perdê-lo.

— Estou de luto com você — murmurou Malini. Ela atravessou a sala na direção do homem, cada passo lento e proposital.

Enquanto caminhava, olhou para cada um dos lordes.

— Parecem agitados, milordes.

O lorde dwarali foi quem falou primeiro.

— Pensamos que o imperador Aditya retornaria com um exército. — Ele não sorria. — Mas vejo que não é o caso.

Malini balançou a cabeça.

— Eu não pude trazer um exército para ele — explicou ela. — Apenas eu. Mas vou fazer o que puder, milordes, para colocá-lo no trono.

— Talvez agora — murmurou um dos lordes srugani, com um vestígio de raiva na voz — considere nos dar a nossa guerra, pela qual viemos até aqui.

Ela exalou. Virou o pescoço com cuidado, para evidenciar as flores envernizadas presas no cabelo. Ela era uma princesa imperial de Parijat. Aquilo tinha um peso.

— Acreditem em mim, meus bons lordes — pediu Malini, abaixando os cílios com delicadeza, mesmo enquanto mantinha a coluna ereta e os ombros firmes. — Meu irmão Aditya irá garantir que sua antiga glória seja restaurada. Terão o que já possuíram um dia. Controle dos próprios reinos. Um lugar de autoridade e respeito dentro da corte imperial. A glória do império, moldada por lealdade, assim como já foi outrora.

E era por isso que estavam todos ali, não era? Estavam destinados a pertencer à nova e desequilibrada Parijatdvipa de Chandra, presos pelos mesmos votos que seus ancestrais fizeram para retribuir o sacrifício sangrento e terrível que as mães que formaram Parijatdvipa fizeram no começo. A sacralidade daquela promessa ainda ecoava por todo o império daquelas mortes. Queriam apenas o que sempre tiveram — igualdade, poder, prosperidade —, e Malini poderia garantir que Aditya providenciaria tudo isso.

Melhor um imperador fraco, era o que provavelmente pensavam. *Melhor um imperador relutante que deseja ser um sacerdote que um fanático que vai nos tomar o que é nosso e fazer com que pertença a ele.*

— E quando — perguntou o mesmo lorde srugani — vamos alcançar o que nos foi prometido?

— Já é tarde — comentou o lorde dwarali que falara primeiro, ficando de pé. — Posso acompanhá-la de volta ao quarto, princesa Malini?

— Não tenho certeza de que isso seria sábio — murmurou Lata.

Mas Malini apenas sorriu, dizendo:

— É claro, milorde. Me acompanhe.

— Você é lorde Khalil — reconheceu ela, conforme passaram para a escuridão aveludada, Lata os seguindo. — Lorde de Lal Qila. Não é mesmo?

— Isso mesmo — afirmou o lorde.

— Sua esposa o tem em alta conta, lorde Khalil — disse Malini. — Ela descreveu a mim a defesa de sua fortaleza contra os Jagatay com grande admiração.

— E com muitos detalhes, sem dúvida. Minha mulher tem um interesse pouco saudável por estratégia militar. — Ele a olhou de soslaio. — Sei que escreveu para Raziya, princesa Malini. Ela compartilhou muitas de suas cartas comigo. Eu fiquei… intrigado.

— Pensei que talvez fosse o caso — assumiu Malini. — Afinal, agora está aqui.

Lorde Khalil deu uma gargalhada, que não era tão bem-humorada.

— Uma decisão da qual estou começando a me arrepender por completo. Sinto saudades de casa. Dos meus cavalos. E esse lugar… — Ele deu uma olhada em volta, desgostoso. — Não permitiria que meus melhores cavaleiros entrassem nesse lugar. Estamos cercados de todos os lados. De que ajuda ter cavalos em um terreno como esse? — Ele abanou uma das mãos, com um desgosto óbvio para a quantidade de flores brilhantes que se penduravam nos rochedos. — Espero aqui, a bel-prazer do imperador. Mas temo que o que dê prazer a ele seja ficar neste lugar e meditar.

— Ele foi gentil em esperar por mim — argumentou Malini. — Gentil e nobre, como um dos nobres dos tempos antigos.

O lorde bufou, irônico.

— Tenho pouca paciência para esse tipo de nobreza.

— Aprecio sua franqueza — disse Malini.

— Mil desculpas. Não temos tempo para fazer floreios com palavras em Dwarali.

Malini, que havia lido as elegantes cartas da esposa de lorde Khalil, e já se deliciara com poesia dwarali, se poupou de comentar sua declaração.

— Quantos conselheiros de Dwarali foram mandados para casa em desgraça? — quis saber Malini, casualmente. — E quantos foram executados? Para devolver sua franqueza, lorde Khalil: a honra nobre de Chandra não irá favorecê-lo. Não como a de Aditya.

— Ou como a sua — considerou o lorde. — Mas você tem um bom argumento. Queimar mulheres… Não apreciaram muito o ato, princesa. Mas elevar seus sacerdotes do fogo acima de reis e lordes que concederam a Parijatdvipa sua grandeza… — Ele estalou a língua no céu da boca. — Foi um ato impensado.

O TRONO DE JASMIM

— Eu avisei que era o que ele faria — Malini o lembrou.

— Avisou mesmo — concedeu Khalil. — A princesa trabalhou muito duro para semear a discórdia contra o falso imperador em suas cartas. Minha esposa também me disse isso.

— Sua mulher é muito inteligente.

— Ela é mesmo.

Eles caminharam em silêncio por um instante. Os pássaros flutuavam acima. O céu estava repleto de estrelas, e o jardim envernizado cintilava de uma maneira estranha.

— Um imperador cruel é desagradável — afirmou Khalil. O tom dele era leve, quase como o de quem trocava amenidades. — Mas se proteger os interesses daqueles que são próximos dele, muita coisa pode ser perdoada.

— Chandra sequer protege os interesses da própria família — contrapôs Malini. E, ah, era muito mais honestidade do que ela deveria ter dito.

— E essa é a questão, não é?

Malini continuou andando. Firme e forte.

— Aditya sempre protegerá os interesses daqueles que forem leais a ele — insistiu ela. — Isso eu posso prometer, milorde.

— Aditya irá mesmo — murmurou Khalil, encarando-a com olhos atentos. O olhar parecia dizer que não era Aditya quem protegeria seus interesses.

Mas isso serviria. Os interesses de Malini se alinhavam com os de Aditya, afinal.

— Deixo sua companhia aqui, princesa — despediu-se Khalil, inclinando a cabeça.

— Meus agradecimentos — murmurou Malini.

Ela e Lata esperaram enquanto ele se afastava.

— São mais bondosos com as mulheres em Dwarali — disse Malini para Lata quando ele desaparecera. — Corri um certo risco.

Então, para si mesma, ela murmurou:

— Alguém precisa fazer isso.

RAO

Mais de dez homens estavam presentes quando o mensageiro — não um dos de Prem, mas um saketano, usando um verde profundo, o cabelo trançado bagunçado e empapado de sangue — caiu do cavalo e tombou no lado mais distante da ponte. Ele já começava a rastejar pelo caminho para cruzar a ponte quando os homens o alcançaram e o ajudaram.

— Soldados de Parijat — arfou o mensageiro, assim que estava no solo do monastério. — Eles... estão vindo. Só um batalhão, graças às mães.

— Eles sabem que ele está aqui? — perguntou Narayan, com urgência.

— Não sei — disse o mensageiro, sem fôlego. — Eu não sei, eu... *Ah!*

E com aquele suspiro de dor, tanto os soldados quanto os sacerdotes pularam sobre ele, rodeando-o e o erguendo para levá-lo para algum lugar seguro. Um dos homens de Dwarali removeu a própria faixa, pressionando o ferimento do mensageiro.

A mente de Rao estava a mil. Será que algum dos homens de Santosh tinha conseguido escapar daquele encontro? Ou um contingente de soldados ficara em Hiranaprastha, para buscar mais ajuda se Santosh não retornasse? Não havia como saber.

Rao viu um movimento nas portas do monastério. Um vislumbre azul enquanto um observador voltava para o interior da construção.

Poderia ter sido qualquer um dos sacerdotes, mas Rao sabia que era Aditya.

Ele encarou a porta por bastante tempo, e um nó de amargura e arrependimento floresceu em seu estômago.

O TRONO DE JASMIM

Aditya ouvira. E então correra.

No passado, Rao admirara aquela quietude de Aditya.

Ele nunca tinha sido temperamental ou impulsivo. Ele fora reprimido pelos reflexos lentos quando praticavam com o sabre, mas os sábios e líderes militares que os educaram na arte da guerra honrosa, nas estratégias militares antigas e modernas, tinham admirado sua postura cuidadosa em todos os fatores. Aditya gostava de pensar. Ele sempre gostara de pensar.

Ele sempre queria fazer o que era certo.

Passara horas se demorando em textos, medindo estratégias militares e riscos, refletindo sobre a ética da guerra, desvendando quais eram as melhores escolhas e estratagemas que poderiam providenciar um equilíbrio perfeito: custo baixo da vida humana, uma vitória rápida e uma batalha honrosa.

Ele raramente conseguia cumprir tudo o que propunha.

— Não vai ser assim tão fácil no mundo real — dissera Aditya certa vez durante um jogo de catur, os olhos fixos no tabuleiro. A mão dele ficava se mexendo, pairando sobre o pequeno elefante entalhado, o cocheiro, a infantaria, o ministro. O rei. — Aqui eu posso escolher sacrificar qualquer um que precisar para ganhar. — A voz e a expressão dele estavam estranhamente controladas. — Em nossas lições, nos ensinam que precisamos fazer o necessário. Mas às vezes eu penso que se não houvesse guerra alguma... isso seria mais fácil.

— Seria — concordou Rao, intrigado. — Mas a guerra acontece.

— E precisa acontecer?

— Não sei — dissera Rao. — Acho que é só como o mundo funciona.

Aditya franzira o cenho, encarando o tabuleiro. Então havia pegado a peça que simbolizava o rei e a colocado para fora do tabuleiro, na beira da mesa.

— Pronto — dissera ele, sorrindo para Rao. — Agora o rei pode contemplar o horizonte. Muito mais divertido do que guerrear, eu acho.

— Tenho quase certeza de que isso é contra as regras — provocara Rao.

— Tudo bem — respondera Aditya. — Eu nem gosto de jogar catur.

E Rao dera uma gargalhada, dando tapinhas nas suas costas, e falara:

— Se está tão cansado assim, então venha beber comigo.

Ele acreditara, na época, que ainda haveria tempo para Aditya se tornar um bom imperador.

Ele deveria saber, como um devoto do anônimo, que o rei colocado para fora do tabuleiro *significava* alguma coisa. Que, às vezes, um homem pode ver o próprio destino inconscientemente.

— Um nome de profecia não é sempre algo sussurrado por um sacerdote no nascimento de uma criança — dissera um dos sacerdotes do anônimo para Rao, quando ele perguntara o motivo de carregar um fardo tão grande como o nome, o motivo de ser *ele*. — Até mesmo além da nossa fé existem pessoas que descobrem seus destinos por obra do acaso. O destino os encontra. Em sonhos, em histórias, de maneira aleatória. Muitas vezes, não reconhecem a verdade quando são agraciados, e o conhecimento da profecia passa por eles. Mas seu destino iria encontrá-lo de qualquer forma, jovem príncipe, caso tivesse nascido alorano ou não. Contente-se que sua fé permitiu que fosse avisado do que estava por vir.

— Deve ser estranho — murmurara Rao em resposta. — Não saber do próprio destino, mesmo quando está bem na sua frente.

— Talvez — dissera o sacerdote, sorrindo, bondoso. — Mas você é da fé do anônimo, príncipe de Alor. Vai reconhecer uma profecia quando olhar para uma. Talvez salve um homem de andar pelo caminho da ignorância algum dia.

Mas Rao não reconhecera.

Rao encontrou Aditya em um pequeno jardim repleto de pássaros. Aditya não se virou para ele, então Rao o virou, fazendo o homem encontrar seu olhar.

— Seu irmão está vindo enfrentar você — afirmou Rao, rouco, as mãos sobre os ombros de Aditya. — Meu príncipe, meu imperador... meu *amigo*. Chandra acabou de mandar seus homens. Ele vai matá-lo. Precisamos fugir.

— Só mais um pouco — murmurou Aditya, desviando o olhar de Rao para ver os pássaros e o céu. Rao se perguntava quais eram os fatores sendo analisados dentro daquela cabeça: como a justiça se media contra a ética e a estratégia, e não levava a lugar nenhum a não ser à imobilidade do corpo e um olhar distante. — Só mais um pouco, e saberei o que precisa ser feito.

— Não há mais tempo! Nunca houve tempo.

O TRONO DE JASMIM

Aditya fechou os olhos. Parecia que um enorme peso estava sobre ele, um peso esmagador, que curvava seus ombros como nenhuma política da corte, ou guerra, ou qualquer outra coisa que haviam passado juntos como príncipes em Parijat já fizera antes.

— Você não entende — sussurrou Aditya.

— Entendo, sim. *Entendo.* Eu guardei os princípios da fé durante minha vida toda, Aditya. Minha irmã morreu por eles. Mas não posso permitir que você faça isso.

Aditya finalmente ergueu o olhar para o amigo. Eram olhos escuros, com sobrancelhas severas.

— Se eu sou seu imperador, deve me dar o tempo de que preciso. Afinal de contas, minha palavra é a lei. — De súbito, a voz dele era como ferro. — E se eu não sou seu imperador, então vá lutar a sua guerra sem mim. É bem simples.

Rao pensou naquele tabuleiro de catur do passado; Aditya franzindo a testa, desejando sair do tabuleiro. Mas não havia como deixar aquele jogo para trás. Aditya era uma peça que precisava se mexer se quisessem ganhar ou perder qualquer coisa.

— Não — disse Rao, firme. — Não vou fazer essa escolha por você. Essa é sua tarefa, Aditya, não minha. Se você é o imperador, se você vai nos liderar, precisa dar o primeiro passo. Precisa decidir. Eu não vou decidir por você.

Aditya se desvencilhou dele. Virou de costas e se afastou. E Rao inclinou a cabeça, pensando na sua irmã, que havia queimado na pira, e no peso terrível do seu próprio nome. Na esperança que fornecia.

A realidade de Aditya, preso por uma visão. Relutante em se mexer.

MALINI

Precisou que um dos lordes srugani e todos seus seguidores associados, um número de homens nem um pouco insignificante, abandonasse o monastério para que Malini descobrisse a verdade.

— O mensageiro se arrastou do cavalo morto — declarou lorde Narayan, andando em círculos. — Arriscou a própria vida para trazer essa informação. E agora... nada. Onde está o imperador Aditya? Príncipe Rao, sabe dizer?

Rao balançou a cabeça e não disse nada.

— Chandra pode não ter certeza de que Aditya está aqui, ou teria mandado muito mais homens — ponderou outro lorde.

— Ele pode ter como alvo todos os monastérios do anônimo — sugeriu Rao. — Ou nos seguiu pelo caminho da reflexão.

— Direcionar um ataque contra todos os monastérios seria tolice, na melhor das hipóteses, e uma afronta contra a fé na pior — alegou outra voz, estupefata. — Nenhum homem são faria isso.

A risada de Rao era amarga.

— Chandra faria isso.

— Os soldados chegarão aqui pela noite — cogitou outro.

— Tem certeza?

— Se estão viajando discretamente, não estarão com cavalos, ou qualquer possibilidade de chegar mais cedo. Mas o mensageiro tinha certeza.

— E o imperador Aditya...?

O TRONO DE JASMIM

— Foi informado assim que o relatório chegou — respondeu lorde Khalil, quase fechando os olhos. Ele estava observando os outros como se fosse um tabuleiro de catur, medindo sua próxima jogada, e também medindo seus oponentes.

— E os planos dele? — perguntou Lata, do canto.

— Ele não achou que seria adequado compartilhar conosco — disse Khalil, o tom tranquilo. — Mas estou certo de que irá falar com a sua adorada irmã.

— Estou certa de que sim — afirmou Malini, usando o mesmo tom moderado. O sangue pulsava nos ouvidos.

— Ainda virão muitas batalhas, e muitas guerras, se o príncipe Aditya tem intenção de retomar seu trono.

— *E ele irá* — garantiu Malini, firme.

Khalil soltou um ruído. Não era de concordância.

— Ele vai nos fazer fugir como covardes, o que não convém às nossas posições? — perguntou Narayan.

Malini não acreditava que a sobrevivência era covardia, mas evitou fazer esse comentário.

— Somos guerreiros, milordes — disse Rao, surpreendendo-os. Nós não fugimos da batalha. Mas ao menos podemos usar esse tempo para montar estratégias. Se quiserem se juntar a mim...

Malini não permaneceu ali.

Ela foi andar pelos jardins. Com passos cuidadosos, passando por sacerdotes em meditação, ou cobrindo as folhas com mais verniz.

— Lata — disse Malini para sua sombra sempre presente. — História militar.

— Minha professora era quem conhecia mais da história.

— Se ela estivesse aqui, ficaria feliz em aceitar um conselho. Mas você é discípula dela. Me conte o que sabe.

— O que sei, princesa, é que: deve usar qualquer ferramenta disponível a você. Avalie as possibilidades: o que você tem?

Malini olhou em volta. Os jardins. Aquelas árvores nada naturais; as folhas e frutas, penduradas, que jamais apodreceriam. Um presságio sombrio percorreu sua coluna.

— Não posso usar o que eu tenho.

— Por que não? — perguntou Lata simplesmente.

Porque é errado. Porém, não era isso que a impedia. Aquilo não importava para ela. Não de verdade.

Porque seria monstruoso.

Até mesmo aquilo. Até mesmo aquilo não importava tanto quanto deveria.

— Porque talvez perca alguns seguidores de Aditya. Ou... — Ela fez uma pausa. — Ou talvez ganhe mais alguns — murmurou. — Eles acham que ele não tem a capacidade de ser implacável. Eles acham...

De repente, Lata empalideceu. Ela sabia exatamente o que Malini tinha intenção de fazer.

— Não era disso que...

— Não era? — Malini não sorriu para ela. Ela não se sentia alegre. — Obrigada — disse, em vez disso.

— Não me agradeça — respondeu Lata. — Por favor.

Finalmente, pensou Malini. *Agora ela entende o quanto o conhecimento é amargo.*

Malini encontrou Aditya meditando no chão do próprio quarto, de pernas cruzadas. Ela o observou por um longo momento, esperando que ele a notasse e erguesse o rosto. Quando não o fez, ela se ajoelhou ao lado dele mesmo assim.

— Meu irmão — disse ela, em uma voz baixa e gentil. A voz que a mãe deles costumava usar. — Preciso que lidere seus homens. Não podemos mais ficar aqui.

Houve uma pausa em que ele não disse nada.

— Rao mandou você aqui? — quis saber ele, por fim.

— Não. — Ela não precisava que Rao a informasse sobre o que era preciso fazer. Aditya deveria saber disso.

— Estranho. Ainda assim, você e ele querem a mesma coisa de mim. — Seus lábios formavam um sorriso sem alegria. — Querem que eu mate pelo trono. Assassine pelo império.

— Você deve matar pelo trono — reiterou Malini. Ela forçou para a voz continuar calma, bondosa. — É isso que é a guerra. E não sou só Rao e eu que queremos que você tome o trono. Aditya, você *sabe* disso.

O TRONO DE JASMIM

479

Você sabe que todos aqueles homens esperam que você os lidere porque Chandra precisa ser impedido, e não há mais ninguém a não ser você para fazer isso. Por que não vai agir?

Os olhos do irmão estavam mais escuros, mas a expressão por baixo da dureza do sorriso estava determinada.

— Venha comigo — chamou ele. — Preciso mostrar algo a você.

Ele a levou até o jardim. Lá havia uma bacia com água em cima de um pedestal. Ela o seguiu até a bacia, colocando as mãos sobre ela, a pedido dele.

— Você sempre quer mais conhecimento — disse ele. — Agora você pode receber.

— Eu tenho livros o bastante — retrucou Malini, olhando para o rosto do irmão em vez de para a água. — Ou tinha, no passado. E agora tenho Lata, para continuar minha educação.

— Você quer entender o motivo de eu resistir tanto ao caminho que acha que devo seguir. Para entender isso, precisa entender primeiro o conhecimento que o anônimo me concedeu — explicou Aditya, e então hesitou. Depois, ele voltou a falar. — Malini, na verdade, preciso de você. Preciso das suas ideias.

— Você já tem minhas orientações — retorquiu ela. — Você sabe exatamente o que eu acho melhor fazer.

— Não — respondeu ele. — Eu preciso que você *veja*. Preciso que entenda o que me prende aqui, e o motivo de não poder ir embora até saber o que eu preciso saber. Quando você vir, vai entender.

— Eu já disse isso a Rao há muito tempo — falou Malini. — Eu não acredito no destino.

— E, ainda assim, há forças maiores do que nós — contrapôs Aditya. — Forças que não podemos controlar, que nos carregam apesar de querermos ou não. A maior lição que o anonimato me ensinou é a força para reconhecer quando não há uma luta para ser vencida quando não há uma guerra entre iguais. Apenas a possibilidade de se render.

Render. Uma palavra tão feia, uma palavra que queimava. Ela puxou as mãos da beirada da bacia.

— Não vou aceitar isso — exasperou-se Malini, efusiva. — Não é o meu jeito.

Ela deu um passo para trás.

— Malini — disse Aditya. — Por favor. Se não olhar, nunca vai entender o motivo do meu conflito.

— Então me diga — pediu ela. — Me diga, para que nós possamos passar pelo seu conflito e voltar para o mundo real.

— Acha que posso resumir uma visão concedida pelo anônimo em palavras para que você seja capaz de entender? — Ele riu, e era um risada cansada. — Malini, seja razoável.

Ela tinha sido razoável. Tinha sido mais do que razoável. Ele deixara sua coroa, seu império, tudo em nome de servir a nova fé. E ela tinha, de maneira bastante razoável, implorado para que ele retornasse. Agora ela estava diante dele, com o sangue nas portas do monastério, pedindo, de maneira razoável, para que ele tomasse uma atitude.

Basta.

Ela não poderia desviar o olhar dele, daquele irmão que ela amava, que rejeitara todos os privilégios que a vida lhe concedera para trilhar um caminho que ela não compreendia. Malini sentiu algo irromper de dentro dela — algo bruto, duro e enraivecido.

— Não estou pedindo por nada que não seja razoável — retrucou. — Eu nunca pedi. Mas se você não pode se explicar, então deixe que eu lhe explique algo: tanto você quanto Chandra acreditam que o direito de governar deve ser concedido a vocês, pelas mães das chamas, pelo sangue, pelo anônimo. Eu não sou uma tola igual a vocês. Eu sei que não há um poder maior que rege um rei ou imperador. Só há o instante em que o poder é colocado em suas mãos, e há apenas uma verdade: ou se toma o poder e o usa, ou outra pessoa fará isso. E talvez não sejam bondosos com você e com os seus. — Ela se inclinou para a frente. — Você fez sua escolha, Aditya. E quando renunciou ao seu poder, Chandra se virou contra mim e as minhas mulheres. A morte de Alori. A morte de Narina. Todos os momentos de sofrimento que passei, todos eles estão sobre os seus ombros. Você *precisa* fazer melhor do que isso agora.

Ele se encolheu. Ela forçou mais palavras a saírem da garganta, mais da verdade e do veneno, insistindo em sua vantagem conforme a passividade teimosa dele começava a desmoronar.

— Se estivesse em meu poder, eu destruiria Chandra — asseverou ela, de forma lenta e intencional. — Eu suspenderia todas as rotas de mercadoria que levam arroz e grãos para ele. Queimaria seus campos e destruiria suas minas. Eu arrancaria todos os aliados dele, seja por suborno ou violência. E eu o mataria. Devagar, e de forma desonrosa. É isso que eu faria, se fosse sortuda o bastante para ser você, Aditya. De ter seus privilégios. Mas eu nunca *seria* você, porque eu nunca teria rejeitado meu direito de nascença como você fez.

— Você, minha gentil irmã das flores, sonhando com a guerra — murmurou ele. — Pensei que, entre todas as pessoas, você entenderia meu desejo de me ver livre dessas coisas. Entre nós três, era a mais espiritualizada na infância. Você se lembra disso? Não era nenhuma devota do anônimo, óbvio, mas você costumava me pedir para levar você para o altar das mães, para você deixar flores de jasmim lá e beijar os pés delas.

— Isso foi antes da primeira vez que Chandra me machucou — retrucou Malini, afiada. — Acabou com os sonhos de minha infância muito abruptamente.

Ele a encarou, sem compreender.

— Em que momento ele a machucou quando criança? — perguntou.

Malini prendeu a respiração. Ele não se lembrava.

Ela queria erguer o cabelo e expor seu pescoço. Queria mostrar a ele a maneira como ela havia sido machucada; mostrar não somente a cicatriz física, mas a forma como as crueldades de Chandra, fossem grandes ou pequenas, haviam retalhado seu ser até que ela se tornasse apenas um emaranhado furioso e bruto de nervos, até que fosse forçada a construir uma armadura para si, pontiaguda e cruel, para conseguir sobreviver.

Mas ele não entenderia. Ele nunca tinha entendido. Suas dores e seus medos, que a consumiram durante toda sua vida, sempre foram tão pequenos para ele. Ou ele nunca os vira de verdade, ou simplesmente os esquecera, com facilidade.

Em vez disso, ela se afastou do pedestal e tocou uma das folhas do jardim com a ponta dos dedos. Esfregou a pele na vegetação, sentindo a estranheza escorregadia. Verniz.

— Existem esgotos sob o jardim, não é? Para drenar as águas e alimentar o pomar. — Ela vira as grades, escutara o eco do barulho. — São profundos? Grandes o bastante para homens passarem por eles?

— Acredito que sim — disse Aditya, nitidamente perplexo diante da mudança de rumo da conversa.

— Podem ser usados para deixar os jardins sem ser notado?

— Talvez — respondeu Aditya, cauteloso.

Malini pensou no óleo que fora esfregado no cabelo de Narina e Alori naquele dia, o dia em que foram queimadas. A cera que fora costurada em forma de pesos nas saias.

Ela se sentiu nauseada.

E exultante.

— Eu tenho um plano — declarou Malini. — Para garantir nossa sobrevivência, e para conseguirmos ir embora desse lugar e buscar seu exército. E devemos ter esperança, pelas mães, de que o exército ainda está esperando por você.

Ela contou cada detalhe, delineado e deliberado com esmero. Ela observou o horror crescente no rosto dele.

— Não vou fazer isso — negou-se Aditya. — Não vou *permitir* isso.

— Pois vai, sim — disse Malini. — Ou todos nós vamos morrer. Talvez pudéssemos ter lutado contra eles, mas graças a sua relutância em agir, seus números estão reduzidos. Esse vale é uma prisão. — O único golpe de sorte era o fato de a entrada aos jardins do monastério ser tão estreita. — Pergunte ao seu anônimo por seus conselhos se quiser, Aditya, mas esse é o plano que nós seguiremos.

— E se eu não aceitar? — respondeu ele, baixinho.

Ela poderia tê-lo ameaçado. Os lordes estavam assustados, inquietos e enraivecidos, e ela sabia como tecer lindas palavras e usar um lindo rosto enquanto fazia isso. Precisaria de tão pouco para ela os virar contra ele. Ou ela poderia ter chorado e implorado ao irmão, abrindo seu coração machucado para ele ver.

Mas ela estava cansada de toda essa situação.

Ainda assim, ela precisava dele.

— Olhe para o mundo, e não para a água — soltou Malini. — Olhe para sua irmã. Você sabe que é isso que deve ser feito.

Os lordes ainda discutiam quando ela voltou. Ela foi ficar ao lado de Rao. Ela esperou, até que o barulho diminuiu por um instante.

— Meus lordes e príncipes — começou ela. — Posso falar?

Eles caíram em um silêncio absoluto.

O TRONO DE JASMIM

— Meu irmão Chandra sempre me disse que eu não obedecia aos sacerdotes ou às mães como deveria — contou Malini. — Ele me disse que deveria escutar a voz das mães em meu coração. Mas quando eu ouvi, não escutei nada. E eu sabia que ele também não escutava nada.

Verdade e mentira. Ela os entrelaçou, tecendo um tear tão rico que parecia ser feito de pele.

— Então, ele quis me queimar. E eu finalmente ouvi as mães. E eu me lembrei de um fato do qual todos nós nos esquecemos, milordes.

Sua audiência era cativa. Ela os prendera com as palavras, tecendo e tecendo.

— As primeiras das mães, que fundou nossa linhagem e o império, eram devotas do deus anônimo, assim como são os aloranos e srugani. Em sua fé e sua natureza, Aditya está mais próximo dela do que qualquer outro representante da linhagem já esteve. Ele não se esquece de que Parijatdvipa foi unida por um motivo. As mães escolheram se elevar pelo fogo para obterem o poder de proteger seu povo. *Nosso* povo, já que somos um único império.

Fez-se um barulho atrás dela. Malini não se virou conforme os homens se curvavam; conforme Aditya se aproximou, vestido nos trajes de sacerdote, a cabeça erguida como a de qualquer imperador.

Aditya respirou fundo. Ele deu um passo para ficar na frente dela.

— Não há nada a temer — disse ele, com aquela cadência comedida que ressoava, aquela que sempre fazia com que até o mais feroz dos homens se calasse. — Minha irmã fala a verdade. E eu nunca me esqueci do elo entre nós, meus irmãos. E eu sei como garantir não apenas nossa sobrevivência, mas nossa vitória.

PRIYA

Eles viajaram de volta de Srugna pelo caminho da reflexão. O povo do mahal e os rebeldes eram uma companhia irrequieta. Os rebeldes ficavam tentando tomar a liderança, e as criadas e servos do mahal pareciam considerar realmente estripar todos eles na escuridão da noite.

Por necessidade, a marcha era lenta. Bhumika só podia viajar no palanquim. Os rebeldes também haviam improvisado um palanquim para carregar Ashok, uma tela erguida por varas, que mais parecia uma rede. Kritika andava ao lado dele. Priya se perguntou como ele estava. Ainda conseguia falar? Estava com dor?

Porém, ela não se aproximou. Ela não sabia o que falar para ele. Assim que chegassem a Hiranaprastha, e ele passasse pelas águas perpétuas e ficasse bem novamente, eles poderiam conversar.

Em vez disso, ela caminhou com Sima. Naquele momento, Sima segurava a bebê Padma nos braços, presa com cuidado ao peito com uma faixa feita de tecido cortado, para que Bhumika conseguisse dormir um pouco. Priya ficava por perto enquanto andavam, olhando para o rostinho contraído de Padma.

— Ela parece uma velha, não parece? — observou.

— Os bebês sempre parecem. Ela vai ficar mais bonitinha. — Sima olhou para baixo, e então acrescentou, duvidosa: — Provavelmente.

Fez-se um ruído atrás deles. Um dos rebeldes foi ao chão, e seus companheiros, com as expressões horrorizadas e resignadas ao mesmo tempo, ergueram o rapaz. O rosto dele estava úmido de suor e sangue. Ele não estava respirando.

O TRONO DE JASMIM

Mais um se perdera, então.

— Eu não sei nada sobre política, mas acho que pessoas que matam inocentes e queimam cidades deveriam ser mortos — murmurou Sima.

— É por isso que deixamos a política com lady Bhumika — respondeu Priya.

— Você parece bem contente em seguir com esse plano — comentou Sima. E havia uma acusação real na voz dela, uma dor verdadeira.

Elas não haviam conversado sobre a verdadeira natureza de Priya desde que tinham se reunido na floresta. Ali, o alívio tinha sido maior do que qualquer dor de traição. Mas, ah, a dor estava ali agora, brilhando nos olhos de Sima.

Priya suspirou.

— Não era um segredo só meu — explicou ela. — O que eu sou. E eu... Sima. Eu nunca achei que seria uma criança do templo de novo. Achei que eu ia ser uma criada para sempre.

— Sério? — A voz de Sima era cautelosa.

— Sério. Eu não gosto nada disso. De assassinatos acontecendo ou até mesmo ter que negociar com assassinos. E... isso tudo. — Ela acenou com uma das mãos para a multidão ao redor deles. — Eu queria que as coisas fossem como costumavam ser.

— É isso mesmo que você deseja?

Será? Priya se permitiu pensar nisso, só por um momento. Ela gostaria de ser uma criada novamente, beber no pomar, rir e fazer piadas com Sima? Se aproximar de Bhumika como se fosse uma presa? Encarar o Hirana e ansiar por algo que ela mal tinha, como algo que ela perdera e queria, com a possibilidade de *mais* sempre por perto, puxando-a como uma canção?

Ela desejava mesmo nunca ter conhecido Malini, ou tê-la beijado? Nunca tê-la deixado para trás?

— É claro — mentiu ela. — Claro que sim.

— Lady Bhumika — alguém chamou. Era Billu que falara, agora agachado ao lado do palanquim de Bhumika, enquanto os dois homens o abaixaram para que ela saísse. — Um dos nossos está doente. O garoto. Ele está piorando.

Priya se apressou.

— O que aconteceu com Rukh? Billu, onde ele está?

Bhumika ergueu o olhar para ela, olheiras pesadas marcando seu olhar.

— Posso deixar com você, Priya? — perguntou ela, cansada.

Priya assentiu.

— Descanse, se puder — adicionou Priya, se afastando.

Billu guiou Priya até Rukh, que estava deitado em posição fetal junto a uma árvore. Era evidente que sentia dor, inclinado para a frente, segurando um braço perto do peito.

— Dói — arfou ele, quando Priya se ajoelhou para verificar.

Ela afastou a mão dele de cima da barriga. Pedaços afiados de madeira haviam penetrado a pele dele, desde os dedos até o estômago. A pele ao redor estava manchada de sangue, de um perolado sobrenatural.

— Ah, Rukh — lamentou ela baixinho. Erguendo o olhar para Billu, questionou: — Alguém tem algo para dor?

Ele balançou a cabeça.

— Os rebeldes já usaram o estoque. Estamos sem nada.

Priya levantou Rukh. Ele soltou um grunhido, e ela mordeu o lábio para se impedir de xingar ou chorar, ou as duas coisas.

— Aqui, nas minhas costas — disse ela. — Prontinho.

Priya ouviu o esmagar de botas, e Jeevan apareceu.

— Você precisa conseguir nos defender — advertiu ele, olhando dela para Billu e Rukh, os olhos semicerrados. — Lady Bhumika não consegue fazer isso. Você também, Billu.

— Ah, não precisam de mim — disse Billu.

— Você é forte — argumentou Jeevan. — Não sabe o que vamos encontrar pelo caminho.

— Então o que quer que a gente faça? — rebateu Priya. — Deixe ele aqui?

Rukh emitiu um barulho miserável, e Priya no mesmo instante se sentiu um ser humano horrível. Billu lançou um olhar impotente para ela.

— Eu posso fazer isso.

Era um dos rebeldes, um homem chamado Ganam.

— Eu não consigo lutar — explicou ele, com um sorriso cansado. — Eu posso ficar doente a qualquer instante. Mas estou mais saudável do que a maioria que bebeu a água dos frascos, e eu conseguia carregar o peso de Ashok. Consigo segurar uma criança.

Priya não queria entregar Rukh a ele, mas Jeevan olhava inquieto para o palanquim de Bhumika, e eles não podiam se dar ao luxo de parar ali por muito tempo.

O TRONO DE JASMIM

— Está bem — cedeu Priya. — Mas... seja gentil com ele.

Ganam pegou Rukh dos braços dela. Os olhos do garoto estavam cerrados, a respiração, rápida.

— Ele não é só um dos seus — replicou o rebelde, ajustando com facilidade o peso do menino. — Ele também é um dos nossos. Espionou para a gente. Serviu à nossa casa. Talvez a liberdade signifique poder proteger nossas crianças em vez de usá-las — acrescentou ele, afastando os cabelos de Rukh, cheios de folhas, da testa. — Gostaria de acreditar nisso.

Priya olhou para Rukh, pressionando a testa no ombro de Ganam. Para a expressão cautelosa, mas tenra de Ganam. A multidão ao redor deles, com raiva contida e fome. Em busca de algo melhor. Em busca de um futuro.

— Eu também — concordou Priya.

Do outro lado do caminho, Kritika olhava para ela, com uma expressão pensativa no rosto. Ela assentiu para Priya. Depois de um instante, ela assentiu de volta.

Eles continuaram andando.

BHUMIKA

Mesmo usando o palanquim, ela estava exausta quando chegaram na pérgola de ossos. O trabalho de parto deixara seu corpo diferente e exaurido, e o bebê mal dormia. Graças aos espíritos, Sima estava ali para ajudá-la e orientá-la com os cuidados ao bebê.

Este não é um bom lugar para você, pensou ela, segurando Padma junto ao peito. Haviam chegado à pérgola de ossos. Havia inúmeros ossos frágeis esparramados pelo chão. Também tilintavam nas folhas das árvores. *Não é um bom lugar para ninguém.*

Enquanto Khalida ficava de guarda, Bhumika descansou as costas em uma árvore e amamentou Padma. Ela estava tão cansada que poderia ter chorado.

— Falta pouco — sussurrou ela para a bebê, que estava inquieta, mas em silêncio. — Logo, logo vamos estar em casa.

— A cidade não é segura — relatou Khalida mais tarde. Ela e Jeevan haviam adentrado Hiranaprastha e voltado às margens da floresta, onde os outros aguardavam por quaisquer notícias que conseguissem obter. — As pessoas estão protegendo suas casas da melhor forma que conseguem, mas guardas e soldados sem seus mestres estão fazendo arruaça. Nós podemos ter problemas se entrarmos na cidade assim.

Bhumika assentiu em reconhecimento, sem se surpreender. A mente colecionava possibilidades e preocupações: a provável distância das forças imperiais, enviadas para abafar aquela revolta e providenciar ajuda ao regente; a quantidade e força dos soldados que ela e os outros precisariam enfrentar; se acabariam presos entre forças diferentes, em uma luta sanguinolenta...

— Não precisamos lutar — soltou Priya, de repente. — Tem um jeito de andar pela cidade sem perturbar ninguém até estarmos prontos para lidar com os outros.

O plano de Priya era simples e eficiente, e Bhumika não conseguiu deixar de lançar a ela um olhar de aprovação.

— Está vendo? — disse Priya, com um sorriso. — Eu sou esperta. Para você ver.

— Eu nunca disse que não era.

— Você fica falando que sou tola o tempo todo.

Bhumika franziu o nariz e afastou o olhar. *Irmãs*.

— Estamos preparados — avisou um rebelde, logo depois. Aqueles amaldiçoados pelos frascos formavam um círculo ao redor deles. Ashok estava deitado ali perto, embrulhado em um xale, e Padma se remexia em seu cobertor ao lado dele.

Priya encontrou os olhos de Bhumika, que assentiu.

Uma respiração lenta e compartilhada das duas, e então o chão ao redor deles começou a florescer com botões espinhentos, de roxo intenso e amarelo amargo. Os rebeldes respiraram com eles, compartilhando sua força.

As flores começaram a se erguer nos pés dos rebeldes. Bhumika olhou para baixo e viu que se curvavam ao redor dos calcanhares. Andavam por ela como se fosse carne nova.

A cidade estava destruída: os prédios haviam sido queimados ou soltavam fumaça, os poucos edifícios de pé foram cobertos por tábuas e fechados. Havia figuras se movendo na distância, grupos de homens com machados ou bastões, os rostos cobertos por tecido. Porém, não chegaram perto dos rebeldes e do povo do mahal.

Mesmo à distância, as folhas e flores que se erguiam da pele deles estavam visíveis. Pareciam um aglomerado de pessoas sofrendo com a decomposição, cambaleando de olhos arregalados ao atravessar uma cidade que não tinha espaço para eles. Todos se afastavam e os deixavam passar.

Bhumika segurava Padma, que felizmente dormia, no colo conforme atravessavam Hiranaprastha e observavam o mahal. As paredes externas tinham sido destruídas, onde os rebeldes haviam rompido a pedra com trepadeiras e revirado a fundação ao mover o solo e raiz com sua força amaldiçoada pelos frascos. Mas conforme Bhumika observou, ela viu uma luz brilhando dentro do mahal.

Uma mulher no alto da muralha, com uma flecha encaixada com firmeza no arco.

Bhumika caminhou até a frente do grupo, erguendo a cabeça. Quando a mulher na muralha a avistou, ela abaixou seu arco. Deu um grito. E, com alívio, Bhumika percebeu que seu povo protegera o palácio das rosas, afinal.

— Os espinhos afastaram a pior parte — explicou a criada Gauri, mal-humorada. Seu andar indicava que se locomovia com dor, mas havia certa dureza na voz que dizia a Bhumika que ela não tivera problemas desde que Bhumika os deixara. — São ferozes, milady. Ficamos contentes por eles.

Um punhado de soldados parijati e ahiranyi exaustos, as criadas armadas, os órfãos... Foram aquelas pessoas que protegeram o mahal depois que Bhumika partira.

Os servos todos olhavam inquietos para os rebeldes, mas não diziam nada. Ao menos era um alívio que os rebeldes possuíam o bom senso de não usar suas máscaras, mas Bhumika não tinha um desejo de testar seus servos que viraram soldados, ou a trégua frágil e apreensiva que havia se instaurado entre seu séquito e o de Ashok. Ela sabia que não precisaria de muito para destruí-la.

— Fique com ela — pediu Bhumika, virando-se para Jeevan e entregando a ele sua filha adormecida. — Se eu não voltar, ela vai precisar de uma ama de leite. Fale com as criadas. Elas vão arranjar uma.

Ele a encarou, aturdido.

O TRONO DE JASMIM

— Preciso ir ao Hirana — revelou ela. — Preciso obter a força da qual precisamos para manter nosso país seguro.

Jeevan a olhou como se estivesse com dificuldade de encontrar as palavras certas.

— Fale — disse ela.

— Ela não terá ninguém — falou ele, por fim. — Milady.

— Se eu morrer, então ela não é filha de ninguém — retrucou Bhumika. — Ao menos isso é adequado, suponho. Já foi meu destino uma vez, e eu o recusei.

Ainda assim, ela encostou o rosto no de Padma, respirando seu cheiro, dando um beijo na testa da bebê antes de se endireitar.

Jeevan inclinou a cabeça para ela, e não disse mais nada conforme ela partia, as mãos segurando aquele embrulho com gentileza.

Juntos, eles começaram a andar até o Hirana. Os rebeldes. Seus irmãos. Priya, com a expressão determinada. Ashok, semiconsciente, o sangue escorrendo do nariz.

— Apoie-se em mim — ofereceu Priya.

Ashok balançou a cabeça, exausto.

— Eu posso carregar você — justificou a garota, pegando no braço do irmão.

RAO

Se a chuva caísse, o plano seria um fracasso.

Naquele instante, o túnel abaixo dos jardins envernizados estava cheio de água, um reservatório que batia no peito dos homens que se abaixaram para seguir na escuridão. Por mais que Malini fosse alta, Rao temia que ela não conseguiria ficar de pé.

Mesmo assim, ela se abaixou. A água alcançava seu queixo.

Os guerreiros que lideravam o caminho seguravam suas armas embrulhadas acima da cabeça, cobertas para protegê-las das águas. A água ali exalava um fedor, e Rao precisou reprimir a vontade de vomitar.

Fique grato por não ter chovido nos últimos dias, disse a si mesmo. *Fique grato por não estarmos nos afogando.*

Fique grato por ter *uma saída.*

Ele se preparou, caminhando na escuridão.

Eles haviam deixado homens e mulheres nos jardins envernizados. Precisaram fazer isso.

— Se soldados vierem até aqui, com certeza vão notar que o lugar está vazio — dissera o lorde dwarali. — Então vou deixar um garoto ou dois, e vou pedir para vocês cavalheiros fazerem o mesmo.

Os outros príncipes e lordes haviam concordado e feito isso. E Rao não olhara para Malini. Ele não precisou. Ele sabia de todo o cuidado com que ela fiava suas teias. O silêncio dela, quando os homens falaram, não significava coisa alguma.

Os sacerdotes do anônimo haviam escolhido ficar.

O TRONO DE JASMIM

— Esse é nosso lugar, e o lugar de nosso serviço e dever — dissera um dos homens, tranquilo conforme se ajoelhava embaixo da copa de uma das árvores envernizadas, sob o cintilar perolado das folhas e o óleo tremeluzente e liso das cascas. — O anônimo decidirá o que acontecerá conosco.

— Provavelmente isso não dará em nada — cogitou, áspero, lorde Mahesh, um nobre parijati que havia sido fiel a Aditya desde o princípio. — Mas nós agradecemos sua coragem.

— Não é coragem — murmurara Aditya para Rao depois, conforme os homens empacotavam seus pertences e armas, e Malini observava da sombra da varanda do monastério, o pallu cobrindo metade do rosto. — É só nosso chamado. Aceitar os ventos do destino.

— Acho que aceitar seu destino pode ser corajoso — respondera Rao, pensando em Alori. — Encarar a própria morte em paz... Isso pode ser um ato de coragem.

Aditya deve ter pensado nela também naquele momento. De repente, ele parecia chocado.

— Rao, não era isso...

— Não foi nada — interrompeu Rao. E não era nada mesmo. Precisava ser nada. Porém, ele não poderia suportar as desculpas de Aditya. — É melhor nos aprontarmos para ir.

Agora se moviam para mais e mais longe nos túneis, atravessando a água, buracos enormes ladeados de pedras, onde a escuridão crescia e se assomava de maneira cada vez mais intensa, fechando-se ao redor deles. Sem lamparinas. Sem fogo. Não podiam acender o fogo ali. Ainda não, e, com alguma esperança, talvez nunca. Rao olhou mais uma vez para Malini. Ela era quase invisível, mas ele conseguia ver os olhos dela, o branco neles refletindo na água.

— Príncipe Rao — chamou um dos homens de Prem em uma voz baixa. — Estamos quase no fim.

Havia uma grade acima deles. Faixas estreitas da luz do luar. Três homens se esticaram para levantar aquela coisa. Rao só teve um instante para temer uma emboscada; um estrategista astucioso com um punhado de homens poderia acabar com eles um por um, se fossem pegos ali. Mas conseguiram se esgueirar pela grade sem mais dificuldades. Quando Malini foi arrastada para fora da água, Aditya imediatamente a embrulhou em um dos panos que fora desenrolado de uma das armas. Malini sussurrou um agradecimento, apertando o tecido ao redor dela como se fosse o mais rico xale dwarali.

Eles seguiram em silêncio debaixo da cobertura das árvores; estas eram vivas, sem verniz, adocicadas pelo cheiro da seiva e do solo. A luz solar não atravessava a copa das árvores, e arcos foram retesados, o peso verificado. Adiante, depois das inúmeras árvores, estava o grande dique de reservatório de Srugna, cercado por algum mecanismo engenhoso de pedra que Rao nunca vira antes. Ele teria gostado de admirá-lo e estudá-lo no passado. Hoje, não.

Malini foi ficar perto dele. Ela tremia de leve, mas os olhos estavam aguçados, fixos no monastério abaixo deles.

— Está tudo quieto — observou Malini.

— O seu lorde dwarali disse isso?

— Lorde Khalil me disse, sim — assumiu Malini. — E ele não é meu, Rao. Não seja mesquinho. A lealdade principal dele é com o imperador.

— A lealdade principal dele é com os interesses de Dwarali.

— Então é sorte nossa que os interesses de Aditya e de Dwarali estejam alinhados. — Tanto a expressão quanto a voz dela estavam inexpressivas. — Estou com a impressão de que você está com raiva de mim, Rao.

Ele ficou em silêncio por um momento, então comentou:

— Esse plano.

— Pois não?

— É tolice. Eu não sei como convenceu Aditya a apoiar isso, mas estou com medo.

Malini nem sequer fingiu que o plano não tinha sido dela.

— Não precisei convencê-lo de nada. Fiz só uma sugestão. E o imperador Aditya a avaliou com a atenção necessária.

— A atenção necessária — repetiu Rao. — O que você disse para ele?

— Falei a verdade — disse ela, simplesmente.

— Esse plano é... — Ele hesitou.

— Pode dizer, Rao.

— Insensível — completou. — Cruel. Não reflete o que você é.

— Você está soando um pouco como Aditya — desconversou ela, depois de uma pausa que deixou o ar tenso entre os dois. — Mas suponho que são amigos de longa data por um motivo. Vocês dois possuem uma fraqueza que eu não compreendo.

O TRONO DE JASMIM

— A ética não é uma fraqueza.

— É sim, se vai nos matar. Rao, nós temos homens, mas temos um limite de homens, e também de armas — apontou Malini. — O monastério fica em um vale. Vulnerável, já que só tem uma única entrada conhecida. Eu sei de tudo isso. Se tivéssemos permanecido lá, nós teríamos sido pegos com facilidade. Ou sido assassinados. Talvez eles tivessem nos queimado. Seria tão fácil. — A voz dela mudou, como dedos sobre as cordas de uma cítara, trocando a suavidade por uma selvageria pulsante. — E eu não vou ser queimada, Rao.

— Malini.

— Que foi? O que quer de mim? Se lorde Khalil, Mahesh ou Narayan tivessem pensado nessa ideia, você não teria reagido dessa maneira. Se Aditya tivesse feito isso, você teria obedecido com um coração pesaroso, mas não falaria com ele da forma como fala comigo. Por que isso?

— Você acha que faço pouco caso de você, que a respeito menos do que esses homens — notou Rao, incrédulo.

Ela lançou um olhar vazio a ele, até mesmo sem julgamento.

— Eu não sei o que você vê quando olha para mim. Mas se acha que é insensível ou cruel demais para mim... — Ela deu de ombros. — Eu nunca menti para você, Rao. Se você não me conhece, se não conseguiu entender o que eu quero conquistar, só você é o responsável por isso.

Rao mordeu a língua depois disso.

Talvez aquele fosse o momento. Talvez aquele fosse o momento para contar a verdade a ela. O segredo de seu nome, embrulhado como um presente sombrio, aguardando para ser enunciado. Ele sempre acreditara que saberia qual era a hora certa. Sempre fora ensinado de que ele saberia quando um nome precisava ser dito. Porém, ele não sentia o peso daquela certeza em si agora. Apenas a umidade incômoda das roupas molhadas e fétidas e a imobilidade inquietante do ar, conforme os guerreiros se preparavam ao lado dele na escuridão.

Ainda assim, ele quase o pronunciou. Quase se virou para Malini, formando as palavras na boca. *Meu nome, o nome que os sacerdotes sussurraram no meu ouvido ao nascer. Malini, meu nome é...*

— Eles chegaram.

Um murmúrio, passado de guerreiro a guerreiro, chegando até o lugar onde Malini e Rao estavam. O corpo do príncipe alorano ficou entorpecido.

Abaixo, no único desfiladeiro que permitia a entrada direta aos jardins envernizados, se esgueirava uma procissão de guerreiros. Não eram as forças completas de Chandra de forma alguma, mas ainda assim eram todos guerreiros reais parijati. Seguiam em silêncio, com rapidez, mas Rao os reconheceu mesmo assim. Havia algo na maneira como se moviam. E é óbvio, as armas, os sabres enormes e brilhantes, com o reluzir do disco afiado no cinto de outro homem.

Era um séquito enviado para matar um homem enquanto ele dormia. Rao suspeitava de que não sabiam que Aditya tinha seguidores congregando a seu serviço ali. Se suspeitassem, não teriam aparecido em tão pouco número. Teriam trazido mais armas de guerra.

Entretanto, se os seguidores de Aditya não tivessem deixado os jardins envernizados como o mensageiro avisara; se tivessem ficado e seguido os comandos do sacerdócio, permitindo que a maré do destino recaísse sobre eles...

Rao olhou para Malini. Ela não devolveu o olhar.

Ajoelhado abaixo, o guerreiro que falara fazia movimentos lentos e deliberados: esticando a mão para o atiçador, para a flecha, a preparação simples de óleo e ghee que fora engarrafada às pressas antes de descerem. Os outros imitavam os movimentos. Naquele silêncio tenso, Aditya saiu de perto do grupo. Ele levava um arco em mãos, e uma aljava nas costas.

Era um alívio vê-lo se adiantar, com os ombros retos e a cabeça erguida, os olhos entreabertos enquanto encarava a penumbra da noite e o monastério à distância.

Ele ergueu a mão, fazendo um gesto inconfundível. *Segurar*.

Eles esperaram. Abaixo deles soaram gritos e o clangor de espadas. Conforme planejado, os poucos soldados que tinham permanecido lá embaixo se viraram de costas para correr dos homens de Chandra. Eles serviriam de isca. Que os guerreiros parijati pensassem que haviam chegado ao monastério sem aviso prévio. Que pensassem que conseguiriam sobrepujar Aditya, e então matá-lo.

Que eles adentrassem ainda mais nos jardins envernizados.

A mão de Aditya continuou no ar. *Segurar*. E Rao, que não segurava um arco, não segurou nada a não ser a própria respiração. Até o coração estava congelado, esperando o sinal inevitável.

O TRONO DE JASMIM

Acendam as flechas. Façam as chamas arderem no monastério. Certifiquem--se de que todos os homens de Chandra, bem como todos os pobres sacrifícios e os sacerdotes que ficaram para trás, sejam queimados.

Segurar.

Ele esperou. Aditya não baixou a mão.

Ouviu-se um farfalhar inquieto. O barulho lá embaixo estava ficando mais feroz.

A qualquer momento, eles seriam vistos. Os guerreiros parijati os veriam e mirariam suas armas para cima, acertando os homens deles com flechas na garganta e na barriga. Os parijati estavam em desvantagem, no lugar mais baixo no vale, mas ainda assim Rao suava frio com o pensamento.

Um dos lordes murmurou uma praga, mexendo-se como se fosse abaixar a mão de Aditya por conta própria, e fazer o gesto que ordenava a morte. Mas Aditya falou, em uma voz como a chuva gelada:

— Você queimaria sacerdotes? Segure-se, irmão.

O lorde estremeceu e parou.

Aditya era uma figura imponente de perfil. O olhar era como gelo, o queixo em uma linha reta, austero e distante. Ele parecia mais consigo mesmo — como o Aditya com quem Rao crescera, um príncipe de Parijat, um homem que sempre havia sido de uma honestidade profunda, um seguidor escrupuloso do código da nobreza e da honra — mais do que qualquer outro momento desde aquela noite em que ouviu o anônimo falar.

Rao conhecia Aditya, *esse* Aditya o bastante para saber o que viria a seguir. Eles estavam em um lugar bom para descer correndo o vale e matar diversos guerreiros. Seria um caminho mais honroso do que aquele que estava planejado. Resultaria em muitas das mortes dos próprios homens, mortes com as quais não podiam arcar. E, ainda assim, pensar naquilo era um alívio. Era um tipo nobre de guerra, e Aditya era um tipo nobre de imperador em ascendência.

Rao já puxava a espada quando Malini deu um passo em frente. Ela havia se desenrolado do tecido e estava parada apenas com o sári molhado, a trança escura envolvendo o pescoço como uma cobra preta. Ela marchou em frente conforme os gritos se intensificavam abaixo; os gritos de homens assassinando e sendo assassinados. Aditya ficou completamente imóvel. O que quer que tivesse visto no rosto da irmã, aquilo o imobilizou.

— Nenhum homem quer matar algum dos seus — disse Malini, com gentileza. — Eu entendo.

Ela tirou o arco de Aditya das mãos dele. Era grande demais para ela, mas a princesa o segurou com firmeza.

— Os sacerdotes do anonimato acreditam no destino — continuou ela, em um zaban comum compreensível, alto o bastante para os homens a ouvirem. Alto o bastante, Rao temia, para que os homens lá embaixo também ouvissem. Mas ela não estremeceu nem se protegeu. Ela ficou parada ali, com a postura ereta. — Os sacerdotes do anonimato construíram seu jardim com verniz e resina. Eles sabiam que esse dia viria. Não é assim, príncipe Rao? Os seus sacerdotes não conhecem o caminho do destino?

— Eles conhecem — Rao se escutou dizendo, e sabia que ele os condenara.

— Talvez vocês não queiram escutar aos apelos de uma pessoa que é apenas uma mulher — ressaltou ela, em uma voz que era firme e calma e não continha humildade alguma. — Mas eu sou filha da linhagem mais antiga de Parijatdvipa. Sou uma princesa de Parijat. Sou descendente da primeira mãe das chamas. Meu irmão, o falso imperador, tentou me queimar viva, mas eu vivi. Eu conheço o julgamento pelo fogo e o preço que ele exige. E aqui, nessa escuridão, eu escuto a voz das mães. Eu sei que é meu dever me certificar de que o destino venha a se cumprir.

Ela respirou fundo, como se estivesse se preparando, como se carregasse um peso inestimável. E então se virou e olhou para o guerreiro ajoelhado, que a encarava em silêncio, arrebatado.

— Acenda minha flecha — ordenou ela.

Ele passou a flecha em ghee. Pegou o atiçador. Acendeu uma faísca.

Os sacerdotes do anonimato construíram seu jardim com verniz e resina. Eles sabiam que esse dia viria.

Rao observou a chama ardente conforme Malini a ergueu e encaixou a flecha no arco, o rosto impassível como pedra. Ele pensou nos sacerdotes que ficaram para trás, nos olhares tranquilos deles. Pensou na forma como o destino se movia como uma corda de forca, feita de seda e suave, esperando até a hora em que deveria ser apertada.

Eles sabiam que esse dia viria. Parecia certo. Ah, maldição, parecia verdade.

O TRONO DE JASMIM

Nos arredores da princesa, mais uma dezena de chamas apareceram. E mais outra dezena. As flechas foram puxadas. As lanças foram erguidas.

Malini soltou a própria flecha, e o fogo desenhou o arco da chama lançada.

Durante um instante, não havia nada além das pontas daquelas flechas em chamas na escuridão, pequenos pontos de luz como estrelas cadentes.

E, então, os jardins envernizados começaram a queimar.

Por cima dos estalidos das chamas, Rao escutou os gritos. Por um momento, Malini ficou de pé, a luz delineando sua figura, o arco ainda em mãos. A fumaça se ergueu atrás dela, uma enorme nuvem, levantando-se cinzenta na direção da noite, os contornos um dourado envelhecido. Ele engoliu em seco, encarando-a, até que a fumaça e o fogo fizessem com que seus olhos lacrimejassem e ardessem. Assim eram os desígnios do destino.

Ele deveria saber que esse dia também viria.

PRIYA

Não era um peso carregar Ashok, mesmo ele estando convencido de que era. Ela conseguia sentir a fragilidade do corpo dele: a forma como o ar entrava e saía movendo as costelas, o ruído molhado dos pulmões.

— Você vai acabar caindo com o meu peso — Ashok disse a Priya, a voz fraquejando. Havia sangue nos lábios dele, caindo como lágrimas dos olhos.

— Não se apoie tanto em mim e vamos ficar bem, então — respondeu ela.

Eles andaram em silêncio por um momento. Então ele comentou:

— Kritika está com uma máscara coroada. Quando formos nascidos-três-vezes... um de nós deveria usá-la.

— Não precisamos de coroas ou de máscaras — retrucou Bhumika, cansada.

— Mas precisamos de poder — insistiu Ashok.

Assim que disse isso, ele se contorceu, tossindo, e Bhumika desviou o olhar, o rosto uma máscara, e continuou andando. Mas Priya parou, permitindo que ele respirasse, ainda o segurando.

Ele iria ficar bem, ela lembrou para si mesma. Assim que tivessem passado pelas águas perpétuas, sua força voltaria.

— Priya — chamou ele, depois de um instante. — Priya. Você... você precisa saber.

— Saber o quê?

O TRONO DE JASMIM

— Eu matei Chandni. Ou algo assim. Deixei ela amarrada naquela árvore decomposta. E Sendhil também. — Ele arfou. — Todos os anciões se foram. Só nós sobramos.

Morta. Chandni estava morta.

As palavras ecoaram na cabeça de Priya como um sino. *Eu matei Chandni. Deixei ela amarrada naquela árvore decomposta. Eu matei Chandni.*

Priya não conseguiu falar durante um longo momento, e então forçou a língua e a boca a se mexerem, mesmo que fosse difícil:

— Por que está me contando isso? Você quer que eu fique feliz com a notícia?

— Só queria que você soubesse — murmurou Ashok.

— Solo e céus, *por quê?*

— Porque é seu direito saber — disse ele. — Considere isso uma confissão no leito de morte.

Ele não soava culpado. Ela não tinha certeza se queria que soasse. Priya só sabia que descobrir aquilo tinha a mesma sensação de levar um golpe na cabeça; chacoalhava seus ouvidos. Ela não conseguia pensar naquilo, e ainda assim tentou. Qual foi a última coisa que dissera a Chandni? Como Chandni olhara para Priya quando ela a deixou? Ela não se recordava. Ela não imaginou que gostaria de dizer as últimas palavras.

— Ela era uma mulher velha que já estava morrendo. E você não tem medo de matar. Eu deveria ter esperado por isso. E eu não deveria me importar. — A garganta de Priya parecia se apertar. Era difícil forçar as palavras para fora. — E eu gostaria de poder dizer que não sei o motivo de você ser assim, o motivo de você sempre tentar arrancar meu coração, de novo e de novo... mas eu sei o motivo. Eu também vivi a nossa infância. — Ela desviou o olhar dele. — Nós chegamos.

Eles pararam diante da base do Hirana.

Bhumika lançou um olhar firme a Priya, que balançou a cabeça.

— Não precisamos subir — avisou Priya, apressada. — O Hirana me conhece. E eu o conheço. Vai nos deixar entrar.

Bhumika não argumentou quando Priya passou para ela o peso de Ashok. Ele descansou no ombro de Bhumika enquanto Priya deslizava uma das mãos sobre a pedra cinzento-escura do Hirana, permeada do mosaico feito de musgo. O Hirana a sentiu. O Hirana deu suas boas-vindas.

O caminho se abriu.

Era um túnel. Escuro, sem luz nenhuma, mas ainda assim era um caminho.

— Todos vocês — disse Priya. — Me sigam.

Eles caminharam juntos pelo breu. Priya conseguia sentir o cheiro das águas perpétuas ficando mais próximas, um cheiro fresco e límpido como uma noite fria. O cosmo líquido contido ali, quase a seu alcance.

E então, de repente, ali estavam.

As águas perpétuas surgiram diante deles, de um azul incandescente em contraste com a escuridão do templo oco. Priya tirou Ashok do aperto de Bhumika, o guiou até a beirada e o soltou. Ele se ajoelhou à beira da água, as palmas esticadas no chão. Ele respirou fundo, arfando, a respiração pesada pelo sangue, e então tocou o chão com a testa.

Ao lado de Priya, Bhumika ainda encarava aquela água, as mãos fechadas em punhos na lateral do corpo. Os rebeldes perambulavam atrás, o terror e o estupor estampados no rosto.

— Deveríamos dizer algumas palavras especiais? — murmurou Priya para Bhumika. — Para fazer todos eles se sentirem melhor?

Bhumika suspirou, inclinando a cabeça para trás, como se dissesse, *Espíritos, me poupem*. Então, ela falou:

— Ou podemos só entrar na água e acabar logo com isso.

Ainda assim, um pouco da tensão se esvaiu de suas mãos. Quando Priya esticou a mão para pegar a dela, Bhumika entrelaçou seus dedos e apertou uma vez.

— Venham — chamou Ashok, ofegante, e os outros rebeldes, envenenados pelos frascos, deram um passo em frente, parando na beirada da água. — Nós entramos na água — prosseguiu ele. — Se tivermos sorte, saímos. E então, protegeremos Ahiranya. Cumprimos nosso dever.

Todos murmuraram em concordância. Ashok ergueu o olhar para Priya. Os olhos dele estavam molhados.

Priya o encarou de volta, e escolheu não pensar em tudo que ele fizera. Em vez disso, pensou no fato de que ela, Ashok e Bhumika eram os últimos sobreviventes de sua família, uma família que não era de sangue, e sim de história e sofrimento, afeto e do tipo de dor que apenas o amor pode causar.

Ela esticou a mão para Ashok. Ele a segurou e, com cuidado, ficou de pé.

O TRONO DE JASMIM

Priya olhou para as águas diante de si. Forçou-se a não pensar em nada, não esperar por nada, enquanto segurava as mãos dos irmãos com força. E então mergulhou.

E afundou.

Cair e se levantar é parecido dentro da água, quando se está fundo o bastante, e as águas perpétuas eram uma coisa infindável. Eram de um azul brilhante e frio, o mesmo azul do universo. O azul das estrelas dobrado entre as veias do céu, que continha todas as coisas. Priya estava dentro delas, nas profundezas, de olhos abertos e com os pulmões queimando. Ela se perguntou se iria se afogar.

Ela não conseguia se lembrar dessa parte. Isso acontecera da última vez que ela adentrara as águas? Acontecera da primeira vez? Ela bateu os pés e não sabia se estava subindo para a superfície ou se arrastando para as profundezas.

Ela ergueu os braços para a frente. Naquela água trêmula, aos seus olhos em pânico, a pele era como as sombras, a sombra lançada por enormes árvores, de uma escuridão que borrava a luz que atravessava as folhas sarapintadas.

Priya não conseguia respirar. Ela continuou batendo os pés, continuou se esforçando para emergir quando ela nem sabia o que aquela palavra significava. Por fim, no entanto, ela não conseguiu aguentar mais. Ela abriu a boca e tentou puxar o ar, e então bebeu as águas. Ela bebeu e foi consumida.

Ela ergueu a cabeça, ofegando por ar. Precisou de um instante para notar que os pulmões não ardiam. A água ao redor dela era escura, mas na superfície flutuavam raízes de lótus, rodopiando lentamente. Dentro das flores, havia corpos.

E ali, diante dela mais uma vez, estava o yaksha.

Dessa vez, não usava o rosto dela.

— Ah, mudinha. — Soava carinhoso. — Você gosta mais desse rosto. Eu sabia que iria gostar.

— Você não é ela — sussurrou Priya. — Por favor. Não seja ela. Não é isso que eu quero.

O yaksha balançou a cabeça. Os cachos escuros de Malini caíam soltos ao redor do rosto, a elegante estrutura do rosto e seus olhos insondáveis.

— Mas quer, sim — reiterou o yaksha. Tocou a bochecha dela mais uma vez. Retraiu o dedo, e ali, entrelaçado na ponta, Priya viu um laço ou raiz, uma coisa enrolada, verde e ensanguentada. — Eu conheço você. Nós estamos unidos, eu e você. Então eu sei.

— Por favor — repetiu Priya.

O yaksha balançou a cabeça mais uma vez, transformando os cachos de Malini em uma auréola, e o yaksha... se transformou.

Olhos de calêndulas douradas. Cabelo como trepadeiras. Uma boca vermelha como rosas.

Um sorriso que era inteiro de espinhos, agudo como pontos de luz.

Era tão lindo quanto uma mulher consumida pela decomposição. A cabeça estava inclinada, os olhos de pétalas douradas fixos no peito dela.

— O que é a adoração? — perguntou o yaksha.

Ela sabia a resposta.

— Esvaziamento — disse ela. — É...

E parou de falar, olhando para onde o yaksha olhava. Seu peito feito de sombras era um buraco, um ferimento aberto. A ferida estava coberta por várias pétalas; os ossos eram estriamentos angulosos de madeira, e o sangue era a seiva doce e límpida das folhas. Dentro, pulsava um coração de... flores.

Ela olhou para aquilo que havia sido seu coração. Pensou nas palavras de Ashok, quando ele comparara o yaksha a um cuco ocupando um corpo. Ela se lembrava da árvore nos fundos da casa de Chandni.

O yaksha ergueu uma das mãos. Com um gesto simples, arrancou um dedo e respirou em cima dele. O dedo era de madeira, e curvou-se e ficou mais afiado, entalhado pelo sopro do yaksha. Mesmo antes que o yaksha lhe entregasse a faca, Priya sabia que era de madeira sagrada, uma coisa nascida do sacrifício da carne e do sangue de um yaksha. E Priya sabia, com um espanto e fome que a fez estremecer, o que esperava que ela fizesse.

— Esvazie-se — disse o yaksha.

O TRONO DE JASMIM

— Eu não consigo — respondeu ela. — Como?

— Todas as vezes que você vem aqui, você faz isso — pontuou ele, em uma voz que era tanto gentil quanto cruel, sem dúvida. — Todas as vezes, a água enche você da cabeça aos pés, e você faz uma pergunta a si mesma: posso permitir que a água me destrua e me refaça, ou devo me apegar à carne mortal? Devo manter essa alma contida, no frasco que é minha carne, esse corpo venenoso destinado à morte, ou devo me tornar uma só com as águas do universo?

Era por isso que os outros tinham morrido? Por que não estavam dispostos a fazer o sacrifício? A ser menos ou mais do que humanos?

Ela lutara para chegar até ali, de novo e de novo, e agora estava ali. Ainda assim, a sombra de sua mão estremecia, e ela segurou a faca. Conforme segurava o cabo, seus dedos queimaram.

— Esse é o único jeito de ser forte o suficiente para salvar Ahiranya — sussurrou. — É o único jeito de salvar minha família.

O yaksha não respondeu.

Priya pegou a faca. Ela a pressionou na sua pele de sombra, sua pele de alma. E, então, cortou um lugar para a magia.

Não sentiu dor. Apenas a sensação do ar saindo dos pulmões e da água adentrando, e então o fogo, uma luz clara, verde e pura.

Em sua garganta, alguma coisa ficou presa. Um resquício da alma mortal. Um resquício do sangue vital.

A flor que ela dera a Malini. O jasmim.

Ela colocara um pedaço do seu coração ali.

— Não posso dar tudo a você — arfou ela, enquanto aquilo tentava sair. — Eu já não possuo mais.

— Não importa — disse o yaksha, bondoso. — Não importa, mudinha. Nós temos o suficiente.

Ela pensou no sangue vital, no amor e na raiva e no recanto agridoce entre eles, onde ficavam os pensamentos sobre Malini. E aquela flor, aquela mudinha, que era da sua própria magia, cresceu e cresceu mais, até ela não ser mais Priya, não exatamente. Talvez ela nunca tivesse sido. Talvez, desde o instante em que chegara ao Hirana quando bebê, as águas perpétuas a estivessem moldando por dentro, transformando-a em um recipiente para sua magia e suas vozes, descartando todas as partes dela que a transformavam em uma mulher mortal, com um simples coração mortal.

— Isso também pode ser esvaziado com o tempo — ela ouviu o yaksha dizer.

E então Priya estava na água mais uma vez, fria, brilhante e azul, e ela batia os pés. Agora ela conhecia o caminho. Ela estava refeita e inteira, e sabia como emergir.

Ela emergiu, ofegante por mais ar, tossindo e cuspindo água dos pulmões enquanto se esforçava para se manter na superfície, as pernas batendo apesar de não estarem pesadas. Ela nadou até a margem e se arrastou para se levantar.

Bhumika já estava ali, o cabelo ensopado, o rosto preenchido por frio e alívio.

— Yaksha — arfou Priya, e Bhumika virou a cabeça.

Outro rebelde, agora um colega filho do templo, deu tapinhas nas costas dela, uma, duas vezes, e então Priya estava vomitando água na pedra, sem conseguir falar mais nada.

Ela não conseguia se lembrar do que queria falar, mas as bochechas ardiam com um fogo frio, e não conseguia se esquecer da sensação de raízes e flores preenchendo onde deveria estar seu coração, desdobrando-se para chegar na sua alma. Um esvaziamento.

Mas a sensação era correta. Era gloriosa. E ela aprendera alguma coisa, naquele instante da mudança; algo sobre o que significava ser um ancião do templo. Algo sobre o que significava servir aos yakshas.

Algo que já estava desaparecendo.

Ela segurou o sentimento com força, e sentiu uma dor, aguda, na bochecha onde o yaksha passara uma unha, cortando a carne. A dor ajudou a guardar fragmentos da memória, como pontos passando por um tecido.

— Eu pensei que você não conseguiria voltar — falou Bhumika, batendo os dentes. — Priya, você demorou tanto tempo. Tanto...

E então, para o choque de Priya, Bhumika a abraçava, respirando com força, respirações que moviam o cabelo molhado de Priya. Por reflexo, ela abraçou Bhumika de volta.

— Ashok — sussurrou ela. — Onde está Ashok?

O TRONO DE JASMIM

Bhumika não respondeu. Um dos rebeldes chorava, um lamento baixo e intenso.

— Não pode voltar lá, Priya — alertou Bhumika, por fim. — Não pode.

Priya a afastou. Ela se virou, mais uma vez na direção da água, ainda de joelhos. E então Bhumika lançou o corpo de Priya no chão, mas ela era mais forte, e poderia jogar Bhumika para longe sem se esforçar e...

— Pare — pediu Bhumika. — Pare com isso, por favor, pare. Pri. Priya. — Ela pressionou a bochecha na de Priya. A pele úmida por causa da água e das lágrimas. — Ele se foi, Priya.

— Não. Não, ele não.

— Ele se foi — repetiu Bhumika, e Priya sabia que ela estava certa. Ela conseguia sentir a ausência dele. O silêncio no sangam. — Ele se foi.

MALINI

O fogo só cessou no final da manhã.

Quando finalmente as chamas pararam de arder, os guerreiros desceram para andar pelo que restou do monastério.

— Você não deveria vir, princesa — sugeriu um dos guerreiros. Ele deixara a parte alongada do xale amarrada para proteger o rosto, deixando apenas os olhos e as sobrancelhas franzidas visíveis. — O ar está envenenado.

Ela sabia disso. Ela conseguia sentir o cheiro mesmo dali.

— É o meu dever — disse ela, e amarrou a ponta mais longa do próprio sári ao redor da boca. O tecido ainda estava um pouco úmido das águas dos túneis, uma umidade pegajosa e verde. — Mas vou aceitá-lo como meu guarda, se me acompanhar.

Não restaram sacerdotes ou soldados parijati vivos. Alguns dos guerreiros reais haviam corrido por suas vidas quando as chamas começaram a arder. Muitos foram alcançados pelo fogo para conseguir fugir, e os homens de Aditya haviam encontrado o que sobrara dos soldados no outro lado que resistira da ponte.

Alguns dos lordes já começavam a encontrar uma forma de uma ponte improvisada ser construída. Restou pouco dos jardins envernizados que sobrara para ser útil, mas ao menos um punhado dos seus homens eram de Dwarali e sabiam escalar penhascos perigosos. Três se ofereceram para descer, usando apenas cordas para mantê-los seguros, e buscar uma rota segura ou suprimentos.

O TRONO DE JASMIM

Enquanto discutiam quais opções estavam disponíveis, Malini se ajoelhou sobre o chão carbonizado. O sol estava quente nas costas dela. Acima da grade que levava para a água, havia painéis de madeira grossa afixados. Estavam queimados de maneira que os deixara irreconhecíveis, mas Malini conseguia ver marcas na madeira, como aquelas feitas por animais nos troncos de árvore.

Marcas de unha. Alguém havia arranhado a cobertura das entradas da água. Alguém havia lutado para sobreviver. Mas os homens de Aditya selaram todas as saídas cuidadosamente. A ponte fora queimada. Eles morreram aterrorizados, tomados pela dor.

Ela olhou e sentiu... nada. O nada era algo sólido, tão completo, que ela sabia que não era um vazio verdadeiro ou uma neutralidade real. Era como sentir um punho ao redor do pescoço.

— Princesa — disse o guerreiro mais uma vez. Ele soava ansioso. — Por favor.

Ela aceitou a oferta dele de uma das mãos, e então se distanciou dos mortos.

Naquela noite, depois que os soldados dwarali já tinham partido havia muito, ela sonhou. Narina e Alori estavam sentadas ao pé da cama dela, de mãos dadas, os cabelos iluminados por coroas de chamas silenciosas.

— Vocês não são reais — disse ela para as duas. — Eu já me desfiz do jasmim.

— Mas ele não se desfez de você — devolveu Narina, com pena. — Sinto muito, Malini. Mas aqui estamos.

— Malini — disse Alori. — Malini. Qual acha que seria seu nome, se tivesse nascido como eu, um membro da realeza da fé do anônimo? O que acha que o sacerdote teria sussurrado no seu ouvido?

O destino não havia dado um nome a ela, mas as escolhas que os homens fizeram, e as escolhas que ela mesma fizera — quando seu irmão pressionara uma faca no seu pescoço, quando seu irmão havia tentado queimá-la — haviam a moldado e dado a ela um propósito.

— Eu não penso nisso — respondeu ela. — Eu não acredito nisso.

— E, ainda assim, o anônimo pensa em você — revelou Narina. — Os espíritos pensam em você. As mães pensam em você.

— Eu não acredito mais nas mães — sussurrou Malini. — Eu não acredito que o que Chandra fez com vocês permitiu que vocês se tornassem melhores.

— O universo é mais vasto e mais estranho do que você imagina — argumentou Alori, melancólica. — Mas Malini...

A voz dela sumiu. Que estranho... Ela não imaginava que uma visão poderia chorar.

— Quando matar seus irmãos, lembre-se de que nós amamos você um dia, irmã do coração — completou Narina. — Lembre-se de que nós amamos você ainda assim, não importa o que você se torne.

Malini fechou os olhos, que ardia com lágrimas. Ela fechou os olhos novamente para a visão das duas e para o seu luto. Quando os abriu, Narina e Alori haviam desaparecido.

Ao amanhecer, um dos soldados dwarali voltou. Ele trouxe mais cordas e um plano para traçar um caminho tortuoso pelo penhasco, com a segurança da corda e um guindaste que pudesse os levar para baixo.

Malini pensou na descida traiçoeira do Hirana e quase deu uma risada. Ah, se ao menos Priya estivesse ali.

— Consegue fazer isso? — perguntou Rao.

— Consigo fazer o que for necessário — respondeu ela.

Eles desceram, Malini sentada em um balanço de corda. Ela o segurou com força e observou a queda abaixo dela. O espaço ali no alto era enorme e infinito, até encontrar pedras pontiagudas abaixo. Quando seus pés pisaram em terra firme, ela fez seu melhor para esconder o alívio que sentia.

Eles começaram a viagem. Não poderiam adiar mais. Precisariam ir ao encontro das suas forças mais robustas, esperando sobre a estrada de Dwarali, e rezar para que os homens de Chandra ainda não tivessem os encontrado. Eles percorreriam a costa da melhor forma que pudessem. As terras ali ficavam além das fronteiras de Parijatdvipa, e provavelmente por causa disso estariam seguros dos espiões e soldados de Chandra. Khalil informou tudo isso enquanto Rao ouvia, rígido e enlutado ao lado de Malini, e Lata segurava o braço da princesa, enquanto Aditya estava parado diante de todos eles, silencioso como um fantasma.

— Será uma jornada longa — disse o lorde Dwarali, rouco. — Mas vamos arrumar uma carruagem para você, princesa. Algo adequado.

— Mulheres em Dwarali andam a cavalo, não é mesmo?
— Todos nós — disse ele. — Homens, mulheres e qualquer outra pessoa.
— É uma pena que não tenho essa habilidade — lamentou ela. — Essa habilidade que as mulheres dwarali possuem.
— Habilidades se aprendem, princesa — disse ele. — Acredito que pode adquiri-las rápido o suficiente.

Ele falava com um respeito que beirava à reverência. Malini simplesmente assentiu, os olhos fixos no horizonte, e continuou andando.

Eles estavam viajando havia dias. Dias. Não estavam em nenhum lugar importante, apenas uma estrada de terra, rodeada de poeira cor de bronze sob a luz do sol se pondo, quando Rao se virou.

O aperto de Lata ficou mais forte no braço dela.

— Príncipe — disse Lata, a voz firme. — Chegou a hora?

A expressão de Rao... Ela nunca vira algo assim antes. Ele parecia determinado e aterrorizado ao mesmo tempo, encarando-a, como se olhasse através dela, os olhos incandescentes.

— Chegou a hora — anunciou ele.

Lata exalou. O aperto no braço de Malini afrouxou. Ela deu um passo para trás, deixando a princesa sozinha.

Rao deu um passo para mais perto de Malini.

— Rao — disse ela, assustada de repente. — O que foi?

— Pode zombar dos nossos destinos — falou ele —, mas você compreende. Nós fugiríamos deles, se pudéssemos. Saber seu grande propósito em vida, ou seu final inevitável... é um fardo terrível. Eu não invejava o nome da minha irmã — continuou ele. — Não depois que descobri qual era. Mas, mesmo naquela época, eu acreditei que meu destino seria mais fácil de suportar. Agora não tenho tanta certeza.

Rao se ajoelhou diante dela. Ele não se ajoelhava como um homem assolado pelo luto, ou como homens nas histórias se ajoelham diante das mulheres que amam. Ele sequer se ajoelhava como fizera quando a irmã fora queimada sobre a pira, com o rosto vazio e as mãos fechadas em punhos, devastado demais para se mexer ou respirar.

Ele se ajoelhou e abaixou a cabeça. Tocou a ponta dos dedos no chão diante dela.

Ele se ajoelhou como um homem se ajoelha diante de um rei. Diante do imperador.

— É chegada a hora — finalizou ele, em uma voz nítida, para Malini e todos os outros nobres reunidos de Parijatdvipa — de revelar meu nome.

BHUMIKA

Ninguém chamou aquilo de coroação, mas era exatamente do que se tratava.

Havia uma sala do trono para o regente, meio queimada e saqueada, no mahal. Logo, precisariam usá-la. Mas elas eram ahiranyi. Então, foram primeiro ao triveni. Ao pedestal. Só havia duas delas ali, nascidas-três-vezes, sobre o Hirana. Mas atrás delas estavam os nascidos-uma-vez que no passado foram rebeldes e seguiam Ashok. Atrás deles estavam os criados do mahal. Era um dia marcante, e todos queriam estar presentes.

Alguns dos criados pediram para seguir seus passos. Para adentrar as águas, agora que haviam testemunhado a mudança nos rebeldes sobreviventes, em Bhumika e Priya. Porém, Bhumika recusara.

— Ainda não — negou ela. — As águas exigem um preço. Deixe que aqueles de nós que ainda precisem sobreviver primeiro façam isso para aprender sua força. E então veremos.

Eles haviam esperado por uma única noite. Esperaram, e ninguém ficara doente ou morrera. Talvez a febre viria depois para matá-los, mas Bhumika tinha esperanças.

Ela carregava Padma no colo, presa a uma faixa de tecido. Um dos homens tentara argumentar com ela, dizendo que o Hirana não era lugar para uma criança, mas Bhumika erguera uma sobrancelha e dissera:

— Há algum lugar mais seguro em Ahiranya do que ao lado de um nascido-três-vezes?

Ele havia se calado depois disso.

O rosto de Priya estava exaurido, os olhos, vermelhos. Ela não mencionara Ashok desde a sua morte nas águas, mas Bhumika sabia que Priya pensava nele constantemente.

— Venha — chamou Bhumika, esticando uma das mãos. — Nós vamos juntas.

Priya aceitou.

Outrora, havia muito tempo, um novo ancião seria iniciado vestindo roupas elegantes de seda, o cabelo penteado solto e perfumado com óleo, e usando joias de ouro no pescoço e nos pulsos. Haveriam hinos a serem entoados, e oferendas a serem realizadas aos yakshas. Os peregrinos que subissem ao Hirana receberiam flores, frutas e frascos das águas perpétuas, amarrados com fitas prateadas.

Aquela cerimônia seria feita com uma reverência desajeitada.

Elas cruzaram o triveni.

Bhumika subiu, com a devida cerimônia, ao ponto mais alto do pedestal. Priya subiu com ela. As duas ficaram de pé abaixo da abertura que dava para os céus e trocaram olhares.

Kritika atravessou o cômodo, inclinando a cabeça.

— Anciãs — disse ela. — É chegada a hora.

Em suas mãos, em um apoio de tecido, havia uma máscara coroada.

Priya esticou a mão. Tocou a máscara com a pele desprotegida.

— Não queima — murmurou.

Ótimo, pensou Bhumika com certo alívio, conforme Priya erguia a máscara coroada e a segurava. Ela sustentou o olhar de Bhumika.

Elas haviam conversado sobre o assunto antes de subirem. Falaram sobre como os anciões sempre foram liderados por um dos seus, em geral o mais forte, o mais sábio e o mais velho entre eles. Agora só havia duas. Apenas duas.

Mas Bhumika não subestimaria a si mesma novamente.

Ela assentiu para Priya. Puxou a faixa, com gentileza, para proteger o rosto de Padma, e Priya assentiu de volta, com um pequeno repuxar de luto nos lábios.

— Sempre foi seu destino governar — afirmou Priya, e então colocou a máscara no rosto de Bhumika.

A máscara deveria tê-la queimado. Deveria ter derretido a sua pele. Porém, ela era nascida-três-vezes, abençoada até a alma com o poder das águas, e ela sentiu a força da magia preenchê-la como uma luz incandescente — brilhante, poderosa e bela.

Elas continuaram de mãos dadas. E naquele instante, estavam no sangam e no triveni ao mesmo tempo. Bhumika conseguia sentir toda Ahiranya cintilando dentro dela, todos os rios e corpos de água, a raiz de cada árvore. Ela conseguia ver Priya no sangam, uma coisa não mais feita de sombras, mas feita de casca de árvore, folhas e flores retorcidas, escura como a noite.

— Pronta? — perguntou Bhumika. Sua voz estava rouca.

— Sim. — Priya estava cheia de determinação e espanto. — Eu estou.

Elas respiraram. Exalaram.

Sentiram tudo.

Sentiram Ahiranya, de uma ponta a outra. Sentiram a floresta, os galhos daquelas enormes árvores, a consciência própria verdejante do solo, o poder da safra venenosa de folhas e trepadeiras.

Elas se projetaram mais longe do que nunca, e sabiam que se qualquer exército invadisse Ahiranya, ele seria despedaçado por seus espinhos.

As mãos delas se separaram, mas o conhecimento e o poder permaneceram entre elas, na água que alimentava a força das duas.

— Bhumika, anciã de Ahiranya — entoou uma voz.

E mais outra. Um coro de vozes. Uma aclamação.

— Priya, anciã de Ahiranya.

— *Anciãs. Anciãs de Ahiranya!*

Bhumika retirou a máscara coroada do rosto e percebeu que chorava. E sorria. E também que o rosto de Priya era um reflexo do seu.

MALINI

O nome verdadeiro de um príncipe alorano não era pouca coisa. Ela não acreditava que qualquer um dos nobres presentes ali fosse incapaz de compreender a importância daquilo que estava se desenrolando diante deles. Até mesmo os soldados se calaram em um silêncio absoluto.

— Mas o que o seu nome tem a ver comigo? — perguntou Malini.

Rao soltou uma respiração, como se ela o tivesse golpeado.

— Tudo, princesa Malini — confessou ele. — Tudo.

Ele encarou o chão. Fechou os olhos, em reverência e dor, e quando falou, foi em alorano. Um alorano antigo e arcaico, um idioma melódico que nem mesmo Malini aprendera. Mas Aditya o conhecia, e a princesa julgou o peso da profecia pela forma como o rosto do irmão empalideceu e os olhos se fecharam, a cabeça se inclinando para trás na direção do crepúsculo escarlate.

— Quando ela for coroada em jasmim e mais jasmim, em fumaça e fogo, ele irá se ajoelhar diante dela e dará seu nome — repetiu Rao, usando o zaban comum. E, de repente, Malini estava tremendo, cada pedaço seu aceso por um deleite delirante que se elevou mais e mais no seu sangue.

— Ele dará para a princesa de Parijat seu destino: ele dirá... — Rao engoliu. Ergueu os olhos, que estavam ferozes e molhados. — Dê o nome de quem se sentará sobre o trono, princesa. Dê o nome da flor do império. Dê o nome daquele que reinará sob uma coroa envenenada. Dê o nome da mão que acendeu a pira. — O silêncio era profundo; um silêncio tenso e perturbador, retesado como uma corda de arco. — Ele assim dará seu nome — terminou Rao. — E ela saberá.

O TRONO DE JASMIM

Malini não conseguia sentir seus pés. Era como se flutuasse dentro da própria pele, subindo uma onda que não era bem de medo nem de alegria, mas que ardia dentro dela, mais intenso que licor, mais potente que o jasmim.

— Eu acendi a pira — disse Malini lentamente. — Eu queimei o monastério. Fui eu.

— Sim — confirmou ele.

O momento era crítico. Como tudo poderia se transformar tão facilmente. Mais uma vez, Malini olhou para Aditya.

Aditya, que rejeitara o trono de novo e de novo. Ela lhe dera todas as ferramentas para se tornar o imperador e, ou ele as descartara ou as diminuíra, de novo e de novo. Ela dissera a ele como o poder funcionava e o preço que exigia. Ele não dera devida atenção a seu poder. Quando o poder chegara, ele dera as costas.

Mas ela pegara a flecha. Ela acendera o monastério.

E ali estava sua chance de conseguir poder para si. Uma oportunidade terrível. Se ela pegasse a coroa que Rao colocara em suas mãos, se ela transformasse a corda de suas palavras em uma forca e uma arma...

Seria tolice tentar tomar para si o que não lhe pertencia. Eram os filhos reais que usavam a coroa. Mulheres reais eram...

Bem.

Ela pensou na sua companheira princesa Alori e no sangue nobre de Narina, em como elas haviam gritado quando o fogo as tocou. Como era seu cheiro quando elas queimaram, conforme suas coroas de estrelas haviam se partido em suas cabeças, enquanto até mesmo a doçura do perfume e das flores não era capaz de mascarar o fedor ácido de cabelo e seda queimando, ou o cheiro da carne, gordura e ossos queimando e queimando e queimando.

Mulheres reais só são coroadas na morte, pensou Malini, furiosa.

Ela não queria morrer. Ela queria a coroa *agora*. Ela fizera política pela coroa; jogara com seu destino por ela e então a perdera, quase morrera por ela. E ainda assim, lá estava. Viva.

E ali estava Rao, um príncipe sem nome de Alor, o nome de nascimento uma profecia sussurrada nos ouvidos de sua mãe. Ali estava o príncipe que lhe dera uma coroa e um trono e dissera que ela tinha direito de concedê--los a quem quisesse.

Ali estava ele. Ajoelhado diante dela.

Não poderia ser feito. Ela sabia que não poderia ser feito. Durante toda sua vida, havia sido avisada de que não poderia ser possível.

Mas ela vira o olhar de esperança e lealdade nos homens quando os comandara a lutar. Ela vira a maneira como os rostos haviam mudado quando ela dissera que era uma mãe das chamas encarnada — uma mentira usada como uma alavanca, enrolando uma corrente em seus pescoços, a mão segurando o músculo e o sangue espesso dos seus corações.

Ela tinha Alor. Ela tinha um pacto com os usurpadores de Ahiranya. Ela tinha a si mesma.

O destino se fechava ao seu redor. Um destino falso. E, ainda assim, ela sentia a glória daquilo, porque aquela era uma oportunidade que deveria aproveitar. E Malini não era nenhuma tola para deixá-la passar.

Os homens a observavam. Seu príncipe alorano. Lordes de Saketa e Dwarali, Srugna e Parijat.

O irmão, com luto estampado nos olhos.

Ela esperou que ele falasse. Ela lhe concedeu um instante, e mais outro, e observou enquanto ele baixava os olhos sem dizer uma palavra.

— Seria um grande sacrifício de minha parte governar essa terra — começou Malini, em uma voz lenta e solene, como se o próprio coração não fosse um carvão queimando, uma coisa feita de alegria e fúria. — Eu sou apenas uma mulher, e meus irmãos ainda vivem. Se devo governar... milordes, devo governar em nome das mães. Devo governar como uma mãe de Parijatdvipa. Eu não queimei como as mães queimaram — continuou ela. — Sei que esse não é o desejo delas. Mas queimei minha bondade nas chamas do monastério. Queimei minha gentileza. Me tornei uma imperatriz por meu desígnio. Milordes, se esse é o desejo tanto das mães quanto do anônimo, eu tomarei o trono de Parijatdvipa pelo bem de todos nós. Eu farei isso, como a profecia exige.

Silêncio. E, então, um rugido. Uma aclamação.

Rao não se levantou, os ombros ainda tremendo.

— Minha imperatriz — entoou ele. E a voz não continha exultação, apenas uma coisa oca.

Ela levou os nós dos dedos ao próprio peito.

A flor ainda inteira, como se nenhuma água pudesse matá-la e nenhum fogo pudesse queimá-la. Seu jasmim.

O TRONO DE JASMIM

O rosto de Priya na palma de Malini. A luz ofuscante e firme dos seus olhos.

Eu conheço você. Sei exatamente quem você é.

Ela abaixou a mão.

Ela conhecia a si mesma. Ela sabia quem era, apesar de todos aqueles estratagemas. Mas aqueles homens não a conheciam. Eles olhavam para ela e viam a mãe das chamas que dizia ser. Alguns a olhavam, calculistas, considerando o quanto valia e se era maleável, o benefício em potencial de se ter uma mulher de Parijat governando em vez de um filho imperial.

Alguns a olhavam com fé verdadeira nos olhos.

Outros, como os arqueiros que ficaram ao seu lado quando ela soltara a própria flecha e queimara o monastério, a olhavam com respeito.

Ela poderia usar tudo isso.

Malini viu que Aditya a observava. Havia uma expressão de aceitação desolada em seu rosto. Não transmitia alegria. Ele a olhou como se visse a morte acima de sua cabeça.

Bem, que seja. Que ele pensasse o que quisesse. Ela não ficaria de luto.

Ela poderia transformar Parijatdvipa em algo novo.

Poderia se transformar em algo monstruoso. Ela poderia ser uma criatura nascida do veneno e da pira, das chamas e do sangue. Ela avisara a Aditya que quando tivesse a oportunidade de tomar poder para si, assim como a oportunidade de usá-lo, ela o tomaria e usaria. Se ele não o fizesse, ela faria.

Se ele não fosse tomar o trono do irmão, naquela sala de pétalas doces de jasmim caindo, onde suas irmãs de coração haviam queimado, então Malini faria isso.

Ela construiria um novo mundo.

Ela faria tudo isso quando se sentasse no trono de Parijatdvipa.

Primeiro, porém, ela pensou consigo mesma, em silêncio, furiosa, enquanto os homens ao redor dela se ajoelhavam e gritavam seu nome. Malini. Malini. Mãe Malini. Imperatriz Malini. *Vou encontrar meu irmão imperador. Vou fazer Chandra se ajoelhar diante de todos, humilhado e destruído. E eu vou ficar olhando enquanto ele queima nas chamas.*

PRIYA

Depois da coroação, Priya foi falar com Rukh.

Havia uma enfermaria improvisada para todas as pessoas que haviam sido feridas enquanto protegiam o mahal. Rukh tinha a própria cama. Ficava perto da janela e um feixe de luz do sol incidia sobre ele. Ele estava deitado de lado e todas as folhas no cabelo haviam se virado, em busca do sol.

Ela esperou até que pudesse ter certeza de que ficaria viva, de que as águas não tomariam sua vida. Ela esperara até sentir que a magia se acomodara no seu sangue, firme e forte. Adiar mais seria pura covardia.

Ela não queria que ele soubesse que ela estava com medo.

— Rukh — chamou ela. — Você está acordado?

Quando ele ergueu a cabeça, as folhas no cabelo balançaram. Os fragmentos de madeira na mão se mexeram no mesmo ritmo dos ossos nos dedos quando virou seu corpo para olhar para ela.

— Priya?

— Sou eu — disse ela, sorrindo. — Tem espaço para mim?

Ele se afastou, e ela sentou na cama ao lado dele.

— Quero tentar uma coisa, se você permitir — contou ela. Então pegou a mão dele entre as suas. — Quero tentar ajudar com a decomposição.

— Eu não quero mais nenhuma conta — disse ele, resignado.

— Não — falou ela. — Isso, não. Quero tentar algo mágico. Vai me deixar tentar, Rukh?

Ele ficou em silêncio por um instante.

O TRONO DE JASMIM

— Eu estou tão cansado — suspirou o menino com uma voz baixinha.

— Eu sei — respondeu Priya. Ela esfregou o dedão sobre os dedos dele, tomando cuidado para evitar a pele machucada perto do verde. — Eu sei, Rukh.

Ele olhou para as mãos dela, segurando a dele.

— Isso vai... vai doer? — perguntou ele.

— Eu não sei — confessou ela, baixinho. — Não sei. Mas se doer, você me fala, e eu paro.

— Está bem — cedeu ele. Abriu os dedos, e foi possível ouvir o som das juntas estalando. — Está bem — repetiu. — Eu confio em você.

Priya tentou transmitir confiança quando segurou a mão dele com mais firmeza. Ela respirou fundo e fechou os olhos.

Tudo que ela possuía eram as palavras de Ashok, sua memória de que os nascidos-três-vezes eram capazes de manipular a decomposição. Tudo o que tinha era a própria esperança de que o que ela era pudesse ser usado para uma coisa boa.

Ela deixou a magia crescer dentro de si. Emanar dela.

Conforme segurou a mão do menino, ela sentiu a decomposição dentro dele, uma consciência própria viva e mágica, a mesma vida verdejante que morava na floresta, em suas árvores e terra, e sentiu que respondia a ela.

Ela respirou de maneira lenta e profunda. Era disso que precisava para mover a magia com gentileza, controlar a decomposição como quem controlava qualquer outra coisa viva e verde. *Não cresça*, ela comandou. *Não se espalhe.* Ela tentou retirá-la, fazê-la murchar até não sobrar nada, mas estava talhada em algum lugar em Rukh; esvaziado um lar para si, e sem aquela parte, Rukh iria morrer.

Ela fez o que podia. Apenas isso.

Então abriu os olhos mais uma vez e sorriu para ele.

— Priya. — Rukh respirou fundo, como quem não respirava fundo havia muito tempo. — Eu... Priya, o que você fez?

— Você não vai morrer — garantiu Priya. — Me certifiquei de que não vai morrer. A decomposição não vai mais machucá-lo.

Ele olhou aturdido para as mãos, que ainda tinham o formato da casca de árvores, ainda estavam estranhas.

— Mas você não pode me consertar? Eu... eu não vou voltar ao normal?

— Não posso transformar você no que era antes — falou Priya devagar, olhando para as raízes que se curvavam ao redor dos ouvidos dele, as linhas de seiva que eram como veias, aparecendo no pescoço e também no branco dos olhos. — Mas você está bem, Rukh — animou-se ela, gentil. — Você está bem.

Rukh assentiu, solene. Então os lábios tremeram, e ele encostou sua testa no ombro dela, e Priya sentiu os soluços profundos que sacudiam todo o seu corpo. Ela se aconchegou ainda mais na cama com ele, abraçando-o com força. Pressionou o rosto nos cabelos do menino, e os olhos dela também estavam molhados. Priya ficou tão grata por não o ter perdido também.

— Está tudo bem — sussurrou ela. — Rukh. Está tudo bem. Está tudo bem.

Bhumika estava sozinha, esperando por ela, parada ao lado de uma janela quebrada no grande mahal. Encarava o Hirana. Bebia uma garrafa de vinho. Uma das despensas do regente havia sobrevivido à carnificina, por algum milagre.

— Onde está Padma? — perguntou Priya.

— Dormindo — respondeu Bhumika. — Khalida está com ela. Acha que eu deixaria minha própria filha recém-nascida sozinha?

— Eu só estava perguntando — defendeu-se Priya. — Além disso, dá para deixar bebês dormindo sozinhos. Não dá?

Bhumika murmurou algo desagradável baixinho e passou a garrafa de vinho para Priya, que a pegou e bebeu.

— Então — disse Bhumika. — O que vai fazer?

Priya abaixou a garrafa.

— Como assim?

— Eu sei que quer ir embora, Priya.

Ela engoliu em seco, encarando o Hirana, partido, mas ainda de pé, uma luz bruxuleando no triveni onde alguns dos nascidos-uma-vez permaneciam.

— Eu nunca disse isso.

— Não precisou, Pri. — Quando Priya ficou em silêncio, Bhumika disse: — Tudo que eu peço é... não vá embora de repente. Fale comigo.

O TRONO DE JASMIM

Tem tanta coisa aqui para as quais ainda preciso de você. Essa instabilidade. Tentar me certificar de que os rebeldes e nosso próprio povo não arranquem a cabeça um do outro. A ameaça de Parijatdvipa nas fronteiras. A necessidade de aliados para fazer nosso comércio.

— É bastante, não é? — Priya suspirou, rolando os ombros e endireitando a postura. — Eu gostaria de ajudar a nos manter seguros. Apesar de não achar que Jeevan vai ficar contente com isso. Ele não ficou feliz quando eu rachei a cabeça de um soldado com um galho.

— Ele que se vire — disse Bhumika, seca.

— E quanto ao resto… a verdade é que eu não sou muito boa em política — disse Priya. — Não sou uma guerreira. Eu nem sou mais uma criada. Eu sou…

Ela pensou na sensação de Ahiranya se desdobrando dentro de sua mente. Do poder em seu sangue. Do que significava ser tocada por espíritos; de ser uma criança do templo, alguém que guardava sua fé.

Em ser… uma criatura elemental.

Bhumika ainda a observava.

— Não sou muita coisa — concluiu Priya. — Não sou muito nada.

— Agora é uma anciã.

— Convenhamos, nós duas sabemos que apenas você é a verdadeira anciã aqui.

Bhumika balançou a cabeça.

— Isso não é verdade, Priya. Talvez você seja capaz de ver isso um dia.

— Eu quero mesmo ir embora — confessou Priya. — Acho que eu sempre quero fazer a coisa errada. Mas prometo que não vou só partir. Não vou deixar você aqui sofrendo para lidar com esse trabalho sozinha.

Bhumika balançou a cabeça.

— Não é isso o que eu quero.

— O que você quer, então?

— Me conte o que *você* quer fazer — pediu Bhumika. — É só isso que eu quero saber.

Ela queria mergulhar nas águas de novo.

Queria que Ashok estivesse vivo.

Queria Malini. Queria a mulher que segurara uma faca a centímetros do seu coração. Queria apenas coisas que a destruiriam, e por que isso seria de alguma ajuda?

— Tantas coisas — disse Priya, por fim. — Mas não importa.

Bhumika esperou. Então, puxou a garrafa para si.

— Esse é um vinho saketano envelhecido muito bom — elogiou Bhumika, olhando para a garrafa. — Vikram gostava de bons vinhos. Uma vez, pedi para trazerem um barril das reservas Sonali. Um vinho envelhecido amado pelo meu tio. Ele sequer tocou. E ainda assim, às vezes, eu acreditava que ele apreciava meu valor. — Ela ergueu a cabeça. — Você a ama mais do que a sua própria família?

É claro que Bhumika sabia. Priya nunca foi muito boa em esconder seus sentimentos.

— Nós não somos uma família muito boa — comentou Priya. — Nunca fomos. Mas ela... ela também não é muito boa.

— Ah, Priya. Essa não é uma resposta.

— Então aqui vai minha resposta: eu escolhi você. Eu escolhi... Ashok. — Sua voz fraquejou e ela engoliu em seco. — Escolhi Ahiranya em primeiro lugar. Eu preciso dela. Está viva dentro de mim.

— Um dia você vai partir — retrucou Bhumika. — Sei que vai. Mas vai precisar me prometer que não vai se destruir. — Bhumika virou para olhar para ela. — Transforme-a em uma aliada. Seu amor, se assim quiser, mas também uma aliada. Se não conseguir fazer isso, se ela for sempre uma ameaça ao nosso país, então eu preciso que você a tire do caminho. Você entendeu?

Silêncio.

— Você quer que eu mate Malini — inferiu Priya.

— Quero que use sua proximidade com ela, se Ahiranya precisar disso — explicou Bhumika, com calma. — Quero que você sempre se lembre de que lado está sua lealdade.

— Aqui?

— Sim, Priya. Aqui.

Priya balançou a cabeça.

— Você pensa de uma forma estranha — pontuou ela.

— Penso como uma governante — respondeu Bhumika, com certa resignação na voz. — Agora é o que preciso fazer.

— Talvez eu nunca a procure. Talvez... — Priya deu de ombros, inútil diante do peso de seu querer e de seu dever. — Talvez ela não queira nada comigo. Mas se eu for até lá e ela quiser...

O TRONO DE JASMIM

— Você não deveria mentir para si mesma — interrompeu Bhumika gentilmente. — Acredite em mim. Não adianta de nada.

Priya assentiu. Pressionou os nós dos dedos com suavidade nas costelas, onde a lâmina de Malini estivera.

— Você está certa — admitiu Priya. — Eu vou procurá-la. Mas não agora. Talvez não em muito tempo. E se eu fizer isso, se ela quiser me ver, se ela... — Priya fez uma pausa. Engoliu em seco, e disse, cuidadosa: — Não vou esquecer da minha lealdade.

— Obrigada — disse Bhumika. Ela encostou o ombro no de Priya. — Quer um pouco mais de vinho?

— Com certeza.

Priya bebeu um gole grande e abaixou de novo a garrafa.

— Estou falando sério sobre a coisa de fazer política ou ser uma guerreira.

— Sei disso, Pri.

— Mas tem algo que eu posso fazer — disse ela. — Uma coisa útil. Uma coisa boa.

— E o que é? — perguntou Bhumika.

Priya olhou novamente para o Hirana. Ela pensou em quanto tempo passara ajoelhada na cama com Rukh, que chorava, devastado e cheio de esperança.

Ela e Bhumika finalmente se tornaram a cura que sempre quiseram ser. O destino que mereciam estava dentro delas e pertencia apenas às duas.

Uma cura. Aquele pensamento fez sua pele arder.

Ela levou uma das mãos à bochecha, sentindo a onda de calor que estava ali, uma fagulha de um fogo ardente. Ela respirou a esperança e seu peito puxou aquele ar, esvaziando-se diante do sentimento e se abrindo. Por um segundo, um segundo arrebatador, ela tinha a mesma sensação de estar nas águas, algo crescendo em seus pulmões, seu coração, algo florescendo, algo do qual ela se *esquecera*...

Então aquele instante passou e ela abaixou a mão. Ela era Priya mais uma vez e sabia o que precisava fazer.

— A decomposição — falou. — Eu vou destruir a decomposição.

EPÍLOGO

Chandra se ajoelhou nas ruínas do jardim da mãe. Ao seu redor, as flores estavam caídas em montes apodrecidos, com as raízes expostas, as moscas e formigas subindo nos restos. Quando Chandra ordenara que o jardim fosse preparado para que pudesse usá-lo, havia apenas algumas semanas, ele deixara evidente que as flores deveriam ser deixadas ali para morrer.

Havia algo doce no aroma da vegetação morta que o acalmava.

A mãe amara suas bétulas dwarali; os troncos pálidos, as espirais orgulhosas dos galhos, repletos de folhas.

Os servos haviam cortado todas as árvores em uma manhã, os anos de crescimento apagados em um instante. As raízes haviam sido reviradas do solo, e a madeira secara, e então fora cortada e colocadas com cuidado em piras individuais. Mulheres foram deitadas sobre aquelas piras; as piras foram acesas; e as cinzas foram limpas e novamente empilhadas, até que toda a madeira desaparecesse, finalmente úteis para servir a um propósito maior.

Chandra observara tudo.

Naquele dia, apenas uma pira ainda queimava. O fogo se reduzira a brasas ardentes, pulsando sob o peso carbonizado da madeira. A mulher em cima da pira já morrera havia muito tempo, e o jardim mergulhara em um silêncio agradável mais uma vez. Uma criada trouxera aperitivos para Chandra: sorvete coberto por pétalas esmagadas e sementes de manjericão peroladas, cor-de-rosa e brancas. Uma xícara de argila com chá, coberta por um tecido para manter a temperatura. Ela havia arrumado na mesinha ao

O TRONO DE JASMIM

lado do imperador, feito uma mesura e então partido, o pallu cobrindo a boca e o nariz, os olhos vermelhos por causa dos efeitos da fumaça.

A luz das brasas continuou se esvaindo, sufocada pelo peso da madeira queimada. Chandra olhou mais de perto, através das cinzas brancas e pretas, através das bétulas e dos ossos. E ali estava.

Uma brasa — apenas uma — havia se iluminado mais. Crescido. Permanecia no escuro, pulsando como um coração. Aquele pequeno ponto de luz estremeceu diante dos olhos esperançosos e espantados de Chandra e começou a se desdobrar. Um broto de um dourado derretido desabrochou em uma flor de fogo.

Chandra inspirou, uma respiração profunda para reunir o ar para a risada alegre que escapou dele naquele instante. A boca estava cheia da fumaça dos restos de carne humana queimada; o perfume doentio de flores de jasmim mortas. Ele nunca sentira nada tão doce.

Ele se sentou, observando o fogo queimar. E pensou na irmã com um sorriso nos lábios.

AGRADECIMENTOS

Começar uma série nova de livros é sempre se aventurar pelo perigoso desconhecido: assustador e empolgante, e muito melhor se feito com companhia. Fico grata por todas as pessoas que aceitaram embarcar nessa jornada comigo.

Primeiro e antes de tudo, obrigada a todos os leitores deste livro. Livros não são nada sem seus leitores, e essa autora aqui está muito grata por tê-los comigo. Um agradecimento e carinho especial vai para minhas leitoras sáficas indianas. Espero que este livro faça com que se sintam vistas, ao menos um pouco.

Obrigada a minha agente, Laura Crockett, que de forma consistente me dá chances de escrever as histórias dos meus sonhos. Obrigada também a todos da Triada US Literary Agency, especialmente Uwe Stender.

Um agradecimento enorme a todo mundo na Orbit: Priyanka Krishnan, minha editora brilhante que fez este livro ser maior, melhor e bem mais romântico. Esta história não seria nem metade do que é sem você, e estou grata por sua orientação. Hillary Sames, por passar um pente-fino em todos os rascunhos e fazer este livro brilhar. Minha editora do Reino Unido, Jenni Hill, e minha publicitária do Reino Unido, Nazia Khatun, por guiar *O trono de jasmim* em um mundo mais próximo da minha casa. Lauren Panepinto e Micah Epstein, pela linda capa. Ellen Wright e Paola Crespo, pelo incrível apoio em marketing e publicidade. Anna Jackson e Tim Holman, por fazerem tudo funcionar. Obrigada a Bryn A. McDonald e Amy J. Schneider, por serem bruxos (copidesques são bruxos, sem dúvida).

O TRONO DE JASMIM

E, finalmente, saindo só um pouco da Orbit: obrigada a Sarah Guan, que plantou a semente que cresceu para se tornar este livro.

Kat, Kate, Daphne, Tori, Lesedi e Shuo, nesses tempos extremamente estranhos, vocês me mantiveram com os pés no chão. Amo vocês. E obrigada a todos os amigos que não mencionei aqui por nome, mas que me apoiaram de forma menor ou maior e merecem mais do que apenas essa menção vaga.

Um grande agradecimento aos colegas autores que me apoiaram enquanto eu tagarelava sobre este livro durante nossas conversas. Um dia espero poder ver todos vocês em um evento de novo para agradecer de verdade, acompanhada de uma xícara de chá (ou uísque, o que preferirem). Devin Madson, Rowenna Miller e Anna Stephens, obrigada especialmente por lerem os primeiros rascunhos. E obrigada a Natasha Ngan, por me dizer para escrever o livro sáfico que eu tinha tanto medo de escrever.

Coelhinhos Lan Zhan e Wei Ying, e Asami, vocês não sabem ler porque são animais, mas obrigada por me apoiar ao serem fofinhos e macios, eu acho.

Eu não teria conseguido fazer nada disso sem o apoio carinhoso e paciente da minha família. Um agradecimento especial a minha mãe, Anita Suri, por me alimentar e ser uma presença firme (e também uma pessoa incomparável).

E, por fim, Carly: eu te amo. Nada disso seria possível sem você. Este aqui é para você.

LISTA DE PERSONAGENS

Ahiranyi

Ashok — Rebelde contra o governo parijatdvipano e filho do templo.

Bhumika — Esposa do regente de Ahiranya e filha do templo.

Billu — Cozinheiro na residência do regente de Ahiranya.

Bojal — Ancião do templo, falecido.

Chandni — Anciã do templo.

Ganam — Rebelde contra o governo parijatdvipano.

Gauri — Criada-chefe na residência do regente de Ahiranya.

Gautam — Vendedor de remédios ahiranyi.

Govind — Lorde nobre, tio de Bhumika.

Jeevan — Comandante da guarda do regente de Ahiranyia.

Jitesh — Guarda na residência de lorde Iskar.

Khalida — Criada de lady Bhumika.

Kritika — Rebelde contra o governo parijatdvipano.

Meena — Rebelde contra o governo parijatdvipano.

Mithunan — Guarda na residência do regente de Ahiranya.

Nandi — Filho do templo, falecido.

Nikhil — Guarda na residência de lorde Iskar.

Priya — Criada na residência do regente de Ahiranya e filha do templo.

Rukh — Jovem criado na residência do regente de Ahiranya e sofre com a decomposição.

Sanjana — Filha do templo, falecida.

Sarita — Rebelde ahiranyi.

O TRONO DE JASMIM

Sendhil — Ancião do templo.

Sima — Criada na residência do regente de Ahiranya.

Aloranos

Alori — Princesa de Alor, dama de companhia da princesa Malini, falecida.

Rao — Príncipe de Alor.

Viraj — Rei de Alor.

Dwarali

Khalil — Lorde de Lal Qila.

Raziya — Senhora nobre e esposa de lorde Khalil.

Parijati

Aditya — Ex-príncipe herdeiro de Parijatdvipa e sacerdote do anonimato.

Chandra — Imperador de Parijatdvipa.

Divyanshi — Primeira mãe das chamas e fundadora de Parijatdvipa, falecida.

Iskar — Conselheiro do regente de Ahiranya.

Lata — Sábia.

Mahesh — Lorde nobre, leal ao príncipe Aditya.

Malini — Princesa de Parijat.

Narina — Dama de companhia nobre da princesa Malini, falecida.

Pramila — Dama nobre, carcereira de Malini.

Santosh — Lorde nobre, leal ao imperador Chandra.

Sikander — Antigo imperador de Parijatdvipa, falecido.

Vikram — Regente de Ahiranya.

Saketanos

Narayan — Lorde nobre.

Prem — Baixo-príncipe de Saketa.

Este livro foi composto na tipografia Adobe
Garamond Pro, em corpo 11,5/15, e impresso em
papel off-white no Sistema Cameron da
Divisão Gráfica da Distribuidora Record.